COLLECTION FOLIO

Gérard de Nerval

Les Filles du feu
La Pandora
Aurélia

*Texte présenté et annoté
par Béatrice Didier*
Professeur à l'Université de Paris VIII

Gallimard

© Éditions Gallimard, 1972.

Préface

LE VOYAGE, LE LIVRE, L'ÉCRITURE

   Nerval est fasciné par la diversité des pays, des traditions, des êtres ; il est hanté par sa propre multiplicité, toujours menacé de se dédoubler. Mais il rêve profondément de se trouver — au sens pirandellien —, de n'être qu'un, de se rassurer en affirmant que toutes les femmes aimées n'étaient toujours qu'Aurélia, tous les masques de dieux, le seul vrai Dieu. Une dialectique entre une multiplicité de mythes, d'images, d'individualités, et la recherche de l'unité du moi, difficilement conquise, sans cesse remise en question, tel est bien le véritable secret de Gérard de Nerval. C'est là que se situe le joint entre le Ciel et l'Enfer, entre le Ciel de la Rédemption et de la création artistique, et l'Enfer de la folie et du suicide. Le voyage, le livre, l'écriture sont les lieux privilégiés où se joue ce drame de l'un et du multiple. Voyager, lire, écrire, ce sont trois modes d'accéder à l'Autre, d'être l'Autre, mais pour affirmer son unité, sa personnalité unique, la qualité irremplaçable de son regard, de son approche, de son œuvre.

   On n'a peut-être pas assez montré l'importance d'Angélique. C'est là pourtant que se nouent des thèmes essentiels de l'univers nervalien. Au cours d'un voyage à Francfort, le narrateur aperçoit un ouvrage rare qu'il va s'efforcer de retrouver, ensuite, dans diverses bibliothèques parisiennes. Avec une passion de bibliophile, Nerval raconte ses errances. Il a tracé de la Bibliothèque nationale un tableau qui était encore véritable, il n'y a pas si longtemps. Mais très vite, la bibliothèque prend une dimension mythique, et le passage se fait lorsque Nerval évoque la bibliothèque d'Alexandrie et défend le calife Omar de l'accusation d'incendiaire portée contre lui; on rejoint l'autre pôle nervalien, le Voyage, justement, en Orient. Dans Angélique apparaissent aussi diverses figures de bibliothécaires et en particulier Nodier qui est censé raconter un conte fantastique où surgit l'ombre de son prédécesseur.

Dans Aurélia, le livre deviendra nettement hallucinatoire, gage de folie et de sagesse à la fois. Nerval décrit l'extraordinaire bibliothèque qu'il s'est reconstituée chez le docteur Blanche. « Mes livres, amas bizarre de la science de tous les temps, histoire, voyages, religions, cabale, astrologie, à réjouir les ombres de Pic de la Mirandole, du sage Meursius et de Nicolas de Cusa, — la tour de Babel en deux cents volumes, — on m'avait laissé tout cela! Il y avait de quoi rendre fou un sage; tâchons qu'il y ait aussi de quoi rendre sage un fou. »

Le livre, en tant qu'objet, est donc sans cesse présent dans ces textes de Nerval, peut-être pour mieux souligner l'importance des sources livresques. Nous indiquons dans nos notes, au fur et à mesure, les « sources » que l'on peut déceler. Mais il s'agit de tout autre chose pour nous que d'exercer une activité — d'ailleurs bien discréditée — de sourcier. Nous voudrions montrer comment les livres ont fourni à Nerval la trame même de son imagination encyclopédique. Il est une de ces figures du romantisme où s'inscrit de la façon la plus frappante cette continuité avec le siècle des Lumières. Dans le Valois, c'est tout autant l'ombre de Rousseau que ses propres souvenirs qu'il retrouve. Et les paysages d'Aurélia — je songe en particulier à la description d'un vaste panorama aperçu d'une colline — manifestent autant que les tableaux de Sylvie, cet attachement filial à Jean-Jacques. Toute une tradition d'occultisme, de sciences des religions, si florissante au XVIIIe siècle, a inspiré très directement la rêverie nervalienne. Les visions de Rétif, celles de Cazotte l'ont visité; les évocations champêtres de Monsieur Nicolas ont peut-être été pour quelque chose dans la naissance de Sylvie. Nodier est invoqué à plusieurs reprises: c'est lui qui établit tout naturellement un pont entre le XVIIIe siècle et la génération de Nerval.

L'Antiquité que connaît Nerval est un univers de l'initiation, et souvent entrevu à travers le XVIIIe siècle. Nerval, au début de Sylvie, dit admirablement qu'il a vécu « quelque chose comme l'époque de Pérégrinus et d'Apulée ». L'évocation obsédante d'Isis chez Nerval lui a été fournie par L'Ane d'or. « Ce culte régénéré d'Isis » est le point de départ de la nouvelle directement dédiée à la déesse des initiations. Aurélia, elle, est aussi Isis, tout en étant Marie, Jenny et la Mère.

Il est une façon de parler de l'influence germanique sur Nerval qui fausse tout: on voudrait nous faire croire que le romantisme débridé ne pouvait nous venir que d'Outre-Rhin, alors que Nerval a puisé les éléments d'une écriture de la folie, tout autant dans notre XVIIIe siècle que chez les Allemands. Cela dit, il ne s'agit évidemment pas de minimiser l'importance de l'Allemagne : patrie de la Mère et des Mères gœthéennes. Le traducteur du Second Faust a donné dans Aurélia son récit de la descente chez les Mères. Hoffmann, Jean-Paul ont marqué aussi Nerval — mais pas uniquement pour le registre fantastique, et les évocations campagnardes du Valois doivent à Jean-Paul, autant que les visions d'Aurélia.

Nerval n'est pas lecteur à s'enfermer dans sa chambre, à s'y cloîtrer : il ne le fera que contraint et forcé par le docteur Blanche. Le livre lui enseigne le voyage, et la lecture, l'expérience. La lecture — voyage à travers le livre — l'incite à un voyage à travers le monde ou au bout de la nuit ; et ce voyage, à son tour, deviendra la matière d'un livre. Ainsi la transmutation s'opère sans cesse, et à double sens. Les Filles du feu, Aurélia, La Pandora sont des récits de voyage : dans le Valois, en Italie, à Naples, à Vienne, en Allemagne. Et même lorsqu'il est enfermé dans la folie et dans les murs de la clinique, Nerval ne renonce pas à ses errances. Aurélia s'ouvre sur une marche à l'étoile et se termine par une chevauchée, en compagnie d'Aurélia et du Christ, vers la Jérusalem céleste. Entre-temps, Nerval aura traversé les rues de Paris, les couloirs de l'asile, et ses visions l'auront transporté à travers les pays et les siècles, et du Déluge à l'Himalaya. Mais ces voyages ne sont que des figures du Voyage, de la descente aux enfers, de l'initiation par la folie et le rêve, par-delà les « portes d'ivoire ou de corne ».

Le voyage nervalien n'est pas gratuit ; du simple tourisme, on passe très vite à une quête mystique — qu'elle se situe au niveau du personnage, du « moi » mis en scène, ou à celui de l'écrivain. A ce sujet les itinéraires d'Angélique sont bien caractéristiques : ils ont été fournis à Nerval par des pièces d'archives et semblent, a priori, ne pas avoir de signification ; mais très vite, ils deviennent signes : signe de l'amour inconditionnel de l'héroïne. Signe d'autre chose aussi et qui se situe dans les zones les plus obscures de la conscience. Angélique qui suit son mari, aux dépens de sa santé, devient une figure de la mère de Nerval qui a rejoint son père aux armées et repose maintenant dans un petit cimetière silésien : « Toute débile que j'étais, dit-elle, ou, pour dire la vérité, demi-morte, je montai à cheval pour aller avec mon mari rejoindre l'armée. » Le

*voyage d'Angélique prend une dimension mythique avec
l'évocation des femmes guerrières chez les Germains :
il est le voyage que Nerval imagine accompli par sa mère
— d'où sa tendance à noircir le personnage de La Corbinière, le père coupable. Mais, grâce à l'écriture, s'accomplit
ce paradoxe : le récit d'Angélique exprime finalement non
plus tant le voyage d'Angélique ou de la mère, mais le
voyage que Nerval voudrait faire pour retrouver sa mère —
et qu'il réalisera géographiquement en 1854, et mystique-
ment en composant Aurélia. L'écriture devient donc à
son tour voyage — ce voyage du désir — et ce désir aboutit
à un livre ; ainsi le désir du livre, au sens bibliophilique,
le désir de voyage et le désir d'écrire se trouvent n'être
qu'une seule et même démarche fondamentale de Nerval.
L'écriture est voyage vers la Mère et vers les Mères, parce
que la mère de Nerval, elle, est morte, au bout d'un très
lointain et mythique voyage.*

Le palimpseste du souvenir [1].

*Le voyage, et par conséquent le récit nervalien, se réalisent
dans un espace-temps assez déterminé, mais susceptible,
à tout moment, de se dilater, de devenir immense. En effet,
les régions géographiques sont assez circonscrites, avec
ces trois pôles bien révélateurs : le Valois de l'enfance,
l'Allemagne de la mère, le Vésuve au cœur brûlant.
Tous ces pays sont le lieu du souvenir, mais presque
toujours transcendé, dépassé dans le mythe* [2]. *Nerval*

1. L'expression même de palimpseste avait déjà été employée
par De Quincey : « Qu'est-ce que le cerveau humain sinon un palimpseste. » Baudelaire dans *Les Paradis artificiels* écrira à son tour :
« Le palimpseste qu'est notre incommensurable mémoire. » Le texte
de Baudelaire est postérieur à celui de Nerval et s'inspire, ouvertement, de De Quincey. Nerval a-t-il connu De Quincey ?
2. M.-J. Durry a admirablement analysé cette création mythique
chez Nerval. Cf. *G. de Nerval et le mythe*, Flammarion, 1956.

assiste, émerveillé, à cette naissance des légendes, parce que, dans la confusion de la mémoire populaire, le temps éclate et disparaît, finalement : un paysan raconte à l'auteur d'Angélique, que Rousseau courtisait Gabrielle d'Estrées et que c'est Henri IV, jaloux, qui l'a fait mourir. « Voilà... comment se forment les légendes (...). On a confondu déjà, — à deux cents ans d'intervalle, — les deux souvenirs, et Rousseau devient peu à peu le contemporain d'Henri IV (...). Le sentiment qui a dicté cette pensée est peut-être plus vrai qu'on ne croit. Rousseau, qui a refusé cent louis à Mme de Pompadour, a ruiné profondément l'édifice royal fondé par Henri. »

Le sentiment de vertige devant le temps — et de triomphe aussi —, on le voit partout chez Nerval. Ce peut être même une sorte d'ivresse, en particulier, quand il énumère, non sans humour, toute une tradition littéraire :

« Vous avez imité Diderot lui-même.
— Qui avait imité Sterne...
— Lequel avait imité Swift.
— Qui avait imité Rabelais.
— Lequel avait imité Merlin Coccaïe...
— Qui avait imité Pétrone... »

Loin d'être accablé par ce passé livresque, Nerval y puise une sorte de réconfort, comme il trouve sa joie dans le souvenir qui, de personnel, devient mythique. La parenté de Sylvie avec La Recherche du temps perdu est flagrante. « Je regagnai mon lit et je ne pus y trouver le repos. Plongé dans une demi-somnolence, toute ma jeunesse repassait en mes souvenirs », écrit Nerval ; et Proust : « Longtemps je me suis couché de bonne heure. » Le parallèle a été souvent fait et il s'impose. Il ne doit pas cependant faire oublier les différences fondamentales de la remémoration chez Nerval et chez Proust. Si les deux écrivains ont expérimenté la force de ce que Rousseau appelait déjà les « *signes mémoratifs* » *(sensations qui ramènent tout un pan de l'existence), si Nerval a eu, dans* Sylvie, *l'intuition que l'œuvre entière pouvait être construite grâce à ce mécanisme, le projet nervalien n'a pas le caractère systématique qu'il a chez Proust. D'autre part la joie que connaît Nerval est beaucoup plus fugitive ; la mémoire seule ne lui fournit pas les fondements d'une esthétique et d'une métaphysique. Il est trop hanté par toutes sortes de traditions religieuses, il est trop menacé par la folie. La remémoration engendre des visions mythiques d'une ampleur écrasante, ainsi dans* Aurélia : « *Comme si les murs de la salle se fussent ouverts sur des perspectives infinies, il me semblait voir une chaîne non interrompue d'hommes et de femmes en qui j'étais et qui étaient moi-même ; les costumes de tous les peuples, les images de tous les pays apparaissaient distinctement à la fois, comme si mes facultés d'attention s'étaient multipliées sans se confondre par un phénomène d'espace analogue à celui du temps qui concentre un siècle d'action dans une minute de rêve.* » *La mémoire reconstitue le* « *moi* » *proustien ; elle est parfois — mais pas toujours — une menace pour le* « *moi* » *nervalien.*

Filles de mémoire, les filles du feu sont liées à la maturité de Nerval, pour une raison dont il nous donne la clé dans Angélique : « *Les souvenirs d'enfance se ravivent quand on a atteint la moitié de la vie. C'est comme un manuscrit palimpseste dont on fait reparaître les lignes par des procédés chimiques.* » *Les filles du feu, sont filles de la terre : du terroir. D'où ces bonnes saveurs paysannes que l'on sent à travers* Angélique *ou* Sylvie : *odeur de fraises et de crème fraîche, de vieux meubles et de dentelles anciennes.*

Mais il s'agit, le plus souvent, et en particulier dans Sylvie, *d'un souvenir à un second degré : souvenir d'un souvenir, doublement aboli, ou doublement recréé.* « *Je* ne sais pourquoi ma pensée se porta sur les habits de noces que nous avions revêtus chez la vieille tante à Othys. Je demandai ce qu'ils étaient devenus. "Ah! la bonne tante, dit Sylvie (...), elle est morte la pauvre tante!" » Le souvenir se porte avec prédilection sur des objets ou des sites anciens qui par eux-mêmes rappellent déjà tout un passé. D'où ce vertige qui guette toujours Nerval : «Châalis, dis-je... Est-ce que ça`existe encore?» La maison de l'oncle, en elle-même ancienne, est presque à l'abandon mais elle contient de «vieux meubles (...), la haute armoire de noyer, deux tableaux flamands qu'on disait l'ouvrage d'un peintre notre aïeul». Ainsi le souvenir d'enfance ramène le rêveur à un passé beaucoup plus éloigné, à une série d'ancêtres, perdus dans la nuit des temps. Là encore Sylvie et Aurélia se rejoignent, ne forment qu'un seul tissu, avec un revers lumineux, et l'autre sombre... sans qu'il soit possible de dire ce qui est l'endroit et ce qui est l'envers. Le chapitre VI de la première partie d'Aurélia est une reprise, une « correspondance » du chapitre IX de Sylvie. « *Les vieux meubles luisaient d'un poli merveilleux, les tapis et les rideaux étaient comme remis à neuf (...). Trois femmes travaillaient dans cette pièce, et représentaient, sans leur ressembler absolument, des parentes et des amies de ma jeunesse.* »

Dans Les Filles du feu, ce rêve du passé prend souvent la forme d'une rêverie sur les anciennes dynasties — où se trouvent donc réunies diverses composantes de l'imaginaire nervalien : nostalgie familiale, érudition, attrait pour l'histoire. Dans Octavie, le narrateur se réjouit d'être invité par la marquise de Gargallo ; mais parce que, comme chez Proust, les nobles ont le privilège, par leur race, de renvoyer vers un passé beaucoup plus ancien ; et quasi mythique. « *La conversation était un peu celle des Précieuses ; je me croyais dans la chambre bleue de l'hôtel Rambouillet. Les sœurs de la marquise, belles comme les*

*Grâces, renouvelaient pour moi les prestiges de l'ancienne
Grèce. »* La magie d'Adrienne est en partie due au fait que
« *le sang des Valois coulait dans ses veines* ». Quand le
narrateur se joint aux chevaliers de l'arc de Loisy, il
fait observer, avec plaisir : « *Des jeunes gens appartenant
aux vieilles familles qui possèdent encore là plusieurs de
ces châteaux perdus dans les forêts qui ont plus souffert
du temps que des révolutions, avaient organisé la fête.* »
Le château nervalien est une image de pérennité. Le plus
souvent, il est vu de l'extérieur, dans un cadre champêtre :
bien différent du château sadien, sans cette intériorité
terrifiante. Il est

« ... Un château de brique à coins de pierre,
Aux vitraux teints de rougeâtres couleurs,
Ceint de grands parcs, avec une rivière
Baignant ses pieds, qui coule entre des fleurs. »

*Comme chez Proust, cette rêverie sur les anciennes
familles est essentiellement, fondamentalement, une rêverie
sur les noms et sur les sons. De même que* Du côté de
Guermantes *est né d'une songerie autour du nom même
des Guermantes, on peut se demander si* Angélique *ne
doit pas son existence à un mécanisme créateur assez
voisin :* « *Je faisais quelques recherches préparatoires
sur les Bucquoy, dont le nom a toujours résonné dans mon
esprit comme un souvenir d'enfance.* »

*La rêverie phonétique de Nerval prend une forme plus
particulièrement musicale : dans son amour pour les
vieilles chansons, doublement anciennes puisqu'elles
rappellent, par-delà sa propre enfance, le passé du Valois.*
Angélique *est ponctuée par les chansons de Sylvain et
par les airs des petites filles de Senlis :* « *Les canards
dans la rivière...* », « *Trois filles dans un pré* ». *Et dans*
Sylvie : « *Des jeunes filles dansaient en rond sur la
pelouse en chantant de vieux airs transmis par leurs mères,*

et d'un français si naturellement pur, que l'on se sentait bien exister dans ce vieux pays du Valois, où pendant plus de mille ans, a battu le cœur de la France. » Le signe de la déchéance de Sylvie, atteinte par la civilisation et l'industrialisation, c'est quand elle se met à « phraser », et ne chante plus les romances naïves de son enfance. Dans les Mémorables, pour exprimer la béatitude mystique, Nerval évoquera les chants des paysans d'Auvergne : « Là-haut, sur les montagnes, — le monde y vit content ; — le rossignol sauvage — fait mon contentement ! »

La remémoration chez Nerval n'est pas toujours euphorisante. Elle devient souvent un vertige de la réitération et débouche sur un doute fondamental qui sape le sentiment de son identité. Ainsi de la scène si connue du « mariage » dans Sylvie. On a trop vanté le côté charmant de l'épisode, la grâce du tableau de genre. Il est bien vrai que la tonalité générale est de lumière et de bonheur. Et pourtant le trouble de la métamorphose apparaît à tel détour de phrase : « En un instant, je me transformai en marié de l'autre siècle. »

Le théâtre et le double.

Ce vertige qui aboutit dans Aurélia à la présence du Double, à la focalisation en Aurélia de toutes les femmes aimées jadis, de la Mère et des grandes déesses de toutes les religions, il se trouve déjà dans Sylvie, lorsque le narrateur imagine qu'Adrienne et Aurélie pourraient bien n'être qu'une seule femme : « Aimer une religieuse sous la forme d'une actrice... et si c'était la même ! — Il y a de quoi devenir fou ! C'est un entraînement fatal où l'inconnu vous attire comme le feu follet fuyant sur les joncs d'une eau morte... Reprenons pied sur le réel. » Sylvie permet le retour à la réalité. Mais ce retour est ambigu, *car Sylvie est elle-même la « fée des légendes ».*

Quant au double, il apparaît sous la forme de Sylvain, le frère de lait, qui dans Angélique donne des renseignements précieux sur l'histoire ; il est, comme Sylvie, le génie de cette terre du Valois. Double bienfaisant, il a pour mission de sauver le narrateur de la noyade — réelle et symbolique. De même que Sylvie l'arrache momentanément, ou l'arracherait à la folie, le « grand frisé » l'a sauvé de la mort lorsqu'il était enfant : « Te souviens-tu de ton frère de lait qui t'a un jour retiré de l'ieau. » Sylvain, nouveau narcisse, a retiré de l'eau son image, et Nerval demeure hanté. Tout prend l'aspect double, même avant Aurélia, et déjà, sous la forme d'un doute érudit, dans Angélique : n'y aurait-il pas un vrai et un faux abbé Bucquoy ?

C'est parce qu'il introduit un doute sur l'identité, que le théâtre joue un tel rôle dans Les Filles du feu et dans l'œuvre de Nerval en général. Ce n'est pas hasard si Nerval place l'histoire de Brisacier et de l'Étoile dans la préface à Alexandre Dumas. L'ouverture de Sylvie est tout entière sous ce signe : « Je sortais d'un théâtre où tous les soirs je paraissais aux avant-scènes en grande tenue de soupirant. » Dans l'organisation du roman, cette première phrase trouve sa réponse dans la première du chapitre suivant : « Plongé dans une demi-somnolence ». Le théâtre, comme le rêve et la folie, est le lieu d'une expérience mystique et mythique. La naïve représentation d'un mystère médiéval dans Sylvie devient un rite cosmique : « La scène se passait entre les anges, sur les débris du monde détruit. Chaque voix chantait une des splendeurs de ce globe éteint, et l'ange de la mort définissait les causes de sa destruction. » On y retrouve les couleurs mystiques des Mémorables, en particulier l'hyacinthe. Même le modeste « vaudeville français » dont il est question au début d'Octavie est important puisqu'il permet de retrouver la jeune Anglaise. La Pandora *se déroule tout entière dans une atmosphère d'opéra viennois devenu soudain tragique dans l'hallucination du rococo. C'est que le théâtre est un temple d'épreuve, d'initiation et de souffrance, comme la folie encore dont il est une figure. Il est abandon de la raison et de la réalité, pour retrouver par-delà la déraison, la vérité supérieure, la seule réalité.*

On ne s'étonnera pas désormais de l'importance des travestis dans la thématique nervalienne : ils permettent d'être autre, d'être le double, de s'approprier ce personnage de théâtre qui vous communique un étrange vertige. Sans vouloir revenir à Sylvie, *on s'arrêtera au début d'*Isis *où l'on sent bien le caractère palingénésique du déguisement. Grâce aux costumes, les invités de l'ambassadeur de Naples participent à ce « culte régénéré d'Isis ». Et Jean Richer n'a pas eu tort de parler, à propos d'*Aurélia, *d' « opéra fabuleux ». La folie, avec ses visions, ses décors, ses personnages demi-réels, devient une immense représentation cosmique, à laquelle assiste Nerval acteur, spectateur et narrateur, tout à la fois.*

Féerique et fantastique.

Aurélia *a peut-être été conçue d'abord comme une « Fille du feu » — le cas de* Pandora, *qui l'aurait été, si le texte avait été achevé à temps, est assez significatif. Elle tient des* Filles du feu *par son titre même, voué à une héroïne féminine — désormais la seule, l'unique, celle qui est toutes les femmes à la fois, Isis et la Vierge, Jenny et la Mort. La structure du récit possède des analogies qui frappent tout autant que le retour des mêmes thèmes. Il s'agit toujours de ce mode de récit bref, à la première personne, avec cet accent, ce rythme de la nouvelle nervalienne, fait de fantaisie, de vagabondage et d'extrême rigueur.*

Un personnage féminin incarne l'énergie, le « feu »; avec cette série de nouvelles, Nerval a donné au mythe de l'énergie romantique (des Lumières à Mickiewicz, pour reprendre les termes de Jean Fabre) une expression d'une intensité de flamme. Mais cette énergie psychique, elle atteint avec Aurélia son plus haut point, car la folie, du moins telle qu'elle est revécue, recréée par Nerval, c'est essentiellement une « énergie spirituelle » portée par-delà les limites humaines.

Du coup, le récit bascule sur un autre plan. De l'insolite, du féerique, des touches de supernaturalisme que l'on pouvait déceler dans Sylvie, Nerval passe à un autre domaine : celui du fantastique, seul mode d'expression de cette surénergie de la folie, et des visions qui en naissent. Encore le fantastique d'Aurélia est-il bien particulier, et difficilement réductible aux divers modes du récit fantastique que l'on peut analyser à l'époque romantique. Certes, on relève dans Aurélia un réseau de thèmes qui appartiennent au registre du fantastique, et en particulier les métamorphoses, les brusques changements de formes, de visages et de taille. Les hallucinations spatiales sont fréquentes : « Je me perdis plusieurs fois dans les longs corridors, et, en traversant une des galeries centrales, je fus frappé d'un spectacle étrange. Un être d'une grandeur démesurée, — homme ou femme, je ne sais, — voltigeait péniblement au-dessus de l'espace et semblait se débattre parmi des nuages épais. » L'esprit avec lequel Nerval s'entretient change de forme. Le voyageur en Orient n'a peut-être pas oublié Les Mille et Une Nuits et les curieuses métamorphoses des djinns. Le temps, lui aussi, n'est plus soumis au rythme habituel. Le narrateur est transporté dans des époques mythiques, il assiste au déluge, il voit les races primitives, et les monstres préhistoriques se débattre dans les incertitudes des commencements. On assiste encore, comme dans le registre du fan-

tastique, à une causalité inversée : il n'y a pas de rencontre fortuite. Un chiffre a forcément une signification ; il n'y a plus de hasard. Si le chiffre inscrit sur une porte est justement celui de l'âge de Nerval, c'est le signe que lui, ou Aurélia, va mourir. Les conversations qu'il peut entendre autour de lui, ne sont pas indifférentes ; elles se rapportent forcément à son propre cas. On sait aussi que l'apparition du double est un leitmotiv du conte fantastique, en particulier à l'époque romantique. Hallucinations de l'espace et du temps, causalité inversée, surdéterminisme, identité floue, voilà bien un répertoire de thèmes fantastiques — et, tout aussi bien, des troubles fondamentaux de la folie et de la schizophrénie.

Mais il ne suffit pas de réunir un certain nombre de thèmes fantastiques pour écrire un récit fantastique : des études récentes, en particulier de S. Todorov[1], ont prouvé que le fantastique reposait surtout sur une certaine structure du récit où l'incertitude du lecteur est perpétuellement alimentée jusqu'au moment où elle cesse et où le récit se termine du même coup. Mais l'incertitude d'Aurélia porte sur un registre bien particulier. Le lecteur n'a pas à attendre un dénouement où, comme dans la Vénus d'Ille, plusieurs hypothèses lui seraient présentées entre lesquelles il pourrait hésiter à trouver une explication. L'incertitude est plus diffuse, plus essentielle aussi. Elle consiste à se demander quel degré de réalité il faut accorder aux diverses visions décrites par Nerval. Et le narrateur exprime cette possibilité d'incertitude, en multipliant les « il me semblait », « je crus », où intervient un doute — doute qui n'est pas partie intégrante de la vision, évidemment, mais est introduit par la narration après coup ; au moment de la folie, Nerval n'a pas cru voir : il a vu. C'est ensuite qu'il laisse, grâce à ces procédés stylistiques, la liberté

---

1. *Introduction à la littérature fantastique.* Éd. du Seuil.

à son lecteur d'adhérer à la réalité de la vision, ou de la
remettre en cause. Le récit se résout — au sens musical —
par une « guérison » du narrateur : « Je pouvais juger plus
sainement le monde des illusions où j'avais quelque temps
vécu. Toutefois, je me sens heureux des convictions que
j'ai acquises, et je compare cette série d'épreuves que j'ai
traversées à ce qui, pour les anciens, représentait l'idée
d'une descente aux enfers. » Finalement l'interrogation du
lecteur sur la réalité des visions débouche sur une interrogation métaphysique : croira-t-il ou ne croira-t-il pas à
l'au-delà ? Nulle part, mieux que dans Aurélia, on ne sent
que le « doute » propre à la structure du récit fantastique
porte sur bien autre chose que sur la réalité ou l'interprétation de tel ou tel détail : sur l'acceptation ou le refus
du surnaturel. Le genre fantastique n'a été si prospère à
l'époque romantique, que parce qu'il traduisait en une
certaine structure du récit, une métaphysique du Doute.
Le récit cesse au moment où Nerval affirme avoir acquis
des « convictions » — mais pour que la narration ait pu
être conduite jusque-là, il fallait que l'ambiguïté des
croyances s'exprime sans cesse par ce passage d'un
« dedans » à un « dehors » de la folie : le narrateur est
tantôt acteur passionné, tantôt spectateur prudent de son
théâtre intérieur; tantôt voyageur, tantôt historien de
son voyage; tantôt écrivain, tantôt critique de son propre
livre.

Béatrice Didier.

Les Filles du feu

NOUVELLES

A ALEXANDRE DUMAS [1]

Je vous dédie ce livre, mon cher maître, comme j'ai dédié *Lorely* à Jules Janin. J'avais à le remercier au même titre que vous. Il y a quelques années, on m'avait cru mort et il avait écrit ma biographie [2]. Il y a quelques jours, on m'a cru fou, et vous avez consacré quelques-unes de vos lignes des plus charmantes à l'épitaphe de mon esprit. Voilà bien de la gloire qui m'est échue en avancement d'hoirie. Comment oser, de mon vivant, porter au front ces brillantes couronnes ? Je dois afficher un air modeste et prier le public de rabattre beaucoup de tant d'éloges accordés à mes cendres, ou au vague contenu de cette bouteille que je suis allé chercher dans la lune à l'imitation d'Astolfe, et que j'ai fait rentrer, j'espère, au siège habituel de la pensée.

Or, maintenant que je ne suis plus sur l'hippogriffe et qu'aux yeux des mortels j'ai recouvré ce qu'on appelle vulgairement la raison, — raisonnons.

Voici un fragment de ce que vous écriviez sur moi le 10 décembre dernier :

« C'est un esprit charmant et distingué, comme vous avez pu en juger, — chez lequel, de temps en temps, un certain phénomène se produit, qui, par bonheur, nous l'espérons, n'est sérieusement inquiétant ni pour lui, ni pour ses amis ; — de temps en temps, lorsqu'un travail quelconque l'a fort préoccupé, l'imagination, cette folle du logis, en chasse momentanément la raison, qui n'en est que la maîtresse ; alors la première reste seule, toute-puissante, dans ce cerveau nourri de rêves et d'hallucinations, ni plus ni moins qu'un fumeur d'opium du Caire, ou qu'un mangeur de haschisch d'Alger, et alors, la vagabonde qu'elle est le jette dans les théories impossibles, dans les livres infaisables. Tantôt il est le roi d'Orient Salomon, il a retrouvé le sceau qui évoque les esprits, il attend la reine de Saba ; et alors, croyez-le bien, il n'est conte de fée, ou des *Mille et une Nuits*, qui vaille ce qu'il raconte à ses amis, qui ne savent s'ils doivent le plaindre ou l'envier, de l'agilité et de la puissance de ces esprits, de la beauté et de la richesse de cette reine ; tantôt il est sultan de Crimée, comte d'Abyssinie, duc d'Égypte, baron de Smyrne. Un autre jour il se croit fou, et il raconte comment il l'est devenu, et avec un si joyeux entrain, en passant par des péripéties si amusantes, que chacun désire le devenir pour suivre ce guide entraînant dans le pays des chimères et des hallucinations, plein d'oasis plus fraîches et plus ombreuses que celles qui s'élèvent sur la route brûlée d'Alexandrie à Ammon ; tantôt, enfin, c'est la mélancolie qui devient sa muse, et alors retenez vos larmes si vous pouvez, car jamais Werther, jamais René, jamais Antony n'ont eu plaintes plus poignantes, sanglots plus douloureux, paroles plus tendres, cris plus poétiques !... »

Je vais essayer de vous expliquer, mon cher Dumas, le phénomène dont vous avez parlé plus haut. Il est, vous le savez, certains conteurs qui ne peuvent inventer sans s'identifier aux personnages de leur imagination [1]. Vous savez avec quelle conviction notre vieil ami Nodier racontait comment il avait eu le malheur d'être guillotiné à l'époque de la Révolution ; on en devenait tellement persuadé que l'on se demandait comment il était parvenu à se faire recoller la tête...

Hé bien, comprenez-vous que l'entraînement d'un récit puisse produire un effet semblable ; que l'on arrive pour ainsi dire à s'incarner dans le héros de son imagination, si bien que sa vie devienne la vôtre et qu'on brûle des flammes factices de ses ambitions et de ses amours ! C'est pourtant ce qui m'est arrivé en entreprenant l'histoire d'un personnage qui a figuré, je crois bien, vers l'époque de Louis XV, sous le pseudonyme de Brisacier. Où ai-je lu la biographie fatale de cet aventurier [1] ? J'ai retrouvé celle de l'abbé de Bucquoy ; mais je me sens bien incapable de renouer la moindre preuve historique à l'existence de cet illustre inconnu ! Ce qui n'eût été qu'un jeu pour vous, maître, — qui avez su si bien vous jouer avec nos chroniques et nos mémoires que la postérité ne saura plus démêler le vrai du faux, et chargera de vos inventions tous les personnages historiques que vous avez appelés à figurer dans vos romans, — était devenu pour moi une obsession, un vertige. Inventer, au fond, c'est se ressouvenir, a dit un moraliste ; ne pouvant trouver les preuves de l'existence matérielle de mon héros, j'ai cru tout à coup à la transmigration des âmes non moins fermement que Pythagore ou Pierre Leroux. Le dix-huitième siècle même, où je m'imaginais avoir vécu, était plein de ces illusions. Voisenon, Moncrif et Crébillon fils en ont écrit mille aventures. Rappelez-vous ce courtisan qui se souvenait d'avoir été sopha ; sur quoi Schahabaham s'écrie avec enthousiasme : « Quoi ! vous avez été sopha ! mais c'est fort galant... Et, dites-moi, étiez-vous brodé ? »

Moi, je m'étais brodé sur toutes les coutures. — Du moment que j'avais cru saisir la série de toutes mes existences antérieures, il ne m'en coûtait pas plus d'avoir été prince, roi, mage, génie et même Dieu, la chaîne était brisée et marquait les heures pour des minutes. Ce serait le Songe de Scipion, la Vision du Tasse ou *la Divine Comédie* du Dante, si j'étais parvenu à concentrer mes souvenirs en un chef-d'œuvre. Renonçant désormais à la renommée d'inspiré, d'illuminé, ou de prophète, je n'ai à vous offrir que ce que vous appelez si justement des théories impossibles, un *livre infaisable*, dont voici le premier chapitre, qui semble faire suite au *Roman comique* de Scarron... Jugez-en :

« Me voici encore dans ma prison, Madame ; toujours imprudent, toujours coupable à ce qu'il semble, et toujours confiant, hélas ! dans cette belle *étoile* de comédie, qui a bien voulu m'appeler un instant son destin. L'Étoile et le Destin : quel couple aimable dans le roman du poète Scarron [1] ! mais qu'il est difficile de jouer convenablement ces deux rôles aujourd'hui. La lourde charrette qui nous cahotait jadis sur l'inégal pavé du Mans a été remplacée par des carrosses, par des chaises de poste et autres inventions nouvelles. Où sont les aventures, désormais ? où est la charmante misère qui nous faisait vos égaux et vos camarades, mesdames les comédiennes, nous les pauvres poètes toujours et les poètes pauvres bien souvent ? Vous nous avez trahis, reniés ! et vous vous plaigniez de notre orgueil ! Vous avez commencé par suivre de riches seigneurs, chamarrés, galants et hardis, et vous nous avez abandonnés dans quelque misérable auberge pour payer la dépense de vos folles orgies. Ainsi, moi, le brillant comédien naguère, le prince ignoré, l'amant mystérieux, le déshérité, le banni de liesse, le beau ténébreux, adoré des marquises comme des présidentes, moi, le favori bien indigne de Mme Bouvillon, je n'ai pas été mieux traité que ce pauvre Ragotin, un poétereau de province, un robin !... Ma bonne mine, défigurée d'un vaste emplâtre, n'a servi même qu'à me perdre plus sûrement. L'hôte, séduit par les discours de La Rancune, a bien voulu se contenter de tenir en gage le propre fils du grand khan de Crimée envoyé ici pour faire ses études, et avantageusement connu dans toute l'Europe chrétienne sous le pseudonyme de Brisacier. Encore si ce misérable, si cet intrigant suranné m'eût laissé quelques vieux louis, quelques carolus, ou même une pauvre montre entourée de faux brillants, j'eusse pu sans doute imposer le respect à mes accusateurs et éviter la triste péripétie d'une aussi sotte combinaison. Bien mieux, vous ne m'aviez laissé pour tout costume qu'une méchante souquenille puce, un justaucorps rayé de noir et de bleu, et des chausses d'une conservation équivoque. Si bien qu'en soulevant ma valise après votre départ, l'aubergiste inquiet a soupçonné une partie de la triste vérité, et m'est venu dire tout net que j'étais *un prince de contrebande*. A ces mots, j'ai voulu sauter sur mon épée, mais La Rancune l'avait enlevée, prétextant qu'il fallait m'empêcher de m'en percer le cœur sous les yeux de l'ingrate qui m'avait trahi! Cette dernière supposition était inutile, ô La Rancune! on ne se perce pas le cœur avec une épée de comédie; on n'imite pas le cuisinier Vatel, on n'essaie pas de parodier les héros de roman, quand on est un héros de tragédie : et je prends tous nos camarades à témoin qu'un tel trépas est impossible à mettre en scène un peu noblement. Je sais bien qu'on peut piquer l'épée en terre et se jeter dessus les bras ouverts; mais nous sommes ici dans une chambre parquetée, où le tapis manque, nonobstant la froide saison. La fenêtre est d'ailleurs assez ouverte et assez haute sur la rue pour qu'il soit loisible à tout désespoir tragique de terminer par là son cours. Mais... mais, je vous l'ai dit mille fois, je suis un comédien qui a de la religion.

» Vous souvenez-vous de la façon dont je jouais Achille, quand par hasard passant dans une ville de troisième ou de quatrième ordre, il nous prenait la fantaisie d'étendre le culte négligé des anciens tragiques français? J'étais noble et puissant, n'est-ce pas, sous le casque doré aux crins de pourpre, sous la cuirasse étincelante, et drapé d'un manteau d'azur? Et quelle pitié c'était alors de voir un père aussi lâche qu'Agamemnon disputer au prêtre Calchas l'honneur de livrer plus vite au couteau la pauvre Iphigénie en larmes! J'entrais comme la foudre au milieu de cette action forcée et cruelle; je rendais l'espérance aux mères et le courage aux pauvres filles, sacrifiées toujours à un devoir, à un Dieu, à la vengeance d'un peuple, à l'honneur ou au profit d'une famille!... car on comprenait bien partout que c'était là l'histoire éternelle des mariages humains. Toujours le père livrera sa fille par ambition, et toujours la mère la vendra avec avidité; mais l'amant ne sera pas toujours cet honnête Achille, si beau, si bien armé, si galant et si

terrible, quoiqu'un peu rhéteur pour un homme d'épée !
Moi, je m'indignais parfois d'avoir à débiter de si longues
tirades dans une cause aussi limpide et devant un audi-
toire aisément convaincu de mon droit. J'étais tenté de
sabrer, pour en finir, toute la cour imbécile du roi des
rois, avec son espalier de figurants endormis ! Le public
en eût été charmé ; mais il aurait fini par trouver la pièce
trop courte, et par réfléchir qu'il lui faut le temps de voir
souffrir une princesse, un amant et une reine ; de les voir
pleurer, s'emporter et répandre un torrent d'injures
harmonieuses contre la vieille autorité du prêtre et du
souverain. Tout cela vaut bien cinq actes et deux heures
d'attente, et le public ne se contenterait pas à moins ; il
lui faut sa revanche de cet éclat d'une famille unique,
pompeusement assise sur le trône de la Grèce, et devant
laquelle Achille lui-même ne peut s'emporter qu'en
paroles ; il faut qu'il sache tout ce qu'il y a de misères
sous cette pourpre, et pourtant d'irrésistible majesté !
Ces pleurs tombés des plus beaux yeux du monde sur
le sein rayonnant d'Iphigénie n'enivrent pas moins la
foule que sa beauté, ses grâces et l'éclat de son costume
royal ! Cette voix si douce, qui demande la vie en
rappelant qu'elle n'a pas encore vécu ; le doux sourire de
cet œil, qui fait trêve aux larmes pour caresser les
faiblesses d'un père, première agacerie, hélas ! qui ne
sera pas pour l'amant !... Oh ! comme chacun est attentif
pour en recueillir quelque chose ! La tuer ? elle ! qui donc
y songe ? Grands dieux ! personne peut-être ?... Au
contraire ; chacun s'est dit déjà qu'il fallait qu'elle
mourût pour tous, plutôt que de vivre pour un seul ;
chacun a trouvé Achille trop beau, trop grand, trop
superbe ! Iphigénie sera-t-elle emportée encore par ce
vautour thessalien, comme l'autre, la fille de Léda, l'a été
naguère par un prince berger de la voluptueuse côte
d'Asie ? Là est la question pour tous les Grecs, et là est
aussi la question pour le public qui nous juge dans ces
rôles de héros ! Et moi, je me sentais haï des hommes
autant qu'admiré des femmes quand je jouais un de ces
rôles d'amant superbe et victorieux. C'est qu'à la place

d'une froide princesse de coulisse, élevée à psalmodier
tristement ces vers immortels, j'avais à défendre, à
éblouir, à conserver une véritable fille de la Grèce, une
perle de grâce, d'amour et de pureté, digne en effet d'être
disputée par les hommes aux dieux jaloux! Était-ce
Iphigénie seulement? Non, c'était Monime, c'était
Junie, c'était Bérénice, c'étaient toutes les héroïnes inspirées par les beaux yeux d'azur de Mlle Champmeslé,
ou par les grâces adorables des vierges nobles de Saint-
Cyr! Pauvre Aurélie [1]! notre compagne, notre sœur,
n'auras-tu point regret toi-même à ces temps d'ivresse
et d'orgueil? Ne m'as-tu pas aimé un instant, froide
Étoile! à force de me voir souffrir, combattre ou pleurer
pour toi! L'éclat nouveau dont le monde t'environne
aujourd'hui prévaudra-t-il sur l'image rayonnante de
nos triomphes communs? On se disait chaque soir :
« Quelle est donc cette comédienne si au-dessus de tout
» ce que nous avons applaudi? Ne nous trompons-nous
» pas? Est-elle bien aussi jeune, aussi fraîche, aussi
» honnête qu'elle le paraît? Sont-ce de vraies perles et
» de fines opales qui ruissellent parmi ses blonds cheveux
» cendrés, et ce voile de dentelle appartient-il bien légiti-
» mement à cette malheureuse enfant? N'a-t-elle pas
» honte de ces satins brochés, de ces velours à gros plis,
» de ces peluches et de ces hermines? Tout cela est d'un
» goût suranné qui accuse des fantaisies au-dessus de
» son âge. » Ainsi parlaient les mères, en admirant
toutefois un choix constant d'atours et d'ornements
d'un autre siècle qui leur rappelaient de beaux souvenirs.
Les jeunes femmes enviaient, critiquaient ou admiraient
tristement. Mais moi, j'avais besoin de la voir à toute
heure pour ne pas me sentir ébloui près d'elle, et pour
pouvoir fixer mes yeux sur les siens autant que le
voulaient nos rôles. C'est pourquoi celui d'Achille était
mon triomphe; mais que le choix des autres m'avait
embarrassé souvent! quel malheur de n'oser changer
les situations à mon gré et sacrifier même les pensées
du génie à mon respect et à mon amour! Les Britannicus
et les Bajazet, ces amants captifs et timides, n'étaient

pas pour me convenir. La pourpre du jeune César me séduisait bien davantage! mais quel malheur ensuite de ne rencontrer à dire que de froides perfidies! Hé quoi! ce fut là ce Néron, tant célébré de Rome? ce beau lutteur, ce danseur, ce poète ardent, dont la seule envie était de plaire à tous? Voilà donc ce que l'histoire en a fait, et ce que les poètes en ont rêvé d'après l'histoire! Oh! donnez-moi ses fureurs à rendre, mais son pouvoir, je craindrais de l'accepter. Néron! je t'ai compris, hélas! non pas d'après Racine, mais d'après mon cœur déchiré quand j'osais emprunter ton nom! Oui, tu fus un dieu, toi qui voulais brûler Rome, et qui en avais le droit, peut-être, puisque Rome t'avait insulté!...

» Un sifflet, un sifflet indigne, *sous ses yeux*, près d'elle, à cause d'elle! Un sifflet qu'elle s'attribue par ma faute (comprenez bien)! Et vous demanderez ce qu'on fait quand on tient la foudre!... Oh! tenez, mes amis! j'ai eu un moment l'idée d'être vrai, d'être grand, de me faire immortel enfin, sur votre théâtre de planches et de toiles, et dans votre comédie d'oripeaux! Au lieu de répondre à l'insulte par une insulte, qui m'a valu le *châtiment* dont je souffre encore, au lieu de provoquer tout un public vulgaire à se ruer sur les planches et à m'assommer lâchement..., j'ai eu un moment l'idée, l'idée sublime, et digne de César lui-même, l'idée que cette fois nul n'aurait osé mettre au-dessous de celle du grand Racine, l'idée auguste enfin de brûler le théâtre et le public, et vous tous! et de l'emporter seule à travers les flammes, échevelée, à demi nue, selon son rôle, ou du moins selon le récit classique de Burrhus [1]. Et soyez sûrs alors que rien n'aurait pu me la ravir, depuis cet instant jusqu'à l'échafaud! et de là dans l'éternité!

» O remords de mes nuits fiévreuses et de mes jours mouillés de larmes! Quoi! j'ai pu le faire et ne l'ai pas voulu? Quoi! vous m'insultez encore, vous qui devez la vie à ma pitié plus qu'à ma crainte! Les brûler tous, je l'aurais fait! Jugez-en : Le théâtre de P*** n'a qu'une seule sortie; la nôtre donnait bien sur une petite rue de

derrière, mais le foyer où vous vous teniez tous est de
l'autre côté de la scène. Moi, je n'avais qu'à détacher un
quinquet pour incendier les toiles, et cela sans danger
d'être surpris, car le surveillant ne pouvait me voir, et
j'étais seul à écouter le fade dialogue de Britannicus et
de Junie pour reparaître ensuite et faire tableau. Je
luttai avec moi-même pendant tout cet intervalle; en
rentrant, je roulais dans mes doigts un gant que j'avais
ramassé; j'attendais à me venger plus noblement que
César lui-même d'une injure que j'avais sentie avec tout
le cœur d'un César... Eh bien! ces lâches n'osaient
recommencer! mon œil les foudroyait sans crainte, et
j'allais pardonner au public, sinon à Junie, quand elle a
osé... Dieux immortels!... tenez, laissez-moi parler
comme je veux!... Oui, depuis cette soirée, ma folie est
de me croire un Romain, un empereur; mon rôle s'est
identifié à moi-même, et la tunique de Néron s'est collée
à mes membres qu'elle brûle, comme celle du centaure
dévorait Hercule expirant. Ne jouons plus avec les choses
saintes, même d'un peuple et d'un âge éteints depuis si
longtemps, car il y a peut-être quelque flamme encore
sous les cendres des dieux de Rome [1]!... Mes amis! comprenez surtout qu'il ne s'agissait pas pour moi d'une
froide traduction de paroles compassées; mais d'une
scène où tout vivait, où trois cœurs luttaient à chances
égales, où comme au jeu du cirque, c'était peut-être du
vrai sang qui allait couler! Et le public le savait bien,
lui, ce public de petite ville, si bien au courant de toutes
nos affaires de coulisse; ces femmes dont plusieurs
m'auraient aimé si j'avais voulu trahir mon seul amour!
ces hommes tous jaloux de moi à cause d'elle; et l'autre,
le Britannicus bien choisi, le pauvre soupirant confus,
qui tremblait devant moi et devant elle, mais qui devait
me vaincre à ce jeu terrible, où le dernier venu a tout
l'avantage et toute la gloire... Ah! le débutant d'amour
savait son métier... mais il n'avait rien à craindre, car
je suis trop juste pour faire un crime à quelqu'un d'aimer
comme moi, et c'est en quoi je m'éloigne du monstre
idéal rêvé par le poète Racine : je ferais brûler Rome

sans hésiter, mais en sauvant Junie, je sauverais aussi mon frère Britannicus [1].

» Oui, mon frère, oui, pauvre enfant comme moi de l'art et de la fantaisie, tu l'as conquise, tu l'as méritée en me la disputant seulement. Le ciel me garde d'abuser de mon âge, de ma force et de cette humeur altière que la santé m'a rendue, pour attaquer son choix ou son caprice à elle, la toute-puissante, l'équitable, la divinité de mes rêves comme de ma vie !... Seulement j'avais craint longtemps que mon malheur ne te profitât en rien, et que les beaux galants de la ville ne nous enlevassent à tous ce qui n'est perdu que pour moi.

» La lettre que je viens de recevoir de La Caverne me rassure pleinement sur ce point. Elle me conseille de renoncer à un « art qui n'est pas fait pour moi et dont je » n'ai nul besoin... » Hélas! cette plaisanterie est amère, car jamais je n'eus davantage besoin, sinon de l'art, du moins de ses produits brillants. Voilà ce que vous n'avez pas compris. Vous croyez avoir assez fait en me recommandant aux autorités de Soissons comme un personnage illustre que sa famille ne pouvait abandonner, mais que la violence de son mal vous obligeait à laisser en route. Votre La Rancune s'est présenté à la maison de ville et chez mon hôte, avec des airs de grand d'Espagne de première classe forcé par un contre-temps de s'arrêter deux nuits dans un si triste endroit; vous autres, forcés de partir précipitamment de P*** le lendemain de ma déconvenue, vous n'aviez, je le conçois, nulle raison de vous faire passer ici pour d'*infâmes histrions* : c'est bien assez de se laisser clouer ce masque au visage dans les endroits où l'on ne peut faire autrement. Mais, moi, que vais-je dire, et comment me dépêtrer de l'infernal réseau d'intrigues où les récits de La Rancune viennent de m'engager? Le grand couplet du *Menteur* de Corneille lui a servi assurément à composer son histoire, car la conception d'un faquin tel que lui ne pouvait s'élever si haut. Imaginez... Mais que vais-je vous dire que vous ne sachiez de reste et que vous n'ayez comploté ensemble pour me perdre? L'ingrate qui est cause de mes malheurs n'y aura-t-elle pas mélangé tous les fils de satin les plus inextricables que ses doigts d'Arachné auront pu tendre autour d'une pauvre victime?... Le beau chef-d'œuvre! Hé bien! je suis pris, je l'avoue; je cède, je demande grâce. Vous pouvez me reprendre avec vous sans crainte, et, si les rapides chaises de poste qui vous emportèrent sur la route de Flandre, il y a près de trois mois, ont déjà fait place à l'humble charrette de nos premières équipées, daignez me recevoir au moins en qualité de monstre, de phénomène, de *calot* propre à faire amasser la foule, et je réponds de m'acquitter de ces divers emplois de manière à contenter les amateurs les plus sévères des provinces... Répondez-moi maintenant au bureau de poste, car je crains la curiosité de mon hôte : j'enverrai prendre votre épître par un homme de la maison, qui m'est dévoué...

» L'illustre Brisacier [1]. »

Que faire maintenant de ce héros abandonné de sa maîtresse et de ses compagnons? N'est-ce en vérité qu'un comédien de hasard, justement puni de son irrévérence envers le public, de sa sotte jalousie, de ses folles prétentions? Comment arrivera-t-il à prouver qu'il est le propre fils du khan de Crimée, ainsi que l'a proclamé l'astucieux récit de La Rancune? Comment de cet abaissement inouï s'élancera-t-il aux plus hautes destinées?... Voilà des points qui ne vous embarrasseraient nullement sans doute, mais qui m'ont jeté dans le plus étrange désordre d'esprit. Une fois persuadé que j'écrivais ma propre histoire, je me suis mis à traduire tous mes rêves, toutes mes émotions, je me suis attendri à cet amour pour une *étoile* fugitive qui m'abandonnait seul dans la nuit de ma destinée, j'ai pleuré, j'ai frémi des vaines apparitions de mon sommeil [2]. Puis un rayon divin a lui dans mon enfer; entouré de monstres contre lesquels je luttais obscurément, j'ai saisi le fil d'Ariane, et dès lors toutes mes visions sont devenues célestes. Quelque jour j'écrirai l'histoire de cette « descente aux enfers », et vous verrez qu'elle n'a pas été entièrement dépourvue de raisonnement si elle a toujours manqué de raison.

Et puisque vous avez eu l'imprudence de citer un des sonnets composés dans cet état de rêverie *super-naturaliste*, comme diraient les Allemands, il faut que vous les entendiez tous. Vous les trouverez à la fin du volume. Ils ne sont guère plus obscurs que la métaphysique d'Hégel ou les *Mémorables* de Swedenborg, et perdraient de leur charme à être expliqués, si la chose était possible ; concédez-moi du moins le mérite de l'expression ; — la dernière folie qui me restera probablement, ce sera de me croire poète : c'est à la critique de m'en guérir [1].

ANGÉLIQUE

PREMIÈRE LETTRE

A M. L. D. [1]

VOYAGE À LA RECHERCHE D'UN LIVRE UNIQUE. FRANC-
FORT ET PARIS. L'ABBÉ DE BUCQUOY. PILAT A VIENNE.
LA BIBLIOTHÈQUE RICHELIEU. PERSONNALITÉS. LA
BIBLIOTHÈQUE D'ALEXANDRIE

En 1851, je passais à Francfort [2]. — Obligé de rester deux jours dans cette ville, que je connaissais déjà, je n'eus d'autre ressource que de parcourir les rues principales, encombrées alors par les marchands forains. La place de Rœmer, surtout, resplendissait d'un luxe inouï d'étalages; et près de là, le marché aux fourrures étalait des dépouilles d'animaux sans nombre, venues soit de la haute Sibérie, soit des bords de la mer Caspienne. L'ours blanc, le renard bleu, l'hermine, étaient les moindres curiosités de cette incomparable exhibition; plus loin, les verres de Bohême aux mille couleurs éclatantes, montés, festonnés, gravés, incrustés d'or, s'étalaient sur des rayons de planches de cèdre, comme les fleurs coupées d'un paradis inconnu.

Une plus modeste série d'étalages régnait le long de sombres boutiques, entourant les parties les moins luxueuses du bazar, consacrées à la mercerie, à la cordonnerie et aux divers objets d'habillement. C'étaient des libraires, venus de divers points de l'Allemagne, et dont la vente la plus productive paraissait être celle des almanachs, des images peintes et des lithographies : le *Volks-Kalender* (Almanach du peuple), avec ses gravures sur bois, — les chansons politiques, les lithographies de Robert Blum et des héros de la guerre de Hongrie, voilà ce qui attirait les yeux et les *kreutzers* de la foule. Un grand nombre de vieux livres, étalés sous ces nouveautés, ne se recommandaient que par leurs prix modiques, et je fus étonné d'y trouver beaucoup de livres français.

C'est que Francfort, ville libre, a servi longtemps de refuge aux protestants, et, comme les principales villes des Pays-Bas, elle fut longtemps le siège d'imprimeries qui commencèrent par répandre en Europe les œuvres hardies des philosophes et des mécontents français, et qui sont restées, sur certains points, des ateliers de contrefaçon pure et simple, qu'on aura bien de la peine à détruire.

Il est impossible, pour un Parisien, de résister au désir de feuilleter de vieux ouvrages étalés par un bouquiniste. Cette partie de la foire de Francfort me rappelait les quais, souvenir plein d'émotion et de charme. J'achetai quelques vieux livres, ce qui me donnait le droit de parcourir longuement les autres. Dans le nombre, j'en rencontrai un, imprimé moitié en français, moitié en allemand, et dont voici le titre, que j'ai pu vérifier depuis dans le *Manuel du Libraire* de Brunet :

« Événement des plus rares, ou Histoire du *sieur abbé comte de Bucquoy*, singulièrement son évasion du Fort-l'Évêque et de la Bastille, avec plusieurs ouvrages vers et prose, et particulièrement la *game* des femmes, *se vend chez Jean de la France*, rue de la Réforme, à l'Espérance, à Bonnefoy. — 1719. »

Le libraire m'en demanda un florin et six kreutzers (on prononce *cruches*). Cela me parut cher pour l'endroit, et je me bornai à feuilleter le livre, ce qui, grâce à la dépense que j'avais déjà faite, m'était gratuitement permis. Le récit des évasions de l'abbé de Bucquoy était plein d'intérêt; mais je me dis enfin : je trouverai ce livre à Paris, aux bibliothèques, ou dans ces mille collections où sont réunis tous les mémoires possibles relatifs à l'histoire de France. Je pris seulement le titre exact, et j'allai me promener au *Meinlust*, sur le quai du Mein, en feuilletant les pages du Volks-Kalender.

A mon retour à Paris, je trouvai la littérature dans un état de terreur inexprimable. Par suite de l'amendement Riancey à la loi sur la presse, il était défendu aux journaux d'insérer ce que l'assemblée s'est plu à appeler le *feuilleton-roman*. J'ai vu bien des écrivains, étrangers à toute couleur politique, désespérés de cette résolution qui les frappait cruellement dans leurs moyens d'existence.

Moi-même, qui ne suis pas un romancier, je tremblais en songeant à cette interprétation vague, qu'il serait possible de donner à ces deux mots bizarrement accouplés : feuilleton-roman, et pressé de vous donner un titre, j'indiquai celui-ci : *l'Abbé de Bucquoy*, pensant bien que je trouverais très vite à Paris les documents nécessaires pour parler de ce personnage d'une façon historique et non romanesque, car il faut bien s'entendre sur les mots.

Je m'étais assuré de l'existence du livre en France, et je l'avais vu classé non seulement dans le manuel de Brunet, mais aussi dans *la France littéraire* de Quérard. Il paraissait certain que cet ouvrage, noté, il est vrai, comme rare, se rencontrerait facilement soit dans quelque bibliothèque publique, soit encore chez un amateur, soit chez les libraires spéciaux.

Du reste, ayant parcouru le livre, ayant même rencontré un second récit des aventures de l'abbé de Bucquoy dans les lettres si spirituelles et si curieuses de Mme Dunoyer [1], je ne me sentais pas embarrassé pour donner le portrait de l'homme et pour écrire sa biographie selon des données irréprochables.

Mais je commence à m'effrayer aujourd'hui des condamnations suspendues sur les journaux pour la moindre infraction au texte de la loi nouvelle. Cinquante francs d'amende par exemplaire saisi, c'est de quoi faire reculer les plus intrépides : car, pour les journaux qui tirent seulement à vingt-cinq mille, et il y en a plusieurs, cela représenterait plus d'un million. On comprend alors combien une *large* interprétation de la loi donnerait au pouvoir de moyens pour éteindre toute opposition. Le régime de la censure serait de beaucoup préférable. Sous l'ancien régime, avec l'approbation d'un censeur, — qu'il était permis de choisir, — on était sûr de pouvoir sans danger produire ses idées, et la liberté dont on jouissait était extraordinaire quelquefois. J'ai lu des livres contresignés Louis et Phélippeaux qui seraient saisis aujourd'hui incontestablement.

Le hasard m'a fait vivre à Vienne sous le régime de la censure. Me trouvant quelque peu gêné par suite de frais de voyage imprévus, et en raison de la difficulté de faire venir de l'argent de France, j'avais recouru au moyen bien simple d'écrire dans les journaux du pays. On payait cent cinquante francs la feuille de seize colonnes très courtes. Je donnai deux séries d'articles, qu'il fallut soumettre aux censeurs [1].

J'attendis d'abord plusieurs jours. On ne me rendait rien. Je me vis forcé d'aller trouver M. Pilat, le directeur de cette institution, en lui exposant qu'on me faisait attendre trop longtemps le *visa*. Il fut pour moi d'une complaisance rare, — et il ne voulut pas, comme son quasi-homonyme, se laver les mains de l'injustice que je lui signalais. J'étais privé, en outre, de la lecture des journaux français, car on ne recevait dans les cafés que le *Journal des Débats* et *la Quotidienne*. M. Pilat me dit : « Vous êtes ici dans l'endroit le plus libre de l'empire (les bureaux de la censure), et vous pouvez venir y lire, tous les jours, même *le National* et *le Charivari*. »

Voilà des façons spirituelles et généreuses qu'on ne rencontre que chez les fonctionnaires allemands, et qui n'ont que cela de fâcheux qu'elles font supporter plus longtemps l'arbitraire.

Je n'ai jamais eu tant de bonheur avec la censure

française, — je veux parler de celle des théâtres, — et je doute que si l'on rétablissait celle des livres et des journaux nous eussions plus à nous en louer. Dans le caractère de notre nation, il y a toujours une tendance à exercer la force, quand on la possède, ou les prétentions du pouvoir, quand on le tient en main.

Je parlais dernièrement de mon embarras à un savant, qu'il est inutile de désigner autrement qu'en l'appelant *bibliophile*. Il me dit : « Ne vous servez pas des *Lettres galantes* de Mme Dunoyer pour écrire l'histoire de l'abbé de Bucquoy. Le titre seul du livre empêchera qu'on le considère comme sérieux ; attendez la réouverture de la Bibliothèque (elle était alors en vacances), et vous ne pouvez manquer d'y trouver l'ouvrage que vous avez lu à Francfort. »

Je ne fis pas attention au malin sourire qui, probablement, pinçait alors la lèvre du bibliophile, et, le 1er octobre, je me présentais l'un des premiers à la Bibliothèque nationale.

M. Pilon est un homme plein de savoir et de complaisance. Il fit faire des recherches qui, au bout d'une demi-heure, n'amenèrent aucun résultat. Il feuilleta Brunet et Quérard, y trouva le livre parfaitement désigné, et me pria de revenir au bout de trois jours : — on n'avait pas pu le trouver. « Peut-être cependant, me dit M. Pilon, avec l'obligeante patience qu'on lui connaît, — peut-être se trouve-t-il classé parmi les romans. »

Je frémis : « *Parmi les romans?*... mais c'est un livre historique !... cela doit se trouver dans la collection des Mémoires relatifs au siècle de Louis XIV. Ce livre se rapporte à l'histoire spéciale de la Bastille : il donne des détails sur la révolte des Camisards, sur l'exil des protestants, sur cette célèbre ligue des faux saulniers de Lorraine, dont Mandrin se servit plus tard pour lever des troupes régulières qui furent capables de lutter contre des corps d'armée et de prendre d'assaut des villes telles que Beaune et Dijon !...

— Je le sais, me dit M. Pilon ; mais le classement des

livres, fait à diverses époques, est souvent fautif. On ne
peut en réparer les erreurs qu'à mesure que le public
fait la demande des ouvrages. Il n'y a ici que M. Ravenel qui puisse vous tirer d'embarras... Malheureusement,
il n'est pas *de semaine.* »

J'attendis la semaine de M. Ravenel. Par bonheur, je
rencontrai, le lundi suivant, dans la salle de lecture,
quelqu'un qui le connaissait, et qui m'offrit de me présenter à lui. M. Ravenel m'accueillit avec beaucoup de
politesse, et me dit ensuite : « Monsieur, je suis charmé
du hasard qui me procure votre connaissance, et je vous
prie seulement de m'accorder quelques jours. Cette
semaine, j'appartiens au public. La semaine prochaine,
je serai tout à votre service. »

Comme j'avais été présenté à M. Ravenel, je ne faisais
plus partie du public ! Je devenais une connaissance
privée, pour laquelle on ne pouvait se déranger du
service ordinaire.

Cela était parfaitement juste d'ailleurs ; mais admirez
ma mauvaise chance !... Et je n'ai eu qu'elle à accuser.

On a souvent parlé des abus de la Bibliothèque. Ils
tiennent en partie à l'insuffisance du personnel, en partie
aussi à de vieilles traditions qui se perpétuent. Ce qui a
été dit de plus juste, c'est qu'une grande partie du temps
et de la fatigue des savants distingués qui remplissent
là des fonctions peu lucratives de bibliothécaires est
dépensée à donner aux six cents lecteurs quotidiens des
livres usuels, qu'on trouverait dans tous les cabinets
de lecture ; — ce qui ne fait pas moins de tort à ces
derniers qu'aux éditeurs et aux auteurs, dont il devient
inutile dès lors d'acheter ou de louer les livres.

On l'a dit encore avec raison, un établissement unique
au monde comme celui-là ne devrait pas être un chauffoir
public, une salle d'asile, dont les hôtes sont, en majo-
rité, dangereux pour l'existence et la conservation des
livres. Cette quantité de désœuvrés vulgaires, de bourgeois retirés, d'hommes veufs, de solliciteurs sans
places, d'écoliers qui viennent copier leur version, de
vieillards maniaques, — comme l'était ce pauvre *Car-*

naval qui venait tous les jours avec un habit rouge, bleu clair, ou vert-pomme, et un chapeau orné de fleurs, — mérite sans doute considération, mais n'existe-t-il pas d'autres bibliothèques, et même des bibliothèques spéciales à leur ouvrir?...

Il y avait aux imprimés dix-neuf éditions de *Don Quichotte*. Aucune n'est restée complète. Les voyages, les comédies, les histoires amusantes, comme celles de M. Thiers et de M. Capefigue, l'Almanach des adresses, sont ce que ce public demande invariablement, depuis que les bibliothèques ne donnent plus de romans en lecture.

Puis, de temps en temps, une édition se dépareille, un livre curieux disparaît, grâce au système trop large qui consiste à ne pas même demander les noms des lecteurs.

La république des lettres est la seule qui doive être quelque peu imprégnée d'aristocratie, car on ne contestera jamais celle de la science et du talent.

La célèbre bibliothèque d'Alexandrie n'était ouverte qu'aux savants ou aux poètes connus par des ouvrages d'un mérite quelconque. Mais aussi l'hospitalité y était complète, et ceux qui venaient y consulter les auteurs étaient logés et nourris gratuitement pendant tout le temps qu'il leur plaisait d'y séjourner.

Et à ce propos, permettez à un voyageur qui en a foulé les débris et interrogé les souvenirs, de venger la mémoire de l'illustre calife Omar de cet éternel incendie de la bibliothèque d'Alexandrie, qu'on lui reproche communément. Omar n'a jamais mis le pied à Alexandrie, — quoi qu'en aient dit bien des académiciens. Il n'a pas même eu d'ordres à envoyer sur ce point à son lieutenant Amrou. La bibliothèque d'Alexandrie et le *Sérapéon*, ou maison de secours, qui en faisait partie, avaient été brûlés et détruits au quatrième siècle par les chrétiens, qui, en outre, massacrèrent dans les rues la célèbre Hypatie, philosophe pythagoricienne. Ce sont là, sans doute, des excès qu'on ne peut reprocher à la religion, mais il est bon de laver du reproche d'ignorance ces malheureux Arabes dont les traductions nous ont conservé les merveilles de la philosophie, de la médecine et des sciences grecques, en y ajoutant leurs propres travaux, qui sans cesse perçaient de vifs rayons la brume obstinée des époques féodales.

Pardonnez-moi ces digressions, et je vous tiendrai au courant du voyage que j'entreprends *à la recherche* de [1] l'abbé de Bucquoy. Ce personnage excentrique et éternellement fugitif ne peut échapper toujours à une investigation rigoureuse.

DEUXIÈME LETTRE

UN PALÉOGRAPHE. RAPPORT DE POLICE EN 1709
AFFAIRE LE PILEUR. UN DRAME DOMESTIQUE

Il est certain que la plus grande complaisance règne à la Bibliothèque nationale. Aucun savant sérieux ne se plaindra de l'organisation actuelle; mais quand un feuilletoniste ou un romancier se présente, « tout le dedans des rayons tremble ». Un bibliographe, un homme appartenant à la science régulière savent juste ce qu'ils ont à demander. Mais l'écrivain fantaisiste, exposé à perpétrer un *roman-feuilleton*, fait tout déranger, et dérange tout le monde pour une idée biscornue qui lui passe par la tête.

C'est ici qu'il faut admirer la patience d'un conservateur, l'employé secondaire est souvent trop jeune encore pour s'être fait à cette paternelle abnégation. Il vient parfois des gens grossiers qui se font une idée exagérée des droits que leur confère cet avantage de faire partie du *public*, et qui parlent à un bibliothécaire avec le ton qu'on emploie pour se faire servir dans un café. Eh bien, un savant illustre, un académicien, répondra à cet homme avec la résignation bienveillante d'un moine. Il supportera tout de lui de dix heures à deux heures et demie, inclusivement.

Prenant pitié de mon embarras, on avait feuilleté les catalogues, remué jusqu'à là *réserve*, jusqu'à l'amas indigeste des romans, parmi lesquels avait pu se trouver classé par erreur l'abbé Bucquoy ; tout d'un coup un employé s'écria : « Nous l'avons en hollandais ! » Il me lut ce titre : « Jacques de Bucquoy : — *Événements remarquables*...

— Pardon, fis-je observer, le livre que je cherche commence par « *Événement des plus rares...* ».

— Voyons encore, il peut y avoir une erreur de traduction : « *... d'un voyage de seize années fait aux Indes.* — Harlem, 1744 ».

— Ce n'est pas cela... et cependant le livre se rapporte à une époque où vivait l'abbé de Bucquoy ; le prénom Jacques est bien le sien. Mais qu'est-ce que cet abbé fantastique a pu aller faire dans les Indes ? »

Un autre employé arrive : on s'est trompé dans l'orthographe du nom ; ce n'est pas de Bucquoy ; c'est du Bucquoy, et comme il peut avoir été écrit Dubucquoy, il faut recommencer toutes les recherches à la lettre D.

Il y avait véritablement de quoi maudire les particules des noms de famille ! Dubucquoy, disais-je, serait un roturier... et le titre du livre le qualifie comte de Bucquoy !

Un *paléographe* qui travaillait à la table voisine leva la tête et me dit : « La particule n'a jamais été une preuve de noblesse ; au contraire, le plus souvent, elle indique la bourgeoisie propriétaire, qui a commencé par ceux que l'on appelait les gens de *franc-alleu*. On les désignait par le nom de leur terre, et l'on distinguait même les *branches diverses* par la désinence variée des noms d'une famille. Les grandes familles historiques s'appellent Bouchard (Montmorency), Bozon (Périgord), Beaupoil (Saint-Aulaire), Capet (Bourbon), etc. Les *de* et les *du* sont pleins d'irrégularités et d'usurpations. Il y a plus : dans toute la Flandre et la Belgique, *de* est le même article que le *der* allemand, et signifie *le*. Ainsi, de Muller veut dire : le meunier, etc. Voilà un quart de la France

rempli de faux gentilshommes. Béranger s'est raillé lui-
même très gaiement sur le *de* qui précède son nom, et
qui indique l'origine flamande. »

On ne discute pas avec un paléographe; on le laisse
parler.

Cependant, l'examen de la lettre D dans les diverses
séries de catalogues n'avait pas produit de résultat.

« D'après quoi supposez-vous que c'est du Bucquoy?
dis-je à l'obligeant bibliothécaire qui était venu en
dernier lieu.

— C'est que je viens de chercher ce nom aux manuscrits dans le catalogue des archives de la police : 1709,
est-ce l'époque?

— Sans doute; c'est l'époque de la troisième évasion
du comte de Bucquoy.

— Du Bucquoy!... c'est ainsi qu'il est porté au catalogue des manuscrits. Montez avec moi, vous consulte-
rez le livre même. »

Je me suis vu bientôt maître de feuilleter un gros
in-folio relié en maroquin rouge, et réunissant plusieurs
dossiers de rapports de police de l'année 1709. Le second
du volume portait ces noms : « Le Pileur, François
Bouchard, dame de Boulanvilliers, Jeanne Massé, —
comte du Bucquoy[1]. »

Nous tenons le loup par les oreilles, — car il s'agit
bien là d'une évasion de la Bastille, et voici ce qu'écrit
M. d'Argenson dans un rapport à M. de Pontchartrain :

« Je continue à faire chercher le *prétendu* comte du
Buquoy dans tous les endroits qu'il vous a pleu de
m'indiquer, mais on n'a peu en rien apprendre, et je ne
pense pas qu'il soit à Paris. »

Il y a dans ce peu de lignes quelque chose de rassurant
et quelque chose de désolant pour moi. Le comte de
Buquoy ou de Bucquoy, sur lequel je n'avais que des
données vagues ou contestables, prend, grâce à cette
pièce, une existence historique certaine. Aucun tribunal
n'a plus le droit de le classer parmi les héros du roman-
feuilleton.

D'un autre côté, pourquoi M. d'Argenson écrit-il :
le *prétendu* comte de Bucquoy?

Serait-ce un faux Bucquoy, qui se serait fait passer
pour l'autre [1]... dans un but qu'il est bien difficile
aujourd'hui d'apprécier?

Serait-ce le véritable, qui aurait caché son nom sous
un pseudonyme?

Réduit à cette seule preuve, la vérité m'échappe,
et il n'y a pas un légiste qui ne fût fondé à contester
même l'existence matérielle de l'individu!

Que répondre à un substitut qui s'écrierait devant
le tribunal : « Le comte de Bucquoy est un personnage
fictif, créé par la *romanesque* imagination de l'auteur!... »
et qui réclamerait l'application de la loi, c'est-à-dire,
peut-être un million d'amende! ce qui se multiplierait
encore par la série quotidienne de numéros saisis, si on
les laissait s'accumuler?

Sans avoir droit au beau nom de savant, tout écrivain
est forcé parfois d'employer la méthode scientifique; je
me mis donc à examiner curieusement l'écriture jaunie
sur papier de Hollande du rapport signé d'Argenson.
A la hauteur de cette ligne : « Je continue de faire
chercher le prétendu comte... », il y avait sur la marge ces
trois mots écrits au crayon, et tracés d'une main rapide
et ferme : « L'on ne peut trop. » Qu'est-ce que l'on ne
peut trop? — Chercher l'abbé de Bucquoy, sans doute...

C'était aussi mon avis.

Toutefois, pour acquérir la certitude, en matière
d'écritures, il faut comparer. Cette note se reproduisait
sur une autre page à propos des lignes suivantes du
même rapport :

« Les lanternes ont été posées sous les guichets du
Louvre suivant votre intention, et je tiendrai la main à
ce qu'elles soient allumées tous les soirs. »

La phrase était terminée ainsi dans l'écriture du
secrétaire, qui avait copié le rapport. Une autre main
moins exercée avait ajouté à ces mots : « allumées tous
les soirs », ceux-ci : « *fort exactement* ».

A la marge se retrouvaient ces mots de l'écriture évidemment du ministre Pontchartrain : « L'on ne peut trop. »

La même note que pour l'abbé de Bucquoy.

Cependant, il est probable que M. de Pontchartrain variait ses formules. Voici autre chose :

« J'ai fait dire aux marchands de la foire Saint-Germain qu'ils aient à se conformer aux ordres du roy, qui défendent de donner à manger durant les heures qui conviennent à l'observation du jeusne, suivant les règles de l'Église. »

Il y a seulement à la marge ce mot au crayon : « Bon. »

Plus loin, il est question d'un *particulier*, arrêté pour avoir assassiné une religieuse d'Évreux. On a trouvé sur lui une tasse, un cachet d'argent, des linges ensanglantés et un *gand*. Il se trouve que cet homme est un abbé (encore un abbé!); mais les charges se sont dissipées, selon M. d'Argenson, qui dit que cet abbé est venu à Versailles pour y solliciter des affaires qui ne lui réussissent pas, puisqu'il est toujours dans le besoin. « Aincy, ajoute-t-il, je crois qu'on peut le regarder comme un visionnaire plus propre à renvoyer dans sa province qu'à tolérer à Paris, où il ne peut être qu'à charge au public. »

Le ministre a écrit au crayon : « Qu'il luy parle auparavant. » Terribles mots, qui ont peut-être changé la face de l'affaire du pauvre abbé.

Et si c'était l'abbé de Bucquoy lui-même! — Pas de nom; seulement un mot : *Un particulier*. — Il est question plus loin de la nommée Lebeau, femme du nommé Cardinal, connue pour une prostituée... Le sieur Pasquier s'intéresse à elle...

Au crayon, en marge : « A la maison de Force. Bon pour six mois. »

Je ne sais si tout le monde prendrait le même intérêt que moi à dérouler ces pages terribles intitulées : *Pièces diverses de police*. Ce petit nombre de faits peint le point historique où se déroulera la vie de l'abbé fugitif. Et moi, qui le connais, ce pauvre abbé, — mieux peut-être que ne pourront le connaître mes lecteurs, — j'ai frémi en tournant les pages de ces rapports impitoyables qui avaient passé sous la main de ces deux hommes, — d'Argenson et Pontchartrain *.

Il y a un endroit où le premier écrit, après quelques protestations de dévouement :

« Je saurais même comme je dois recevoir les reproches et les réprimandes qu'il vous plaira de me faire... »

Le ministre répond, à la troisième personne, et, cette fois, en se servant d'une plume : « ... Il ne les méritera pas quand il voudra; et je serais bien fâché de douter de son dévouement, ne pouvant douter de sa capacité. »

Il restait une pièce dans ce dossier : « Affaire Le Pileur. » Tout un drame effrayant se déroula sous mes yeux.

Ce n'est pas un *roman*[1].

UN DRAME DOMESTIQUE. AFFAIRE LE PILEUR

L'action représente une de ces terribles scènes de famille qui se passent au chevet des morts, — dans ce moment, si bien rendu jadis sur une scène des boulevards, — où l'héritier, quittant son masque de componction et de tristesse, se lève fièrement et dit aux gens de la maison : « Les clefs? »

Ici nous avons deux héritiers après la mort de Binet de Villiers : son frère Binet de Basse-Maison, légataire universel, et son beau-frère Le Pileur.

Deux procureurs, celui du défunt et celui de Le Pileur, travaillaient à l'inventaire, assistés d'un notaire et d'un clerc. Le Pileur se plaignit de ce qu'on n'avait pas inventorié un certain nombre de papiers que Binet de Basse-Maison déclarait de peu d'importance. Ce dernier dit à Le Pileur qu'il ne devait pas soulever de mauvais

---

* Voici à quoi rimait dans ce temps-là le nom de Pontchartrain :
  C'est un *pont* de planches pourries,
  Un *char* traîné par les furies
  Dont le diable emporte le *train*.

incidents et pouvait s'en rapporter à ce que dirait Châtelain, son procureur.

Mais Le Pileur répondit qu'il n'avait que faire de consulter son procureur; qu'il savait ce qui était à faire, et que s'il formait de mauvais incidents, il était *assez gros seigneur* pour les soutenir.

Basse-Maison, irrité de ce discours, s'approcha de Le Pileur et lui dit, en le prenant par les deux boutonnières du haut de son justaucorps, qu'il l'en empêcherait bien; Le Pileur mit l'épée à la main, Basse-Maison en fit autant... Ils se portèrent d'abord quelques coups d'épée sans beaucoup s'approcher. La dame Le Pileur se jeta entre son mari et son frère; les assistants s'en mêlèrent et l'on parvint à les pousser chacun dans une chambre différente, que l'on ferma à clef.

Un moment après l'on entendit s'ouvrir une fenêtre; c'était Le Pileur qui criait à ses gens restés dans la cour « d'aller quérir ses deux neveux ».

Les hommes de loi commençaient un procès-verbal sur le désordre survenu, quand les deux neveux entrèrent le sabre à la main. C'étaient deux officiers de la maison du roi; ils repoussèrent les valets, et présentèrent la pointe aux procureurs et au notaire, demandant où était Basse-Maison.

On refusait de leur dire, quand Le Pileur cria de sa chambre : « A moi, mes neveux! »

Les neveux avaient déjà enfoncé la porte de la chambre de gauche, et accablaient de coups de plat de sabre l'infortuné Binet de Basse-Maison, lequel était, selon le rapport, « hasthmatique ».

Le notaire, qui s'appelait Dionis, crut alors que la colère de Le Pileur serait satisfaite et qu'il arrêterait ses neveux; il ouvrit donc la porte et lui fit ses remontrances. A peine dehors, Le Pileur s'écria : « On va voir beau jeu! » En arrivant derrière ses neveux, qui battaient toujours Basse-Maison, il lui porta un coup d'épée dans le ventre.

La pièce qui relate ces faits est suivie d'une autre plus détaillée, avec les dépositions de treize témoins, dont *les plus considérables* étaient les deux procureurs et le notaire.

Il est juste de dire que ces treize témoins avaient lâché pied au moment critique. Aussi, aucun ne rapporte qu'il soit absolument certain que Le Pileur ait donné le coup d'épée.

Le premier procureur dit qu'il n'est sûr que d'avoir entendu de loin les coups de plat de sabre.

Le second dépose comme son confrère.

Un laquais nommé Barry s'avance davantage : Il a vu le meurtre de loin par une fenêtre ; mais il ne sait si c'était le Pileur ou *un habillé de gris blanc* qui a donné à Basse-Maison un coup d'épée dans le ventre. Louis Calot, autre laquais, dépose à peu près de même.

Le dernier de ces treize braves, qui est le moins considérable, le clerc du notaire, a *veu* la dame Le Pileur faire main basse sur plusieurs des papiers du défunt. Il a ajouté qu'après la scène, Le Pileur est venu tranquillement chercher sa femme dans la salle où elle était, et « qu'il s'en alla dans son carrosse avec elle et les deux hommes qui avaient fait la violence ».

La moralité manquerait à ce récit instructif, touchant les mœurs du temps, si l'on ne lisait à la fin du rapport cette conclusion remarquable : « Il y a peu d'exemples d'une violence aussi odieuse et aussi criminelle... Cependant, comme les héritiers des deux frères morts se trouvent aussi beaux-frères du meurtrier, on peut craindre avec beaucoup d'apparence que cet assassinat ne demeure impuni et ne produise d'autre effet que de rendre le sieur Le Pileur beaucoup plus traitable sur des propositions d'accommoder qui lui seront faites de la part de ses cohéritiers, par rapport à leurs intérêts communs. »

On a dit que dans le grand siècle, le plus petit commis écrivait aussi pompeusement que Bossuet. Il est impossible de ne pas admirer ce beau détachement du *rapport* qui fait espérer que le meurtrier deviendra plus traitable sur le règlement de ses intérêts... Quant au meurtre, à l'enlèvement des papiers, aux coups même, distribués

probablement aux hommes de loi, ils ne peuvent être
punis, parce que ni les parents ni d'autres n'en porteront
plainte, M. Le Pileur étant *trop grand seigneur* pour ne
pas *soutenir* même ses *mauvais incidents*...

Il n'est plus question ensuite de cette histoire, — qui
m'a fait oublier un instant le pauvre abbé; — mais, à
défaut d'enjolivements romanesques, on peut du moins
découper des silhouettes historiques pour le fond du
tableau. Tout déjà, pour moi, vit et se recompose. Je vois
d'Argenson dans son bureau, Pontchartrain dans son
cabinet, le Pontchartrain de Saint-Simon, qui se rendit
si plaisant en se faisant appeler de Pontchartrain, et qui,
comme bien d'autres, se vengeait du ridicule par la
terreur.

Mais à quoi bon ces préparations? Me sera-t-il permis
seulement de mettre en scène les faits, à la manière de
Froissard ou de Monstrelet? On me dirait que c'est
le procédé de Walter Scott, un romancier, et je crains
bien qu'il ne faille me borner à une analyse pure et
simple de l'histoire de l'abbé de Bucquoy... quand je
l'aurai trouvée.

TROISIÈME LETTRE

UN CONSERVATEUR DE LA BIBLIOTHÈQUE MAZARINE
LA SOURIS D'ATHÈNES. « LA SONNETTE ENCHANTÉE »

J'avais bon espoir : M. Ravenel devait s'en occuper;
ce n'était plus que huit jours à attendre. Et, du reste,
je pouvais, dans l'intervalle, trouver encore le livre
dans quelque autre bibliothèque publique.

Malheureusement, toutes étaient fermées, hors la
Mazarine. J'allai donc troubler le silence de ces magnifiques et froides galeries. Il y a là un catalogue fort
complet, que l'on peut consulter soi-même, et qui, en
dix minutes, vous signale clairement le oui ou le non de

toute question. Les garçons eux-mêmes sont si instruits qu'il est presque toujours inutile de déranger les employés et de feuilleter le catalogue. Je m'adressai à l'un d'eux, qui fut étonné, chercha dans sa tête et me dit : « Nous n'avons pas le livre...; pourtant, j'en ai une vague idée. »

Le conservateur est un homme plein d'esprit, que tout le monde connaît, et de science sérieuse. Il me reconnut. « Qu'avez-vous donc à faire de l'abbé de Bucquoy? est-ce pour un livret d'opéra? J'en ai vu un charmant de vous il y a dix ans [*]; la musique était ravissante [1]. Vous aviez là une actrice admirable... Mais la censure, aujourd'hui, ne vous laissera pas mettre au théâtre *un abbé*.

— C'est pour un travail historique que j'ai besoin du livre. »

Il me regarda avec attention, comme on regarde ceux qui demandent des livres d'alchimie. « Je comprends, dit-il enfin; c'est pour un roman historique, genre Dumas.

— Je n'en ai jamais fait; je n'en veux pas faire : je ne veux pas grever les journaux où j'écris de quatre ou cinq cents francs par jour de timbre... Si je ne sais pas faire de l'histoire, j'imprimerai le livre tel qu'il est! »

Il hocha la tête et me dit : « Nous l'avons.

— Ah!

— Je sais où il est. Il fait partie du fonds de livres qui nous est venu de Saint-Germain-des-Prés. C'est pourquoi il n'est pas encore catalogué... Il est dans les caves.

— Ah! si vous étiez assez bon...

— Je vous le chercherai : donnez-moi quelques jours.

— Je commence le travail après-demain.

— Ah! c'est que tout cela est l'un sur l'autre; c'est une maison à remuer. Mais le livre y est; je l'ai vu.

— Ah! faites bien attention, dis-je, à ces livres du fonds de Saint-Germain-des-Prés, — à cause des rats...

---

[*] *Piquillo*, musique de Monpou, en collaboration avec Alexandre Dumas.

On en a signalé tant d'espèces nouvelles, sans compter le rat gris de Russie venu à la suite des Cosaques. Il est vrai qu'il a servi à détruire le rat anglais; mais on parle à présent d'un nouveau *rongeur* arrivé depuis peu. C'est la *souris d'Athènes*. Il paraît qu'elle peuple énormément, et que la race en a été apportée dans des caisses envoyées ici par l'Université que la France entretient à Athènes. »

Le conservateur sourit de ma crainte et me congédia en me promettant tous ses soins.

LA SONNETTE ENCHANTÉE [1]

Il m'est venu encore une idée : la Bibliothèque de l'Arsenal est en vacances; mais j'y connais un conservateur. Il est à Paris : il a les clefs. Il a été autrefois très bienveillant pour moi, et voudra bien me communiquer exceptionnellement ce livre, qui est de ceux que sa bibliothèque possède en grand nombre.

Je m'étais mis en route. Une pensée terrible m'arrêta. C'était le souvenir d'un récit fantastique qui m'avait été fait il y a longtemps.

Le conservateur [2] que je connais avait succédé à un vieillard célèbre *, qui avait la passion des livres, et qui ne quitta que fort tard et avec grand regret ses chères éditions du dix-septième siècle; il mourut cependant, et le nouveau conservateur prit possession de son appartement.

Il venait de se marier, et reposait en paix près de sa jeune épouse, lorsque tout à coup il se sent réveillé, à une heure du matin, par de violents coups de sonnette. La bonne couchait à un autre étage. Le conservateur se lève et va ouvrir.

Personne.

Il s'informe dans la maison : tout le monde dormait; le concierge n'avait rien vu.

Le lendemain, à la même heure, la sonnette retentit de la même manière avec une longue série de carillons.

---

* M. de Saint-Martin.

Pas plus de visiteur que la veille. Le conservateur, qui avait été professeur quelque temps auparavant, suppose que c'est quelque écolier rancuneux, affligé de trop de *pensums*, qui se sera caché dans la maison, ou qui aura même attaché un chat par la queue à un nœud coulant qui se serait relâché par l'effet de la traction...

Enfin, le troisième jour, il charge le concierge de se tenir sur le palier, avec une lumière, jusqu'au delà de l'heure fatale, et lui promet une récompense si la sonnerie n'a pas lieu.

A une heure du matin, le concierge voit avec consternation le cordon de sonnette se mettre en branle de lui-même, le gland rouge danse avec frénésie le long du mur. Le conservateur ouvre, de son côté, et ne voit devant lui que le concierge faisant des signes de croix.

« C'est l'âme de votre prédécesseur qui revient!
— L'avez-vous vu?
— Non! mais des fantômes, cela ne se voit pas à la chandelle.
— Eh bien, nous essayerons demain sans lumière.
— Monsieur, vous pourrez bien essayer tout seul... »

Après mûre réflexion, le conservateur se décida à ne pas essayer de voir le fantôme, et probablement on fit dire une messe pour le vieux bibliophile, car le fait ne se renouvela plus.

Et j'irais, moi, tirer cette même sonnette!... Qui sait si ce n'est pas le fantôme *qui m'ouvrira?*

Cette bibliothèque est, d'ailleurs, pleine pour moi de tristes souvenirs; j'y ai connu trois conservateurs, — dont le premier était l'original du fantôme supposé; le second, si spirituel et si bon... qui fut un de mes tuteurs littéraires [*]; le dernier [**], qui me révélait si complaisamment ses belles collections de gravures, et à qui j'ai fait présent d'un *Faust*, illustré de planches allemandes!

---

[*] Nodier.
[**] Soulié [1].

Non, je ne me déciderai pas facilement à retourner à l'Arsenal.

D'ailleurs, nous avons encore à visiter les vieux libraires. Il y a France; il y a Merlin; il y a Techener...

M. France me dit : « Je connais bien le livre; je l'ai eu dans les mains dix fois... Vous pouvez le trouver par hasard sur les quais : je l'y ai trouvé pour dix sous. »

Courir les quais plusieurs jours pour chercher un livre noté comme rare... J'ai mieux aimé aller chez Merlin. « Le Bucquoy? me dit son successeur; nous ne connaissons que cela; j'en ai même un sur ce rayon... »

Il est inutile d'exprimer ma joie. Le libraire m'apporta un livre in-12, du format indiqué; seulement, il était un peu gros (649 pages). Je trouvai, en l'ouvrant, ce titre, en regard d'un portrait : « Éloge du comte de Bucquoy. » Autour du portrait, on retrouvait en latin : « COMES. A. BVCQVOY. »

Mon illusion ne dura pas longtemps, c'était une histoire de la rébellion de Bohême, avec le portrait d'un Bucquoy en cuirasse, ayant barbe coupée à la mode de Louis XIII. C'est probablement l'aïeul du pauvre abbé. Mais il n'était pas sans intérêt de posséder ce livre; car souvent les goûts et les traits de famille se reproduisent. Voilà un Bucquoy né dans l'Artois qui fait la guerre de Bohême; sa figure révèle l'imagination et l'énergie, avec un grain de tendance au fantasque. L'abbé de Bucquoy a dû lui succéder comme les rêveurs succèdent aux hommes d'action.

LE CANARI

En me rendant chez Techener pour tenter une dernière chance, je m'arrêtai à la porte d'un oiselier. Une femme d'un certain âge, en chapeau, vêtue avec ce soin à demi luxueux qui révèle qu'on a vu de meilleurs jours, offrait au marchand de lui vendre un canari avec sa cage.

Le marchand répondit qu'il était bien embarrassé seulement de nourrir les siens. La vieille dame insistait d'une voix oppressée. L'oiselier lui dit que son oiseau n'avait pas de valeur. La dame s'éloigna en soupirant.

J'avais donné tout mon argent pour les exploits en Bohême du comte de Bucquoy; sans cela, j'aurais dit au marchand : « Rappelez cette dame, et dites-lui que vous vous décidez à acheter l'oiseau... »

La fatalité qui me poursuit à propos des Bucquoy m'a laissé le remords de n'avoir pu le faire.

M. Techener m'a dit : « Je n'ai plus d'exemplaires du livre que vous cherchez; mais je sais qu'il s'en vendra un prochainement dans la bibliothèque d'un amateur.
— Quel amateur?...
— X., si vous voulez, le nom ne sera pas sur le catalogue.
— Mais, si je veux acheter l'exemplaire maintenant?...
— On ne vend jamais d'avance les livres catalogués et classés dans les lots. La vente aura lieu le 11 novembre. »
Le 11 novembre!

Hier, j'ai reçu une note de M. Ravenel, conservateur de la Bibliothèque, à qui j'avais été présenté. Il ne m'avait pas oublié, et m'instruisait du même détail. Seulement il paraît que la vente a été remise au 20 novembre.

Que faire d'ici là? — Et encore, à présent, le livre montera peut-être à un prix fabuleux [1]...

QUATRIÈME LETTRE

UN MANUSCRIT DES ARCHIVES. ANGÉLIQUE DE LON-
GUEVAL. VOYAGE À COMPIÈGNE. HISTOIRE DE LA
GRAND'TANTE DE L'ABBÉ DE BUCQUOY

J'ai eu l'idée d'aller aux Archives de France où l'on m'a communiqué la généalogie authentique des Bucquoy. Leur nom patronymique est *Longueval*. En compulsant les dossiers nombreux qui se rattachent à cette famille, j'ai fait une trouvaille des plus heureuses.

C'est un manuscrit d'environ cent pages, au papier jauni, à l'encre déteinte, dont les feuilles sont réunies avec des faveurs d'un rose passé, et qui contient l'histoire d'*Angélique de Longueval*; j'en ai pris quelques extraits que je tâcherai de lier par une analyse fidèle. Une foule de pièces et de renseignements sur les Longueval et sur les Bucquoy m'ont renvoyé à d'autres pièces, qui doivent exister à la Bibliothèque de Compiègne. Le lendemain était le propre jour de la Toussaint; je n'ai pas manqué cette occasion de distraction et d'étude.

La vieille France provinciale est à peine connue, — de ces côtés surtout, — qui cependant font partie des environs de Paris. Au point où l'Ile-de-France, le Valois et la Picardie se rencontrent, — divisés par l'Oise et l'Aisne, au cours si lent et si paisible, — il est permis de rêver les plus belles bergeries du monde.

La langue des paysans eux-mêmes est du plus pur français, à peine modifié par une prononciation où les désinences des mots montent au ciel à la manière du chant de l'alouette... Chez les enfants cela forme comme un ramage. Il y a aussi dans les tournures de phrases quelque chose d'italien, ce qui tient sans doute au long séjour qu'ont fait les Médicis et leur suite florentine dans ces contrées, divisées autrefois en apanages royaux et princiers.

Je suis arrivé hier au soir à Compiègne, poursuivant *les Bucquoy* sous toutes les formes, avec cette obstination lente qui m'est naturelle. Aussi bien les archives de Paris, où je n'avais pu prendre encore que quelques notes, eussent été fermées aujourd'hui, jour de la Toussaint.

A l'hôtel de la Cloche, célébré par Alexandre Dumas, on menait grand bruit, ce matin. Les chiens aboyaient, les chasseurs préparaient leurs armes; j'ai entendu un piqueur qui disait à son maître : « Voici le fusil de monsieur le marquis. »

Il y a donc encore des marquis!

J'étais préoccupé d'une tout autre chasse... Je m'informai de l'heure à laquelle ouvrait la bibliothèque.

« Le jour de la Toussaint, me dit-on, elle est naturellement fermée.

— Et les autres jours?

— Elle ouvre de sept heures du soir à onze heures. »

Je crains de me faire ici plus malheureux que je n'étais. J'avais une recommandation pour l'un des bibliothécaires, qui est en même temps un de nos bibliophiles les plus éminents. Non seulement il a bien voulu me montrer les livres de la ville, mais encore les siens, — parmi lesquels se trouvent de précieux autographes, tels que ceux d'une correspondance *inédite* de Voltaire, et un recueil de chansons mises en musique par Rousseau et écrites de sa main, dont je n'ai pu voir sans attendrissement la belle et nette exécution, — avec ce titre : *Anciennes Chansons sur de nouveaux airs*[1]. Voici la première dans le style marotique :

> *Celui plus je ne suis que j'ai jadis été,*
> *Et plus ne saurais jamais l'être :*
> *Mon doux printemps et mon été*
> *Ont fait le saut par la fenêtre*, etc.

Cela m'a donné l'idée de revenir à Paris par Ermenonville, ce qui est la route la plus courte comme distance et la plus longue comme temps[2], bien que le chemin de fer fasse un coude énorme pour atteindre Compiègne.

On ne peut parvenir à Ermenonville, ni s'en éloigner, sans faire au moins trois lieues à pied. Pas une voiture directe. Mais demain, jour des Morts, c'est un pèlerinage que j'accomplirai respectueusement, tout en pensant à la belle Angélique de Longueval.

Je vous adresse tout ce que j'ai recueilli sur elle aux Archives et à Compiègne[3], rédigé sans trop de préparation d'après les documents manuscrits et surtout d'après ce cahier jauni, entièrement écrit de sa main, qui est peut-être plus hardi, — étant d'une fille de grande maison, — que les *Confessions* mêmes de Rousseau.

Angélique de Longueval était fille d'un des plus grands seigneurs de Picardie. Jacques de Longueval, comte d'Haraucourt, son père, conseiller du roi en ses conseils, maréchal de ses camps et armées, avait le gouvernement du Châtelet et de Clermont-en-Beauvoisis. C'était dans le voisinage de cette dernière ville, au château de Saint-Rimault, qu'il laissait sa femme et sa fille, lorsque le devoir de ses charges l'appelait à la cour ou à l'armée.

Dès l'âge de treize ans, Angélique de Longueval, d'un caractère triste et rêveur, n'ayant goût, comme elle le disait, *ni aux belles pierres, ni aux belles tapisseries, ni aux beaux habits, ne respirait que la mort pour guérir son esprit.* Un gentilhomme de la maison de son père en devint amoureux. Il jetait continuellement les yeux sur elle, l'entourait de ses soins, et bien qu'Angélique ne sût pas encore ce que c'était qu'Amour, elle trouvait un certain charme à la poursuite dont elle était l'objet.

La déclaration d'amour que lui fit ce gentilhomme resta même tellement gravée dans sa mémoire, que six ans plus tard, après avoir traversé les orages d'un autre amour, des malheurs de toute sorte, elle se rappelait encore cette première lettre et la retraçait mot pour mot. Qu'on me permette de citer ici ce curieux échantillon du style d'un amoureux de province au temps de Louis XIII.

Voici la lettre du premier amoureux de Mlle Angélique de Longueval :

« Je ne m'étonne plus de ce que les simples, sans la force des rayons du soleil, n'ont nulle vertu, puisque aujourd'hui j'ai été si malheureux que de sortir sans avoir vu cette belle aurore, laquelle m'a toujours mis en pleine lumière, et dans l'absence de laquelle je suis perpétuellement accompagné d'un cercle de ténèbres, dont le désir d'en sortir, et celui de vous revoir, ma belle, m'a obligé, comme ne pouvant vivre sans vous voir, de retourner avec tant de promptitude, afin de me ranger à l'ombre de vos belles perfections, l'aimant desquelles m'a entièrement dérobé le cœur et l'âme ; larcin toutefois que je révère, en ce qu'il m'a élevé en un lieu si saint et si redoutable, et lequel je veux adorer toute ma vie avec autant de zèle et de fidélité que vous êtes parfaite. »

Cette lettre ne porta pas bonheur au pauvre jeune homme qui l'avait écrite. En essayant de la glisser à Angélique, il fut surpris par le père, et mourait à quatre jours de là, tué l'on ne dit pas comment.

Le déchirement que cette mort fit éprouver à Angélique lui révéla l'amour. Deux ans entiers elle pleura. Au bout de ce temps, ne voyant, dit-elle, d'autre remède à sa douleur que la mort ou une autre affection, elle supplia son père de la mener dans le monde. Parmi tant de seigneurs qu'elle y rencontrerait elle trouverait bien, pensait-elle, quelqu'un à mettre en son esprit à la place de ce mort éternel.

Le comte d'Haraucourt ne se rendit pas, selon toute apparence, aux prières de sa fille, car parmi les personnes qui s'éprirent d'amour pour elle, nous ne voyons que des officiers domestiques de la maison paternelle. Deux, entre autres, M. de Saint-Georges, gentilhomme du comte, et Fargue, son valet de chambre, trouvèrent dans cette passion commune pour la fille de leur maître une occasion de rivalité qui eut un dénoûment tragique. Fargue, jaloux de la supériorité de son rival, avait tenu quelques discours sur son compte. M. de Saint-Georges l'apprend, appelle Fargue, lui remontre sa faute, et lui donne, en fin de compte, tant de coups de plat d'épée, que son arme en reste tordue. Plein de fureur, Fargue parcourt l'hôtel, cherchant une épée. Il rencontre le baron d'Haraucourt, frère d'Angélique : lui arrachant son épée, il court la plonger dans la gorge de son rival, que l'on relève expirant. Le chirurgien n'arrive que pour dire à Saint-Georges : « Criez merci à Dieu, car vous êtes mort. » Pendant ce temps, Fargue s'était enfui.

Tels étaient les tragiques préambules de la grande passion qui devait précipiter la pauvre Angélique dans une série de malheurs.

HISTOIRE
DE LA GRAND'TANTE
DE L'ABBÉ DE BUCQUOY

Voici maintenant les premières lignes du manuscrit :
« Lorsque ma mauvaise fortune jura de continuer à ne plus me laisser de repos, ce fut un soir à Saint-Rimault, par un homme que j'avais connu il y avait plus de sept ans, et pratiqué deux ans entiers sans l'aimer. Ce garçon étant entré dans ma chambre sous prétexte du bien qu'il voulait à la demoiselle de ma mère nommée Beauregard, s'approcha de mon lit en me disant : « Vous » plaît-il, Madame ? » et en s'approchant de plus près me dit ces paroles : « Ah! que je vous aime, il y a long- » temps! » auxquelles paroles je répondis : « Je ne vous » aime point, je ne vous hais point aussi ; seulement, » allez-vous en, de peur que mon papa ne sache que » vous êtes ici à ces heures. »

» Le jour étant venu, je cherchai incontinent l'occasion de voir celui qui m'avait fait la nuit sa déclaration d'amour ; et, le considérant, je ne le trouvai haïssable que de sa condition, laquelle lui donna tout ce jour-là une grande retenue, et il me regardait continuellement. Tous les jours ensuivants se passèrent avec de grands soins qu'il prenait de s'ajuster bien pour me plaire. Il est vrai aussi qu'il était fort aimable, et que ses actions ne procédaient pas du lieu d'où il était sorti, car il avait le cœur très haut et très courageux. »

Ce jeune homme, comme nous l'apprend le récit d'un père célestin, cousin d'Angélique, se nommait La Corbinière et n'était autre que le fils d'un charcutier de Clermont-sur-Oise, engagé au service du comte d'Haraucourt. Il est vrai que le comte, maréchal des camps et armées du roi, avait monté sa maison sur un pied militaire, et chez lui les serviteurs, portant moustaches et éperons, n'avaient pour livrée que l'uniforme.

Ceci explique jusqu'à un certain point l'illusion d'Angélique.

Elle vit avec chagrin partir La Corbinière, qui s'en allait, à la suite de son maître, retrouver à Charleville Mgr de Longueville, malade d'une dysenterie. Triste maladie, pensait naïvement la jeune fille, triste maladie, qui l'empêcherait de voir celui « dont l'affection ne lui déplaisait pas ». Elle le revit plus tard à Verneuil. Cette rencontre se fit à l'église. Le jeune homme avait gagné de belles manières à la cour du duc de Longueville. Il était vêtu de drap d'Espagne gris de perle, avec un collet de point coupé et un chapeau gris orné de plumes gris de perle et jaunes. Il s'approcha d'elle un moment sans que personne le remarquât et lui dit : « Prenez, Madame, ces bracelets de senteur que j'ai apportés de Charleville, où *il m'a grandement ennuyé.* »

La Corbinière reprit ses fonctions au château. Il feignait toujours d'aimer la chambrière Beauregard, et lui faisait accroire qu'il ne venait chez sa maîtresse que pour elle. « Cette simple fille, — dit Angélique, — le croyait fermement... Ainsi, nous passions deux ou trois heures à rire tous trois ensemble tous les soirs, dans le donjon de Verneuil, en la chambre tendue de blanc. »

La surveillance et les soupçons d'un valet de chambre nommé Dourdillie interrompirent ces rendez-vous. Les amoureux ne purent plus correspondre que par lettres. Cependant, le père d'Angélique étant allé à Rouen pour retrouver le duc de Longueville, dont il était le lieutenant, La Corbinière s'échappa la nuit, monta sur une muraille par une brèche, et, arrivé près de la fenêtre d'Angélique, jeta une pierre à la vitre.

La demoiselle le reconnut et dit, en dissimulant encore, à sa chambrière Beauregard : « Je crois que votre amoureux est fou. Allez vitement lui ouvrir la porte de la salle basse qui donne dans le parterre, car il y est entré. Cependant, je vais m'habiller et allumer de la chandelle. »

Il fut question de donner à souper au jeune homme, « lequel ne fut que de confitures liquides. Toute cette nuit, — ajoute la demoiselle, — nous la passâmes tous trois à rire. »

Mais, ce qu'il y eut de malheureux pour la pauvre Beauregard, c'est que la demoiselle et La Corbinière *se riaient* surtout en secret de la confiance qu'elle avait d'être aimée de lui.

Le jour venu, on cacha le jeune homme dans la chambre dite *du Roy*, où jamais personne n'entrait; puis à la nuit on l'allait quérir. « Son manger, dit Angélique, fut, ces trois jours, de poulet frais que je lui portais entre ma chemise et ma cotte. »

La Corbinière fut forcé enfin d'aller rejoindre le comte, qui alors séjournait à Paris. Un an se passa, pour Angélique, dans une mélancolie — distraite seulement par les lettres qu'elle écrivait à son amant. « Je n'avais pas d'autre divertissement, dit-elle, car les belles pierres, ni les belles tapisseries et beaux habits, sans la conversation des honnêtes gens, ne me pouvaient plaire... Notre *revue* fut à Saint-Rimault, avec des contentements si grands, que personne ne peut le savoir que ceux qui ont aimé. Je le trouvai encore plus aimable dans cet habit, qu'il avait, d'écarlate... »

Les rendez-vous du soir recommencèrent. Le valet Dourdillie n'était plus au château, et sa chambre était occupée par un fauconnier nommé Lavigne qui faisait semblant de ne s'apercevoir de rien.

Les relations se continuèrent ainsi, toujours chastement du reste, et ne laissant regretter que les mois d'absence de La Corbinière, forcé souvent de suivre le comte aux lieux où l'appelait son service militaire. « Dire, écrit Angélique, tous les contentements que nous eûmes en trois ans de temps *en France* *, il serait impossible. »

Un jour, La Corbinière devint plus hardi. Peut-être les compagnies de Paris l'avaient-elles un peu gâté. Il entra dans la chambre d'Angélique fort tard. Sa suivante était couchée à terre, elle dans son lit. Il commença

---

* On disait alors ces mots : *en France*, de tous les lieux compris dans l'Ile-de-France. Plus loin commençait la Picardie et le Soissonnais. Cela se dit encore pour distinguer certaines localités.

par embrasser la suivante d'après la supposition habituelle, puis il lui dit : « Il faut que je fasse peur à Madame. »

« Alors, ajoute Angélique, comme je dormais, il se glissa tout d'un temps en mon lit, avec seulement un caleçon. Moi, plus effrayée que contente, je le suppliai, par la passion qu'il avait pour moi, de s'en aller bien vite, parce qu'il était impossible de marcher ni de parler dans ma chambre que mon papa ne l'entendît. J'eus beaucoup de peine à le faire sortir. »

L'amoureux, un peu confus, retourna à Paris. Mais, à son retour, l'affection mutuelle s'était encore augmentée ; — et les parents en avaient quelque soupçon vague. La Corbinière se cacha sous un grand tapis de Turquie recouvrant une table, un jour que la demoiselle était couchée dans la chambre dite du Roi, « et vint se mettre près d'elle ». Cinquante fois elle le supplia, craignant toujours de voir son père entrer. — Du reste, même endormis l'un près de l'autre, leurs caresses étaient pures [1]...

CINQUIÈME LETTRE

SUITE DE L'HISTOIRE DE LA GRAND'TANTE DE L'ABBÉ DE BUCQUOY

C'était l'esprit du temps, où la lecture des poètes italiens faisait régner encore, dans les provinces surtout, un platonisme digne de celui de Pétrarque. On voit des traces de ce genre d'esprit dans le style de la belle pénitente à qui nous devons ces confessions.

Cependant, le jour étant venu, La Corbinière sortit un peu tard par la grande salle. Le comte, qui s'était levé de bonne heure, l'aperçut, sans pouvoir être sûr au juste qu'il sortît de chez sa fille, mais le soupçonnant très fort.

« Ce pourquoi, ajoute la demoiselle, mon très cher papa resta ce jour-là très mélancolique et ne faisait que de parler avec maman ; pourtant l'on ne me dit rien du tout. »

Le troisième jour, le comte était obligé de se rendre aux funérailles de son beau-frère Manicamp. Il se fit suivre de La Corbinière, ainsi que d'un fils, d'un palefrenier et de deux laquais, et se trouvant au milieu de la forêt de Compiègne, il s'approcha tout à coup de l'amoureux, lui tira par surprise l'épée du baudrier, et lui mettant le pistolet sur la gorge, dit au laquais : « Otez les éperons à ce traître, et vous en allez un peu devant... »

INTERRUPTION

Je ne voudrais pas imiter ici le procédé des narrateurs de Constantinople ou des conteurs du Caire, qui, par un artifice vieux comme le monde, suspendent une narration à l'endroit le plus intéressant, afin que la foule revienne le lendemain au même café. L'histoire de l'abbé de Bucquoy existe ; je finirai par la trouver.

Seulement, je m'étonne que dans une ville comme Paris, centre des lumières, et dont les bibliothèques publiques contiennent deux millions de livres, on ne puisse rencontrer un livre français, que j'ai pu lire à Francfort, et que j'avais négligé d'acheter.

Tout disparaît peu à peu grâce au système de prêt des livres, et aussi parce que la race des collectionneurs littéraires et artistiques ne s'est pas renouvelée depuis la Révolution. Tous les livres curieux volés, achetés ou perdus, se retrouvent en Hollande, en Allemagne et en Russie. Je crains un long voyage dans cette saison, et je me contente de faire encore des recherches dans un rayon de quarante kilomètres autour de Paris.

J'ai appris que la poste de Senlis avait mis dix-sept heures pour vous transmettre une lettre qui, en trois heures, pouvait être rendue à Paris. Je pense que cela ne tient pas à ce que je sois mal vu dans ce pays, où j'ai été élevé; mais voici un détail curieux :

Il y a quelques semaines, je commençais déjà à faire le plan du travail que vous voulez bien publier, et je faisais quelques recherches préparatoires sur les Bucquoy, dont le nom a toujours résonné dans mon esprit comme un souvenir d'enfance. Je me trouvais à Senlis avec un ami, un ami breton, très grand et à la barbe noire. Arrivés de bonne heure par le chemin de fer, qui s'arrête à Saint-Maixent, et ensuite par un omnibus, qui traverse les bois, en suivant la vieille route de Flandre, nous eûmes l'imprudence d'entrer au café le plus apparent de la ville, pour nous y réconforter.

Ce café était plein de gendarmes, dans l'état gracieux qui, après le service, leur permet de prendre quelques divertissements. Les uns jouaient aux dominos, les autres au billard.

Ces militaires s'étonnèrent sans doute de nos façons et de nos barbes parisiennes. Mais ils n'en manifestèrent rien ce soir-là.

Le lendemain, nous déjeunions à l'hôtel excellent de *la Truie qui file* (je vous prie de croire que je n'invente rien), lorsqu'un brigadier vint nous demander très poliment nos passeports.

Pardon de ces minces détails, mais cela peut intéresser tout le monde...

Nous lui répondîmes à la manière dont un certain soldat répondit à la maréchaussée, selon une chanson de ce pays-là même... (J'ai été bercé avec cette chanson.)

> *On lui a demandé:*
> *Où est votre congé?*
> *— Le congé que j'ai pris,*
> *Il est sous mes souliers!*

La réponse est jolie. Mais le refrain est terrible :

> *Spiritus sanctus,*
> *Quoniam bonus!*

Ce qui indique suffisamment que le soldat n'a pas bien fini... Notre affaire a eu un dénoûment moins grave. Aussi, avions-nous répondu très honnêtement qu'on ne prenait pas d'ordinaire de passeport pour visiter la grande banlieue de Paris. Le brigadier avait salué sans faire d'observation.

Nous avions parlé à l'hôtel d'un dessein vague d'aller à Ermenonville. Puis, le temps étant devenu mauvais, l'idée a changé, et nous sommes allés retenir nos places à la voiture de Chantilly, qui nous rapprochait de Paris.

Au moment de partir, nous voyons arriver un commissaire orné de deux gendarmes qui nous dit : « Vos papiers? »

Nous répétons ce que nous avions dit déjà.

« Hé bien! Messieurs, dit ce fonctionnaire, vous êtes en état d'arrestation. »

Mon ami le Breton fronçait le sourcil, ce qui aggravait notre situation.

Je lui ai dit : « Calme-toi. Je suis presque un diplomate... J'ai vu de près, — à l'étranger, — des rois, des pachas et même des padischas, et je sais comment on parle aux autorités. »

« Monsieur le commissaire, dis-je alors (parce qu'il faut toujours donner leurs titres aux personnes), j'ai fait trois voyages en Angleterre [1], et l'on ne m'a jamais demandé de passeport que pour me conférer le droit de sortir de France... Je reviens d'Allemagne, où j'ai traversé dix pays souverains, — y compris la Hesse : — on ne m'a pas même demandé mon passeport en Prusse.

— Eh bien! je vous le demande en France.

— Vous savez que les malfaiteurs ont toujours des papiers en règle...

— Pas toujours... »

Je m'inclinai.

« J'ai vécu sept ans dans ce pays; j'y ai même quelques restes de propriétés...

— Mais vous n'avez pas de papiers?

— C'est juste... Croyez-vous maintenant que des gens

suspects iraient prendre un bol de punch dans un café
où les gendarmes font leur partie le soir?

— Cela pourrait être un moyen de se déguiser
mieux. »

Je vis que j'avais affaire à un homme d'esprit.

« Eh bien! monsieur le commissaire, ajoutai-je, je
suis tout bonnement un écrivain; je fais des recherches
sur la famille des Bucquoy de Longueval, et je veux
préciser la place, ou retrouver les ruines des châteaux
qu'ils possédaient dans la province. »

Le front du commissaire s'éclaircit tout à coup :

« Ah! vous vous occupez de littérature? Et moi
aussi, Monsieur! J'ai fait des vers dans ma jeunesse...
une tragédie. »

Un péril succédait à un autre; le commissaire paraissait disposé à nous inviter à dîner pour nous lire sa
tragédie. Il fallut prétexter des affaires à Paris pour
être autorisés à monter dans la voiture de Chantilly, dont
le départ était suspendu par notre arrestation.

Je n'ai pas besoin de vous dire que je continue à ne
vous donner que des détails exacts sur ce qui m'arrive
dans ma recherche assidue.

Ceux qui ne sont pas chasseurs ne comprennent
point assez la beauté des paysages d'automne. En ce
moment, malgré la brume du matin, nous apercevons
des tableaux dignes des grands maîtres flamands. Dans
les châteaux et dans les musées, on retrouve encore
l'esprit des peintres du Nord. Toujours des points de
vue aux teintes roses ou bleuâtres dans le ciel, aux arbres
à demi effeuillés, — avec des champs dans le lointain ou
sur le premier plan des scènes champêtres.

Le voyage à Cythère de Watteau a été conçu dans les
brumes transparentes et colorées de ce pays. C'est une
Cythère calquée sur un îlot de ces étangs créés par les
débordements de l'Oise et de l'Aisne, ces rivières si
calmes et si paisibles en été.

Le lyrisme de ces observations ne doit pas vous étonner; — fatigué des querelles vaines et des stériles agitations de Paris, je me repose en revoyant ces campagnes si vertes et si fécondes ; — je reprends des forces sur cette terre maternelle.

Quoi qu'on puisse dire philosophiquement, nous tenons au sol par bien des liens [1]. On n'emporte pas les cendres de ses pères à la semelle de ses souliers, et le plus pauvre garde quelque part un souvenir sacré qui lui rappelle ceux qui l'ont aimé. Religion ou philosophie, tout indique à l'homme ce culte éternel des souvenirs.

SIXIÈME LETTRE

LE JOUR DES MORTS. SENLIS. LES TOURS DES
ROMAINS. LES JEUNES FILLES. DELPHINE

C'est le jour des Morts que je vous écris ; pardon de ces idées mélancoliques. Arrivé à Senlis la veille, j'ai passé par les paysages les plus beaux et les plus tristes qu'on puisse voir dans cette saison. La teinte rougeâtre des chênes et des trembles sur le vert foncé des gazons, les troncs blancs des bouleaux se détachant du milieu des bruyères et des broussailles, et surtout la majestueuse longueur de cette route de Flandre, qui s'élève parfois de façon à vous faire admirer un vaste horizon de forêts brumeuses, tout cela m'avait porté à la rêverie. En arrivant à Senlis, j'ai vu la ville en fête. Les cloches, — dont Rousseau aimait tant le son lointain, — résonnaient de tous côtés ; les jeunes filles se promenaient par compagnies dans la ville, ou se tenaient devant les portes des maisons en souriant et caquetant. Je ne sais si je suis victime d'une illusion : je n'ai pu rencontrer encore une fille laide à Senlis... celles-là peut-être ne se montrent pas !

Non : le sang est beau généralement, ce qui tient sans doute à l'air pur, à la nourriture abondante, à la qualité des eaux. Senlis est une ville isolée de ce grand mouvement du chemin de fer du Nord qui entraîne les populations vers l'Allemagne. Je n'ai jamais su pourquoi le chemin de fer du Nord ne passait pas par nos pays, et faisait un coude énorme qui encadre en partie Montmorency, Luzarches, Gonesse et autres localités, privées du privilège qui leur aurait assuré un trajet direct. Il est probable que les personnes qui ont institué ce chemin auront tenu à le faire passer par leurs propriétés. Il suffit de consulter la carte pour apprécier la justesse de cette observation.

Il est naturel, un jour de fête à Senlis, d'aller voir la cathédrale. Elle est fort belle, et nouvellement restaurée, avec l'écusson semé de fleurs de lis qui représente les armes de la ville, et qu'on a eu soin de replacer sur la porte latérale. L'évêque officiait en personne, et la nef était remplie des notabilités châtelaines et bourgeoises qui se rencontrent encore dans cette localité.

LES JEUNES FILLES

En sortant, j'ai pu admirer, sous un rayon de soleil couchant, les vieilles tours des fortifications romaines, à demi démolies et revêtues de lierre. En passant près du prieuré, j'ai remarqué un groupe de petites filles qui s'étaient assises sur les marches de la porte.

Elles chantaient sous la direction de la plus grande, qui, debout devant elles, frappait des mains en réglant la mesure [1].

« Voyons, Mesdemoiselles, recommençons; les petites ne vont pas!... Je veux entendre cette petite-là qui est à gauche, la première sur la seconde marche : — Allons, chante toute seule. »

Et la petite se met à chanter avec une voix faible, mais bien timbrée :

Les canards dans la rivière... etc.

Encore un air avec lequel j'ai été bercé. Les souvenirs d'enfance se ravivent quand on a atteint la moitié de la vie. C'est comme un manuscrit palimpseste dont on fait reparaître les lignes par des procédés chimiques.

Les petites filles reprirent ensemble une autre chanson, — encore un souvenir :

> *Trois filles dedans un pré...*
> *Mon cœur vole !* (bis)
> *Mon cœur vole à votre gré !*

« Scélérats d'enfants ! dit un brave paysan qui s'était arrêté près de moi à les écouter... Mais vous êtes trop gentilles !... Il faut danser à présent. »

Les petites filles se levèrent de l'escalier et dansèrent une danse singulière qui m'a rappelé celle des filles grecques dans les îles.

Elles se mettent toutes, — comme on dit chez nous, *à la queue leu leu;* puis un garçon prend les mains de la première et la conduit en reculant, pendant que les autres se tiennent les bras, que chacune saisit derrière sa compagne. Cela forme un serpent qui se meut d'abord en spirale et ensuite en cercle, et qui se resserre de plus en plus autour de l'auditeur, obligé d'écouter le chant, et quand la ronde se resserre, d'embrasser les pauvres enfants, qui font cette gracieuseté à l'étranger qui passe.

Je n'étais pas un étranger, mais j'étais ému jusqu'aux larmes en reconnaissant, dans ces petites voix, des intonations, des roulades, des finesses d'accent, autrefois entendues, et qui, des mères aux filles, se conservent les mêmes...

La musique, dans cette contrée, n'a pas été gâtée par l'imitation des opéras parisiens, des romances de salon ou des mélodies exécutées par les orgues. On en est encore, à Senlis, à la musique du seizième siècle, conservée traditionnellement depuis les Médicis. L'époque de Louis XIV a aussi laissé des traces. Il y a, dans les souvenirs des filles de la campagne, des complaintes d'un mauvais goût ravissant. On trouve là des restes de morceaux d'opéras, du seizième siècle, peut-être, ou d'oratorios du dix-septième siècle.

DELPHINE [1]

J'ai assisté autrefois à une représentation donnée à Senlis dans une pension de demoiselles.

On jouait un mystère, — comme aux temps passés. — La vie du Christ avait été représentée dans tous ses détails, et la scène dont je me souviens était celle où l'on attendait la descente du Christ dans les enfers.

Une très belle fille blonde parut avec une robe blanche, une coiffure de perles, une auréole et une épée dorée, sur un demi-globe, qui figurait un astre éteint.

Elle chantait :

> *Anges ! descendez promptement,*
> *Au fond du purgatoire !...*

Et elle parlait de la gloire du Messie, qui allait visiter ces sombres lieux. Elle ajoutait :

> *Vous le verrez distinctement*
> *Avec une couronne...*
> *Assis dessus un trône !*

Ceci se passait dans une époque monarchique. La demoiselle blonde était d'une des plus grandes familles du pays et s'appelait Delphine. Je n'oublierai jamais ce nom !

... Le sire de Longueval dit à ses gens : « Fouillez ce traître, car il a des lettres de ma fille », — et il ajoutait en lui parlant : « Dis, perfide, d'où venais-tu quand tu sortais si bonne heure de la grand'salle ? »

« Je venais, disait-il, de la chambre de M. de la Porte, et ne sais ce que vous voulez me dire de lettres. »

Heureusement La Corbinière avait brûlé les lettres précédemment reçues, de sorte qu'on ne trouva rien. Cependant le comte de Longueval dit à son fils, en tenant toujours le pistolet à la main : « Coupe-lui la moustache et les cheveux ! »

Le comte s'imaginait qu'après cette opération, La Corbinière ne plairait plus à sa fille.

Voici ce qu'elle a écrit à ce sujet :

« Ce garçon, se voyant de cette sorte, voulut mourir, car il croyait, en effet, que je ne l'aimerais plus ; mais, au contraire, lorsque je le vis en cet état pour l'amour de moi, mon affection redoubla de telle sorte que j'avais juré, si mon père le traitait plus mal, de me tuer devant lui ; lequel usa de prudence, comme homme d'esprit qu'il était, car, sans éclater davantage, il l'envoya avec un bon cheval en Beauvoisis, avertir ces messieurs les gendarmes de se tenir prêts à venir en garnison à Orbaix. »

La demoiselle ajoute :

« Le mauvais traitement que lui avait fait mon père, et le commandement qu'il lui avait enjoint de se tenir dans les bornes de son devoir, ne purent empêcher qu'il ne passât toute cette nuit-là avec moi par cette invention : mon père lui ayant commandé de s'en aller en Beauvoisis, il monta à cheval, et au lieu de s'en aller vivement, il s'arrêta dans le bois de Guny jusqu'à ce qu'il fût nuit, et alors il s'en vint chez Tancar, à Coucy-la-Ville, et lorsqu'il eut soupé, il prit ses deux pistolets et s'en vint à Verneuil, grimper par le petit jardin, où je l'attendais avec assurance et sans peur, sachant qu'on croyait qu'il fût bien loin. Je le menai dans ma chambre ; alors il me dit : « Il ne faut pas perdre cette bonne occa-
» sion sans nous embrasser : c'est pourquoi il faut nous
» déshabiller... Il n'y a nul danger. »

La Corbinière fit une maladie, ce qui rendit le comte moins sévère envers lui ; mais pour l'éloigner de sa fille, il lui dit : « Il vous en faut aller à la garnison à Orbaix, car déjà les autres gendarmes y sont. »

Ce qu'il fit avec grand déplaisir.

A Orbaix, le fauconnier du comte ayant envoyé à Verneuil son valet, nommé Toquette, La Corbinière lui donna une lettre pour Angélique de Longueval. Mais, craignant qu'elle ne fût vue, il lui recommanda de la mettre sous une pierre avant d'entrer au château, afin que si on le fouillait on ne trouvât rien.

Une fois admis, il devenait très simple d'aller quérir la lettre sous la pierre, et de la remettre à la demoiselle. Le petit garçon fit bien son message, et, s'approchant d'Angélique de Longueval, lui dit : « J'ai quelque chose pour vous. »

Elle eut un grand contentement de cette lettre. Il témoignait qu'il avait quitté de grands avantages en Allemagne pour venir la voir, et qu'il lui était impossible de vivre sans qu'elle lui donnât commodité de la voir.

Ayant été menée par son frère au château de la Neuville, Angélique dit à un laquais qui était à sa mère et qui s'appelait *Court-Toujours* : « Oblige-moi d'aller trouver La Corbinière, lequel est revenu d'Allemagne, et lui porte cette lettre de ma part bien secrètement. »

SEPTIÈME LETTRE

OBSERVATIONS
LE ROI LOYS. DESSOUS LES ROSIERS BLANCS

Avant de parler des grandes résolutions d'Angélique de Longueval, je demande la permission de placer encore un mot. Ensuite, je n'interromprai plus que rarement le récit. Puisqu'il nous est défendu de faire du *roman* historique, nous sommes forcés de servir la sauce sur un autre plat que le poisson ; — c'est-à-dire les descriptions locales, le sentiment de l'époque, l'analyse des caractères, — en dehors du récit matériellement vrai [1].

Je me rends compte difficilement du voyage qu'a fait La Corbinière en Allemagne [2]. La demoiselle de Longueval n'en dit qu'un mot. A cette époque, on appelait l'Allemagne les pays situés dans la haute Bourgogne, où nous avons vu que M. de Longueville avait été malade de la dysenterie. Probablement La Corbinière était allé quelque temps près de lui.

Quant au caractère des pères de la province que je parcours, il a été éternellement le même si j'en crois les légendes que j'ai entendu chanter dans ma jeunesse. C'est un mélange de rudesse et de bonhomie tout patriarcal. Voici une des chansons que j'ai pu recueillir dans ce vieux pays de l'Ile-de-France, qui, du *Parisis*, s'étend jusqu'aux confins de la Picardie :

Le roy Loys [1] *est sur son pont*
Tenant sa fille en son giron.
Elle lui demande un cavalier...
Qui n'a pas vaillant six deniers !

« Oh ! oui, mon père, je l'aurai
Malgré ma mère qui m'a portée.
Aussi malgré tous mes parents
Et vous, mon père... que j'aime tant !

— Ma fille, il faut changer d'amour,
Ou vous entrerez dans la tour...
— J'aime mieux rester dans la tour,
Mon père ! que de changer d'amour !

— Vite... où sont mes estafiers,
Aussi bien que mes gens de pied ?
Qu'on mène ma fille à la tour,
Elle n'y verra jamais le jour ! »

Elle y resta sept ans passés
Sans que personne pût la trouver :
Au bout de la septième année
Son père vint la visiter.

« Bonjour, ma fille ! comme vous en va ?
— Ma fois, mon père... ça va bien mal ;
J'ai les pieds pourris dans la terre,
Et les côtés mangés des vers.

> — *Ma fille, il faut changer d'amour...*
> *Ou vous resterez dans la tour.*
> — *J'aime mieux rester dans la tour,*
> *Mon père, que de changer d'amour !* »

Nous venons de voir le père féroce; voici maintenant le père indulgent [1].

Il est malheureux de ne pouvoir vous faire entendre les airs, qui sont aussi poétiques que ces vers, mêlés d'assonances, dans le goût espagnol, sont musicalement rythmés :

> *Dessous le rosier blanc*
> *La belle se promène...*
> *Blanche comme la neige,*
> *Belle comme le jour :*
> *Au jardin de son père*
> *Trois cavaliers l'ont pris.*

On a gâté depuis cette légende en y refaisant des vers, et en prétendant qu'elle était du Bourbonnais. On l'a même dédiée, avec de jolies illustrations, à l'ex-reine des Français... Je ne puis vous la donner entière; voici encore les détails dont je me souviens :

Trois capitaines passent à cheval près du rosier blanc :

> *Le plus jeune des trois*
> *La prit par sa main blanche :*
> — *Montez, montez la belle,*
> *Dessus mon cheval gris.*

On voit encore, par ces quatre vers, qu'il est possible de ne pas rimer en poésie; c'est ce que savent les Allemands, qui, dans certaines pièces, emploient seulement les longues et les brèves, à la manière antique.

Les trois cavaliers et la jeune fille, montée en croupe derrière le plus jeune, arrivent à Senlis. Aussitôt arrivés, l'hôtesse la regarde :

> *Entrez, entrez, la belle ;*
> *Entrez sans plus de bruit,*

> *Avec trois capitaines*
> *Vous passerez la nuit!*

Quand la belle comprend qu'elle a fait une démarche un peu légère, après avoir présidé au souper, elle *fait la morte*, et les trois cavaliers sont assez naïfs pour se prendre à cette feinte. Ils se disent : « Quoi! notre mie est morte! » et se demandent où il faut la reporter :

> *Au jardin de son père!*

dit le plus jeune; et c'est sous le rosier blanc qu'ils s'en vont déposer le corps.

Le narrateur continue :

> *Et au bout de trois jours*
> *La belle ressuscite!*

> — *Ouvrez, ouvrez, mon père,*
> *Ouvrez, sans plus tarder;*
> *Trois jours j'ai fait la morte*
> *Pour mon honneur garder.*

Le père est en train de souper avec toute la famille. On accueille avec joie la jeune fille dont l'absence avait beaucoup inquiété ses parents depuis trois jours, et il est probable qu'elle se maria plus tard fort honorablement [1].

Revenons à Angélique de Longueval.

« Mais pour parler de la résolution que je fis de quitter ma patrie, elle fut en cette sorte : lorsque celui * qui était allé au Maine fut revenu à Verneuil, mon père lui demanda avant le souper : « Avez-vous force d'argent? » A quoi il répondit : « J'ai tant. » Mon père, non content, prit un couteau sur la table, parce que le couvert était

---

* Elle ne nomme jamais La Corbinière, dont nous n'avons appris le nom que par le récit du moine célestin, cousin d'Angélique.

mis, et se jetant sur lui pour le blesser, ma mère et moi
y accourûmes; mais déjà celui qui devait être cause de
tant de peine, s'était blessé lui-même au doigt en voulant
ôter le couteau à mon père... et encore qu'il ait reçu ce
mauvais traitement, l'amour qu'il avait pour moi l'empêchait de s'en aller, comme était son devoir.

» Huit jours se passèrent que mon père ne lui disait
ni bien ni mal, pendant lequel temps il me sollicitait par
lettres de prendre résolution de nous en aller ensemble,
à quoi je n'étais encore résolue; mais les huit jours étant
passés, mon père lui dit dans le jardin : « Je m'étonne de
» votre effronterie, que vous restiez encore dans ma
» maison après ce qui s'est passé; allez-vous en vitement,
» et ne venez jamais à pas une de mes maisons, car
» vous ne serez jamais le bienvenu. »

» Il s'en vint donc vitement faire seller un cheval qu'il
avait, et monta à sa chambre pour y prendre ses hardes;
il m'avait fait signe de monter à la chambre d'Haraucourt, où dans l'antichambre il y avait une porte fermée,
où l'on pouvait néanmoins parler. Je m'y en allai
vitement et il me dit ces paroles : « C'est cette fois qu'il
» faut prendre résolution, ou bien vous ne me verrez
» jamais. »

» Je lui demandai trois jours pour y penser; il s'en
alla donc à Paris et revint au bout de trois jours à
Verneuil, pendant lequel temps je fis tout ce que je pus
pour me pouvoir résoudre à laisser cette affection, mais
il me fut impossible, encore que toutes les misères que
j'ai souffertes se présentèrent devant mes yeux avant de
partir. L'amour et le désespoir passèrent sur toutes
ces considérations; me voilà donc résolue. »

Au bout de trois jours, La Corbinière vint au château
et entra par le petit jardin. Angélique de Longueval
l'attendait dans le petit jardin et entra par la chambre
basse, où il fut *ravi de joie* en apprenant la résolution de
la demoiselle.

Le départ fut fixé au premier dimanche de carême,
et elle lui dit, sur l'observation qu'il fit, « qu'il fallait

avoir de l'argent et un cheval », qu'elle ferait ce qu'elle pourrait.

Angélique chercha dans son esprit le moyen d'avoir de la vaisselle d'argent, car pour la monnaie il n'y fallait pas songer, le père ayant tout son argent avec lui à Paris.

Le jour venu, elle dit à un palefrenier nommé Breteau :

« Je voudrais bien que tu me prêtasses un cheval pour envoyer à Soissons, cette nuit, quérir du taffetas pour me faire un corps de cotte, te promettant que le cheval sera ici avant que maman se lève; et ne t'étonne pas si je te le demande pour la nuit, car c'est afin qu'elle ne te crie. »

Le palefrenier consentit *à la volonté* de sa demoiselle. Il s'agissait d'avoir encore la clef de la première porte du château. Elle dit au portier qu'elle voulait faire sortir quelqu'un de nuit pour aller chercher quelque chose à la ville et qu'il ne fallait pas que Madame le sût..., qu'ainsi il ôtât du trousseau de clefs celle de la première porte, et qu'elle ne s'en apercevrait pas.

Le principal était d'avoir l'argenterie. La comtesse qui, ainsi que le dit sa fille, semblait en ce moment « inspirée de Dieu [1] », dit au souper à celle qui *l'avait en garde* : « Huberte, à cette heure que M. d'Haraucourt n'est point ici, serrez presque toute la vaisselle d'argent dans ce coffre et m'apportez la clef. »

La demoiselle changea de couleur, et il fallut remettre le jour du départ. Cependant, sa mère étant allée se promener dans la campagne le dimanche suivant, elle eut l'idée de faire venir un maréchal du village pour *lever* la serrure du coffre, sous prétexte que la clef était perdue.

« Mais, dit-elle, ce ne fut pas tout, car mon frère le chevalier, qui était resté seul avec moi, et qui était petit, me dit, lorsqu'il vit que j'avais donné des commissions à tous, et que j'avais fermé moi-même la première porte du château : « Ma sœur, si vous voulez voler papa et

» maman, pour moi, je ne le veux pas faire; je m'en vais
» trouver vitement maman. — Va, lui dis-je, petit
» imprudent, car aussi bien le saura-t-elle de ma bouche;
» et si elle ne me fait raison, je me la ferai bien moi-
» même. » — Mais c'était au plus loin de ma pensée que
je disais ces paroles. Cet enfant s'en courait pour aller
dire ce que je voulais tenir caché; mais se retournant
toujours pour voir si je ne le regardais pas, s'imagina
que je ne m'en souciais guère, ce qui le fit revenir. Je
le faisais exprès, sachant qu'aux enfants tant plus on
leur montre de crainte, et plus ils ont d'ardeur à dire
ce qu'on leur prie de taire. »

La nuit étant venue, et l'heure du coucher approchant,
Angélique donna le bonsoir à sa mère avec un grand
sentiment de douleur en elle-même, et, rentrant chez
elle, dit à sa fille de chambre :

« Jeanne, couchez-vous, j'ai quelque chose qui
me travaille l'esprit; je ne puis me déshabiller encore... »

Elle se jeta toute vêtue sur son lit en attendant
minuit; La Corbinière fut exact.

« Oh Dieu! quelle heure! — écrit Angélique; — je
tressaillis toute lorsque j'entendis qu'il jetait une petite
pierre à ma fenêtre..., car il était entré dans le petit
jardin. »

Quand La Corbinière fut dans la salle, Angélique
lui dit :

« Notre affaire va bien mal, car Madame a pris la clef
» de la vaisselle d'argent, ce qu'elle n'avait jamais
» fait; mais pourtant j'ai la clef de la dépense où est le
» coffre. »

» Sur ces paroles il me dit :

« Il faut commencer à t'habiller, et puis nous regar-
» derons comme nous ferons. »

» Je commençais donc à mettre les chausses, et les
bottes et éperons lesquels il m'aidait à mettre. Sur cela
le palefrenier vint à la porte de la salle avec le cheval;
moi, tout éperdue, je me mis vitement ma cotte de
ratine pour couvrir mes habits d'homme que j'avais
jusques à la ceinture, et m'en vins prendre le cheval des

mains de Breteau, et le menai hors de la première porte du château, à un ormeau sous lequel dansaient aux fêtes les filles du village, et m'en retournai à la salle, où je trouvai *mon cousin* qui m'attendait avec grande impatience (tel était le nom que je le devais appeler pour le voyage), lequel me dit : « Allons donc voir si nous » pourrons avoir quelque chose, ou, sinon, nous ne » laisserons de nous en aller avec rien. » A ces paroles je m'en allai dans la cuisine, qui était près de la dépense, et, ayant découvert le feu pour voir clair, j'aperçus une grande pelle à feu, de fer, laquelle je pris, et puis lui dis :

« Allons à la dépense », et étant proche du coffre, nous mîmes la main au couvercle, lequel *ne serrait tout près*. Alors je lui dis : « Mets un peu la pelle entre le couvercle » et le coffre. » Alors, haussant tous deux les bras, nous n'y fîmes rien ; mais la seconde fois, les deux ressorts de serrure se rompirent, et soudain je mis la main dedans. »

Elle trouva une pile de plats d'argent qu'elle donna à La Corbinière, et comme elle voulait en prendre d'autres, il lui dit : « N'en tirez plus dehors, car le sac de moquette est plein. »

Elle en voulait prendre davantage, comme bassins, chandeliers, aiguières ; mais il dit : « Cela est embarrassant. »

Et il l'engagea à s'aller vêtir en homme avec un pourpoint et une casaque, afin qu'ils ne fussent pas reconnus.

Ils allèrent droit à Compiègne, où le cheval d'Angélique de Longueval fut vendu quarante écus. Puis, ils prirent la poste, et arrivèrent le soir à Charenton.

La rivière était débordée, de sorte qu'il fallut attendre jusqu'au jour. — Là, Angélique, dans son costume d'homme, put faire illusion à l'hôtesse, qui dit, « comme le postillon lui tirait les bottes » :

« *Messieurs*, que vous plaît-il de souper ?

— Tout ce que vous aurez de bon, Madame », fut la réponse.

Cependant Angélique se mit au lit, si lasse qu'il lui fut impossible de manger. Elle craignait surtout le comte de Longueval, son père, « qui alors se trouvait à Paris ».

Le jour venu, ils se mirent dans le bateau jusqu'à Essonne, où la demoiselle se trouva tellement lasse, qu'elle dit à La Corbinière :

« Allez-vous toujours devant m'attendre à Lyon, avec la vaisselle. »

Ils restèrent trois jours à Essonne, d'abord pour attendre le coche, puis pour guérir les écorchures que la demoiselle s'était faites aux cuisses en courant à franc étrier.

Passé Moulins, un homme qui était dans le coche et qui se disait gentilhomme, commença à dire ces paroles :

« N'y a-t-il pas une demoiselle vêtue en homme? »

A quoi La Corbinière répondit :

« Oui-da, Monsieur... Pourquoi avez-vous quelque chose à dire là-dessus? Ne suis-je pas maître de faire habiller ma femme comme il me plaît? »

Le soir, ils arrivèrent à Lyon, au *Chapeau rouge*, où ils vendirent la vaisselle pour trois cents écus; sur quoi La Corbinière se fit faire, « encore qu'il n'en eût du tout besoin, — un fort bel habit d'écarlate, avec les aiguillettes d'or et d'argent ».

Ils descendirent sur le Rhône, et s'étant arrêtés le soir à une hôtellerie, La Corbinière voulut essayer ses pistolets. Il le fit si maladroitement, qu'il adressa une balle dans le pied droit d'Angélique de Longueval, et il dit seulement à ceux qui le blâmaient de son imprudence : « C'est un malheur qui m'est arrivé... *je puis dire à moi-même*, puisque c'est ma femme. »

Angélique resta trois jours au lit, puis ils se remirent dans la barque du Rhône, et purent atteindre Avignon, où Angélique se fit traiter pour sa blessure, et ayant pris une nouvelle barque lorsqu'elle se sentit mieux, ils arrivèrent enfin à Toulon le jour de Pâques.

Une tempête les accueillit en sortant du port pour aller à Gênes ; ils s'arrêtèrent dans un havre, au château dit de *Saint-Soupir*, dont la dame, les voyant sauvés, fit chanter le *Salve regina*. Puis elle leur fit faire collation à la mode du pays, avec olives et câpres, et commanda que l'on donnât à leur valet des artichauts.

« Voyez, dit Angélique, ce que c'est *de l'amour;* encore que nous étions à un lieu qui n'était habité par personne, il fallut y jeûner les trois jours que nous attendîmes le bon vent. Néanmoins les heures me semblaient des minutes, encore que j'étais bien affamée. Car à Villefranche, peur de la peste, ils ne voulurent nous laisser prendre des vivres. Ainsi tous bien affamés, nous fîmes voile ; mais auparavant, de crainte de faire naufrage, je me voulus confesser à un bon père cordelier qui était en notre compagnie, et lequel venait à Gênes aussi. »

« Car mon mari (elle l'appelle toujours ainsi de ce moment), voyant entrer dans notre chambre un gentilhomme génois, lequel écorchait un peu le français, lui demanda : « Monsieur, vous plaît-il quelque chose ? — » Monsieur, dit ce Génois, je voudrais bien parler à » Madame. » Mon mari, tout d'un temps, mettant l'épée à la main, lui dit : « La connaissez-vous ? Sortez d'ici, » car autrement je vous tuerai. »

« Incontinent, M. Audiffret nous vint voir, lequel lui conseilla de nous en aller le plus promptement qu'il se pourrait, parce que ce Génois, très assurément, lui ferait faire du déplaisir. »

« Nous arrivâmes à Civita-Vecchia, puis à Rome, où nous descendîmes à la meilleure hôtellerie, attendant de trouver la commodité de se mettre en chambre garnie, laquelle on nous fit trouver en la rue des Bourguignons, chez un Piémontais, duquel la femme était romaine. Et un jour étant à sa fenêtre, le neveu de Sa Sainteté passant avec dix-neuf estafiers, en envoya un qui me dit ces paroles en italien : « Mademoiselle, Son Éminence m'a

» commandé de venir savoir si vous aurez agréable qu'il
» vous vienne voir. » Toute tremblante, je lui réponds :
« Si mon mari était ici, j'accepterais cet honneur ; mais
» n'y étant pas, je supplie très humblement votre maître
» de m'excuser. »

« Il avait fait arrêter son carrosse à trois maisons de
la nôtre, attendant la réponse, laquelle soudain qu'il
l'eut entendue, il fit marcher son carrosse, et depuis je
n'entendis plus parler de lui. »

La Corbinière lui raconta peu après qu'il avait rencontré un fauconnier de son père qui s'appelait La Roirie. Elle eut un grand désir de le voir ; et, en la voyant, « il resta sans parler » ; puis, s'étant rassuré, il lui dit que madame l'ambassadrice avait entendu parler d'elle et désirait la voir.

Angélique de Longueval fut bien reçue par l'ambassadrice. Toutefois, elle craignit, d'après certains détails, que le fauconnier n'eût dit quelque chose et qu'on n'arrêtât La Corbinière et elle.

Ils furent fâchés d'être restés vingt-neuf jours à Rome, et d'avoir fait toutes les diligences pour s'épouser sans pouvoir y parvenir. « Ainsi, — dit Angélique, — je partis sans voir le pape... »

C'est à Ancône qu'ils s'embarquèrent pour aller à Venise. Une tempête les accueillit dans l'Adriatique ; puis ils arrivèrent et allèrent loger sur le grand canal.

« Cette ville, quoique admirable, — dit Angélique de Longueval, — ne pouvait me plaire à cause de la mer — et il m'était impossible d'y boire et d'y manger que pour m'empêcher de mourir. »

Cependant, l'argent se dépensait, et Angélique dit à La Corbinière : « Mais, que ferons-nous ? Il n'y a tantôt plus d'argent ! »

Il répondit : « Lorsque nous serons en terre ferme, Dieu y pourvoira... Habillez-vous, et nous irons à la messe de Saint-Marc. »

Arrivés à Saint-Marc, les époux s'assirent au banc des

sénateurs; et là, quoique étrangers, personne n'eut l'idée de leur contester cette place; car La Corbinière avait des chausses de petit velours noir, avec le pourpoint de toile d'argent blanc, le manteau pareil..., et la petite oie d'argent.

Angélique était bien ajustée, et elle fut ravie, car son habit à la française faisait que les sénateurs avaient toujours l'œil sur elle.

L'ambassadeur de France, qui marchait dans la procession avec le doge, la salua.

A l'heure du dîner, Angélique ne voulut plus sortir de son hôtel, aimant mieux reposer que d'aller en mer en gondole.

Quant à La Corbinière, il alla se promener sur la place Saint-Marc, et y rencontra M. de La Morte, qui lui fit des offres de service, et qui, sur ce qu'il lui parla de la difficulté que lui et Angélique avaient à s'épouser, lui dit qu'il serait bon de se rendre à sa garnison de Palma-Nova, où l'on pourrait en conférer, et où La Corbinière pourrait se mettre en service.

Là, M. de La Morte présenta les futurs époux à *Son Excellence le général,* qui ne voulut pas croire qu'un homme *si bien couvert* s'offrît de *prendre une pique* dans une compagnie. Celle qu'il avait choisie était commandée par M. Ripert de Montélimart.

Son Excellence le général consentit cependant à servir de témoin au mariage... après lequel on fit un petit festin où s'écoulèrent *les dernières vingt pistoles* dont les conjoints étaient encore chargés.

Au bout de huit jours, le sénat donna ordre au général d'envoyer la compagnie à Vérone, ce qui mit Angélique de Longueval au désespoir, car elle se plaisait à Palma-Nova, où les vivres étaient à bon marché.

En repassant à Venise, ils achetèrent du ménage, « deux paires de draps pour deux pistoles, sans compter une couverte, un matelas, six plats de faïence et six assiettes ».

En arrivant à Vérone, ils trouvèrent plusieurs officiers

français. M. de Breunel, enseigne, les recommanda à M. de Beaupuis, qui les logea sans s'incommoder, les maisons étant à un grand bon marché. Vis-à-vis de la maison, il y avait un couvent de religieuses qui prièrent Angélique de Longueval d'aller les voir, « et lui firent tant de caresses, qu'elle en était confuse ».

A cette époque, elle accoucha de son premier enfant, qui fut tenu au baptême par S. E. Alluisi Georges et par la comtesse Bevilacqua. Son Excellence, après qu'Angélique de Longueval fut relevée de couches, lui envoyait son carrosse assez souvent.

A un bal donné plus tard, elle étonna toutes les dames de Vérone en dansant avec le général Alluisi, en costume français. Elle ajoute :

« Tous les Français officiers de la République étaient ravis de voir que ce grand général, craint et redouté partout, me faisait tant d'honneur. »

Le général, tout en dansant, ne manquait pas de parler à Angélique de Longueval « à part de son mari ». Il lui disait : « Qu'attendez-vous en Italie ?... La misère avec lui pour le reste de vos jours. Si vous dites qu'il vous aime, vous ne pouvez croire que je ne fasse plus encore... moi qui vous achèterai les plus belles perles qui seront ici, et d'abord des cottes de brocart telles qu'il vous plaira. Pensez, Mademoiselle, à laisser votre amour pour une personne qui parle pour votre bien et pour vous remettre en bonne grâce de messieurs vos parents. »

Cependant ce général conseillait à La Corbinière de s'engager dans les guerres d'Allemagne, lui disant qu'il trouverait *beaucoup d'avantage* à Inspruck, qui n'était qu'à sept journées de Vérone, et que là il *attraperait* une compagnie...

HUITIÈME LETTRE

RÉFLEXIONS. SOUVENIRS DE LA LIGUE
LES SYLVANECTES ET LES FRANCS. LA LIGUE

J'ai vu [1], en me promenant, sur une affiche bleue une représentation de *Charles VII* annoncée, par Beauvallet et Mlle Rimblot. Le spectacle était bien choisi. Dans ce pays-ci on aime le souvenir des princes du Moyen Age et de la Renaissance, qui ont créé les cathédrales merveilleuses que nous y voyons, et de magnifiques châteaux, moins épargnés cependant par le temps et les guerres civiles.

C'est qu'il y a eu ici des luttes graves à l'époque de la Ligue... Un vieux noyau de protestants qu'on ne pouvait dissoudre, — et, plus tard, un autre noyau de catholiques non moins fervents pour repousser le *parpayot* dit *Henri IV*.

L'animation allait jusqu'à l'extrême, comme dans toutes les grandes luttes politiques. Dans ces contrées, — qui faisaient partie des anciens apanages de Marguerite de Valois et des Médicis, — qui y avaient fait du bien, — on avait contracté une haine *constitutionnelle* contre la race qui les avait remplacés. Que de fois j'ai entendu ma grand'mère, parlant d'après ce qui lui avait été transmis, me dire de l'épouse de Henri II : « Cette grande madame Catherine de Médicis... à qui on a tué ses pauvres enfants ! »

Cependant, des mœurs se sont conservées dans cette province à part, qui indiquent et caractérisent les vieilles luttes du passé. La fête principale, dans certaines localités, est la *Saint-Barthélemy*. C'est pour ce jour que sont fondés surtout de grands prix pour le tir de l'arc. L'arc, aujourd'hui, est une arme assez légère. Eh bien, elle symbolise et rappelle d'abord l'époque où ces rudes tribus des *Sylvanectes* formaient une branche redoutable des races celtiques [2].

Angélique

Les pierres druidiques d'Ermenonville, les haches de pierre et les tombeaux, où les squelettes ont toujours le visage tourné vers l'Orient, ne témoignent pas moins des origines du peuple qui habite ces régions entrecoupées de forêts et couvertes de marécages, devenus des lacs aujourd'hui.

Le *Valois* et l'ancien petit pays nommé *la France* semblent établir par leur division l'existence de races bien distinctes. La France, division spéciale de l'Ile-de-France, a, dit-on, été peuplée par les Francs primitifs, venus de Germanie, dont ce fut, comme disent les chroniques, le premier *arrêt*. Il est reconnu aujourd'hui que les Francs n'ont nullement subjugué la Gaule, et n'ont pu que se trouver mêlés aux luttes de certaines provinces entre elles. Les Romains les avaient fait venir pour peupler certains points, et surtout pour défricher les grandes forêts ou assainir les pays de marécages. Telles étaient alors les contrées situées au nord de Paris. Issus généralement de la race caucasienne, ces hommes vivaient sur un pied d'égalité, d'après les mœurs patriarcales. Plus tard, on créa des fiefs, quand il fallut défendre le pays contre les invasions du Nord. Toutefois, les cultivateurs conservaient libres les terres qui leur avaient été concédées et qu'on appelait terres de franc-alleu.

La lutte de deux races différentes est évidente surtout dans les guerres de la Ligue. On peut penser que les descendants des Gallo-Romains favorisaient le Béarnais, tandis que l'autre race, plus indépendante de sa nature, se tournait vers Mayenne, d'Épernon, le cardinal de Lorraine et les Parisiens. On retrouve encore dans certains coins, surtout à Montépilloy, des amas de cadavres, résultat des massacres ou des combats de cette époque dont le principal fut la bataille de Senlis.

Et même ce grand comte Longueval de Bucquoy, — qui a fait les guerres de Bohême, — aurait-il gagné l'illustration qui causa bien des peines à son descendant, — l'abbé de Bucquoy, — s'il n'eût, à la tête des ligueurs, protégé longtemps Soissons, Arras et Calais contre les armées de Henri IV? Repoussé jusque dans la

Frise après avoir tenu trois ans dans les pays de Flandre, il obtint cependant un traité d'armistice de dix ans en faveur de ces provinces, que Louis XIV dévasta plus tard.

Étonnez-vous maintenant des persécutions qu'eut à subir l'abbé de Bucquoy, sous le ministère de Pontchartrain.

Quant à Angélique de Longueval, c'est l'opposition même en cotte hardie. Cependant elle aime son père, et ne l'avait abandonné qu'à regret. Mais du moment qu'elle avait choisi l'homme qui semblait lui convenir, — comme la fille du duc Loys choisissant Lautrec pour cavalier, — elle n'a pas reculé devant la fuite et le malheur, et même, ayant aidé à soustraire l'argenterie de son père, elle s'écriait : « Ce que c'est de l'amour! »

Les gens du Moyen Age croyaient aux charmes. Il semble qu'un charme l'ait en effet attachée à ce fils de charcutier, — qui était beau s'il faut l'en croire, — mais qui ne semble pas l'avoir rendue très heureuse. Cependant en constatant quelques malheureuses dispositions de *celui* qu'elle ne nomme jamais, elle n'en dit pas de mal un instant. Elle se borne à constater les faits, — et l'aime toujours, en épouse platonicienne et soumise à son sort par le raisonnement.

Les discours du lieutenant-colonel, qui voulait éloigner La Corbinière de Venise, avaient *donné dans la vue* de ce dernier. Il vend tout à coup son enseigne pour se rendre à Inspruck et chercher fortune en laissant sa femme à Venise.

« Voilà donc, dit Angélique, l'enseigne vendue à cet homme qui m'aimait, content (le lieutenant-colonel) en croyant que je ne m'en pouvais plus dédire; mais l'amour, qui est la reine * de toutes les passions, se moqua bien de la charge, car lorsque je vis que mon mari faisait son préparatif pour s'en aller, il me fut impossible de penser seulement de vivre sans lui. »

---

* L'amour se disait au féminin à cette époque.

Au dernier moment, pendant que le lieutenant-colonel se réjouissait déjà du succès de cette ruse, qui lui livrait une femme isolée de son mari, Angélique se décida à suivre La Corbinière à Inspruck. « Ainsi, dit-elle, l'amour nous ruina en Italie aussi bien qu'en France, quoiqu'en *celle* d'Italie je n'y avais point de coulpe (faute). »

Les voilà partis de Vérone avec un nommé Boyer, auquel La Corbinière avait promis de faire sa dépense jusqu'en Allemagne, parce qu'il n'avait point d'argent. (Ici, La Corbinière se relève un peu.) A vingt-cinq milles de Vérone, à un lieu où, par le lac, on va à la rive de Trente, Angélique faiblit un instant, et pria son mari de revenir vers quelque ville du bon pays vénitien, comme Brescia. Cette admiratrice de Pétrarque quittait avec peine ce doux pays d'Italie pour les montagnes brumeuses qui cernent l'Allemagne. « Je pensais bien, dit-elle, que les cinquante pistoles qui nous restaient ne nous dureraient guère; mais mon amour était plus grand que toutes ces considérations. »

Ils passèrent huit jours à Inspruck, où le duc de Feria passa, et dit à La Corbinière qu'il fallait aller plus loin pour trouver de l'emploi, dans une ville nommée *Fisch*. Là Angélique eut un grand flux de sang, et l'on appela une femme, qui lui fit comprendre « qu'elle s'était gâtée d'un enfant ». — C'est une locution bien chrétienne, qu'il faut pardonner au langage du temps et du pays.

On a toujours considéré comme une souillure, dans la manière de voir des hommes d'Église, le fait, légitime pourtant, — puisque Angélique s'était mariée, — de produire au monde un nouveau pécheur. Ce n'est pourtant pas là l'esprit de l'Évangile. — Mais passons.

La pauvre Angélique, un peu rétablie, fut forcée de se remettre à cheval sur l'unique haquenée que possédait le ménage : « Toute débile que j'étais, dit-elle, ou, pour dire la vérité, demi-morte, je montai à cheval pour aller avec mon mari rejoindre l'armée, où je fus si étonnée de voir autant de femmes que d'hommes, entre beaucoup de celles de colonels et capitaines. »

Son mari alla faire la révérence au grand colonel nommé Gildase, lequel, comme Wallon, avait entendu parler du comte de Longueval de Bucquoy, qui avait défendu la Frise contre Henri IV. Il fit *grande caresse* au mari d'Angélique, et lui dit qu'en attendant une compagnie, il lui donnerait une lieutenance, et qu'il allait mettre Mlle de Longueval dans le carrosse de sa sœur, qui était mariée au premier capitaine de son régiment.

Le malheur ne se lassait pas de frapper les nouveaux époux. La Corbinière prit la fièvre, et il fallut le soigner. Il y a de bonnes gens partout : Angélique ne se plaint que d'avoir été promenée, « tantôt à un lieu, tantôt à un autre », par le malheur de la guerre, — à la façon des Égyptiennes, — ce qui ne pouvait lui plaire, encore qu'elle eût plus de sujets de se contenter que pas une femme, puisqu'elle était la seule qui mangeât à la table du colonel avec seulement sa sœur. « Et le colonel encore montrait trop de bonté à La Corbinière, en ce qu'il lui donnait les meilleurs morceaux de la table... à cause qu'il le voyait malade. »

Une nuit, les troupes étant en marche, le meilleur logement qu'on pût offrir aux dames fut une écurie, où il ne fallait coucher qu'habillés à cause de la crainte de l'ennemi. « En me réveillant au milieu de la nuit, dit Angélique, je ressentis un si grand frais que je ne pus m'empêcher de dire tout haut : Mon Dieu ! je meurs de frais ! » Le colonel allemand lui jeta alors sa casaque, se découvrant lui-même, car il n'avait pas autre chose sur son uniforme.

Ici arrive une observation bien profonde :

« Tous ces honneurs, dit-elle, pouvaient bien arrêter une Allemande, mais non pas les Françaises, à qui la guerre ne peut plaire... »

Rien n'est plus vrai que cette observation. Les femmes allemandes sont encore celles de l'époque des Romains. Trusnelda combattait avec Hermann. A la bataille des Cimbres, où vainquit Marius, il y avait autant de femmes que d'hommes.

Les femmes sont courageuses dans les événements de famille, devant la souffrance, la mort. Dans nos troubles civils, elles plantent des drapeaux sur les barricades ; elles portent vaillamment leur tête à l'échafaud. Dans les provinces qui se rapprochent du Nord ou de l'Allemagne, on a pu trouver des Jeanne d'Arc et des Jeanne Hachette. Mais la masse des femmes françaises redoute la guerre, à cause de l'amour qu'elles ont pour leurs enfants.

Les femmes guerrières sont de la race franque. Chez cette population originairement venue d'Asie, il existe une tradition qui consiste à exposer des femmes dans les batailles, pour animer le courage des combattants par la récompense offerte [1]. Chez les Arabes, on retrouve la même coutume. La vierge qui se dévoue s'appelle la *kadra* et s'avance au premier rang, entourée de ceux qui sont résolus à se faire tuer pour elle. Mais chez les Francs on en exposait plusieurs.

Le courage et souvent même la cruauté de ces femmes étaient tels qu'ils ont été cause de l'adoption de la loi salique. Et cependant, les femmes, guerrières ou non, ne perdirent jamais leur empire en France, soit comme reines, soit comme favorites.

La maladie de La Corbinière fut cause qu'il se résolut à retourner en Italie. Seulement, il oublia de prendre un passeport. « Nous fûmes bien confus, dit Angélique, lorsque nous fûmes à une forteresse nommée Reistre, où l'on ne voulut plus nous laisser passer, et où l'on retint mon mari malgré sa maladie. » Comme elle avait conservé sa liberté, elle put aller à Inspruck se jeter aux pieds de l'archiduchesse Léopold pour obtenir la grâce de La Corbinière, qu'on peut supposer avoir un peu déserté, quoique sa femme ne l'avoue pas.

Munie de la grâce signée par l'archiduchesse, Angélique retourna au lieu où était détenu son mari. Elle demanda aux gens de ce bourg de Reitz s'ils n'avaient rien entendu dire d'un gentilhomme français prisonnier. On lui enseigna le lieu où il était, où elle le trouva contre un poêle, demi-mort, et le ramena à Vérone.

Là elle retrouva M. de la Tour (de Périgord) et lui reprocha d'avoir fait vendre à son mari son enseigne, ce qui était cause de son malheur. « Je ne sais, ajoute-t-elle, s'il avait encore de l'amour pour moi, ou si ce fut de la pitié, tant il y a qu'il m'envoya vingt pistoles et tout un ameublement de maison où mon mari se gouverna si mal, qu'en peu de temps il mangea entièrement tout. »

Il avait repris un peu de santé et vivait continuellement en débauche avec deux de ses camarades, M. de la Perle et M. Escutte. Cependant, l'affection de sa femme ne s'affaiblit pas. Elle se résolut, « pour ne pas vivre tout à fait dans l'incommodité, à prendre *des gens en pension* », — ce qui lui réussit; — seulement La Corbinière dépensait tout le *gagnage* hors du logis, « ce qui, dit-elle, m'affligeait jusqu'à la mort »; il finit par vendre les meubles, de sorte que la maison ne pouvait plus aller.

« Cependant, dit la pauvre femme, je sentais toujours mon affection aussi grande que lorsque nous partîmes de France. Il est vrai qu'après avoir reçu la première lettre de ma mère, cette affection se partagea en deux... Mais j'avoue que l'amour que j'avais pour cet homme surpassait l'affection que je portais à mes parents. »

NEUVIÈME LETTRE

NOUVEAUX DÉTAILS INÉDITS. MANUSCRIT DU CÉLESTIN GOUSSENCOURT. DERNIÈRES AVENTURES D'ANGÉLIQUE. MORT DE LA CORBINIÈRE. LETTRES.

Le manuscrit que les Archives nationales conservent écrit de la main d'Angélique s'arrête là [1].

Mais nous trouvons annexées au même dossier les observations suivantes écrites par son cousin, le moine célestin Goussencourt. Elles n'ont point la même grâce que le récit d'Angélique de Longueval, mais elles ont aussi la marque d'une honnête naïveté.

Voici un passage des observations du moine célestin Goussencourt :

« La nécessité les contraignit d'être taverniers : où les soldats français allaient boire et manger avec un tel respect, qu'ils ne voulaient point être servis d'elle. Elle cousait des collets de toile où elle ne gagnait tous les jours que huit sous, et avec cela descendait à toute heure à la cave, et lui se donnait à boire avec ses hôtes, de telle façon qu'il devint tout couperosé.

» Un jour, elle étant à la porte, un capitaine vint à passer et lui fit une grande révérence, et elle à lui, — ce qui fut aperçu de son mari jaloux. Il l'appelle et la prend par la gorge. Elle parvient à jeter un cri. Les buveurs arrivent et la trouvent à demi morte couchée par terre, à laquelle il avait donné des coups de pied aux côtes qui lui avaient ôté la parole, et dit, pour s'excuser, qu'il lui avait défendu de parler à celui-là, et que, si elle lui eût parlé, il l'eût enfilée de son épée. »

Il devint étique par ses débauches. A cette époque elle écrivit à sa mère pour lui demander pardon. Sa mère lui répondit qu'elle lui pardonnait et lui conseillait de revenir et qu'elle ne l'oublierait pas dans son testament.

Ce testament était gardé à l'église de Neuville-en-Hez, et contient un legs de huit mille livres.

Pendant l'absence d'Angélique de Longueval il y eut une demoiselle en Picardie qui voulut usurper sa place, et se donna pour elle. Elle eut même la hardiesse de se présenter à Mme d'Haraucourt, mère d'Angélique, laquelle dit qu'elle n'était pas sa fille. Elle racontait tant de choses, que plusieurs des parents finirent par la prendre pour ce qu'elle se donnait...

Le célestin, son cousin, lui écrivit de revenir. Mais La Corbinière n'en voulait pas entendre parler, craignant d'être pris et exécuté s'il rentrait en France. Il n'y

faisait pas bon pour lui non plus; car la faute d'Angélique fut cause que M. d'Haraucourt chassa des fau-
bourgs de Clermont-sur-Oise sa mère et ses frères,
« qui vivaient de leur boutique, étant charcutiers ».

Mme d'Haraucourt, enfin, étant morte en décembre
1636, à la Neuville-en-Hez, où elle repose (M. d'Haraucourt était mort en 1632), leur fille fit tant près de son
mari, qu'il consentit à revenir en France.

Arrivés à Ferrare, ils tombent malades tous deux,
— où ils furent douze jours; — s'embarquent à Livourne,
arrivent à Avignon, où ils sont toujours malades.
La Corbinière y meurt, le 5 d'août 1642; il repose à
Sainte-Madeleine; il meurt avec des repentances très
grandes de l'avoir si mal traitée, et lui dit : « Pour votre
consolation et ôter votre tristesse, souvenez-vous
comme je vous ai traitée. »

« Là, continue le moine célestin, elle a été en si grande
nécessité qu'elle m'a dit par écrit et de bouche, qu'elle
fût morte de faim n'eût été les célestins qui l'ont aidée.

» Elle arriva à Paris le dimanche 19 d'octobre, par le
coche, et manda à Mme Boulogne, sa grande amie,
de la venir quérir. N'y estant pas, son hostellier y fut.
Le lendemain après dîner, elle vint me trouver avec
ladite Boulogne et sa belle-mère, la mère de La Corbinière, servante de cuisine chez M. Ferrant, estat qu'elle a
été contrainte de faire depuis qu'elle a été bannie de
Clermont à cause de son fils.

» La première chose qu'elle fit, elle vint se jeter à mes
pieds, les mains jointes, me demandant pardon, ce qui
fit pleurer les femmes. Je lui dis que je ne lui pardonne-
rais pas (ce qui la fit soupirer et respirer, ayant entendu
le reste), car elle ne m'avait pas offensé. Et la prenant
par la main, lui dis-je : *Levez-vous;* et la fis asseoir
auprès de moi, où elle me répéta ce qu'elle m'avait
souvent écrit : qu'après Dieu et sa mère, elle tenait la
vie de moi. »

Quatre ans après, elle était retirée à Nivilliers, et très
malheureuse, n'ayant chemise au dos, comme il paraît
par la lettre ci-contre.

LETTRE QU'ELLE ÉCRIT AU CÉLESTIN SON COUSIN,
QUATRE ANS APRÈS SON RETOUR, DE NIVILLIERS

Le 7 janvier 1646.

Monsieur mon bon papa (elle appelait ainsi le célestin),

Je vous supplie, très humblement, de n'attribuer mon silence à manque du ressentiment que j'aurai toute ma vie de vos bontés, mais bien de honte de n'avoir encore que des paroles pour vous le témoigner. Vous protestant que la mauvaise fortune me persécute au point de n'avoir de chemise au dos. Ces misères m'ont empêchée jusqu'ici de vous écrire et à Mme Boulogne, car il me semble que vous deviez recevoir autant de satisfaction de moi comme vous en avez été travaillés tous deux. Accusez donc mon malheur et non ma volonté, et me faites l'honneur, mon cher papa, de me mander de vos nouvelles.

Votre très humble servante,

A. de Longueval.

(A M. de Goussencourt, aux Célestins, à Paris.)

On ne sait rien de plus. Voici une réflexion générale du célestin Goussencourt sur l'histoire de cet amour, dans lequel l'imagination simple du moine ne pouvant admettre, du reste, l'amour de sa cousine pour un petit *charcutier*, rapportait tout à la magie; voici sa méditation :

« La nuit du premier dimanche de carême 1632 fut leur départ; — retour en 1642, en carême. — Leurs affections commencèrent trois ans avant leur fuite. — Pour se faire aimer, il lui donna des confitures qu'il avait fait faire à Clermont, et où il y avait des mouches cantharides, qui ne firent qu'échauffer la fille, mais non aimer; puis, il lui donna d'un coing cuit, et depuis elle fut grandement affectionnée. »

Rien ne prouve que le frère Goussencourt ait donné une chemise à sa cousine. Angélique n'était pas en odeur de sainteté dans sa famille, et cela paraît en ce fait qu'elle n'a pas même été nommée dans la généalogie de sa famille, qui énonce les noms de Jacques-Annibal de Longueval, gouverneur de Clermont-en-Beauvoisis, et de Suzanne d'Arquenvilliers, dame de Saint-Rimault. Ils ont laissé deux Annibal, dont le dernier, qui a le prénom d'Alexandre, est le même enfant qui ne voulait pas que sa sœur *volât papa et maman*, puis encore deux autres garçons. On ne parle pas de la fille.

DIXIÈME LETTRE

MON AMI SYLVAIN. LE CHÂTEAU DE LONGUEVAL EN SOISSONNAIS. CORRESPONDANCE. POST-SCRIPTUM

Je ne voyage jamais dans ces contrées sans me faire accompagner d'un ami, que j'appellerai, de son petit nom, Sylvain.

C'est un nom très commun dans cette province, — le féminin est le gracieux nom de Sylvie, — illustré par un bouquet de bois de Chantilly, dans lequel allait rêver si souvent le poète Théophile de Viau [1].

J'ai dit à Sylvain : « Allons-nous à Chantilly? »

Il m'a répondu : « Non... tu as dit toi-même hier qu'il fallait aller à Ermenonville pour gagner de là Soissons, visiter ensuite les ruines du château de Longueval en Soissonnais, sur la limite de Champagne.

— Oui, répondis-je; hier soir je m'étais monté la tête à propos de cette belle Angélique de Longueval, et je voulais voir le château d'où elle a été enlevée par La Corbinière, en habits d'homme, sur un cheval.

— Es-tu sûr, du moins, que ce soit là le Longueval

véritable ? car il y a des Longueval et des Longueville partout... de même que des Bucquoy...

— Je n'en suis pas convaincu quant à ces derniers ; mais lis seulement ce passage du manuscrit d'Angélique :

« Le jour étant venu duquel il me devait quérir la nuit, je dis à un palefrenier qui avait nom Breteau : Je voudrais bien que tu me prêtasses un cheval pour envoyer à Soissons cette nuit quérir pour me faire un corps de cotte, te promettant que le cheval sera ici avant que maman se lève... »

— Il semblerait donc prouvé, — me dit Sylvain, — que le château de Longueval était situé aux environs de Soissons, donc ce ne serait pas le moment de revenir vers Chantilly. Ce changement de direction a déjà risqué de te faire arrêter une fois, — parce que des gens qui changent d'idée tout à coup paraissent toujours des gens suspects... »

CORRESPONDANCE

Vous m'envoyez deux lettres concernant mes premiers articles sur l'abbé de Bucquoy. La première, d'après une biographie abrégée, établit que Bucquoy et Bucquoi ne représentent pas le même nom. A quoi je répondrai que les noms anciens n'ont pas d'orthographe. L'identité des familles ne s'établit que d'après les armoiries, et nous avons déjà donné celles de cette famille (l'écusson bandé de vair et de gueules de six pièces). Cela se retrouve dans toutes les branches, soit de Picardie, soit de l'Ile-de-France, soit de Champagne, d'où était l'abbé de Bucquoy. Longueval touche à la Champagne, comme on le sait déjà. Il est inutile de prolonger cette discussion héraldique.

Je reçois de vous une seconde lettre qui vient de Belgique :

« Lecteur sympathique de M. Gérard de Nerval et désirant lui être agréable, je lui communique le document ci-joint, qui lui sera peut-être de quelque utilité pour la suite de ses humoristiques pérégrinations à la recherche de l'abbé de Bucquoy, cet insaisissable moucheron issu de l'amendement Riancey.

« 156. Olivier de Wree, de vermoerde oorloghstucken van den woonderdadighen velt-heer Carel de Longueval, grave van Busquoy, Baron de Vaux. Brugge, 1625. — Ej. mengheldichten : fyghes noeper; Bacchus-Cortryck. Ibid., 1625. — Ej. Venus-Ban. Ibid., 1625, in-12, oblong, vél. *.

« Livre rare et curieux. L'exemplaire est taché d'eau. »

Je ne chercherai pas à traduire cet article de bibliographie flamande; — seulement, je remarque qu'il fait partie du prospectus d'une bibliothèque qui doit être vendue le 5 décembre et jours suivants, sous la direction de M. Héberlé, — 5, rue des Paroissiens, à Bruxelles.

J'aime mieux attendre la vente de Techener, — qui, je l'espère, aura toujours lieu le 20.

LES RUINES. LES PROMENADES. CHÂALIS
ERMENONVILLE. LA TOMBE DE ROUSSEAU

Dans une de mes lettres j'ai employé à faux le mot réaction en parlant d'*abus de l'autorité*, qui amènent des réactions *en sens contraire*.

La faute paraît simple au premier abord; mais il y a plusieurs sortes de réactions : les unes prennent des *biais*, les autres sont des réactions qui consistent à s'arrêter. J'ai voulu dire qu'un excès amenait d'autres excès. Ainsi, il est impossible de ne point blâmer les incendies, et les dévastations privées, rares pourtant de nos jours. Il se mêle toujours à la foule en rumeur un élément hostile ou étranger qui conduit les choses au delà des limites que le bon sens général aurait imposées, et qu'il finit toujours par tracer.

* La note imprimée est extraite d'un catalogue. Ainsi nous avions déjà cinq manières d'orthographier le nom de Bucquoy; voici la sixième : *Busquoy*.

Je n'en veux pour preuve qu'une anecdote qui m'a été racontée par un bibliophile fort connu, et dont un autre bibliophile a été le héros.

Le jour de la révolution de Février, on brûla quelques voitures, — dites de la liste civile ; — ce fut, certes, un grand tort, qu'on reproche durement aujourd'hui à cette foule mélangée qui, derrière les combattants, entraînait aussi des traîtres...

Le bibliophile dont je parle se rendit ce soir-là au Palais-National. Sa préoccupation ne s'adressait pas aux voitures ; il était inquiet d'un ouvrage en quatre volumes in-folio intitulé : *Perceforest.*

C'était un de ces *roumans* du cycle d'Artus, — ou du cycle de Charlemagne, — où sont contenues les épopées de nos plus anciennes guerres chevaleresques.

Il entra dans la cour du palais, se frayant un passage au milieu du tumulte. C'était un homme grêle, d'une figure sèche, mais ridée parfois d'un sourire bienveillant, correctement vêtu d'un habit noir, et à qui l'on ouvrit passage avec curiosité.

« Mes amis, dit-il, a-t-on brûlé le *Perceforest ?*
— On ne brûle que les voitures.
— Très bien ! continuez. Mais la bibliothèque ?
— On n'y a pas touché... Ensuite, qu'est-ce que vous demandez ?
— Je demande que l'on respecte l'édition en quatre volumes du *Perceforest,* — un héros d'autrefois...; édition unique, avec deux pages transposées et une énorme tache d'encre au troisième volume. »

On lui répondit :

« Montez au premier. »

Au premier, il trouva des gens qui lui dirent :

« Nous déplorons ce qui s'est fait dans le premier moment... On a, dans le tumulte, abîmé quelques tableaux...

— Oui, je sais, un Horace Vernet, un Gudin... Tout cela n'est rien : — le *Perceforest ?* ... »

On le prit pour un fou. Il se retira et parvint à

découvrir la concierge du palais, qui s'était retirée chez elle.

« Madame, si l'on n'a pas pénétré dans la bibliothèque, assurez-vous d'une chose : c'est de l'existence du *Perceforest*, — édition du seizième siècle, reliure en parchemin, de Gaume. Le reste de la bibliothèque, ce n'est rien... mal choisi ! — des gens qui ne lisent pas ! — Mais le *Perceforest* vaut quarante mille francs sur les tables. »

La concierge ouvrit de grands yeux.

« Moi, j'en donnerais, aujourd'hui, vingt mille... malgré la dépréciation des fonds que doit amener nécessairement une révolution.

— Vingt mille francs !

— Je les ai chez moi. Seulement ce ne serait que pour rendre le livre à la nation. C'est un monument. »

La concierge, étonnée, éblouie, consentit avec courage à se rendre à la bibliothèque et à y pénétrer par un petit escalier. L'enthousiasme du savant l'avait gagnée.

Elle revint, après avoir vu le livre sur le rayon où le bibliophile savait qu'il était placé.

« Monsieur, le livre est en place. Mais il n'y a que trois volumes... Vous vous êtes trompé.

— Trois volumes !... Quelle perte !... Je m'en vais trouver le gouvernement provisoire, — il y en a toujours un... Le *Perceforest* incomplet ! Les révolutions sont épouvantables ! »

Le bibliophile courut à l'Hôtel de ville. On avait autre chose à faire que de s'occuper de bibliographie. Pourtant il parvint à prendre à part M. Arago, qui comprit l'importance de sa réclamation, et des ordres furent donnés immédiatement.

Le *Perceforest* n'était incomplet que parce qu'on en avait prêté précédemment un volume.

Nous sommes heureux de penser que cet ouvrage a pu rester en France.

Celui de l'*Histoire de l'abbé de Bucquoy*, qui doit être vendu le 20, n'aura peut-être pas le même sort !

Et maintenant, tenez compte, je vous prie, des fautes
qui peuvent être commises, dans une tournée rapide,
souvent interrompue par la pluie ou par le brouillard...

Je quitte Senlis à regret ; mais mon ami le veut pour
me faire obéir à une pensée que j'avais manifestée
imprudemment...

Je me plaisais tant dans cette ville, où la Renaissance,
le Moyen Age et l'époque romaine se retrouvent çà
et là, au détour d'une rue, dans une écurie, dans une
cave. Je vous parlais « de ces tours des Romains recou-
vertes de lierre ! » L'éternelle verdure dont elles sont
vêtues fait honte à la nature inconstante de nos pays
froids. En Orient, les bois sont toujours verts ; chaque
arbre a sa saison de mue ; mais cette saison varie selon
la nature de l'arbre. C'est ainsi que j'ai vu au Caire les
sycomores perdre leurs feuilles en été. En revanche,
ils étaient verts au mois de janvier.

Les allées qui entourent Senlis et qui remplacent les
antiques fortifications romaines, — restaurées plus tard,
par suite du long séjour des rois carlovingiens, —
n'offrent plus aux regards que des feuilles rouillées
d'ormes et de tilleuls. Cependant la vue est encore belle,
aux alentours, par un beau coucher de soleil. Les forêts
de Chantilly, de Compiègne et d'Ermenonville ; — les
bois de Châalis et de Pont-Armé se dessinent avec leurs
masses rougeâtres sur le vert clair des prairies qui
les séparent. Des châteaux lointains élèvent encore
leurs tours, solidement bâties en pierres *de Senlis*, et
qui, généralement, ne servent plus que de pigeonniers.

Les clochers aigus, hérissés de saillies régulières,
qu'on appelle dans le pays des *ossements* (je ne sais
pourquoi), retentissent encore de ce bruit de cloches
qui portait une douce mélancolie dans l'âme de Rousseau...

Accomplissons le pèlerinage que nous nous sommes
promis de faire, non pas près de ses cendres, qui reposent
au Panthéon, mais près de son tombeau, situé à Ermenonville, dans l'île dite des Peupliers.

La cathédrale de Senlis ; l'église Saint-Pierre, qui sert aujourd'hui de caserne aux cuirassiers ; le château de Henri IV, adossé aux vieilles fortifications de la ville ; les cloîtres byzantins de Charles le Gros et de ses successeurs, n'ont rien qui doive nous arrêter... C'est encore le moment de parcourir les bois, malgré la brume obstinée du matin.

Nous sommes partis de Senlis à pied, à travers les bois, aspirant avec bonheur la brume d'automne.

Nous avions parcouru une route qui aboutit aux bois et au château de Mont-l'Évêque. Des étangs brillaient çà et là à travers les feuilles rouges relevées par la verdure sombre des pins. Sylvain me chanta ce vieil air du pays :

> *Courage ! mon ami, courage !*
> *Nous voici près du village !*
> *A la première maison*
> *Nous nous rafraîchirons !*

On buvait dans le village un petit vin qui n'était pas désagréable pour des voyageurs. L'hôtesse nous dit, voyant nos barbes : « Vous êtes des artistes... vous venez donc pour voir Châalis ? »

Châalis, à ce nom je me ressouvins d'une époque bien éloignée... celle où l'on me conduisait à l'abbaye, une fois par an, pour entendre la messe, et pour voir la foire qui avait lieu près de là.

« Châalis, dis-je... Est-ce que cela existe encore [1] ? »

La Chapelle-en-Serval, ce 20 novembre.

De même qu'il est bon dans une symphonie même pastorale de faire revenir de temps en temps le motif principal, gracieux, tendre ou terrible, pour enfin le faire tonner au finale avec la tempête graduée de tous les instruments, je crois utile de vous parler encore de l'abbé de Bucquoy, sans m'interrompre dans la course

que je fais en ce moment vers le château de ses pères,
avec cette intention de mise en scène exacte et descriptive sans laquelle ses aventures n'auraient qu'un faible
intérêt.

Le finale se recule encore, et vous allez voir que c'est
encore malgré moi...

Et, d'abord, réparons une injustice à l'égard de ce bon
M. Ravenel de la Bibliothèque nationale, qui, loin de
s'occuper légèrement de la recherche du livre, a remué
tous les *fonds* des huit cent mille volumes que nous y
possédons. Je l'ai appris depuis; mais, ne pouvant trouver la chose absente, il m'a donné officieusement avis
de la vente de Techener, ce qui est le procédé d'un véritable savant.

Sachant bien que toute vente de grande bibliothèque
se continue pendant plusieurs jours, j'avais demandé
avis du jour désigné pour la vente du livre, voulant,
si c'était justement le 20, me trouver à la vacation du
soir.

Mais ce ne sera que le 30!

Le livre est bien classé sous la rubrique : *Histoire* et
sous le n° 3584. *Événement des plus rares*, etc., l'intitulé
que vous savez.

La note suivante y est annexée.

« Rare. — Tel est le titre de ce livre bizarre, en tête
duquel se trouve une gravure représentant *l'Enfer des
vivants*, ou la Bastille. Le reste du volume est composé
des choses les plus singulières.

» Catalogue de la bibliothèque de M. M***, etc. »

Je puis encore vous donner un avant-goût de l'intérêt
de cette histoire, dont quelques personnes semblaient
douter, en reproduisant des notes que j'ai prises dans la
Biographie Michaud.

Après la biographie de Charles Bonaventure, comte
de Bucquoy, généralissime et membre de l'ordre de la
Toison d'Or, célèbre par ses guerres en France, en
Bohême et en Hongrie, et dont le petit-fils, Charles, fut

créé prince de l'Empire, on trouve l'article sur l'*abbé de Bucquoy*, indiqué comme *étant de la même famille* que le précédent. Sa vie politique commença par cinq années de services militaires. Échappé comme par miracle à un grand danger, il fit vœu de quitter le monde et se retira à la Trappe. L'abbé de Rancé, sur lequel Chateaubriand a écrit son dernier livre, le renvoya comme peu croyant. Il reprit son habit galonné, qu'il troqua bientôt contre les haillons d'un mendiant.

A l'exemple des fakirs et des derviches, il parcourait le monde, pensant donner des exemples d'humilité et d'austérité. Il se faisait appeler *le Mort*, et tint même à Rouen, sous ce nom, une école gratuite.

Je m'arrête de peur de déflorer le sujet. Je ne veux que faire remarquer encore, pour prouver que cette histoire a du sérieux, qu'il proposa plus tard aux états unis de Hollande, en guerre avec Louis XIV, « un projet pour *faire de la France une république*, et y détruire, disait-il, le *pouvoir* arbitraire ». Il mourut à Hanovre, à quatre-vingt-dix ans, laissant son mobilier et ses livres à l'Église catholique, dont il n'était jamais sorti. Quant à ses seize années de voyages dans l'Inde, je n'ai encore là-dessus de données que par le livre en hollandais de la Bibliothèque nationale.

Nous sommes allés à Châalis pour voir en détail le domaine, avant qu'il soit restauré. Il y a d'abord une vaste enceinte entourée d'ormes; puis, on voit à gauche un bâtiment dans le style du seizième siècle, restauré sans doute plus tard selon l'architecture lourde du petit château de Chantilly.

Quànd on a vu les offices et les cuisines, l'escalier suspendu du temps de Henri IV vous conduit aux vastes appartements des premières galeries, grands appartements et petits appartements donnant sur les bois. Quelques peintures enchâssées, le grand Condé à cheval et des vues de la forêt, voilà tout ce que j'ai remarqué. Dans une salle basse, on voit un portait d'Henri IV à trente-cinq ans.

C'est l'époque de Gabrielle, et probablement ce

château a été témoin de leurs amours. Ce prince qui, au fond, m'est peu sympathique, demeura longtemps à Senlis, surtout dans la première époque du siège, et l'on y voit, au-dessus de la porte de la mairie et des trois mots : *Liberté, égalité, fraternité*, son portrait en bronze avec une devise gravée, dans laquelle il est dit que son premier bonheur fut à Senlis, — en 1590. — Ce n'est pourtant pas là que Voltaire a placé la scène principale, imitée de l'Arioste, de ses amours avec Gabrielle d'Estrées.

Ne trouvez-vous pas étrange que *les d'Estrées* se trouvent être encore des parents de l'abbé de Bucquoy? C'est cependant ce que révèle encore la généalogie de sa famille... Je n'invente rien.

C'était le fils du garde qui nous faisait voir le château, — abandonné depuis longtemps. — C'est un homme qui, sans être lettré, comprend le respect que l'on doit aux antiquités. Il nous fit voir dans une des salles *un moine* qu'il avait découvert dans les ruines. A voir ce squelette couché dans une auge de pierre, j'imaginai que ce n'était pas un moine, mais un guerrier celte ou franc couché selon l'usage, — avec le visage tourné vers l'Orient, dans cette localité, où les noms d'Erman ou d'Armen* sont communs dans le voisinage, sans parler même d'Ermenonville, située près de là, — et qu'on appelle dans le pays Arme-Nonville ou Nonval, qui est le terme ancien [1].

Le pâté des ruines principales forme les restes de l'ancienne abbaye, bâtie probablement vers l'époque de Charles VII, dans le style du gothique fleuri, sur des voûtes carlovingiennes aux piliers lourds, qui recouvrent les tombeaux. Le cloître n'a laissé qu'une longue galerie d'ogives qui relie l'abbaye à un premier monument, où l'on distingue encore des colonnes byzantines taillées à l'époque de Charles le Gros, et engagées dans de lourdes murailles du seizième siècle.

---

* Hermann, Arminius, ou peut-être Hermès.

« On veut, nous dit le fils du garde, abattre le mur du cloître pour que, du château, l'on puisse avoir une vue sur les étangs. C'est un conseil qui a été donné à Madame.

— Il faut conseiller, dis-je, à votre dame de faire ouvrir seulement les arcs des ogives qu'on a remplis de maçonnerie, et alors la galerie se découpera sur les étangs, ce qui sera beaucoup plus gracieux. »

Il a promis de s'en souvenir.

La suite des ruines amenait encore une tour et une chapelle. Nous montâmes à la tour. De là l'on distinguait toute la vallée, coupée d'étangs et de rivières, avec les longs espaces dénudés qu'on appelle le Désert d'Ermenonville, et qui n'offrent que des grès de teinte grise, entremêlés de pins maigres et de bruyères.

Des carrières rougeâtres se dessinaient encore çà et là à travers les bois effeuillés, et ravivaient la teinte verdâtre des plaines et des forêts, où les bouleaux blancs, les troncs tapissés de lierre et les dernières feuilles d'automne se détachaient encore sur les masses rougeâtres des bois encadrés des teintes bleues de l'horizon.

Nous redescendîmes pour voir la chapelle; c'est une merveille d'architecture. L'élancement des piliers et des nervures, l'ornement sobre et fin des détails, révélaient l'époque intermédiaire entre le gothique fleuri et la Renaissance. Mais, une fois entrés, nous admirâmes les peintures, qui m'ont semblé être de cette dernière époque. « Vous allez voir des saintes un peu décolletées », nous dit le fils du garde. En effet, on distinguait une sorte de Gloire peinte en fresque du côté de la porte, parfaitement conservée, malgré ses couleurs pâlies, sauf la partie inférieure couverte de peintures à la détrempe, mais qu'il ne sera pas difficile de restaurer.

Les bons moines de Châalis auraient voulu supprimer quelques nudités trop voyantes du *style Médicis*. En effet, tous ces anges et toutes ces saintes faisaient l'effet d'amours et de nymphes aux gorges et aux cuisses nues. L'abside de la chapelle offre dans les intervalles de ses nervures d'autres figures mieux conservées encore et du style allégorique usité postérieurement à Louis XII. En nous retournant pour sortir, nous remarquâmes au-dessus de la porte des armoiries qui devaient indiquer l'époque des dernières ornementations.

Il nous fut difficile de distinguer les détails de l'écusson écartelé, qui avait été repeint postérieurement en bleu et en blanc. Au 1 et au 4, c'étaient d'abord des oiseaux que le fils du garde appelait des cygnes, disposés par 2 et 1 ; mais ce n'étaient pas des cygnes.

Sont-ce des aigles déployées, des merlettes ou des alérions ou des ailettes attachées à des foudres?

Au 2 et au 3, ce sont des fers de lance, ou des fleurs de lis, ce qui est la même chose. Un chapeau de cardinal recouvrait l'écusson et laissait tomber des deux côtés ses résilles triangulaires ornées de glands ; mais n'en pouvant compter les rangées, parce que la pierre était fruste, nous ignorions si ce n'était pas un chapeau d'abbé.

Je n'ai pas de livres ici. Mais il me semble que ce sont là les armes de Lorraine, écartelées de celles de France. Seraient-ce les armes du cardinal de Lorraine, qui fut proclamé roi dans ce pays, sous le nom de Charles X, ou celles de l'autre cardinal qui aussi était soutenu par la Ligue ?... Je m'y perds, n'étant encore, je le reconnais, qu'un bien faible historien.

ONZIÈME LETTRE

LE CHÂTEAU D'ERMENONVILLE. LES ILLUMINÉS
LE ROI DE PRUSSE. GABRIELLE ET ROUSSEAU
LES TOMBES. LES ABBÉS DE CHÂALIS

En quittant Châalis, il y a encore à traverser quelques bouquets de bois, puis nous entrons dans le Désert.

Il y a assez de désert pour que, du centre, on ne voie point d'horizon, pas assez pour qu'en une demi-heure de marche on n'arrive au paysage le plus calme, le plus charmant du monde... Une nature suisse découpée au milieu du bois, par suite de l'idée qu'a eue René de Girardin d'y transplanter l'image du pays dont sa famille est originaire.

Quelques années avant la Révolution, le château d'Ermenonville était le rendez-vous des Illuminés qui préparaient silencieusement l'avenir. Dans les *soupers* célèbres d'Ermenonville, on a vu successivement le comte de Saint-Germain, Mesmer et Cagliostro, développant, dans des causeries inspirées, des idées et des paradoxes dont l'école dite de Genève hérita plus tard. Je crois bien que M. de Robespierre, le fils du fondateur de la loge écossaise d'Arras, — tout jeune encore, — peut-être encore plus tard Sénancour, Saint-Martin, Dupont de Nemours et Cazotte [1], vinrent exposer, soit dans ce château, soit dans celui de Le Pelletier de Mortfontaine, les idées bizarres qui se proposaient les réformes d'une société vieillie, laquelle dans ses modes mêmes, avec cette poudre qui donnait aux plus jeunes fronts un faux air de la vieillesse, indiquait la nécessité d'une complète transformation.

Saint-Germain appartient à une époque antérieure, mais il est venu là. C'est lui qui avait fait voir à Louis XV dans un miroir d'acier son petit-fils sans tête, comme Nostradamus avait fait voir à Marie de Médicis les rois de sa race, dont le quatrième était également décapité.

Ceci est de l'enfantillage. Ce qui révèle les mystiques, c'est le détail rapporté par Beaumarchais, que les Prussiens, — arrivés jusqu'à Verdun, — se replièrent tout à coup d'une manière inattendue d'après l'effet d'une apparition dont leur roi fut surpris, et qui lui fit dire : « N'allons pas outre! » comme en certains cas disaient les chevaliers.

Les Illuminés français et allemands s'entendaient par des rapports d'affiliation. Les doctrines de Weisshaupt et de Jacob Bœhm avaient pénétré, chez nous, dans les anciens pays francs et bourguignons, par l'antique sympathie et les relations séculaires des races de même origine. Le premier ministre du neveu de Frédéric II était lui-même un Illuminé. Beaumarchais suppose qu'à Verdun, sous couleur d'une séance de magnétisme, on fit apparaître devant Frédéric-Guillaume son oncle, qui lui aurait dit : « Retourne! » comme le fit un fantôme à Charles VI.

Ces données bizarres confondent l'imagination; seulement, Beaumarchais, qui était un sceptique, a prétendu que, pour cette scène de fantasmagorie, on fit venir de Paris l'acteur Fleury, qui avait joué précédemment aux Français le rôle de Frédéric II, et qui aurait ainsi fait illusion au roi de Prusse, lequel, depuis, se retira, comme on sait, de la confédération des rois ligués contre la France.

Les souvenirs des lieux où je suis m'oppressent moi-même, de sorte que je vous envoie tout cela au hasard, mais d'après des données sûres. Un détail plus important à recueillir, c'est que le général prussien qui, dans nos désastres de la Restauration, prit possession du pays, ayant appris que la tombe de Jean-Jacques Rousseau se trouvait à Ermenonville, exempta toute la contrée, depuis Compiègne, des charges de l'occupation militaire. C'était, je crois, le prince d'Anhalt : souvenons-nous au besoin de ce trait.

Rousseau n'a séjourné que peu de temps à Ermenonville. S'il y a accepté un asile, c'est que depuis longtemps, dans les promenades qu'il faisait en partant de l'*Ermitage* de Montmorency, il avait reconnu que cette contrée présentait à un herborisateur des familles de plantes remarquables, dues à la variété des terrains.

Nous sommes allés descendre à l'auberge de la Croix-Blanche, où il demeura lui-même quelque temps, à son arrivée. Ensuite, il logea encore de l'autre côté du château, dans une maison occupée aujourd'hui par un épicier. M. René de Girardin lui offrit un pavillon inoccupé, faisant face à un autre pavillon qu'occupait le concierge du château. Ce fut là qu'il mourut.

En nous levant, nous allâmes parcourir les bois encore
enveloppés des brouillards d'automne, que peu à peu
nous vîmes se dissoudre en laissant reparaître le miroir
azuré des lacs. J'ai vu de pareils effets de perspective sur
des tabatières du temps... Je revis l'île des Peupliers
au-delà des bassins qui surmontent une grotte factice,
sur laquelle l'eau tombe, quand elle tombe... Sa description pourrait se lire dans les idylles de Gessner.

Les rochers qu'on rencontre en parcourant les bois
sont couverts d'inscriptions poétiques. Ici :

> *Sa masse indestructible a fatigué le temps.*

ailleurs :

> *Ce lieu sert de théâtre aux courses valeureuses*
> *Qui signalent du cerf les fureurs amoureuses.*

ou encore, avec un bas-relief représentant des Druides
qui coupent le *gui* :

> *Tels furent nos aïeux dans leurs bois solitaires !*

Ces vers ronflants me semblent être de Roucher...
Delille les aurait faits moins solides.

M. René de Girardin faisait aussi des vers. C'était
en outre un homme de bien. Je pense qu'on lui doit les
vers suivants, sculptés sur une fontaine d'un endroit
voisin, que surmontent un Neptune et une Amphitrite,
légèrement *décolletée* comme les anges et les saints de
Châalis :

> *Des bords fleuris où j'aimais à répandre*
> *Le plus pur cristal de mes eaux,*
> *Passant, je viens ici me rendre*
> *Aux désirs, aux besoins de l'homme et des troupeaux.*
> *En puisant les trésors de mon urne féconde,*
> *Songe que tu les dois à des soins bienfaisants,*
> *Puissé-je n'abreuver du tribut de mes ondes*
> *Que des mortels paisibles et contents !*

Je ne m'arrête pas à la forme des vers ; c'est la pensée
d'un honnête homme que j'admire. L'influence de
son séjour est profondément sentie dans le pays. Là,
ce sont des salles de danse, où l'on remarque encore
le banc des vieillards ; là, des tirs à l'arc, avec la tribune
d'où l'on distribuait des prix... Au bord des eaux,
des temples ronds, à colonnes de marbre, consacrés soit
à Vénus génitrice, soit à Hermès consolateur. Toute
cette mythologie avait alors un sens philosophique et
profond.

La tombe de Rousseau est restée telle qu'elle était,
avec sa forme antique et simple, et les peupliers,
effeuillés, accompagnent encore d'une manière pittoresque
le monument, qui se reflète dans les eaux dormantes
de l'étang. Seulement la barque qui y conduisait
les visiteurs est aujourd'hui submergée [1]... Les cygnes,
je ne sais pourquoi, au lieu de nager gracieusement
autour de l'île, préfèrent se baigner dans un ruisseau
d'eau bourbeuse, qui coule, dans un rebord, entre des
saules aux branches rougeâtres, et qui aboutit à un
lavoir, situé le long de la route.

Nous sommes revenus au château. — C'est encore un
bâtiment de l'époque de Henri IV, refait vers Louis XV,
et construit probablement sur des ruines antérieures, —
car on a conservé une tour crénelée qui jure avec le reste,
et les fondements massifs sont entourés d'eau, avec des
poternes et des restes de ponts-levis.

Le concierge ne nous a pas permis de visiter les appartements,
parce que les maîtres y résidaient. Les artistes
ont plus de bonheur dans les châteaux princiers, dont
les hôtes sentent qu'après tout, ils doivent quelque chose
à la nation.

On nous laissa seulement parcourir les bords du grand
lac, dont la vue, à gauche, est dominée par la tour dite
de Gabrielle, reste d'un ancien château. Un paysan qui
nous accompagnait nous dit : « Voici la tour où était
enfermée la belle Gabrielle... tous les soirs Rousseau
venait pincer de la guitare sous sa fenêtre, et le roi, qui

était jaloux, le guettait souvent, et a fini par le faire mourir. »

Voilà pourtant comment se forment les légendes. Dans quelques centaines d'années, on croira cela. Henri IV, Gabrielle et Rousseau sont les grands souvenirs du pays. On a confondu déjà, — à deux cents ans d'intervalle, — les deux souvenirs, et Rousseau devient peu à peu le contemporain d'Henri IV. Comme la population l'aime, elle suppose que le roi a été jaloux de lui, et trahi par sa maîtresse, en faveur de l'homme sympathique aux races souffrantes. Le sentiment qui a dicté cette pensée est peut-être plus vrai qu'on ne croit. Rousseau, qui a refusé cent louis de Mme de Pompadour, a ruiné profondément l'édifice royal fondé par Henri. Tout a croulé. Son image immortelle demeure debout sur les ruines.

Quant à ses chansons, dont nous avons vu les dernières à Compiègne, elles célébraient d'autres que Gabrielle. Mais le type de la beauté n'est-il pas éternel comme le génie ?

En sortant du parc, nous nous sommes dirigés vers l'église, située sur la hauteur. Elle est fort ancienne, mais moins remarquable que la plupart de celles du pays. Le cimetière était ouvert ; nous y avons vu principalement le tombeau de De Vic, — ancien compagnon d'armes de Henri IV, — qui lui avait fait présent du domaine d'Ermenonville. C'est un tombeau de famille, dont la légende s'arrête à un abbé. Il reste ensuite des filles qui s'unissent à des bourgeois. Tel a été le sort de la plupart des anciennes maisons. Deux tombes plates d'abbés, très vieilles, dont il est difficile de déchiffrer les légendes, se voient encore près de la terrasse. Puis, près d'une allée, une pierre simple sur laquelle on trouve inscrit : Ci-gît *Almazor*. Est-ce un fou ? — est-ce un laquais ? — est-ce un chien ? La pierre ne dit rien de plus.

Du haut de la terrasse du cimetière, la vue s'étend sur la plus belle partie de la contrée ; les eaux miroitent à travers les grands arbres roux, les pins et les chênes verts. Les grès du Désert prennent à gauche un aspect druidique. La tombe de Rousseau se dessine à droite, et plus loin, sur le bord, le temple de marbre d'une déesse absente, qui doit être la Vérité.

Ce dut être un beau jour que celui où une députation, envoyée par l'Assemblée nationale, vint chercher les cendres du philosophe pour les transporter au Panthéon. Lorsqu'on parcourt le village, on est étonné de la fraîcheur et de la grâce des petites filles; avec leurs grands chapeaux de paille, elles ont l'air de Suissesses... Les idées sur l'éducation de l'auteur d'*Émile* semblent avoir été suivies; les exercices de force et d'adresse, la danse, les travaux de précision encouragés par des fondations diverses, ont donné sans doute à cette jeunesse la santé, la vigueur et l'intelligence des choses utiles.

J'aime beaucoup cette chaussée, — dont j'avais conservé un souvenir d'enfance, — et qui, passant devant le château, rejoint les deux parties du village, ayant quatre tours basses à ses deux extrémités.

Sylvain me dit : « Nous avons vu la tombe de Rousseau : il faudrait maintenant gagner Dammartin, où nous trouverons des voitures pour nous mener à Soissons, et de là, à Longueval. Nous allons nous informer du chemin aux laveuses qui travaillent devant le château.

— Allez tout droit par la route à gauche, nous dirent-elles, ou, également, par la droite... Vous arriverez, soit à *Ver*, soit à *Ève*, — vous passerez par *Othis*, et en deux heures de marche vous gagnerez Dammartin. »

Ces jeunes filles fallacieuses nous firent faire une route bien étrange ; — il faut ajouter qu'il pleuvait [1].

La route était fort dégradée, avec des ornières pleines d'eau, qu'il fallait éviter en marchant sur les gazons. D'énormes chardons, qui nous venaient à la poitrine, — chardons à demi gelés, mais encore vivaces, — nous arrêtaient quelquefois.

Ayant fait une lieue, nous comprîmes que ne voyant

ni *Ver*, ni *Ève*, ni *Othis*, ni seulement la plaine, nous pouvions nous être fourvoyés.

Une éclaircie se manifesta tout à coup à notre droite, quelqu'une de ces coupes sombres qui éclaircissent singulièrement les forêts...

Nous aperçûmes une hutte fortement construite en branches rechampies de terre, avec un toit de chaume tout à fait primitif. Un bûcheron fumait sa pipe devant la porte.

« Pour aller à Ver ?...

— Vous en êtes bien loin... En suivant la route, vous arriverez à Montaby.

— Nous demandons Ver, — ou Ève...

— Eh bien ! vous allez retourner... vous ferez une demi-lieue (on peut traduire cela si l'on veut en mètres, à cause de la loi), puis, arrivés à la place où l'on tire l'arc, vous prendrez à droite. Vous sortirez du bois, vous trouverez la plaine, et ensuite *tout le monde* vous indiquera Ver. »

Nous avons retrouvé la place du tir, avec sa tribune et son hémicycle destiné aux sept vieillards. Puis nous nous sommes engagés dans un sentier qui doit être fort beau quand les arbres sont verts. Nous chantions encore, pour aider la marche et peupler la solitude, quelques chansons du pays.

La route se prolongeait *comme le diable* ; je ne sais trop jusqu'à quel point le diable se prolonge, — ceci est la réflexion d'un Parisien. — Sylvain, avant de quitter le bois, chanta cette ronde de l'époque de Louis XIV[1] :

> *C'était un cavalier*
> *Qui revenait de Flandre...*

Le reste est difficile à raconter. — Le refrain s'adresse au tambour et lui dit :

> *Battez la générale*
> *Jusqu'au point du jour !*

Quand Sylvain, — homme taciturne, — se met à chanter, on n'en est pas quitte facilement. Il m'a chanté je ne sais quelle chanson des *Moines rouges* qui habitaient primitivement Châalis. — Quels moines! C'étaient des Templiers! — Le roi et le pape se sont entendus pour les brûler.

Ne parlons plus de ces moines rouges.

Au sortir de la forêt, nous nous sommes trouvés dans les terres labourées. Nous emportions beaucoup de notre patrie à la semelle de nos souliers; mais nous finissions par la rendre plus loin dans les prairies... Enfin, nous sommes arrivés à Ver. C'est un gros bourg.

L'hôtesse est aimable et sa fille fort avenante, ayant de beaux cheveux châtains, une figure régulière et douce, et ce *parler* si charmant des pays de brouillards, qui donne aux plus jeunes filles des intonations de *contralto*, par moments!

« Vous voilà, mes enfants, dit l'hôtesse... Eh bien! on va mettre un fagot dans le feu!

— Nous vous demandons à souper, sans indiscrétion.

— Voulez-vous, dit l'hôtesse, qu'on vous fasse d'abord une soupe à l'oignon?

— Cela ne peut pas faire de mal, et ensuite?

— Ensuite, il y a aussi *de la chasse.* »

Nous vîmes là que nous étions bien tombés.

Sylvain a un talent : c'est un garçon pensif, qui, n'ayant pas eu beaucoup d'éducation, se préoccupe pourtant de *parfaire* ce qu'il n'a reçu qu'*imparfait* du peu de leçons qui lui ont été données.

Il a des idées sur tout. — Il est capable de composer une montre... ou une boussole. — Ce qui le gêne dans la montre, c'est la *chaîne*, qui ne peut se prolonger assez... Ce qui le gêne dans la boussole, c'est que cela fait seulement reconnaître que l'aimant polaire du globe attire forcément les aiguilles; — mais que sur le reste, — sur la cause et sur les moyens de s'en servir, les documents sont imparfaits!

L'auberge, un peu isolée, mais solidement bâtie, où

nous avons pu trouver asile, offre à l'intérieur une cour
à galerie d'un système entièrement valaque... Sylvain
a embrassé la fille, qui est assez bien découplée, et nous
prenons plaisir à nous chauffer les pieds en caressant
deux chiens de chasse, attentifs au tournebroche, —
qui est l'espoir d'un souper prochain [1]...

DOUZIÈME LETTRE

M. TOULOUSE. LES DEUX BIBLIOPHILES. SAINT-MÉDARD
DE SOISSONS. LE CHÂTEAU DES LONGUEVAL DE BUCQUOY
RÉFLEXIONS

Je n'ai pas à me reprocher d'avoir suspendu pendant
dix jours le cours du récit historique que vous m'aviez
demandé. L'ouvrage qui devait en être la base, c'est-
à-dire l'histoire *officielle* de l'abbé de Bucquoy, devait
être vendu le 20 novembre, et ne l'a été que le 30,
soit qu'il ait été retiré d'abord (comme on me l'a dit),
soit que l'ordre même de la vente, énoncé dans le catalogue, n'ait pas permis de le présenter plus tôt aux
enchères.

L'ouvrage pouvait, comme tant d'autres, prendre le
chemin de l'étranger, et les renseignements qu'on
m'avait adressés des pays du Nord indiquaient seulement des traductions hollandaises du livre, sans donner
aucune indication sur l'édition originale, imprimée à
Francfort, avec l'allemand en regard.

J'avais vainement, vous le savez, cherché le livre à
Paris. Les bibliothèques publiques ne le possédaient pas.
Les libraires spéciaux ne l'avaient point vu depuis longtemps. Un seul, M. Toulouse, m'avait été indiqué
comme pouvant le posséder.

M. Toulouse a la spécialité des livres de controverse
religieuse. Il m'a interrogé sur la nature de l'ouvrage;
puis il m'a dit : « Monsieur, je ne l'ai point... Mais,

si je l'avais, peut-être ne vous le vendrais-je pas. »

J'ai compris que vendant d'ordinaire des livres à des ecclésiastiques, il ne se souciait pas d'avoir affaire à un *fils de Voltaire*.

Je lui ai répondu que je m'en passerais bien, ayant déjà des notions générales sur le personnage dont il s'agissait.

— Voilà pourtant comme on écrit l'histoire ! m'a-t-il répondu *.

Vous me direz que j'aurais pu me faire communiquer l'histoire de l'abbé de Bucquoy par quelques-uns de ces bibliophiles qui subsistent encore, tels M. de Montmerqué et autres. A quoi je répondrai qu'un bibliophile sérieux ne communique pas ses livres. Lui-même ne les lit pas, de crainte de les fatiguer.

Un bibliophile connu avait un ami ; — cet ami était devenu amoureux d'un Anacréon *in-seize*, édition lyonnaise du seizième siècle, augmentée des poésies de Bion, de Moschus et de Sapho. Le possesseur du livre n'eût pas défendu sa femme aussi fortement que son in-16. Presque toujours son ami, venant déjeuner chez lui, traversait indifféremment la bibliothèque ; mais il jetait à la dérobée un regard sur l'*Anacréon*.

Un jour, il dit à son ami : « Qu'est-ce que tu fais de cet in-16 mal relié... et coupé ?... Je te donnerai volontiers le *Voyage de Polyphile* en italien, *édition princeps* des Aldes, avec les gravures de Belin, pour cet in-16... Franchement, c'est pour compléter ma collection des poètes grecs. »

Le possesseur se borna à sourire.

« Que te faut-il encore ?

— Rien, je n'aime pas à échanger mes livres.

— Si je t'offrais encore mon *Roman de la Rose*, grandes marges, avec des annotations de Marguerite de Valois ?

— Non... ne parlons plus de cela.

— Comme argent, je suis pauvre, tu le sais ; mais j'offrirais bien mille francs.

---

* M. Toulouse, rue du Foin-Saint-Jacques, en face la caserne des gendarmes.

— N'en parlons plus...
— Allons! quinze cents livres.
— Je n'aime pas les questions d'argent entre amis. »

La résistance ne faisait qu'accroître les désirs de l'ami du bibliophile. Après plusieurs offres, encore repoussées, il lui dit, arrivé au dernier paroxysme de la passion :
« Eh bien! j'aurai le livre à *ta vente.*
— A ma vente?... mais je suis plus jeune que toi...
— Oui, mais tu as une mauvaise toux.
— Et toi... ta sciatique?
— On vit quatre-vingts ans avec cela!... »

Je m'arrête, Monsieur. Cette discussion serait une scène de Molière ou une de ces analyses tristes de la folie humaine, qui n'ont été traitées gaiement que par Érasme... En résultat, le bibliophile mourut quelques mois après, et son ami eut le livre pour six cents francs.

« Et il m'a refusé de me le laisser pour quinze cents francs! » disait-il plus tard toutes les fois qu'il le faisait voir. Cependant, quand il n'était plus question de ce volume, qui avait projeté un seul nuage sur une amitié de cinquante ans, son œil se mouillait au souvenir de l'homme excellent qu'il avait aimé.

Cette anecdote est bonne à rappeler dans une époque où le goût des collections de livres, d'autographes et d'objets d'art, n'est plus généralement compris en France. Elle pourra, néanmoins, vous expliquer les difficultés que j'ai éprouvées à me procurer l'*Abbé de Bucquoy.*

Samedi dernier, à sept heures, je revenais de Soissons, — où j'avais cru pouvoir trouver des renseignements sur les Bucquoy, — afin d'assister à la vente, faite par Techener, de la bibliothèque de M. Motteley, qui dure encore, et sur laquelle on a publié, avant-hier, un article dans *l'Indépendance de Bruxelles.*

Une vente de livres ou de curiosités a, pour les amateurs, l'attrait d'un tapis vert. Le râteau du commissaire, qui pousse les livres et ramène l'argent, rend cette comparaison fort exacte.

Les enchères étaient vives. Un volume isolé parvint

jusqu'à six cents francs. A dix heures moins un quart, l'*Histoire de l'abbé de Bucquoy* fut mise sur table à vingt-cinq francs... A cinquante-cinq francs, les habitués et M. Techener lui-même abandonnèrent le livre : une seule personne poussait contre moi.

A soixante-cinq francs, l'amateur a manqué d'haleine.

Le marteau du commissaire-priseur m'a adjugé le livre pour soixante-six francs.

On m'a demandé ensuite trois francs vingt centimes pour les frais de la vente.

J'ai appris depuis que c'était un délégué de la Bibliothèque nationale qui m'avait fait concurrence jusqu'au dernier moment.

Je possède donc le livre et je me trouve en mesure de continuer mon travail.

Votre, etc.

De Ver à Dammartin, il n'y a guère qu'une heure et demie de marche. J'ai eu le plaisir d'admirer, par une belle matinée, l'horizon de dix lieues qui s'étend autour du vieux château, si redoutable autrefois, et dominant toute la contrée. Les hautes tours sont démolies, mais l'emplacement se dessine encore sur ce point élevé, où l'on a planté des allées de tilleuls servant de promenade, au point même où se trouvaient les entrées et les cours. Des charmilles d'épine-vinette et de belladone empêchent toute chute dans l'abîme que forment encore les fossés. Un tir a été établi pour les archers dans un des fossés qui se rapprochent de la ville.

Sylvain est retourné dans son pays : j'ai continué ma route vers Soissons à travers la forêt de Villers-Cotterets, entièrement dépouillée de feuilles, mais reverdie çà et là par des plantations de pins qui occupent aujourd'hui les vastes espaces des *coupes sombres* pratiquées naguère. Le soir, j'arrivai à Soissons, la vieille *Augusta Suessonium*, où se décida le sort de la nation française au sixième siècle.

On sait que c'est après la bataille de Soissons, gagnée par Clovis, que ce chef des Francs subit l'humiliation de ne pouvoir garder un vase d'or, produit du pillage de

Reims. Peut-être songeait-il déjà à faire sa paix avec
l'Église, en lui rendant un objet saint et précieux. Ce fut
alors qu'un de ses guerriers voulut que ce vase entrât
dans le partage, car l'égalité était le principe fondamental de ces tribus franques, originaires d'Asie. Le
vase d'or fut brisé, et plus tard la tête du Franc égali-
taire eut le même sort, sous la *francisque* de son chef.
Telle fut l'origine de nos monarchies.

Soissons, ville forte de seconde classe, renferme de
curieuses antiquités. La cathédrale a sa haute tour,
d'où l'on découvre sept lieues de pays; un beau tableau
de Rubens, derrière son maître-autel. L'ancienne
cathédrale est beaucoup plus curieuse, avec ses clochers
festonnés et découpés en guipure. Il n'en reste que la
façade et les tours, malheureusement. Il y a encore une
autre église qu'on restaure avec cette belle pierre et ce
béton romain, qui font l'orgueil de la contrée. Je me suis
entretenu là avec les tailleurs de pierre, qui déjeunaient
autour d'un feu de bruyère et qui m'ont paru très forts
sur l'histoire de l'art. Ils regrettaient, comme moi,
qu'on ne restaurât point l'ancienne cathédrale Saint-
Jean-des-Vignes, plutôt que l'église lourde où on les
occupait. Mais cette dernière est, dit-on, plus *logeable*.
Dans nos époques de foi restreinte, on n'attire plus les
fidèles qu'avec l'élégance et le confort.

Les compagnons m'ont indiqué comme chose à voir
Saint-Médard, situé à une portée de fusil de la ville,
au-delà du pont et de la gare de l'Aisne. Les constructions les plus modernes forment l'établissement des
sourds-muets. Une surprise m'attendait là. C'était
d'abord la tour en partie démolie où Abailard fut prisonnier quelque temps. On montre encore sur les murs
des inscriptions latines de sa main; puis de vastes
caveaux déblayés depuis peu, où l'on a retrouvé la
tombe de Louis le Débonnaire, formée d'une vaste
cuve de pierre qui m'a rappelé les tombeaux égyptiens.

Près de ces caveaux, composés de cellules souterraines
avec des niches çà et là comme dans les tombeaux
romains, on voit la prison même où cet empereur fut

retenu par ses enfants, l'enfoncement où il dormait sur une natte et autres détails parfaitement conservés, parce que la terre calcaire et les débris de pierres fossiles qui remplissaient ces souterrains les ont préservés de toute humidité. On n'a eu qu'à déblayer, et ce travail dure encore, amenant chaque jour de nouvelles découvertes. C'est un *Pompeï* carlovingien.

En sortant de Saint-Médard, je me suis un peu égaré sur les bords de l'Aisne, qui coule entre les oseraies rougeâtres et les peupliers dépouillés de feuilles. Il faisait beau, les gazons étaient verts, et, au bout de deux kilomètres, je me suis trouvé dans un village nommé Cuffy, d'où l'on découvrait parfaitement les tours dentelées de la ville et ses toits flamands bordés d'escaliers de pierre.

On se rafraîchit dans ce village avec un petit vin blanc mousseux qui ressemble beaucoup à la tisane de Champagne.

En effet, le terrain est presque le même qu'à Épernay. C'est un filon de la Champagne voisine qui, sur ce coteau exposé au midi, produit des vins rouges et blancs qui ont encore assez de feu. Toutes les maisons sont bâties en pierres meulières trouées comme des éponges par les vrilles et les limaçons marins. L'église est vieille, mais rustique. Une verrerie est établie sur la hauteur.

Il n'était plus possible de ne pas retrouver Soissons. J'y suis retourné pour continuer mes recherches, en visitant la bibliothèque et les archives. A la bibliothèque, je n'ai rien trouvé que l'on ne pût avoir à Paris. Les archives sont à la sous-préfecture et doivent être curieuses, à cause de l'antiquité de la ville. Le secrétaire m'a dit : « Monsieur, nos archives sont là-haut, dans les greniers ; mais elles ne sont pas classées.

— Pourquoi?

— Parce qu'il n'y a pas de fonds attribués à ce travail par la ville. La plupart des pièces sont en gothique et en latin... Il faudrait qu'on nous envoyât quelqu'un de Paris. »

Il est évident que je ne pouvais espérer de trouver

facilement là des renseignements sur les Bucquoy.
Quant à la situation actuelle des archives de Soissons, je
me borne à la dénoncer aux paléographes; si la France
est assez riche pour payer l'examen des souvenirs de
son histoire, je serai heureux d'avoir donné cette
indication.

Je vous parlerai bien encore de la grande foire qui
avait lieu en ce moment-là dans la ville, du théâtre,
où l'on jouait *Lucrèce Borgia*, des mœurs locales, assez
bien conservées dans ce pays situé hors du mouvement
des chemins de fer, — et même de la contrariété
qu'éprouvent les habitants par suite de cette situation.
Ils ont espéré quelque temps être rattachés à la ligne du
Nord, ce qui eût produit de fortes économies... Un
personnage puissant aurait obtenu de faire passer la ligne
de Strasbourg par ces bois, auxquels elle offre des
débouchés, mais ce sont là de ces exigences locales et
de ces suppositions intéressées qui peuvent ne pas être
de toute justice.

Le but de ma tournée est atteint maintenant. La diligence de Soissons à Reims m'a conduit à Braine. Une
heure après, j'ai pu gagner Longueval, le berceau des
Bucquoy. Voilà donc le séjour de la belle Angélique et
le *château-chef* de son père, qui paraît en avoir eu autant
que son aïeul, le grand-comte de Bucquoy, a pu en
conquérir dans les guerres de Bohême. Les tours sont
rasées, comme à Dammartin. Cependant les souterrains
existent encore. L'emplacement, qui domine le village,
situé dans une gorge allongée, a été couvert de constructions depuis sept ou huit ans, époque où les ruines
ont été vendues. Empreint suffisamment de ces souvenirs
de localité qui peuvent donner de l'attrait à une composition romanesque, et qui ne sont pas inutiles au point
de vue positif de l'histoire, j'ai gagné Château-Thierry,
où l'on aime à saluer la statue rêveuse du bon La Fontaine, placée au bord de la Marne et en vue du chemin
de fer de Strasbourg.

RÉFLEXIONS

« Et puis... (C'est ainsi que Diderot commençait un conte, me dira-t-on.)
— Allez toujours !
— Vous avez imité Diderot lui-même.
— Qui avait imité Sterne...
— Lequel avait imité Swift.
— Qui avait imité Rabelais.
— Lequel avait imité Merlin Coccaïe...
— Qui avait imité Pétrone...
— Lequel avait imité Lucien. Et Lucien en avait imité bien d'autres... Quand ce ne serait que l'auteur de l'*Odyssée*, qui fait promener son héros pendant dix ans autour de la Méditerranée, pour l'amener enfin à cette fabuleuse Ithaque, dont la reine, entourée d'une cinquantaine de prétendants, défaisait chaque nuit ce qu'elle avait tissé le jour.
— Mais Ulysse a fini par retrouver Ithaque [1].
— Et j'ai retrouvé l'abbé de Bucquoy.
— Parlez-en.
— Je ne fais pas autre chose depuis un mois. Les lecteurs doivent être déjà fatigués — du comte de Bucquoy le ligueur, plus tard généralissime des armées d'Autriche ; — de M. de Longueval de Bucquoy et de sa fille Angélique, — enlevée par La Corbinière ; — du château de cette famille, dont je viens de fouler les ruines... »

Et enfin de l'abbé comte de Bucquoy lui-même, dont j'ai rapporté une courte biographie, — et que M. d'Argenson, dans sa correspondance, appelle : *le prétendu* abbé de Bucquoy [2].

Le livre que je viens d'acheter à la vente Motteley vaudrait beaucoup plus de soixante-neuf francs vingt centimes, s'il n'était cruellement rogné. La reliure, toute neuve, porte en lettres d'or ce titre attrayant : *Histoire du sieur abbé comte de Bucquoy*, etc. La valeur de l'in-12 vient peut-être de trois maigres brochures en vers et en prose, composées par l'auteur, et qui, étant d'un plus grand format, ont les marges coupées jusqu'au texte, qui, cependant, reste lisible.

Le livre a tous les titres cités déjà qui se trouvent énoncés dans Brunet, dans Quérard et dans la Biographie de Michaud. En regard du titre est une gravure représentant la Bastille, avec ce titre au-dessus : *L'Enfer des vivants*, et cette citation : *Facilis descensus Averni* [1].

On peut lire l'histoire de l'abbé de Bucquoy dans mon livre intitulé : *Les Illuminés* (Paris, Victor Lecou). On peut consulter aussi l'ouvrage in-12 dont j'ai fait présent à la Bibliothèque impériale.

Je me suis peut-être trompé dans l'examen de l'écusson du fondateur de la chapelle de Châalis.
On m'a communiqué des notes sur les abbés de Châalis.
« *Robert de la Tourette, notamment, qui fut abbé là, de 1501 à 1522, fit de grandes restaurations...* » *On voit sa tombe devant le maître-autel.*
« *Ici arrivent les Médicis : Hippolyte d'Este, cardinal de Ferrare, 1554 ; — Aloys d'Este, 1586.*
« *Ensuite : Louis, cardinal de Guise, 1601 ; Charles-Louis de Lorraine, 1630.* »
Il faut remarquer que les d'Este n'ont qu'un alérion au 2 et au 3, et que j'en ai vu trois au 1 et au 4 dans l'écusson écartelé.
« *Charles II, cardinal de Bourbon (depuis, Charles X, — l'ancien), lieutenant général de l'Ile-de-France depuis 1551, eut un fils appelé Poullain.* »
Je veux bien croire que ce cardinal-roi eut un fils naturel ; mais je ne comprends pas les trois alérions posés 2 et 1. Ceux de Lorraine sont sur une bande. Pardon de ces détails, mais la connaissance du blason est la clef de l'histoire de France... Les pauvres auteurs n'y peuvent rien !

SYLVIE

Souvenirs du Valois

I

NUIT PERDUE

Je sortais d'un théâtre [1] où tous les soirs je paraissais aux avant-scènes en grande tenue de soupirant. Quelquefois tout était plein, quelquefois tout était vide. Peu m'importait d'arrêter mes regards sur un parterre peuplé seulement d'une trentaine d'amateurs forcés, sur des loges garnies de bonnets ou de toilettes surannées, — ou bien de faire partie d'une salle animée et frémissante, couronnée à tous ses étages de toilettes fleuries, de bijoux étincelants et de visages radieux. Indifférent au spectacle de la salle, celui du théâtre ne m'arrêtait guère, excepté lorsqu'à la seconde ou à la troisième scène d'un maussade chef-d'œuvre d'alors, une apparition bien connue illuminait l'espace vide, rendant la vie d'un souffle et d'un mot à ces vaines figures qui m'entouraient.

Je me sentais vivre en elle, et elle vivait pour moi seul. Son sourire me remplissait d'une béatitude infinie; la vibration de sa voix si douce et cependant fortement timbrée me faisait tressaillir de joie et d'amour. Elle avait pour moi toutes les perfections, elle répondait à tous mes enthousiasmes, à tous mes caprices, belle comme le jour aux feux de la rampe qui l'éclairait d'en bas, pâle comme la nuit, quand la rampe baissée la laissait éclairée d'en haut sous les rayons du lustre et la montrait plus naturelle, brillant dans l'ombre de sa seule beauté, comme les Heures divines qui se découpent, avec une étoile au front, sur les fonds bruns des fresques d'Herculanum [1] !

Depuis un an, je n'avais pas encore songé à m'informer de ce qu'elle pouvait être d'ailleurs ; je craignais de troubler le miroir magique qui me renvoyait son image, et tout au plus avais-je prêté l'oreille à quelques propos concernant non plus l'actrice, mais la femme. Je m'en informais aussi peu que des bruits qui ont pu courir sur la princesse d'Élide ou sur la reine de Trébizonde, un de mes oncles, qui avait vécu dans les avant-dernières années du dix-huitième siècle, comme il fallait y vivre pour le bien connaître, m'ayant prévenu de bonne heure que les actrices n'étaient pas des femmes, et que la nature avait oublié de leur faire un cœur. Il parlait de celles de ce temps-là sans doute ; mais il m'avait raconté tant d'histoires de ses illusions, de ses déceptions, et montré tant de portraits sur ivoire, médaillons charmants qu'il utilisait depuis à parer des tabatières, tant de billets jaunis, tant de faveurs fanées, en m'en faisant l'histoire et le compte définitif, que je m'étais habitué à penser mal de toutes sans tenir compte de l'ordre des temps.

Nous vivions alors dans une époque étrange, comme celles qui d'ordinaire succèdent aux révolutions ou aux abaissements des grands règnes. Ce n'était plus la galanterie héroïque comme sous la Fronde, le vice élégant et paré comme sous la Régence, le scepticisme et les folles orgies du Directoire ; c'était un mélange d'activité, d'hésitation et de paresse, d'utopies brillantes, d'aspirations philosophiques ou religieuses, d'enthousiasmes vagues, mêlés de certains instincts de renaissance ; d'ennui des discordes passées, d'espoirs incertains, quelque chose comme l'époque de Pérégrinus et d'Apulée. L'homme matériel aspirait au bouquet de roses qui devait le régénérer par les mains de la belle Isis ; la déesse éternellement jeune et pure nous apparaissait dans les nuits, et nous faisait honte de nos heures de jour perdues. L'ambition n'était cependant pas de notre âge, et l'avide curée qui se faisait alors des positions et des honneurs nous éloignait des sphères d'activité possibles. Il ne nous restait pour asile que cette tour d'ivoire des poètes, où nous montions toujours plus haut pour nous isoler de la foule. A ces points élevés où nous guidaient nos maîtres, nous respirions enfin l'air pur des solitudes, nous buvions l'oubli dans la coupe d'or des légendes, nous étions ivres de poésie et d'amour. Amour, hélas! des formes vagues, des teintes roses et bleues, des fantômes métaphysiques! Vue de près, la femme réelle révoltait notre ingénuité; il fallait qu'elle apparût reine ou déesse, et surtout n'en pas approcher.

Quelques-uns d'entre nous néanmoins prisaient peu ces paradoxes platoniques, et à travers nos rêves renouvelés d'Alexandrie agitaient parfois la torche des dieux souterrains, qui éclaire l'ombre un instant de ses traînées d'étincelles. C'est ainsi que, sortant du théâtre avec l'amère tristesse que laisse un songe évanoui, j'allais volontiers me joindre à la société d'un cercle où l'on soupait en grand nombre, et où toute mélancolie cédait devant la verve intarissable de quelques esprits éclatants, vifs, orageux, sublimes parfois, tels qu'il s'en est trouvé toujours dans les époques de rénovation ou de décadence, et dont les discussions se haussaient à ce point, que les plus timides d'entre nous allaient voir parfois aux fenêtres si les Huns, les Turcomans ou les Cosaques n'arrivaient pas enfin pour couper court à ces arguments de rhéteurs et de sophistes.

« Buvons, aimons, c'est la sagesse! » Telle était la seule opinion des plus jeunes. Un de ceux-là me dit : « Voici bien longtemps que je te rencontre dans le même théâtre, et chaque fois que j'y vais. Pour *laquelle* y viens-tu? »

Pour laquelle?... Il ne me semblait pas que l'on pût aller là pour une *autre*. Cependant j'avouai un nom. « Eh bien! dit mon ami avec indulgence, tu vois là-bas l'homme heureux qui vient de la reconduire, et qui, fidèle aux lois de notre cercle, n'ira la retrouver peut-être qu'après la nuit. »

Sans trop d'émotion, je tournai les yeux vers le personnage indiqué. C'était un jeune homme correctement vêtu, d'une figure pâle et nerveuse, ayant des manières convenables et des yeux empreints de mélancolie et de douceur. Il jetait de l'or sur une table de whist et le perdait avec indifférence. « Que m'importe, dis-je, lui ou tout autre? Il fallait qu'il y en eût un, et celui-là me paraît digne d'avoir été choisi. — Et toi? — Moi? C'est une image que je poursuis, rien de plus [1]. »

En sortant, je passai par la salle de lecture, et machinalement je regardai un journal. C'était, je crois, pour y voir le cours de la Bourse. Dans les débris de mon opulence se trouvait une somme assez forte en titres étrangers. Le bruit avait couru que, négligés longtemps, ils allaient être reconnus; ce qui venait d'avoir lieu à la suite d'un changement de ministère. Les fonds se trouvaient déjà cotés très haut; je redevenais riche.

Une seule pensée résulta de ce changement de situation, celle que la femme aimée si longtemps était à moi si je voulais. Je touchais du doigt mon idéal. N'était-ce pas une illusion encore, une faute d'impression railleuse? Mais les autres feuilles parlaient de même. La somme gagnée se dressa devant moi comme la statue d'or de Moloch. « Que dirait maintenant, pensais-je, le jeune homme de tout à l'heure, si j'allais prendre sa place près de la femme qu'il a laissée seule?... » Je frémis de cette pensée, et mon orgueil se révolta.

Non! ce n'est pas ainsi, ce n'est pas à mon âge que l'on tue l'amour avec de l'or : je ne serai pas un corrupteur. D'ailleurs ceci est une idée d'un autre temps. Qui me dit aussi que cette femme soit vénale? Mon regard parcourait vaguement le journal que je tenais encore, et j'y lus ces deux lignes : « *Fête du Bouquet provincial.* — Demain, les archers de Senlis doivent rendre le bouquet à ceux de Loisy [2]. » Ces mots, fort simples, réveillèrent en moi toute une nouvelle série d'impressions : c'était un souvenir de la province depuis longtemps oubliée, un écho lointain des fêtes naïves de la jeunesse. — Le cor et le tambour résonnaient au loin dans les hameaux et dans les bois; les jeunes filles tressaient des guirlandes et assortissaient, en chantant, des bouquets ornés de rubans. — Un lourd chariot, traîné par des bœufs, recevait ces présents sur son passage, et nous, enfants de ces contrées, nous formions le cortège avec nos arcs et nos flèches, nous décorant du titre de chevaliers, — sans savoir que nous ne faisions que répéter d'âge en âge une fête druidique, survivant aux monarchies et aux religions nouvelles.

II

ADRIENNE

Je regagnai mon lit et je ne pus y trouver le repos. Plongé dans une demi-somnolence, toute ma jeunesse repassait en mes souvenirs [1]. Cet état, où l'esprit résiste encore aux bizarres combinaisons du songe, permet souvent de voir se presser en quelques minutes les tableaux les plus saillants d'une longue période de la vie.

Je me représentais un château du temps de Henri IV avec ses toits pointus couverts d'ardoises et sa face rougeâtre aux encoignures dentelées de pierres jaunies, une grande place verte encadrée d'ormes et de tilleuls, dont le soleil couchant perçait le feuillage de ses traits enflammés. Des jeunes filles dansaient en rond sur la pelouse en chantant de vieux airs transmis par leurs mères, et d'un français si naturellement pur, que l'on se sentait bien exister dans ce vieux pays du Valois, où, pendant plus de mille ans, a battu le cœur de la France.

J'étais le seul garçon dans cette ronde, où j'avais amené ma compagne toute jeune encore, Sylvie [2], une petite fille du hameau voisin, si vive et si fraîche, avec ses yeux noirs, son profil régulier et sa peau légèrement hâlée!... Je n'aimais qu'elle, je ne voyais qu'elle, —

jusque-là ! A peine avais-je remarqué, dans la ronde où nous dansions, une blonde, grande et belle, qu'on appelait Adrienne[1]. Tout à coup, suivant les règles de la danse, Adrienne se trouva placée seule avec moi au milieu du cercle. Nos tailles étaient pareilles. On nous dit de nous embrasser, et la danse et le chœur tournaient plus vivement que jamais. En lui donnant ce baiser, je ne pus m'empêcher de lui presser la main. Les longs anneaux roulés de ses cheveux d'or effleuraient mes joues. De ce moment, un trouble inconnu s'empara de moi. La belle devait chanter pour avoir le droit de rentrer dans la danse. On s'assit autour d'elle, et aussitôt, d'une voix fraîche et pénétrante, légèrement voilée, comme celle des filles de ce pays brumeux, elle chanta une de ces anciennes romances pleines de mélancolie et d'amour, qui racontent toujours les malheurs d'une princesse enfermée dans sa tour par la volonté d'un père qui la punit d'avoir aimé. La mélodie se terminait à chaque stance par ces trilles chevrotantes que font valoir si bien les voix jeunes, quand elles imitent par un frisson modulé la voix tremblante des aïeules.

A mesure qu'elle chantait, l'ombre descendait des grands arbres, et le clair de lune naissant tombait sur elle seule, isolée de notre cercle attentif. — Elle se tut, et personne n'osa rompre le silence. La pelouse était couverte de faibles vapeurs condensées, qui déroulaient leurs blancs flocons sur les pointes des herbes. Nous pensions être en paradis. — Je me levai enfin, courant au parterre du château, où se trouvaient des lauriers, plantés dans de grands vases de faïence peints en camaïeu. Je rapportai deux branches, qui furent tressées en couronne et nouées d'un ruban. Je posai sur la tête d'Adrienne cet ornement, dont les feuilles lustrées éclataient sur ses cheveux blonds aux rayons pâles de la lune. Elle ressemblait à la Béatrice de Dante qui sourit au poète errant sur la lisière des saintes demeures[2].

Adrienne se leva. Développant sa taille élancée, elle nous fit un salut gracieux, et rentra en courant dans le château. C'était, nous dit-on, la petite-fille de l'un des

descendants d'une famille alliée aux anciens rois de
France; le sang des Valois coulait dans ses veines. Pour
ce jour de fête, on lui avait permis de se mêler à nos
jeux; nous ne devions plus la revoir, car le lendemain
elle repartit pour un couvent où elle était pensionnaire.

Quand je revins près de Sylvie, je m'aperçus qu'elle
pleurait. La couronne donnée par mes mains à la belle
chanteuse était le sujet de ses larmes. Je lui offris d'en
aller cueillir une autre, mais elle dit qu'elle n'y tenait
nullement, ne la méritant pas. Je voulus en vain me
défendre, elle ne me dit plus un seul mot pendant que
je la reconduisais chez ses parents.

Rappelé moi-même à Paris pour y reprendre mes
études, j'emportai cette double image d'une amitié
tendre tristement rompue, puis d'un amour impossible
et vague, source de pensées douloureuses que la philosophie de collège était impuissante à calmer.

La figure d'Adrienne resta seule triomphante, —
mirage de la gloire et de la beauté, adoucissant ou par-
tageant les heures des sévères études. Aux vacances de
l'année suivante, j'appris que cette belle à peine entrevue était consacrée par sa famille à la vie religieuse.

III

RÉSOLUTION

Tout m'était expliqué par ce souvenir à demi rêvé.
Cet amour vague et sans espoir, conçu pour une femme
de théâtre, qui tous les soirs me prenait à l'heure du
spectacle, pour ne me quitter qu'à l'heure du sommeil,
avait son germe dans le souvenir d'Adrienne, fleur de
la nuit éclose à la pâle clarté de la lune, fantôme rose et
blond glissant sur l'herbe verte à demi baignée de
blanches vapeurs. La ressemblance d'une figure oubliée
depuis des années se dessinait désormais avec une
netteté singulière; c'était un crayon estompé par le
temps qui se faisait peinture, comme ces vieux croquis

de maîtres admirés dans un musée, dont on retrouve ailleurs l'original éblouissant.

Aimer une religieuse sous la forme d'une actrice!.. et si c'était la même! — Il y a de quoi devenir fou [1]! C'est un entraînement fatal où l'inconnu vous attire comme le feu follet fuyant sur les joncs d'une eau morte... Reprenons pied sur le réel.

Et Sylvie que j'aimais tant, pourquoi l'ai-je oubliée depuis trois ans?... C'était une bien jolie fille, et la plus belle de Loisy!

Elle existe, elle, bonne et pure de cœur sans doute. Je revois sa fenêtre où le pampre s'enlace au rosier, la cage de fauvettes suspendue à gauche; j'entends le bruit de ses fuseaux sonores et sa chanson favorite :

> *La belle était assise*
> *Près du ruisseau coulant...*

Elle m'attend encore... Qui l'aurait épousée? elle est si pauvre!

Dans son village et dans ceux qui l'entourent, de bons paysans en blouse, aux mains rudes, à la face amaigrie, au teint hâlé! Elle m'aimait seul, moi le petit Parisien, quand j'allais voir près de Loisy mon pauvre oncle, mort aujourd'hui. Depuis trois ans, je dissipe en seigneur le bien modeste qu'il m'a laissé et qui pouvait suffire à ma vie. Avec Sylvie, je l'aurais conservé. Le hasard m'en rend une partie. Il est temps encore.

A cette heure, que fait-elle? Elle dort... Non, elle ne dort pas; c'est aujourd'hui la fête de l'arc, la seule de l'année où l'on danse toute la nuit. — Elle est à la fête...

Quelle heure est-il?

Je n'avais pas de montre [2].

Au milieu de toutes les splendeurs de bric-à-brac qu'il était d'usage de réunir à cette époque pour restaurer dans sa couleur locale un appartement d'autrefois, brillait d'un éclat rafraîchi une de ces pendules d'écaille de la Renaissance dont le dôme doré surmonté de la figure du Temps est supporté par des cariatides du style

Médicis, reposant à leur tour sur des chevaux à demi cabrés. La Diane historique, accoudée sur son cerf, est en bas-relief sous le cadran, où s'étalent sur un fond niellé les chiffres émaillés des heures. Le mouvement, excellent sans doute, n'avait pas été remonté depuis deux siècles. — Ce n'était pas pour savoir l'heure que j'avais acheté cette pendule en Touraine.

Je descendis chez le concierge. Son coucou marquait une heure du matin. « En quatre heures, me dis-je, je puis arriver au bal de Loisy. » Il y avait encore sur la place du Palais-Royal cinq ou six fiacres stationnant pour les habitués des cercles et des maisons de jeu : « A Loisy! dis-je au plus apparent. — Où cela est-il? — Près de Senlis, à huit lieues. — Je vais vous conduire à la poste », dit le cocher, moins préoccupé que moi.

Quelle triste route, la nuit, que cette route de Flandre, qui ne devient belle qu'en atteignant la zone des forêts! Toujours ces deux files d'arbres monotones qui grimacent des formes vagues; au delà, des carrés de verdure et de terres remuées, bornés à gauche par les collines bleuâtres de Montmorency, d'Écouen, de Luzarches. Voici Gonesse, le bourg vulgaire plein des souvenirs de la Ligue et de la Fronde...

Plus loin que Louvres est un chemin bordé de pommiers dont j'ai vu bien des fois les fleurs éclater dans la nuit comme des étoiles de la terre : c'était le plus court pour gagner les hameaux. Pendant que la voiture monte les côtes, recomposons les souvenirs du temps où j'y venais si souvent.

IV

UN VOYAGE A CYTHÈRE[1]

Quelques années s'étaient écoulées : l'époque où j'avais rencontré Adrienne devant le château n'était plus déjà qu'un souvenir d'enfance. Je me retrouvai à Loisy au moment de la fête patronale. J'allai de

nouveau me joindre aux chevaliers de l'arc, prenant
place dans la compagnie dont j'avais fait partie déjà.
Des jeunes gens appartenant aux vieilles familles qui
possèdent encore là plusieurs de ces châteaux perdus
dans les forêts, qui ont plus souffert du temps que des
révolutions, avaient organisé la fête. De Chantilly, de
Compiègne et de Senlis accouraient de joyeuses caval-
cades qui prenaient place dans le cortège rustique des
compagnies de l'arc. Après la longue promenade à travers les villages et les bourgs, après la messe à l'église, les
luttes d'adresse et la distribution des prix, les vainqueurs avaient été conviés à un repas qui se donnait
dans une île ombragée de peupliers et de tilleuls, au
milieu de l'un des étangs alimentés par la Nonette et
la Thève [1]. Des barques pavoisées nous conduisirent à
l'île, — dont le choix avait été déterminé par l'existence d'un temple ovale à colonnes qui devait servir de
salle pour le festin. Là, comme à Ermenonville, le pays
est semé de ces édifices légers de la fin du dix-huitième siècle, où des millionnaires philosophes se sont
inspirés dans leurs plans du goût dominant d'alors. Je
crois bien que ce temple avait dû être primitivement
dédié à Uranie. Trois colonnes avaient succombé
emportant dans leur chute une partie de l'architrave ;
mais on avait déblayé l'intérieur de la salle, suspendu
des guirlandes entre les colonnes, on avait rajeuni cette
ruine moderne, — qui appartenait au paganisme de
Boufflers ou de Chaulieu plutôt qu'à celui d'Horace.

La traversée du lac avait été imaginée peut-être pour
rappeler le *Voyage à Cythère* de Watteau. Nos costumes
modernes dérangeaient seuls l'illusion. L'immense bouquet de la fête, enlevé du char qui le portait, avait été
placé sur une grande barque ; le cortège des jeunes filles
vêtues de blanc qui l'accompagnent selon l'usage avait
pris place sur les bancs, et cette gracieuse *théorie* renouvelée des jours antiques se reflétait dans les eaux calmes
de l'étang qui la séparait du bord de l'île si vermeil aux
rayons du soir avec ses halliers d'épine, sa colonnade
et ses clairs feuillages. Toutes les barques abordèrent

en peu de temps. La corbeille portée en cérémonie occupa le centre de la table, et chacun prit place, les plus favorisés auprès des jeunes filles : il suffisait pour cela d'être connu de leurs parents. Ce fut la cause qui fit que je me retrouvai près de Sylvie. Son frère m'avait déjà rejoint dans la fête, il me fit la guerre de n'avoir pas depuis longtemps rendu visite à sa famille. Je m'excusai sur mes études, qui me retenaient à Paris, et l'assurai que j'étais venu dans cette intention. « Non, c'est moi qu'il a oubliée, dit Sylvie. Nous sommes des gens de village, et Paris est si au-dessus ! » Je voulus l'embrasser pour lui fermer la bouche ; mais elle me boudait encore, et il fallut que son frère intervînt pour qu'elle m'offrît sa joue d'un air indifférent. Je n'eus aucune joie de ce baiser dont bien d'autres obtenaient la faveur, car dans ce pays patriarcal où l'on salue tout homme qui passe, un baiser n'est autre chose qu'une politesse entre bonnes gens.

Une surprise avait été arrangée par les ordonnateurs de la fête. A la fin du repas, on vit s'envoler du fond de la vaste corbeille un cygne sauvage, jusque-là captif sous les fleurs, qui, de ses fortes ailes, soulevant le lacis de guirlandes et de couronnes, finit par les disperser de tous côtés. Pendant qu'il s'élançait joyeux vers les dernières lueurs du soleil, nous rattrapions au hasard les couronnes dont chacun parait aussitôt le front de sa voisine. J'eus le bonheur de saisir une des plus belles, et Sylvie, souriante, se laissa embrasser cette fois plus tendrement que l'autre. Je compris que j'effaçais ainsi le souvenir d'un autre temps. Je l'admirai cette fois sans partage, elle était devenue si belle ! Ce n'était plus cette petite fille de village que j'avais dédaignée pour une plus grande et plus faite aux grâces du monde. Tout en elle avait gagné : le charme de ses yeux noirs, si séduisants dès son enfance, était devenu irrésistible ; sous l'orbite arquée de ses sourcils, son sourire, éclairant tout à coup des traits réguliers et placides, avait quelque chose d'athénien. J'admirais cette physionomie digne de l'art antique au milieu des minois chiffonnés de ses compagnes. Ses mains délicatement allongées, ses bras qui avaient blanchi en s'arrondissant, sa taille dégagée, la faisaient tout autre que je ne l'avais vue. Je ne pus m'empêcher de lui dire combien je la trouvais différente d'elle-même, espérant couvrir ainsi mon ancienne et rapide infidélité.

Tout me favorisait d'ailleurs, l'amitié de son frère, l'impression charmante de cette fête, l'heure du soir et le lieu même où, par une fantaisie pleine de goût, on avait reproduit une image des galantes solennités d'autrefois. Tant que nous pouvions, nous échappions à la danse pour causer de nos souvenirs d'enfance et pour admirer en rêvant à deux les reflets du ciel sur les ombrages et sur les eaux. Il fallut que le frère de Sylvie nous arrachât à cette contemplation en disant qu'il était temps de retourner au village assez éloigné qu'habitaient ses parents.

v

LE VILLAGE

C'était à Loisy, dans l'ancienne maison du garde. Je les conduisis jusque-là, puis je retournai à Montagny [1], où je demeurais chez mon oncle. En quittant le chemin pour traverser un petit bois qui sépare Loisy de Saint-S... [2], je ne tardai pas à m'engager dans une *sente* profonde qui longe la forêt d'Ermenonville; je m'attendais ensuite à rencontrer les murs d'un couvent qu'il fallait suivre pendant un quart de lieue. La lune se cachait de temps à autre sous les nuages, éclairant à peine les roches de grès sombre et les bruyères qui se multipliaient sous mes pas. A droite et à gauche, des lisières de forêts sans routes tracées, et toujours, devant moi, ces roches druidiques de la contrée qui gardent le souvenir des fils d'Armen exterminés par les Romains! Du haut de ces entassements sublimes, je voyais les étangs lointains se découper comme des miroirs sur la plaine brumeuse, sans pouvoir distinguer celui même où s'était passée la fête.

L'air était tiède et embaumé [1]; je résolus de ne pas aller plus loin et d'attendre le matin, en me couchant sur des touffes de bruyères. En me réveillant, je reconnus peu à peu les points voisins du lieu où je m'étais égaré dans la nuit. A ma gauche, je vis se dessiner la longue ligne des murs du couvent de Saint-S..., puis de l'autre côté de la vallée, la butte aux Gens-d'Armes, avec les ruines ébréchées de l'antique résidence carlovingienne. Près de là, au-dessus des touffes de bois, les hautes masures de l'abbaye de Thiers découpaient sur l'horizon leurs pans de muraille percés de trèfles et d'ogives. Au delà, le manoir gothique de Pontarmé, entouré d'eau comme autrefois, refléta bientôt les premiers feux du jour, tandis qu'on voyait se dresser au midi le haut donjon de la Tournelle et les quatre tours de Bertrand-Fosse sur les premiers coteaux de Montméliant.

Cette nuit m'avait été douce, et je ne songeais qu'à Sylvie; cependant l'aspect du couvent me donna un instant l'idée que c'était celui peut-être qu'habitait Adrienne. Le tintement de la cloche du matin était encore dans mon oreille et m'avait sans doute réveillé. J'eus un instant l'idée de jeter un coup d'œil par-dessus les murs en gravissant la plus haute pointe des rochers; mais en y réfléchissant, je m'en gardai comme d'une profanation. Le jour en grandissant chassa de ma pensée ce vain souvenir et n'y laissa plus que les traits rosés de Sylvie. « Allons la réveiller », me dis-je, et je repris le chemin de Loisy.

Voici le village au bout de la sente qui côtoie la forêt : vingt chaumières dont la vigne et les roses grimpantes festonnent les murs. Des fileuses matinales, coiffées de mouchoirs rouges, travaillent, réunies devant une ferme. Sylvie n'est point avec elles. C'est presque une demoiselle depuis qu'elle exécute de fines dentelles, tandis que ses parents sont restés de bons villageois. Je suis monté à sa chambre sans étonner personne; déjà levée depuis longtemps, elle agitait les fuseaux de sa dentelle, qui claquaient avec un doux bruit sur le carreau vert que soutenaient ses genoux. « Vous voilà, paresseux, dit-elle avec son sourire divin, je suis sûre que vous sortez seulement de votre lit! » Je lui racontai ma nuit passée sans sommeil, mes courses égarées à travers les bois et les roches. Elle voulut bien me plaindre un instant. « Si vous n'êtes pas fatigué, je vais vous faire courir encore. Nous irons voir ma grand'tante à Othys. » J'avais à peine répondu, qu'elle se leva joyeusement, arrangea ses cheveux devant un miroir et se coiffa d'un chapeau de paille rustique. L'innocence et la joie éclataient dans ses yeux. Nous partîmes en suivant les bords de la Thève, à travers les prés semés de marguerites et de boutons d'or, puis le long des bois de Saint-Laurent, franchissant parfois les ruisseaux et les halliers pour abréger la route. Les merles sifflaient dans les arbres, et les mésanges s'échappaient joyeusement des buissons frôlés par notre marche.

Parfois nous rencontrions sous nos pas les pervenches si chères à Rousseau [1], ouvrant leurs corolles bleues parmi ces longs rameaux de feuilles accouplées, lianes modestes qui arrêtaient les pieds furtifs de ma compagne. Indifférente aux souvenirs du philosophe genevois, elle cherchait çà et là les fraises parfumées, et moi, je lui parlais de *la Nouvelle Héloïse*, dont je récitais par cœur quelques passages. « Est-ce que c'est joli? dit-elle. — C'est sublime. — Est-ce mieux qu'Auguste Lafontaine [2]? — C'est plus tendre. — Oh! bien, dit-elle, il faut que je lise cela. Je dirai à mon frère de me l'apporter la première fois qu'il ira à Senlis. » Et je continuai à réciter des fragments de l'*Héloïse* pendant que Sylvie cueillait des fraises.

VI

OTHYS

Au sortir du bois, nous rencontrâmes de grandes touffes de digitale pourprée; elle en fit un énorme

bouquet en me disant : « C'est pour ma tante; elle sera
si heureuse d'avoir ces belles fleurs dans sa chambre [1]. »
Nous n'avions plus qu'un bout de plaine à traverser
pour gagner Othys. Le clocher du village pointait sur
les coteaux bleuâtres qui vont de Montméliant à
Dammartin. La Thève bruissait de nouveau parmi les
grès et les cailloux, s'amincissant au voisinage de sa
source, où elle se repose dans les prés, formant un petit
lac au milieu des glaïeuls et des iris. Bientôt nous
gagnâmes les premières maisons. La tante de Sylvie
habitait une petite chaumière bâtie en pierres de grès
inégales que revêtaient des treillages de houblon et de
vigne vierge; elle vivait seule de quelques carrés de
terre que les gens du village cultivaient pour elle depuis
la mort de son mari. Sa nièce arrivant, c'était le feu
dans la maison. « Bonjour, la tante! Voici vos enfants!
dit Sylvie; nous avons bien faim! » Elle l'embrassa
tendrement, lui mit dans les bras la botte de fleurs,
puis songea enfin à me présenter, en disant : « C'est
mon amoureux! »

J'embrassai à mon tour la tante qui dit : « Il est gentil... C'est donc un blond!... — Il a de jolis cheveux fins,
dit Sylvie. — Cela ne dure pas, dit la tante, mais vous
avez du temps devant vous, et toi qui es brune, cela
t'assortit bien. — Il faut le faire déjeuner, la tante »,
dit Sylvie. Et elle alla cherchant dans les armoires,
dans la huche, trouvant du lait, du pain bis, du sucre,
étalant sans trop de soin sur la table les assiettes et les
plats de faïence émaillés de larges fleurs et de coqs au
vif plumage. Une jatte en porcelaine de Creil, pleine de
lait où nageaient les fraises, devint le centre du service,
et après avoir dépouillé le jardin de quelques poignées
de cerises et de groseilles, elle disposa deux vases de
fleurs aux deux bouts de la nappe. Mais la tante avait
dit ces belles paroles : « Tout cela, ce n'est que du
dessert. Il faut me laisser faire à présent. » Et elle avait
décroché la poêle et jeté un fagot dans la haute cheminée. « Je ne veux pas que tu touches à cela! dit-elle
à Sylvie, qui voulait l'aider; abîmer tes jolis doigts qui

font de la dentelle plus belle qu'à Chantilly ! tu m'en as donné, et je m'y connais. — Ah ! oui, la tante !... Dites donc, si vous en avez des morceaux de l'ancienne, cela me fera des modèles. — Eh bien ! va voir là-haut, dit la tante, il y en a peut-être dans ma commode. — Donnez-moi les clefs, reprit Sylvie. — Bah ! dit la tante, les tiroirs sont ouverts. — Ce n'est pas vrai, il y en a un qui est toujours fermé. » Et pendant que la bonne femme nettoyait la poêle après l'avoir passée au feu, Sylvie dénouait des pendants de sa ceinture une petite clef d'un acier ouvragé qu'elle me fit voir avec triomphe.

Je la suivis, montant rapidement l'escalier de bois qui conduisait à la chambre. — O jeunesse, ô vieillesse saintes ! — qui donc eût songé à ternir la pureté d'un premier amour dans ce sanctuaire des souvenirs fidèles ? Le portrait d'un jeune homme du bon vieux temps souriait avec ses yeux noirs et sa bouche rose, dans un ovale au cadre doré, suspendu à la tête du lit rustique. Il portait l'uniforme des gardes-chasse de la maison de Condé ; son attitude à demi martiale, sa figure rose et bienveillante, son front pur sous ses cheveux poudrés, relevaient ce pastel, médiocre peut-être, des grâces de la jeunesse et de la simplicité. Quelque artiste modeste invité aux chasses princières s'était appliqué à le pourtraire de son mieux, ainsi que sa jeune épouse, qu'on voyait dans un autre médaillon, attrayante, maligne, élancée dans son corsage ouvert à échelle de rubans, agaçant de sa mine retroussée un oiseau posé sur son doigt. C'était pourtant la même bonne vieille qui cuisinait en ce moment, courbée sur le feu de l'âtre. Cela me fit penser aux fées des Funambules [1] qui cachent, sous leur masque ridé, un visage attrayant, qu'elles révèlent au dénoûment, lorsque apparaît le temple de l'Amour et son soleil tournant qui rayonne de feux magiques. « O bonne tante, m'écriai-je, que vous étiez jolie ! — Et moi donc ? » dit Sylvie, qui était parvenue à ouvrir le fameux tiroir. Elle y avait trouvé une grande robe en taffetas flambé, qui criait du froissement de ses plis. « Je veux essayer si cela m'ira, dit-elle. Ah! je vais avoir l'air d'une vieille fée! »

« La fée des légendes éternellement jeune!... » dis-je en moi-même. — Et déjà Sylvie avait dégrafé sa robe d'indienne et la laissait tomber à ses pieds. La robe étoffée de la vieille tante s'ajusta parfaitement sur la taille mince de Sylvie, qui me dit de l'agrafer. « Oh! les manches plates, que c'est ridicule! » dit-elle. Et cependant les sabots garnis de dentelles découvraient admirablement ses bras nus, la gorge s'encadrait dans le pur corsage aux tulles jaunis, aux rubans passés, qui n'avait serré que bien peu les charmes évanouis de la tante. « Mais finissez-en! Vous ne savez donc pas agrafer une robe? » me disait Sylvie. Elle avait l'air de l'accordée de village de Greuze. « Il faudrait de la poudre, dis-je. — Nous allons en trouver. » Elle fureta de nouveau dans les tiroirs. Oh! que de richesses! que cela sentait bon, comme cela brillait, comme cela chatoyait de vives couleurs et de modeste clinquant! deux éventails de nacre un peu cassés, des boîtes de pâte à sujets chinois, un collier d'ambre et mille fanfreluches, parmi lesquelles éclataient deux petits souliers de droguet blanc avec des boucles incrustées de diamants d'Irlande! « Oh! je veux les mettre, dit Sylvie, si je trouve les bas brodés! »

Un instant après, nous déroulions des bas de soie rose tendre à coins verts; mais la voix de la tante, accompagnée du frémissement de la poêle, nous rappela soudain à la réalité. « Descendez vite! » dit Sylvie, et quoi que je pusse dire, elle ne me permit pas de l'aider à se chausser. Cependant la tante venait de verser dans un plat le contenu de la poêle, une tranche de lard frite avec des œufs. La voix de Sylvie me rappela bientôt. « Habillez-vous vite! » dit-elle, et entièrement vêtue elle-même, elle me montra les habits de noces du garde-chasse réunis sur la commode. En un instant, je me transformai en marié de l'autre siècle. Sylvie m'attendait sur l'escalier, et nous descendîmes tous deux en nous tenant par la main. La tante poussa en cri en se retournant : « O mes enfants! » dit-elle, et elle se mit à pleurer, puis sourit à travers ses larmes. C'était l'image de sa jeunesse, — cruelle et charmante apparition! Nous nous assîmes auprès d'elle, attendris et presque graves, puis la gaieté nous revint bientôt, car, le premier moment passé, la bonne vieille ne songea plus qu'à se rappeler les fêtes pompeuses de sa noce. Elle retrouva même dans sa mémoire les chants alternés, d'usage alors, qui se répondaient d'un bout à l'autre de la table nuptiale, et le naïf épithalame qui accompagnait les mariés rentrant après la danse. Nous répétions ces strophes si simplement rythmées, avec les hiatus et les assonances du temps; amoureuses et fleuries comme le cantique de l'Ecclésiaste; nous étions l'époux et l'épouse pour tout un beau matin d'été [1].

VII

CHÂALIS

Il est quatre heures du matin; la route plonge dans un pli de terrain; elle remonte. La voiture va passer à Orry, puis à La Chapelle. A gauche, il y a une route qui longe le bois d'Hallate [2]. C'est par là qu'un soir le frère de Sylvie m'a conduit dans sa carriole à une solennité du pays. C'était, je crois, le soir de la Saint-Barthélemy. A travers les bois, par des routes peu frayées, son petit cheval volait comme au sabbat. Nous rattrapâmes le pavé à Mont-l'Évêque, et quelques minutes plus tard nous nous arrêtions à la maison du garde, à l'ancienne abbaye de Châalis. — Châalis, encore un souvenir!

Cette vieille retraite des empereurs n'offre plus à l'admiration que les ruines de son cloître aux arcades byzantines, dont la dernière rangée se découpe encore sur les étangs, — reste oublié des fondations pieuses comprises parmi ces domaines qu'on appelait autrefois les métairies de Charlemagne. La religion, dans ce pays isolé du mouvement des routes et des villes, a conservé des traces particulières du long séjour qu'y ont fait les cardinaux de la maison d'Este à l'époque des Médicis : ses attributs et ses usages ont encore quelque chose de galant et de poétique, et l'on respire un parfum de la Renaissance sous les arcs des chapelles à fines nervures, décorées par les artistes de l'Italie. Les figures des saints et des anges se profilent en rose sur les voûtes peintes d'un bleu tendre, avec des airs d'allégorie païenne qui font songer aux sentimentalités de Pétrarque et au mysticisme fabuleux de Francesco Colonna.

Nous étions des intrus, le frère de Sylvie et moi, dans la fête particulière qui avait lieu cette nuit-là. Une personne de très illustre naissance, qui possédait alors ce domaine, avait eu l'idée d'inviter quelques familles du pays à une sorte de représentation allégorique où devaient figurer quelques pensionnaires d'un couvent voisin. Ce n'était pas une réminiscence des tragédies de Saint-Cyr, cela remontait aux premiers essais lyriques importés en France du temps des Valois. Ce que je vis jouer était comme un mystère des anciens temps. Les costumes, composés de longues robes, n'étaient variés que par les couleurs de l'azur, de l'hyacinthe ou de l'aurore. La scène se passait entre les anges, sur les débris du monde détruit. Chaque voix chantait une des splendeurs de ce globe éteint, et l'ange de la mort définissait les causes de sa destruction. Un esprit montait de l'abîme, tenant en main l'épée flamboyante, et convoquait les autres à venir admirer la gloire du Christ vainqueur des enfers. Cet esprit, c'était Adrienne transfigurée par son costume, comme elle l'était déjà par sa vocation. Le nimbe de carton doré qui ceignait sa tête angélique nous paraissait bien naturellement un cercle de lumière; sa voix avait gagné en force et en étendue, et les fioritures infinies du chant italien brodaient de leurs gazouillements d'oiseau les phrases sévères d'un récitatif pompeux.

En me retraçant ces détails, j'en suis à me demander s'ils sont réels, ou bien si je les ai rêvés. Le frère de Sylvie était un peu gris ce soir-là. Nous nous étions arrêtés quelques instants dans la maison du garde, où, ce qui m'a frappé beaucoup, il y avait un cygne éployé sur la porte, puis, au dedans, de hautes armoires en noyer sculpté, une grande horloge dans sa gaine, et des trophées d'arcs et de flèches d'honneur au-dessus d'une carte de tir rouge et verte. Un nain bizarre, coiffé d'un bonnet chinois, tenant d'une main une bouteille et de l'autre une bague, semblait inviter les tireurs à viser juste. Ce nain, je le crois bien, était en tôle découpée [1]. Mais l'apparition d'Adrienne est-elle aussi vraie que ces détails et que l'existence incontestable de l'abbaye de Châalis ? Pourtant c'est bien le fils du garde qui nous avait introduits dans la salle où avait lieu la représentation ; nous étions près de la porte, derrière une nombreuse compagnie assise et gravement émue. C'était le jour de la Saint-Barthélemy, singulièrement lié au souvenir des Médicis, dont les armes accolées à celles de la maison d'Este décoraient ces vieilles murailles... Ce souvenir est une obsession peut-être ! — Heureusement [2] voici la voiture qui s'arrête sur la route du Plessis ; j'échappe au monde des rêveries, et je n'ai plus qu'un quart d'heure de marche pour gagner Loisy par des routes bien peu frayées.

VIII

LE BAL DE LOISY

Je suis entré au bal de Loisy à cette heure mélancolique et douce encore où les lumières pâlissent et tremblent aux approches du jour. Les tilleuls, assombris par en bas, prenaient à leurs cimes une teinte bleuâtre. La flûte champêtre ne luttait plus si vivement avec les trilles du rossignol. Tout le monde était pâle, et dans les groupes dégarnis j'eus peine à rencontrer des figures connues. Enfin j'aperçus la grande Lise, une amie de Sylvie. Elle m'embrassa. « Il y a longtemps qu'on ne t'a vu, Parisien ! dit-elle. — Oh ! oui, longtemps. — Et tu arrives à cette heure-ci? — Par la poste. — Et pas trop vite! — Je voulais voir Sylvie; est-elle encore au bal? — Elle ne sort qu'au matin; elle aime tant à danser. »

En un instant, j'étais à ses côtés. Sa figure était fatiguée; cependant son œil noir brillait toujours du sourire athénien d'autrefois. Un jeune homme se tenait près d'elle. Elle lui fit signe qu'elle renonçait à la contredanse suivante. Il se retira en saluant.

Le jour commençait à se faire. Nous sortîmes du bal, nous tenant par la main. Les fleurs de la chevelure de Sylvie se penchaient dans ses cheveux dénoués; le bouquet de son corsage s'effeuillait aussi sur les dentelles fripées, savant ouvrage de sa main. Je lui offris de l'accompagner chez elle. Il faisait grand jour, mais le temps était sombre. La Thève bruissait à notre gauche, laissant à ses coudes des remous d'eau stagnante où s'épanouissaient les nénuphars jaunes et blancs, où éclatait comme des pâquerettes la frêle broderie des étoiles d'eau. Les plaines étaient couvertes de javelles et de meules de foin, dont l'odeur me portait à la tête sans m'enivrer, comme faisait autrefois la fraîche senteur des bois et des halliers d'épines fleuries.

Nous n'eûmes pas l'idée de les traverser de nouveau. « Sylvie, lui dis-je, vous ne m'aimez plus! » Elle soupira. « Mon ami, me dit-elle, il faut se faire une raison; les choses ne vont pas comme nous voulons dans la vie. Vous m'avez parlé autrefois de *la Nouvelle Héloïse*, je l'ai lue, et j'ai frémi en tombant d'abord sur cette phrase : « Toute jeune fille qui lira ce livre est perdue. » Cependant j'ai passé outre, me fiant sur ma raison. Vous souvenez-vous du jour où nous avons revêtu les habits de noces de la tante?... Les gravures du livre présentaient aussi les amoureux sous de vieux costumes du temps passé, de sorte que pour moi vous étiez Saint-Preux, et je me retrouvais dans Julie. Ah, que n'êtes-vous revenu alors! Mais vous étiez, disait-on, en Italie. Vous en avez vu là de bien plus jolies que moi! — Aucune, Sylvie, qui ait votre regard et les traits purs de votre visage. Vous êtes une nymphe antique qui vous ignorez. D'ailleurs, les bois de cette contrée sont aussi beaux que ceux de la campagne romaine. Il y a là-bas des masses de granit non moins sublimes, et une cascade qui tombe du haut des rochers comme celle de Terni. Je n'ai rien vu là-bas que je puisse regretter ici. — Et à Paris? dit-elle. — A Paris... »

Je secouai la tête sans répondre.

Tout à coup je pensai à l'image vaine qui m'avait égaré si longtemps.

« Sylvie, dis-je, arrêtons-nous ici, le voulez-vous? »

Je me jetai à ses pieds; je confessai en pleurant à chaudes larmes mes irrésolutions, mes caprices; j'évoquai le spectre funeste qui traversait ma vie.

« Sauvez-moi! ajoutai-je, je reviens à vous pour toujours. »

Elle tourna vers moi ses regards attendris...

En ce moment, notre entretien fut interrompu par de violents éclats de rire. C'était le frère de Sylvie qui nous rejoignait avec cette bonne gaieté rustique, suite obligée d'une nuit de fête, que des rafraîchissements nombreux avaient développée outre mesure. Il appelait le galant du bal, perdu au loin dans les buissons d'épines et qui ne tarda pas à nous rejoindre. Ce garçon n'était guère plus solide sur ses pieds que son compagnon, il paraissait plus embarrassé encore de la présence d'un Parisien que de celle de Sylvie. Sa figure candide, sa déférence mêlée d'embarras, m'empêchaient de lui en vouloir d'avoir été le danseur pour lequel on était resté si tard à la fête. Je le jugeais peu dangereux.

— Il faut rentrer à la maison, dit Sylvie à son frère. A tantôt! me dit-elle en me tendant la joue.

L'amoureux ne s'offensa pas.

IX

ERMENONVILLE

Je n'avais nulle envie de dormir. J'allai à Montagny [1] pour revoir la maison de mon oncle. Une grande tris-

tesse me gagna dès que j'en entrevis la façade jaune
et les contrevents verts. Tout semblait dans le même état
qu'autrefois; seulement il fallut aller chez le fermier
pour avoir la clef de la porte. Une fois les volets ouverts,
je revis avec attendrissement les vieux meubles conservés
dans le même état et qu'on frottait de temps en temps,
la haute armoire de noyer, deux tableaux flamands qu'on
disait l'ouvrage d'un ancien peintre, notre aïeul; de
grandes estampes d'après Boucher, et toute une série
encadrée de gravures de l'*Émile* et de *la Nouvelle Héloïse*,
par Moreau; sur la table, un chien empaillé que j'avais
connu vivant, ancien compagnon de mes courses dans
les bois, le dernier carlin peut-être, car il appartenait à
cette race perdue.

« Quant au perroquet, me dit le fermier, il vit toujours; je l'ai retiré chez moi [1]. »

Le jardin présentait un magnifique tableau de végétation sauvage. J'y reconnus, dans un angle, un jardin
d'enfant que j'avais tracé jadis. J'entrai tout frémissant
dans le cabinet, où se voyait encore la petite bibliothèque
pleine de livres choisis, vieux amis de celui qui n'était
plus, et sur le bureau quelques débris antiques trouvés
dans son jardin, des vases, des médailles romaines,
collection locale qui le rendait heureux.

« Allons voir le perroquet », dis-je au fermier. Le
perroquet demandait à déjeuner comme en ses plus
beaux jours, et me regarda de cet œil rond, bordé d'une
peau chargée de rides, qui fait penser au regard expérimenté des vieillards.

Plein des idées tristes qu'amenait ce retour tardif
en des lieux si aimés, je sentis le besoin de revoir Sylvie,
seule figure vivante et jeune encore qui me rattachât à ce
pays. Je repris la route de Loisy. C'était au milieu du
jour; tout le monde dormait, fatigué de la fête. Il me vint
l'idée de me distraire par une promenade à Ermenonville, distant d'une lieue par le chemin de la forêt.
C'était par un beau temps d'été. Je pris plaisir d'abord
à la fraîcheur de cette route qui semble l'allée d'un parc.
Les grands chênes d'un vert uniforme n'étaient variés

que par les troncs blancs des bouleaux au feuillage frissonnant. Les oiseaux se taisaient, et j'entendais seulement le bruit que fait le pivert en frappant les arbres pour y creuser son nid. Un instant, je risquai de me perdre, car les poteaux dont les palettes annoncent diverses routes n'offrent plus, par endroits, que des caractères effacés. Enfin, laissant le *Désert* à gauche, j'arrivai au rond-point de la danse, où subsiste encore le banc des vieillards. Tous les souvenirs de l'antiquité philosophique, ressuscités par l'ancien possesseur du domaine, me revenaient en foule devant cette réalisation pittoresque de l'*Anacharsis* et de l'*Émile*[1].

Lorsque je vis briller les eaux du lac à travers les branches des saules et des coudriers, je reconnus tout à fait un lieu où mon oncle, dans ses promenades, m'avait conduit bien des fois : c'est le *Temple de la philosophie*, que son fondateur n'a pas eu le bonheur de terminer. Il a la forme du temple de la sibylle Tiburtine, et, debout encore, sous l'abri d'un bouquet de pins, il étale tous ces grands noms de la pensée qui commencent par Montaigne et Descartes, et qui s'arrêtent à Rousseau. Cet édifice inachevé n'est déjà plus qu'une ruine, le lierre le festonne avec grâce, la ronce envahit les marches disjointes. Là, tout enfant, j'ai vu des fêtes où les jeunes filles vêtues de blanc venaient recevoir des prix d'étude et de sagesse. Où sont les buissons de roses qui entouraient la colline? L'églantier et le framboisier en cachent les derniers plants, qui retournent à l'état sauvage. Quant aux lauriers, les a-t-on coupés, comme le dit la chanson des jeunes filles qui ne veulent plus aller au bois? Non, ces arbustes de la douce Italie ont péri sous notre ciel brumeux. Heureusement le troène de Virgile fleurit encore, comme pour appuyer la parole du maître inscrite au-dessus de la porte : *Rerum cognoscere causas!*
— Oui, ce temple tombe comme tant d'autres, les hommes oublieux ou fatigués se détourneront de ses abords, la nature indifférente reprendra le terrain que l'art lui disputait; mais la soif de connaître restera éternelle, mobile de toute force et de toute activité!

Voici les peupliers de l'île, et la tombe de Rousseau, vide de ses cendres. O sage! tu nous avais donné le lait des forts, et nous étions trop faibles pour qu'il pût nous profiter. Nous avons oublié tes leçons que savaient nos pères, et nous avons perdu le sens de ta parole, dernier écho des sagesses antiques. Pourtant ne désespérons pas, et, comme tu fis à ton suprême instant, tournons nos yeux vers le soleil!

J'ai revu le château, les eaux paisibles qui le bordent, la cascade qui gémit dans les roches, et cette chaussée réunissant les deux parties du village, dont quatre colombiers marquent les angles, la pelouse qui s'étend au delà comme une savane, dominée par des coteaux ombreux; la tour de Gabrielle [1] se reflète de loin sur les eaux d'un lac factice étoilé de fleurs éphémères; l'écume bouillonne, l'insecte bruit... Il faut échapper à l'air perfide qui s'exhale en gagnant les grès poudreux du désert et les landes où la bruyère rose relève le vert des fougères. Que tout cela est solitaire et triste! Le regard enchanté de Sylvie, ses courses folles, ses cris joyeux, donnaient autrefois tant de charme aux lieux que je viens de parcourir! C'était encore une enfant sauvage, ses pieds étaient nus, sa peau hâlée, malgré son chapeau de paille, dont le large ruban flottait pêle-mêle avec ses tresses de cheveux noirs. Nous allions boire du lait à la ferme suisse, et l'on me disait : « Qu'elle est jolie, ton amoureuse, petit Parisien! » Oh! ce n'est pas alors qu'un paysan aurait dansé avec elle! Elle ne dansait qu'avec moi, une fois par an, à la fête de l'arc.

X

LE GRAND FRISÉ

J'ai repris le chemin de Loisy; tout le monde était réveillé. Sylvie avait une toilette de demoiselle, presque dans le goût de la ville. Elle me fit monter à sa chambre avec toute l'ingénuité d'autrefois. Son œil étincelait

toujours dans un sourire plein de charme, mais l'arc
prononcé de ses sourcils lui donnait par instants un
air sérieux. La chambre était décorée avec simplicité,
pourtant les meubles étaient modernes, une glace à
bordure dorée avait remplacé l'antique trumeau, où se
voyait un berger d'idylle offrant un nid à une bergère
bleue et rose. Le lit à colonnes chastement drapé de
vieille perse à ramage était remplacé par une couchette
de noyer garnie du rideau à flèche ; à la fenêtre, dans la
cage où jadis étaient les fauvettes, il y avait des canaris.
J'étais pressé de sortir de cette chambre où je ne trouvais
rien du passé. « Vous ne travaillerez point à votre
dentelle aujourd'hui ?... dis-je à Sylvie. — Oh ! je ne fais
plus de dentelle, on n'en demande plus dans le pays ;
même à Chantilly, la fabrique est fermée. — Que faites-
vous donc ? » Elle alla chercher dans un coin de la
chambre un instrument en fer qui ressemblait à une
longue pince. « Qu'est-ce que c'est que cela ? — C'est ce
qu'on appelle la mécanique ; c'est pour maintenir la
peau des gants afin de les coudre. — Ah ! vous êtes
gantière, Sylvie ? — Oui, nous travaillons ici pour
Dammartin[1], cela donne beaucoup en ce moment ;
mais je ne fais rien aujourd'hui ; allons où vous voudrez. » Je tournais les yeux vers la route d'Othys : elle
secoua la tête ; je compris que la vieille tante n'existait
plus. Sylvie appela un petit garçon et lui fit seller un
âne. « Je suis encore fatiguée d'hier, dit-elle, mais la
promenade me fera du bien ; allons à Châalis. » Et nous
voilà traversant la forêt, suivis du petit garçon armé
d'une branche. Bientôt Sylvie voulut s'arrêter, et je
l'embrassai en l'engageant à s'asseoir. La conversation
entre nous ne pouvait plus être bien intime. Il fallut
lui raconter ma vie à Paris, mes voyages... « Comment
peut-on aller si loin ? dit-elle. — Je m'en étonne en
vous revoyant. — Oh ! cela se dit ! — Et convenez que
vous étiez moins jolie autrefois. — Je n'en sais rien.
— Vous souvenez-vous du temps où nous étions enfants
et vous la plus grande ? — Et vous le plus sage ! —
Oh ! Sylvie ! — On nous mettait sur l'âne chacun dans

un panier. — Et nous ne nous disions pas *vous*... Te
rappelles-tu que tu m'apprenais à pêcher des écrevisses
sous les ponts de la Thève et de la Nonette? — Et toi,
te souviens-tu de ton frère de lait qui t'a un jour retiré
de l'ieau. — Le *grand frisé!* c'est lui qui m'avait dit
qu'on pouvait la passer... *l'ieau* [1]! »

Je me hâtai de changer de conversation. Ce souvenir
m'avait vivement rappelé l'époque où je venais dans le
pays, vêtu d'un petit habit à l'anglaise qui faisait rire
les paysans. Sylvie seule me trouvait bien mis; mais je
n'osais lui rappeler cette opinion d'un temps si ancien.
Je ne sais pourquoi ma pensée se porta sur les habits de
noces que nous avions revêtus chez la vieille tante à
Othys. Je demandai ce qu'ils étaient devenus. « Ah! la
bonne tante, dit Sylvie, elle m'avait prêté sa robe pour
aller danser au carnaval à Dammartin, il y a de cela deux
ans. L'année d'après, elle est morte, la pauvre tante! »

Elle soupirait et pleurait, si bien que je ne pus lui
demander par quelle circonstance elle était allée à un bal
masqué; mais, grâce à ses talents d'ouvrière, je comprenais assez que Sylvie n'était plus une paysanne. Ses
parents seuls étaient restés dans leur condition, et elle
vivait au milieu d'eux comme une fée industrieuse,
répandant l'abondance autour d'elle.

XI

RETOUR

La vue se découvrait au sortir du bois. Nous étions
arrivés au bord des étangs de Châalis. Les galeries
du cloître, la chapelle aux ogives élancées, la tour féodale
et le petit château qui abrita les amours de Henri IV
et de Gabrielle se teignaient des rougeurs du soir sur le
vert sombre de la forêt. « C'est un paysage de Walter
Scott, n'est-ce pas? disait Sylvie. — Et qui vous a parlé
de Walter Scott? lui dis-je. Vous avez donc bien lu
depuis trois ans!... Moi, je tâche d'oublier les livres, et

ce qui me charme, c'est de revoir avec vous cette vieille abbaye, où, tout petits enfants, nous nous cachions dans les ruines. Vous souvenez-vous, Sylvie, de la peur que vous aviez quand le gardien nous racontait l'histoire des moines rouges? — Oh! ne m'en parlez pas. — Alors chantez-moi la chanson de la belle fille enlevée au jardin de son père, sous le rosier blanc. — On ne chante plus cela. — Seriez-vous devenue musicienne? — Un peu. — Sylvie, Sylvie, je suis sûr que vous chantez des airs d'opéra! — Pourquoi vous plaindre? — Parce que j'aimais les vieux airs, et que vous ne saurez plus les chanter. »

Sylvie modula quelques sons d'un grand air d'opéra moderne... Elle *phrasait!*

Nous avions tourné les étangs voisins. Voici la verte pelouse, entourée de tilleuls et d'ormeaux, où nous avons dansé souvent! J'eus l'amour-propre de définir les vieux murs carlovingiens et de déchiffrer les armoiries de la maison d'Este. « Et vous! comme vous avez lu plus que moi! dit Sylvie. Vous êtes donc un savant? »

J'étais piqué de son ton de reproche. J'avais jusque-là cherché l'endroit convenable pour renouveler le moment d'expansion du matin; mais que lui dire avec l'accompagnement d'un âne et d'un petit garçon très éveillé, qui prenait plaisir à se rapprocher toujours pour entendre parler un Parisien? Alors j'eus le malheur de raconter l'apparition de Châalis, restée dans mes souvenirs. Je menai Sylvie dans la salle même du château où j'avais entendu chanter Adrienne. « Oh! que je vous entende! lui dis-je; que votre voix chérie résonne sous ces voûtes et en chasse l'esprit qui me tourmente, fût-il divin ou bien fatal! — Elle répéta les paroles et le chant après moi :

Anges, descendez promptement
Au fond du purgatoire!...

— C'est bien triste! me dit-elle.

— C'est sublime... Je crois que c'est du Porpora, avec des vers traduits au seizième siècle.

— Je ne sais pas », répondit Sylvie.

Nous sommes revenus par la vallée, en suivant le chemin de Charlepont, que les paysans, peu étymologistes de leur nature, s'obstinent à appeler *Châllepont*. Sylvie, fatiguée de l'âne, s'appuyait sur mon bras. La route était déserte; j'essayai de parler des choses que j'avais dans le cœur, mais je ne sais pourquoi, je ne trouvais que des expressions vulgaires, ou bien tout à coup quelque phrase pompeuse de roman, — que Sylvie pouvait avoir lue. Je m'arrêtais alors avec un goût tout classique, et elle s'étonnait parfois de ces effusions interrompues. Arrivés aux murs de Saint-S..., il fallait prendre garde à notre marche. On traverse des prairies humides où serpentent les ruisseaux. « Qu'est devenue la religieuse? dis-je tout à coup.

— Ah! vous êtes terrible avec votre religieuse... Eh bien!... eh bien! cela a mal tourné. »

Sylvie ne voulut pas m'en dire un mot de plus.

Les femmes sentent-elles vraiment que telle ou telle parole passe sur les lèvres sans sortir du cœur? On ne le croirait pas, à les voir si facilement abusées, à se rendre compte des choix qu'elles font le plus souvent : il y a des hommes qui jouent si bien la comédie de l'amour! Je n'ai jamais pu m'y faire, quoique sachant que certaines acceptent sciemment d'être trompées. D'ailleurs un amour qui remonte à l'enfance est quelque chose de sacré... Sylvie, que j'avais vue grandir, était pour moi comme une sœur. Je ne pouvais tenter une séduction... Une tout autre idée vint traverser mon esprit. « A cette heure-ci, me dis-je, je serais au théâtre... Qu'est-ce qu'Aurélie (c'était le nom de l'actrice) doit donc jouer ce soir? Évidemment le rôle de la princesse dans le drame nouveau. Oh! le troisième acte, qu'elle y est touchante!... Et dans la scène d'amour du second! avec ce jeune premier tout ridé [1]...

— Vous êtes dans vos réflexions? dit Sylvie, et elle se mit à chanter :

> *A Dammartin l'y a trois belles filles :*
> *L'y en a z'une plus belle que le jour...*

— Ah ! méchante ! m'écriai-je, vous voyez bien que vous en savez encore des vieilles chansons.

— Si vous veniez plus souvent ici, j'en retrouverais, dit-elle, mais il faut songer au solide. Vous avez vos affaires de Paris, j'ai mon travail ; ne rentrons pas trop tard : il faut que demain je sois levée avec le soleil. »

XII

LE PÈRE DODU

J'allais répondre, j'allais tomber à ses pieds, j'allais offrir la maison de mon oncle, qu'il m'était possible encore de racheter, car nous étions plusieurs héritiers, et cette petite propriété était restée indivise ; mais en ce moment nous arrivions à Loisy. On nous attendait pour souper. La soupe à l'oignon répandait au loin son parfum patriarcal. Il y avait des voisins invités pour ce lendemain de fête. Je reconnus tout de suite un vieux bûcheron, le père Dodu, qui racontait jadis aux veillées des histoires si comiques ou si terribles. Tour à tour berger, messager, garde-chasse, pêcheur, braconnier même, le père Dodu fabriquait à ses moments perdus des coucous et des tourne-broches. Pendant longtemps, il s'était consacré à promener les Anglais dans Ermenonville, en les conduisant aux lieux de méditation de Rousseau et en leur racontant ses derniers moments. C'était lui qui avait été le petit garçon que le philosophe employait à classer ses herbes, et à qui il donna l'ordre de cueillir les ciguës dont il exprima le suc dans sa tasse de café au lait. L'aubergiste de la *Croix d'Or* lui contestait ce détail ; de là des haines prolongées. On avait longtemps reproché au père Dodu la possession de quelques secrets bien innocents, comme de guérir les vaches avec un verset dit à rebours et le signe de croix figuré du pied gauche, mais il avait de bonne heure renoncé à ces superstitions, grâce au souvenir, disait-il, des conversations de Jean-Jacques.

« Te voilà! petit Parisien, me dit le père Dodu. Tu viens pour débaucher nos filles? — Moi, père Dodu? — Tu les emmènes dans les bois pendant que le loup n'y est pas? — Père Dodu, c'est vous qui êtes le loup. — Je l'ai été tant que j'ai trouvé des brebis; à présent je ne rencontre plus que des chèvres, et qu'elles savent bien se défendre! Mais vous autres, vous êtes des malins à Paris. Jean-Jacques avait bien raison de dire : « L'homme se corrompt dans l'air empoisonné des » villes. » — Père Dodu, vous savez trop bien que l'homme se corrompt partout. »

Le père Dodu se mit à entonner un air à boire; on voulut en vain l'arrêter à un certain couplet scabreux que tout le monde savait par cœur. Sylvie ne voulut pas chanter, malgré nos prières, disant qu'on ne chantait plus à table. J'avais remarqué déjà que l'amoureux de la veille était assis à sa gauche. Il y avait je ne sais quoi dans sa figure ronde, dans ses cheveux ébouriffés, qui ne m'était pas inconnu. Il se leva et vint derrière ma chaise en disant : « Tu ne me reconnais donc pas, Parisien? » Une bonne femme, qui venait de rentrer au dessert après nous avoir servis, me dit à l'oreille : « Vous ne reconnaissez pas votre frère de lait? » Sans cet avertissement, j'allais être ridicule. « Ah! c'est toi, *grand frisé!* dis-je, c'est toi, le même qui m'a retiré de l'*ieau!* » Sylvie riait aux éclats de cette reconnaissance. « Sans compter, disait ce garçon en m'embrassant, que tu avais une belle montre en argent, et qu'en revenant tu étais bien plus inquiet de ta montre que de toi-même, parce qu'elle ne marchait plus; tu disais : « La *bête* est *nayée*, » ça ne fait plus tic tac; qu'est-ce que mon oncle va » dire?... »

— Une bête dans une montre! dit le père Dodu, voilà ce qu'on leur fait croire à Paris, aux enfants! »

Sylvie avait sommeil, je jugeai que j'étais perdu dans son esprit. Elle remonta à sa chambre, et pendant que je l'embrassais, elle dit : « A demain, venez nous voir! »

Le père Dodu était resté à table avec Sylvain et mon frère de lait; nous causâmes longtemps, autour d'un flacon de *ratafiat* de Louvres. « Les hommes sont égaux, dit le père Dodu entre deux couplets, je bois avec un pâtissier comme je ferais avec un prince. — Où est le pâtissier ? dis-je. — Regarde à côté de toi! un jeune homme qui a l'ambition de s'établir. »

Mon frère de lait parut embarrassé. J'avais tout compris. — C'est une fatalité qui m'était réservée d'avoir un frère de lait dans un pays illustré par Rousseau, — qui voulait supprimer les nourrices! — Le père Dodu m'apprit qu'il était fort question du mariage de Sylvie avec le *grand frisé*, qui voulait aller former un établissement de pâtisserie à Dammartin. Je n'en demandai pas plus. La voiture de Nanteuil-le-Haudoin me ramena le lendemain à Paris.

XIII

AURÉLIE

A Paris! — La voiture met cinq heures. Je n'étais pressé que d'arriver pour le soir. Vers huit heures, j'étais assis dans ma stalle accoutumée; Aurélie répandit son inspiration et son charme sur des vers faiblement inspirés de Schiller, que l'on devait à un talent de l'époque [1]. Dans la scène du jardin, elle devint sublime. Pendant le quatrième acte, où elle ne paraissait pas, j'allai acheter un bouquet chez Mme Prévost. J'y insérai une lettre fort tendre signée : *Un inconnu*. Je me dis : « Voilà quelque chose de fixé pour l'avenir », — et le lendemain j'étais sur la route d'Allemagne [2].

Qu'allais-je y faire? Essayer de remettre de l'ordre dans mes sentiments. Si j'écrivais un roman, jamais je ne pourrais faire accepter l'histoire d'un cœur épris de deux amours simultanés. Sylvie m'échappait par ma faute; mais la revoir un jour avait suffi pour relever mon âme; je la plaçais désormais comme une statue souriante dans le temple de la Sagesse. Son regard m'avait arrêté au bord de l'abîme. Je repoussais avec plus de force encore l'idée d'aller me présenter à Aurélie, pour lutter un instant avec tant d'amoureux vulgaires qui brillaient un instant près d'elle et retombaient brisés. « Nous verrons quelque jour, me dis-je, si cette femme a un cœur. »

Un matin, je lus dans un journal qu'Aurélie était malade. Je lui écrivis des montagnes de Salzbourg. La lettre était si empreinte de mysticisme germanique, que je n'en devais pas attendre un grand succès, mais aussi je ne demandais pas de réponse. Je comptais un peu sur le hasard et sur — l'*inconnu*.

Des mois se passent. A travers mes courses et mes loisirs, j'avais entrepris de fixer dans une action poétique les amours du peintre Colonna pour la belle Laura, que ses parents firent religieuse, et qu'il aima jusqu'à la mort. Quelque chose dans ce sujet se rapportait à mes préoccupations constantes. Le dernier vers du drame écrit, je ne songeai plus qu'à revenir en France [1].

Que dire maintenant qui ne soit l'histoire de tant d'autres? J'ai passé par tous les cercles de ces lieux d'épreuves qu'on appelle théâtres. « J'ai mangé du tambour et bu de la cymbale », comme dit la phrase dénuée de sens apparent des initiés d'Éleusis. Elle signifie sans doute qu'il faut au besoin passer les bornes du non-sens et de l'absurdité : la raison pour moi, c'était de conquérir et de fixer mon idéal.

Aurélie avait accepté le rôle principal dans le drame que je rapportais d'Allemagne. Je n'oublierai jamais le jour où elle me permit de lui lire la pièce. Les scènes d'amour étaient préparées à son intention. Je crois bien que je les dis avec âme, mais surtout avec enthousiasme. Dans la conversation qui suivit, je me révélai comme l'*inconnu* des deux lettres. Elle me dit : « Vous êtes bien fou; mais revenez me voir... Je n'ai jamais pu trouver quelqu'un qui sût m'aimer. »

O femme! tu cherches l'amour... Et moi, donc?

Les jours suivants, j'écrivis les lettres les plus tendres, les plus belles que sans doute elle eût jamais reçues. J'en recevais d'elle qui étaient pleines de raison. Un instant elle fut touchée, m'appela près d'elle, et m'avoua qu'il lui était difficile de rompre un attachement plus ancien.

« Si c'est bien *pour moi* que vous m'aimez, dit-elle, vous comprendrez que je ne puis être qu'à un seul. »

Deux mois plus tard, je reçus une lettre pleine d'effusion. Je courus chez elle. — Quelqu'un me donna dans l'intervalle un détail précieux. Le beau jeune homme que j'avais rencontré une nuit au cercle venait de prendre un engagement dans les spahis.

L'été suivant, il y avait des courses à Chantilly. La troupe du théâtre où jouait Aurélie donnait là une représentation. Une fois dans le pays, la troupe était pour trois jours aux ordres du régisseur. Je m'étais fait l'ami de ce brave homme, ancien Dorante des comédies de Marivaux, longtemps jeune premier de drame, et dont le dernier succès avait été le rôle d'amoureux dans la pièce imitée de Schiller, où mon binocle me l'avait montré si ridé. De près, il paraissait plus jeune, et, resté maigre, il produisait encore de l'effet dans les provinces. Il avait du feu. J'accompagnais la troupe en qualité de *seigneur poète;* je persuadai au régisseur d'aller donner des représentations à Senlis et à Dammartin. Il penchait d'abord pour Compiègne ; mais Aurélie fut de mon avis. Le lendemain, pendant que l'on allait traiter avec les propriétaires des salles et les autorités, je louai des chevaux, et nous prîmes la route des étangs de Commelle pour aller déjeuner au château de la reine Blanche. Aurélie, en amazone, avec ses cheveux blonds flottants, traversait la forêt comme une reine d'autrefois, et les paysans s'arrêtaient éblouis. — Madame de F... [1] était la seule qu'ils eussent vue si imposante et si gracieuse dans ses saluts. — Après le déjeuner, nous descendîmes dans des villages rappelant ceux de la Suisse, où l'eau de la Nonette fait mouvoir des scieries. Ces aspects chers à mes souvenirs l'intéressaient sans l'arrêter. J'avais projeté de conduire Aurélie au château, près d'Orry, sur la même place verte où pour la première fois j'avais vu Adrienne. Nulle émotion ne parut en elle. Alors je lui racontai tout ; je lui dis la source de cet amour entrevu dans les nuits, rêvé plus tard, réalisé en elle. Elle m'écoutait sérieusement et me dit : « Vous ne m'aimez pas ! Vous attendez que je vous dise : « La comédienne est la » même que la religieuse » ; vous cherchez un drame, voilà tout, et le dénoûment vous échappe. Allez, je ne vous crois plus. »

Cette parole fut un éclair. Ces enthousiasmes bizarres que j'avais ressentis si longtemps, ces rêves, ces pleurs, ces désespoirs et ces tendresses... ce n'était donc pas l'amour ? Mais où donc est-il ?

Aurélie joua le soir à Senlis. Je crus m'apercevoir qu'elle avait un faible pour le régisseur, — le jeune premier ridé. Cet homme était d'un caractère excellent et lui avait rendu des services.

Aurélie m'a dit un jour : « Celui qui m'aime, le voilà ! »

XIV

DERNIER FEUILLET

Telles sont les chimères qui charment et égarent au matin de la vie. J'ai essayé de les fixer sans beaucoup d'ordre, mais bien des cœurs me comprendront. Les illusions tombent l'une après l'autre, comme les écorces d'un fruit, et le fruit, c'est l'expérience [1]. Sa saveur est amère ; elle a pourtant quelque chose d'âcre qui fortifie, — qu'on me pardonne ce style vieilli. Rousseau dit que le spectacle de la nature console de tout. Je cherche parfois à retrouver mes bosquets de Clarens perdus au nord de Paris, dans les brumes. Tout cela est bien changé !

Ermenonville ! pays où fleurissait encore l'idylle antique, — traduite une seconde fois d'après Gessner [2] ! tu as perdu ta seule étoile, qui chatoyait pour moi d'un double éclat. Tour à tour bleue et rose comme l'astre trompeur d'Aldébaran, c'était Adrienne ou Sylvie, — c'étaient les deux moitiés d'un seul amour. L'une était l'idéal sublime, l'autre la douce réalité. Que me font maintenant tes ombrages et tes lacs, et même ton désert ?

Othys, Montagny, Loisy, pauvres hameaux voisins, Châalis, — que l'on restaure, — vous n'avez rien gardé de tout ce passé! Quelquefois j'ai besoin de revoir ces lieux de solitude et de rêverie. J'y relève tristement en moi-même les traces fugitives d'une époque où le naturel était affecté; je souris parfois en lisant sur le flanc des granits certains vers de Roucher, qui m'avaient paru sublimes, — ou des maximes de bienfaisance au-dessus d'une fontaine ou d'une grotte consacrée à Pan. Les étangs, creusés à si grands frais, étalent en vain leur eau morte que le cygne dédaigne. Il n'est plus, le temps où les chasses de Condé passaient avec leurs amazones fières, où les cors se répondaient de loin, multipliés par les échos!... Pour se rendre à Ermenonville, on ne trouve plus aujourd'hui de route directe. Quelquefois j'y vais par Creil et Senlis, d'autres fois par Dammartin.

A Dammartin, l'on n'arrive jamais que le soir. Je vais coucher alors à l'*Image Saint-Jean*. On me donne d'ordinaire une chambre assez propre tendue en vieille tapisserie avec un trumeau au-dessus de la glace. Cette chambre est un dernier retour vers le bric-à-brac, auquel j'ai depuis longtemps renoncé. On y dort chaudement sous l'édredon, qui est d'usage dans ce pays. Le matin, quand j'ouvre la fenêtre, encadrée de vigne et de roses, je découvre avec ravissement un horizon vert de dix lieues, où les peupliers s'alignent comme des armées. Quelques villages s'abritent çà et là sous leurs clochers aigus, construits, comme on dit là, en pointes d'ossements. On distingue d'abord Othys, — puis Ève, puis Ver; on distinguerait Ermenonville à travers le bois, s'il avait un clocher, — mais dans ce lieu philosophique on a bien négligé l'église. Après avoir rempli mes poumons de l'air si pur qu'on respire sur ces plateaux, je descends gaiement et je vais faire un tour chez le pâtissier. « Te voilà, grand frisé! — Te voilà, petit Parisien! » Nous nous donnons les coups de poing amicaux de l'enfance, puis je gravis un certain escalier où les joyeux cris de deux enfants accueillent ma venue. Le sourire athénien de Sylvie illumine ses traits charmés. Je me dis : « Là était le bonheur peut-être ; cependant... »

Je l'appelle quelquefois Lolotte, et elle me trouve un peu de ressemblance avec Werther, moins les pistolets, qui ne sont plus de mode. Pendant que le *grand frisé* s'occupe du déjeuner, nous allons promener les enfants dans les allées de tilleuls qui ceignent les débris des vieilles tours de brique du château. Tandis que ces petits s'exercent, au tir des compagnons de l'arc, à ficher dans la paille les flèches paternelles, nous lisons quelques poésies ou quelques pages de ces livres si courts qu'on ne fait plus guère.

J'oubliais de dire que le jour où la troupe dont faisait partie Aurélie a donné une représentation à Dammartin, j'ai conduit Sylvie au spectacle, et je lui ai demandé si elle ne trouvait pas que l'actrice ressemblait à une personne qu'elle avait connue déjà. « A qui donc ? — Vous souvenez-vous d'Adrienne ? »

Elle partit d'un grand éclat de rire [1] en disant : « Quelle idée ! » Puis, comme se le reprochant, elle reprit en soupirant : « Pauvre Adrienne ! elle est morte au couvent de Saint-S..., vers 1832 [2]. »

CHANSONS ET LÉGENDES
DU VALOIS

Chaque fois que ma pensée se reporte aux souvenirs de cette province du Valois, je me rappelle avec ravissement les chants et les récits qui ont bercé mon enfance. La maison de mon oncle était toute pleine de voix mélodieuses, et celles des servantes qui nous avaient suivis à Paris chantaient tout le jour les ballades joyeuses de leur jeunesse, dont malheureusement je ne puis citer les airs. J'en ai donné plus haut quelques fragments. Aujourd'hui, je ne puis arriver à les compléter, car tout cela est profondément oublié; le secret en est demeuré dans la tombe des aïeules. On publie aujourd'hui les chansons patoises de Bretagne et d'Aquitaine, mais aucun chant des vieilles provinces où s'est toujours parlée la vraie langue française ne nous sera conservée. C'est qu'on n'a jamais voulu admettre dans les livres des vers composés sans souci de la rime, de la prosodie et de la syntaxe; la langue du berger, du marinier, du charretier qui passe, est bien la nôtre, à quelques élisions près, avec des tournures douteuses, des mots hasardés, des terminaisons et des liaisons de fantaisie, mais elle porte un cachet d'ignorance qui révolte l'homme du monde, bien plus que ne fait le patois. Pourtant ce langage a ses règles, ou du moins ses habitudes régulières, et il est fâcheux que des couplets tels que ceux de la célèbre romance : *Si j'étais hirondelle*, soient abandonnés, pour deux ou trois consonnes singulièrement placées, au répertoire chantant des concierges et des cuisinières. Quoi de plus gracieux et de plus poétique pourtant :

Si j'étais hirondelle ! — Que je puisse voler, — Sur votre sein, la belle, — J'irais me reposer !

Il faut continuer, il est vrai, par : *J'ai z'un coquin de frère...*, ou risquer un hiatus terrible; mais pourquoi aussi la langue a-t-elle repoussé ce *z* si commode, si liant, si séduisant qui faisait tout le charme du langage de l'ancien Arlequin, et que la jeunesse dorée du Directoire a tenté en vain de faire passer dans le langage des salons ?

Ce ne serait rien encore, et de légères corrections rendraient à notre poésie légère, si pauvre, si peu inspirée, ces charmantes et naïves productions de poètes modestes; mais la rime, cette sévère rime française, comment s'arrangerait-elle du couplet suivant :

La fleur de l'olivier — Que vous avez aimé, — Charmante beauté ! — Et vos beaux yeux charmants, — Que mon cœur aime tant, — Les faudra-t-il quitter [1] *?*

Observez que la musique se prête admirablement à ces hardiesses ingénues, et trouve dans les assonances, ménagées suffisamment d'ailleurs, toutes les ressources que la poésie doit lui offrir. Voilà deux charmantes chansons, qui ont comme un parfum de la Bible, dont la plupart des couplets sont perdus, parce que personne n'a jamais osé les écrire ou les imprimer. Nous en dirons autant de celle où se trouve la strophe suivante :

Enfin vous voilà donc, — Ma belle mariée, — Enfin vous voilà donc — A votre époux liée, — Avec un long fil d'or — Qui ne rompt qu'à la mort [2] *!*

Quoi de plus pur d'ailleurs comme langue et comme pensée; mais l'auteur de cet épithalame ne savait pas écrire, et l'imprimerie nous conserve les gravelures de Collé, de Piis et de Panard !

Les richesses poétiques n'ont jamais manqué au marin, ni au soldat français, qui ne rêvent dans leurs chants que filles de roi, sultanes, et même présidentes, comme dans la ballade trop connue :

C'est dans la ville de Bordeaux — Qu'il est arrivé trois vaisseaux, etc.

Mais le tambour des gardes-françaises, où s'arrêtera-t-il, celui-là?

Un joli tambour s'en allait à la guerre, etc.

La fille du roi est à sa fenêtre, le tambour la demande en mariage : « Joli tambour, dit le roi, tu n'es pas assez riche! — Moi? dit le tambour sans se déconcerter.

J'ai trois vaisseaux sur la mer gentille, — L'un chargé d'or, l'autre de perles fines, — Et le troisième pour promener ma mie!

— Touche là, tambour, lui dit le roi, tu n'auras pas ma fille! — Tant pis! dit le tambour, j'en trouverai de plus gentilles [1]!... »

Après tant de richesses dévolues à la verve un peu gasconne du militaire et du marin, envierons-nous le sort du simple berger? Le voilà qui chante et qui rêve :

Au jardin de mon père, — Vole, mon cœur vole! — Il y a z'un pommier doux, — Tout doux!
Trois belles princesses, — Vole, mon cœur vole! — Trois belles princesses — Sont couchées dessous, etc.

Est-ce dont la vraie poésie, est-ce la soif mélancolique de l'idéal qui manque à ce peuple pour comprendre et produire des chants dignes d'être comparés à ceux de l'Allemagne et de l'Angleterre? Non, certes; mais il est arrivé qu'en France la littérature n'est jamais descendue au niveau de la grande foule; les poètes académiques du dix-septième et du dix-huitième siècle n'auraient pas

plus compris de telles inspirations, que les paysans
n'eussent admiré leurs odes, leurs épîtres et leurs poésies
fugitives, si incolores, si gourmées. Pourtant comparons
encore la chanson que je vais citer à tous ces bouquets
à Chloris qui faisaient vers ce temps l'admiration des
belles compagnies.

*Quand Jean Renaud de la guerre revint, — Il en revint
triste et chagrin ;* — « *Bonjour, ma mère. — Bonjour,
mon fils ! — Ta femme est accouchée d'un petit.* »
« *Allez, ma mère, allez devant,* — *Faites-moi dresser
un beau lit blanc ;* — *Mais faites-le dresser si bas* — *Que
ma femme ne l'entende pas !* »
Et quand ce fut vers le minuit, — *Jean Renaud a rendu
l'esprit.*

Ici la scène de la ballade change et se transporte dans
la chambre de l'accouchée :

« *Ah ! dites, ma mère, ma mie,* — *Ce que j'entends
pleurer ici ?* — *Ma fille, ce sont les enfants* — *Qui se
plaignent du mal de dents.* »
« *Ah ! dites, ma mère, ma mie,* — *Ce que j'entends
clouer ici ?* — *Ma fille, c'est le charpentier,* — *Qui raccommode
le plancher !* »
« *Ah ! dites, ma mère, ma mie,* — *Ce que j'entends
chanter ici ?* — *Ma fille, c'est la procession* — *Qui fait le
tour de la maison !* »
« *Mais dites, ma mère, ma mie,* — *Pourquoi donc
pleurez-vous ainsi ?* — *Hélas ! je ne puis le cacher ;* —
C'est Jean Renaud qui est décédé. »
« *Ma mère ! dites au fossoyeux* — *Qu'il fasse la fosse
pour deux,* — *Et que l'espace y soit si grand,* — *Qu'on y
renferme aussi l'enfant* [1] *!* »

Ceci ne le cède en rien aux plus touchantes ballades
allemandes, il n'y manque qu'une certaine exécution de
détail qui manquait aussi à la légende primitive de
Lénore et à celle du roi des Aulnes, avant Gœthe et
Burger. Mais quel parti encore un poète eût tiré de la

complainte de saint Nicolas, que nous allons citer en
partie.

*Il était trois petits enfants — Qui s'en allaient glaner aux
champs.*

*S'en vont au soir chez un boucher. — « Boucher,
voudrais-tu nous loger? — Entrez, entrez, petits enfants, —
Il y a de la place assurément. »*

*Ils n'étaient pas sitôt entrés, — Que le boucher les a
tués, — Les a coupés en petits morceaux, — Mis au saloir
comme pourceaux.*

*Saint Nicolas au bout d'sept ans, — Saint Nicolas
vint dans ce champ. — Il s'en alla chez le boucher :
— « Boucher, voudrais-tu me loger? »*

*« Entrez, entrez, saint Nicolas, — Il y a d'la place,
il n'en manque pas. » — Il n'était pas sitôt entré, — Qu'il
a demandé à souper.*

*« Voulez-vous un morceau d'jambon? — Je n'en veux
pas, il n'est pas bon. — Voulez-vous un morceau de
veau? — Je n'en veux pas, il n'est pas beau !*

*Du p'tit salé je veux avoir, — Qu'il y a sept ans qu'est
dans l'saloir ! » — Quand le boucher entendit cela, — Hors
de sa porte il s'enfuya.*

*« Boucher, boucher, ne t'enfuis pas, — Repens-toi,
Dieu te pardonn'ra. » — Saint Nicolas posa trois doigts
— Dessus le bord de ce saloir.*

*Le premier dit : « J'ai bien dormi ! » — Le second dit :
« Et moi aussi ! » — Et le troisième répondit : « Je me
croyais être en paradis* [1] *! »*

N'est-ce pas là une ballade d'Uhland, moins les beaux
vers? Mais il ne faut pas croire que l'exécution manque
toujours à ces naïves inspirations populaires.

La chanson que nous avons citée plus haut (p. 78) :
Le roi Loys est sur son pont, a été composée sur un des
plus beaux airs qui existent; c'est comme un chant
d'église croisé par un chant de guerre; on n'a pas
conservé la seconde partie de la ballade, dont pourtant
nous connaissons vaguement le sujet. Le beau Lautrec,

l'amant de cette noble fille, revient de la Palestine au moment où on la portait en terre. Il rencontre l'escorte sur le chemin de Saint-Denis. Sa colère met en fuite prêtres et archers, et le cercueil reste en son pouvoir. « Donnez-moi, dit-il à sa suite, donnez-moi mon couteau d'or fin, que je découse ce drap de lin! » Aussitôt délivrée de son linceul, la belle revient à la vie. Son amant l'enlève et l'emmène dans son château au fond des forêts. Vous croyez *qu'ils vécurent heureux* et que tout se termina là ; mais une fois plongé dans les douceurs de la vie conjugale, le beau Lautrec n'est plus qu'un mari vulgaire, il passe tout son temps à pêcher au bord de son lac, si bien qu'un jour sa fière épouse vient doucement derrière lui et le pousse résolument dans l'eau noire, en lui criant :

Va-t'en, vilain pêche-poissons ! — Quand ils seront bons, — Nous en mangerons.

Propos mystérieux, digne d'Arcabonne ou de Mélusine. En expirant, le pauvre châtelain a la force de détacher ses clefs de sa ceinture et de les jeter à la fille du roi, en lui disant qu'elle est désormais maîtresse et souveraine, et qu'il se trouve heureux de mourir par sa volonté!... Il y a dans cette conclusion bizarre quelque chose qui frappe involontairement l'esprit, et qui laisse douter si le poète a voulu finir par un trait de satire, ou si cette belle morte que Lautrec a tirée du linceul n'était pas une sorte de femme vampire, comme les légendes nous en présentent souvent [1].

Du reste, les variantes et les interprétations sont fréquentes dans ces chansons; chaque province possédait une version différente. On a recueilli comme une légende du Bourbonnais, *la Jeune Fille de la Garde*, qui commence ainsi :

Au château de la Garde — Il y a trois belles filles ; — Il y en a une plus belle que le jour. — Hâte-toi, capitaine, — Le duc va l'épouser.

C'est celle que nous avons citée (p. 79), qui commence ainsi :

Dessous le rosier blanc — La belle se promène [1].

Voilà le début, simple et charmant; où cela se passe-t-il? Peu importe! Ce serait si l'on voulait la fille d'un sultan rêvant sous les bosquets de Schiraz. Trois cavaliers passent au clair de la lune : « Montez, dit le plus jeune, sur mon beau cheval gris. » N'est-ce pas là la course de Lénore, et n'y a-t-il pas une attraction fatale dans ces cavaliers inconnus!

Ils arrivent à la ville, s'arrêtent à une hôtellerie éclairée et bruyante. La pauvre fille tremble de tout son corps :

Aussitôt arrivée, — L'hôtesse la regarde. — « Êtes-vous ici par force — Ou pour votre plaisir? — Au jardin de mon père — Trois cavaliers m'ont pris. »

Sur ce propos le souper se prépare : « Soupez, la belle, et soyez heureuse;

Avec trois capitaines, — Vous passerez la nuit. »
Mais le souper fini, — La belle tomba morte. — Elle tomba morte — Pour ne plus revenir !

« Hélas! ma mie est morte! s'écria le plus jeune cavalier, qu'en allons-nous faire?... » Et ils conviennent de la reporter au château de son père, sous le rosier blanc.

Et au bout de trois jours, — La belle ressuscite. — « Ouvrez, ouvrez, mon père, — Ouvrez sans plus tarder! — Trois jours j'ai fait la morte, — Pour mon honneur garder. »

La vertu des filles du peuple attaquée par des seigneurs félons a fourni encore de nombreux sujets de romances. Il y a, par exemple, la fille d'un pâtissier, que son père envoie porter des gâteaux chez un galant châtelain. Celui-ci la retient jusqu'à la nuit close, et ne veut plus la laisser partir. Pressée de son déshonneur, elle feint de céder, et demande au comte son poignard pour couper une agrafe de son corset. Elle se perce le cœur, et les pâtissiers instituent une fête pour cette martyre boutiquière.

Il y a des chansons de *causes célèbres* qui offrent un intérêt moins romanesque, mais souvent plein de terreur et d'énergie. Imaginez un homme qui revient de la chasse et qui répond à un autre qui l'interroge :

« *J'ai tant tué de petits lapins blancs — Que mes souliers sont pleins de sang. — T'en as menti, faux traître ! — Je te ferai connaître. — Je vois, je vois à tes pâles couleurs — Que tu viens de tuer ma sœur* [1] *!* »

Quelle poésie sombre en ces lignes qui sont à peine des vers ! Dans une autre, un déserteur rencontre la maréchaussée, cette terrible Némésis au chapeau bordé d'argent.

On lui a demandé : « *Où est votre congé ? — Le congé que j'ai pris, il est sous mes souliers* [2]. »

Il y a toujours une amante éplorée mêlée à ces tristes récits.

La belle s'en va trouver son capitaine, — Son colonel et aussi son sergent...

Le refrain est une mauvaise phrase latine, sur un ton de plain-chant, qui prédit suffisamment le sort du malheureux soldat [3].

Quoi de plus charmant que la chanson de Biron, si regretté dans ces contrées :

Quand Biron voulut danser, — Quand Biron voulut danser, — Ses souliers fit apporter, — Ses souliers fit apporter ; — *Sa chemise* — *De Venise,* — *Son pourpoint* — *Fait au point,* — *Son chapeau tout rond ;* — *Vous danserez, Biron*[1] !

Nous avons cité deux vers de la suivante :

La belle était assise — *Près du ruisseau coulant,* — *Et dans l'eau qui frétille,* — *Baignait ses beaux pieds blancs :* — *Allons, ma mie, légèrement!* — *Légèrement*[2] *!*

C'est une jeune fille des champs qu'un seigneur surprend au bain comme Percival surprit Griselidis. Un enfant sera le résultat de leur rencontre. Le seigneur dit :

« *En ferons-nous un prêtre,* — *Ou bien un président?*

— Non, répond la belle, ce ne sera qu'un paysan :

On lui mettra la hotte — *Et trois oignons dedans...* — *Il s'en ira criant :* — « *Qui veut mes oignons blancs?*... » — *Allons, ma mie, légèrement,* etc.

Voici un conte de veillée que je me souviens d'avoir entendu réciter par les vanniers :

LA REINE DES POISSONS

Il y avait dans la province du Valois, au milieu des bois de Villers-Cotterets, un petit garçon et une petite fille qui se rencontraient de temps en temps sur les bords des petites rivières du pays, l'un obligé par un bûcheron nommé Tord-Chêne, qui était son oncle, à aller ramasser du bois mort, l'autre envoyée par ses parents pour saisir de petites anguilles que la baisse des eaux permet d'entrevoir dans la vase en certaines saisons. Elle devait encore, faute de mieux, atteindre entre les pierres les écrevisses, très nombreuses dans quelques endroits.

Mais la pauvre petite fille, toujours courbée et les

pieds dans l'eau, était si compatissante pour les souffrances des animaux, que, le plus souvent, voyant les contorsions des poissons qu'elle tirait de la rivière, elle les y remettait et ne rapportait guère que les écrevisses, qui souvent lui pinçaient les doigts jusqu'au sang, et pour lesquelles elle devenait alors moins indulgente.

Le petit garçon, de son côté, faisant des fagots de bois mort et des bottes de bruyère, se voyait exposé souvent aux reproches de Tord-Chêne, soit parce qu'il n'en avait pas assez rapporté, soit parce qu'il s'était trop occupé à causer avec la petite pêcheuse.

Il y avait un certain jour dans la semaine où ces deux enfants ne se rencontraient jamais... Quel était ce jour? Le même sans doute où la fée Mélusine se changeait en poisson, et où les princesses de l'Edda se transformaient en cygnes.

Le lendemain d'un de ces jours-là, le petit bûcheron dit à la pêcheuse : « Te souviens-tu qu'hier je t'ai vue passer là-bas dans les eaux de Challepont avec tous les poissons qui te faisaient cortège... jusqu'aux carpes et aux brochets; et tu étais toi-même un beau poisson rouge avec les côtés tout reluisants d'écailles en or.

— Je m'en souviens bien, dit la petite fille, puisque je t'ai vu, toi qui étais sur le bord de l'eau, et que tu ressemblais à un beau *chêne-vert*, dont les branches d'en haut étaient d'or..., et que tous les arbres du bois se courbaient jusqu'à terre en te saluant.

— C'est vrai, dit le petit garçon, j'ai rêvé cela.

— Et moi aussi j'ai rêvé ce que tu m'as dit; mais comment nous sommes-nous rencontrés deux dans le rêve?... »

En ce moment, l'entretien fut interrompu par l'apparition de Tord-Chêne, qui frappa le petit avec un gros gourdin, en lui reprochant de n'avoir pas seulement lié encore un fagot.

— Et puis, ajouta-t-il, est-ce que je ne t'ai pas recommandé de tordre les branches qui cèdent facilement, et de les ajouter à tes fagots?

— C'est que, dit le petit, le garde me mettrait en prison, s'il trouvait dans mes fagots du bois vivant... Et puis, quand j'ai voulu le faire, comme vous me l'aviez dit, j'entendais l'arbre qui se plaignait.

— C'est comme moi, dit la petite fille, quand j'emporte des poissons dans mon panier, je les entends qui chantent si tristement, que je les rejette dans l'eau... Alors on me bat chez nous !

— Tais-toi, petite masque ! dit Tord-Chêne, qui paraissait animé par la boisson, tu déranges mon neveu de son travail. Je te connais bien, avec tes dents pointues couleur de perle... Tu es la reine des poissons. Mais je saurai bien te prendre à un certain jour de la semaine, et tu périras dans l'osier... dans l'osier !

Les menaces que Tord-Chêne avait faites dans son ivresse ne tardèrent pas à s'accomplir. La petite fille se trouva prise sous la forme de poisson rouge, que le destin l'obligeait à prendre à de certains jours. Heureusement, lorsque Tord-Chêne voulut, en se faisant aider de son neveu, tirer de l'eau la nasse d'osier, ce dernier reconnut le beau poisson rouge à écailles d'or qu'il avait vu en rêve, comme étant la transformation accidentelle de la petite pêcheuse.

Il osa la défendre contre Tord-Chêne et le frappa même de sa galoche. Ce dernier, furieux, le prit par les cheveux, cherchant à le renverser ; mais il s'étonna de trouver une grande résistance : c'est que l'enfant tenait des pieds à la terre avec tant de force, que son oncle ne pouvait venir à bout de le renverser ou de l'emporter, et le faisait en vain virer dans tous les sens.

Au moment où la résistance de l'enfant allait se trouver vaincue, les arbres de la forêt frémirent d'un bruit sourd, les branches agitées laissèrent siffler les vents, et la tempête fit reculer Tord-Chêne, qui se retira dans sa cabane de bûcheron.

Il en sortit bientôt, menaçant, terrible et transfiguré comme un fils d'Odin ; dans sa main brillait cette hache scandinave qui menace les arbres, pareille au marteau de Thor brisant les rochers.

Le jeune roi des forêts, victime de Tord-Chêne, — son oncle, usurpateur, — savait déjà quel était son rang, qu'on voulait lui cacher. Les arbres le protégeaient, mais seulement par leur masse et leur résistance passive...

En vain les broussailles et les surgeons s'entrelaçaient de tous côtés pour arrêter les pas de Tord-Chêne, celui-ci a appelé ses bûcherons et se trace un chemin à travers ces obstacles. Déjà plusieurs arbres, autrefois sacrés du temps des vieux druides, sont tombés sous les haches et les cognées.

Heureusement, la reine des poissons n'avait pas perdu de temps. Elle était allée se jeter aux pieds de la *Marne*, de l'*Oise* et de l'*Aisne*, les trois grandes rivières voisines, leur représentant que si l'on n'arrêtait pas les projets de Tord-Chêne et de ses compagnons, les forêts trop éclaircies n'arrêteraient plus les vapeurs qui produisent les pluies et qui fournissent l'eau aux ruisseaux, aux rivières et aux étangs; que les sources elles-mêmes seraient taries et ne feraient plus jaillir l'eau nécessaire à alimenter les rivières; sans compter que tous les poissons se verraient détruits en peu de temps, ainsi que les bêtes sauvages et les oiseaux.

Les trois grandes rivières prirent là-dessus de tels arrangements que le sol où Tord-Chêne, avec ses terribles bûcherons, travaillait à la destruction des arbres, — sans toutefois avoir pu atteindre encore le jeune prince des forêts, — fut entièrement noyé par une immense inondation, qui ne se retira qu'après la destruction entière des agresseurs.

Ce fut alors que le roi des forêts et la reine des poissons purent de nouveau reprendre leurs innocents entretiens.

Ce n'étaient plus un petit bûcheron et une petite pêcheuse, mais un Sylphe et une Ondine, lesquels, plus tard, furent unis légitimement.

Nous nous arrêtons dans ces citations si incomplètes, si difficiles à faire comprendre sans la musique et sans la poésie des lieux et des hasards, qui font que tel ou tel de ces chants populaires se grave ineffaçablement dans l'esprit. Ici ce sont des compagnons qui passent avec leurs longs bâtons ornés de rubans; là des mariniers qui descendent un fleuve; des buveurs d'autrefois (ceux d'aujourd'hui ne chantent plus guère), des lavandières, des faneuses, qui jettent au vent quelques lambeaux des chants de leurs aïeules. Malheureusement on les entend répéter plus souvent aujourd'hui les romances à la mode, platement spirituelles, ou même franchement incolores, variées sur trois à quatre thèmes éternels. Il serait à désirer que de bons poètes modernes missent à profit l'inspiration naïve de nos pères, et nous rendissent, comme l'ont fait les poètes d'autres pays, une foule de petits chefs-d'œuvre qui se perdent de jour en jour avec la mémoire et la vie des bonnes gens du temps passé [1].

JEMMY

I

COMMENT JACQUES TOFFEL ET JEMMY O'DOUGHERTY
TIRÈRENT À LA FOIS DEUX ÉPIS ROUGES DE MAÏS.

A moins de cent milles de distance du confluent de l'Alléghany et du Monongehala, est situé un vallon délicieux, ou ce qu'on appelle dans la langue du pays un *bottom*, véritable paradis borné de tous côtés par des montagnes et par le cours de l'Ohio, que les Français ont surnommé *Belle Rivière*. Le versant et la cime des hauteurs qui s'étagent doucement vers l'horizon sont revêtus d'une riche végétation de sycomores centenaires, d'aunes et d'acacias, tous unis par le tissu de la vigne sauvage, et sous lesquels on respire une douce fraîcheur. Sur le premier plan, les deux rivières réunies dans l'Ohio roulent paisiblement leurs eaux jumelles, offrant çà et là une barque qui glisse sur les eaux tranquilles, ou parfois quelque bateau à vapeur, volant comme une flèche, qui fait surgir des bandes effarouchées de canards et d'oies sauvages établis sous l'ombre des sycomores et des saules pleureurs. Un seul sentier conduit à la partie supérieure du canton, à ce qu'on appelle le haut pays, où, depuis soixante ans, des Anglais, des Irlandais, des Allemands,

et autres races européennes, se sont établis, alliés et
fondus ensemble complètement. Ce n'est pas à dire
pourtant que cette grande famille républicaine ne
manifeste plus par aucun signe sa diversité d'origine.
Le descendant allemand, par exemple, tient encore
fortement à sa *sauerkraut* *; il préfère encore son
blockhaus, simple et rustique comme lui, à l'élégante
franchouse de ses voisins; la couleur favorite de son
habit à larges pans est toujours bleue; ses bas sont
de cette couleur; ses gros souliers ronds portent le
dimanche d'épaisses boucles d'argent, et, comme
ses aïeux encore, il affectionne les *inexpressibles* en
peau nouées au-dessous du genou avec des courroies.

La mode tyrannique, ou, comme on l'appelle là-
bas, la *fashion*, n'a encore trouvé que peu d'occasions d'étendre son empire, et un chapeau très-simple en
paille et en soie, une robe encore plus simple d'une étoffe
fabriquée dans le pays, forment toute la parure dont les
familles permettent aux jeunes demoiselles d'augmenter
le pouvoir de leurs charmes.

Malgré cette résistance obstinée des têtes allemandes,
les différents partis vivent dans la plus parfaite union :
peut-être même ces nuances contribuent-elles à l'agrément de leurs réunions et fêtes assez fréquentes, connues
en général sous le nom de *frohlics*. On appelle ainsi en
effet les assemblées qui ont lieu chez l'un ou chez l'autre
pour écosser en commun les épis de maïs. Il faut voir
les couples joyeux accourant par une belle soirée
d'automne des quatre points cardinaux, franchissant
les haies, se frayant une route à travers les broussailles,
sortant enfin des bois avec des joues rouges comme
l'écarlate, et se secouant les mains en arrivant à faire
craquer leurs os. Puis ils s'asseyent en demi-cercle
devant la maison du rendez-vous, ayant en face une
montagne de tiges de maïs, et derrière eux le vieux

---

* Choucroute. *Blockhaus*, maison construite en troncs d'arbres
équarris. *Franchouse*, maison de charpente revêtue de pierres et de
plâtre.

Bambo, destiné à couronner la fête par son talent musical, mais qui, couché en attendant sur le banc du poêle, s'abandonne provisoirement à un sommeil tant soit peu bruyant.

Il y a environ quarante ans qu'il y eut une de ces réunions dans la colonie, chez Jacques Blocksberger. Parmi les jeunes gens qui y accoururent de plus de cinq milles à la ronde, il s'en trouva surtout deux qu'on salua avec un empressement particulier. C'était d'abord une fraîche miss irlandaise, portant le nom sonore de Jemmy O'Dougherty, ronde et fraîche jeune fille, ayant une gracieuse figure de lutin, des joues bien roses, un cou de cygne, des yeux d'un bleu grisâtre, dont certains regards faisaient mal, enfin un petit nez tant soit peu aquillin, qui faisait supposer à celle à qui il appartenait une certaine dose de sagacité et aussi d'assurance et d'inflexibilité irlandaises, dont son futur époux devait attendre quelque signification en bien ou en mal. Mais, si elle ne semblait pas aussi patiente que Job, elle était du moins aussi pauvre, ce qui ne l'empêchait pas de savoir arranger les choses de manière à paraître partout avec avantage, et dans une toilette irréprochable pour le pays.

Le second personnage dont nous avions à parler était mister Christophorus, ou, comme on l'appelait ordinairement, le riche Toffel (abréviation allemande de Christophe), garçon de six pieds six pouces américains, en apparence un peu lâche, mais nerveux et solidement constitué. Indépendamment de ces avantages, et ils n'étaient pas à dédaigner, Christophorus possédait encore une métairie de trois cents acres, tout le vallon de l'Ohio dont nous avons fait une description, une grange bâtie en pierre, une maison ornée de jalousies peintes en vert, et pourvue d'un toit en bardeaux également peints en rouge, et, à ce qu'on disait encore, deux bas de laine bleue que lui avait laissés son père, et qui étaient entièrement remplis de bons dollars espagnols. Aussi, lorsque Toffel passait devant quelque ferme sur son cheval gris, en sifflant un air allemand, le cœur de plus d'une blondine se mettait à battre plus vite.

Il arriva donc que Jemmy se trouva placée à côté de Toffel. Comment cela se fit, c'est ce que la chronique ne dit pas bien clairement; mais ce qui paraît certain, c'est que la volonté de ce dernier ne fut pour rien dans ce hasard. Toffel, comme nous l'avons dit, était un grand garçon à larges épaules, et, comme les bancs du local n'étaient rien moins que commodes, il s'assit sur le tronc d'un hickory; Jemmy choisit sa place tout à côté de lui, comme pour se séparer d'un certain groupe de jeunes gens plus bruyants et plus entreprenants que notre héros. En effet, celui-ci siégeait sans mauvaise pensée, paisible comme un citoyen sensé des États-Unis, écossant des épis de maïs, et pensant à son énorme cheval, à son bétail, et à ses bas bleus, ainsi qu'à mille autres choses, excepté à sa gentille voisine. Nous ne voulons pas dire que sa voisine pensât à lui; seulement, avec toute la complaisance d'une âme chrétienne, elle entassait d'une main leste un grand nombre de tiges devant son voisin, qui, long et maladroit qu'il était, n'avait plus qu'à étendre le bras pour les écosser commodément. Mais Toffel ne faisait nulle attention à cette main amicale, et continuait d'écosser jusqu'à ce que le tas diminuant, il lui fallait se courber et s'étendre à sa grande gêne; mais alors ce fut encore elle qui se courba gracieusement, et rassembla quelques douzaines d'épis dans son tablier pour les poser en petit tas devant lui, le tout avec une grâce si enchanteresse qu'il était presque impossible de lui résister. Mais soyez assuré que toute cette attention eût encore échappé aux regards de notre tête carrée d'Allemand, si, précisément dans l'instant où elle tournait d'une manière si attrayante devant lui, son œil n'eût rencontré par hasard celui de Toffel, et cet œil, dirent quelques mauvaises langues, avait alors une expression si irrésistible, que Toffel, pour la première fois, ouvrit grandement les siens.

Sur quoi, il se remit à écosser son maïs, et à prendre

de temps en temps une gorgée de whiskey, sans un
mot de remercîment à sa gentille et complaisante
voisine. Faut-il s'étonner si elle se lassa d'aider à la
paresse d'une bûche si insensible? Donc, quand le
troisième tas fut écossé, Jemmy ne s'occupa pas davantage de Toffel. Quoi qu'il en soit, celui-ci commençait
à se trouver assez bien, et à prendre plus souvent sa
gorgée de whiskey, quand le sort jaloux le menaça de le
priver de cette consolation.

Plusieurs heures s'étaient déjà envolées depuis
que la société s'était livrée au travail, quand le hasard
voulut que les deux voisins tirassent à la fois chacun
deux épis de grain rouge. Mais il faut savoir que, suivant
un usage respectable établi aux États-Unis, deux épis
rouges qui sont tirés et écossés en même temps par deux
individus qualifiés, comme Jemmy O'Dougherty et
Jacques Toffel, confèrent au plus fort des deux le droit
de donner et même au besoin de prendre un baiser à
l'autre.

Toffel était donc en possession d'un titre aussi
valable qu'aucun autre au monde, mais peu s'en
fallut qu'il ne le perdît, en négligeant d'en user. En
effet, déjà il avait laissé tomber sa tige, quand Jemmy,
brave fille! s'avisa d'avoir des yeux pour lui. — Deux
épis rouges! s'écria-t-elle, dans une naïve ignorance
de ce qu'elle faisait. — Deux épis rouges! s'écrièrent
aussitôt cinquante gosiers, et toute la société se mit
debout comme si la foudre était tombée au milieu
d'elle. Ici il fut impossible à notre Toffel de ne pas
comprendre la cause de cette émotion générale. Aussi
parut-il enfin jaloux du droit que le hasard lui avait
conféré; mais il fallait encore vaincre la résistance
de tout le corps féminin, qui forma autour de Jemmy
un carré qui aurait défié tout un bataillon de frelu-
quets de la ville. Cependant Toffel n'était pas homme
à se laisser arrêter par de vaines démonstrations; il
s'avança vers les conjurées, saisit commodément
chacune de ses adversaires après l'autre, en jeta une
demi-douzaine sur un tas d'épis à sa droite, une demi-

douzaine sur un autre tas à sa gauche, et se fraya ainsi
la route jusqu'à Jemmy, qui, il faut le dire, lui résista
bravement; mais la citadelle la plus forte finit par se
rendre, et ainsi céda enfin notre Irlandaise, qui laissa
Toffel imprimer paisiblement ses lèvres larges d'un
pouce sur les siennes, bien qu'elle eût pu, à ce que pré-
tendirent quelques compagnes jalouses, éviter en partie
ce terrible contact.

Il arriva que, peu de temps après, par un beau
soir de décembre, Toffel sella son étalon gris pommelé,
et monta au petit trot les sinuosités qui conduisent
encore aujourd'hui de Toffelsville au pays haut, à travers
les montagnes de l'Ohio.

C'était une chose réjouissante que de voir les belles
fermes au milieu desquelles il eut à passer dans sa
course. Plus d'une fille fraîche et gentille, et, ce qui veut
dire plus, mainte jeune fille ayant une bonne dot,
vivait dans ces habitations d'un extérieur grossier;
plus d'une jolie bouche cria à Toffel : — Hé! Toffel,
encore en route si tard? Ne voulez-vous pas entrer?
Mais Toffel n'avait ni yeux ni oreilles, et continuait
son chemin; et les fermes prirent un aspect toujours
plus chétif, jusqu'à ce qu'enfin il arrivât à une pièce
de terre, couverte de châtaigniers, où sa patience semblait sur le point de l'abandonner. C'est qu'il ne pouvait
jamais voir sans humeur cette espèce d'arbres, qu'il
regardait avec raison comme le signe le plus certain de
l'infécondité du sol. — Et pourtant, Toffel, tu continues
encore à trotter; es-tu donc tellement indifférent à
ton repos que tu te laisses ensorceler par les yeux de
ce gentil lutin aux cheveux dorés, que le malin esprit
lui-même ne parviendrait pas à maîtriser, qui, semblable au chat, sait à la fois égratigner et caresser,
rire et pleurer, le tout dans un seul et même instant?
Réfléchis, cher Toffel, suspends ton pèlerinage! L'eau
et le feu, le whiskey et le thé, des gâteaux de maïs,
tout cela irait-il ensemble?... Mais le voici à l'extrémité
du plant de châtaigniers, et même devant un, comment
le nommerons-nous? devant une espèce d'édifice qui

semble dater des guerres des Indiens. Toffel secoua la tête d'un air pensif : c'est la maison du vieux Davy O'Dougherty, et c'est une maison d'un misérable aspect. Et sa grange? il n'en a pas; ses haies? on a honte de les regarder. Oui, sa ferme offre un triste tableau de l'industrie irlandaise; point de cheval, point de charrue; toute la fortune agricole de Davy se réduit à quelques pièces étroites de terre, semées de maïs et de pommes de terre.

Toffel fit une longue pause, indécis, pensif; mais justement le vieux Davy était assis près de sa porte, avec sa vénérable moitié aux cheveux roux, et une demi-douzaine de petits monstres de la même couleur. Jemmy seule... il serait peu galant de ne pas la dire franchement blonde, était la grâce et l'ornement de la triste cabane. Elle préparait le thé, et mettait sur la table des gâteaux de maïs. Toffel alla s'asseoir devant la cheminée sans avoir à peine desserré les lèvres, et n'eût point bougé de cette place, si, en sa qualité d'Allemand, l'odeur de la fumée du charbon de terre ne l'eût désagréablement affecté; il se leva brusquement pour chercher une atmosphère plus pure, pendant que Jemmy, le voyant à moitié aveuglé, s'enfuyait dans la cuisine avec un rire moqueur. Toffel hésita un instant entre les deux portes, mais involontairement il se trouva transporté devant le feu de la cuisine, qui, étant de bois, lui plut davantage que l'autre, et auquel Jemmy daigna bientôt prendre place à ses côtés.

Un quart d'heure s'était écoulé, et pas une pensée immodeste ou quelconque n'avait traversé le cerveau de notre cavalier. La seule licence qu'il se permit de prendre consistait de transporter son chapeau d'un genou sur l'autre. Enfin cependant il prit courage, et regardant fixement sa voisine, il lui demanda en anglais si elle ne voulait pas le prendre pour mari.

— Que voulez-vous que je fasse d'un Allemand? Telle fut la réponse un peu dure de la malicieuse Irlandaise, qui, en rabaissant la marchandise qu'elle convoitait, n'avait d'autre but que de se l'assurer à meilleur marché. Mais songez bien à ce qu'était une telle réponse adressée par une petite créature comme Jemmy à un homme comme Toffel, garçon de six pieds, possesseur de trois cents acres de terre et de deux bas bleus garnis.

Toffel n'était rien moins que fier, mais cependant il se leva fort déconcerté, tira son chapeau, et s'apprêtait à sortir en soupirant de la cuisine, lorsque la rusée jeune fille, se glissant entre lui et la porte, lui dit en lui prenant la main : — Et si je vous prends, me promettez-vous d'être bon enfant? Le dialogue dès lors prit des formes plus précises, et Toffel ne tarda pas à aller rejoindre son gris pommelé, après avoir rudement serré la main de sa future.

Quelques jours après, le ministre protestant Gaspard Ledermaul, ancien tailleur, bénissait le mariage de Jacques Toffel et de Jemmy O'Dougherty, ce qui semblerait devoir mettre fin à notre histoire, si nous en voulions abandonner légèrement les héros, et si l'on ne savait d'ailleurs que les mariages n'offrent pas moins de péripéties que les amours les plus traversés.

II

COMMENT JEMMY O'DOUGHERTY EUT TORT D'ALLER
A UN MEETING SUR UN TROP GRAND CHEVAL

Jacques Toffel n'avait pas encore accompli sa vingt et unième année, quand il entra dans la lune de miel, et ici nous devons dire à sa louange qu'il sut jouir du bonheur avec sa modération accoutumée. Nous n'avons pas laissé voir qu'il fût dissipé; et, assurément, nulle tentation ne lui vint d'introduire sa femme dans la haute société du Saragota, et de vider ainsi les deux bas bleus. Quant à mistress Toffel, ce n'était pas, certes,

une méchante fille; il y avait en elle toujours cette sorte
de diablerie irlandaise qui ne lui permettait pas d'être
en repos, tant que son mari n'avait pas fait sa volonté.
Pour tout dire en un mot, c'était elle qui portait les
culottes ou les *inexpressibles*, selon la chaste locution
anglaise. D'ailleurs notre couple vivait heureux;
un jeune Toffel ne tarda pas à faire son apparition
dans le monde, et surtout alors l'heureux fermier ne
regretta pas d'avoir tiré son épi rouge.

Or, il advint qu'un missionnaire se présenta vers
ce temps dans la colonie, avec la prétention d'enseigner à nos bonnes gens un chemin plus court que
par le passé pour gagner la porte du ciel. Afin de
donner à son projet l'impulsion nécessaire, il avait
annoncé un meeting, après s'être assuré préalablement
de l'assentiment des dames. Mistress Toffel, dont le
respectable pasteur avait recherché surtout le patro-
nage, avait décidé, pour répondre à cet égard flatteur,
que son jeune fils serait baptisé en cette occasion,
et que le père le transporterait dans ses bras au meeting.

Jusqu'ici, tout était bien, et Toffel n'y trouvait
guère à redire; toutefois, en sellant ses deux chevaux,
il éprouva une sorte de malaise, et comme un pressentiment fâcheux lorsqu'il s'occupa de son grand cheval
gris. Mistress Toffel avait conçu pour cet animal une
telle prédilection, qu'elle avait déclaré n'en pas vouloir
monter d'autre. A la vérité, comparés au grand cheval
entier de Toffel, les autres n'étaient que des chats;
mais Jemmy n'était pas une géante, et les petits chevaux lui eussent convenu mieux toujours qu'à son
mari. Celui-ci était, depuis peu, devenu ambitieux, et
aspirait aux emplois publics; et il fallait qu'il arrivât
disgracieusement sur une de ces rosses, en s'exposant
aux railleries et aux suppositions de la foule! En tirant
les chevaux de l'écurie, il vit précisément sa femme
sur le seuil de la maison; mais sur son front était
écrite cette inflexible résolution à laquelle le pauvre
homme n'avait guère l'usage de résister. Il la laissa donc
monter sur un tronc d'arbre, d'où elle s'élança sur le

gris pommelé, dont elle saisit la bride avec grâce et autorité.

La voilà sur cet animal immense, semblable à un malicieux baboin qui s'apprête à mettre à l'épreuve la mansuétude d'un patient dromadaire. Toffel la regardait la bouche ouverte et les yeux fixes.

— Ma chère! dit-il après un long combat intérieur, je vous en prie, prenez le petit cheval, et me laissez le plus grand.

— Toffel, s'écria sa moitié, sûrement vous n'êtes pas assez fou pour songer à cela précisément en ce moment.

— Si, je suis assez fou pour cela; et si je prends ce veau irlandais, je serai à la fois à pied et à cheval.

Ses paroles, ses regards étonnèrent la dame; ils indiquaient une sorte de révolte contre son pouvoir, et elle sentit que tout son règne dépendait de la résolution qu'elle prendrait en ce moment décisif, et c'est dans cette idée qu'elle donna un grand coup de fouet à son cheval, qui, en deux élans, l'emporta hors de la cour.

Toffel n'eut donc rien de mieux à faire que de monter sur la rosse; en soupirant et en murmurant quelques phrases de sa langue incomprise, comme *sapperment! verflucht!* et autres aménités germaniques dont il pouvait, au besoin, dissimuler le sens. Tout à coup il fut interrompu dans son monologue par un cri parti du haut de la montagne. Toffel jeta les yeux autour de lui, puis il regarda la hauteur, mais il n'aperçut rien; rien ne se faisait plus entendre, et pourtant la voix qui avait percé ses oreilles était la voix aiguë et sonore de sa femme, il en était certain. Elle l'avait devancé au galop de quelques centaines de pas, et bientôt les sinuosités de la route, à travers les montagnes, l'avaient dérobée à ses regards. — Le cheval gris l'a certainement jetée à bas, se dit le loyal garçon; et à peine cette idée s'était-elle présentée à son esprit qu'il vit, en effet, son coursier favori descendre à grands bonds la montagne. Toffel fut saisi de frayeur; il se jeta, des deux

jambes à la fois, à bas de sa rosse, et courut au-devant
du cheval fougueux, qui, reconnaissant son maître,
s'arrêta tranquillement jusqu'à ce qu'il l'eût débarrassé
de la selle de Jemmy, et qu'il eût monté dessus avec
son rejeton. Alors Toffel se dirigea au grandissime trot
vers le haut de la montagne, et courut au secours de sa
moitié, de laquelle bien d'autres ne se seraient guère
plus inquiétés après la manière dont elle s'était com-
portée; mais Toffel était d'une bonne pâte d'Allemand; et il se hâta de tout son pouvoir d'arriver à
l'endroit fatal où elle devait avoir établi sa couche.
Une seconde fois il entendit crier, mais ce n'était pas
sa voix ordinaire, c'était plutôt un cri de détresse.
Ce cri se renouvela, et, trempé d'une sueur froide,
Toffel alors lança son cheval ventre à terre du côté
d'où semblait venir la voix de sa femme; mais point
de traces. Il regarda à droite, à gauche, puis à terre,
et enfin il remarqua avec un horrible serrement de
cœur des traces de pas d'hommes, et à côté les empreintes
des pieds de sa femme. Des hommes étaient venus là,
c'était évident; mais dire ce qu'était devenue sa femme,
c'était une chose bien difficile, les traces se perdaient
dans la forêt. Il examina de nouveau ces traces, et il
reconnut avec consternation la large empreinte des
mocassins des Indiens. Un regard vers la forêt lui fit
apercevoir quelque chose d'un gris noir, c'était une
plume d'aigle : plus de doute, sa malheureuse Jemmy
venait d'être surprise et enlevée par les Indiens.

Toffel aimait sincèrement sa femme; cependant il
n'eut point d'évanouissement, et toute la force de son
amour ne put lui arracher une larme; et, au lieu de
perdre du temps en vaines lamentations, il courut au
grand galop rejoindre le meeting, apprit à ses voisins
que les Indiens avaient surpris et enlevé sa femme
tandis qu'elle se rendait à l'assemblée, ajoutant qu'il
fallait qu'il la recouvrât à tout prix, et que s'ils étaient
bons voisins, et s'ils voulaient être des hommes libres,
il fallait qu'ils vinssent courir en toute hâte avec lui
sur les traces de ces peaux rouges pour leur reprendre

sa Jemmy. Comme ceux à qui il s'adressait étaient en effet des hommes de cœur, Toffel, en peu d'heures, se vit à la tête de cinquante jeunes gens, qui, tenant d'une main leurs carabines et de l'autre la bride de leurs chevaux, juraient de venger dignement l'enlèvement de la nouvelle Hélène.

Il n'était pas rare, en ce temps, que les colons des États-Unis eussent à poursuivre des Indiens pour un semblable motif; mais pendant que Toffel et ses vaillants compagnons sont occupés à retrouver les traces des peaux rouges qui avaient enlevé Jemmy Bœrenhenter, nous allons, nous conformant encore plus directement aux usages chevaleresques, rejoindre notre dame, pour lui prêter au besoin aide et secours.

Donc, Jemmy, l'entêtée Jemmy, avait été seule en avant de quelques centaines de pas, ainsi que nous l'avons déjà dit. C'était d'abord une chose qu'une femme raisonnable n'aurait jamais faite : elle se serait tenue à côté de son mari, d'un aussi bon mari surtout que l'était incontestablement Toffel, notamment dans des temps si critiques, où les sauvages parcouraient encore en partisans tout l'État d'Ohio, et s'avançaient même jusqu'au fort Pitt, attendu que, précisément à cette époque, les États-Unis étaient engagés avec eux dans une guerre sanglante. Sans doute elle cria vaillamment, mais il était trop tard; probablement les Indiens en avaient déjà trop vu pour renoncer, en faveur de ses cris, à une si belle proie. L'un monta sur le cheval gris et la prit en croupe, pendant qu'un second obligeait la belle à enlacer ses bras autour de son cavalier; un troisième, lui voyant des dispositions à résister, établit entre son cou de cygne et un coutelas qu'il tira de sa ceinture un voisinage dangereux, si bien que la pauvre créature se résigna à son sort, et ne songea plus qu'à ne pas se laisser tomber de cheval pendant la longue course qui s'ensuivit.

Toutefois, elle ne pouvait s'empêcher de s'écrier par instants : « Le grand cheval! le grand cheval! » mais sa tenue modeste et résolue à la fois inspirait

quelque respect à ses ravisseurs, et surtout à Tomahawk
leur chef, qui, en arrivant à Miamy, quartier général
des peaux rouges, la plaça sous la protection de sa
mère, avec le titre de dame d'honneur. Sans doute
ce poste n'eût pas été à dédaigner, si le fils de la princesse mère avait eu à gouverner quelque chose qui en
valût la peine; mais le roi des Shawneeses, frère aîné
de Tomahawk, n'étendait guère son empire que sur
un territoire de quelques centaines de milles carrés.
Ses sujets étaient des sauvages non encore civilisés,
qui, dans leur intelligence bornée, n'avaient aucune
idée du droit divin de leur souverain, c'est-à-dire qu'ils
ne voulaient pas travailler pour lui, disant qu'il avait,
comme eux, reçu du grand Esprit deux bras propres au
travail.

Nos bienveillants lecteurs comprendront qu'au milieu
d'une réunion d'hommes si déraisonnables, mistress
Toffel ne pouvait compter sur de grands avantages,
malgré la place honorable qu'elle occupait. Du reste,
elle vit bien que des pleurs et des jérémiades ne pouvaient qu'empirer sa position, et qu'il valait mieux
l'accepter bravement et chercher à se rendre utile.
Aussi, avec une mine où l'on ne pouvait méconnaître
un trait d'ironie, elle saisit le lendemain matin la mar-
mite remplie de gibier, et se mit à préparer elle-même
le repas des Indiens. Ceux-ci s'assirent bientôt à l'entour
en croisant les jambes : — Whoo! s'écria le souverain,
qu'avons-nous là? De sa vie, il n'avait fait un aussi
délicieux déjeuner *à la fourchette*, dirions-nous, si les
sauvages avaient des fourchettes. La princesse mère
indiqua de sa main, et en souriant gracieusement, sa
dame d'honneur, qui, pour sa récompense, reçut une
côtelette. Jemmy avait une contenance fière, comme
si elle se fût trouvée assise sur le grand cheval. Peu
de temps après, les sauvages entreprirent une nouvelle
excursion, de laquelle ils rentrèrent au bout de quinze
jours chargés de butin de toute espèce : des robes de
femme, des spencers, des chapeaux, des corsets, etc.
Une garde-robe complète était échue en partage à

Tomahawk. Le lendemain, il parut vêtu d'une robe de
linsey-woolsey couleur rouge, et la tête ornée d'un
chapeau en soie verte, par-dessus lequel il lui avait paru
de bon goût de mettre le bonnet d'une femme en
couches : le chef lui-même se montra dans une petite
robe *à l'enfant*, avec un spencer coquelicot par-dessus,
et un capuchon du temps de Louis XV. A peine Jemmy
avait-elle jeté les yeux sur ses maîtres métamorphosés,
qu'elle fit signe aux squaws de la suivre dans la forêt,
où se trouvaient beaucoup de plantes de lin sauvage.
Elle en fit cueillir une certaine quantité, qu'elle fit
rapporter au camp par ses compagnes. Elle obligea
ensuite celles-ci à préparer le lin pour le filage, qu'elle
leur enseigna, et en peu de semaines, des habits de
chasse, ornés de rubans de soie et de calicot, remplacèrent les robes de femmes sur les corps de ses ravisseurs. Une quinzaine de jours après, les hommes firent
une nouvelle expédition, dans laquelle le souverain
fut tué et son frère Tomahawk blessé. Jemmy, à l'instar
d'autres sujets loyaux, prit le deuil, pansa les plaies
du survivant, et, quand le jeune chef fut rétabli, elle
lui présenta un costume neuf qu'elle avait confectionné
pour lui pendant sa maladie. Elle y mit tant de grâce,
selon l'avis de l'Indien, que, dès ce moment, il devint
son admirateur et son fidèle paladin. Quand, le lendemain, il se fut vêtu de son costume neuf, il se trouva
si agréablement surpris et tourné, qu'il mit pour la
première fois de côté ces habitudes de respect qu'il
avait contractées vis-à-vis de mistress Toffel, et qui
l'avaient empêché jusque-là de déclarer un peu plus
ouvertement l'affection qu'il ressentait pour elle. Il
alla lui rendre une visite. Toute la résidence fut en
révolution ; les dames rouges étaient au désespoir. Elles
comprirent que ce n'était pas en leur honneur que le
nouveau souverain s'était revêtu d'une si brillante
toilette, et que ses attentions s'adressaient à la fière
Américaine, qui, dans leur opinion, ne pouvait naturellement résister à ce somptueux accoutrement. Et
vraiment ni Londres, ni Paris, ni New-York n'auraient

pu se vanter d'avoir vu, sur une seule et même personne, une prodigalité d'objets de luxe comme il plut ce jour-là à Tomahawk d'en étaler aux yeux de sa fidèle sujette. Mais aussi il était lui-même resté trois heures, jambes croisées et miroir en main, à admirer avec des yeux brillants de joie ses charmes irrésistibles. Trois larges paillettes d'argent entouraient artistement son nez, auquel était encore suspendu un dollar espagnol ; deux autres dollars pendaient à ses oreilles, et, par une spirituelle inspiration, l'Indien avait orné sa lèvre inférieure d'une sixième pièce de monnaie. Ses cheveux étaient richement entremêlés d'aiguilles de porcs-épics, et du sommet de sa tête descendaient majestueusement trois queues de buffles. Un collier de pas moins de cinquante dents d'alligators ornait son cou, autour duquel serpentait encore un collier plus petit de grandes perles de cristal, trophée qu'il avait conquis dans un combat avec les Chikasaws. Il n'avait pas moins soigné l'habillement des parties inférieures de son corps : ses jambes étaient jusqu'à la cheville entourées de petits cercles de cuivre et de fer-blanc qui résonnaient prodigieusement à chacun de ses pas ; le reste de sa toilette consistait en un chapeau anglais à trois cornes. Lorsque, avec la conscience de ses perfections, il approcha de la résidence de madame mère, il leva haut les jambes et en fit deux fois le tour en dansant, pour se régaler de la musique dont il était le créateur ; arrivé à la porte, il jeta un dernier coup d'œil sur son miroir de poche en se regardant de la tête aux pieds ; puis il entra.

Nous sommes malheureusement sans information aucune sur le succès de tant d'efforts et de combinaisons de bon goût ; tout ce qui est devenu notoire, c'est que le haut prétendant fut bien moins satisfait de lui-même, quand il quitta la résidence de sa mère, qu'il ne l'avait été en y entrant. La chronique ajoute que, dès ce moment, Jemmy eut sur le souverain indien un empire pour le moins aussi illimité que celui qu'elle avait déjà exercé sur Toffel ; et il paraît qu'elle ne tarda pas à en faire usage, sans doute par de bonnes raisons, attendu qu'elle eut à repousser des tentations assez vives. Mais, dit encore notre document, elle résista héroïquement. Comment en effet pouvait-elle agir autrement, elle dont la pensée tendait à un autre but? Oui, son regard était sans cesse fixé sur le soleil couchant, sur cette partie du monde où vivait son cher Toffel. Depuis cinq années entières, elle avait supporté sa captivité avec un courage, avec une fermeté héroïque et vraiment irlandais; mais présentement elle sentait chaque jour davantage l'amertume de sa position. Pendant la première année, elle avait été tenue en mouvement par la nouveauté de sa destinée; elle avait, en outre, été stimulée par le sentiment de la conservation. Durant les années suivantes, elle s'était peut-être sentie flattée des attentions de son adorateur indien; — mais faire la coquette avec un sauvage, ce n'était, après tout, qu'un pauvre passe-temps, et cela ne pouvait durer à la longue. Ainsi, le vif désir de revoir les lieux sur lesquels se concentraient ses souvenirs prenait chaque jour en elle plus de force. Songer à fuir, c'eût été de sa part une folie pendant la première année; on l'avait surveillée, durant l'été, avec des yeux d'argus, car son adresse en toute chose la rendait indispensable aux sauvages, et une fuite dans le cours de l'hiver n'était pas plus exécutable. Où aurait-elle trouvé des vivres, un lieu de repos? Son voyage jusqu'au camp des sauvages avait duré vingt jours; elle devait donc être à une énorme distance de chez elle, et si, par malheur, on avait connu son projet, son sort eût été horrible.

III

COMMENT JEMMY REVINT CHEZ JACQUES TOFFEL

Enfin, l'occasion favorable que Jemmy désirait si vivement vint se présenter à l'expiration du cin-

quième été après son enlèvement. Les hommes étaient
partis pour la chasse d'automne; leurs femmes les
avaient accompagnés; il n'était resté au camp que les
plus faibles et les plus âgés. Par le contentement
apparent qu'elle avait fait paraître pendant cinq ans,
Jemmy était parvenue à calmer les méfiances des
Indiens, dont la vigilance s'était affaiblie. Elle avait
appris que, par suite de l'accroissement de la population,
la colonie avait étendu ses limites, et qu'elle se trouvait
dès lors à une moindre distance de celle des sauvages;
elle espérait donc rencontrer de ses compatriotes,
sinon au bout de la première semaine, du moins au bout
de la seconde. Elle résolut sa fuite, et réalisa sur-le-
champ son projet. Un petit sac rempli de vivres fut
tout ce qu'elle emporta avec elle; elle avait quatre
cents longs milles à faire depuis le grand Miami jusqu'à
l'Ohio supérieur; mais son courage était à la hauteur
de sa grande entreprise. Elle aimait son Toffel; elle
l'aimait maintenant plus que jamais, ce garçon si bon,
si patient, et pourtant si sensé. Son courage fut rudement mis à l'épreuve dans les marais de Franklin, elle
courut un grand danger de se noyer dans le Sciota, et,
en errant plusieurs jours dans les solitudes qui séparent Colombus, capitale de l'État de l'Ohio, de New-
Lancaster, d'être dévorée par les ours et les panthères;
mais elle se tira heureusement des marais, des rivières
et des lieux déserts. Pendant les cinq premiers jours,
elle vécut de sa provision de gibier fumé; puis elle se
régala de papaws, de châtaignes et de raisins sauvages,
et, au bout de dix jours de peines et de fatigues inexpri-
mables, elle trouva, pour la première fois, un abri sûr
dans un blockhaus. Même ici, son esprit irlandais
indomptable ne l'abandonna pas, et elle aborda les
Hinterwaeldler * d'un air aussi assuré et aussi ouvert
que si elle se fût présentée à la tête des Shawnesées,
et leur demanda des vivres. Ceux-ci ouvrirent d'assez

---

* Mot allemand composé, qui veut dire habitants des bords des
forêts.

grands yeux, comme on peut le présumer, mais ils donnèrent ce qu'ils avaient. Dès lors notre bonne Jemmy n'eut plus qu'à suivre les bords de l'Ohio, et ne tarda pas à voir les charmantes hauteurs qui cachaient son heureux *chez elle* sortir du bleu vaporeux qui les enveloppait. Elle double le pas; la voilà sur les premiers coteaux. Pour la première fois, son cœur battit plus fort; un instant arrêtée au souvenir du grand cheval, elle reprit sa course et s'élança dans les sinuosités boisées du coteau. Voilà bien devant elle le magnifique Ohio, poursuivant son cours en deux larges bras; puis les eaux de l'Alleghany, limpides comme la source qui jaillit d'un roc; puis enfin, tout à côté, celles du Monongehala, troubles et bourbeuses, et offrant assez bien l'image d'un mari grognon auquel est enchaînée une vive et douce compagne. La voilà arrivée à la dernière éminence, d'où l'on peut contempler toutes ses possessions : voici le magnifique vallon, le plus fertile des *bottoms*, enclavé parmi les promontoires de montagnes; voilà la grange bâtie en pierre, le toit et les persiennes reluisant de l'éclat d'une fraîche peinture. Là, à main gauche, le vieux verger; puis, à droite, le nouveau, à la plantation duquel elle avait aidé, et dont les arbres pliaient déjà sous le poids des fruits. Elle regardait, elle n'osait s'en fier à ses yeux, et elle voyait plus encore... Non, ce n'était pas une illusion, c'était son cher Toffel qui sortait justement de la maison, et, derrière lui, un petit bambin aux cheveux blonds, qui le tenait ferme aux basques de son habit. Oui, c'était bien Toffel dans sa culotte de peau, avec ses bas bleus à coins rouges et ses souliers ornés de boucles énormes. Elle n'y tint pas plus longtemps, descendit d'un pas ferme du coteau, et, ayant traversé rapidement le potager, elle se trouva tout à coup devant Toffel.

— Tous les bons esprits louent le Seigneur! s'écria celui-ci, usant, dans son anxiété, de la formule légale par laquelle, de temps immémorial, les honnêtes Allemands ont l'habitude de conjurer les spectres, les sorcières et les esprits malins.

Et, dans le fait, nous n'aurions pas trop le droit de blâmer Toffel, si le Blocksberg * se présentait en ce moment à sa pensée. Cinq années d'absence et de séjour parmi les sauvages habitants des bords du grand Miami, jointes au voyage abominable que Jemmy venait de faire, n'avaient pas précisément beaucoup contribué à relever ses charmes, ni à rendre sa toilette assez élégante pour lui prêter quelque attrait de plus. Même Toffel, de tous les hommes le moins *fashionable*, put à peine comprendre que ce pouvait être là sa Jemmy, l'oracle du bon goût en toute chose. L'imprévu de son apparition répandait sur sa personne, un peu décharnée, quelque chose de surnaturel; de sorte que, nous le répétons, nous ne sommes nullement surpris de ce que le cerveau de Toffel se troubla subitement et de ce qu'il se souvint du Blocksberg, dont feu son père lui avait raconté tant de choses. Jemmy, à ce qu'il paraissait, ne fut pas très-flattée de sa surprise, de ses exclamations ni de son effroi, et elle lui dit, du ton le plus doux qu'il lui fut possible de prendre :

— Eh bien, quoi! Toffel, as-tu perdu la raison? ne me connais-tu plus, moi, ta Jemmy?

Toffel ouvrit les yeux le plus qu'il pouvait, et, peu à peu, reconnaissant le nez contourné, l'œil brillant qui lançait, comme de coutume, des regards hardis et étincelants, ne put, à ces signes, douter de la réalité :

— *Mein Gott! Mein schatz!* s'écria-t-il dans son plus doux allemand. Puis deux larmes coulèrent le long de ses joues, et il embrassa Jemmy avec effusion.

Jemmy était réellement bien charmée de voir son Toffel de si bonne humeur. Cependant, dit le proverbe, trop ne vaut rien, et, suivant toutes les apparences, il semblait à Jemmy que Toffel était inépuisable dans ses manifestations de tendresse, et, en effet, elle commençait déjà à perdre patience et à souhaiter de voir son fils, comme aussi de savoir où en étaient les affaires

---

* Montagne du sabbat.

du ménage ; de sorte que, tout en exprimant ce double désir, elle se dégagea des bras de son mari pour se diriger vers la porte. Toffel la saisit par sa robe, et, se plaçant devant elle, l'empêcha de sortir.

— Ma bien-aimée, lui dit-il, arrête-toi encore quelques moments, jusqu'à ce que je t'aie appris...

— Appris quoi ? reprit-elle avec impatience ; que peux-tu avoir à me dire ? Je désire voir mon garçon et comment tu as conduit les affaires de la maison ; j'espère que tout est en ordre...

Son œil jeta un regard scrutateur sur le pauvre Toffel, qui ne semblait nullement être à son aise.

— Mon cœur, ma femme ! continua-t-il, aie seulement un peu de patience !

— Je ne veux pas avoir de patience, répliqua-t-elle ; pourquoi ne veux-tu pas entrer dans la maison ? Et, en disant ces mots, elle s'approcha de la porte. Toffel, au dernier point embarrassé, lui barra de nouveau le chemin, en lui prenant les deux mains.

— Eh ! *by Jasus* *, et de par toutes les autorités ! s'écria-t-elle étonnée d'une conduite si singulière, je serais tentée de croire que tout n'est point ici en règle et que tu n'es pas bien aise de me voir !

— Moi, ne pas être bien aise de te voir ! mon cœur, ma bien-aimée ! Oui, oui, tu seras de nouveau ma femme ! répondit le brave garçon.

— Je serai de nouveau, de nouveau ta femme ! répéta-t-elle ; et ses yeux étaient étincelants, et son petit nez se tordait. Être de nouveau sa femme, se dit-elle encore à voix basse, en s'arrachant avec force de ses mains ; puis, montant l'escalier avec la rapidité de l'éclair, elle se précipita sur la porte, pressa le loquet, ouvrit et vit, se berçant doucement dans un fauteuil, Marie Lindthal, la plus jolie blondine de toute la colonie, jadis sa rivale, et maintenant l'heureuse usurpatrice de ses droits matrimoniaux.

---

* Exclamation irlandaise.

IV

CE QU'IL ARRIVA DE JACQUES TOFFEI
ET DE SES DEUX FEMMES

Il faudrait une plume très-familiarisée avec les peintures psychologiques pour décrire les symptômes des diverses passions qui se dessinaient d'une manière énergique sur le visage de notre héroïne. Le mépris, la fureur, la vengeance en étaient encore les plus faibles; il sortait de ses yeux des étincelles si vives que, pour nous servir d'une phrase à l'usage des *Yankees*, la chambre commençait à en être embrasée; ses poings se fermèrent convulsivement, ses dents grincèrent, et, semblable au chat qui voit son territoire occupé par l'ennemi mortel de sa race, elle s'apprêta à fondre sur le sien, ce qui aurait pu devenir d'autant plus fatal pour les jolis traits de Marie Lindthal, que depuis un mois entier mistress Toffel n'avait pas rogné ses ongles.

Toffel, qui avait suivi Jemmy, vit avec un juste effroi ces terribles préparatifs, et se jeta de toute sa longueur entre les deux puissances belligérantes. Mais il n'était pas sûr encore que sa médiation fût très-efficace, lorsque tout à coup la porte s'ouvrit pour donner entrée au jeune Toffel, suivi de toute une bande d'héritiers d'un autre lit. Cinq années s'étaient écoulées depuis que Jemmy n'avait tenu son jeune fils dans ses bras; oubliant son ennemie, elle sauta sur lui pour l'embrasser. Le jeune garçon s'effraya, cria très-haut, et courut à sa belle-mère. La pauvre Jemmy resta immobile à sa place; la fureur et le désir de la vengeance l'avaient abandonnée; une douleur indicible pénétra son cœur; elle se dirigea en tremblant vers la porte, saisit le loquet et fut sur le point de tomber à terre. La pauvre femme souffrait horriblement en cet instant; elle était devenue une étrangère pour son fils, une étrangère pour sa maison, une étrangère dans le monde entier! Elle se remit cependant. Des âmes comme la sienne ne sont pas facilement abattues.

— Comment va mon père? demanda-t-elle brièvement.

— Mort, répondit Toffel.

— Et ma mère?

— Morte, fut encore la réponse.

— Et mes frères, mes sœurs?

— Dispersés dans le monde.

— Ainsi, je les ai tous perdus! dit-elle de manière à pouvoir à peine être comprise.

— J'ai, reprit Toffel d'un son de voix plus doux, j'ai attendu toute une année ton retour, en demandant de tes nouvelles dans tous les journaux allemands et anglais, et, comme tu ne vins pas, ajouta-t-il en hésitant, te croyant morte, je pris Marie.

— Alors, garde-la, répliqua Jemmy d'un ton ferme, en accompagnant ces paroles d'un regard où se peignait le mépris le plus profond; puis elle s'élança encore une fois sur son enfant, le saisit et l'embrassa avec exaltation, puis elle ouvrit la porte...

— Arrête! arrête! pour l'amour de Dieu! s'écria Toffel d'une voix qui faisait deviner ce qu'il avait souffert. Il est vrai de dire qu'il l'aimait sincèrement, et n'avait rien négligé pour la retrouver. On avait battu le pays à vingt lieues à la ronde, les annonces des journaux lui avaient aussi coûté maints dollars; malheureusement, ils circulaient plus particulièrement dans la partie orientale du pays, tandis que Jemmy figurait comme dame d'honneur dans la partie occidentale. Et, malheureusement encore, au bout d'une année, le révérend pasteur Gaspard fit un sermon sur ce beau texte : *Melius est nubere quam uri*, qu'il rendit très-disertement en langue allemande à Toffel. Celui-ci crut agir en bon protestant, prit une femme bonne et jolie, mais à laquelle manquait cet esprit de contradiction, d'agacerie, ces boutades, ces propos piquants qui réveillaient jadis si à propos son caractère nonchalant.

Telle était la position de notre Toffel, le mari à
deux femmes, entre lesquelles il semblait fortement
balancer. Les garder toutes deux, comme le patriarche
Lamech, quelle apparence? Enfin, il s'écria : — Allons
chez le squire et chez le docteur Gaspard ; allons entendre
ce que disent la loi humaine et la loi de Dieu.

En disant cela, Toffel agit en bon et loyal Allemand
qui pensait qu'il valait mieux ne pas prendre un parti
de son propre chef, et mettre toute la responsabilité
de sa position sur l'autorité divine et humaine.

Jemmy tressaillit ; le mot de loi, ou, ce qui en est la
conséquence, un procès, résonnait désagréablement à
ses oreilles, et elle hésitait, quand sa rivale, qui s'était
retirée dans la chambre voisine, reparut tenant dans
ses bras les deux lourds bas remplis de dollars de la
communauté.

— Prends-les, dit-elle d'une voix douce à Jemmy,
prends-les et Jeremias Hawthorn est encore garçon ;
sois heureuse, bonne Jemmy!

Il y avait quelque chose de touchant dans sa voix
et dans sa proposition sincère. Tout autre cœur que
celui de la femme irlandaise se serait ému ; mais la vue
de la femme heureuse sembla ranimer les transports
de Jemmy. Jetant sur Marie un regard du plus profond
mépris, elle s'approcha de Toffel, lui serra la main en
lui disant adieu, et sortit précipitamment de la chambre.

— Cours, cours, cher Toffel, de toutes tes forces,
s'écria Marie ; cours, pour l'amour de Dieu! elle pourrait
attenter à elle-même.

Toffel était resté immobile, privé, pour ainsi dire,
de sentiment ; on aurait pu croire que tout lui paraissait
un songe : la voix de sa femme le rappela à la réalité.
Il se mit à courir de toutes ses forces après la pauvre
fugitive ; mais celle-ci avait déjà gagné beaucoup
d'espace sur lui. Redoublant ses longs pas, il était sur
le point de l'atteindre, lorsqu'elle se retourna et lui
ordonna de regagner sa maison. Elle proféra cet ordre
d'un ton si ferme, que Toffel, encore habitué à obéir
à ses volontés, s'y conforma en reprenant lentement le

chemin de chez lui. Après avoir fait quelques pas, il s'arrêta néanmoins, suivit d'un œil fixe la marche rapide de Jemmy jusqu'à ce qu'elle eût disparu dans les profondeurs du coteau; alors, il secoua la tête, et pensa... quoi? C'est ce que nous ne saurions dire.

Jemmy poursuivait maintenant, comme un chevreuil qu'on a effrayé, sa course vers le haut de la montagne; la voilà arrivée encore à cette fatale saillie où son bonheur d'ici-bas avait, il faut bien le dire, par sa propre faute, reçu une si terrible atteinte. Là était la maison qui renfermait les deux Toffel; là paissaient ses vaches et ses génisses et une demi-douzaine des plus grands chevaux qu'elle eût jamais vus. Maintenant, elle en eût eu à choisir! Et il fallait renoncer à tout cela! Cette pensée lui fit verser des larmes amères. Et maintenant plus de famille, plus d'amis peut-être; que dirait-on de cette Jemmy si longtemps perdue, Jemmy la squaw indienne?... Insensiblement, ses sens se calmèrent; une nouvelle pensée sembla germer en elle, et, à chaque seconde, cette résolution semblait se raffermir. Enfin, comme pour échapper à la possibilité d'un changement d'idées, elle se redressa tout à coup avec force, courut à toutes jambes vers la forêt, et pénétra toujours plus avant dans ses profondeurs.

V

OÙ L'ON DÉMONTRE COMMENT LES DEUX ÉPIS ROUGES
ÉTAIENT POURTANT UN PRÉSAGE

Ce fut vers l'année 1826 que Jemmy recommença son long voyage pour retourner vers ceux qu'elle avait fuis naguère. Elle retrouva le même courage inflexible pour aborder les colons avancés, établis dans la partie nord-ouest des États-Unis (État actuel d'Ohio). Elle leur demanda l'hospitalité sans solliciter une compassion superflue; lorsqu'elle eut dépassé les dernières habitations, elle eut de nouveau recours aux papaws, au raisin et aux châtaignes sauvages, et acheva ainsi sa course de quatre cents milles jusqu'aux sources du grand Miami, où, deux mois après sa fuite, elle se présenta avec aussi peu de trouble et de crainte que si elle rentrait d'une visite du matin.

Jamais le quartier général des Squaws n'avait retenti de si grands cris d'allégresse que lorsque Jemmy entra dans la cabane de la mère Tomahawk. Toute la population des Wigwams était en mouvement; Tomahawk ne se possédait plus de joie. Il avait été son admirateur fidèle pendant cinq années entières, et, ce qui n'est pas peu de chose de la part d'un sauvage, durant tout ce temps, il n'avait pas osé prendre la moindre liberté avec elle. Elle ne s'était pas acquis une légère influence sur ce petit peuple; elle était l'institutrice des femmes, le tailleur et la cuisinière des hommes, le factotum de tous, et, si les derniers (les hommes) ne ressemblaient plus à des orangs-outangs, c'était son ouvrage à elle. Tomahawk sautait et dansait de bonheur : — Hommes blancs, pas bons! disait-il; hommes rouges, bons! s'écriait-il. Et sa mère et tous les hommes s'unissaient à ces transports de joie.

Cependant, malgré la résolution ferme que Jemmy avait prise, sa prudence ne lui permettait pas de donner trop beau jeu au sauvage amoureux : non, elle réfléchit longtemps avant de lui permettre seulement l'espoir le plus éloigné. Depuis vingt jours déjà, elle se tenait renfermée auprès de la mère de Tomahawk, et, pendant ce temps, il n'avait pu la voir que deux fois. Enfin, le matin du vingt et unième jour, il fut mandé auprès de la souveraine de son cœur. Il s'y rendit peut-être plus bizarrement accoutré encore que lors de sa première demande, et, en balbutiant, il lui exprima de nouveau ses vœux. Jemmy l'écouta avec le sérieux d'un juge d'appel; quand il eut terminé, elle lui montra silencieusement la table sur laquelle était étalé un habillement américain complet. Tomahawk retourna à sa cabane en poussant des cris de joie, et une demi-heure après, il parut un autre homme devant sa maîtresse. Il n'avait vraiment pas si mauvaise mine; c'était un garçon bien fait, d'une taille élancée; — Toffel n'était rien en comparaison; — de plus, c'était le chef de plusieurs centaines de familles, et l'on ne pouvait voir en lui un mari si fort à dédaigner. Elle voulut bien alors tendre la main : il s'agissait encore d'une autre épreuve. Deux chevaux amenés par ordre de madame mère se trouvaient à la porte : Jemmy ordonna à Tomahawk de les seller. Il obéit tout de suite en silence. Elle monta sur l'un, en lui faisant signe d'en faire autant et de la suivre. Le chef sauvage était surpris; il la regarda fixement, mais suivit néanmoins sa maîtresse, qui, quittant le canton de Wigwam, dirigea leur course vers le sud; plusieurs fois, il se hasarda à lui demander où ils allaient, mais elle lui répondit par un geste, montrant d'un air significatif le lointain, et il se taisait et suivait. La paix s'était rétablie entre les Indiens et les colons pendant la captivité de Jemmy, et le dernier voyage de celle-ci lui avait été utile à quelque chose. Elle avait appris qu'une colonie américaine s'était formée, dans la direction du sud, à environ quarante milles de distance des sources du Miami, et c'est sur cette nouvelle colonie qu'elle se dirigeait en ce moment.

Dès qu'elle y fut arrivée, elle s'informa du juge de paix. Le squire ne fut pas peu surpris quand il vit tout à coup entrer chez lui une jeune et jolie femme (Jemmy avait repris sa bonne mine pendant sa retraite de vingt jours) et un jeune et beau sauvage, habillé comme un gentleman. Du reste, Jemmy ne lui laissa guère le temps de se livrer à son étonnement; mais, se tournant sans longs détours vers son compagnon, elle lui dit : — Tomahawk! pendant les cinq années de notre connaissance, je t'ai vu donner tant de preuves de bon sens, que j'ai tout lieu d'espérer de faire de toi un mari, et j'ai donc résolu de te prendre pour tel.

Tomahawk ne savait s'il veillait ou non, et il en était de même du squire; mais la demande formelle que lui

adressa Jemmy de la marier, elle, Jemmy O'Dougherty,
avec Tomahawk, le chef de la peuplade des Squaws,
et dix dollars reluisants qu'elle joignit à cette demande,
firent cesser tous les doutes du juge de paix, et, prononçant sur eux la formule matrimoniale, il unit leurs
mains. La chose était finie, le pauvre sauvage ne comprenait point encore ce que signifiait cette cérémonie ;
mais quand Jemmy lui prit la main, et lui fit connaître
qu'elle était maintenant sa femme et lui son mari, il
était comme tombé des nues.

Le lendemain, Tomahawk et sa femme s'en retour-
nèrent chez eux, et, à partir de leur retour, commencèrent aussi les mois de miel du nouvel époux. Or,
mistress Tomahawk fut à peine installée dans sa nouvelle habitation, qu'elle vint à reconnaître que cette
misérable cabane était beaucoup trop étroite pour eux
deux, et, de plus, trop malpropre ; et, dans le fait, cette
cabane était plutôt à comparer à l'antre d'un ours qu'à
une habitation humaine. Tomahawk et ceux dont il
disposait avaient donc maintenant des arbres à abattre,
travail auquel les gens de Tomahawk ne se soumirent
que contre de certains honoraires en bouteilles de
whiskey, dont Jemmy avait fait provision au chef-lieu
de la colonie. Elle avait en outre attiré quelques-uns
de ses compatriotes, qui aidèrent à la construction
de la maison neuve. Tomahawk, à la vérité, sauta
encore quand il lui fallut pendant quinze jours manier
la hache : seulement, ce n'était plus de joie ; il fit même
la grimace ; mais ni sauts ni grimaces n'y purent : il
fallut s'exécuter. Au bout de quatre semaines il se vit
couché dans une habitation commode, aussi commode
que celle de Toffel. Tomahawk eut alors du repos pendant quatre semaines entières ; mais le printemps
s'annonçait : le champ consacré à la culture du blé était
évidemment trop petit ; il était même dépourvu de
haie, et les chevaux, ainsi que les porcs, y venaient
dévorer les jeunes tiges longtemps avant qu'elles
eussent seulement formé leurs épis. Les choses ne pouvaient pas rester en cet état, et il fallait donc que la

sauvage moitié de mistress Tomahawk abattît encore
quelques milliers d'arbres et qu'il fît des haies autour
d'une demi-douzaine de champs. — Cette besogne faite,
Tomahawk eut encore quelques semaines de repos.
Cependant, de temps immémorial, on avait bien mal
mené les choses quant aux peaux de renard, de cerf,
de castor et d'ours. Tomahawk avait une grande répu-
tation comme chasseur; mais le fruit de plusieurs
semaines de chasse, il n'était pas rare qu'il le donnât
pour quelques gallons de whiskey. A l'instar de beaucoup de ses frères rouges, son côté faible était le plaisir
qu'il trouvait à prendre une et même un grand nombre
de gorgées de whiskey, quand l'occasion s'en présentait.
Toutefois il éprouvait à cet égard une telle crainte de sa
compagne, qu'adroitement il cachait les bouteilles
d'eau-de-vie dans les creux d'arbres. Mais mistress Tomahawk eut bientôt découvert la fraude, et,
afin de mettre dorénavant Tomahawk à l'abri de toute
tentation, elle décida qu'à l'avenir toutes les peaux
seraient apportées au camp et mises à sa disposition.
Elle se chargea alors du commerce de pelleterie. Bien
peu de temps après, plusieurs vaches paissaient sur
les bords du Miami, et Tomahawk goûta pour la première fois du café et des gâteaux de farine de maïs.
Mais les choses allèrent de pire en pire. Un jeune Tomahawk vit la lumière du monde, et les vieux Squaws ne
tardèrent pas à se présenter chez sa mère, les mains
remplies de fumier et de graisse d'ours, pour admettre
solennellement le nouveau chef de la peuplade dans la
communauté religieuse et politique. Mais Jemmy leur
montra un visage renfrogné, et quand elle vit que cela
ne suffisait pas, elle se saisit si résolûment de son sceptre,
c'est-à-dire d'un grand balai, que jeunes et vieux se
sauvèrent à toutes jambes, se croyant poursuivis du
malin esprit. Lorsqu'elle fut rétablie de ses couches,
elle ordonna encore à Tomahawk d'apprêter deux chevaux.

Cette fois-ci encore, leur course se dirigea vers la
colonie, mais ils abordèrent non à la maison du juge de

paix, mais à celle du curé. Tomahawk accédait à tout
tranquillement; mais lorsqu'il vit le curé répandre de
l'eau sur son fils, la patience lui échappa, il entra dans
une sorte de fureur, et appela mistress Tomahawk
sorcière, mauvais génie, *médecin* (terme très-fort chez
les peaux rouges). Jemmy, sans perdre une parole,
fronça les sourcils, releva son nez, et le jeune Tomahawk
fut baptisé comme d'autres enfants chrétiens.

Le voyageur que son chemin conduira dans la direction du nord, à travers la bruyère située entre Columbus
et Dayton, remarquera, au-dessous et tout près des
sources du Miami, une grande habitation, construite
en madriers, flanquée de granges et d'écuries, environnée de superbes champs de maïs et de prairies, sur
lesquelles paissent de magnifiques vaches, des chevaux
et des poulains, sans compter les vergers remplis d'arbres
fruitiers. Autour de la maison, on voit folâtrer une
demi-douzaine de jeunes garçons et de jeunes filles
d'un teint rouge clair, et vêtus comme s'ils sortaient du
magasin de Stubls, à Philadelphie. Le dimanche, ils
lisent la Bible ou sellent leurs chevaux pour aller accompagner mistress Tomahawk à l'église; ils lisent et expliquent les gazettes au chef de la tribu, qui s'accommode
parfaitement de sa nouvelle existence, et se demande
avec orgueil s'il fera de ses fils aînés des docteurs ou des
avocats. Deux fois l'année, mistress Tomahawk se rend
à Cincinnati sur une voiture à six chevaux, qui, chargée
de beurre, de sucre d'érable, de farine et de fruits,
forme un cortège aussi pompeux que celui d'un gouverneur. Deux de ses fils à cheval lui servent toujours
d'avant-coureurs, et elle est autant devenue l'effroi
de tous les inspecteurs des marchés, qu'elle s'est rendue
l'oracle et la favorite de toutes les femmes... et de tous
les hommes.

(Imité de l'allemand.)

OCTAVIE

Ce fut au printemps de l'année 1835 qu'un vif désir me prit de voir l'Italie [1]. Tous les jours en m'éveillant j'aspirais d'avance l'âpre senteur des marronniers alpins; le soir, la cascade de Terni, la source écumante du Téverone jaillissaient pour moi seul entre les portants éraillés des coulisses d'un petit théâtre... Une voix délicieuse, comme celle des sirènes, bruissait à mes oreilles, comme si les roseaux de Trasimène eussent tout à coup pris une voix... Il fallut partir, laissant à Paris un amour contrarié, auquel je voulais échapper par la distraction.

C'est à Marseille que je m'arrêtai d'abord. Tous les matins, j'allais prendre les bains de mer au Château-Vert, et j'apercevais de loin en nageant les îles riantes du golfe. Tous les jours aussi, je me rencontrais dans la baie azurée avec une jeune fille anglaise, dont le corps délié fendait l'eau verte auprès de moi. Cette fille des eaux [2], qui se nommait Octavie, vint un jour à moi toute glorieuse d'une pêche étrange qu'elle avait faite. Elle tenait dans ses blanches mains un poisson qu'elle me donna.

Je ne pus m'empêcher de sourire d'un tel présent. Cependant le choléra régnait alors dans la ville, et pour éviter les quarantaines, je me résolus à prendre la route de terre. Je vis Nice, Gênes et Florence; j'admirai le Dôme et le Baptistère, les chefs-d'œuvre de Michel-

Ange, la tour penchée et le Campo-Santo de Pise. Puis, prenant la route de Spolette, je m'arrêtai dix jours à Rome. Le dôme de Saint-Pierre, le Vatican, le Colisée m'apparurent ainsi qu'un rêve. Je me hâtai de prendre la poste pour Civita-Vecchia, où je devais m'embarquer. Pendant trois jours, la mer furieuse retarda l'arrivée du bateau à vapeur. Sur cette plage désolée où je me promenais pensif, je faillis un jour être dévoré par les chiens. La veille du jour où je partis, on donnait au théâtre un vaudeville français. Une tête blonde et sémillante attira mes regards. C'était la jeune Anglaise qui avait pris place dans une loge d'avant-scène. Elle accompagnait son père, qui paraissait infirme, et à qui les médecins avaient recommandé le climat de Naples.

Le lendemain matin, je prenais tout joyeux mon billet de passage. La jeune Anglaise était sur le pont, qu'elle parcourait à grands pas, et impatiente de la lenteur du navire, elle imprimait ses dents d'ivoire dans l'écorce d'un citron : « Pauvre fille, lui dis-je, vous souffrez de la poitrine, j'en suis sûr, et ce n'est pas ce qu'il faudrait. » Elle me regarda fixement et me dit : « Qui l'a appris à vous ? — La sibylle de Tibur, lui dis-je sans me déconcerter. — Allez ! me dit-elle, je ne crois pas un mot de vous. »

Ce disant, elle me regarda tendrement et je ne pus m'empêcher de lui baiser la main. « Si j'étais plus forte, dit-elle, je vous apprendrais à mentir !... » Et elle me menaçait, en riant, d'une badine à tête d'or qu'elle tenait à la main.

Notre vaisseau touchait au port de Naples et nous traversions le golfe, entre Ischia et Nisida, inondées des feux de l'Orient. « Si vous m'aimez, reprit-elle, vous irez m'attendre demain à Portici. Je ne donne pas à tout le monde de tels rendez-vous. »

Elle descendit sur la place du Môle et accompagna son père à l'hôtel de Rome, nouvellement construit sur la jetée. Pour moi, j'allai prendre mon logement derrière le théâtre des Florentins. Ma journée se passa à parcourir la rue de Tolède, la place du Môle, à visiter le

Musée des études; puis j'allai le soir voir le ballet à San-Carlo. J'y fis rencontre du marquis Gargallo, que j'avais connu à Paris et qui me mena, après le spectacle, prendre le thé chez ses sœurs [1].

Jamais je n'oublierai la délicieuse soirée qui suivit. La marquise faisait les honneurs d'un vaste salon rempli d'étrangers. La conversation était un peu celle des Précieuses; je me croyais dans la chambre bleue de l'hôtel Rambouillet. Les sœurs de la marquise, belles comme les Grâces, renouvelaient pour moi les prestiges de l'ancienne Grèce. On discuta longtemps sur la forme de la pierre d'Éleusis, se demandant si sa forme était triangulaire ou carrée. La marquise aurait pu prononcer en toute assurance, car elle était belle et fière comme Vesta. Je sortis du palais la tête étourdie de cette discussion philosophique, et je ne pus parvenir à retrouver mon domicile. A force d'errer dans la ville, je devais y être enfin le héros de quelque aventure [2]. La rencontre que je fis cette nuit-là est le sujet de la lettre suivante, que j'adressai plus tard à celle dont j'avais cru fuir l'amour fatal en m'éloignant de Paris [3].

« Je suis dans une inquiétude extrême. Depuis quatre jours, je ne vous vois pas ou je ne vous vois qu'avec tout le monde; j'ai comme un fatal pressentiment. Que vous ayez été sincère avec moi, je le crois; que vous soyez changée depuis quelques jours, je l'ignore, mais je le crains. Mon Dieu! prenez pitié de mes incertitudes, ou vous attirerez sur nous quelque malheur. Voyez, ce serait moi-même que j'accuserais pourtant. J'ai été timide et dévoué plus qu'un homme ne le devrait montrer. J'ai entouré mon amour de tant de réserve, j'ai craint si fort de vous offenser, vous qui m'en aviez tant puni une fois déjà, que j'ai peut-être été trop loin dans ma délicatesse, et que vous avez pu me croire refroidi. Eh bien, j'ai respecté un jour important pour vous, j'ai contenu des émotions à briser l'âme, et je me suis couvert d'un masque souriant, moi dont le cœur haletait et brûlait. D'autres n'auront pas eu tant de ménagement, mais aussi nul ne vous a peut-être prouvé tant d'affection vraie, et n'a si bien senti tout ce que vous valez.

» Parlons franchement : je sais qu'il est des liens qu'une femme ne peut briser qu'avec peine, des relations incommodes qu'on ne peut rompre que lentement. Vous ai-je demandé de trop pénibles sacrifices? Dites-moi vos chagrins, je les comprendrai. Vos craintes, votre fantaisie, les nécessités de votre position, rien de tout cela ne peut ébranler l'immense affection que je vous porte, ni troubler même la pureté de mon amour. Mais nous verrons ensemble ce qu'on peut admettre ou combattre, et s'il était des nœuds qu'il fallût trancher et non dénouer, reposez-vous sur moi de ce soin. Manquer de franchise en ce moment serait de l'inhumanité peut-être ; car, je vous l'ai dit, ma vie ne tient à rien qu'à votre volonté, et vous savez bien que ma plus grande envie ne peut être que de mourir pour vous !

» Mourir, grand Dieu! pourquoi cette idée me revient-elle à tout propos, comme s'il n'y avait que ma mort qui fût l'équivalent du bonheur que vous promettez [1]? La mort! ce mot ne répand cependant rien de sombre dans ma pensée. Elle m'apparaît couronnée de roses pâles, comme à la fin d'un festin; j'ai rêvé quelquefois qu'elle m'attendait en souriant au chevet d'une femme adorée, après le bonheur, après l'ivresse, et qu'elle me disait : « Allons, jeune homme ! tu as eu toute ta part
» de joie en ce monde. A présent, viens dormir, viens te
» reposer dans mes bras. Je ne suis pas belle, moi, mais
» je suis bonne et secourable, et je ne donne pas le plaisir,
» mais le calme éternel. »

» Mais où donc cette image s'est-elle déjà offerte à moi? Ah! je vous l'ai dit, c'était à Naples, il y a trois ans. J'avais fait rencontre dans la nuit, près de la Villa-Reale, d'une jeune femme qui vous ressemblait [2], une très bonne créature dont l'état était de faire des broderies d'or pour les ornements d'église; elle semblait égarée d'esprit; je la reconduisis chez elle, bien qu'elle me parlât d'un amant qu'elle avait dans les gardes suisses, et qu'elle tremblait de voir arriver. Pourtant, elle ne fit pas de difficulté de m'avouer que je lui plaisais davantage... Que vous dirai-je? Il me prit fantaisie de m'étourdir pour tout un soir, et de m'imaginer que cette femme, dont je comprenais à peine le langage, était vous-même, descendue à moi par enchantement. Pourquoi vous tairais-je toute cette aventure et la bizarre illusion que mon âme accepta sans peine, surtout après quelques verres de lacrima-christi mousseux qui me furent versés au souper? La chambre où j'étais entré avait quelque chose de mystique par le hasard ou par le choix singulier des objets qu'elle renfermait. Une madone noire couverte d'oripeaux, et dont mon hôtesse était chargée de rajeunir l'antique parure, figurait sur une commode près d'un lit aux rideaux de serge verte; une figure de sainte Rosalie, couronnée de roses violettes, semblait plus loin protéger le berceau d'un enfant endormi; les murs, blanchis à la chaux, étaient décorés de vieux tableaux des quatre éléments représentant des divinités mythologiques. Ajoutez à cela un beau désordre d'étoffes brillantes, de fleurs artificielles, de vases étrusques; des miroirs entourés de clinquant qui reflétaient vivement la lueur de l'unique lampe de cuivre, et, sur une table, un Traité de la divination et des songes qui me fit penser que ma compagne était un peu sorcière ou bohémienne pour le moins.

» Une bonne vieille aux grands traits solennels allait, venait, nous servant; je crois que ce devait être sa mère! Et moi, tout pensif, je ne cessais de regarder sans dire un mot celle qui me rappelait si exactement votre souvenir.

» Cette femme me répétait à tout moment : « Vous » êtes triste? » Et je lui dis : « Ne parlez pas, je puis à » peine vous comprendre; l'italien me fatigue à écouter » et à prononcer. — Oh! dit-elle, je sais encore parler » autrement. » Et elle parla tout à coup dans une langue que je n'avais pas encore entendue. C'étaient des syllabes sonores, gutturales, des gazouillements pleins de charme, une langue primitive sans doute; de l'hébreu, du syriaque, je ne sais. Elle sourit de mon étonnement, et s'en alla à sa commode, d'où elle tira des ornements de

fausses pierres, colliers, bracelets, couronne; s'étant
parée ainsi, elle revint à table, puis resta sérieuse fort
longtemps. La vieille, en rentrant, poussa de grands
éclats de rire et me dit, je crois, que c'était ainsi qu'on
la voyait aux fêtes. En ce moment, l'enfant se réveilla
et se prit à crier. Les deux femmes coururent à son
berceau, et bientôt la jeune revint près de moi tenant
fièrement dans ses bras le *bambino* soudainement apaisé.

» Elle lui parlait dans cette langue que j'avais
admirée, elle l'occupait avec des agaceries pleines de
grâce; et moi, peu accoutumé à l'effet des vins brûlés
du Vésuve, je sentais tourner les objets devant mes
yeux : cette femme, aux manières étranges, royale-
ment parée, fière et capricieuse, m'apparaissait comme
une de ces magiciennes de Thessalie à qui l'on donnait
son âme pour un rêve [1]. Oh! pourquoi n'ai-je pas craint
de vous faire ce récit? C'est que vous savez bien que ce
n'était aussi qu'un rêve, où seule vous avez régné!

» Je m'arrachai à ce fantôme qui me séduisait et
m'effrayait à la fois; j'errai dans la ville déserte jusqu'au
son des premières cloches; puis, sentant le matin, je pris
par les petites rues derrière Chiaia, et je me mis à gravir
le Pausilippe au-dessus de la grotte [2]. Arrivé tout en
haut, je me promenais en regardant la mer déjà bleue,
la ville où l'on n'entendait encore que les bruits du
matin, et les îles de la baie, où le soleil commençait à
dorer le haut des villas. Je n'étais pas attristé le moins
du monde; je marchais à grands pas, je courais, je
descendais les pentes, je me roulais dans l'herbe humide;
mais dans mon cœur il y avait l'idée de la mort.

» O dieux! je ne sais quelle profonde tristesse habitait
mon âme, mais ce n'était autre chose que la pensée
cruelle que je n'étais pas aimé. J'avais vu comme le
fantôme du bonheur, j'avais usé de tous les dons de
Dieu, j'étais sous le plus beau ciel du monde, en présence de la nature la plus parfaite, du spectacle le plus
immense qu'il soit donné aux hommes de voir, mais à
quatre cents lieues de la seule femme qui existât pour
moi, et qui ignorait jusqu'à mon existence. N'être pas

aimé et n'avoir pas l'espoir de l'être jamais! C'est alors que je fus tenté d'aller demander compte à Dieu de ma singulière existence. Il n'y avait qu'un pas à faire : à l'endroit où j'étais, la montagne était coupée comme une falaise, la mer grondait au bas, bleue et pure; ce n'était plus qu'un moment à souffrir. Oh! l'étourdissement de cette pensée fut terrible. Deux fois je me suis élancé, et je ne sais quel pouvoir me rejeta vivant sur la terre, que j'embrassai. Non, mon Dieu! vous ne m'avez pas créé pour mon éternelle souffrance. Je ne veux pas vous outrager par ma mort; mais donnez-moi la force, donnez-moi le pouvoir, donnez-moi surtout la résolution, qui fait que les uns arrivent au trône, les autres à la gloire, les autres à l'amour! »

Pendant cette nuit étrange, un phénomène assez rare s'était accompli. Vers la fin de la nuit, toutes les ouvertures de la maison où je me trouvais s'étaient éclairées, une poussière chaude et soufrée m'empêchait de respirer, et, laissant ma facile conquête endormie sur la terrasse, je m'engageai dans les ruelles qui conduisent au château Saint-Elme; à mesure que je gravissais la montagne, l'air pur du matin venait gonfler mes poumons; je me reposais délicieusement sous les treilles des villas, et je contemplais sans terreur le Vésuve couvert encore d'une coupole de fumée [1].

C'est en ce moment que je fus saisi de l'étourdissement dont j'ai parlé; la pensée du rendez-vous qui m'avait été donné par la jeune Anglaise m'arracha aux fatales idées que j'avais conçues [2]. Après avoir rafraîchi ma bouche avec une de ces énormes grappes de raisin que vendent les femmes du marché, je me dirigeai vers Portici et j'allai visiter les ruines d'Herculanum. Les rues étaient toutes saupoudrées d'une cendre métallique. Arrivé près des ruines, je descendis dans la ville souterraine et je me promenai longtemps d'édifice en édifice, demandant à ces monuments le secret de leur passé. Le temple de Vénus, celui de Mercure, parlaient en vain à mon imagination. Il fallait que cela fût peuplé de figures vivantes. Je remontai à Portici et m'arrêtai pensif sous une treille en attendant mon inconnue.

Elle ne tarda pas à paraître, guidant la marche pénible de son père, et me serra la main avec force en me disant : « C'est bien. » Nous choisîmes un voiturin et nous allâmes visiter Pompéi. Avec quel bonheur je la guidai dans les rues silencieuses de l'antique colonie romaine. J'en avais d'avance étudié les plus secrets passages. Quand nous arrivâmes au petit temple d'Isis, j'eus le bonheur de lui expliquer fidèlement les détails du culte et des cérémonies que j'avais lus dans Apulée. Elle voulut jouer elle-même le personnage de la Déesse, et je me vis chargé du rôle d'Osiris dont j'expliquai les divins mystères [1].

En revenant, frappé de la grandeur des idées que nous venions de soulever, je n'osai lui parler d'amour... Elle me vit si froid qu'elle m'en fit reproche. Alors je lui avouai que je ne me sentais plus digne d'elle. Je lui contai le mystère de cette apparition qui avait réveillé un ancien amour dans mon cœur, et toute la tristesse qui avait succédé à cette nuit fatale où le fantôme du bonheur n'avait été que le reproche d'un parjure.

Hélas! que tout cela est loin de nous! Il y a dix ans, je repassais à Naples, venant d'Orient. J'allai descendre à l'hôtel de Rome, et j'y retrouvai la jeune Anglaise. Elle avait épousé un peintre célèbre qui, peu de temps après son mariage, avait été pris d'une paralysie complète [2]; couché sur un lit de repos, il n'avait rien de mobile dans le visage que deux grands yeux noirs, et, jeune encore, il ne pouvait même espérer la guérison sous d'autres climats. La pauvre fille avait dévoué son existence à vivre tristement entre son époux et son père, et sa douceur, sa candeur de vierge ne pouvaient réussir à calmer l'atroce jalousie qui couvait dans l'âme du premier. Rien ne put jamais l'engager à laisser sa femme libre dans ses promenades, et il me rappelait ce géant noir qui veille éternellement dans la caverne des génies, et que sa femme est forcée de battre pour l'empêcher de se livrer au sommeil. O mystère de l'âme humaine!

Faut-il voir dans un tel tableau les marques cruelles de la vengeance des dieux !

Je ne pus donner qu'un jour au spectacle de cette douleur. Le bateau qui me ramenait à Marseille emporta comme un rêve le souvenir de cette apparition chérie, et je me dis que peut-être j'avais laissé là le bonheur [1]. Octavie en a gardé près d'elle le secret.

ISIS

I

Avant l'établissement du chemin de fer de Naples à
Résina, une course à Pompéi était tout un voyage.
Il fallait une journée pour visiter successivement Herculanum, le Vésuve, et Pompéi, situé à deux milles plus
loin ; souvent même, on restait sur les lieux jusqu'au
lendemain, afin de parcourir Pompéi pendant la nuit, à
la clarté de la lune, et de se faire ainsi une illusion
complète. Chacun pouvait supposer en effet que, remontant le cours des siècles, il se voyait tout à coup admis à
parcourir les rues et les places de la ville endormie ; la
lune paisible convenait mieux peut-être que l'éclat du
soleil à ces ruines, qui n'excitent tout d'abord ni l'admiration ni la surprise, et où l'antiquité se montre pour
ainsi dire dans un déshabillé modeste.

Un des ambassadeurs résidant à Naples donna, il y a
quelques années, une fête assez ingénieuse. Muni de
toutes les autorisations nécessaires, il fit costumer à
l'antique un grand nombre de personnes ; les invités se
conformèrent à cette disposition, et, pendant un jour
et une nuit, l'on essaya diverses représentations des
usages de l'antique colonie romaine. On comprend que
la science avait dirigé la plupart des détails de la fête ;
des chars parcouraient les rues, des marchands peu-

plaient les boutiques; des collations réunissaient, à certaines heures, dans les principales maisons, les diverses compagnies des invités. Là, c'était l'édile Pansa, là Salluste, là Julia-Felix, l'opulente fille de Scaurus, qui recevaient les convives et les admettaient à leurs foyers. La maison des Vestales avait ses habitantes voilées; celle des Danseuses ne mentait pas aux promesses de ses gracieux attributs. Les deux théâtres offrirent des représentations comiques et tragiques, et sous les colonnades du Forum des citoyens oisifs échangeaient les nouvelles du jour, tandis que, dans la basilique ouverte sur la place, on entendait retentir l'aigre voix des avocats ou les imprécations des plaideurs. Des toiles et des tentures complétaient, dans tous les lieux où de tels spectacles étaient offerts, l'effet de décoration, que le manque général de toitures aurait pu contrarier; mais on sait qu'à part ce détail, la conservation de la plupart des édifices est assez complète pour que l'on ait pu prendre grand plaisir à cette tentative palingénésique. Un des spectacles les plus curieux fut la cérémonie qui s'exécuta au coucher du soleil dans cet admirable petit temple d'Isis, qui, par sa parfaite conservation, est peut-être la plus intéressante de toutes ces ruines.

Cette fête donna lieu aux recherches suivantes, touchant les formes qu'affecta le culte égyptien lorsqu'il en vint à lutter directement avec la religion naissante du Christ [1].

Si puissant et si séduisant que fût ce culte régénéré d'Isis pour les hommes énervés de cette époque, il agissait principalement sur les femmes. Tout ce que les étranges cérémonies et mystères des Cabires et des dieux d'Éleusis, de la Grèce, tout ce que les bacchanales du *Liber Pater* et de l'*Hébon* de la Campanie avaient offert séparément à la passion du merveilleux et à la superstition même se trouvait, par un religieux artifice, rassemblé dans le culte secret de la déesse égyptienne, comme en un canal souterrain qui reçoit les eaux d'une foule d'affluents.

Outre les fêtes particulières mensuelles et les grandes solennités, il y avait deux fois par jour assemblée et office publics pour les croyants des deux sexes. Dès la première heure du jour, la déesse était sur pied, et celui qui voulait mériter ses grâces particulières devait se présenter à son lever pour la prière du matin. Le temple était ouvert avec grande pompe. Le grand-prêtre sortait du sanctuaire accompagné de ses ministres. L'encens odorant fumait sur l'autel; de doux sons de flûte se faisaient entendre. Cependant la communauté s'était partagée en deux rangs, dans le vestibule, jusqu'au premier degré du temple. La voix du prêtre invite à la prière, une sorte de litanie est psalmodiée; puis on entend retentir dans les mains de quelques adorateurs les sons éclatants du sistre d'Isis. Souvent une partie de l'histoire de la déesse est représentée au moyen de pantomimes et de danses symboliques. Les éléments de son culte sont présentés avec des invocations au peuple agenouillé, qui chante ou qui murmure toutes sortes d'oraisons.

Mais si l'on avait, au lever du soleil, célébré les matines de la déesse, on ne devait pas négliger de lui offrir ses salutations du soir et de lui souhaiter une nuit heureuse, formule particulière qui constituait une des parties importantes de la liturgie. On commençait par annoncer à la déesse elle-même *l'heure du soir*.

Les anciens ne possédaient pas, il est vrai, la commodité de l'horloge sonnante ni même de l'horloge muette; mais ils suppléaient, autant qu'ils le pouvaient, à nos machines d'acier et de cuivre par des machines vivantes, par des esclaves chargés de crier l'heure d'après la clepsydre et le cadran solaire; il y avait même des hommes qui, rien qu'à la longueur de leur ombre, qu'ils savaient estimer à vue d'œil, pouvaient dire l'heure exacte du jour ou du soir. Cet usage de crier les déterminations du temps était également admis dans les temples. Il y avait des gens pieux à Rome qui remplissaient auprès de Jupiter Capitolin ce singulier office de lui dire les heures. Mais cette coutume était principalement observée aux matines et aux vêpres de la grande Isis, et c'est de cela que dépendait l'ordonnance de la liturgie quotidienne.

II

Cela se faisait dans l'après-midi, au moment de la fermeture solennelle du temple, vers quatre heures, selon la division moderne du temps, ou, selon la division antique, après la huitième heure du jour. C'était ce que l'on pourrait proprement appeler le petit coucher de la déesse. De tous temps, les dieux durent se conformer aux us et coutumes des hommes. Sur son Olympe, le *Zeus* d'Homère mène l'existence patriarcale, avec ses femmes, ses fils et ses filles, et vit absolument comme Priam et Arsinoüs aux pays troyen et phéacien. Il fallut également que les deux grandes divinités du Nil, Isis et Sérapis, du moment qu'elles s'établirent à Rome et sur les rivages d'Italie, s'accommodassent à la manière de vivre des Romains. Même du temps des derniers empereurs, on se levait de bon matin à Rome, et, vers la première ou la deuxième heure du jour, tout était en mouvement sur les places, dans les cours de justice et sur les marchés. Mais ensuite, vers la huitième heure de la journée ou la quatrième de l'après-midi, toute activité avait cessé. Plus tard Isis était encore glorifiée dans un office solennel du soir.

Les autres parties de la liturgie étaient la plupart de celles qui s'exécutaient aux matines, avec cette différence toutefois que les litanies et les hymnes étaient entonnées et chantées, au bruit des sistres, des flûtes et des trompettes, par un psalmiste ou préchantre qui, dans l'ordre des prêtres, remplissait les fonctions d'hymnode. Au moment le plus solennel, le grand-prêtre, debout sur le dernier degré, devant le tabernacle, accosté à droite et à gauche de deux diacres ou pastophores, élevait le principal élément du culte, le symbole du Nil fertilisateur, *l'eau bénite*, et la présentait à la fervente adoration des fidèles. La cérémonie se terminait par la formule de congé ordinaire.

Les idées superstitieuses attachées à de certains jours, les ablutions, les jeûnes, les expiations, les macérations et les mortifications de la chair étaient le prélude de la consécration à la plus sainte des déesses de mille qualités et vertus, auxquelles hommes et femmes, après maintes épreuves et mille sacrifices, s'élevaient par trois degrés. Toutefois l'introduction de ces mystères ouvrit la porte à quelques déportements. A la faveur des préparations et des épreuves [1] qui, souvent, duraient un grand nombre de jours et qu'aucun époux n'osait refuser à sa femme, aucun amant à sa maîtresse, dans la crainte du fouet d'Osiris ou des vipères d'Isis, se donnaient dans les sanctuaires des rendez-vous équivoques, recouverts par les voiles impénétrables de l'initiation. Mais ce sont là des excès communs à tous les cultes dans leurs époques de décadence. Les mêmes accusations furent adressées aux pratiques mystérieuses et aux agapes des premiers chrétiens. L'idée d'une *terre sainte* où devaient se rattacher pour tous les peuples le souvenir des traditions premières et une sorte d'adoration filiale, — d'une eau sainte propre aux consécrations et purifications des fidèles, — présente des rapports plus nobles à étudier entre ces deux cultes, dont l'un a pour ainsi dire servi de transition vers l'autre.

Toute eau était douce pour l'Égyptien, mais surtout celle qui avait été puisée au fleuve, émanation d'Osiris. A la fête annuelle d'Osiris retrouvé, où, après de longues lamentations, on criait : *Nous l'avons trouvé et nous nous réjouissons tous !* tout le monde se jetait à terre devant la cruche remplie d'eau du Nil nouvellement puisée que portait le grand-prêtre ; on levait les mains vers le ciel, exaltant le miracle de la miséricorde divine.

La sainte eau du Nil, conservée dans la cruche sacrée, était aussi à la fête d'Isis le plus vivant symbole du père des vivants et des morts. Isis ne pouvait être honorée sans Osiris. Le fidèle croyait même à la présence réelle d'Osiris dans l'eau du Nil, et, à chaque bénédiction du soir et du matin, le grand-prêtre montrait au peuple *l'hydria*, la sainte cruche, et l'offrait à son adoration. On ne négligeait rien pour pénétrer profondément l'esprit des spectateurs du caractère de cette divine transsubstantiation. Le prophète lui-même, quelque grande que fût la sainteté de ce personnage, ne pouvait saisir avec ses mains nues le vase dans lequel s'opérait le divin mystère. Il portait sur son étole, de la plus fine toile, une sorte de pèlerine *(piviale)* également de lin ou de mousseline, qui lui couvrait les épaules et les bras, et dans laquelle il enveloppait son bras et sa main. Ainsi ajusté, il prenait le saint vase, qu'il portait ensuite, au rapport de saint Clément d'Alexandrie, serré contre son sein. D'ailleurs, quelle était la vertu que le Nil ne possédât pas aux yeux du pieux Égyptien? On en parlait partout comme d'une source de guérisons et de miracles. Il y avait des vases où son eau se conservait plusieurs années. « J'ai dans ma cave de l'eau du Nil de quatre ans », disait avec orgueil le marchand égyptien à l'habitant de Byzance ou de Naples qui lui vantait son vieux vin de Falerne ou de Chios. Même après la mort, sous ses bandelettes et dans sa condition de momie, l'Égyptien espérait qu'Osiris lui permettrait encore d'étancher sa soif avec son onde vénérée. « Osiris te donne de l'eau fraîche! » disaient les épitaphes des morts. C'est pour cela que les momies portaient une coupe peinte sur la poitrine [1].

III

Peut-être faut-il craindre, en voyage, de gâter par des lectures faites d'avance l'impression première des lieux célèbres. J'avais visité l'Orient avec les seuls souvenirs, déjà vagues, de mon éducation classique. Au retour de l'Égypte, Naples était pour moi un lieu de repos et d'étude, et les précieux dépôts de ses bibliothèques et de ses musées me servaient à justifier ou à combattre les hypothèses que mon esprit s'était formées à l'aspect de tant de ruines inexpliquées ou muettes. Peut-être ai-je dû au souvenir éclatant d'Alexandrie, de Thèbes et des Pyramides, l'impression presque religieuse que me causa une seconde fois la vue du temple d'Isis de Pompéi. J'avais laissé mes compagnons de voyage admirer dans tous ses détails la maison de Diomède, et, me dérobant à l'attention des gardiens, je m'étais jeté au hasard dans les rues de la ville antique, évitant çà et là quelque invalide qui me demandait de loin où j'allais, et m'inquiétant peu de savoir le nom que la science avait retrouvé pour tel ou tel édifice, pour un temple, pour une maison, pour une boutique. N'était-ce pas assez que les drogmans et les Arabes m'eussent gâté les Pyramides, sans subir encore la tyrannie des *ciceroni* napolitains? J'étais entré par la rue des Tombeaux; il était clair qu'en suivant cette voie pavée de lave, où se dessine encore l'ornière profonde des roues antiques, je retrouverais le temple de la déesse égyptienne, situé à l'extrémité de la ville, auprès du théâtre tragique. Je reconnus l'étroite cour jadis fermée d'une grille, les colonnes encore debout, les deux autels à droite et à gauche, dont le dernier est d'une conservation parfaite, et au fond l'antique *cella* s'élevant sur sept marches autrefois revêtues de marbre de Paros.

Huit colonnes d'ordre dorique, sans base, soutiennent les côtés, et dix autres le fronton; l'enceinte est découverte, selon le genre d'architecture dit *hypœtron*, mais un portique couvert régnait alentour. Le sanctuaire a la forme d'un petit temple carré, voûté, couvert en tuiles, et présente trois niches destinées aux images de la Trinité égyptienne; deux autels placés au fond du sanctuaire portaient les tables isiaques, dont l'une a été conservée, et sur la base de la principale statue de la déesse, placée au centre de la nef intérieure, on a pu lire que *L. C. Phœbus* l'avait érigée dans ce lieu par décret des décurions.

Près de l'autel de gauche, dans la cour, était une petite loge destinée aux purifications; quelques bas-reliefs en décoraient les murailles. Deux vases contenant l'eau lustrale se trouvaient en outre placés à l'entrée de la porte intérieure, comme le sont nos bénitiers. Des peintures sur stuc décoraient l'intérieur du temple et représentaient des tableaux de la campagne, des plantes et des animaux de l'Égypte, la terre sacrée.

J'avais admiré au Musée les richesses qu'on a retirées de ce temple, les lampes, les coupes, les encensoirs, les burettes, les goupillons, les mitres et les crosses brillantes des prêtres, les sistres, les clairons et les cymbales, une Vénus dorée, un Bacchus, des Hermès, des sièges d'argent et d'ivoire, des idoles de basalte et des pavés de mosaïque ornés d'inscriptions et d'emblèmes. La plupart de ces objets, dont la matière et le travail précieux indiquent la richesse du temple, ont été découverts dans le lieu saint le plus retiré, situé derrière le sanctuaire, et où l'on arrive en passant sous cinq arcades. Là, une petite cour oblongue conduit à une chambre qui contenait des ornements sacrés. L'habitation des ministres isiaques, située à gauche du temple, se composait de trois pièces, et l'on trouva dans l'enceinte plusieurs cadavres de ces prêtres à qui l'on suppose que leur religion fit un devoir de ne pas abandonner le sanctuaire.

Ce temple est la ruine la mieux conservée de Pompéi, parce qu'à l'époque où la ville fut ensevelie, il en était le monument le plus nouveau. L'ancien temple avait été renversé quelques années auparavant par un tremblement de terre, et nous voyons là celui qu'on avait rebâti à sa place. J'ignore si quelqu'une des trois statues d'Isis du Musée de Naples aura été retrouvée dans ce lieu même, mais je les avais admirées la veille, et rien ne m'empêchait, en y joignant le souvenir des deux tableaux, de reconstruire dans ma pensée toute la scène de la cérémonie du soir.

Justement le soleil commençait à s'abaisser vers Caprée, et la lune montait lentement du côté du Vésuve, couvert de son léger dais de fumée. Je m'assis sur une pierre, en contemplant ces deux astres qu'on avait longtemps adorés dans ce temple sous les noms d'Osiris et d'Isis, et sous des attributs mystiques faisant allusion à leurs diverses phases, et je me sentis pris d'une vive émotion. Enfant d'un siècle sceptique plutôt qu'incrédule, flottant entre deux éducations contraires, celle de la Révolution, qui niait tout, et celle de la réaction sociale, qui prétend ramener l'ensemble des croyances chrétiennes, me verrais-je entraîné à tout croire, comme nos pères les philosophes l'avaient été à tout nier? Je songeais à ce magnifique préambule des *Ruines* de Volney [1], qui fait apparaître le Génie du passé sur les ruines de Palmyre, et qui n'emprunte à des inspirations si hautes que la puissance de détruire pièce à pièce tout l'ensemble des traditions religieuses du genre humain! Ainsi périssait, sous l'effort de la raison moderne, le Christ lui-même, ce dernier des révélateurs, qui, au nom d'une raison plus haute, avait autrefois dépeuplé les cieux. O nature! ô mère éternelle! était-ce là vraiment le sort réservé au dernier de tes fils célestes? Les mortels en sont-ils venus à repousser toute espérance et tout prestige, et, levant ton voile sacré, déesse de Saïs! le plus hardi de tes adeptes s'est-il donc trouvé face à face avec l'image de la Mort?

Si la chute successive des croyances conduisait à ce résultat, ne serait-il pas plus consolant de tomber dans l'excès contraire et d'essayer de se reprendre aux illusions du passé?

IV

Il est évident que, dans les derniers temps, le paganisme s'était retrempé dans son origine égyptienne, et tendait de plus en plus à ramener au principe de l'unité les diverses conceptions mythologiques. Cette éternelle Nature, que Lucrèce, le matérialiste, invoquait lui-même sous le nom de Vénus Céleste, a été préférablement nommée Cybèle par Julien, Uranie ou Cérès par Plotin, Proclus et Porphyre; Apulée, lui donnant tous ces noms, l'appelle plus volontiers Isis; c'est le nom qui, pour lui, résume tous les autres; c'est l'identité primitive de cette reine du ciel, aux attributs divers, au masque changeant! Aussi lui apparaît-elle vêtue à l'égyptienne, mais dégagée des allures raides, des bandelettes et des formes naïves du premier temps.

Ses cheveux épais et longs, terminés en boucles, inondent en flottant ses divines épaules; une couronne multiforme et multiflore pare sa tête, et la lune argentée brille sur son front; des deux côtés se tordent des serpents parmi de blonds épis, et sa robe aux reflets indécis passe, selon le mouvement de ses plis, de la blancheur la plus pure au jaune de safran, ou semble emprunter sa rougeur à la flamme; son manteau, d'un noir foncé, est semé d'étoiles et bordé d'une frange lumineuse; sa main droite tient le sistre, qui rend un son clair, sa main gauche un vase d'or en forme de gondole.

Telle, exhalant les plus délicieux parfums de l'Arabie-Heureuse, elle apparaît à Lucius, et lui dit : « Tes prières m'ont touchée; moi, la mère de la nature, la maîtresse des éléments, la source première des siècles, la plus grande des divinités, la reine des mânes; moi, qui confonds en moi-même et les dieux et les déesses; moi, dont l'univers a adoré sous mille formes l'unique et toute-puissante divinité. Ainsi, l'on me nomme en Phrygie, Cybèle; à Athènes, Minerve; en Chypre, Vénus Paphienne; en Crète, Diane Dictynne; en Sicile, Proserpine Stygienne; à Éleusis, l'antique Cérès; ailleurs, Junon, Bellone, Hécate ou Némésis, tandis que l'Égyptien, qui dans les sciences précéda tous les autres peuples, me rend hommage sous mon vrai nom de la déesse Isis.

« Qu'il te souvienne, dit-elle à Lucius après lui avoir indiqué les moyens d'échapper à l'enchantement dont il est victime, que tu dois me consacrer le reste de ta vie, et, dès que tu auras franchi le sombre bord, tu ne cesseras encore de m'adorer, soit dans les ténèbres de l'Achéron ou dans les Champs-Élysées ; et si, par l'observation de mon culte et par une inviolable chasteté, tu mérites bien de moi, tu sauras que je puis seule prolonger ta vie spirituelle au delà des bornes marquées. » — Ayant prononcé ces adorables paroles, l'invincible déesse disparaît et se recueille *dans sa propre immensité.*

Certes, si le paganisme avait toujours manifesté une conception aussi pure de la divinité, les principes religieux issus de la vieille terre d'Égypte régneraient encore selon cette forme sur la civilisation moderne. Mais n'est-il pas à remarquer que c'est aussi de l'Égypte que nous viennent les premiers fondements de la foi chrétienne ? Orphée et Moïse, initiés tous deux aux mystères isiaques, ont simplement annoncé à des races diverses des vérités sublimes, que la différence des mœurs, des langages et l'espace des temps ont ensuite peu à peu altérées ou transformées entièrement. Aujourd'hui, il semble que le catholicisme lui-même ait subi, selon les pays, une réaction analogue à celle qui avait lieu dans les dernières années du polythéisme. En Italie, en Pologne, en Grèce, en Espagne, chez tous les peuples les plus sincèrement attachés à l'Église romaine, la dévotion à la Vierge n'est-elle pas devenue une sorte de culte exclusif ? N'est-ce pas toujours la Mère sainte, tenant dans ses bras l'enfant sauveur et médiateur qui domine les esprits, et dont l'apparition produit encore des conversions comparables à celle du héros d'Apulée ? Isis n'a pas seulement ou l'enfant dans les bras, où la croix à la main comme la Vierge : le même signe zodiacal leur est consacré, la lune est sous leurs pieds ; le même nimbe brille autour de leur tête ; nous avons rapporté plus haut mille détails analogues dans les cérémonies ; même sentiment de chasteté dans le culte isiaque, tant que la doctrine est restée pure ; institutions pareilles d'associations et de confréries. Je me garderai certes de tirer de tous ces rapprochements les mêmes conclusions que Volney et Dupuis. Au contraire, aux yeux du philosophe, sinon du théologien, ne peut-il pas sembler qu'il y ait eu, dans tous les cultes intelligents, une certaine part de révélation divine? Le christianisme primitif a invoqué la parole des sibylles et n'a point repoussé le témoignage des derniers oracles de Delphes. Une évolution nouvelle des dogmes pourrait faire concorder sur certains points les témoignages religieux des divers temps. Il serait si beau d'absoudre et d'arracher aux malédictions éternelles les héros et les sages de l'antiquité!

Loin de moi, certes, la pensée d'avoir réuni les détails qui précèdent en vue seulement de prouver que la religion chrétienne a fait de nombreux emprunts aux dernières formules du paganisme : ce point n'est nié de personne. Toute religion qui succède à une autre respecte longtemps certaines pratiques et formes de culte, qu'elle se borne à harmoniser avec ses propres dogmes [1]. Ainsi la vieille théogonie des Égyptiens et des Pélasges s'était seulement modifiée et traduite chez les Grecs, parée de noms et d'attributs nouveaux; plus tard encore, dans la phase religieuse que nous venons de dépeindre, Sérapis, qui était déjà une transformation d'Osiris, en devenait une de Jupiter; Isis, qui n'avait, pour entrer dans le mythe grec, qu'à reprendre son nom d'Io, fille d'Inachus, — le fondateur des mystères d'Éleusis, — repoussait désormais le masque bestial, symbole d'une époque de lutte et de servitude. Mais voyez combien d'assimilations aisées le christianisme allait trouver dans ces rapides transformations des dogmes les plus divers! — Laissons de côté la *croix* de Sérapis et le séjour aux enfers de ce dieu *qui juge les âmes;* — le *Rédempteur* promis à la terre, et que pressentaient depuis longtemps les poètes et les oracles, est-ce l'enfant Horus allaité par la mère divine, et qui sera le *Verbe* (logos) des âges futurs? — Est-ce l'Iacchus-Iésus des mystères d'Éleusis, plus grand déjà, et s'élançant des bras de Déméter, la déesse *panthée?* ou plutôt n'est-il pas vrai qu'il faut réunir tous ces modes divers d'une même idée, et que ce fut toujours une admirable pensée théogonique de présenter à l'adoration des hommes une Mère céleste dont l'enfant est l'espoir du monde?

Et maintenant pourquoi ces cris d'ivresse et de joie,

ces chants du ciel, ces palmes qu'on agite, ces gâteaux sacrés qu'on se partage à de certains jours de l'année? C'est que l'enfant sauveur est né jadis en ce même temps. — Pourquoi ces autres jours de pleurs et de chants lugubres où l'on cherche le corps d'un dieu meurtri et sanglant, — où les gémissements retentissent des bords du Nil aux rives de la Phénicie, des hauteurs du Liban aux plaines où fut Troie? Pourquoi celui qu'on cherche et qu'on pleure s'appelle-t-il ici Osiris, plus loin Adonis, plus loin Atys? Et pourquoi une autre clameur qui vient du fond de l'Asie cherche-t-elle aussi dans les grottes mystérieuses les restes d'un dieu immolé? Une femme divinisée, mère, épouse ou amante, baigne de ses larmes ce corps saignant et défiguré, victime d'un principe hostile qui triomphe par sa mort, mais qui sera vaincu un jour! La victime céleste est représentée par le marbre ou la cire, avec ses chairs ensanglantées, avec ses plaies vives, que les fidèles viennent toucher et baiser pieusement. Mais le troisième jour tout change : le corps a disparu, l'immortel s'est révélé; la joie succède aux pleurs, l'espérance renaît sur la terre; c'est la fête renouvelée de la jeunesse et du printemps.

Voilà le culte oriental, primitif et postérieur à la fois aux fables de la Grèce, qui avait fini par envahir et absorber peu à peu le domaine des dieux d'Homère. Le ciel mythologique rayonnait d'un trop pur éclat, il était d'une beauté trop précise et trop nette, il respirait trop le bonheur, l'abondance et la sérénité, il était, en un mot, trop bien conçu au point de vue des gens heureux, des peuples riches et vainqueurs, pour s'imposer longtemps au monde agité et souffrant. Les Grecs l'avaient fait triompher par la victoire dans cette lutte presque cosmogonique qu'Homère a chantée, et depuis encore, la force et la gloire des dieux s'étaient incarnées dans les destinées de Rome ; — mais la douleur et l'esprit de vengeance agissaient sur le reste du monde, qui ne voulait plus s'abandonner qu'aux religions du désespoir. — La philosophie accomplissait d'autre part un travail d'assimilation et d'unité morale; la chose attendue dans les esprits se réalisa dans l'ordre des faits. Cette Mère divine, ce Sauveur, qu'une sorte de mirage prophétique avait annoncés çà et là d'un bout à l'autre du monde, apparurent enfin comme le grand jour qui succède aux vagues clartés de l'aurore [1].

CORILLA

FABIO.
MARCELLI.
MAZETTO, *garçon de théâtre.*
CORILLA, *prima donna.*

Le boulevard de Sainte-Lucie, à Naples, près de l'Opéra.

FABIO, MAZETTO

FABIO. — Si tu me trompes, Mazetto, c'est un triste métier que tu fais là...

MAZETTO. — Le métier n'en est pas meilleur; mais je vous sers fidèlement. Elle viendra ce soir, vous dis-je; elle a reçu vos lettres et vos bouquets.

FABIO. — Et la chaîne d'or, et l'agrafe de pierres fines?

MAZETTO. — Vous ne devez pas douter qu'elles ne lui soient parvenues aussi, et vous les reconnaîtrez peut-être à son cou et à sa ceinture; seulement, la façon de ces bijoux est si moderne, qu'elle n'a trouvé encore aucun rôle où elle pût les porter comme faisant partie de son costume.

FABIO. — Mais, m'a-t-elle vu seulement? M'a-t-elle remarqué à la place où je suis assis tous les soirs pour l'admirer et l'applaudir, et puis-je penser que mes présents ne seront pas la seule cause de sa démarche?

MAZETTO. — Fi, Monsieur! ce que vous avez donné n'est rien pour une personne de cette volée; et, dès que vous vous connaîtrez mieux, elle vous répondra par quelque portrait entouré de perles qui vaudra le double. Il en est de même des dix ducats que vous m'avez remis déjà, et des vingt autres que vous m'avez promis dès que vous aurez l'assurance de votre premier rendez-vous; ce n'est qu'argent prêté, je vous l'ai dit, et ils vous reviendront un jour avec de gros intérêts.

FABIO. — Va, je n'en attends rien.

MAZETTO. — Non, Monsieur, il faut que vous sachiez à quels gens vous avez affaire, et que, loin de vous ruiner, vous êtes ici sur le vrai chemin de la fortune; veuillez donc me compter la somme convenue, car je suis forcé de me rendre au théâtre pour y remplir mes fonctions de chaque soir.

FABIO. — Mais pourquoi n'a-t-elle pas fait de réponse, et n'a-t-elle pas marqué de rendez-vous?

MAZETTO. — Parce que, ne vous ayant encore vu que de loin, c'est-à-dire de la scène aux loges, comme vous ne l'avez vue vous-même que des loges à la scène, elle veut connaître avant tout votre tenue et vos manières, entendez-vous? Votre son de voix, que sais-je! Voudriez-vous que la première cantatrice de San-Carlo acceptât les hommages du premier venu sans plus d'information?

FABIO. — Mais l'oserai-je aborder seulement? et dois-je m'exposer, sur ta parole, à l'affront d'être rebuté, ou d'avoir, à ses yeux, la mine d'un galant de carrefour?

MAZETTO. — Je vous répète que vous n'avez rien à faire qu'à vous promener le long de ce quai, presque désert à cette heure; elle passera, cachant son visage baissé sous la frange de sa mantille; elle vous adressera la parole elle-même, et vous indiquera un rendez-vous pour ce soir, car l'endroit est peu propre à une conversation suivie. Serez-vous content?

FABIO. — O Mazetto! si tu dis vrai, tu me sauves la vie!

mazetto. — Et, par reconnaissance, vous me prêtez les vingt louis convenus.

fabio. — Tu les recevras quand je lui aurai parlé.

mazetto. — Vous êtes méfiant; mais votre amour m'intéresse, et je l'aurais servi par pure amitié, si je n'avais à nourrir ma famille. Tenez-vous là comme rêvant en vous-même et composant quelque sonnet; je vais rôder aux environs pour prévenir toute surprise.
(Il sort.)

fabio, *seul.*

Je vais la voir! la voir pour la première fois à la lumière du ciel, entendre, pour la première fois, des paroles qu'elle aura pensées! Un mot d'elle va réaliser mon rêve, ou le faire envoler pour toujours! Ah! j'ai peur de risquer ici plus que je ne puis gagner; ma passion était grande et pure, et rasait le monde sans le toucher, elle n'habitait que des palais radieux et des rives enchantées; la voici ramenée à la terre et contrainte à cheminer comme toutes les autres. Ainsi que Pygmalion, j'adorais la forme extérieure d'une femme [1]; seulement la statue se mouvait tous les soirs sous mes yeux avec une grâce divine, et, de sa bouche, il ne tombait que des perles de mélodie. Et maintenant voici qu'elle descend à moi. Mais l'amour qui a fait ce miracle est un honteux valet de comédie, et le rayon qui fait vivre pour moi cette idole adorée est de ceux que Jupiter versait au sein de Danaé!... Elle vient, c'est bien elle; oh! le cœur me manque, et je serais tenté de m'enfuir si elle ne m'avait aperçu déjà!

fabio, une dame *en mantille.*

la dame, *passant près de lui.* — Seigneur cavalier, donnez-moi le bras, je vous prie, de peur qu'on ne nous observe, et marchons naturellement. Vous m'avez écrit...

FABIO. — Et je n'ai reçu de vous aucune réponse...

LA DAME. — Tiendriez-vous plus à mon écriture qu'à mes paroles?

FABIO. — Votre bouche ou votre main m'en voudrait si j'osais choisir.

LA DAME. — Que l'une soit le garant de l'autre; vos lettres m'ont touchée, et je consens à l'entrevue que vous me demandez. Vous savez pourquoi je ne puis vous recevoir chez moi?

FABIO. — On me l'a dit.

LA DAME. — Je suis très entourée, très gênée dans toutes mes démarches. Ce soir, à cinq heures de la nuit, attendez-moi au rond-point de la Villa-Reale, j'y viendrai sous un déguisement, et nous pourrons avoir quelques instants d'entretien.

FABIO. — J'y serai.

LA DAME. — Maintenant, quittez mon bras, et ne me suivez pas, je me rends au théâtre. Ne paraissez pas dans la salle ce soir... Soyez discret et confiant. *(Elle sort.)*

FABIO, *seul*. — C'était bien elle!... En me quittant, elle s'est toute révélée dans un mouvement, comme la Vénus de Virgile. J'avais à peine reconnu son visage, et pourtant l'éclair de ses yeux me traversait le cœur, de même qu'au théâtre, lorsque son regard vient croiser le mien dans la foule. Sa voix ne perd pas de son charme en prononçant de simples paroles; et, cependant, je croyais jusqu'ici qu'elle ne devait avoir que le chant, comme les oiseaux! Mais ce qu'elle m'a dit vaut tous les vers de Métastase, et ce timbre si pur, et cet accent si doux, n'empruntent rien pour séduire aux mélodies de Paesiello ou de Cimarosa. Ah! toutes ces héroïnes que j'adorais en elle, Sophonisbe, Alcime, Herminie, et même cette blonde Molinara, qu'elle joue à ravir avec des habits moins splendides, je les voyais toutes enfermées à la fois sous cette mantille coquette, sous cette coiffe de satin [1]... Encore Mazetto!

FABIO, MAZETTO

MAZETTO. — Eh bien! Seigneur, suis-je un fourbe, un homme sans parole, un homme sans honneur?

FABIO. — Tu es le plus vertueux des mortels! Mais, tiens, prends cette bourse, et laisse-moi seul.

MAZETTO. — Vous avez l'air contrarié.

FABIO. — C'est que le bonheur me rend triste; il me force à penser au malheur qui le suit toujours de près.

MAZETTO. — Peut-être avez-vous besoin de votre argent pour jouer au lansquenet cette nuit? Je puis vous le rendre, et même vous en prêter d'autre.

FABIO. — Cela n'est point nécessaire. Adieu.

MAZETTO. — Prenez garde à la *jettatura*, seigneur Fabio! *(Il sort.)*

FABIO, *seul.*

Je suis fatigué de voir la tête de ce coquin faire ombre sur mon amour; mais, Dieu merci, ce messager va me devenir inutile. Qu'a-t-il fait, d'ailleurs, que de remettre adroitement mes billets et mes fleurs, qu'on avait longtemps repoussés? Allons, allons, l'affaire a été habilement conduite et touche à son dénoûment... Mais pourquoi suis-je donc si morose ce soir, moi qui devrais nager dans la joie et frapper ces dalles d'un pied triomphant? N'a-t-elle pas cédé un peu vite, et surtout depuis l'envoi de mes présents?... Bon, je vois les choses trop en noir, et je ne devrais songer plutôt qu'à préparer ma rhétorique amoureuse. Il est clair que nous ne nous contenterons pas de causer amoureusement sous les arbres, et que je parviendrai bien à l'emmener souper dans quelque hôtellerie de Chiaia; mais il faudra être brillant, passionné, fou d'amour, monter ma conversation au ton de mon style, réaliser l'idéal que lui ont présenté mes lettres et mes vers... et c'est à quoi je ne me sens nulle chaleur et nulle énergie... J'ai envie d'aller me remonter l'imagination avec quelques verres de vin d'Espagne.

FABIO, MARCELLI

MARCELLI. — C'est un triste moyen, seigneur Fabio; le vin est le plus traître des compagnons; il vous prend dans un palais et vous laisse dans un ruisseau.

FABIO. — Ah! c'est vous, seigneur Marcelli; vous m'écoutiez?

MARCELLI. — Non, mais je vous entendais.

FABIO. — Ai-je rien dit qui vous ait déplu?

MARCELLI. — Au contraire; vous vous disiez triste et vous vouliez boire, c'est tout ce que j'ai surpris de votre monologue. Moi, je suis plus gai qu'on ne peut dire. Je marche le long de ce quai comme un oiseau; je pense à des choses folles, je ne puis demeurer en place, et j'ai peur de me fatiguer. Tenons-nous compagnie l'un à l'autre un instant; je vaux bien une bouteille pour l'ivresse, et cependant je ne suis rempli que de joie; j'ai besoin de m'épancher comme un flacon de sillery, et je veux jeter dans votre oreille un secret étourdissant.

FABIO. — De grâce, choisissez un confident moins préoccupé de ses propres affaires. J'ai la tête prise, mon cher; je ne suis bon à rien ce soir, et, eussiez-vous à me confier que le roi Midas a des oreilles d'âne, je vous jure que je serais incapable de m'en souvenir demain pour le répéter.

MARCELLI. — Et c'est ce qu'il me faut, vrai Dieu! un confident muet comme une tombe.

FABIO. — Bon! ne sais-je pas vos façons?... Vous voulez publier une bonne fortune, et vous m'avez choisi pour le héraut de votre gloire.

MARCELLI. — Au contraire, je veux prévenir une indiscrétion, en vous confiant bénévolement certaines choses que vous n'avez pas manqué de soupçonner.

FABIO. — Je ne sais ce que vous voulez dire.

MARCELLI. — On ne garde pas un secret surpris, au lieu qu'une confidence engage.

FABIO. — Mais je ne soupçonne rien qui vous puisse concerner.

MARCELLI. — Il convient alors que je vous dise tout.

FABIO. — Vous n'allez donc pas au théâtre?

MARCELLI. — Non, pas ce soir; et vous?

FABIO. — Moi, j'ai quelque affaire en tête, j'ai besoin de me promener seul.

MARCELLI. — Je gage que vous composez un opéra?

FABIO. — Vous avez deviné.

MARCELLI. — Et qui s'y tromperait? Vous ne manquez pas une seule des représentations de San-Carlo; vous arrivez dès l'ouverture, ce que ne fait aucune personne du bel air; vous ne vous retirez pas au milieu du dernier acte, et vous restez seul dans la salle avec le public du parquet. Il est clair que vous étudiez votre art avec soin et persévérance. Mais une chose m'inquiète : êtes-vous poète ou musicien?

FABIO. — L'un et l'autre.

MARCELLI. — Pour moi, je ne suis qu'amateur et n'ai fait que des chansonnettes. Vous savez donc très bien que mon assiduité dans cette salle, où nous nous rencontrons continuellement depuis quelques semaines, ne peut avoir d'autre motif qu'une intrigue amoureuse...

FABIO. — Dont je n'ai nulle envie d'être informé.

MARCELLI. — Oh! vous ne m'échapperez point par ces faux-fuyants, et ce n'est que quand vous saurez tout que je me croirai certain du mystère dont mon amour a besoin.

FABIO. — Il s'agit donc de quelque actrice... de la Borsella?

MARCELLI. — Non, de la nouvelle cantatrice espagnole, de la divine Corilla!... Par Bacchus! vous avez bien remarqué les furieux clins d'œil que nous nous lançons?

FABIO, *avec humeur*. — Jamais!

MARCELLI. — Les signes convenus entre nous à de

certains instants où l'attention du public se porte ailleurs?

FABIO. — Je n'ai rien vu de pareil.

MARCELLI. — Quoi! vous êtes distrait à ce point? J'ai donc eu tort de vous croire informé d'une partie de mon secret; mais la confidence étant commencée...

FABIO, *vivement*. — Oui, certes! vous me voyez maintenant curieux d'en connaître la fin.

MARCELLI. — Peut-être n'avez-vous jamais fait grande attention à la signora Corilla? Vous êtes plus occupé, n'est-ce pas, de sa voix que de sa figure? Eh bien! regardez-la, elle est charmante!

FABIO. — J'en conviens.

MARCELLI. — Une blonde d'Italie ou d'Espagne, c'est toujours une espèce de beauté fort singulière et qui a du prix par sa rareté.

FABIO. — C'est également mon avis.

MARCELLI. — Ne trouvez-vous pas qu'elle ressemble à la Judith de Caravagio [1], qui est dans le Musée royal?

FABIO. — Eh! Monsieur, finissez. En deux mots, vous êtes son amant, n'est-ce pas?

MARCELLI. — Pardon; je ne suis encore que son amoureux.

FABIO. — Vous m'étonnez.

MARCELLI. — Je dois vous dire qu'elle est fort sévère.

FABIO. — On le prétend.

MARCELLI. — Que c'est une tigresse, une Bradamante...

FABIO. — Une Alcimadure.

MARCELLI. — Sa porte demeurant fermée à mes bouquets, sa fenêtre à mes sérénades, j'en ai conclu qu'elle avait des raisons pour être insensible... chez elle, mais que sa vertu devait tenir pied moins solidement sur les planches d'une scène d'opéra... Je sondai le terrain, j'appris qu'un certain drôle nommé Mazetto avait accès près d'elle, en raison de son service au théâtre...

FABIO. — Vous confiâtes vos fleurs et vos billets à ce coquin.

MARCELLI. — Vous le saviez donc?

FABIO. — Et aussi quelques présents qu'il vous conseilla de faire.

MARCELLI. — Ne disais-je pas bien que vous étiez informé de tout?

FABIO. — Vous n'avez pas reçu de lettres d'elle?

MARCELLI. — Aucune.

FABIO. — Il serait trop singulier que la dame elle-même, passant près de vous dans la rue, vous eût, à voix basse, indiqué un rendez-vous...

MARCELLI. — Vous êtes le diable, ou moi-même!

FABIO. — Pour demain?

MARCELLI. — Non, pour aujourd'hui.

FABIO. — A cinq heures de la nuit?

MARCELLI. — A cinq heures.

FABIO. — Alors, c'est au rond-point de la Villa-Reale?

MARCELLI. — Non! devant les bains de Neptune.

FABIO. — Je n'y comprends plus rien.

MARCELLI. — Pardieu! vous voulez tout deviner, tout savoir mieux que moi. C'est particulier. Maintenant que j'ai tout dit, il est de votre honneur d'être discret.

FABIO. — Bien. Écoutez-moi, mon ami... nous sommes joués l'un ou l'autre.

MARCELLI. — Que dites-vous?

FABIO. — Ou l'un et l'autre, si vous voulez. Nous avons rendez-vous de la même personne, à la même heure : vous, devant les bains de Neptune; moi, à la Villa-Reale!

MARCELLI. — Je n'ai pas le temps d'être stupéfait; mais je vous demande raison de cette lourde plaisanterie.

FABIO. — Si c'est la raison qui vous manque, je ne me charge pas de vous en donner; si c'est un coup d'épée qu'il vous faut, dégainez la vôtre.

MARCELLI. — Je fais une réflexion : vous avez sur moi tout avantage en ce moment.

FABIO. — Vous en convenez?

MARCELLI. — Pardieu! vous êtes un amant malheureux, c'est clair; vous alliez vous jeter du haut de cette rampe, ou vous pendre aux branches de ces tilleuls, si je ne vous eusse rencontré. Moi, au contraire, je suis reçu, favorisé, presque vainqueur; je soupe ce soir avec l'objet de mes vœux. Je vous rendrais service en vous tuant; mais, si c'est moi qui suis tué, vous conviendrez qu'il serait dommage que ce fût avant, et non après. Les choses ne sont pas égales; remettons l'affaire à demain.

FABIO. — Je fais exactement la même réflexion que vous, et pourrais vous répéter vos propres paroles. Ainsi, je consens à ne vous punir que demain de votre folle vanterie. Je ne vous croyais qu'indiscret.

MARCELLI. — Bon! séparons-nous sans un mot de plus. Je ne veux point vous contraindre à des aveux humiliants, ni compromettre davantage une dame qui n'a pour moi que des bontés. Je compte sur votre réserve et vous donnerai demain matin des nouvelles de ma soirée.

FABIO. — Je vous en promets autant; mais ensuite nous ferraillerons de bon cœur. A demain donc.

MARCELLI. — A demain, seigneur Fabio.

FABIO, *seul.*

Je ne sais quelle inquiétude m'a porté à le suivre de loin, au lieu d'aller de mon côté. Retournons! *(Il fait quelques pas.)* Il est impossible de porter plus loin l'assurance, mais aussi ne pouvait-il guère revenir sur sa prétention et me confesser son mensonge. Voilà de nos jeunes fous à la mode; rien ne leur fait obstacle, ils sont les vainqueurs et les préférés de toutes les femmes, et la liste de don Juan ne leur coûterait que la peine de l'écrire. Certainement, d'ailleurs, si cette beauté nous trompait l'un pour l'autre, ce ne serait pas à la même heure. Allons, je crois que l'instant approche, et que je ferais bien de me diriger du côté de la Villa-Reale, qui doit être déjà débarrassée de ses promeneurs et rendue à la solitude. Mais en vérité n'aperçois-je pas là-bas

Marcelli qui donne le bras à une femme?... Je suis fou véritablement; si c'est lui, ce ne peut être elle. Que faire? Si je vais de leur côté, je manque l'heure de mon rendez-vous... et, si je n'éclaircis pas le soupçon qui me vient, je risque, en me rendant là-bas, de jouer le rôle d'un sot. C'est là une cruelle incertitude. L'heure se passe, je vais et reviens, et ma position est la plus bizarre du monde. Pourquoi faut-il que j'aie rencontré cet étourdi, qui s'est joué de moi peut-être? Il aura su mon amour par Mazetto, et tout ce qu'il m'est venu conter tient à quelque obscure fourberie que je saurai bien démêler. Décidément, je prends mon parti, je cours à la Villa-Reale. *(Il revient.)* Sur mon âme, ils approchent; c'est la même mantille garnie de longues dentelles; c'est la même robe de soie grise... en deux pas ils vont être ici. Oh! si c'est elle, si je suis trompé... je n'attendrai pas à demain pour me venger de tous les deux!... Que vais-je faire? un éclat ridicule... retirons-nous derrière ce treillis pour mieux nous assurer que ce sont bien eux-mêmes.

FABIO, *caché;* MARCELLI; *la signora* CORILLA,
lui donnant le bras.

MARCELLI. — Oui, belle dame, vous voyez jusqu'où va la suffisance de certaines gens. Il y a par la ville un cavalier qui se vante d'avoir aussi obtenu de vous une entrevue pour ce soir. Et, si je n'étais sûr de vous avoir maintenant à mon bras, fidèle à une douce promesse trop longtemps différée...

CORILLA. — Allons, vous plaisantez, seigneur Marcelli. Et ce cavalier si avantageux... le connaissez-vous?

MARCELLI. — C'est à moi justement qu'il a fait ses confidences...

FABIO, *se montrant.* — Vous vous trompez, Seigneur, c'est vous qui me faisiez les vôtres... Madame, il est inutile d'aller plus loin; je suis décidé à ne point supporter un pareil manège de coquetterie. Le seigneur Marcelli peut vous reconduire chez vous, puisque vous lui avez donné le bras; mais ensuite, qu'il se souvienne bien que je l'attends, moi.

marcelli. — Écoutez, mon cher, tâchez, dans cette affaire-ci, de n'être que ridicule.

fabio. — Ridicule, dites-vous?

marcelli. — Je le dis. S'il vous plaît de faire du bruit, attendez que le jour se lève; je ne me bats pas sous les lanternes, et je ne me soucie point de me faire arrêter par la garde de nuit.

corilla. — Cet homme est fou [1]; ne le voyez-vous pas? Éloignons-nous.

fabio. — Ah! Madame! il suffit... ne brisez pas entièrement cette belle image que je portais pure et saine au fond de mon cœur. Hélas! content de vous aimer de loin, de vous écrire... j'avais peu d'espérance, et je demandais moins que vous ne m'avez promis!

corilla. — Vous m'avez écrit? à moi!...

marcelli. — Eh! qu'importe? ce n'est pas ici le lieu d'une telle explication...

corilla. — Et que vous ai-je promis, Monsieur?... je ne vous connais pas et ne vous ai jamais parlé.

marcelli. — Bon! quand vous lui auriez dit quelques paroles en l'air, le grand mal! Pensez-vous que mon amour s'en inquiète?

corilla. — Mais quelle idée avez-vous aussi, Seigneur? Puisque les choses sont allées si loin, je veux que tout s'explique à l'instant. Ce cavalier croit avoir à se plaindre de moi : qu'il parle et qu'il se nomme avant tout; car j'ignore ce qu'il est et ce qu'il veut.

fabio. — Rassurez-vous, Madame! j'ai honte d'avoir fait cet éclat et d'avoir cédé à un premier mouvement de surprise. Vous m'accusez d'imposture, et votre belle bouche ne peut mentir. Vous l'avez dit, je suis fou, j'ai rêvé. Ici même, il y a une heure, quelque chose comme votre fantôme passait, m'adressait de douces paroles et promettait de revenir... Il y avait de la magie, sans doute, et cependant tous les détails restent présents à ma pensée. J'étais là, je venais de voir le soleil se coucher derrière le Pausilippe, en jetant sur Ischia le bord de son manteau rougeâtre; la mer noircissait dans le golfe, et les voiles blanches se hâtaient vers la terre comme des colombes attardées [1]... Vous voyez, je suis un triste rêveur, mes lettres ont dû vous l'apprendre, mais vous n'entendrez plus parler de moi, je le jure, et vous dis adieu.

CORILLA. — Vos lettres... Tenez, tout cela a l'air d'un imbroglio de comédie, permettez-moi de ne m'y point arrêter davantage; seigneur Marcelli, veuillez reprendre mon bras et me reconduire en toute hâte chez moi. *(Fabio salue et s'éloigne.)*

MARCELLI. — Chez vous, Madame?

CORILLA. — Oui, cette scène m'a bouleversée!... Vit-on jamais rien de plus bizarre? Si la place du Palais n'est pas encore déserte, nous trouverons bien une chaise, ou tout au moins un falot. Voici justement les valets du théâtre qui sortent; appelez un d'entre eux...

MARCELLI. — Holà! quelqu'un! par ici... Mais, en vérité, vous sentez-vous malade?

CORILLA. — A ne pouvoir marcher plus loin...

FABIO, MAZETTO, *les précédents.*

FABIO, *entraînant Mazetto.* — Tenez, c'est le ciel qui nous l'amène; voilà le traître qui s'est joué de moi.

MARCELLI. — C'est Mazetto! le plus grand fripon des Deux-Siciles. Quoi! c'était aussi votre messager?

MAZETTO. — Au diable! vous m'étouffez.

FABIO. — Tu vas nous expliquer...

MAZETTO. — Et que faites-vous ici, Seigneur? je vous croyais en bonne fortune?

FABIO. — C'est la tienne qui ne vaut rien. Tu vas mourir si tu ne confesses pas toute ta fourberie.

MARCELLI. — Attendez, seigneur Fabio, j'ai aussi des droits à faire valoir sur ses épaules. A nous deux, maintenant.

MAZETTO. — Messieurs, si vous voulez que je comprenne, ne frappez pas tous les deux à la fois. De quoi s'agit-il?

FABIO. — Et de quoi peut-il être question, misérable? Mes lettres, qu'en as-tu fait?

MARCELLI. — Et de quelle façon as-tu compromis l'honneur de la signora Corilla?

MAZETTO. — Messieurs, l'on pourrait nous entendre.

MARCELLI. — Il n'y a ici que la signora elle-même et nous deux, c'est-à-dire deux hommes qui vont s'entre-tuer demain à cause d'elle ou à cause de toi.

MAZETTO. — Permettez : ceci dès lors est grave, et mon humanité me défend de dissimuler davantage...

FABIO. — Parle.

MAZETTO. — Au moins, remettez vos épées.

FABIO. — Alors nous prendrons des bâtons.

MARCELLI. — Non; nous devons le ménager s'il dit la vérité tout entière, mais à ce prix-là seulement.

CORILLA. — Son insolence m'indigne au dernier point.

MARCELLI. — Le faut-il assommer avant qu'il ait parlé?

CORILLA. — Non; je veux tout savoir, et que, dans une si noire aventure, il ne reste du moins aucun doute sur ma loyauté.

MAZETTO. — Ma confession est votre panégyrique, Madame; tout Naples connaît l'austérité de votre vie. Or, le seigneur Marcelli, que voilà, était passionnément épris de vous; il allait jusqu'à promettre de vous offrir son nom si vous vouliez quitter le théâtre; mais il fallait qu'il pût du moins mettre à vos genoux l'hommage de son cœur, je ne dis pas de sa fortune; mais vous en avez bien pour deux, on le sait, et lui aussi.

MARCELLI. — Faquin!...

FABIO. — Laissez-le finir.

MAZETTO. — La délicatesse du motif m'engagea dans son parti. Comme valet du théâtre, il m'était aisé de mettre ses billets sur votre toilette. Les premiers furent brûlés; d'autres, laissés ouverts, reçurent un meilleur accueil. Le dernier vous décida à accorder un rendez-vous au seigneur Marcelli, lequel m'en a fort bien récompensé!...

MARCELLI. — Mais qui te demande tout ce récit?

FABIO. — Et moi, traître! âme à double face! comment m'as-tu servi? Mes lettres, les as-tu remises? Quelle est cette femme voilée que tu m'as envoyée tantôt, et que tu m'as dit être la signora Corilla elle-même?

MAZETTO. — Ah! Seigneurs, qu'eussiez-vous dit de moi et quelle idée Madame en eût-elle pu concevoir, si je lui avais remis des lettres de deux écritures différentes et des bouquets de deux amoureux? Il faut de l'ordre en toute chose, et je respecte trop Madame pour lui avoir supposé la fantaisie de mener de front deux amours. Cependant le désespoir du seigneur Fabio, à mon premier refus de le servir, m'avait singulièrement touché. Je le laissai d'abord épancher sa verve en lettres et en sonnets que je feignis de remettre à la signora, supposant que son amour pourrait bien être de ceux qui viennent si fréquemment se brûler les ailes aux flammes de la rampe; passions d'écoliers et de poètes, comme nous en voyons tant... Mais c'était plus sérieux, car la bourse du seigneur Fabio s'épuisait à fléchir ma résolution vertueuse...

MARCELLI. — En voilà assez! Signora, nous n'avons point affaire, n'est-ce pas, de ces divagations.

CORILLA. — Laissez-le dire, rien ne nous presse, Monsieur.

MAZETTO. — Enfin, j'imaginai que le seigneur Fabio étant épris par les yeux seulement, puisqu'il n'avait jamais pu réussir à s'approcher de Madame et n'avait jamais entendu sa voix qu'en musique, il suffirait de lui procurer la satisfaction d'un entretien avec quelque créature de la taille et de l'air de la signora Corilla... Il faut dire que j'avais déjà remarqué une petite bouquetière qui vend ses fleurs le long de la rue de Tolède ou devant les cafés de la place du Môle. Quelquefois elle s'arrête un instant et chante des chansonnettes espagnoles avec une voix d'un timbre fort clair...

MARCELLI. — Une bouquetière qui ressemble à la

signora; allons donc! ne l'aurais-je point aussi remarquée?

MAZETTO. — Seigneur, elle arrive tout fraîchement par le galion de Sicile, et porte encore le costume de son pays.

CORILLA. — Cela n'est pas vraisemblable, assurément.

MAZETTO. — Demandez au seigneur Fabio si, le costume aidant, il n'a pas cru tantôt voir passer Madame elle-même?

FABIO. — Eh bien! cette femme...

MAZETTO. — Cette femme, Seigneur, est celle qui vous attend à la Villa-Reale, ou plutôt qui ne vous attend plus, l'heure étant de beaucoup passée.

FABIO. — Peut-on imaginer une plus noire complication d'intrigues?

MARCELLI. — Mais non; l'aventure est plaisante. Et, voyez, la signora elle-même ne peut s'empêcher d'en rire... Allons, beau cavalier, séparons-nous sans rancune, et corrigez-moi ce drôle d'importance... Ou plutôt, tenez, profitez de son idée : la nuée qu'embrassait Ixion valait bien pour lui la divinité dont elle était l'image, et je vous crois assez poète pour vous soucier peu des réalités. — Bonsoir, seigneur Fabio!

FABIO, MAZETTO

FABIO, *à lui-même.* — Elle était là! et pas un mot de pitié, pas un signe d'attention! Elle assistait, froide et morne, à ce débat qui me couvrait de ridicule, et elle est partie dédaigneusement sans dire une parole, riant seulement, sans doute, de ma maladresse et de ma simplicité!... Oh! tu peux te retirer, va, pauvre diable si inventif, je ne maudis plus ma mauvaise étoile, et je vais rêver le long de la mer à mon infortune, car je n'ai plus même l'énergie d'être furieux.

MAZETTO. — Seigneur, vous feriez bien d'aller rêver du côté de la Villa-Reale. La bouquetière vous attend peut-être encore...

FABIO, *seul*.

En vérité, j'aurais été curieux de rencontrer cette créature et de la traiter comme elle le mérite. Quelle femme est-ce donc que celle qui se prête à une telle manœuvre? Est-ce une niaise enfant à qui l'on a fait la leçon, ou quelque effrontée qu'on n'a eu que la peine de payer et de mettre en campagne? Mais il faut l'âme d'un plat valet pour m'avoir jugé digne de donner dans ce piège un instant. Et pourtant elle ressemble à celle que j'aime... et moi-même, quand je la rencontrai voilée, je crus reconnaître et sa démarche et le son si pur de sa voix... Allons, il est bientôt six heures de nuit, les derniers promeneurs s'éloignent vers Sainte-Lucie et vers Chiaia, et les terrasses des maisons se garnissent de monde... A l'heure qu'il est, Marcelli soupe gaiement avec sa conquête facile. Les femmes n'ont d'amour que pour ces débauchés sans cœur.

FABIO, UNE BOUQUETIÈRE

FABIO. — Que me veux-tu, petite?

LA BOUQUETIÈRE. — Seigneur, je vends des roses, je vends des fleurs du printemps. Voulez-vous acheter tout ce qui me reste pour parer la chambre de votre amoureuse? On va bientôt fermer le jardin, et je ne puis remporter cela chez mon père; je serais battue. Prenez le tout pour trois carlins.

FABIO. — Crois-tu donc que je sois attendu ce soir, et me trouves-tu la mine d'un amant favorisé?

LA BOUQUETIÈRE. — Venez ici à la lumière. Vous m'avez l'air d'un beau cavalier, et, si vous n'êtes pas attendu, c'est que vous attendez... Ah! mon Dieu!

FABIO. — Qu'as-tu, ma petite? Mais vraiment, cette figure... Ah! je comprends tout maintenant : tu es la fausse Corilla!... A ton âge, mon enfant, tu entames un vilain métier.

LA BOUQUETIÈRE. — En vérité, Seigneur, je suis une honnête fille, et vous allez me mieux juger. On m'a déguisée en grande dame, on m'a fait apprendre des mots par cœur[1]; mais quand j'ai vu que c'était une comédie pour tromper un honnête gentilhomme, je me suis échappée et j'ai repris mes habits de pauvre fille, et je suis allée, comme tous les soirs, vendre mes fleurs sur la place du Môle et dans les allées du Jardin royal.

FABIO. — Cela est-il bien vrai?

LA BOUQUETIÈRE. — Si vrai, que je vous dis adieu, Seigneur; et puisque vous ne voulez pas de mes fleurs, je les jetterai dans la mer en passant : demain elles seraient fanées.

FABIO. — Pauvre fille, cet habit te sied mieux que l'autre, et je te conseille de ne plus le quitter. Tu es, toi, la fleur sauvage des champs; mais qui pourrait se tromper entre vous deux? Tu me rappelles sans doute quelques-uns de ses traits, et ton cœur vaut mieux que le sien, peut-être. Mais qui peut remplacer dans l'âme d'un amant la belle image qu'il s'est plu tous les jours à parer d'un nouveau prestige? Celle-là n'existe plus en réalité sur la terre; elle est gravée seulement au fond du cœur fidèle, et nul portrait ne pourra jamais rendre son impérissable beauté.

LA BOUQUETIÈRE. — Pourtant on m'a dit que je la valais bien, et, sans coquetterie, je pense qu'étant parée comme la signora Corilla, aux feux des bougies, avec l'aide du spectacle et de la musique, je pourrais bien vous plaire autant qu'elle, et cela sans blanc de perle et sans carmin.

FABIO. — Si ta vanité se pique, petite fille, tu m'ôteras même le plaisir que je trouve à te regarder un instant. Mais, vraiment, tu oublies qu'elle est la perle de l'Espagne et de l'Italie, que son pied est le plus fin et sa main la plus royale du monde. Pauvre enfant! la misère n'est pas la culture qu'il faut à des beautés si accomplies, dont le luxe et l'art prennent soin tour à tour.

LA BOUQUETIÈRE. — Regardez mon pied sur ce banc de marbre; il se découpe encore assez bien dans sa chaussure brune. Et ma main, l'avez-vous seulement touchée ?

FABIO. — Il est vrai que ton pied est charmant, et ta main... Dieu ! qu'elle est douce !... Mais, écoute, je ne veux pas te tromper, mon enfant, c'est bien elle seule que j'aime, et le charme qui m'a séduit n'est pas né dans une soirée. Depuis trois mois que je suis à Naples, je n'ai pas manqué de la voir un seul jour d'Opéra. Trop pauvre pour briller près d'elle, comme tous les beaux cavaliers qui l'entourent aux promenades, n'ayant ni le génie des musiciens, ni la renommée des poètes qui l'inspirent et qui la servent dans son talent, j'allais sans espérance m'enivrer de sa vue et de ses chants, et prendre ma part dans ce plaisir de tous, qui pour moi seul était le bonheur et la vie. Oh ! tu la vaux bien peut-être, en effet... mais as-tu cette grâce divine qui se révèle sous tant s'aspects ? As-tu ces pleurs et ce sourire ? As-tu ce chant divin, sans lequel une divinité n'est qu'une belle idole ? Mais alors tu serais à sa place, et tu ne vendrais pas des fleurs aux promeneurs de la Villa-Reale...

LA BOUQUETIÈRE. — Pourquoi donc la nature, en me donnant son apparence, aurait-elle oublié la voix ? Je chante fort bien, je vous jure ; mais les directeurs de San-Carlo n'auraient jamais l'idée d'aller ramasser une prima donna sur la place publique... Écoutez ces vers d'opéra que j'ai retenus pour les avoir entendus seulement au petit théâtre de la Fenice.

(Elle chante.)

Air italien

Qu'il m'est doux — De conserver la paix du cœur, — Le calme de la pensée.

Il est sage d'aimer — Dans la belle saison de l'âge ; — Plus sage de n'aimer pas.

FABIO, *tombant à ses pieds.* — Oh ! Madame, qui vous méconnaîtrait maintenant ? Mais cela ne peut être...

Vous êtes une déesse véritable, et vous allez vous envoler! Mon Dieu! qu'ai-je à répondre à tant de bontés? je suis indigne de vous aimer, pour ne vous avoir point d'abord reconnue!

CORILLA. — Je ne suis donc plus la bouquetière?... Eh bien! je vous remercie; j'ai étudié ce soir un nouveau rôle, et vous m'avez donné la réplique admirablement.

FABIO. — Et Marcelli?

CORILLA. — Tenez, n'est-ce pas lui que je vois errer tristement le long de ces berceaux, comme vous faisiez tout à l'heure?

FABIO. — Évitons-le, prenons une allée.

CORILLA. — Il nous a vus, il vient à nous.

FABIO, CORILLA, MARCELLI

MARCELLI. — Hé! seigneur Fabio, vous avez donc trouvé la bouquetière? Ma foi, vous avez bien fait, et vous êtes plus heureux que moi ce soir.

FABIO. — Eh bien! qu'avez-vous donc fait de la signora Corilla? vous alliez souper ensemble gaiement.

MARCELLI. — Ma foi, l'on ne comprend rien aux caprices des femmes. Elle s'est dite malade et je n'ai pu que la reconduire chez elle; mais demain...

FABIO. — Demain ne vaut pas ce soir, seigneur Marcelli.

MARCELLI. — Voyons donc cette ressemblance tant vantée... Elle n'est pas mal, ma foi!... mais ce n'est rien; pas de distinction, pas de grâce. Allons, faites-vous illusion à votre aise... Moi, je vais penser à la prima donna de San-Carlo, que j'épouserai dans huit jours.

CORILLA, *reprenant son ton naturel.* — Il faudra réfléchir là-dessus, seigneur Marcelli. Tenez, moi, j'hésite beaucoup à m'engager. J'ai de la fortune, je veux choisir. Pardonnez-moi d'avoir été comédienne en amour comme au théâtre, et de vous avoir mis à l'épreuve tous deux. Maintenant, je vous l'avouerai, je ne sais trop si aucun de vous m'aime, et j'ai besoin de vous connaître davantage. Le seigneur Fabio n'adore en moi que l'actrice peut-être, et son amour a besoin de la distance et de la rampe allumée; et vous, seigneur Marcelli, vous me paraissez vous aimer avant tout le monde, et vous émouvoir difficilement dans l'occasion. Vous êtes trop mondain, et lui trop poète. Et maintenant, veuillez tous deux m'accompagner. Chacun de vous avait gagé de souper avec moi : j'en avais fait la promesse à chacun de vous; nous souperons tous ensemble [1]; Mazetto nous servira.

MAZETTO, *paraissant et s'adressant au public.* — Sur quoi, Messieurs, vous voyez que cette aventure scabreuse va se terminer le plus moralement du monde. — Excusez les fautes de l'auteur.

ÉMILIE

« ... Personne n'a bien su l'histoire du lieutenant Desroches, qui se fit tuer l'an passé au combat de Hambergen, deux mois après ses noces. Si ce fut là un véritable suicide, que Dieu veuille lui pardonner! Mais, certes, celui qui meurt en défendant sa patrie ne mérite pas que son action soit nommée ainsi, quelle qu'ait été sa pensée d'ailleurs.

— Nous voilà retombés, dit le docteur, dans le chapitre des capitulations de conscience. Desroches était un philosophe décidé à quitter la vie : il n'a pas voulu que sa mort fût inutile; il s'est élancé bravement dans la mêlée; il a tué le plus d'Allemands qu'il a pu, en disant : Je ne puis mieux faire à présent; je meurs content; et il a crié : *Vive l'empereur!* en recevant le coup de sabre qui l'a abattu. Dix soldats de sa compagnie vous le diront.

— Et ce n'en fut pas moins un suicide, répliqua Arthur. Toutefois, je pense qu'on aurait eu tort de lui fermer l'église...

— A ce compte, vous flétririez le dévouement de Curtius. Ce jeune chevalier romain était peut-être ruiné par le jeu, malheureux dans ses amours, las de la vie, qui sait? Mais, assurément, il est beau en songeant à quitter le monde de rendre sa mort utile aux autres, et voilà pourquoi cela ne peut s'appeler un suicide, car le suicide n'est autre chose que l'acte suprême de l'égoïsme, et c'est pour cela seulement qu'il est flétri parmi les hommes... A quoi pensez-vous, Arthur?

— Je pense à ce que vous disiez tout à l'heure, que Desroches, avant de mourir, avait tué le plus d'Allemands possible...

— Eh bien?

— Eh bien, ces braves gens sont allés rendre devant Dieu un triste témoignage de la belle mort du lieutenant, vous me permettrez de dire que c'est là un *suicide* bien *homicide*.

— Eh! qui va songer à cela? Des Allemands, ce sont des ennemis.

— Mais y en a-t-il pour l'homme résolu à *mourir?* A ce moment-là, tout instinct de nationalité s'efface, et je doute que l'on songe à un autre pays que l'autre monde, et à un autre empereur que Dieu. Mais l'abbé nous écoute sans rien dire, et cependant j'espère que je parle ici selon ses idées. Allons, l'abbé, dites-nous votre opinion, et tâchez de nous mettre d'accord; c'est là une mine de controverse assez abondante, et l'histoire de Desroches, ou plutôt ce que nous en croyons savoir, le docteur et moi, ne paraît pas moins ténébreuse que les profonds raisonnements qu'elle a soulevés parmi nous.

— Oui, dit le docteur, Desroches, à ce qu'on prétend, était très affligé de sa dernière blessure, celle qui l'avait si fort défiguré; et peut-être a-t-il surpris quelque grimace ou quelque raillerie de sa nouvelle épouse; les philosophes sont susceptibles. En tout cas, il est mort, et volontairement [1].

— Volontairement, puisque vous y persistez; mais n'appelez pas suicide la mort qu'on trouve dans une bataille; vous ajouteriez un contre-sens de mots à celui que peut-être vous faites en pensée; on meurt dans une mêlée parce qu'on y rencontre quelque chose qui tue; ne meurt pas qui veut.

— Eh bien! voulez-vous que ce soit la fatalité?

— A mon tour, interrompit l'abbé, qui s'était recueilli pendant cette discussion : il vous semblera singulier peut-être que je combatte vos paradoxes ou vos suppositions...

— Eh bien! parlez, parlez; vous en savez plus que nous, assurément. Vous habitez Bitche depuis longtemps; on dit que Desroches vous connaissait, et peut-être même s'est-il confessé à vous...

— En ce cas, je devrais me taire; mais il n'en fut rien malheureusement, et toutefois la mort de Desroches fut chrétienne, croyez-moi; et je vais vous en raconter les causes et les circonstances, afin que vous emportiez cette idée que ce fut là encore un honnête homme ainsi qu'un bon soldat, mort à temps pour l'humanité, pour lui-même, et selon les desseins de Dieu.

» Desroches était entré dans un régiment à quatorze ans, à l'époque où la plupart des hommes s'étant fait tuer sur la frontière, notre armée républicaine se recrutait parmi les enfants. Faible de corps, mince comme une jeune fille, et pâle, ses camarades souffraient de lui voir porter un fusil sous lequel ployait son épaule. Vous devez avoir entendu dire qu'on obtint du capitaine l'autorisation de le lui rogner de six pouces. Ainsi accommodée à ses forces, l'arme de l'enfant fit merveille dans les guerres de Flandre; plus tard, Desroches fut dirigé sur Haguenau, dans ce pays où nous faisions, c'est-à-dire où vous faisiez la guerre depuis si longtemps.

» A l'époque dont je vais vous parler, Desroches était dans la force de l'âge et servait d'enseigne au régiment bien plus que le numéro d'ordre et le drapeau, car il avait à peu près seul survécu à deux renouvellements, et il venait enfin d'être nommé lieutenant quand, à Bergheim, il y a vingt-sept mois, en commandant une charge à la baïonnette, il reçut un coup de sabre prussien tout au travers de la figure. La blessure était affreuse; les chirurgiens de l'ambulance, qui l'avaient souvent plaisanté, lui vierge encore d'une égratignure, après trente combats, froncèrent le sourcil quand on l'apporta devant eux. S'il guérissait, dirent-ils, le malheureux deviendrait imbécile ou fou [1].

» C'est à Metz que le lieutenant fut envoyé pour se guérir. La civière avait fait plusieurs lieues sans qu'il

s'en aperçût; installé dans un bon lit et entouré de
soins, il lui fallut cinq ou six mois pour arriver à se
mettre sur son séant, et cent jours encore pour ouvrir
un œil et distinguer les objets. On lui commanda bientôt
les fortifiants, le soleil, puis le mouvement, enfin la
promenade, et un matin, soutenu par deux camarades,
il s'achemina tout vacillant, tout étourdi, vers le quai
Saint-Vincent, qui touche presque à l'hôpital militaire
et là, on le fit asseoir sur l'esplanade, au soleil du midi,
sous les tilleuls du jardin public : le pauvre blessé croyait
voir le jour pour la première fois.

» A force d'aller ainsi, il put bientôt marcher seul,
et chaque matin il s'asseyait sur un banc, au même
endroit de l'esplanade, la tête ensevelie dans un amas
de taffetas noir, sous lequel à peine on découvrait un
coin de visage humain, et sur son passage, lorsqu'il se
croisait avec des promeneurs, il était assuré d'un grand
salut des hommes, et d'un geste de profonde commisération
des femmes, ce qui le consolait peu.

» Mais une fois assis à sa place, il oubliait son infortune
pour ne plus songer qu'au bonheur de vivre après
un tel ébranlement, et au plaisir de voir en quel séjour il
vivait. Devant lui la vieille citadelle, ruinée sous
Louis XVI, étalait ses remparts dégradés; sur sa tête
les tilleuls en fleur projetaient leur ombre épaisse; à ses
pieds, dans la vallée qui se déploie au-dessous de l'esplanade,
les prés Saint-Symphorien que vivifie, en les
noyant, la Moselle débordée, et qui verdissent entre
ses deux bras; puis le petit îlot, l'oasis de la poudrière,
cette île du Saulcy, semée d'ombrages, de chaumières;
enfin, la chute de la Moselle et ses blanches écumes, ses
détours étincelant au soleil, puis tout au bout, bornant
le regard, la chaîne des Vosges, bleuâtre et comme vaporeuse
au grand jour, voilà le spectacle qu'il admirait
toujours davantage, en pensant que là était son pays,
non pas la terre conquise, mais la province vraiment
française, tandis que ces riches départements nouveaux,
où il avait fait la guerre, n'étaient que des beautés
fugitives, incertaines, comme celles de la femme

gagnée hier, qui ne nous appartiendra plus demain.

» Vers le mois de juin, aux premiers jours, la chaleur était grande, et le banc favori de Desroches se trouvant bien à l'ombre, deux femmes vinrent s'asseoir près du blessé. Il salua tranquillement et continua de contempler l'horizon, mais sa position inspirait tant d'intérêt, que les deux femmes ne purent s'empêcher de le questionner et de le plaindre.

» L'une des deux, fort âgée, était la tante de l'autre qui se nommait Émilie, et qui avait pour occupation de broder des ornements sur de la soie ou du velours [1]. Desroches questionna comme on lui en avait donné l'exemple, et la tante lui apprit que la jeune fille avait quitté Haguenau pour lui faire compagnie, qu'elle brodait pour les églises, et qu'elle était depuis longtemps privée de tous ses autres parents.

» Le lendemain, le banc fut occupé comme la veille; au bout d'une semaine, il y avait traité d'alliance entre les trois propriétaires de ce banc favori, et Desroches, tout faible qu'il fût, tout humilié par les attentions que la jeune fille lui prodiguait comme au plus inoffensif vieillard, Desroches se sentit léger, en fonds de plaisanteries, et plus près de se réjouir que de s'affliger de cette bonne fortune inattendue.

Alors, de retour à l'hôpital, il se rappela sa hideuse blessure, cet épouvantail dont il avait souvent gémi en lui-même, lui, et que l'habitude et la convalescence lui avaient rendu depuis longtemps moins déplorable.

» Il est certain que Desroches n'avait pu encore ni soulever l'appareil inutile de sa blessure, ni se regarder dans un miroir. De ce jour-là cette idée le fit frémir plus que jamais. Cependant il se hasarda à écarter un coin du taffetas protecteur, et il trouva dessous une cicatrice un peu rose encore, mais qui n'avait rien de trop repoussant. En poursuivant cette observation, il reconnut que les différentes parties de son visage s'étaient recousues convenablement entre elles, et que l'œil demeurait fort limpide et fort sain. Il manquait bien quelques brins du sourcil, mais c'était si peu de chose! cette raie oblique qui descendait du front à l'oreille en traversant la joue, c'était... Eh bien! c'était un coup de sabre reçu à l'attaque des lignes de Bergheim, et rien n'est plus beau, les chansons l'ont assez dit.

» Donc, Desroches fut étonné de se retrouver si présentable après la longue absence qu'il avait faite de lui-même [1]. Il ramena fort adroitement ses cheveux qui grisonnaient du côté blessé, sous les cheveux noirs abondants du côté gauche, étendit sa moustache sur la ligne de la cicatrice, le plus loin possible, et ayant endossé son uniforme neuf, il se rendit le lendemain à l'esplanade d'un air assez triomphant.

» Dans le fait, il s'était si bien redressé, si bien tourné, son épée avait si bonne grâce à battre sa cuisse, et il portait le schako si martialement incliné en avant, que personne ne le reconnut dans le trajet de l'hôpital au jardin; il arriva le premier au banc des tilleuls, et s'assit comme à l'ordinaire, en apparence, mais au fond bien plus troublé et bien plus pâle, malgré l'approbation du miroir.

» Les deux dames ne tardèrent pas à arriver; mais elles s'éloignèrent tout à coup en voyant un bel officier occuper leur place habituelle. Desroches fut tout ému.

« Eh quoi! leur cria-t-il, vous ne me reconnaissez pas?... »

» Ne pensez pas que ces préliminaires nous conduisent à une de ces histoires où la pitié devient de l'amour, comme dans les opéras du temps. Le lieutenant avait désormais des idées plus sérieuses. Content d'être encore jugé comme un cavalier passable, il se hâta de rassurer les deux dames, qui paraissaient disposées, d'après sa transformation, à revenir sur l'intimité commencée entre eux trois. Leur réserve ne put tenir devant ses franches déclarations. L'union était sortable de tous points, d'ailleurs : Desroches avait un petit bien de famille près d'Épinal; Émilie possédait, comme héritage de ses parents, une petite maison à Haguenau, louée au café de la ville, et qui rapportait encore cinq à six cents

francs de rente. Il est vrai qu'il en revenait la moitié
à son frère Wilhelm, principal clerc du notaire de Schenn-
berg.

» Quand les dispositions furent bien arrêtées, on
résolut de se rendre pour la noce à cette petite ville, car
là était le domicile réel de la jeune fille, qui n'habitait
Metz depuis quelque temps que pour ne point quitter
sa tante. Toutefois, on convint de revenir à Metz
après le mariage. Émilie se faisait un grand plaisir de
revoir son frère. Desroches s'étonna à plusieurs reprises
que ce jeune homme ne fût pas aux armées comme
tous ceux de notre temps; on lui répondit qu'il avait
été réformé pour cause de santé. Desroches le plaignit
vivement.

» Voici donc les deux fiancés et la tante en route pour
Haguenau; ils ont pris des places dans la voiture publique qui relaye à Bitche, laquelle était alors une simple
patache composée de cuir et d'osier. La route est belle,
comme vous savez. Desroches, qui ne l'avait jamais
faite qu'en uniforme, un sabre à la main, en compagnie
de trois à quatre mille hommes, admirait les solitudes,
les roches bizarres, les horizons bornés par cette dente-
lure des monts revêtus d'une sombre verdure, que de
longues vallées interrompent seulement de loin en loin.
Les riches plateaux de Saint-Avold, les manufactures de
Sarreguemines, les petits taillis compacts de Lim-
blingne, où les frênes, les peupliers et les sapins étalent
leur triple couche de verdure nuancée du gris au vert
sombre; vous savez combien tout cela est d'un aspect
magnifique et charmant.

» A peine arrivés à Bitche, les voyageurs descendirent
à la petite auberge du Dragon, et Desroches me fit
demander au fort. J'arrivai avec empressement: je vis sa
nouvelle famille, et je complimentai la jeune demoiselle,
qui était d'une rare beauté, d'un maintien doux, et qui
paraissait fort éprise de son futur époux. Ils déjeunèrent
tous trois avec moi, à la place où nous sommes assis dans
ce moment. Plusieurs officiers, camarades de Desroches,
attirés par le bruit de son arrivée, le vinrent chercher à

l'auberge et le retinrent à dîner chez l'hôtelier de la redoute, où l'état-major payait pension. Il fut convenu que les deux dames se retireraient de bonne heure, et que le lieutenant donnerait à ses camarades sa dernière soirée de garçon.

» Le repas fut gai; tout le monde savourait sa part du bonheur et de la gaieté que Desroches ramenait avec lui. On lui parla de l'Égypte, de l'Italie, avec transport, en faisant des plaintes amères sur cette mauvaise fortune qui confinait tant de bons soldats dans des forteresses de frontière.

« Oui. murmuraient quelques officiers, nous étouffons ici, la vie est fatigante et monotone, autant vaudrait être sur un vaisseau, que de vivre ainsi sans combats, sans distractions, sans avancement possible. Le fort est imprenable, a dit Bonaparte quand il a passé ici en rejoignant l'armée d'Allemagne, nous n'avons donc rien que la chance de mourir d'ennui.

» — Hélas! mes amis, répondit Desroches, ce n'était guère plus amusant de mon temps; car j'ai été ici comme vous, et je me suis plaint comme vous aussi. Moi, soldat parvenu jusqu'à l'épaulette à force d'user les souliers du gouvernement dans tous les chemins du monde, je ne savais guère alors que trois choses : l'exercice, la direction du vent et la grammaire, comme on l'apprend chez le magister. Aussi, lorsque je fus nommé sous-lieutenant et envoyé à Bitche avec le 2e bataillon du Cher, je regardais ce séjour comme une excellente occasion d'études sérieuses et suivies. Dans cette pensée, je m'étais procuré une collection de livres, de cartes et de plans. J'ai étudié la théorie et appris l'allemand sans étude, car dans ce pays français, et bon français, on ne parle que cette langue. De sorte que ce temps, si long pour vous qui n'avez plus tant à apprendre, je le trouvais court et insuffisant, et quand la nuit venait, je me réfugiais dans un petit cabinet de pierre sous la vis du grand escalier; j'allumais ma lampe en calfeutrant hermétiquement les meurtrières, et je travaillais; une de ces nuits-là... »

» Ici Desroches s'arrêta un instant, passa la main sur ses yeux, vida son verre, et reprit son récit sans terminer sa phrase.

« Vous connaissez tous, dit-il, ce petit sentier qui monte de la plaine ici, et que l'on a rendu tout à fait impraticable, en faisant sauter un gros rocher, à la place duquel à présent s'ouvre un abîme. Eh bien! ce passage a toujours été meurtrier pour les ennemis toutes les fois qu'ils ont tenté d'assaillir le fort; à peine engagés dans ce sentier, les malheureux essuyaient le feu de quatre pièces de vingt-quatre, qu'on n'a pas dérangées sans doute, et qui rasaient le sol dans toute la longueur de cette pente... — Vous avez dû vous distinguer, dit un colonel à Desroches, est-ce là que vous avez gagné la lieutenance?

» — Oui, colonel, et c'est là que j'ai tué le premier, le seul homme que j'aie frappé en face et de ma propre main. C'est pourquoi la vue de ce fort me sera toujours pénible.

» — Que nous dites-vous là? s'écria-t-on; quoi! vous avez fait vingt ans de guerre, vous avez assisté à quinze batailles rangées, à cinquante combats peut-être, et vous prétendez n'avoir jamais tué qu'un seul ennemi?

» — Je n'ai pas dit cela, Messieurs: des dix mille cartouches que j'ai bourrées dans mon fusil, qui sait si la moitié n'a pas lancé une balle au but que le soldat cherche? Mais j'affirme qu'à Bitche, pour la première fois, ma main s'est rougie du sang d'un ennemi, et que j'ai fait le cruel essai d'une pointe de sabre que le bras pousse jusqu'à ce qu'elle crève une poitrine humaine et s'y cache en frémissant.

» — C'est vrai, interrompit l'un des officiers, le soldat tue beaucoup et ne le sent presque jamais. Une fusillade n'est pas, à vrai dire, une exécution, mais une intention mortelle. Quant à la baïonnette, elle fonctionne peu dans les charges les plus désastreuses; c'est un conflit dans lequel l'un des deux ennemis tient ou cède sans porter de coups, les fusils s'entre-choquent, puis se

relèvent quand la résistance cesse; le cavalier, par
exemple, frappe réellement...

» — Aussi, reprit Desroches, de même que l'on
n'oublie pas le dernier regard d'un adversaire tué en
duel, son dernier râle, le bruit de sa lourde chute, de
même, je porte en moi presque comme un remords,
riez-en si vous pouvez, l'image pâle et funèbre du
sergent prussien que j'ai tué dans la petite poudrière du
fort. »

» Tout le monde fit silence, et Desroches commença
son récit.

« C'était la nuit, je travaillais, comme je l'ai expliqué
tout à l'heure. A deux heures tout doit dormir, excepté
les sentinelles. Les patrouilles sont fort silencieuses, et
tout bruit fait esclandre. Pourtant je crus entendre
comme un mouvement prolongé dans la galerie qui
s'étendait sous ma chambre; on heurtait à une porte,
et cette porte craquait. Je courus, je prêtai l'oreille au
fond du corridor, et j'appelai à demi-voix la sentinelle;
pas de réponse. J'eus bientôt réveillé les canonniers,
endossé l'uniforme, et prenant mon sabre sans fourreau,
je courus du côté du bruit. Nous arrivâmes trente à peu
près dans le rond-point que forme la galerie vers son
centre, et à la lueur de quelques lanternes, nous reconnûmes
les Prussiens, qu'un traître avait introduits par
la poterne fermée. Ils se pressaient avec désordre, et
en nous apercevant ils tirèrent quelques coups de fusil,
dont l'éclat fut effroyable dans cette pénombre et sous
ces voûtes écrasées.

» Alors on se trouva face à face; les assaillants continuaient
d'arriver; les défenseurs descendirent précipitamment
dans la galerie; on en vint à pouvoir à peine
se remuer, mais il y avait entre les deux partis un
espace de six à huit pieds, un champ clos que personne
ne songeait à occuper, tant il y avait de stupeur chez
les Français surpris, et de défiance chez les Prussiens
désappointés.

» Pourtant l'hésitation dura peu. La scène se trouvait
éclairée par des flambeaux et des lanternes; quelques

canonniers avaient suspendu les leurs aux parois; une sorte de combat antique s'engagea; j'étais au premier rang, je me trouvais en face d'un sergent prussien de haute taille, tout couvert de chevrons et de décorations. Il était armé d'un fusil, mais il pouvait à peine le remuer, tant la presse était compacte; tous ces détails me sont encore présents, hélas! Je ne sais s'il songeait même à me résister; je m'élançai vers lui, j'enfonçai mon sabre dans ce noble cœur; la victime ouvrit horriblement les yeux, crispa ses mains avec effort, et tomba dans les bras des autres soldats.

» Je ne me rappelle pas ce qui suivit; je me retrouvai dans la première cour tout mouillé de sang; les Prussiens, refoulés par la poterne, avaient été reconduits à coups de canon jusqu'à leurs campements. »

» Après cette histoire, il se fit un long silence, et puis l'on parla d'autre chose. C'était un triste et curieux spectacle pour le penseur, que toutes ces physionomies de soldats assombries par le récit d'une infortune si vulgaire en apparence... et l'on pouvait savoir au juste ce que vaut la vie d'un homme, même d'un Allemand, docteur, en interrogeant les regards intimidés de ces tueurs de profession.

» — Il est certain, répondit le docteur un peu étourdi, que le sang de l'homme crie bien haut, de quelque façon qu'il soit versé; cependant Desroches n'a point fait de mal; il se défendait.

» — Qui le sait? murmura Arthur.

» — Vous qui parliez de capitulation de conscience, docteur, dites-nous si cette mort du sergent ne ressemble pas un peu à un assassinat. Est-il sûr que le Prussien eût tué Desroches?

» — Mais c'est la guerre, que voulez-vous?

» — A la bonne heure, oui, c'est la guerre. On tue à trois cents pas dans les ténèbres un homme qui ne vous connaît pas et ne vous voit pas; on égorge en face et avec la fureur dans le regard des gens contre lesquels on n'a pas de haine, et c'est avec cette réflexion qu'on s'en console et qu'on s'en glorifie! Et cela se fait honorablement entre des peuples chrétiens !...

» L'aventure de Desroches sema donc différentes impressions dans l'esprit des assistants. Et puis l'on fut se mettre au lit. Notre officier oublia le premier sa lugubre histoire, parce que de la petite chambre qui lui était donnée on apercevait parmi les massifs d'arbres une certaine fenêtre de l'hôtel du Dragon éclairée de l'intérieur par une veilleuse. Là dormait tout son avenir. Lorsqu'au milieu de la nuit, les rondes et le qui-vive venaient le réveiller, il se disait qu'en cas d'alarme son courage ne pourrait plus comme autrefois galvaniser tout l'homme, et qu'il s'y mêlerait un peu de regret et de crainte. Avant l'heure de la diane, le lendemain, le capitaine de garde lui ouvrit là une porte, et il trouva ses deux amies qui se promenaient en l'attendant le long des fossés extérieurs. Je les accompagnai jusqu'à Neunhoffen, car ils devaient se marier à l'état civil d'Haguenau, et revenir à Metz pour la bénédiction nuptiale.

» Wilhelm, le frère d'Émilie, fit à Desroches un accueil assez cordial. Les deux beaux-frères se regardaient parfois avec une attention opiniâtre. Wilhelm était d'une taille moyenne, mais bien prise. Ses cheveux blonds étaient rares déjà, comme s'il eût été miné par l'étude ou par les chagrins; il portait des lunettes bleues à cause de sa vue, si faible, disait-il, que la moindre lumière le faisait souffrir. Desroches apportait une liasse de papiers que le jeune praticien examina curieusement, puis il produisit lui-même tous les titres de sa famille, en forçant Desroches à s'en rendre compte; mais il avait affaire à un homme confiant, amoureux et désintéressé, les enquêtes ne furent donc pas longues. Cette manière de procéder parut flatter quelque peu Wilhelm; aussi commença-t-il à prendre le bras de Desroches, à lui offrir une de ses meilleures pipes, et à le conduire chez tous ses amis d'Haguenau.

» Partout on fumait et l'on buvait force bière. Après dix présentations, Desroches demanda grâce, et on lui permit de ne plus passer ses soirées qu'auprès de sa fiancée.

» Peu de jours après, les deux amoureux du banc de l'esplanade étaient deux époux unis par M. le maire d'Haguenau, vénérable fonctionnaire qui avait dû être bourgmestre avant la Révolution française, et qui avait tenu dans ses bras bien souvent la petite Émilie, que peut-être il avait enregistrée lui-même à sa naissance; aussi lui dit-il bien bas, la veille de son mariage :
— Pourquoi n'épousez-vous donc pas un bon Allemand?

» Émilie paraissait peu tenir à ces distinctions. Wilhelm lui-même s'était réconcilié avec la moustache du lieutenant, car, il faut le dire, au premier abord, il y avait eu réserve de la part de ces deux hommes; mais Desroches y mettant beaucoup du sien, Wilhelm faisant un peu pour sa sœur, et la bonne tante pacifiant et adoucissant toutes les entrevues, on réussit à fonder un parfait accord. Wilhelm embrassa de fort bonne grâce son beau-frère après la signature du contrat. Le jour même, car tout s'était conclu vers neuf heures, les quatre voyageurs partirent pour Metz. Il était six heures du soir quand la voiture s'arrêta à Bitche, au grand hôtel du Dragon.

» On voyage difficilement dans ce pays entrecoupé de ruisseaux et de bouquets de bois; il y a dix côtes par lieue, et la voiture du messager secoue rudement ses voyageurs. Ce fut là peut-être la meilleure raison du malaise qu'éprouva la jeune épouse en arrivant à l'auberge. Sa tante et Desroches s'installèrent auprès d'elle, et Wilhelm, qui souffrait d'une faim dévorante, descendit dans la petite salle où l'on servait à huit heures le souper des officiers.

» Cette fois, personne ne savait le retour de Desroches. La journée avait été employée par la garnison à des excursions dans les taillis de Huspoletden. Desroches, pour n'être pas enlevé au poste qu'il occupait près de sa femme, défendit à l'hôtesse de prononcer son nom. Réunis tous trois près de la petite fenêtre de la chambre, ils virent rentrer les troupes au fort, et la nuit s'approchant, les glacis se bordèrent de soldats en négligé qui savouraient le pain de munition et le fromage de chèvre fourni par la cantine.

» Cependant Wilhelm, en homme qui veut tromper l'heure et la faim, avait allumé sa pipe; et sur le seuil de la porte il se reposait entre la fumée du tabac et celle du repas, double volupté pour l'oisif et pour l'affamé. Les officiers, à l'aspect de ce voyageur bourgeois dont la casquette était enfoncée jusqu'aux oreilles et les lunettes bleues braquées sur la cuisine, comprirent qu'ils ne seraient pas seuls à table et voulurent lier connaissance avec l'étranger; car il pouvait venir de loin, avoir de l'esprit, raconter des nouvelles, et dans ce cas c'était une bonne fortune; ou arriver des environs, garder un silence stupide, et alors c'était un niais dont on pouvait rire.

» Un sous-lieutenant des écoles s'approcha de Wilhelm avec une politesse qui frisait l'exagération.

« Bonsoir, monsieur, savez-vous des nouvelles de Paris?

» — Non, monsieur, et vous? dit tranquillement Wilhelm.

» — Ma foi, monsieur, nous ne sortons pas de Bitche, comment saurions-nous quelque chose?

» — Et moi, monsieur, je ne sors jamais de mon cabinet.

» — Seriez-vous dans le génie?... »

» Cette raillerie dirigée contre les lunettes de Wilhelm égaya beaucoup l'assemblée.

« Je suis clerc de notaire, Monsieur.

» — En vérité? à votre âge c'est surprenant.

» — Monsieur, dit Wilhelm, est-ce que vous voudriez voir mon passeport?

» — Non, certainement.

» — Eh bien! dites-moi que vous ne vous moquez pas de ma personne et je vais vous satisfaire sur tous les points ».

» L'assemblée reprit son sérieux.

« Je vous ai demandé, sans intention maligne, si vous faisiez partie du génie, parce que vous portiez des lunettes. Ne savez-vous pas que les officiers de cette arme ont seuls le droit de se mettre des verres sur les yeux?

» — Et cela prouve-t-il que je sois soldat ou officier, comme vous voudrez...

» — Mais tout le monde est soldat aujourd'hui. Vous n'avez pas vingt-cinq ans, vous devez appartenir à l'armée; ou bien vous êtes riche, vous avez quinze ou vingt mille francs de rente, vos parents ont fait des sacrifices... et dans ce cas-là, on ne dîne pas à une table d'hôte d'auberge.

» — Monsieur, dit Wilhelm, en secouant sa pipe, peut-être avez-vous le droit de me soumettre à cette inquisition, alors je dois vous répondre catégoriquement. Je n'ai pas de rentes, puisque je suis un simple clerc de notaire, comme je vous l'ai dit. J'ai été réformé pour cause de mauvaise vue. Je suis myope, en un mot. »

» Un éclat de rire général et intempéré accueillit cette déclaration.

« Ah! jeune homme, jeune homme! s'écria le capitaine Vallier en lui frappant sur l'épaule, vous avez bien raison, vous profitez du proverbe : Il vaut mieux être poltron et vivre plus longtemps! »

» Wilhelm rougit jusqu'aux yeux : « Je ne suis pas un poltron, monsieur le capitaine! et je vous le prouverai quand il vous plaira. D'ailleurs, mes papiers sont en règle, et si vous êtes officier de recrutement, je puis vous les montrer.

» — Assez, assez, crièrent quelques officiers, laisse ce bourgeois tranquille, Vallier. Monsieur est un particulier paisible, il a le droit de souper ici.

» — Oui, dit le capitaine, ainsi mettons-nous à table, et sans rancune, jeune homme. Rassurez-vous, je ne suis pas chirurgien examinateur, et cette salle à manger n'est pas une salle de révision. Pour vous prouver ma bonne volonté, je m'offre à vous découper une aile de ce vieux dur à cuire qu'on nous donne pour un poulet.

» — Je vous remercie, dit Wilhelm, à qui la faim avait passé, je mangerai seulement de ces truites qui sont au bout de la table. Et il fit signe à la servante de lui apporter le plat.

» — Sont-ce des truites, vraiment? dit le capitaine à Wilhelm, qui avait ôté ses lunettes en se mettant à table. Ma foi, Monsieur, vous avez meilleure vue que moi-même; tenez, franchement, vous ajusteriez votre fusil tout aussi bien qu'un autre... Mais vous avez eu des protections, vous en profitez, très bien. Vous aimez la paix, c'est un goût tout comme un autre. Moi, à votre place, je ne pourrais pas lire un bulletin de la grande armée, et songer que les jeunes gens de mon âge se font tuer en Allemagne, sans me sentir bouillir le sang dans les veines. Vous n'êtes donc pas français?

» — Non, dit Wilhelm, avec effort et satisfaction à la fois, je suis né à Haguenau; je ne suis pas français, je suis allemand.

» — Allemand? Haguenau est situé en deçà de la frontière rhénane, c'est un bon et beau village de l'Empire français, département du Bas-Rhin. Voyez la carte.

» — Je suis de Haguenau, vous dis-je, village d'Allemagne il y a dix ans, aujourd'hui village de France; et moi je suis allemand toujours, comme vous seriez français jusqu'à la mort, si votre pays appartenait jamais aux Allemands.

» — Vous dites là des choses dangereuses, jeune homme, songez-y.

» — J'ai tort peut-être, dit impétueusement Wilhelm; mon sentiment à moi est de ceux qu'il importe, sans doute, de garder dans son cœur, si l'on ne peut les changer. Mais c'est vous-même qui avez poussé si loin les choses, qu'il faut, à tout prix, que je me justifie ou que je passe pour un lâche. Oui, tel est le motif qui, dans ma conscience, légitime le soin que j'ai mis à profiter d'une infirmité réelle, sans doute, mais qui peut-être n'eût pas dû arrêter un homme de cœur. Oui, je l'avouerai, je ne me sens point de haine contre les peuples que vous combattez aujourd'hui. Je songe que si le malheur eût voulu que je fusse obligé de marcher contre eux, j'aurais dû, moi aussi, ravager des campagnes allemandes, brûler des villes, égorger des compatriotes ou d'anciens compatriotes, si vous aimez mieux, et frapper, au milieu d'un groupe de prétendus ennemis, oui, frapper, qui sait? des parents, d'anciens amis de mon père... Allons, allons, vous voyez bien qu'il vaut mieux pour moi écrire des rôles chez le notaire d'Haguenau... D'ailleurs, il y a assez de sang versé dans ma famille; mon père a répandu le sien jusqu'à la dernière goutte, voyez-vous, et moi...

» — Votre père était soldat? interrompit le capitaine Vallier.

» — Mon père était sergent dans l'armée prussienne, et il a défendu longtemps ce territoire que vous occupez aujourd'hui. Enfin, il fut tué à la dernière attaque du fort de Bitche.

» Tout le monde était fort attentif à ces dernières paroles de Wilhelm, qui arrêtèrent l'envie qu'on avait, quelques minutes auparavant, de rétorquer ses paradoxes touchant le cas particulier de sa nationalité.

» — C'était donc en 93?

» — En 93, le 17 novembre, mon père était parti la veille de Pirmasens pour rejoindre sa compagnie. Je sais qu'il dit à ma mère qu'au moyen d'un plan hardi, cette citadelle serait emportée sans coup férir. On nous le rapporta mourant vingt-quatre heures après; il expira sur le seuil de la porte, après m'avoir fait jurer de rester auprès de ma mère, qui lui survécut quinze jours.

» J'ai su que, dans l'attaque qui eut lieu cette nuit-là, il reçut dans la poitrine le coup de sabre d'un jeune soldat, qui abattit ainsi l'un des plus beaux grenadiers de l'armée du prince de Hohenlohe.

» — Mais on nous a raconté cette histoire, dit le major...

» — Eh bien! dit le capitaine Vallier, c'est toute l'aventure du sergent prussien tué par Desroches.

» — Desroches! s'écria Wilhelm; est-ce du lieutenant Desroches que vous parlez?

» — Oh! non, non, se hâta de dire un officier, qui

s'aperçut qu'il allait y avoir là quelque révélation terrible ; ce Desroches dont nous parlons était un chasseur de la garnison, mort il y a quatre ans, car son premier exploit ne lui a pas porté bonheur.

» — Ah! il est mort, dit Wilhelm en essuyant son front d'où tombaient de larges gouttes de sueur.

» Quelques minutes après, les officiers le saluèrent et le laissèrent seul. Desroches ayant vu par la fenêtre qu'ils s'étaient tous éloignés, descendit dans la salle à manger, où il trouva son beau-frère accoudé sur la longue table et la tête dans ses mains.

» — Eh bien, eh bien, nous dormons déjà?... Mais je veux souper, moi ; ma femme s'est endormie enfin, et j'ai une faim terrible... Allons, un verre de vin, cela nous réveillera et vous me tiendrez compagnie.

» — Non, j'ai mal à la tête, dit Wilhelm, je monte à ma chambre. A propos, ces messieurs m'ont beaucoup parlé des curiosités du fort. Ne pourriez-vous pas m'y conduire demain?

» — Mais sans doute, mon ami.

» — Alors demain matin je vous éveillerai. »

» Desroches soupa, puis il alla prendre possession du second lit qu'on avait préparé dans la chambre où son beau-frère venait de monter (car Desroches couchait seul, n'étant mari qu'au civil). Wilhelm ne put dormir de la nuit, et tantôt il pleurait en silence, tantôt il dévorait de regards furieux le dormeur, qui souriait dans ses songes.

» Ce qu'on appelle le pressentiment ressemble fort au poisson précurseur qui avertit les cétacés immenses et presque aveugles que là pointille une roche tranchante, ou qu'ici est un fond de sable. Nous marchons dans la vie si machinalement que certains caractères, dont l'habitude est insouciante, iraient se heurter ou se briser sans avoir pu se souvenir de Dieu, s'il ne paraissait un peu de limon à la surface de leur bonheur. Les uns s'assombrissent au vol du corbeau, les autres sans motifs, d'autres, en s'éveillant, restent soucieux sur leur séant, parce qu'ils ont fait un rêve sinistre. Tout cela est pressentiment. Vous allez courir un danger, dit le rêve ; prenez garde, crie le corbeau ; soyez triste, murmure le cerveau qui s'alourdit.

» Desroches, vers la fin de la nuit, eut un songe étrange. Il se trouvait au fond d'un souterrain ; derrière lui marchait une ombre blanche dont les vêtements frôlaient ses talons ; quand il se retournait, l'ombre reculait ; elle finit par s'éloigner à une telle distance que Desroches ne distinguait plus qu'un point blanc ; ce point grandit, devint lumineux, emplit toute la grotte et s'éteignit. Un léger bruit se faisait entendre, c'était Wilhelm qui rentrait dans la chambre, le chapeau sur la tête et enveloppé d'un long manteau bleu.

» Desroches se réveilla en sursaut.

« Diable ! s'écria-t-il, vous étiez déjà sorti ce matin ?

» — Il faut vous lever, répondit Wilhelm.

» — Mais nous ouvrira-t-on au fort ?

» — Sans doute, tout le monde est à l'exercice ; il n'y a plus que le poste de garde.

» — Déjà ! eh bien, je suis à vous... Le temps seulement de dire bonjour à ma femme.

» — Elle va bien, je l'ai vue ; ne vous occupez pas d'elle. »

» Desroches fut surpris de cette réponse, mais il la mit sur le compte de l'impatience, et plia encore une fois devant cette autorité fraternelle qu'il allait bientôt pouvoir secouer.

» Comme ils passaient sur la place pour aller au fort, Desroches jeta les yeux sur les fenêtres de l'auberge. Émilie dort sans doute, pensa-t-il. Cependant le rideau tremble, se ferme, et le lieutenant crut remarquer qu'on s'était éloigné du carreau pour n'être pas aperçu de lui.

» Les guichets s'ouvrirent sans difficulté. Un capitaine invalide, qui n'avait pas assisté au souper de la veille, commandait l'avant-poste. Desroches prit une lanterne et se mit à guider de salle en salle son compagnon silencieux.

» Après une visite de quelques minutes sur différents points où l'attention de Wilhelm ne trouva guère à se fixer : « Montrez-moi donc les souterrains », dit-il à son beau-frère.

» — Avec plaisir, mais ce sera, je vous jure, une promenade peu agréable ; il règne là-dessous une grande humidité. Nous avons les poudres sous l'aile gauche, et là, on ne saurait pénétrer sans ordre supérieur. A droite sont les conduits d'eau réservés et les salpêtres bruts ; au milieu, les contre-mines et les galeries... Vous savez ce que c'est qu'une voûte ?

» — N'importe, je suis curieux de visiter des lieux où se sont passés tant d'événements sinistres... où même vous avez couru des dangers, à ce qu'on m'a dit.

» — Il ne me fera pas grâce d'un caveau, pensa Desroches. — Suivez-moi, frère, dans cette galerie qui mène à la poterne ferrée. »

» La lanterne jetait une triste lueur aux murailles moisies, et tremblait en se reflétant sur quelques lames de sabres et quelques canons de fusils rongés par la rouille.

« Qu'est-ce que ces armes ? demanda Wilhelm.

» — Les dépouilles des Prussiens tués à la dernière attaque du fort, et dont mes camarades ont réuni les armes en trophées.

» — Il est donc mort plusieurs Prussiens ici ?

» — Il en est mort beaucoup dans ce rond-point...

» — N'y tuâtes-vous pas un sergent, vieillard de haute taille, à moustaches rousses ?

» — Sans doute ; ne vous en ai-je pas conté l'histoire ?

» — Non, pas vous ; mais hier à table on m'a parlé de cet exploit... que votre modestie nous avait caché.

» — Qu'avez-vous donc, frère, vous pâlissez ?

» Wilhelm répondit d'une voix forte :

» — Ne m'appelez pas frère, mais ennemi !... Regardez, je suis un Prussien ! Je suis le fils de ce sergent que vous avez assassiné.

» — Assassiné !

» — Ou tué, qu'importe ! Voyez ; c'est là que votre sabre a frappé. »

» Wilhelm avait rejeté son manteau et indiquait une

déchirure dans l'uniforme vert qu'il avait revêtu, et qui était l'habit même de son père, pieusement conservé.

« Vous êtes le fils de ce sergent ! Oh ! mon Dieu, me raillez-vous ?

» — Vous railler ? Joue-t-on avec de pareilles horreurs ?... Ici a été tué mon père, son noble sang a rougi ces dalles ; ce sabre est peut-être le sien ! Allons, prenez-en un autre et donnez-moi la revanche de cette partie !... Allons, ce n'est pas un duel, c'est le combat d'un Allemand contre un Français ; en garde !

» — Mais vous êtes fou, cher Wilhelm, laissez donc ce sabre rouillé. Vous voulez me tuer, suis-je coupable ?

» — Aussi, vous avez la chance de me frapper à mon tour, et elle est double pour le moins de votre côté. Allons, défendez-vous.

» — Wilhelm ! tuez-moi sans défense ; je perds la raison moi-même, la tête me tourne... Wilhelm ! j'ai fait comme tout soldat doit faire ; mais songez-y donc... D'ailleurs, je suis le mari de votre sœur ; elle m'aime ! Oh ! ce combat est impossible.

» — Ma sœur !... et voilà justement ce qui rend impossible que nous vivions tous deux sous le même ciel ! Ma sœur ! elle sait tout ; elle ne reverra jamais celui qui l'a faite orpheline. Hier, vous lui avez dit le dernier adieu [1]. »

» Desroches poussa un cri terrible et se jeta sur Wilhelm pour le désarmer ; ce fut une lutte assez longue, car le jeune homme opposait aux secousses de son adversaire la résistance de la rage et du désespoir.

« Rends-moi ce sabre, malheureux, criait Desroches, rends-le moi ! Non, tu ne me frapperas pas, misérable fou !... rêveur cruel !...

» — C'est cela, criait Wilhelm d'une voix étouffée, tuez aussi le fils dans la galerie !... Le fils est un Allemand... un Allemand ! »

» En ce moment des pas retentirent et Desroches lâcha prise. Wilhelm abattu ne se relevait pas...

» Ces pas étaient les miens, Messieurs, ajouta l'abbé. Émilie était venue au presbytère me raconter tout pour se mettre sous la sauvegarde de la religion, la pauvre enfant. J'étouffai la pitié qui parlait au fond de mon cœur, et lorsqu'elle me demanda si elle pouvait aimer encore le meurtrier de son père, je ne répondis pas: Elle comprit, me serra la main et partit en pleurant. Un pressentiment me vint; je la suivis, et quand j'entendis qu'on lui répondait à l'hôtel que son frère et son mari étaient allés visiter le fort, je me doutai de l'affreuse vérité. Heureusement j'arrivai à temps pour empêcher une nouvelle péripétie entre ces deux hommes égarés par la colère et par la douleur.

» Wilhelm, bien que désarmé, résistait toujours aux prières de Desroches; il était accablé, mais son œil gardait encore toute sa fureur.

« Homme inflexible! lui dis-je, c'est vous qui réveillez les morts et qui soulevez des fatalités effrayantes! N'êtes-vous pas chrétien, et voulez-vous empiéter sur la justice de Dieu? Voulez-vous devenir ici le seul criminel et le seul meurtrier? L'expiation sera faite, n'en doutez point; mais ce n'est pas à nous qu'il appartient de la prévoir, ni de la forcer. »

» Desroches me serra la main et me dit : « Émilie sait tout. Je ne la reverrai pas. Mais je sais ce que j'ai à faire pour lui rendre sa liberté. »

» — Que dites-vous, m'écriai-je, un suicide?

A ce mot, Wilhelm s'était levé et avait saisi la main de Desroches.

» — Non! disait-il, j'avais tort. C'est moi seul qui suis coupable, et qui devais garder mon secret et mon désespoir! »

» Je ne vous peindrai pas les angoisses que nous souffrîmes dans cette heure fatale; j'employai tous les raisonnements de ma religion et de ma philosophie, sans faire naître d'issue satisfaisante à cette cruelle situation; une séparation était indispensable dans tous les cas, mais le moyen d'en déduire les motifs devant la justice! Il y avait là, non seulement un débat pénible à subir, mais encore un danger politique à révéler ces fatales circonstances.

» Je m'appliquai surtout à combattre les projets sinistres de Desroches et à faire pénétrer dans son cœur les sentiments religieux qui font un crime du suicide. Vous savez que ce malheureux avait été nourri à l'école des matérialistes du dix-huitième siècle. Toutefois, depuis sa blessure, ses idées avaient changé beaucoup. Il était devenu l'un de ces chrétiens à demi sceptiques comme nous en avons tant, qui trouvent qu'après tout un peu de religion ne peut nuire, et qui se résignent même à consulter un prêtre *en cas* qu'il y ait un Dieu! C'est en vertu de cette religiosité vague qu'il acceptait mes consolations. Quelques jours s'étaient passés. Wilhelm et sa sœur n'avaient pas quitté l'auberge; car Émilie était fort malade après tant de secousses. Desroches logeait au presbytère et lisait toute la journée des livres de piété que je lui prêtais. Un jour il alla seul au fort, y resta quelques heures, et, en revenant, il me montra une feuille de papier où son nom était inscrit; c'était une commission de capitaine dans un régiment qui partait pour rejoindre la division Partouneaux.

» Nous reçûmes au bout d'un mois la nouvelle de sa mort glorieuse autant que singulière. Quoi qu'on puisse dire de l'espèce de frénésie qui le jeta dans la mêlée, on sent que son exemple fut un grand encouragement pour tout le bataillon qui avait perdu beaucoup de monde à la première charge... »

Tout le monde se tut après ce récit; chacun gardait la pensée étrange qu'excitaient une telle vie et une telle mort. L'abbé reprit en se levant : « Si vous voulez, Messieurs, que nous changions ce soir la direction habituelle de nos promenades, nous suivrons cette allée de peupliers jaunis par le soleil couchant, et je vous conduirai jusqu'à la Butte-aux-Lierres, d'où nous pourrons apercevoir la croix du couvent où s'est retirée Mme Desroches. »

La Pandora

I

> *Deux âmes, hélas! se partagent mon sein et chacune d'elles veut se séparer de l'autre : l'une, ardente d'amour, s'attache au monde par le moyen des organes du corps; un mouvement surnaturel entraîne l'autre loin des ténèbres, vers les hautes demeures de nos aïeux.*
> Faust.

Vous l'avez tous connue, ô mes amis! la belle *Pandora* du théâtre de Vienne. Elle vous a laissé sans doute, ainsi qu'à moi-même, de cruels et doux souvenirs. C'était bien à elle peut-être, — à elle, en vérité, — que pouvait s'appliquer l'indéchiffrable énigme gravée sur la pierre de Bologne : ÆLIA LÆLIA. *Nec vir, nec mulier, nec androgyna,* etc. « Ni homme, ni femme, ni androgyne, ni fille, ni jeune, ni vieille, ni *chaste,* ni *folle,* ni pudique, mais tout cela ensemble... » Enfin la *Pandora,* c'est tout dire, car je ne veux pas dire tout [1].

O Vienne la bien gardée! rocher d'amour des paladins, comme dirait le vieux Menzel, tu ne possèdes pas la coupe bénie du Saint-Graal mystique, mais le *Stock-*

im-Eisen des braves compagnons! Ta montagne d'aimant attire invinciblement les pointes des épées, et le Magyar jaloux, le Bohême intrépide, le Lombard généreux mourraient pour te défendre aux pieds divins de *Maria Hilf.*

Je n'ai pu moi-même planter le clou symbolique dans le tronc chargé de fer *(Stock-im-Eisen)* posé à l'entrée du *Graben*, à la porte d'un bijoutier, — mais j'ai versé mes plus douces larmes et les plus pures effusions de mon cœur le long des places et des rues, sur les bastions, dans les allées de l'Augarten et sous les bosquets du Prater. J'ai attendri de mes chants d'amour les biches timides et les faucons privés; j'ai promené mes rêveries sur les rampes gazonnées de Schœnbrunn [1]. J'adorais les pâles statues de ces jardins que couronne la *gloriette* de Marie-Thérèse et les chimères du vieux palais m'ont ravi mon cœur pendant que j'admirais leurs yeux divins et que j'espérais m'allaiter à leurs seins de marbre éclatant.

Pardonne-moi d'avoir surpris un regard de tes beaux yeux, auguste archiduchesse, dont j'aimais tant l'image peinte sur une enseigne de magasin. Tu me rappelais *l'autre*... rêve de mes jeunes amours, pour qui j'ai si souvent franchi l'espace qui séparait mon toit natal de la ville des Stuart! J'allais à pied traversant plaines et bois, rêvant à la Diane valoise qui protège les Médicis, et quand, au-dessus des maisons du Pecq et du pavillon d'Henri IV, j'apercevais les tours de brique cordonnées d'ardoises, alors je traversais la Seine qui languit et se replie autour de ses îles, et je m'engageais dans les ruines solennelles du vieux château de Saint-Germain. L'aspect ténébreux des hauts portiques, où plane la souris chauve, où fuit le lézard, où bondit le chevreau qui broute les vertes acanthes, me remplissait de joie et d'amour. Puis, quand j'avais gagné le plateau de la montagne, fût-ce à travers le vent et l'orage, quel bonheur encore d'apercevoir au delà des maisons la côte bleuâtre de Mareil, avec son église où reposent les cendres du vieux seigneur de Monteynard [2].

Le souvenir de mes belles cousines, ces intrépides
chasseresses que je promenais autrefois dans les bois,
belles toutes deux, comme les filles de Léda, m'éblouit
encore et m'enivre.

Pourtant je n'aimais qu'*elle, alors!*

Il faisait très froid à Vienne la veille de la Saint-
Sylvestre et je me plaisais beaucoup dans le boudoir de
la *Pandora*. Une lettre qu'elle faisait semblant d'écrire
n'avançait guère, et les délicieuses pattes de mouche de
son écriture s'entremêlaient follement avec je ne sais
quels arpèges mystérieux qu'elle tirait par instant des
cordes de sa harpe, dont la crosse disparaissait sous les
enlacements d'une sirène dorée. Tout à coup, elle se jeta
à mon col et m'embrassa, en disant avec un fou rire :
« Tiens, c'est un petit prêtre! il est bien plus amusant
que mon baron [1]. »

J'allai me rajuster à la glace, car mes cheveux châtains
se trouvaient tout défrisés, et je rougis d'humiliation en
sentant que je n'étais aimé qu'à cause d'un certain petit
air ecclésiastique que me donnaient mon air timide et
mon habit noir.

« Pandora, lui dis-je, ne plaisantons pas avec l'amour,
ni avec la religion, car c'est la même chose en vérité.

— Mais j'adore les prêtres, dit-elle. Laissez-moi mon
illusion.

— Pandora, dis-je avec amertume, je ne remettrai
plus cet habit noir, et quand je reviendrai chez vous, je
porterai mon habit bleu à boutons dorés qui me donne
l'air cavalier.

— Je ne vous recevrai qu'en habit noir, dit-elle. Et
elle appela sa suivante :

— Roschen!... si Monsieur que voilà se présente en
habit bleu, vous le mettrez dehors et vous le consi-
gnerez à la porte de l'hôtel. J'en ai bien assez, ajouta-
t-elle avec colère, des attachés d'ambassade en bleu
avec leurs boutons à couronnes, et des officiers de Sa
Majesté Impériale, et des Magyars avec leurs habits de

velours et leurs toques à aigrettes. Ce petit-là me
servira d'abbé. Adieu, l'abbé, c'est convenu, vous
viendrez me chercher demain en voiture et nous irons en
partie fine au Prater... mais vous serez en habit noir ! »

Chacun de ces mots m'entrait au cœur comme une
épine. Un rendez-vous, un rendez-vous positif, pour le
lendemain, premier jour de l'année, et en habit noir
encore. Et ce n'était pas tant l'habit noir qui me désespé-
rait, mais ma bourse était vide. Quelle honte ! vide,
hélas ! le propre jour de la Saint-Sylvestre !... Poussé
par un fol espoir, je me hâtai de courir à la poste pour
voir si mon oncle ne m'avait pas adressé une lettre chargée. O bonheur ! on me demande deux florins et l'on
me remet une épître qui porte le timbre de France. Un
rayon de soleil tombait d'aplomb sur cette lettre insi-
dieuse. Les lignes s'y suivaient impitoyablement sans le
moindre croisement de mandat sur la poste ou d'effets
de commerce. Elle ne contenait de toute évidence que
des maximes de morale et des conseils d'économie [1].

Je la rendis en feignant prudemment une erreur de
gilet, et je frappai avec une surprise affectée des poches
qui ne rendaient aucun son métallique, puis je me précipitai dans les rues populeuses qui entourent Saint-
Étienne.

Heureusement, j'avais à Vienne un ami. C'était un
garçon fort aimable, un peu fou comme tous les Allemands, docteur en philosophie, et qui cultivait avec
agrément quelques dispositions vagues à l'emploi de
ténor léger.

Je savais bien où le trouver, c'est-à-dire chez sa maîtresse, une nommée Rosa, figurante au théâtre de
Leopoldstadt. Il lui rendait visite tous les jours de deux
à cinq heures. Je traversai rapidement le Rothenthor, je
montai le faubourg, et dès le bas de l'escalier je distinguai
la voix de mon compagnon qui chantait d'un ton lan-
goureux :

Einen Kuss von rosiger Lippe,
Und ich fürchte nicht Sturm und nicht Klippe !

Le malheureux s'accompagnait d'une guitare, ce qui n'est pas encore ridicule à Vienne, et se donnait des poses de ménestrel; je le pris à part en lui confiant ma situation.

« Mais tu ne sais pas, me dit-il, que c'est aujourd'hui la Saint-Sylvestre...

— Oh! c'est juste, m'écriai-je en apercevant sur la cheminée de Rosa une magnifique garniture de vases remplis de fleurs. Alors, je n'ai plus qu'à me percer le cœur ou à m'en aller faire un tour vers l'île Lobau, là où se trouve la plus forte branche du Danube...

— Attends encore, me dit-il, en me saisissant le bras. »

Nous sortîmes. Il me dit :

« J'ai sauvé ceci des mains de Dalilah... Tiens, voilà deux écus d'Autriche; ménage-les bien et tâche de les garder intacts jusqu'à demain, car c'est le grand jour [1]. »

Je traversai les glacis couverts de neige et je rentrai à Leopoldstadt où je demeurais chez des blanchisseuses. J'y trouvai une lettre qui me rappelait que je devais participer à une brillante représentation où assisterait une partie de la cour et de la diplomatie. Il s'agissait de jouer des charades [2]. Je pris mon rôle avec humeur car je ne l'avais guère étudié. La Kathi vint me voir, souriante et parée, *bionda grassotta*, comme toujours, et me dit des choses charmantes dans son patois mélangé de morave et de vénitien. Je ne sais trop quelle fleur elle portait à son corsage; je voulais l'obtenir de son amitié. Elle me dit d'un ton que je ne lui avais pas connu encore : « Jamais, pour moins de *zehn Gulden Convention-mink* » (de dix florins en monnaie de convention).

Je fis semblant de ne pas comprendre. Elle s'en alla furieuse et me dit qu'elle irait trouver son vieux baron, qui lui donnerait de plus riches étrennes.

Me voilà libre. Je descends le faubourg en étudiant mon rôle que je tenais à la main. Je rencontrai Wahby la Bohême qui m'adressa un regard languissant et plein de reproches. Je sentis le besoin d'aller dîner à la Porte-

Rouge, et je m'inondai l'estomac d'un tokai rouge à
trois kreutzers le verre dont j'arrosai des côtelettes
grillées, du wurschell et un entremets d'escargots.

Les boutiques illuminées regorgeaient de visiteuses et
mille fanfreluches, bamboches et poupées de Nuremberg
grimaçaient aux étalages accompagnées d'un concert
enfantin de tambours de basque et de trompettes de
fer-blanc.

« Diable de conseiller intime de sucre candi ! » m'écriai-
je en souvenir d'Hoffmann, et je descendis rapidement
les degrés usés de la taverne des Chasseurs. On chantait
la *Revue nocturne* du poète Zedlitz. La grande ombre de
l'empereur planait sur l'assemblée joyeuse, et je fre-
donnais en moi-même : « O Richard !... » Une fille charmante m'apporta un verre de *baierisch-Bier*, et je n'osai
l'embrasser, parce que je songeais au rendez-vous du
lendemain. Je ne pouvais tenir en place. J'échappai à la
joie tumultueuse de la taverne, et j'allai prendre mon
café au Graben. En traversant la place Saint-Étienne,
je fus reconnu par une bonne vieille décrotteuse qui me
cria selon son habitude : « S... n... de D...! », seul mot
français qu'elle eût retenu de l'invasion impériale. Cela
me fit songer à la représentation du soir, car autrement
je serais allé m'incruster dans quelque stalle du théâtre
de la porte de Carinthie où j'avais l'usage d'admirer
beaucoup Mlle Lutzer. Je me fis cirer, car la neige avait
fort détérioré ma chaussure.

Une bonne tasse de café me remit en état de me présenter au palais ; les rues étaient pleines de Lombards,
de Bohêmes et de Hongrois en costumes. Les diamants,
les rubis, les opales étincelaient sur leurs poitrines, et la
plupart se dirigeaient vers le *Burg* pour aller présenter
leurs hommages à la famille impériale.

Je n'osai me mêler à cette foule éclatante mais le
souvenir chéri de l'*autre* *** me protégea encore contre
les charmes de l'artificieuse Pandora [1].

II

Je suis obligé d'expliquer que *Pandora* fait suite aux aventures que j'ai publiées autrefois dans la *Revue de Paris*, et réimprimées dans l'introduction de mon *Voyage en Orient*, sous ce titre : *les Amours de Vienne*. Des raisons de convenance qui n'existent plus, j'espère, m'avaient forcé de supprimer ce chapitre. S'il faut encore un peu de clarté, permettez-moi de vous faire réimprimer les lignes qui précédaient jadis ce passage de mes *Mémoires*. J'écris les *miens* sous plusieurs formes, puisque c'est la mode aujourd'hui. Ceci est un fragment d'une lettre confidentielle adressée à Théophile Gautier, qui n'a vu le jour que par suite d'une indiscrétion de la police de Vienne, — à qui je la pardonne, — et il serait trop long, dangereux peut-être d'appuyer sur ce point.

Voici le passage que les curieux ont le droit de reporter en tête du premier article de *Pandora*.

« Représente-toi une grande cheminée de marbre sculpté. Les cheminées sont rares à Vienne, et n'existent guère que dans les palais. Les fauteuils et les divans ont les pieds dorés. Autour de la salle, il y a des consoles dorées; et les lambris... ma foi, il y a aussi des lambris dorés. La chose est complète comme tu vois. Devant cette cheminée, trois dames charmantes sont assises : l'une est de Vienne; les deux autres sont, l'une italienne, l'autre anglaise. L'une des trois est la maîtresse de la maison. Des hommes qui sont là, deux sont comtes, un autre est prince hongrois, un autre est ministre, et les autres sont des jeunes gens *pleins d'avenir*. Les dames ont parmi eux des maris et des amants avoués, connus; mais tu sais que les amants passent en général à l'état de maris, c'est-à-dire ne comptent plus comme individualité masculine. Cette remarque est très forte, songes-y bien.

» Ton ami se trouve donc seul homme dans cette société à bien juger sa position; la maîtresse de la maison mise à part (cela doit être), ton ami a donc des chances de fixer l'attention des deux dames qui restent, et même il y a peu de mérite à cela par les raisons que je viens d'expliquer.

» Ton ami a dîné confortablement; il a bu des vins de France et de Hongrie, pris du café et de la liqueur, il est bien mis, son linge est d'une finesse exquise, ses cheveux sont soyeux et frisés très légèrement. Ton ami fait du paradoxe, ce qui est usé depuis dix ans chez nous, et ce qui est ici tout neuf. Les seigneurs étrangers ne sont pas de force à lutter sur ce bon terrain que nous avons tant remué. Ton ami flamboie et pétille; on le touche, il en sort du feu.

» Voilà un jeune homme bien posé; il plaît prodigieusement aux dames*; les hommes sont très charmés aussi. Les gens de ce pays sont si bons! Ton ami passe donc pour un causeur agréable. On se plaint qu'il parle peu; mais, quand il s'échauffe, il est très bien!

» Je te dirai que, des deux dames, il en est une qui me plaît beaucoup et l'autre beaucoup aussi. Toutefois l'Anglaise a un petit parler si doux, elle est si bien assise dans son fauteuil; de beaux cheveux blonds à reflets rouges, la peau si blanche, de la soie, de la ouate et des tulles, des perles et des opales; on ne sait pas trop ce qu'il y a au milieu de tout cela, mais c'est si bien arrangé!

» C'est là un genre de beauté et de charme que je commence à présent à comprendre; je vieillis. Si bien que me voilà à m'occuper toute la soirée de cette jolie femme dans son fauteuil. L'autre paraissait s'amuser beaucoup dans la conversation d'un monsieur d'un certain âge qui semble fort épris d'elle et dans les conditions d'un *patito* tudesque, ce qui n'est pas réjouissant. Je causais avec la petite dame bleue; je lui témoignais avec feu mon admi-

---

* Nous disons encore les *dames*, quoiqu'il soit de bon goût, dans le monde, de dire les *femmes*.

ration pour les cheveux et le teint des blondes. Voici l'autre, qui nous écoutait d'une oreille, qui quitte brusquement la conversation de son soupirant et se mêle à la nôtre. Je veux tourner la question. Elle avait tout entendu. Je me hâte d'établir une distinction pour les brunes qui ont la peau blanche : elle me répond que la sienne est noire... de sorte que voilà ton ami réduit aux exceptions, aux conventions, aux protestations. Alors je pensais avoir beaucoup déplu à la dame brune. J'en étais fâché parce qu'après tout elle est fort belle et fort majestueuse dans sa robe blanche, et ressemble à la Grisi dans le premier acte de *Don Juan*. Ce souvenir m'avait servi, du reste, à rajuster un peu les choses. Deux jours après, je me rencontre au Casino avec l'un des comtes qui étaient là; nous allons par occasion dîner ensemble, puis au spectacle. Nous nous lions comme cela. La conversation tombe sur les deux dames dont j'ai parlé plus haut, il me propose de me présenter à l'une d'elles : la noire. J'objecte ma maladresse précédente. Il me dit qu'au contraire cela avait très bien fait. — Cet homme est profond. »

De colère je renversai le paravent, qui figurait un salon de campagne. — Quel scandale! — Je m'enfuis du salon à toutes jambes, bousculant, le long des escaliers, des foules d'huissiers à chaînes d'argent et d'heiduques galonnés, et m'attachant des *pattes de cerf*, j'allai me réfugier honteusement dans la taverne des Chasseurs.

Là je demandai un pot de vin nouveau, que je mélangeai d'un pot de vin vieux, et j'écrivis à la déesse une lettre de quatre pages, d'un style abracadabrant. Je lui rappelais les souffrances de Prométhée, quand il mit au jour une créature aussi dépravée qu'elle. Je critiquai sa boîte à malice et son ajustement de bayadère. J'osai même m'attaquer à ses pieds serpentins, que je voyais passer insidieusement sous sa robe. Puis j'allai porter la lettre à l'hôtel où elle demeurait..

Sur quoi je retournai à mon petit logement de Leopoldstadt, où je ne pus dormir de la nuit. Je la voyais dansant toujours avec deux cornes d'argent ciselé, agitant sa tête empanachée, et faisant onduler son col de dentelles gaufrées sur les plis de sa robe de brocart.

Qu'elle était belle en ses ajustements de soie et de pourpre levantine, faisant luire insolemment ses blanches épaules, huilées de la sueur du monde. Je la domptai en m'attachant désespérément à ses cornes, et je crus reconnaître en elle l'altière Catherine, impératrice de toutes les Russies. J'étais moi le prince de Ligne, et elle ne fit pas de difficulté de m'accorder la Crimée, ainsi que l'emplacement de l'ancien temple de Thoas. — Je me trouvai tout à coup moelleusement assis sur le trône de Stamboul.

« Malheureuse! lui dis-je, nous sommes perdus par ta faute — et le monde va finir! Ne sens-tu pas qu'on ne peut plus respirer ici? L'air est infecté de tes poisons, et la dernière bougie [1] qui nous éclaire encore tremble et pâlit déjà au souffle impur de nos haleines... De l'air! de l'air! Nous périssons!

— Mon seigneur, cria-t-elle, nous n'avons à vivre que sept mille ans! Cela fait encore mille cent quarante!

— Septante sept mille! lui dis-je, et des millions d'années en plus : tes nécromanciens [2] se sont trompés!... »

Alors elle s'élança, rajeunie des oripeaux qui la couvraient, et son vol se perdit dans le ciel pourpré du lit à colonnes. Mon esprit flottant voulut en vain la suivre : elle avait disparu pour l'éternité.

J'étais en train d'avaler quelques pépins de grenade. Une sensation douloureuse succéda dans ma gorge à cette distraction. Je me trouvai étranglé. On me trancha la tête qui fut exposée à la porte du sérail, et j'étais mort tout de bon, si un perroquet passant à tire-d'aile n'eût avalé quelques-uns des pépins de grenade que j'avais rejetés.

Il me transporta à Rome sous les berceaux fleuris de

la treille du Vatican [1], où la belle Impéria trônait à la table sacrée, entourée d'un conclave de cardinaux. A l'aspect des plats d'or, je me sentis revivre et je lui dis : « Je te reconnais bien, Jésabel! » Puis un craquement se fit dans la salle. C'était l'annonce du *Déluge*, opéra en trois actes [2]. Il me sembla alors que mon esprit perçait la terre, — et, traversant à la nage les bancs de corail de l'Océan et la mer pourprée des tropiques, je me trouvai jeté sur la rive ombragée de l'île des Amours. C'était la plage de Taïti. Trois jeunes filles m'entouraient et me faisaient peu à peu revenir. Je leur adressai la parole. Elles avaient oublié la langue des hommes. « Salut, mes sœurs du ciel », leur dis-je en souriant.

Je me jetai hors du lit comme un fou — il faisait grand jour; il fallait attendre jusqu'à midi pour aller savoir l'effet de ma lettre. La Pandora dormait encore quand j'arrivai chez elle. Elle bondit de joie et me dit : « Allons au Prater, je vais m'habiller. » Pendant que je l'attendais dans son salon, le prince*** frappa à la porte et me dit qu'il revenait du Château. Je l'avais cru dans ses terres. Il me parla longtemps de sa force à l'épée et de certaines rapières dont les étudiants du Nord se servent dans leurs duels. Nous nous escrimions dans l'air quand notre double étoile apparut. Ce fut alors à qui ne sortirait pas du salon. Ils se mirent à causer dans une langue que j'ignorais; mais je ne lâchai pas un pouce de terrain. Nous descendîmes l'escalier tous trois ensemble, et le prince nous accompagna jusqu'à l'entrée du Kohlmarkt.

« Vous avez fait de belles choses, me dit-elle, voilà l'Allemagne en feu pour un siècle. »

Je l'accompagnai chez son marchand de musique; et, pendant qu'elle feuilletait les albums, je vis accourir le vieux marquis en uniforme de Magyar, mais sans bonnet, qui s'écriait : « Quelle imprudence! les deux étourdis vont se tuer pour l'amour de vous. » Je brisai cette conversation ridicule, en faisant avancer un fiacre. La Pandora donna l'ordre de toucher Dorothee-Gasse chez sa modiste. Elle y resta enfermée une heure, puis elle dit en sortant : « Je ne suis entourée que de maladroits. — Et moi? observai-je humblement. — Oh! vous, vous avez le numéro un. — Merci! » répliquai-je.

Je parlai confusément du Prater, mais le vent avait changé. Il fallut la ramener honteusement à son hôtel et mes deux écus d'Autriche furent à peine suffisants pour payer le fiacre.

De rage, j'allai me renfermer chez moi, où j'eus la fièvre. Le lendemain matin, je reçus un billet de répétition qui m'enjoignait d'apprendre le rôle de la [Valbelle] pour jouer la pièce intitulée : *Deux mots dans la forêt* [1].

Je me gardai bien de me soumettre à une nouvelle humiliation, et je repartis pour Salzbourg, où j'allai réfléchir amèrement dans l'ancienne maison de Mozart, habitée aujourd'hui par un chocolatier.

Je n'ai revu la Pandora que l'année suivante, dans une froide capitale du Nord [2]. Ma voiture s'arrêta tout à coup au milieu de la grande place, et un sourire divin me cloua sans forces sur le sol. « Te voilà encore, enchanteresse, m'écriai-je, et la boîte fatale, qu'en as-tu fait? — Je l'ai remplie pour toi, dit-elle, des plus beaux joujoux de Nuremberg. Ne viendras-tu pas les admirer? »

Mais je me pris à fuir à toutes jambes vers la place de la Monnaie. « O fils des dieux, père des hommes! criait-elle, arrête un peu. C'est aujourd'hui la Saint-Sylvestre comme l'an passé... Où as-tu caché le feu du ciel que tu dérobas à Jupiter? »

Je ne voulus pas répondre : le nom de Prométhée me déplaît toujours singulièrement, car je sens encore à mon flanc le bec éternel du vautour dont Alcide m'a délivré.

O Jupiter! quand finira mon supplice?

Aurélia

ou

LE RÊVE ET LA VIE

PREMIÈRE PARTIE

I

Le Rêve est une seconde vie [1]. Je n'ai pu percer sans frémir ces portes d'ivoire ou de corne qui nous séparent du monde invisible. Les premiers instants du sommeil sont l'image de la mort; un engourdissement nébuleux saisit notre pensée, et nous ne pouvons déterminer l'instant précis où le *moi*, sous une autre forme, continue l'œuvre de l'existence. C'est un souterrain vague qui s'éclaire peu à peu, et où se dégagent de l'ombre et de la nuit les pâles figures gravement immobiles qui habitent le séjour des limbes. Puis le tableau se forme, une clarté nouvelle illumine et fait jouer ces apparitions bizarres; le monde des Esprits s'ouvre pour nous.

Swedenborg appelait ces visions *Memorabilia*; il les devait à la rêverie plus souvent qu'au sommeil; *l'Ane d'or* d'Apulée, *la Divine Comédie* du Dante, sont les modèles poétiques de ces études de l'âme humaine. Je vais essayer, à leur exemple, de transcrire les impressions d'une longue maladie qui s'est passée tout entière dans les mystères de mon esprit; et je ne sais pourquoi je me sers de ce terme maladie, car jamais, quant à ce qui est de moi-même, je ne me suis senti mieux portant. Parfois, je croyais ma force et mon activité doublées; il me semblait tout savoir, tout comprendre; l'imagination m'apportait des délices infinies. En recouvrant ce que les hommes appellent la raison, faudra-t-il regretter de les avoir perdues?...

Cette *Vita nuova* a eu pour moi deux phases [1]. Voici les notes qui se rapportent à la première. — Une dame que j'avais aimée longtemps et que j'appellerai du nom d'Aurélia, était perdue pour moi [2]. Peu importent les circonstances de cet événement qui devait avoir une si grande influence sur ma vie. Chacun peut chercher dans ses souvenirs l'émotion la plus navrante, le coup le plus terrible frappé sur l'âme par le destin; il faut alors se résoudre à mourir ou à vivre : — je dirai plus tard pourquoi je n'ai pas choisi la mort. Condamné par celle que j'aimais, coupable d'une faute dont je n'espérais plus le pardon, il ne me restait qu'à me jeter dans les enivrements vulgaires; j'affectai la joie et l'insouciance, je courus le monde, follement épris de la variété et du caprice; j'aimais surtout les costumes et les mœurs bizarres des populations lointaines, il me semblait que je déplaçais ainsi les conditions du bien et du mal [3]; les termes, pour ainsi dire, de ce qui est *sentiment* pour nous autres Français. « Quelle folie, me disais-je, d'aimer ainsi d'un amour platonique une femme qui ne vous aime plus. Ceci est la faute de mes lectures; j'ai pris au sérieux les inventions des poètes, et je me suis fait une Laure ou une Béatrix d'une personne ordinaire de notre siècle... Passons à d'autres intrigues, et celle-là sera vite oubliée. » L'étourdissement d'un joyeux carnaval dans une ville d'Italie chassa toutes mes idées mélancoliques. J'étais si heureux du soulagement que j'éprouvais, que je faisais part de ma joie à tous mes amis, et, dans mes lettres, je leur donnais pour l'état constant de mon esprit ce qui n'était que surexcitation fiévreuse.

Un jour, arriva dans la ville une femme d'une grande renommée [4] qui me prit en amitié et qui, habituée à plaire et à éblouir, m'entraîna sans peine dans le cercle de ses admirateurs. Après une soirée où elle avait été à la fois naturelle et pleine d'un charme dont tous éprouvaient l'atteinte, je me sentis épris d'elle à ce point que je ne voulus pas tarder un instant à lui écrire. J'étais si heureux de sentir mon cœur capable d'un amour nouveau !... J'empruntais, dans cet enthousiasme factice, les formules mêmes qui, si peu de temps auparavant, m'avaient servi pour peindre un amour véritable et longtemps éprouvé. La lettre partie, j'aurais voulu la retenir, et j'allai rêver dans la solitude à ce qui me semblait une profanation de mes souvenirs.

Le soir rendit à mon nouvel amour tout le prestige de la veille. La dame se montra sensible à ce que je lui avais écrit, tout en manifestant quelque étonnement de ma ferveur soudaine. J'avais franchi, en un jour, plusieurs degrés des sentiments que l'on peut concevoir pour une femme avec apparence de sincérité. Elle m'avoua que je l'étonnais tout en la rendant fière. J'essayai de la convaincre ; mais quoi que je voulusse lui dire, je ne pus ensuite retrouver dans nos entretiens le diapason de mon style, de sorte que je fus réduit à lui avouer, avec larmes, que je m'étais trompé moi-même en l'abusant. Mes confidences attendries eurent pourtant quelque charme, et une amitié plus forte dans sa douceur succéda à de vaines protestations de tendresse.

II

Plus tard, je la rencontrai dans une autre ville [1] où se trouvait la dame que j'aimais toujours sans espoir. Un hasard les fit connaître l'une à l'autre, et la première eut l'occasion, sans doute, d'attendrir à mon égard celle qui m'avait exilé de son cœur. De sorte qu'un jour, me trouvant dans une société dont elle faisait partie, je la vis venir à moi et me tendre la main. Comment interpréter cette démarche et le regard profond et triste dont elle

accompagna son salut? J'y crus voir le pardon du
passé [1]; l'accent divin de la pitié donnait aux simples
paroles qu'elle m'adressa une valeur inexprimable,
comme si quelque chose de la religion se mêlait aux
douceurs d'un amour jusque-là profane, et lui imprimait
le caractère de l'éternité.

Un devoir impérieux me forçait de retourner à Paris,
mais je pris aussitôt la résolution de n'y rester que peu
de jours et de revenir près de mes deux amies. La joie et
l'impatience me donnèrent alors une sorte d'étourdissement qui se compliquait du soin des affaires que
j'avais à terminer. Un soir, vers minuit, je remontais un
faubourg où se trouvait ma demeure, lorsque, levant
les yeux par hasard, je remarquai le numéro d'une
maison éclairé par un réverbère. Ce nombre était celui
de mon âge. Aussitôt, en baissant les yeux, je vis
devant moi une femme au teint blême, aux yeux caves,
qui me semblait avoir les traits d'Aurélia. Je me dis :
« C'est *sa mort* ou la mienne qui m'est annoncée [2]! »
Mais je ne sais pourquoi je m'en restai à la dernière supposition, et je me frappai de cette idée, que ce devait être
le lendemain à la même heure.

Cette nuit-là, je fis un rêve qui me confirma dans ma
pensée. — J'errais dans un vaste édifice composé de
plusieurs salles, dont les unes étaient consacrées à
l'étude, d'autres à la conversation ou aux discussions
philosophiques. Je m'arrêtai avec intérêt dans une des
premières, où je crus reconnaître mes anciens maîtres
et mes anciens condisciples. Les leçons continuaient
sur les auteurs grecs et latins, avec ce bourdonnement
monotone qui semble une prière à la déesse Mnémo-
syne. — Je passai dans une autre salle, où avaient lieu
des conférences philosophiques. J'y pris part quelque
temps; puis j'en sortis pour chercher ma chambre dans
une sorte d'hôtellerie aux escaliers immenses, pleine de
voyageurs affairés.

Je me perdis plusieurs fois dans les longs corridors,
et, en traversant une des galeries centrales, je fus frappé
d'un spectacle étrange. Un être d'une grandeur déme-

surée, — homme ou femme, je ne sais, — voltigeait
péniblement au-dessus de l'espace et semblait se débattre
parmi des nuages épais. Manquant d'haleine et de force,
il tomba enfin au milieu de la cour obscure, accrochant
et froissant ses ailes le long des toits et des balustres. Je
pus le contempler un instant. Il était coloré de teintes
vermeilles, et ses ailes brillaient de mille reflets chan-
geants. Vêtu d'une robe longue à plis antiques, il ressemblait à l'Ange de la *Mélancolie*, d'Albrecht Dürer. — Je
ne pus m'empêcher de pousser des cris d'effroi, qui me
réveillèrent en sursaut.

Le jour suivant, je me hâtai d'aller voir tous mes amis.
Je leur faisais mentalement mes adieux, et, sans leur
rien dire de ce qui m'occupait l'esprit, je dissertais cha-
leureusement sur des sujets mystiques; je les étonnais
par une éloquence particulière, il me semblait que je
savais tout, et que les mystères du monde se révélaient
à moi dans ces heures suprêmes.

Le soir, lorsque l'heure fatale semblait s'approcher,
je dissertais avec deux amis, à la table d'un cercle, sur
la peinture et sur la musique, définissant à mon point
de vue la génération des couleurs et le sens des nombres.
L'un d'eux, nommé Paul *** [1], voulut me reconduire
chez moi, mais je lui dis que je ne rentrais pas. « Où vas-
tu? me dit-il. — *Vers l'Orient!* » Et pendant qu'il
m'accompagnait, je me mis à chercher dans le ciel une
étoile, que je croyais connaître, comme si elle avait
quelque influence sur ma destinée. L'ayant trouvée, je
continuai ma marche en suivant les rues dans la direction
desquelles elle était visible, marchant pour ainsi dire
au-devant de mon destin, et voulant apercevoir l'étoile
jusqu'au moment où la mort devait me frapper. Arrivé
cependant au confluent de trois rues, je ne voulus pas
aller plus loin. Il me semblait que mon ami déployait
une force surhumaine pour me faire changer de place;
il grandissait à mes yeux et prenait les traits d'un apôtre.
Je croyais voir le lieu où nous étions s'élever, et perdre
les formes que lui donnait sa configuration urbaine; —
sur une colline, entourée de vastes solitudes, cette scène

devenait le combat de deux Esprits et comme une tentation biblique. « Non! disais-je, je n'appartiens pas à ton ciel. Dans cette étoile sont ceux qui m'attendent. Ils sont antérieurs à la révélation que tu as annoncée. Laisse-moi les rejoindre, car celle que j'aime leur appartient, et c'est là que nous devons nous retrouver [1] ! »

III

Ici a commencé pour moi ce que j'appellerai l'épanchement du songe dans la vie réelle. A dater de ce moment tout prenait parfois un aspect double, et cela, sans que le raisonnement manquât jamais de logique, sans que la mémoire perdît les plus légers détails de ce qui m'arrivait. Seulement, mes actions, insensées en apparence, étaient soumises à ce que l'on appelle illusion, selon la raison humaine...

Cette idée m'est revenue bien des fois, que, dans certains moments graves de la vie, tel Esprit du monde extérieur s'incarnait tout à coup en la forme d'une personne ordinaire, et agissait ou tentait d'agir sur nous, sans que cette personne en eût la connaissance ou en gardât le souvenir.

Mon ami m'avait quitté, voyant ses efforts inutiles, et me croyant sans doute en proie à quelque idée fixe que la marche calmerait. Me trouvant seul, je me levai avec effort et me remis en route dans la direction de l'étoile sur laquelle je ne cessais de fixer les yeux. Je chantais en marchant un hymne mystérieux dont je croyais me souvenir comme l'ayant entendu dans quelque autre existence, et qui me remplissait d'une joie ineffable. En même temps, je quittais mes habits terrestres et je les dispersais autour de moi. La route semblait s'élever toujours et l'étoile s'agrandir. Puis, je restai les bras étendus, attendant le moment où l'âme allait se séparer du corps, attirée magnétiquement dans le rayon de l'étoile. Alors je sentis un frisson ; le regret de la terre et de ceux que j'y aimais me saisit au cœur, et je suppliai si ardemment en moi-même l'Esprit qui m'attirait à lui, qu'il me sembla que je redescendais parmi les hommes. Une ronde de nuit m'entourait ; — j'avais alors l'idée que j'étais devenu très grand, — et que, tout inondé de forces électriques, j'allais renverser tout ce qui m'approchait. Il y avait quelque chose de comique dans le soin que je prenais de ménager les forces et la vie des soldats qui m'avaient recueilli [1].

Si je ne pensais que la mission d'un écrivain est d'analyser sincèrement ce qu'il éprouve dans les graves circonstances de la vie, et si je ne me proposais un but que je crois utile, je m'arrêterais ici, et je n'essayerais pas de décrire ce que j'éprouvai ensuite dans une série de visions insensées peut-être, ou vulgairement maladives... Étendu sur un lit de camp, je crus voir le ciel se dévoiler et s'ouvrir en mille aspects de magnificences inouïes. Le destin de l'Ame délivrée semblait se révéler à moi comme pour me donner le regret d'avoir voulu reprendre pied de toutes les forces de mon esprit sur la terre que j'allais quitter... D'immenses cercles se traçaient dans l'infini, comme les orbes que forme l'eau troublée par la chute d'un corps ; chaque région, peuplée de figures radieuses, se colorait, se mouvait et se fondait tour à tour, et une divinité, toujours la même, rejetait en souriant les masques furtifs de ses diverses incarnations, et se réfugiait enfin, insaisissable, dans les mystiques splendeurs du ciel d'Asie.

Cette vision céleste, par un de ces phénomènes que tout le monde a pu éprouver dans certains rêves, ne me laissait pas étranger à ce qui se passait autour de moi. Couché sur un lit de camp, j'entendais que les soldats s'entretenaient d'un inconnu arrêté comme moi et dont la voix avait retenti dans la même salle. Par un singulier effet de vibration, il me semblait que cette voix résonnait dans ma poitrine et que mon âme se dédoublait pour ainsi dire, distinctement partagée entre la vision et la réalité. Un instant, j'eus l'idée de me retourner avec effort vers celui dont il était question, puis je frémis en me rappelant une tradition bien connue en Allemagne, qui dit que chaque homme a un *double*, et que, lorsqu'il le voit, la mort est proche. Je fermai les yeux et j'entrai dans un état d'esprit confus où les figures fantasques ou réelles qui m'entouraient se brisaient en mille apparences fugitives. Un instant, je vis près de moi deux de mes amis qui me réclamaient, les soldats me désignèrent; puis la porte s'ouvrit, et quelqu'un de ma taille, dont je ne voyais pas la figure, sortit avec mes amis que je rappelais en vain. « Mais on se trompe ! m'écriai-je; c'est moi qu'ils sont venus chercher et c'est un autre qui sort ! » Je fis tant de bruit, que l'on me mit au cachot.

J'y restai plusieurs heures dans une sorte d'abrutissement; enfin, les deux amis que j'avais *cru voir* déjà vinrent me chercher avec une voiture. Je leur racontai tout ce qui s'était passé, mais ils nièrent être venus dans la nuit. Je dînai avec eux assez tranquillement, mais, à mesure que la nuit approchait, il me sembla que j'avais à redouter l'heure même qui la veille avait risqué de m'être fatale. Je demandai à l'un d'eux une bague orientale qu'il avait au doigt et que je regardais comme un ancien talisman, et, prenant un foulard, je la nouai autour de mon col, en ayant soin de tourner le chaton, composé d'une turquoise, sur un point de la nuque où je sentais une douleur. Selon moi, ce point était celui par où l'âme risquerait de sortir au moment où un certain rayon, parti de l'étoile que j'avais vue la veille, coïnciderait relativement à moi avec le zénith. Soit par hasard, soit par l'effet de ma forte préoccupation, je tombai comme foudroyé, à la même heure que la veille. On me mit sur un lit, et pendant longtemps je perdis le sens et la liaison des images qui s'offrirent à moi. Cet état dura plusieurs jours. Je fus transporté dans une maison de santé [1]. Beaucoup de parents et d'amis me visitèrent sans que j'en eusse la connaissance. La

seule différence pour moi de la veille au sommeil était
que, dans la première, tout se transfigurait à mes yeux;
chaque personne qui m'approchait semblait changée,
les objets matériels avaient comme une pénombre
qui en modifiait la forme, et les jeux de la lumière,
les combinaisons des couleurs se décomposaient, de
manière à m'entretenir dans une série constante d'impressions qui se liaient entre elles, et dont le rêve, plus
dégagé des éléments extérieurs, continuait la probabilité.

IV

Un soir, je crus avec certitude, être transporté sur
les bords du Rhin. En face de moi se trouvaient des
rocs sinistres dont la perspective s'ébauchait dans
l'ombre. J'entrai dans une maison riante, dont un rayon
du soleil couchant traversait gaiement les contrevents
verts que festonnait la vigne. Il me semblait que je
rentrais dans une demeure connue, celle d'un oncle
maternel, peintre flamand, mort depuis plus d'un siècle.
Les tableaux ébauchés étaient suspendus çà et là;
l'un d'eux représentait la fée célèbre de ce rivage [1]. Une
vieille servante, que j'appelai Marguerite et qu'il me
semblait connaître depuis l'enfance, me dit : « N'allez-
vous pas vous mettre sur le lit? car vous venez de loin,
et votre oncle rentrera tard; on vous réveillera pour
souper. » Je m'étendis sur un lit à colonnes drapé de
perse à grandes fleurs rouges. Il y avait en face de moi
une horloge rustique accrochée au mur, et sur cette
horloge un oiseau qui se mit à parler comme une personne. Et j'avais l'idée que l'âme de mon aïeul était
dans cet oiseau; mais je ne m'étonnais pas plus de son
langage et de sa forme que de me voir comme transporté
d'un siècle en arrière. L'oiseau me parlait de personnes
de ma famille vivantes ou mortes en divers temps,
comme si elles existaient simultanément, et me dit :

« Vous voyez que votre oncle avait eu soin de faire *son* portrait d'avance... maintenant, *elle* est avec nous. »
Je portai les yeux sur une toile qui représentait une femme en costume ancien à l'allemande, penchée sur le bord du fleuve, et les yeux attirés vers une touffe de myosotis. Cependant la nuit s'épaississait peu à peu, et les aspects, les sons et le sentiment des lieux se confondaient dans mon esprit somnolent; je crus tomber dans un abîme qui traversait le globe. Je me sentais emporté sans souffrance par un courant de métal fondu, et mille fleuves pareils, dont les teintes indiquaient les différences chimiques, sillonnaient le sein de la terre comme les vaisseaux et les veines qui serpentent parmi les lobes du cerveau. Tous coulaient, circulaient et vibraient ainsi, et j'eus le sentiment que ces courants étaient composés d'âmes vivantes, à l'état moléculaire, que la rapidité de ce voyage m'empêchait seule de distinguer. Une clarté blanchâtre s'infiltrait peu à peu dans ces conduits, et je vis enfin s'élargir, ainsi qu'une vaste coupole, un horizon nouveau où se traçaient des îles entourées de flots lumineux. Je me trouvai sur une côte éclairée de ce jour sans soleil, et je vis un vieillard qui cultivait la terre. Je le reconnus pour le même qui m'avait parlé par la voix de l'oiseau, et, soit qu'il me parlât, soit que je le comprisse en moi-même, il devenait clair pour moi que les aïeux prenaient la forme de certains animaux pour nous visiter sur la terre, et qu'ils assistaient ainsi, muets observateurs, aux phases de notre existence.

Le vieillard quitta son travail et m'accompagna jusqu'à une maison qui s'élevait près de là. Le paysage qui nous entourait me rappelait celui d'un pays de la Flandre française où mes parents avaient vécu et où se trouvent leurs tombes : le champ entouré de bosquets à la lisière du bois, le lac voisin, la rivière et le lavoir, le village et sa rue qui monte, les collines de grès sombre et leurs touffes de genêts et de bruyères, image rajeunie des lieux que j'avais aimés [1]. Seulement, la maison où j'entrai ne m'était point connue. Je compris qu'elle avait existé dans je ne sais quel temps, et qu'en ce monde que je visitais alors, le fantôme des choses accompagnait celui du corps.

J'entrai dans une vaste salle où beaucoup de personnes étaient réunies. Partout je retrouvais des figures connues. Les traits des parents morts que j'avais pleurés se trouvaient reproduits dans d'autres qui, vêtus de costumes plus anciens, me faisaient le même accueil paternel. Ils paraissaient s'être assemblés pour un banquet de famille. Un de ces parents vint à moi et m'embrassa tendrement. Il portait un costume ancien dont les couleurs semblaient pâlies, et sa figure souriante, sous ses cheveux poudrés, avait quelque ressemblance avec la mienne. Il me semblait plus précisément vivant que les autres, et pour ainsi dire en rapport plus volontaire avec mon esprit. — C'était mon oncle. Il me fit placer près de lui, et une sorte de communication s'établit entre nous ; car je ne puis dire que j'entendisse sa voix ; seulement, à mesure que ma pensée se portait sur un point, l'explication m'en devenait claire aussitôt, et les images se précisaient devant mes yeux comme des peintures animées.

« Cela est donc vrai, disais-je avec ravissement, nous sommes immortels et nous conservons ici les images du monde que nous avons habité. Quel bonheur de songer que tout ce que nous avons aimé existera toujours autour de nous !... J'étais bien fatigué de la vie !

— Ne te hâte pas, dit-il, de te réjouir, car tu appartiens encore au monde d'en haut et tu as à supporter de rudes années d'épreuves. Le séjour qui t'enchante a lui-même ses douleurs, ses luttes et ses dangers. La terre où nous avons vécu est toujours le théâtre où se nouent et se dénouent nos destinées ; nous sommes les rayons du feu central qui l'anime et qui déjà s'est affaibli...

— Eh quoi ! dis-je, la terre pourrait mourir, et nous serions envahis par le néant ?

— Le néant, dit-il, n'existe pas dans le sens qu'on l'entend ; mais la terre est elle-même un corps matériel dont la somme des esprits est l'âme. La matière ne peut

pas plus périr que l'esprit, mais elle peut se modifier
selon le bien et selon le mal. Notre passé et notre avenir
sont solidaires. Nous vivons dans notre race, et notre
race vit en nous. »

Cette idée me devint aussitôt sensible, et, comme si
les murs de la salle se fussent ouverts sur des perspectives
infinies, il me semblait voir une chaîne non interrompue
d'hommes et de femmes en qui j'étais et qui étaient moi-
même ; les costumes de tous les peuples, les images de
tous les pays apparaissaient distinctement à la fois,
comme si mes facultés d'attention s'étaient multipliées
sans se confondre, par un phénomène d'espace analogue
à celui du temps qui concentre un siècle d'action dans
une minute de rêve. Mon étonnement s'accrut en voyant
que cette immense énumération se composait seulement
des personnes qui se trouvaient dans la salle et dont
j'avais vu les images se diviser et se combiner en mille
aspects fugitifs.

« Nous sommes sept, dis-je à mon oncle.

— C'est en effet, dit-il, le nombre typique de chaque
famille humaine, et, par extension, sept fois sept, et
davantage *. »

Je ne puis espérer de faire comprendre cette réponse,
qui pour moi-même est restée très obscure. La métaphysique ne me fournit pas de termes pour la perception
qui me vint alors du rapport de ce nombre de personnes
avec l'harmonie générale. On conçoit bien dans le père
et la mère l'analogie des forces électriques de la nature ;
mais comment établir les centres individuels émanés
d'eux, dont ils émanent, comme une *figure* animique
collective, dont la combinaison serait à la fois multiple

---

* Sept était le nombre de la famille de Noé ; mais l'un des sept
se rattachait mystérieusement aux générations antérieures des
Éloïm !...

... L'imagination, comme un éclair, me présenta les dieux mul-
tiples de l'Inde comme des images de la famille pour ainsi dire primitivement concentrée. Je frémis d'aller plus loin, car dans la
Trinité réside encore un mystère redoutable... Nous sommes nés
sous la loi biblique...

et bornée? Autant vaudrait demander compte à la fleur du nombre de ses pétales ou des divisions de sa corolle..., au sol des figures qu'il trace, au soleil des couleurs qu'il produit [1].

v

Tout changeait de forme autour de moi. L'esprit avec qui je m'entretenais n'avait plus le même aspect. C'était un jeune homme qui désormais recevait plutôt de moi les idées qu'il ne me les communiquait... Étais-je allé trop loin dans ces hauteurs qui donnent le vertige? Il me sembla comprendre que ces questions étaient obscures ou dangereuses, même pour les esprits du monde que je percevais alors. Peut-être aussi un pouvoir supérieur m'interdisait-il ces recherches. Je me vis errant dans les rues d'une cité très populeuse et inconnue. Je remarquai qu'elle était bossuée de collines et dominée par un mont tout couvert d'habitations. A travers le peuple de cette capitale, je distinguais certains hommes qui paraissaient appartenir à une nation particulière; leur air vif, résolu, l'accent énergique de leurs traits me faisaient songer aux races indépendantes et guerrières des pays de montagnes ou de certaines îles peu fréquentées par les étrangers; toutefois c'est au milieu d'une grande ville et d'une population mélangée et banale qu'ils savaient maintenir ainsi leur individualité farouche. Qu'étaient donc ces hommes? Mon guide me fit gravir des rues escarpées et bruyantes où retentissaient les bruits divers de l'industrie. Nous montâmes encore par de longues séries d'escaliers, au delà desquels la vue se découvrit. Çà et là, des terrasses revêtues de treillages, des jardinets ménagés sur quelques espaces aplatis, des toits, des pavillons légèrement construits, peints et sculptés avec une capricieuse patience; des perspectives reliées par de longues traînées de verdures grimpantes séduisaient l'œil et plaisaient à l'esprit comme l'aspect d'une oasis délicieuse, d'une solitude ignorée au-dessus du tumulte et de ces bruits d'en bas, qui là n'étaient plus qu'un murmure [1]. On a souvent parlé de nations proscrites, vivant dans l'ombre des nécropoles et des catacombes; c'était ici le contraire sans doute. Une race heureuse s'était créé cette retraite aimée des oiseaux, des fleurs, de l'air pur et de la clarté. « Ce sont, me dit mon guide, les anciens habitants de cette montagne qui domine la ville où nous sommes en ce moment. Longtemps ils y ont vécu simples de mœurs, aimants et justes, conservant les vertus naturelles des premiers jours du monde. Le peuple environnant les honorait et se modelait sur eux. »

Du point où j'étais alors, je descendis, suivant mon guide, dans une de ces hautes habitations dont les toits réunis présentaient cet aspect étrange. Il me semblait que mes pieds s'enfonçaient dans les couches successives des édifices de différents âges. Ces fantômes de constructions en découvraient toujours d'autres où se distinguait le goût particulier de chaque siècle, et cela me représentait l'aspect des fouilles que l'on fait dans les cités antiques, si ce n'est que c'était aéré, vivant, traversé des mille jeux de la lumière. Je me trouvai enfin dans une vaste chambre où je vis un vieillard travaillant devant une table à je ne sais quel ouvrage d'industrie. Au moment où je franchissais la porte, un homme vêtu de blanc, dont je distinguais mal la figure, me menaça d'une arme qu'il tenait à la main; mais celui qui m'accompagnait lui fit signe de s'éloigner. Il semblait qu'on eût voulu m'empêcher de pénétrer le mystère de ces retraites. Sans rien demander à mon guide, je compris par intuition que ces hauteurs et en même temps ces profondeurs étaient la retraite des habitants primitifs de la montagne. Bravant toujours le flot envahissant des accumulations de races nouvelles, ils vivaient là, simples de mœurs, aimants et justes, adroits, fermes et ingénieux, et pacifiquement vainqueurs des masses aveugles qui avaient tant de fois envahi leur héritage.

Eh quoi! ni corrompus, ni détruits, ni esclaves; purs, quoique ayant vaincu l'ignorance; conservant dans l'aisance les vertus de la pauvreté. — Un enfant s'amusait à terre avec des cristaux, des coquillages et des pierres gravées, faisant sans doute un jeu d'une étude. Une femme âgée, mais belle encore, s'occupait des soins du ménage. En ce moment, plusieurs jeunes gens entrèrent avec bruit, comme revenant de leurs travaux. Je m'étonnais de les voir tous vêtus de blanc; mais il paraît que c'était une illusion de ma vue; pour la rendre sensible, mon guide se mit à dessiner leur costume qu'il teignit de couleurs vives, me faisant comprendre qu'ils étaient ainsi en réalité. La blancheur qui m'étonnait provenait peut-être d'un éclat particulier, d'un jeu de lumière où se confondaient les teintes ordinaires du prisme. Je sortis de la chambre et je me vis sur une terrasse disposée en parterre. Là se promenaient et jouaient des jeunes filles et des enfants. Leurs vêtements me paraissaient blancs comme les autres, mais ils étaient agrémentés par des broderies de couleur rose. Ces personnes étaient si belles, leurs traits si gracieux, et l'éclat de leur âme transparaissait si vivement à travers leurs formes délicates, qu'elles inspiraient toutes une sorte d'amour sans préférence et sans désir, résumant tous les enivrements des passions vagues de la jeunesse.

Je ne puis rendre le sentiment que j'éprouvai au milieu de ces êtres charmants qui m'étaient chers sans que je les connusse. C'était comme une famille primitive et céleste, dont les yeux souriants cherchaient les miens avec une douce compassion. Je me mis à pleurer à chaudes larmes, comme au souvenir d'un paradis perdu. Là, je sentis amèrement que j'étais un passant dans ce monde à la fois étranger et chéri, et je frémis à la pensée que je devais retourner dans la vie. En vain, femmes et enfants se pressaient autour de moi comme pour me retenir. Déjà leurs formes ravissantes se fondaient en vapeurs confuses; ces beaux visages pâlissaient, et ces traits accentués, ces yeux étincelants se perdaient dans une ombre où luisait encore le dernier éclair du sourire...

Telle fut cette vision, ou tels furent du moins les détails principaux dont j'ai gardé le souvenir. L'état cataleptique où je m'étais trouvé pendant plusieurs jours me fut expliqué scientifiquement, et les récits de ceux qui m'avaient vu ainsi me causaient une sorte d'irritation quand je voyais qu'on attribuait à l'aberration d'esprit les mouvements ou les paroles coïncidant avec les diverses phases de ce qui constituait pour moi une série d'événements logiques. J'aimais davantage ceux de mes amis qui, par une patiente complaisance ou par suite d'idées analogues aux miennes, me faisaient faire de longs récits des choses que j'avais vues en esprit. L'un d'eux me dit en pleurant : « N'est-ce pas que c'est vrai qu'il y a un Dieu ? — Oui ! » lui dis-je avec enthousiasme. Et nous nous embrassâmes comme deux frères de cette patrie mystique que j'avais entrevue. Quel bonheur je trouvai d'abord dans cette conviction ! Ainsi ce doute éternel de l'immortalité de l'âme qui affecte les meilleurs esprits se trouvait résolu pour moi. Plus de mort, plus de tristesse, plus d'inquiétude. Ceux que j'aimais, parents, amis, me donnaient des signes certains de leur existence éternelle, et je n'étais plus séparé d'eux que par les heures du jour. J'attendais celles de la nuit dans une douce mélancolie.

VI

Un rêve que je fis encore me confirma dans cette pensée. Je me trouvai tout à coup dans une salle qui faisait partie de la demeure de mon aïeul[1]. Elle semblait s'être agrandie seulement. Les vieux meubles luisaient d'un poli merveilleux, les tapis et les rideaux étaient comme remis à neuf, un jour trois fois plus brillant que le jour naturel arrivait par la croisée et par la porte, et il y avait dans l'air une fraîcheur et un parfum des premières matinées tièdes du printemps. Trois femmes travaillaient dans cette pièce, et représentaient, sans leur ressembler absolument, des parentes et des amies de ma jeunesse. Il semblait que chacune eût les traits de plusieurs de ces personnes. Les contours de leurs figures variaient comme la flamme d'une lampe, et à tout moment quelque chose de l'une passait dans l'autre; le sourire, la voix, la teinte des yeux, de la chevelure, la taille, les gestes familiers, s'échangeaient comme si elles eussent vécu de la même vie, et chacune était ainsi un composé de toutes, pareille à ces types que les peintres imitent de plusieurs modèles pour réaliser une beauté complète.

La plus âgée me parlait avec une voix vibrante et mélodieuse que je reconnaissais pour l'avoir entendue dans l'enfance, et je ne sais ce qu'elle me disait qui me frappait par sa profonde justesse. Mais elle attira ma pensée sur moi-même, et je me vis vêtu d'un petit habit brun de forme ancienne, entièrement tissu à l'aiguille de fils ténus comme ceux des toiles d'araignées. Il était coquet, gracieux et imprégné de douces odeurs. Je me sentais tout rajeuni et tout pimpant dans ce vêtement qui sortait de leurs doigts de fée, et je les remerciais en rougissant, comme si je n'eusse été qu'un petit enfant devant de grandes belles dames [1]. Alors l'une d'elles se leva et se dirigea vers le jardin.

Chacun sait que dans les rêves on ne voit jamais le soleil, bien qu'on ait souvent la perception d'une clarté beaucoup plus vive. Les objets et les corps sont lumineux par eux-mêmes. Je me vis dans un petit parc où se prolongeaient des treilles en berceaux chargées de lourdes grappes de raisins blancs et noirs; à mesure que la dame qui me guidait s'avançait sous ces berceaux, l'ombre des treillis croisés variait encore pour mes yeux ses formes et ses vêtements. Elle en sortit enfin, et nous nous trouvâmes dans un espace découvert. On y apercevait à peine la trace d'anciennes allées qui l'avaient jadis coupé en croix. La culture était négligée depuis de longues années, et des plants épars de clématites, de houblon, de chèvrefeuille, de jasmin, de lierre, d'aristoloche, étendaient entre des arbres d'une croissance vigoureuse leurs longues traînées de lianes. Des branches pliaient jusqu'à terre chargées de fruits, et parmi des touffes d'herbes parasites s'épanouissaient quelques fleurs de jardin revenues à l'état sauvage.

De loin en loin s'élevaient des massifs de peupliers, d'acacias et de pins, au sein desquels on entrevoyait des statues noircies par le temps. J'aperçus devant moi un entassement de rochers couverts de lierre d'où jaillissait une source d'eau vive, dont le clapotement harmonieux résonnait sur un bassin d'eau dormante à demi voilée des larges feuilles de nénuphar.

La dame que je suivais, développant sa taille élancée dans un mouvement qui faisait miroiter les plis de sa robe en taffetas changeant, entoura gracieusement de son bras nu une longue tige de rose trémière, puis elle se mit à grandir sous un clair rayon de lumière, de telle sorte que peu à peu le jardin prenait sa forme, et les parterres et les arbres devenaient les rosaces et les festons de ses vêtements; tandis que sa figure et ses bras imprimaient leurs contours aux nuages pourprés du ciel. Je la perdais de vue à mesure qu'elle se transfigurait, car elle semblait s'évanouir dans sa propre grandeur. « Oh! ne fuis pas! m'écriai-je... car la nature meurt avec toi! »

Disant ces mots, je marchais péniblement à travers les ronces, comme pour saisir l'ombre agrandie qui m'échappait, mais je me heurtai à un pan de mur dégradé, au pied duquel gisait un buste de femme. En le relevant, j'eus la persuasion que c'était *le sien*... Je reconnus des traits chéris, et, portant les yeux autour de moi, je vis que le jardin avait pris l'aspect d'un cimetière. Des voix disaient : « L'Univers est dans la nuit! »

VII

Ce rêve si heureux à son début me jeta dans une grande perplexité. Que signifiait-il? Je ne le sus que plus tard. Aurélia était morte [1].

Je n'eus d'abord que la nouvelle de sa maladie. Par suite de l'état de mon esprit, je ne ressentis qu'un vague chagrin mêlé d'espoir. Je croyais moi-même n'avoir que peu de temps à vivre, et j'étais désormais assuré de l'existence d'un monde où les cœurs aimants se retrouvent. D'ailleurs, elle m'appartenait bien plus dans sa mort que dans sa vie... Égoïste pensée que ma raison devait payer plus tard par d'amers regrets.

Je ne voudrais pas abuser des pressentiments; le hasard fait d'étranges choses; mais je fus alors vivement préoccupé d'un souvenir de notre union trop rapide. Je lui avais donné une bague d'un travail ancien dont le chaton était formé d'une opale taillée en cœur. Comme cette bague était trop grande pour son doigt, j'avais eu l'idée fatale de la faire couper pour en diminuer l'anneau; je ne compris ma faute qu'en entendant le bruit de la scie. Il me sembla voir couler du sang...

Les soins de l'art m'avaient rendu à la santé sans avoir encore ramené dans mon esprit le cours régulier de la raison humaine. La maison où je me trouvais, située sur une hauteur, avait un vaste jardin planté d'arbres précieux. L'air pur de la colline où elle était située, les premières haleines du printemps, les douceurs d'une société toute sympathique, m'apportaient de longs jours de calme.

Les premières feuilles des sycomores me ravissaient par la vivacité de leurs couleurs, semblables aux panaches des coqs de Pharaon. La vue, qui s'étendait au-dessus de la plaine, présentait du matin au soir des horizons charmants, dont les teintes graduées plaisaient à mon imagination. Je peuplais les coteaux et les nuages de figures divines dont il me semblait voir distinctement les formes. — Je voulus fixer davantage mes pensées favorites, et, à l'aide de charbons et de morceaux de brique que je ramassais, je couvris bientôt les murs d'une série de fresques où se réalisaient mes impressions. Une figure dominait toujours les autres : c'était celle d'Aurélia, peinte sous les traits d'une divinité, telle qu'elle m'était apparue dans mon rêve. Sous ses pieds tournait une roue, et les dieux lui faisaient cortège. Je parvins à colorier ce groupe en exprimant le suc des herbes et des fleurs. — Que de fois j'ai rêvé devant cette chère idole ! Je fis plus, je tentai de figurer avec de la terre le corps de celle que j'aimais ; tous les matins mon travail était à refaire, car les fous, jaloux de mon bonheur, se plaisaient à en détruire l'image.

On me donna du papier, et pendant longtemps je m'appliquai à représenter, par mille figures accompagnées de récits, de vers et d'inscriptions en toutes les langues connues, une sorte d'histoire du monde mêlée de souvenirs d'études et de fragments de songes que ma préoccupation rendait plus sensible ou qui en prolongeait la durée. Je ne m'arrêtais pas aux traditions modernes de la création. Ma pensée remontait au delà : j'entrevoyais, comme en un souvenir, le premier pacte formé par les génies au moyen de talismans. J'avais essayé de réunir les pierres de la *Table sacrée*, et de représenter à l'entour les sept premiers *Éloïm* qui s'étaient partagé le monde.

Ce système d'histoire, emprunté aux traditions orientales, commençait par l'heureux accord des Puissances de la nature, qui formulaient et organisaient l'univers. — Pendant la nuit qui précéda mon travail, je m'étais cru transporté dans une planète obscure où se débattaient les premiers germes de la création. Du sein de l'argile encore molle s'élevaient des palmiers gigantesques, des euphorbes vénéneux et des acanthes tortillées autour des cactus ; les figures arides des rochers s'élançaient comme des squelettes de cette ébauche de création, et de hideux reptiles serpentaient, s'élargis-

saient ou s'arrondissaient au milieu de l'inextricable
réseau d'une végétation sauvage. La pâle lumière des
astres éclairait seule les perspectives bleuâtres de cet
étrange horizon; cependant, à mesure que ces créations
se formaient, une étoile plus lumineuse y puisait les
germes de la clarté [1].

VIII

Puis les monstres changeaient de forme, et, dépouillant leurs premières peaux, se dressaient plus puissants
sur des pattes gigantesques; l'énorme masse de leurs
corps brisait les branches et les herbages, et, dans le
désordre de la nature, ils se livraient des combats auxquels je prenais part moi-même, car j'avais un corps
aussi étrange que les leurs. Tout à coup une singulière
harmonie résonna dans nos solitudes, et il semblait que
les cris, les rugissements et les sifflements confus des
êtres primitifs se modulassent désormais sur cet air
divin. Les variations se succédaient à l'infini, la planète
s'éclairait peu à peu, des formes divines se dessinaient
sur la verdure et sur les profondeurs des bocages, et,
désormais domptés, tous les monstres que j'avais vus
dépouillaient leurs formes bizarres et devenaient
hommes et femmes; d'autres revêtaient, dans leurs
transformations la figure des bêtes sauvages, des poissons et des oiseaux.

Qui donc avait fait ce miracle? Une déesse rayonnante guidait, dans ces nouveaux *avatars*, l'évolution
rapide des humains. Il s'établit alors une distinction de
races qui, partant de l'ordre des oiseaux, comprenait
aussi les bêtes, les poissons et les reptiles : c'étaient les
Dives, les Péris, les Ondins et les Salamandres; chaque
fois qu'un de ces êtres mourait, il renaissait aussitôt
sous une forme plus belle et chantait la gloire des dieux.
Cependant, l'un des Éloïm eut la pensée de créer une

cinquième race, composée des éléments de la terre, et qu'on appela *les Afrites*. Ce fut le signal d'une révolution complète parmi les Esprits qui ne voulurent pas reconnaître les nouveaux possesseurs du monde. Je ne sais combien de mille ans durèrent ces combats qui ensanglantèrent le globe. Trois des Éloïm avec les Esprits de leurs races furent enfin relégués au midi de la terre où ils fondèrent de vastes royaumes. Ils avaient emporté les secrets de la divine *cabale* qui lie les mondes, et prenaient leur force dans l'adoration de certains astres auxquels ils correspondent toujours. Ces nécromants, bannis aux confins de la terre, s'étaient entendus pour se transmettre la puissance. Entouré de femmes et d'esclaves, chacun de leurs souverains s'était assuré de pouvoir renaître sous la forme d'un de ses enfants. Leur vie était de mille ans. De puissants cabalistes les enfermaient, à l'approche de leur mort, dans des sépulcres bien gardés où ils les nourrissaient d'élixirs et de substances conservatrices. Longtemps encore ils gardaient les apparences de la vie, puis, semblables à la chrysalide qui file son cocon, ils s'endormaient quarante jours pour renaître sous la forme d'un jeune enfant qu'on appelait plus tard à l'empire.

Cependant les forces vivifiantes de la terre s'épuisaient à nourrir ces familles, dont le sang toujours le même inondait des rejetons nouveaux. Dans de vastes souterrains, creusés sous les hypogées et sous les pyramides, ils avaient accumulé tous les trésors des races passées et certains talismans qui les protégeaient contre la colère des dieux.

C'est dans le centre de l'Afrique, au delà des montagnes de la Lune et de l'antique Éthiopie qu'avaient lieu ces étranges mystères : longtemps j'y avais gémi dans la captivité, ainsi qu'une partie de la race humaine. Les bocages que j'avais vus si verts ne portaient plus que de pâles fleurs et des feuillages flétris; un soleil implacable dévorait ces contrées, et les faibles enfants de ces éternelles dynasties semblaient accablés du poids de la vie. Cette grandeur imposante et monotone, réglée par l'étiquette et les cérémonies hiératiques, pesait à tous sans que personne osât s'y soustraire. Les vieillards languissaient sous le poids de leurs couronnes et de leurs ornements impériaux, entre des médecins et des prêtres, dont le savoir leur garantissait l'immortalité. Quant au peuple, à tout jamais engrené dans les divisions des castes, il ne pouvait compter ni sur la vie, ni sur la liberté. Au pied des arbres frappés de mort et de stérilité, aux bouches des sources taries, on voyait sur l'herbe brûlée se flétrir des enfants et des jeunes femmes énervés et sans couleur. La splendeur des chambres royales, la majesté des portiques, l'éclat des vêtements et des parures, n'étaient qu'une faible consolation aux ennuis éternels de ces solitudes.

Bientôt les peuples furent décimés par des maladies, les bêtes et les plantes moururent, et les immortels, eux-mêmes, dépérissaient sous leurs habits pompeux. Un fléau plus grand que les autres vint tout à coup rajeunir et sauver le monde. La constellation d'Orion ouvrit au ciel les cataractes des eaux; la terre, trop chargée par les glaces du pôle opposé, fit un demi-tour sur elle-même, et les mers, surmontant leurs rivages, refluèrent sur les plateaux de l'Afrique et de l'Asie; l'inondation pénétra les sables, remplit les tombeaux et les pyramides, et, pendant quarante jours, une arche mystérieuse se promena sur les mers portant l'espoir d'une création nouvelle.

Trois des Éloïm s'étaient réfugiés sur la cime la plus haute des montagnes d'Afrique. Un combat se livra entre eux. Ici ma mémoire se trouble, et je ne sais quel fut le résultat de cette lutte suprême. Seulement, je vois encore debout, sur un pic baigné des eaux, une femme abandonnée par eux, qui crie les cheveux épars, se débattant contre la mort. Ses accents plaintifs dominaient le bruit des eaux... Fut-elle sauvée? Je l'ignore. Les dieux, ses frères, l'avaient condamnée; mais au-dessus de sa tête brillait l'Étoile du soir, qui versait sur son front des rayons enflammés.

L'hymne interrompu de la terre et des cieux retentit

harmonieusement pour consacrer l'accord des races nouvelles. Et pendant que les fils de Noé travaillaient péniblement aux rayons d'un soleil nouveau, les nécromants, blottis dans leurs demeures souterraines, y gardaient toujours leurs trésors et se complaisaient dans le silence et dans la nuit. Parfois ils sortaient timidement de leurs asiles et venaient effrayer les vivants ou répandre parmi les méchants les leçons funestes de leurs sciences.

Tels sont les souvenirs que je retraçais par une sorte de vague intuition du passé; je frémissais en reproduisant les traits hideux de ces races maudites. Partout mourait, pleurait ou languissait l'image souffrante de la Mère éternelle [1]. A travers les vagues civilisations de l'Asie et de l'Afrique, on voyait se renouveler toujours une scène sanglante d'orgie et de carnage que les mêmes esprits reproduisaient sous des formes nouvelles.

La dernière se passait à Grenade, où le talisman sacré s'écroulait sous les coups ennemis des chrétiens et des Maures. Combien d'années encore le monde aura-t-il à souffrir, car il faut que la vengeance de ces éternels ennemis se renouvelle sous d'autres cieux! Ce sont les tronçons divisés du serpent qui entoure la terre... Séparés par le fer, ils se rejoignent dans un hideux baiser cimenté par le sang des hommes.

IX

Telles furent les images qui se montrèrent tour à tour devant mes yeux. Peu à peu le calme était rentré dans mon esprit, et je quittai cette demeure qui était pour moi un paradis. Des circonstances fatales préparèrent, longtemps après, une rechute qui renoua la série interrompue de ces étranges rêveries [2]. — Je me promenais dans la campagne préoccupé d'un travail qui se rattachait aux idées religieuses [3]. En passant devant une maison, j'entendis un oiseau qui parlait selon quelques mots qu'on lui avait appris, mais dont le bavardage confus me parut avoir un sens ; il me rappela celui de la vision que j'ai racontée plus haut, et je sentis un frémissement de mauvais augure. Quelques pas plus loin, je rencontrai un ami que je n'avais pas vu depuis longtemps et qui demeurait dans une maison voisine. Il voulut me faire voir sa propriété, et, dans cette visite, il me fit monter sur une terrasse élevée d'où l'on découvrait un vaste horizon. C'était un coucher du soleil. En descendant les marches d'un escalier rustique, je fis un faux pas, et ma poitrine alla porter sur l'angle d'un meuble. J'eus assez de force pour me relever et m'élançai jusqu'au milieu du jardin, me croyant frappé à mort, mais voulant, avant de mourir, jeter un dernier regard au soleil couchant. Au milieu des regrets qu'entraîne un tel moment, je me sentais heureux de mourir ainsi, à cette heure, et au milieu des arbres, des treilles et des fleurs d'automne. Ce ne fut cependant qu'un évanouissement, après lequel j'eus encore la force de regagner ma demeure pour me mettre au lit. La fièvre s'empara de moi ; en me rappelant de quel point j'étais tombé, je me souvins que la vue que j'avais admirée donnait sur un cimetière, celui même où se trouvait le tombeau d'Aurélia. Je n'y pensai véritablement qu'alors ; sans quoi, je pourrais attribuer ma chute à l'impression que cet aspect m'aurait fait éprouver. Cela même me donna l'idée d'une fatalité plus précise. Je regrettai d'autant plus que la mort ne m'eût pas réuni à elle. Puis, en y songeant, je me dis que je n'en étais pas digne. Je me représentai amèrement la vie que j'avais menée depuis sa mort, me reprochant, non de l'avoir oubliée, ce qui n'était point arrivé, mais d'avoir, en de faciles amours, fait outrage à sa mémoire. L'idée me vint d'interroger le sommeil, mais *son* image, qui m'était apparue souvent, ne revenait plus dans mes songes. Je n'eus d'abord que des rêves confus, mêlés de scènes sanglantes. Il semblait que toute une race fatale se fût déchaînée au milieu du monde idéal que j'avais vu autrefois et dont elle était la reine. Le même Esprit qui m'avait menacé,

— lorsque j'entrais dans la demeure de ces familles pures qui habitaient les hauteurs de la Ville mystérieuse [1], — passa devant moi, non plus dans ce costume blanc qu'il portait jadis, ainsi que ceux de sa race, mais vêtu en prince d'Orient. Je m'élançai vers lui, le menaçant, mais il se tourna tranquillement vers moi. O terreur! ô colère! c'était mon visage, c'était toute ma forme idéalisée et grandie... Alors je me souvins de celui qui avait été arrêté la même nuit que moi et que, selon ma pensée, on avait fait sortir sous mon nom du corps de garde, lorsque deux amis étaient venus pour me chercher. Il portait à la main une arme dont je distinguais mal la forme, et l'un de ceux qui l'accompagnaient dit : « C'est avec cela qu'il l'a frappé. »

Je ne sais comment expliquer que, dans mes idées, les événements terrestres pouvaient coïncider avec ceux du monde surnaturel, cela est plus facile à *sentir* qu'à énoncer clairement *. Mais quel était donc cet esprit qui était moi et en dehors de moi. Était-ce le *Double* des légendes, ou ce frère mystique que les Orientaux appellent *Ferouër*? — N'avais-je pas été frappé de l'histoire de ce chevalier qui combattit toute une nuit dans une forêt contre un inconnu qui était lui-même? Quoi qu'il en soit, je crois que l'imagination humaine n'a rien inventé qui ne soit vrai, dans ce monde ou dans les autres, et je ne pouvais douter de ce que j'avais *vu* si distinctement.

Une idée terrible me vint : « L'homme est double », me dis-je. — « Je sens deux hommes en moi », a écrit un Père de l'Église. Le concours de deux âmes a déposé ce germe mixte dans un corps qui lui-même offre à la vue deux portions similaires reproduites dans tous les organes de sa structure. Il y a en tout homme un spectateur et un acteur, celui qui parle et celui qui répond. Les Orientaux ont vu là deux ennemis : le bon et le mauvais génie. « Suis-je le bon? suis-je le mauvais? me

---

* Cela faisait allusion, pour moi, au coup que j'avais reçu dans ma chute.

disais-je. En tout cas, *l'autre* m'est hostile... Qui sait s'il n'y a pas telle circonstance ou tel âge où ces deux esprits se séparent? Attachés au même corps tous deux par une affinité matérielle, peut-être l'un est-il promis à la gloire et au bonheur, l'autre à l'anéantissement ou à la souffrance éternelle? » Un éclair fatal traversa tout à coup cette obscurité... Aurélia n'était plus à moi!... Je croyais entendre parler d'une cérémonie qui se passait ailleurs, et des apprêts d'un mariage mystique qui était le mien, et où *l'autre* allait profiter de l'erreur de mes amis et d'Aurélia elle-même [1]. Les personnes les plus chères qui venaient me voir et me consoler me paraissaient en proie à l'incertitude, c'est-à-dire que les deux parties de leurs âmes se séparaient aussi à mon égard, l'une affectionnée et confiante, l'autre comme frappée de mort à mon égard. Dans ce que ces personnes me disaient, il y avait un sens double, bien que toutefois elles ne s'en rendissent pas compte, puisqu'elles n'étaient pas *en esprit* comme moi. Un instant même, cette pensée me sembla comique en songeant à Amphitryon et à Sosie. Mais, si ce symbole grotesque était autre chose, — si, comme dans d'autres fables de l'antiquité, c'était la vérité fatale sous un masque de folie? « Eh bien, me dis-je, luttons contre l'esprit fatal, luttons contre le dieu lui-même avec les armes de la tradition et de la science. Quoi qu'il fasse dans l'ombre et la nuit, j'existe, et j'ai pour le vaincre tout le temps qu'il m'est donné encore de vivre sur la terre. »

X

Comment peindre l'étrange désespoir où ces idées me réduisirent peu à peu? Un mauvais génie avait pris ma place dans le monde des âmes; pour Aurélia, c'était moi-même, et l'esprit désolé qui vivifiait mon corps, affaibli, dédaigné, méconnu d'elle, se voyait à jamais

destiné au désespoir ou au néant. J'employai toutes
les forces de ma volonté pour pénétrer encore le mystère dont j'avais levé quelques voiles. Le rêve se jouait
parfois de mes efforts et n'amenait que des figures
grimaçantes et fugitives. Je ne puis donner ici qu'une
idée assez bizarre de ce qui résulta de cette contention
d'esprit. Je me sentais glisser comme sur un fil tendu
dont la longueur était infinie. La terre, traversée de
veines colorées de métaux en fusion, comme je l'avais
vue déjà, s'éclaircissait peu à peu par l'épanouissement
du feu central, dont la blancheur se fondait avec les
teintes cerise qui coloraient les flancs de l'orbe intérieur.
Je m'étonnais de temps en temps de rencontrer de vastes
flaques d'eau, suspendues comme le sont les nuages dans
l'air, et toutefois offrant une telle densité qu'on pouvait
en détacher des flocons; mais il est clair qu'il s'agissait
là d'un liquide différent de l'eau terrestre, et qui était
sans doute l'évaporation de celui qui figurait la mer et
les fleuves pour le monde des esprits.

J'arrivai en vue d'une vaste plage montueuse et toute
couverte d'une espèce de roseaux de teinte verdâtre,
jaunis aux extrémités comme si les feux du soleil les
eussent en partie desséchés, — mais je n'ai pas vu de
soleil plus que les autres fois. — Un château dominait
la côte que je me mis à gravir. Sur l'autre versant, je vis
s'étendre une ville immense. Pendant que j'avais traversé la montagne, la nuit était venue, et j'apercevais les
lumières des habitations et des rues. En descendant, je
me trouvai dans un marché où l'on vendait des fruits
et des légumes pareils à ceux du Midi.

Je descendis par un escalier obscur et me trouvai dans
les rues. On affichait l'ouverture d'un casino, et les
détails de sa distribution se trouvaient énoncés par
articles. L'encadrement typographique était fait de guirlandes de fleurs si bien représentées et coloriées, qu'elles
semblaient naturelles. Une partie du bâtiment était
encore en construction. J'entrai dans un atelier où je vis
des ouvriers qui modelaient en glaise un animal énorme
de la forme d'un lama, mais qui paraissait devoir être

muni de grandes ailes. Ce monstre était comme traversé d'un jet de feu qui l'animait peu à peu [1], de sorte qu'il se tordait, pénétré par mille filets pourpres, formant les veines et les artères et fécondant pour ainsi dire l'inerte matière, qui se revêtait d'une végétation instantanée d'appendices fibreux, d'ailerons et de touffes laineuses. Je m'arrêtai à contempler ce chef-d'œuvre, où l'on semblait avoir surpris les secrets de la création divine. « C'est que nous avons ici, me dit-on, le feu primitif qui anima les premiers êtres... Jadis il s'élançait jusqu'à la surface de la terre, mais les sources se sont taries. » Je vis aussi des travaux d'orfèvrerie où l'on employait deux métaux inconnus sur la terre : l'un rouge, qui semblait correspondre au cinabre, et l'autre bleu d'azur. Les ornements n'étaient ni martelés ni ciselés, mais se formaient, se coloraient et s'épanouissaient comme les plantes métalliques qu'on fait naître de certaines mixtions chimiques. « Ne créerait-on pas aussi des hommes ? » dis-je à l'un des travailleurs ; mais il me répliqua : « Les hommes viennent d'en haut et non d'en bas : pouvons-nous nous créer nous-mêmes ? Ici l'on ne fait que formuler par les progrès successifs de nos industries une matière plus subtile que celle qui compose la croûte terrestre. Ces fleurs qui vous paraissent naturelles, cet animal qui semblera vivre, ne seront que des produits de l'art élevé au plus haut point de nos connaissances, et chacun les jugera ainsi. »

Telles sont à peu près les paroles, ou qui me furent dites, ou dont je crus percevoir la signification. Je me mis à parcourir les salles du casino et j'y vis une grande foule, dans laquelle je distinguai quelques personnes qui m'étaient connues, les unes vivantes, d'autres mortes en divers temps. Les premières semblaient ne pas me voir, tandis que les autres me répondaient sans avoir l'air de me connaître. J'étais arrivé à la grande salle qui était toute tendue de velours ponceau à bandes d'or tramé, formant de riches dessins. Au milieu se trouvait un sofa en forme de trône. Quelques passants s'y asseyaient pour en éprouver l'élasticité ; mais les préparatifs n'étant pas terminés, ils se dirigeaient vers d'autres salles. On parlait d'un mariage et de l'époux qui, disait-on, devait arriver pour annoncer le moment de la fête. Aussitôt un transport insensé s'empara de moi. J'imaginai que celui qu'on attendait était mon *double*, qui devait épouser Aurélia, et je fis un scandale qui sembla consterner l'assemblée. Je me mis à parler avec violence, expliquant mes griefs et invoquant le secours de ceux qui me connaissaient. Un vieillard me dit : « Mais on ne se conduit pas ainsi, vous effrayez tout le monde. » Alors je m'écriai : « Je sais bien qu'il m'a frappé déjà de ses armes, mais je l'attends sans crainte et je connais le signe qui doit le vaincre. »

En ce moment, un des ouvriers de l'atelier que j'avais visité en entrant parut, tenant une longue barre, dont l'extrémité se composait d'une boule rougie au feu. Je voulus m'élancer sur lui, mais la boule qu'il tenait en arrêt menaçait toujours ma tête. On semblait autour de moi me railler de mon impuissance [1]... Alors je me reculai jusqu'au trône, l'âme pleine d'un indicible orgueil, et je levai le bras pour faire un signe qui me semblait avoir une puissance magique. Le cri d'une femme, distinct et vibrant, empreint d'une douleur déchirante, me réveilla en sursaut! Les syllabes d'un mot inconnu que j'allais prononcer expiraient sur mes lèvres... Je me précipitai à terre et je me mis à prier avec fureur en pleurant à chaudes larmes. — Mais quelle était donc cette voix qui venait de résonner si douloureusement dans la nuit?

Elle n'appartenait pas au rêve; c'était la voix d'une personne vivante, et pourtant c'était pour moi la voix et l'accent d'Aurélia...

J'ouvris ma fenêtre; tout était tranquille, et le cri ne se répéta plus. — Je m'informai au dehors, personne n'avait rien entendu. — Et cependant, je suis encore certain que le cri était réel et que l'air des vivants en avait retenti... Sans doute, on me dira que le hasard a pu faire qu'à ce moment-là même une femme souffrante ait crié dans les environs de ma demeure. — Mais, selon ma pensée, les événements terrestres étaient liés à ceux du monde invisible. C'est un de ces rapports étranges dont je ne me rends pas compte moi-même et qu'il est plus aisé d'indiquer que de définir...

Qu'avais-je fait? J'avais troublé l'harmonie de l'univers magique où mon âme puisait la certitude d'une existence immortelle. J'étais maudit peut-être pour avoir voulu percer un mystère redoutable en offensant la loi divine; je ne devais plus attendre que la colère et le mépris! Les ombres irritées fuyaient en jetant des cris et traçant dans l'air des cercles fatals, comme les oiseaux à l'approche d'un orage.

SECONDE PARTIE

Eurydice ! Eurydice !

I

Une seconde fois perdue !

Tout est fini, tout est passé ! C'est moi maintenant qui dois mourir et mourir sans espoir. — Qu'est-ce donc que la mort ? Si c'était le néant... Plût à Dieu ! Mais Dieu lui-même ne peut faire que la mort soit le néant.

Pourquoi donc est-ce la première fois, depuis si longtemps, que je songe à *lui ?* Le système fatal qui s'était créé dans mon esprit n'admettait pas cette royauté solitaire... ou plutôt elle s'absorbait dans la somme des êtres : c'était le dieu de Lucretius, impuissant et perdu dans son immensité.

Elle, pourtant, croyait à Dieu, et j'ai surpris un jour le nom de Jésus sur ses lèvres. Il en coulait si doucement que j'en ai pleuré. O mon Dieu ! cette larme, — cette larme... Elle est séchée depuis si longtemps ! Cette larme, mon Dieu ! rendez-la moi !

Lorsque l'âme flotte incertaine entre la vie et le rêve, entre le désordre de l'esprit et le retour de la froide réflexion, c'est dans la pensée religieuse que l'on doit chercher des secours ; — je n'en ai jamais pu trouver dans cette philosophie, qui ne nous présente que des maximes d'égoïsme ou tout au plus de réciprocité, une expérience vaine, des doutes amers; — elle lutte contre les douleurs morales en anéantissant la sensibilité; pareille à la chirurgie, elle ne sait que retrancher l'organe qui fait souffrir. — Mais pour nous, nés dans des jours de révolutions et d'orages, où toutes les croyances ont été brisées, — élevés tout au plus dans cette foi vague qui se contente de quelques pratiques extérieures et dont l'adhésion indifférente est plus coupable peut-être que l'impiété et l'hérésie, — il est bien difficile, dès que nous en sentons le besoin, de reconstruire l'édifice mystique dont les innocents et les simples admettent dans leurs cœurs la figure toute tracée. « L'arbre de science n'est pas l'arbre de vie ! » Cependant, pouvons-nous rejeter de notre esprit ce que tant de générations intelligentes y ont versé de bon ou de funeste ? L'ignorance ne s'apprend pas [1].

J'ai meilleur espoir de la bonté de Dieu : peut-être touchons-nous à l'époque prédite où la science, ayant accompli son cercle entier de synthèse et d'analyse, de croyance et de négation, pourra s'épurer elle-même et faire jaillir du désordre et des ruines la cité merveilleuse de l'avenir... Il ne faut pas faire si bon marché de la raison humaine, que de croire qu'elle gagne quelque chose à s'humilier tout entière, car ce serait accuser sa céleste origine... Dieu appréciera la pureté des intentions sans doute, et quel est le père qui se complairait à voir son fils abdiquer devant lui tout raisonnement et toute fierté ! L'apôtre qui voulait toucher pour croire n'a pas été maudit pour cela !

Qu'ai-je écrit là ? Ce sont des blasphèmes. L'humilité chrétienne ne peut parler ainsi. De telles pensées sont loin d'attendrir l'âme. Elles ont sur le front les éclairs d'orgueil de la couronne de Satan... Un pacte avec Dieu lui-même ?... O science ! ô vanité !

J'avais réuni quelques livres de cabale. Je me plongeai dans cette étude, et j'arrivai à me persuader que tout était vrai dans ce qu'avait accumulé là-dessus l'esprit humain pendant des siècles. La conviction que je m'étais formée de l'existence du monde extérieur coïncidait trop bien avec mes lectures, pour que je doutasse désormais des révélations du passé. Les dogmes et les rites des diverses religions me paraissaient s'y rapporter de telle sorte que chacune possédait une certaine portion de ces arcanes qui constituaient ses moyens d'expansion et de défense. Ces forces pouvaient s'affaiblir, s'amoindrir et disparaître, ce qui amenait l'envahissement de certaines races par d'autres, nulles ne pouvant être victorieuses ou vaincues que par l'Esprit.

« Toutefois, me disais-je, il est sûr que ces sciences sont mélangées d'erreurs humaines. L'alphabet magique, l'hiéroglyphe mystérieux ne nous arrivent qu'incomplets et faussés soit par le temps, soit par ceux-là mêmes qui ont intérêt à notre ignorance; retrouvons la lettre perdue ou le signe effacé, recomposons la gamme dissonante, et nous prendrons force dans le monde des esprits. »

C'est ainsi que je croyais percevoir les rapports du monde réel avec le monde des esprits. La terre, ses habitants et leur histoire étaient le théâtre où venaient s'accomplir les actions physiques qui préparaient l'existence et la situation des êtres immortels attachés à sa destinée. Sans agiter le mystère impénétrable de l'éternité des mondes, ma pensée remonta à l'époque où le soleil, pareil à la plante qui le représente, qui de sa tête inclinée suit la révolution de sa marche céleste, semait sur la terre les germes féconds des plantes et des animaux. Ce n'était autre chose que le feu même qui, étant un composé d'âmes, formulait instinctivement la demeure commune. L'esprit de l'Être-Dieu, reproduit et pour ainsi dire reflété sur la terre, devenait le type commun des âmes humaines dont chacune, par suite, était à la fois homme et Dieu. Tels furent les Éloïm [1].

Quand on se sent malheureux, on songe au malheur des autres. J'avais mis quelque négligence à visiter un de mes amis les plus chers, qu'on m'avait dit malade [1]. En me rendant à la maison où il était traité, je me reprochais vivement cette faute. Je fus encore plus désolé lorsque mon ami me raconta qu'il avait été la veille au plus mal. J'entrai dans une chambre d'hospice, blanchie à la chaux. Le soleil découpait des angles joyeux sur les murs et se jouait sur un vase de fleurs qu'une religieuse venait de poser sur la table du malade. C'était presque la cellule d'un anachorète italien. Sa figure amaigrie, son teint semblable à l'ivoire jauni, relevé par la couleur noire de sa barbe et de ses cheveux, ses yeux illuminés d'un reste de fièvre, peut-être aussi l'arrangement d'un manteau à capuchon jeté sur ses épaules, en faisaient pour moi un être à moitié différent de celui que j'avais connu. Ce n'était plus le joyeux compagnon de mes travaux et de mes plaisirs; il y avait en lui un apôtre. Il me raconta comment il s'était vu, au plus fort des souffrances de son mal, saisi d'un dernier transport qui lui parut être le moment suprême. Aussitôt la douleur avait cessé comme par prodige. — Ce qu'il me raconta ensuite est impossible à rendre : un rêve sublime dans les espaces les plus vagues de l'infini, une conversation avec un être à la fois différent et participant de lui-même, et à qui, se croyant mort, il demandait où était Dieu. « Mais Dieu est partout, lui répondait son esprit; il est en toi-même et en tous. Il te juge, il t'écoute, il te conseille; c'est toi et *moi*, qui pensons et rêvons ensemble, — et nous ne nous sommes jamais quittés, et nous sommes éternels ! »

Je ne puis citer autre chose de cette conversation, que j'ai peut-être mal entendue ou mal comprise. Je sais seulement que l'impression en fut très vive. Je n'ose attribuer à mon ami les conclusions que j'ai peut-être faussement tirées de ses paroles. J'ignore même si le sentiment qui en résulte n'est pas conforme à l'idée chrétienne...

— Dieu est avec lui, m'écriai-je... mais il n'est plus

avec moi! O malheur! je l'ai chassé de moi-même, je
l'ai menacé, je l'ai maudit! C'était bien lui, ce frère
mystique, qui s'éloignait de plus en plus de mon âme
et qui m'avertissait en vain! Cet époux préféré, ce roi
de gloire, c'est lui qui me juge et me condamne, et
qui emporte à jamais dans son ciel celle qu'il m'eût
donnée et dont je suis indigne désormais!

II

Je ne puis dépeindre l'abattement où me jetèrent ces
idées. « Je comprends, me dis-je, j'ai préféré la créature au créateur; j'ai déifié mon amour et j'ai adoré,
selon les rites païens, celle dont le dernier soupir a été
consacré au Christ. Mais si cette religion dit vrai, Dieu
peut me pardonner encore. Il peut me la rendre si je
m'humilie devant lui; peut-être son esprit reviendra-t-il
en moi! » J'errais dans les rues, au hasard, plein de cette
pensée. Un convoi croisa ma marche; il se dirigeait vers
le cimetière où elle avait été ensevelie [1]; j'eus l'idée de
m'y rendre en me joignant au cortège. « J'ignore, me
disais-je, quel est ce mort que l'on conduit à la fosse,
mais je sais maintenant que les morts nous voient et
nous entendent, — peut-être sera-t-il content de se voir
suivi d'un frère de douleurs, plus triste qu'aucun de
ceux qui l'accompagnent. » Cette idée me fit verser des
larmes, et sans doute on crut que j'étais un des meilleurs
amis du défunt. O larmes bénies! depuis longtemps votre
douceur m'était refusée!... Ma tête se dégageait, et un
rayon d'espoir me guidait encore. Je me sentais la force
de prier, et j'en jouissais avec transport.

Je ne m'informai pas même du nom de celui dont
j'avais suivi le cercueil. Le cimetière où j'étais entré
m'était sacré à plusieurs titres. Trois parents de ma
famille maternelle y avaient été ensevelis; mais je ne
pouvais aller prier sur leurs tombes, car elles avaient été

transportées depuis plusieurs années dans une terre éloignée, lieu de leur origine [1]. — Je cherchai longtemps la tombe d'Aurélia, et je ne pus la retrouver. Les dispositions du cimetière avaient été changées, — peut-être aussi ma mémoire était-elle égarée... Il me semblait que ce hasard, cet oubli, ajoutaient encore à ma condamnation. Je n'osai pas dire aux gardiens le nom d'une morte sur laquelle je n'avais religieusement aucun droit... Mais je me souvins que j'avais chez moi l'indication précise de la tombe, et j'y courus, le cœur palpitant, la tête perdue. Je l'ai dit déjà : j'avais entouré mon amour de superstitions bizarres. Dans un petit coffret qui *lui* avait appartenu, je conservais sa dernière lettre. Oserai-je avouer encore que j'avais fait de ce coffret une sorte de reliquaire qui me rappelait de longs voyages où sa pensée m'avait suivi : une rose cueillie dans les jardins de Schoubrah, un morceau de bandelette rapportée d'Égypte, des feuilles de laurier cueillies dans la rivière de Beyrouth, deux petits cristaux dorés des mosaïques de Sainte-Sophie, un grain de chapelet, que sais-je encore?... enfin le papier qui m'avait été donné le jour où la tombe fut creusée, afin que je pusse la retrouver... Je rougis, je frémis en dispersant ce fol assemblage. Je pris sur moi les deux papiers, et, au moment de me diriger de nouveau vers le cimetière, je changeai de résolution. « Non, me dis-je, je ne suis pas digne de m'agenouiller sur la tombe d'une chrétienne; n'ajoutons pas une profanation à tant d'autres!... » Et pour apaiser l'orage qui grondait dans ma tête, je me rendis à quelques lieues de Paris, dans une petite ville où j'avais passé quelques jours heureux au temps de ma jeunesse, chez de vieux parents, morts depuis. J'avais aimé souvent à y venir voir coucher le soleil près de leur maison. Il y avait là une terrasse ombragée de tilleuls qui me rappelait aussi le souvenir de jeunes filles, de parentes, parmi lesquelles j'avais grandi. Une d'elles...

Mais opposer ce vague amour d'enfance [2] à celui qui a dévoré ma jeunesse, y avais-je songé seulement? Je vis le soleil décliner sur la vallée qui s'emplissait de vapeurs et d'ombre; il disparut, baignant de feux rougeâtres la cime des bois qui bordaient de hautes collines. La plus morne tristesse entra dans mon cœur. J'allai coucher dans une auberge où j'étais connu. L'hôtelier me parla d'un de mes anciens amis, habitant de la ville, qui, à la suite de spéculations malheureuses, s'était tué d'un coup de pistolet... Le sommeil m'apporta des rêves terribles. Je n'en ai conservé qu'un souvenir confus. — Je me trouvais dans une salle inconnue et je causais avec quelqu'un du monde extérieur, — l'ami dont je viens de parler, peut-être. Une glace très haute se trouvait derrière nous. En y jetant par hasard un coup d'œil, il me sembla reconnaître A***[1]. Elle semblait triste et pensive, et tout à coup, soit qu'elle sortît de la glace, soit que passant dans la salle elle se fût reflétée un instant auparavant, cette figure douce et chérie se trouva près de moi. Elle me tendit la main, laissa tomber sur moi un regard douloureux et me dit : « Nous nous reverrons plus tard... à la maison de ton ami. »

En un instant, je me représentai son mariage, la malédiction qui nous séparait... et je me dis : « Est-ce possible? reviendrait-elle à moi? » « M'avez-vous pardonné? » demandai-je avec larmes. Mais tout avait disparu. Je me trouvais dans un lieu désert, une âpre montée semée de roches, au milieu des forêts. Une maison, qu'il me semblait reconnaître, dominait ce pays désolé. J'allais et je revenais par des détours inextricables. Fatigué de marcher entre les pierres et les ronces, je cherchais parfois une route plus douce par les sentes du bois. « On m'attend là-bas! » pensais-je. — Une certaine heure sonna... Je me dis : *Il est trop tard!* Des voix me répondirent : *Elle est perdue!* Une nuit profonde m'entourait, la maison lointaine brillait comme éclairée pour une fête et pleine d'hôtes arrivés à temps. « Elle est perdue! m'écriai-je et pourquoi?... Je comprends, — elle a fait un dernier effort pour me sauver; — j'ai manqué le moment suprême où le pardon était possible encore [1]. Du haut du ciel, elle pouvait prier pour moi l'Époux divin... Et qu'importe mon salut même? L'abîme a reçu sa proie! Elle est perdue pour moi et pour tous!... » Il me semblait la voir comme à la lueur d'un éclair, pâle et mourante, entraînée par de sombres cavaliers... Le cri de douleur et de rage que je poussai en ce moment me réveilla tout haletant.

— Mon Dieu, mon Dieu! pour elle et pour elle seule, mon Dieu, pardonnez! m'écriai-je en me jetant à genoux.

Il faisait jour. Par un mouvement dont il m'est difficile de rendre compte, je résolus aussitôt de détruire les deux papiers que j'avais retirés la veille du coffret : la lettre, hélas! que je relus en la mouillant de larmes, et le papier funèbre qui portait le cachet du cimetière. « Retrouver sa tombe maintenant? me disais-je, mais c'est hier qu'il fallait y retourner, — et mon rêve fatal n'est que le reflet de ma fatale journée! »

III

La flamme a dévoré ces reliques d'amour et de mort, qui se renouaient aux fibres les plus douloureuses de mon cœur. Je suis allé promener mes peines et mes remords tardifs dans la campagne, cherchant dans la marche et dans la fatigue l'engourdissement de la pensée, la certitude peut-être pour la nuit suivante d'un sommeil moins funeste. Avec cette idée que je m'étais faite du rêve comme ouvrant à l'homme une communication avec le monde des esprits, j'espérais... j'espérais encore! Peut-être Dieu se contenterait-il de ce sacrifice. — Ici je m'arrête; il y a trop d'orgueil à prétendre que l'état d'esprit où j'étais fût causé seulement par un souvenir d'amour. Disons plutôt qu'involontairement j'en parais les remords plus graves d'une vie follement dissipée où le mal avait triomphé bien souvent, et dont je ne reconnaissais les fautes qu'en sentant les coups du malheur. Je ne me trouvais plus digne même de penser à celle que je tourmentais dans sa mort après l'avoir affligée dans sa vie, n'ayant dû un dernier regard de pardon qu'à sa douce et sainte pitié.

La nuit suivante, je ne pus dormir que peu d'instants. Une femme qui avait pris soin de ma jeunesse m'apparut dans le rêve et me fit reproche d'une faute très grave que j'avais commise autrefois. Je la reconnaissais, quoiqu'elle parût beaucoup plus vieille que dans les derniers temps où je l'avais vue. Cela même me faisait songer amèrement que j'avais négligé d'aller la visiter à ses derniers instants. Il me sembla qu'elle me disait : « Tu n'as pas pleuré tes vieux parents aussi vivement que tu as pleuré cette femme. Comment peux-tu donc espérer le pardon? » Le rêve devint confus. Des figures de personnes que j'avais connues en divers temps passèrent rapidement devant mes yeux. Elles défilaient, s'éclairant, pâlissant et retombant dans la nuit comme les grains d'un chapelet dont le lien s'est brisé. Je vis ensuite se former vaguement des images plastiques de l'antiquité qui s'ébauchaient, se fixaient et semblaient représenter des symboles dont je ne saisissais que difficilement l'idée. Seulement, je crus que cela voulait dire : « Tout cela était fait pour t'enseigner le secret de la vie, et tu n'as pas compris. Les religions et les fables, les saints et les poètes s'accordaient à expliquer l'énigme fatale, et tu as mal interprété... Maintenant il est trop tard[1]! »

Je me levai plein de terreur, me disant : « C'est mon dernier jour! » A dix ans d'intervalle, la même idée que j'ai tracée dans la première partie de ce récit me revenait plus positive encore et plus menaçante. Dieu m'avait laissé ce temps pour me repentir, et je n'en avais point profité. Après la visite du *convive de pierre*, je m'étais rassis au festin[2]!

IV

Le sentiment qui résulta pour moi de ces visions et des réflexions qu'elles amenaient pendant mes heures de solitude était si triste, que je me sentais comme perdu. Toutes les actions de ma vie m'apparaissaient sous leur côté le plus défavorable, et dans l'espèce d'examen de conscience auquel je me livrais, la mémoire me représentait les faits les plus anciens avec une netteté singulière. Je ne sais quelle fausse honte m'empêcha de me présenter au confessionnal; la crainte peut-être de m'engager dans les dogmes et dans les pratiques d'une religion redoutable, contre certains points de laquelle j'avais conservé des préjugés philosophiques. Mes premières années ont été trop imprégnées des idées issues de la Révolution, mon éducation a été trop libre, ma vie trop errante, pour que j'accepte facilement un joug qui sur bien des points offenserait encore ma raison. Je frémis en songeant quel chrétien je ferais si certains principes empruntés au libre examen des deux derniers siècles, si l'étude encore des diverses religions ne m'arrêtaient sur cette pente. — Je n'ai jamais connu ma mère qui avait voulu suivre mon père aux armées [1], comme les femmes des anciens Germains; elle mourut de fièvre et de fatigue dans une froide contrée de l'Allemagne, et mon père lui-même ne put diriger là-dessus mes premières idées. Le pays où je fus élevé était plein de légendes étranges et de superstitions bizarres. Un de mes oncles qui eut la plus grande influence sur ma première éducation s'occupait, pour se distraire, d'antiquités romaines et celtiques. Il trouvait parfois, dans son champ ou aux environs, des images de dieux et d'empereurs que son admiration de savant me faisait vénérer, et dont ses livres m'apprenaient l'histoire. Un certain Mars en bronze doré, une Pallas ou Vénus armée, un Neptune et une Amphitrite sculptés au-dessus de la fontaine du hameau, et surtout la bonne grosse figure barbue d'un dieu Pan souriant à l'entrée d'une grotte, parmi les festons de l'aristoloche et du lierre, étaient les dieux domestiques et protecteurs de cette retraite. J'avoue qu'ils m'inspiraient alors plus de vénération que les pauvres images chrétiennes de l'église et les deux saints informes du portail, que certains savants prétendaient être l'Ésus et le Cernunnos des Gaulois. Embarrassé au milieu de ces divers symboles, je demandai un jour à mon oncle ce que c'était que Dieu. « Dieu, c'est le soleil », me dit-il. C'était la pensée intime d'un honnête homme qui avait vécu en chrétien toute sa vie, mais qui avait traversé la Révolution, et qui était d'une contrée où plusieurs avaient la même idée de la Divinité. Cela n'empêchait pas que les femmes et les enfants n'allassent à l'église, et je dus à une de mes tantes quelques instructions qui me firent comprendre les beautés et les grandeurs du christianisme. Après 1815, un Anglais qui se trouvait dans notre pays me fit apprendre le Sermon sur la montagne et me donna un Nouveau Testament... Je ne cite ces détails que pour indiquer les causes d'une certaine irrésolution qui s'est souvent unie chez moi à l'esprit religieux le plus prononcé.

Je veux expliquer comment, éloigné longtemps de la vraie route, je m'y suis senti ramené par le souvenir chéri d'une personne morte, et comment le besoin de croire qu'elle existait toujours a fait rentrer dans mon esprit le sentiment précis des diverses vérités que je n'avais pas assez fermement recueillies en mon âme. Le désespoir et le suicide sont le résultat de certaines situations fatales pour qui n'a pas foi dans l'immortalité, dans ses peines et dans ses joies; — je croirai avoir fait quelque chose de bon et d'utile en énonçant naïvement la succession des idées par lesquelles j'ai retrouvé le repos et une force nouvelle à opposer aux malheurs futurs de la vie.

Les visions qui s'étaient succédé pendant mon sommeil m'avaient réduit à un tel désespoir, que je pouvais à peine parler; la société de mes amis ne m'inspirait qu'une distraction vague; mon esprit, entièrement occupé de ces illusions, se refusait à la moindre conception différente; je ne pouvais lire et comprendre dix lignes de suite. Je me disais des plus belles choses : « Qu'importe! cela n'existe pas pour moi. » Un de mes amis, nommé Georges [1], entreprit de vaincre ce découragement. Il m'emmenait dans diverses contrées des environs de Paris, et consentait à parler seul, tandis que je ne répondais qu'avec quelques phrases décousues. Sa figure expressive, et presque cénobitique, donna un jour un grand effet à des choses fort éloquentes qu'il trouva contre ces années de scepticisme et de découragement politique et social qui succédèrent à la révolution de Juillet. J'avais été l'un des jeunes de cette époque, et j'en avais goûté les ardeurs et les amertumes. Un mouvement se fit en moi; je me dis que de telles leçons ne pouvaient être données sans une intention de la Providence, et qu'un esprit parlait sans doute en lui... Un jour, nous dînions sous une treille, dans un petit village des environs de Paris; une femme vint chanter près de notre table, et je ne sais quoi, dans sa voix usée mais sympathique, me rappela celle d'Aurélia. Je la regardai : ses traits mêmes n'étaient pas sans ressemblance avec ceux que j'avais aimés. On la renvoya, et je n'osai la retenir, mais je me disais : « Qui sait si *son esprit* n'est pas dans cette femme! » et je me sentis heureux de l'aumône que j'avais faite.

Je me dis : « J'ai bien mal usé de la vie, mais si les morts pardonnent, c'est sans doute à condition que l'on s'abstiendra à jamais du mal, et qu'on réparera tout celui qu'on a fait. Cela se peut-il?... Dès ce moment, essayons de ne plus mal faire, et rendons l'équivalent de tout ce que nous pouvons devoir. » J'avais un tort récent envers une personne; ce n'était qu'une négligence, mais je commençai par m'en aller excuser. La joie que je reçus de cette réparation me fit un bien extrême; j'avais un motif de vivre et d'agir désormais, je reprenais intérêt au monde.

Des difficultés surgirent : des événements inexplicables pour moi semblèrent se réunir pour contrarier ma bonne résolution. La situation de mon esprit me rendait impossible l'exécution de travaux convenus. Me croyant bien portant désormais, on devenait plus exigeant, et comme j'avais renoncé au mensonge, je me trouvais pris en défaut par des gens qui ne craignaient pas d'en user. La masse des réparations à faire m'écrasait en raison de mon impuissance. Des événements politiques agissaient indirectement, tant pour m'affliger que pour m'ôter le moyen de mettre ordre à mes affaires [1]. La mort d'un de mes amis vint compléter ces motifs de découragement. Je revis avec douleur son logis, ses tableaux, qu'il m'avait montrés avec joie un mois auparavant; je passai près de son cercueil au moment où on l'y clouait. Comme il était de mon âge et de mon temps, je me dis : « Qu'arriverait-il, si je mourais ainsi tout à coup ? »

Le dimanche suivant, je me levai en proie à une douleur morne. J'allai visiter mon père, dont la servante était malade, et qui paraissait avoir de l'humeur [2]. Il voulut aller seul chercher du bois à son grenier, et je ne pus lui rendre que le service de lui tendre une bûche dont il avait besoin. Je sortis consterné. Je rencontrai dans les rues un ami qui voulait m'emmener dîner chez lui pour me distraire un peu. Je refusai, et, sans avoir mangé, je me dirigeai vers Montmartre. Le cimetière était fermé, ce que je regardai comme un mauvais présage. Un poète allemand [3] m'avait donné quelques pages à traduire et m'avait avancé une somme sur ce travail. Je pris le chemin de sa maison pour lui rendre l'argent.

En tournant la barrière de Clichy, je fus témoin d'une dispute. J'essayai de séparer les combattants, mais je n'y pus réussir. En ce moment, un ouvrier de grande taille passa sur la place même où le combat venait d'avoir lieu, portant sur l'épaule gauche un enfant vêtu d'une robe couleur d'hyacinthe. Je m'imaginai que c'était saint Christophe portant le Christ, et que j'étais condamné pour avoir manqué de force dans la scène qui venait de se passer. A dater de ce moment, j'errai en proie au désespoir dans les terrains vagues qui séparent le faubourg de la barrière. Il était trop tard pour faire la visite que j'avais projetée. Je revins donc à travers les rues vers le centre de Paris. Vers la rue de la Victoire, je rencontrai un prêtre, et, dans le désordre où j'étais, je voulus me confesser à lui. Il me dit qu'il n'était pas de la paroisse et qu'il allait en soirée chez quelqu'un ; que, si je voulais le consulter le lendemain à Notre-Dame, je n'avais qu'à demander l'abbé Dubois.

Désespéré, je me dirigeai en pleurant vers Notre-Dame de Lorette, où j'allai me jeter au pied de l'autel de la Vierge, demandant pardon pour mes fautes. Quelque chose en moi me disait : « La Vierge est morte et tes prières sont inutiles [1]. » J'allai me mettre à genoux aux dernières places du chœur, et je fis glisser de mon doigt une bague d'argent dont le chaton portait gravés ces trois mots arabes : *Allah ! Mohamed ! Ali !* Aussitôt plusieurs bougies s'allumèrent dans le chœur, et l'on commença un office auquel je tentai de m'unir en esprit. Quand on en fut à l'*Ave Maria*, le prêtre s'interrompit au milieu de l'oraison et recommença sept fois sans que je pusse retrouver dans ma mémoire les paroles suivantes. On termina ensuite la prière, et le prêtre fit un discours qui me semblait faire allusion à moi seul. Quand tout fut éteint, je me levai et je sortis, me dirigeant vers les Champs-Élysées.

Arrivé sur la place de la Concorde, ma pensée était de me détruire. A plusieurs reprises, je me dirigeai vers la Seine, mais quelque chose m'empêchait d'accomplir mon dessein. Les étoiles brillaient dans le firmament. Tout à coup il me sembla qu'elles venaient de s'éteindre à la fois comme les bougies que j'avais vues à l'église. Je crus que les temps étaient accomplis, et que nous touchions à la fin du monde annoncée dans l'Apocalypse de saint Jean. Je croyais voir un soleil noir dans le ciel désert et un globe rouge de sang au-dessus des Tuileries. Je me dis : « La nuit éternelle commence, et elle va être terrible. Que va-t-il arriver quand les hommes s'apercevront qu'il n'y a plus de soleil? » Je revins par la rue Saint-Honoré, et je plaignais les paysans attardés que je rencontrais. Arrivé vers le Louvre, je marchai jusqu'à la place, et là un spectacle étrange m'attendait. A travers des nuages rapidement chassés par le vent, je vis plusieurs lunes qui passaient avec une grande rapidité. Je pensai que la terre était sortie de son orbite et qu'elle errait dans le firmament comme un vaisseau démâté, se rapprochant ou s'éloignant des étoiles qui grandissaient ou diminuaient tour à tour. Pendant deux ou trois heures, je contemplai ce désordre et je finis par me diriger du côté des halles. Les paysans apportaient leurs denrées et je me disais : « Quel sera leur étonnement en voyant que la nuit se prolonge... » Cependant, les chiens aboyaient çà et là et les coqs chantaient.

Brisé de fatigue, je rentrai chez moi et je me jetai sur mon lit. En m'éveillant, je fus étonné de revoir la lumière. Une sorte de chœur mystérieux arriva à mon oreille; des vois enfantines répétaient en chœur : *Christe! Christe! Christe!...* Je pensai que l'on avait réuni dans l'église voisine (Notre-Dame-des-Victoires) un grand nombre d'enfants pour invoquer le Christ. « Mais le Christ n'est plus! me disais-je; ils ne le savent pas encore [1]. » L'invocation dura environ une heure. Je me levai enfin et j'allai sous les galeries du Palais-Royal. Je me dis que probablement le soleil avait encore conservé assez de lumière pour éclairer la terre pendant trois jours, mais qu'il usait de sa propre substance, et, en effet, je le trouvais froid et décoloré. J'apaisai ma faim avec un petit gâteau pour me donner la force d'aller jusqu'à la maison du poète allemand. En entrant, je lui dis que tout était fini et qu'il fallait nous préparer à mourir. Il appela sa femme qui me dit : « Qu'avez-vous? — Je ne sais, lui dis-je, je suis perdu. » Elle envoya chercher un fiacre, et une jeune fille me conduisit à la maison Dubois.

V

Là, mon mal reprit avec diverses alternatives. Au bout d'un mois j'étais rétabli. Pendant les deux mois qui suivirent, je repris mes pérégrinations autour de Paris. Le plus long voyage que j'aie fait a été pour visiter la cathédrale de Reims. Peu à peu, je me remis à écrire et je composai une de mes meilleures nouvelles [1]. Toutefois, je l'écrivis péniblement, presque toujours au crayon, sur des feuilles détachées, suivant le hasard de ma rêverie ou de ma promenade. Les corrections m'agitèrent beaucoup. Peu de jours après l'avoir publiée, je me sentis pris d'une insomnie persistante. J'allais me promener toute la nuit sur la colline de Montmartre et y voir le lever du soleil. Je causais longuement avec les paysans et les ouvriers. Dans d'autres moments, je me dirigeais vers les halles. Une nuit, j'allai souper dans un café du boulevard et je m'amusai à jeter en l'air des pièces d'or et d'argent. J'allai ensuite à la halle et je me disputai avec un inconnu, à qui je donnai un rude soufflet; je ne sais comment cela n'eut aucune suite. A une certaine heure, entendant sonner l'horloge de Saint-Eustache, je me pris à penser aux luttes des Bourguignons et des Armagnacs, et je croyais voir s'élever autour de moi les fantômes des combattants de cette époque. Je me pris de querelle avec un facteur qui portait sur sa poitrine une plaque d'argent, et que je disais être le duc Jean de Bourgogne. Je voulais l'empêcher d'entrer dans un cabaret. Par une singularité que je ne m'explique pas, voyant que je le menaçais de mort, son visage se couvrit de larmes. Je me sentis attendri, et je le laissai passer [2].

Je me dirigeai vers les Tuileries, qui étaient fermées, et suivis la ligne des quais; je montai ensuite au Luxembourg, puis je revins déjeuner avec un de mes amis. Ensuite j'allai vers Saint-Eustache, où je m'agenouillai pieusement à l'autel de la Vierge en pensant à ma mère. Les pleurs que je versai détendirent mon âme, et, en sortant de l'église, j'achetai un anneau d'argent. De là, j'allai rendre visite à mon père, chez lequel je laissai un bouquet de marguerites, car il était absent. J'allai de là au Jardin des Plantes. Il y avait beaucoup de monde, et je restai quelque temps à regarder l'hippopotame qui se baignait dans un bassin. — J'allai ensuite visiter les galeries d'ostéologie. La vue des monstres qu'elles renferment me fit penser au déluge, et, lorsque je sortis, une averse épouvantable tombait dans le jardin. Je me dis : « Quel malheur ! Toutes ces femmes, tous ces enfants, vont se trouver mouillés !... » Puis, je me dis : « Mais c'est plus encore ! c'est le véritable déluge qui commence. » L'eau s'élevait dans les rues voisines ; je descendis en courant la rue Saint-Victor, et, dans l'idée d'arrêter ce que je croyais l'inondation universelle, je jetai à l'endroit le plus profond l'anneau que j'avais acheté à Saint-Eustache. Vers le même moment l'orage s'apaisa, et un rayon de soleil commença à briller.

L'espoir rentra dans mon âme. J'avais rendez-vous à quatre heures chez mon ami Georges ; je me dirigeai vers sa demeure. En passant devant un marchand de curiosités, j'achetai deux écrans de velours, couverts de figures hiéroglyphiques. Il me sembla que c'était la consécration du pardon des cieux. J'arrivai chez Georges à l'heure précise et je lui confiai mon espoir. J'étais mouillé et fatigué. Je changeai de vêtements et me couchai sur son lit. Pendant mon sommeil, j'eus une vision merveilleuse. Il me semblait que la déesse m'apparaissait, me disant : « Je suis la même que Marie, la même que ta mère, la même aussi que sous toutes les formes tu as toujours aimée. A chacune de tes épreuves, j'ai quitté l'un des masques dont je voile mes traits, et bientôt tu me verras telle que je suis [1]. » Un verger délicieux sortait des nuages derrière elle, une lumière douce et pénétrante éclairait ce paradis, et cependant je n'entendais que sa voix, mais je me sentais plongé dans une ivresse charmante. — Je m'éveillai peu de temps après et je dis à Georges : « Sortons. » Pendant que nous traversions le pont des Arts, je lui expliquai les migrations des âmes, et je lui disais : « Il me semble que ce soir j'ai en moi l'âme de Napoléon qui m'inspire et me commande de grandes choses. » Dans la rue du Coq j'achetai un chapeau, et, pendant que Georges recevait la monnaie de la pièce d'or que j'avais jetée sur le comptoir, je continuai ma route et j'arrivai aux galeries du Palais-Royal.

Là, il me sembla que tout le monde me regardait. Une idée persistante s'était logée dans mon esprit, c'est qu'il n'y avait plus de morts ; je parcourais la galerie de Foy en disant : « J'ai fait une faute », et je ne pouvais découvrir laquelle en consultant ma mémoire que je croyais être celle de Napoléon [1]... « Il y a quelque chose que je n'ai point payé par ici ! » J'entrai au café de Foy dans cette idée, et je crus reconnaître dans un des habitués le père Bertin des *Débats* [2]. Ensuite je traversai le jardin et je pris quelque intérêt à voir les rondes des petites filles. De là, je sortis des galeries et je me dirigeai vers la rue Saint-Honoré. J'entrai dans une boutique pour acheter un cigare, et, quand je sortis, la foule était si compacte que je faillis être étouffé. Trois de mes amis me dégagèrent en répondant de moi et me firent entrer dans un café pendant que l'un d'eux allait chercher un fiacre. On me conduisit à l'hospice de la Charité [3].

Pendant la nuit, le délire s'augmenta, surtout le matin, lorsque je m'aperçus que j'étais attaché [4]. Je parvins à me débarrasser de la camisole de force, et, vers le matin, je me promenai dans les salles. L'idée que j'étais devenu semblable à un dieu et que j'avais le pouvoir de guérir me fit imposer les mains à quelques malades, et, m'approchant d'une statue de la Vierge, j'enlevai la couronne de fleurs artificielles pour appuyer le pouvoir que je me croyais. Je marchai à grands pas, parlant avec animation de l'ignorance des hommes qui croyaient pouvoir guérir avec la science seule, et, voyant sur la table un flacon d'éther, je l'avalai d'une gorgée. Un interne, d'une figure que je comparais à

celle des anges, voulut m'arrêter, mais la force nerveuse
me soutenait, et, prêt à le renverser, je m'arrêtai, lui
disant qu'il ne comprenait pas quelle était ma mission.
Des médecins vinrent alors, et je continuai mes discours sur l'impuissance de leur art. Puis je descendis
l'escalier, bien que n'ayant point de chaussure. Arrivé
devant un parterre, j'y entrai et je cueillis des fleurs en
me promenant sur le gazon.

Un de mes amis était revenu pour me chercher. Je
sortis alors du parterre, et, pendant que je lui parlais,
on me jeta sur les épaules une camisole de force, puis on
me fit monter dans un fiacre et je fus conduit à une maison de santé située hors de Paris [1]. Je compris, en me
voyant parmi les aliénés, que tout n'avait été pour moi
qu'illusions jusque-là. Toutefois les promesses que
j'attribuais à la déesse Isis me semblaient se réaliser
par une série d'épreuves que j'étais destiné à subir. Je
les acceptai donc avec résignation.

La partie de la maison où je me trouvais donnait sur
un vaste promenoir ombragé de noyers. Dans un angle
se trouvait une petite hutte où l'un des prisonniers se
promenait en cercle tout le jour. D'autres se bornaient,
comme moi, à parcourir le terre-plein ou la terrasse,
bordée d'un talus de gazon. Sur un mur, situé au couchant, étaient tracées des figures dont l'une représentait
la forme de la lune avec des yeux et une bouche tracés
géométriquement; sur cette figure on avait peint une
sorte de masque; le mur de gauche présentait divers
dessins de profil dont l'un figurait une sorte d'idole
japonaise. Plus loin, une tête de mort était creusée dans
le plâtre; sur la face opposée, deux pierres de taille
avaient été sculptées par quelqu'un des hôtes du jardin
et représentaient de petits mascarons assez bien rendus.
Deux portes donnaient sur des caves, et je m'imaginai
que c'étaient des voies souterraines pareilles à celles
que j'avais vues à l'entrée des Pyramides.

VI

Je m'imaginai d'abord que les personnes réunies dans ce jardin avaient toutes quelque influence sur les astres et que celui qui tournait sans cesse dans le même cercle y réglait la marche du soleil. Un vieillard, que l'on amenait à certaines heures du jour et qui faisait des nœuds en consultant sa montre, m'apparaissait comme chargé de constater la marche des heures. Je m'attribuai à moi-même une influence sur la marche de la lune, et je crus que cet astre avait reçu un coup de foudre du Tout-Puissant qui avait tracé sur sa face l'empreinte du masque que j'avais remarquée.

J'attribuais un sens mystique aux conversations des gardiens et à celles de mes compagnons. Il me semblait qu'ils étaient les représentants de toutes les races de la terre et qu'il s'agissait entre nous de fixer à nouveau la marche des astres et de donner un développement plus grand au système. Une erreur s'était glissée, selon moi, dans la combinaison générale des nombres, et de là venaient tous les maux de l'humanité. Je croyais encore que les esprits célestes avaient pris des formes humaines et assistaient à ce congrès général, tout en paraissant occupés de soins vulgaires. Mon rôle me semblait être de rétablir l'harmonie universelle par l'art cabalistique et de chercher une solution en évoquant les forces occultes des diverses religions.

Outre le promenoir, nous avions encore une salle dont les vitres rayées perpendiculairement donnaient sur un horizon de verdure. En regardant derrière ces vitres la ligne des bâtiments extérieurs, je voyais se découper la façade et les fenêtres en mille pavillons ornés d'arabesques, et surmontés de découpures et d'aiguilles, qui me rappelaient les kiosques impériaux bordant le Bosphore. Cela conduisit naturellement ma pensée aux préoccupations orientales. Vers deux heures, on me mit au bain, et je me crus servi par les Walkyries, filles d'Odin, qui voulaient m'élever à l'immortalité en dépouillant peu à peu mon corps de ce qu'il avait d'impur.

Je me promenai le soir plein de sérénité aux rayons de la lune, et, en levant les yeux vers les arbres, il me semblait que les feuilles se roulaient capricieusement de manière à former des images de cavaliers et de dames, portés par des chevaux caparaçonnés. C'étaient pour moi les figures triomphantes des aïeux. Cette pensée me conduisit à celle qu'il y avait une vaste conspiration de tous les êtres animés pour rétablir le monde dans son harmonie première, et que les communications avaient lieu par le magnétisme des astres, qu'une chaîne non interrompue liait autour de la terre les intelligences dévouées à cette communication générale, et que les chants, les danses, les regards, aimantés de proche en proche, traduisaient la même aspiration. La lune était pour moi le refuge des âmes fraternelles qui, délivrées de leurs corps mortels, travaillaient plus librement à la régénération de l'univers.

Pour moi déjà, le temps de chaque journée semblait augmenté de deux heures; de sorte qu'en me levant aux heures fixées par les horloges de la maison, je ne faisais que me promener dans l'empire des ombres. Les compagnons qui m'entouraient me semblaient endormis et pareils aux spectres du Tartare jusqu'à l'heure où pour moi se levait le soleil. Alors je saluais cet astre par une prière, et ma vie réelle commençait.

Du moment que je me fus assuré de ce point que j'étais soumis aux épreuves de l'initiation sacrée, une force invincible entra dans mon esprit. Je me jugeais un héros vivant sous le regard des dieux; tout dans la nature prenait des aspects nouveaux, et des voix secrètes sortaient de la plante, de l'arbre, des animaux, des plus humbles insectes, pour m'avertir et m'encourager. Le langage de mes compagnons avait des tours mystérieux dont je comprenais le sens, les objets sans forme et sans vie se prêtaient eux-mêmes aux calculs de mon esprit; — des combinaisons de cailloux, des figures d'angles, de fentes ou d'ouvertures, des découpures de feuilles, des couleurs, des odeurs et des sons, je voyais ressortir des harmonies jusqu'alors inconnues. « Comment, me disais-je, ai-je pu exister si longtemps hors de la nature et sans m'identifier à elle? Tout vit, tout agit, tout se correspond; les rayons magnétiques émanés de moi-même ou des autres traversent sans obstacle la chaîne infinie des choses créées; c'est un réseau transparent qui couvre le monde, et dont les fils déliés se communiquent de proche en proche aux planètes et aux étoiles. Captif en ce moment sur la terre, je m'entretiens avec le chœur des astres, qui prend part à mes joies et à mes douleurs! »

Aussitôt je frémis en songeant que ce mystère même pouvait être surpris. « Si l'électricité, me dis-je, qui est le magnétisme des corps physiques, peut subir une direction qui lui impose des lois, à plus forte raison des esprits hostiles et tyranniques peuvent asservir les intelligences et se servir de leurs forces divisées dans un but de domination. C'est ainsi que les dieux antiques ont été vaincus et asservis par des dieux nouveaux; c'est ainsi, me dis-je encore, en consultant mes souvenirs du monde ancien, que les nécromants dominaient des peuples entiers, dont les générations se succédaient captives sous leur sceptre éternel. O malheur! la Mort elle-même ne peut les affranchir! car nous revivons dans nos fils comme nous avons vécu dans nos pères, — et la science impitoyable de nos ennemis sait nous reconnaître partout. L'heure de notre naissance, le point de la terre où nous paraissons, le premier geste, le nom, la chambre, et toutes ces consécrations, et tous ces rites qu'on nous impose, tout cela établit une série heureuse ou fatale d'où l'avenir dépend tout entier. Mais si déjà cela est terrible selon les seuls calculs humains, comprenez ce que cela doit être en se rattachant aux formules mystérieuses qui établissent l'ordre des mondes. On l'a dit justement : rien n'est indifférent, rien n'est impuissant dans l'univers; un atome peut tout dissoudre, un atome peut tout sauver [1]!

O terreur! voilà l'éternelle distinction du bon et du mauvais. Mon âme est-elle la molécule indestructible, le globule qu'un peu d'air gonfle, mais qui retrouve sa place dans la nature, ou ce vide même, image du néant qui disparaît dans l'immensité? Serait-elle encore la parcelle fatale destinée à subir, sous toutes ses transformations, les vengeances des êtres puissants? » Je me vis amené à me demander compte de ma vie, et même de mes existences antérieures. En me prouvant que j'étais bon, je me prouvai que j'avais dû toujours l'être. « Et si j'ai été mauvais, me dis-je, ma vie actuelle ne sera-t-elle pas une suffisante expiation? » Cette pensée me rassura, mais ne m'ôta pas la crainte d'être à jamais classé parmi les malheureux. Je me sentais plongé dans une eau froide, et une eau plus froide encore ruisselait sur mon front [1]. Je reportai ma pensée à l'éternelle Isis, la mère et l'épouse sacrée; toutes mes aspirations, toutes mes prières se confondaient dans ce nom magique, je me sentais revivre en elle, et parfois elle m'apparaissait sous la figure de la Vénus antique, parfois aussi sous les traits de la Vierge des chrétiens. La nuit me ramena plus distinctement cette apparition chérie, et pourtant je me disais : « Que peut-elle, vaincue, opprimée peut-être, pour ses pauvres enfants? » Pâle et déchiré, le croissant de la lune s'amincissait tous les soirs et allait bientôt disparaître; peut-être ne devions-nous plus le revoir au ciel! Cependant il me semblait que cet astre était le refuge de toutes les âmes sœurs de la mienne, et je le voyais peuplé d'ombres plaintives destinées à renaître un jour sur la terre...

Ma chambre est à l'extrémité d'un corridor habité d'un côté par les fous, et de l'autre par les domestiques de la maison. Elle a seule le privilège d'une fenêtre, percée du côté de la cour, plantée d'arbres, qui sert de promenoir pendant la journée. Mes regards s'arrêtent avec plaisir sur un noyer touffu et sur deux mûriers de la Chine. Au-dessus, l'on aperçoit vaguement une rue assez fréquentée, à travers des treillages peints en vert. Au couchant, l'horizon s'élargit; c'est comme un hameau aux fenêtres revêtues de verdure ou embarrassées de cages, de loques qui sèchent, et d'où l'on voit sortir par instant quelque profil de jeune ou vieille ménagère, quelque tête rose d'enfant. On crie, on chante, on rit aux éclats; c'est gai ou triste à entendre, selon les heures et selon les impressions.

J'ai trouvé là tous les débris de mes diverses fortunes, les restes confus de plusieurs mobiliers dispersés ou revendus depuis vingt ans [1]. C'est un capharnaüm comme celui du docteur Faust. Une table antique à trépied aux têtes d'aigle, une console soutenue par un sphinx ailé, une commode du dix-septième siècle, une bibliothèque du dix-huitième, un lit du même temps, dont le baldaquin, à ciel ovale, est revêtu de lampas rouge (mais on n'a pu dresser ce dernier); une étagère rustique chargée de faïences et de porcelaines de Sèvres, assez endommagées la plupart; un narguilé rapporté de Constantinople, une grande coupe d'albâtre, un vase de cristal; des panneaux de boiseries provenant de la démolition d'une vieille maison que j'avais habitée sur l'emplacement du Louvre [2], et couverts de peintures mythologiques exécutées par des amis aujourd'hui célèbres; deux grandes toiles dans le goût de Prud'hon, représentant la Muse de l'histoire et celle de la comédie. Je me suis plu pendant quelques jours à ranger tout cela, à créer dans la mansarde étroite un ensemble bizarre qui tient du palais et de la chaumière, et qui résume assez bien mon existence errante. J'ai suspendu au-dessus de mon lit mes vêtements arabes, mes deux cachemires industrieusement reprisés, une gourde de pèlerin, un carnier de chasse. Au-dessus de la bibliothèque s'étale un vaste plan du Caire; une console de bambou, dressée à mon chevet, supporte un plateau de l'Inde vernissé où je puis disposer mes ustensiles de toilette. J'ai retrouvé avec joie ces humbles restes de mes années alternatives de fortune et de misère, où se rattachaient tous les souvenirs de ma vie. On avait seulement mis à part un petit tableau sur cuivre, dans le goût du Corrège, représentant *Vénus et l'Amour*, des

trumeaux de chasseresses et de satyres, et une flèche
que j'avais conservée en mémoire des compagnies de
l'arc du Valois, dont j'avais fait partie dans ma jeunesse; les armes étaient vendues depuis les lois nouvelles. En somme, je retrouvais là à peu près tout ce que
j'avais possédé en dernier lieu. Mes livres, amas bizarre
de la science de tous les temps, histoire, voyages, religions, cabale, astrologie, à réjouir les ombres de Pic de
la Mirandole, du sage Meursius et de Nicolas de Cusa,
— la tour de Babel en deux cents volumes, — on
m'avait laissé tout cela! Il y avait de quoi rendre fou
un sage; tâchons qu'il y ait aussi de quoi rendre sage
un fou [1].

Avec quelles délices j'ai pu classer dans mes tiroirs
l'amas de mes notes et de mes correspondances intimes
ou publiques, obscures ou illustres, comme les a faites
le hasard des rencontres ou des pays lointains que j'ai
parcourus. Dans des rouleaux mieux enveloppés que
les autres, je retrouve des lettres arabes, des reliques du
Caire et de Stamboul. O bonheur! ô tristesse mortelle!
ces caractères jaunis, ces brouillons effacés, ces lettres à
demi froissées, c'est le trésor de mon seul amour...
Relisons... Bien des lettres manquent, bien d'autres sont
déchirées ou raturées; voici ce que je retrouve :

. . . .

Une nuit, je parlais et chantais dans une sorte
d'extase. Un des servants de la maison vint me chercher dans ma cellule et me fit descendre à une chambre
du rez-de-chaussée, où il m'enferma. Je continuais
mon rêve, et quoique debout, je me croyais enfermé
dans une sorte de kiosque oriental. J'en sondai tous les
angles et je vis qu'il était octogone. Un divan régnait
autour des murs, et il me semblait que ces derniers
étaient formés d'une glace épaisse, au delà de laquelle
je voyais briller des trésors, des châles et des tapisseries.
Un paysage éclairé par la lune m'apparaissait au travers des treillages de la porte, et il me semblait reconnaître la figure des troncs d'arbres et des rochers.
J'avais déjà séjourné là dans quelque autre existence,

et je croyais reconnaître les profondes grottes d'Ellorah.
Peu à peu un jour bleuâtre pénétra dans le kiosque et
y fit apparaître des images bizarres. Je crus alors me
trouver au milieu d'un vaste charnier où l'histoire
universelle était écrite en traits de sang. Le corps d'une
femme gigantesque était peint en face de moi, seulement ses diverses parties étaient tranchées comme
par le sabre; d'autres femmes de races diverses et dont
les corps dominaient de plus en plus, présentaient sur
les autres murs un fouillis sanglant de membres et de
têtes, depuis les impératrices et les reines jusqu'aux
plus humbles paysannes. C'était l'histoire de tous les
crimes, et il suffisait de fixer les yeux sur tel ou tel
point pour voir s'y dessiner une représentation tragique. « Voilà, me disais-je, ce qu'a produit la puissance déférée aux hommes. Ils ont peu à peu détruit
et tranché en mille morceaux le type éternel de la
beauté, si bien que les races perdent de plus en plus
en force et perfection... » Et je voyais, en effet, sur une
ligne d'ombre qui se faufilait par un des jours de la
porte, la génération descendante des races de l'avenir.

Je fus enfin arraché à cette sombre contemplation.
La figure bonne et compatissante de mon excellent
médecin me rendit au monde des vivants. Il me fit
assister à un spectacle qui m'intéressa vivement. Parmi
les malades, se trouvait un jeune homme, ancien soldat
d'Afrique, qui depuis six semaines se refusait à prendre
de la nourriture. Au moyen d'un long tuyau de caout-
chouc introduit dans son estomac, on lui faisait avaler
des substances liquides et nutritives. Du reste, il ne
pouvait ni voir ni parler et rien n'indiquait qu'il pût
entendre [1].

Ce spectacle m'impressionna vivement. Abandonné
jusque-là au cercle monotone de mes sensations ou de
mes souffrances morales, je rencontrais un être indé-
finissable, taciturne et patient, assis comme un sphinx
aux portes suprêmes de l'existence. Je me pris à l'aimer
à cause de son malheur et de son abandon, et je me sentis
relevé par cette sympathie et par cette pitié [2]. Il me

semblait, placé ainsi entre la mort et la vie, comme un interprète sublime, comme un confesseur prédestiné à entendre ces secrets de l'âme que la parole n'oserait transmettre ou ne réussirait pas à rendre. C'était l'oreille de Dieu sans le mélange de la pensée d'un autre. Je passais des heures entières à m'examiner mentalement, la tête penchée sur la sienne et lui tenant les mains. Il me semblait qu'un certain magnétisme réunissait nos deux esprits, et je me sentis ravi quand la première fois une parole sortit de sa bouche. On n'en voulait rien croire, et j'attribuais à mon ardente volonté ce commencement de guérison. Cette nuit-là j'eus un rêve délicieux, le premier depuis bien longtemps. J'étais dans une tour, si profonde du côté de la terre et si haute du côté du ciel que toute mon existence semblait devoir se consumer à monter et à descendre. Déjà mes forces s'étaient épuisées, et j'allais manquer de courage, quand une porte latérale vint à s'ouvrir; un esprit se présente et me dit : « Viens, frère !... » Je ne sais pourquoi il me vint à l'idée qu'il s'appelait Saturnin. Il avait les traits du pauvre malade, mais transfigurés et intelligents. Nous étions dans une campagne éclairée des feux des étoiles; nous nous arrêtâmes à contempler ce spectacle, et l'esprit étendit sa main sur mon front comme je l'avais fait la veille en cherchant à magnétiser mon compagnon; aussitôt une des étoiles que je voyais au ciel se mit à grandir et la divinité de mes rêves m'apparut souriante, dans un costume presque indien, telle que je l'avais vue autrefois. Elle marcha entre nous deux, et les prés verdissaient, les fleurs et les feuillages s'élevaient de terre sur la trace de ses pas... Elle me dit : « L'épreuve à laquelle tu étais soumis est venue à son terme [1]; ces escaliers sans nombre, que tu te fatiguais à descendre ou à gravir, étaient les liens mêmes des anciennes illusions qui embarrassaient ta pensée, et maintenant rappelle-toi le jour où tu as imploré la Vierge sainte et où, la croyant morte, le délire s'est emparé de ton esprit. Il fallait que ton vœu lui fût porté par une âme simple et dégagée des liens de la terre.

Celle-là s'est rencontrée près de toi, et c'est pourquoi il m'est permis à moi-même de venir et de t'encourager. »
La joie que ce rêve répandit dans mon esprit me procura un réveil délicieux. Le jour commençait à poindre. Je voulus avoir un signe matériel de l'apparition qui m'avait consolé, et j'écrivis sur le mur ces mots : « Tu m'as visité cette nuit. »

. . . .

J'inscris ici, sous le titre de *Mémorables*, les impressions de plusieurs rêves qui suivirent celui que je viens de rapporter.

MÉMORABLES

. . . .

Sur un pic élancé de l'Auvergne a retenti la chanson des pâtres. *Pauvre Marie!* reine des cieux! c'est à toi qu'ils s'adressent pieusement. Cette mélodie rustique a frappé l'oreille des corybantes. Ils sortent, en chantant à leur tour, des grottes secrètes où l'Amour leur fit des abris. — Hosannah! paix à la terre et gloire aux cieux!

Sur les montagnes de l'Himalaya une petite fleur est née. — Ne m'oubliez pas! — Le regard chatoyant d'une étoile s'est fixé un instant sur elle, et une réponse s'est fait entendre dans un doux langage étranger. — *Myosotis!*

Une perle d'argent brillait dans le sable; une perle d'or étincelait au ciel... Le monde était créé. Chastes amours, divins soupirs! enflammez la sainte montagne... car vous avez des frères dans les vallées et des sœurs timides qui se dérobent au sein des bois!

Bosquets embaumés de Paphos, vous ne valez pas ces retraites où l'on respire à pleins poumons l'air vivifiant de la Patrie. — « Là-haut, sur les montagnes, — le monde y vit content; — le rossignol sauvage — fait mon contentement! »

Oh! que ma grande amie est belle! Elle est si grande, qu'elle pardonne au monde, et si bonne, qu'elle m'a pardonné. L'autre nuit, elle était couchée je ne sais dans quel palais, et je ne pouvais la rejoindre. Mon cheval alezan-brûlé se dérobait sous moi. Les rênes brisées flottaient sur sa croupe en sueur, et il me fallut de grands efforts pour l'empêcher de se coucher à terre.

Cette nuit, le bon Saturnin m'est venu en aide, et ma grande amie a pris place à mes côtés, sur sa cavale blanche caparaçonnée d'argent. Elle m'a dit : « Courage, frère! car c'est la dernière étape. » Et ses grands yeux dévoraient l'espace, et elle faisait voler dans l'air sa longue chevelure imprégnée des parfums de l'Yémen [1].

Je reconnus les traits divins de *** [2]. Nous volions au triomphe, et nos ennemis étaient à nos pieds. La huppe messagère nous guidait au plus haut des cieux, et l'arc de lumière éclatait dans les mains divines d'Apollyon. Le cor enchanté d'Adonis résonnait à travers les bois.

« O Mort, où est ta victoire », puisque le Messie vainqueur chevauchait entre nous deux? Sa robe était d'hyacinthe soufrée, et ses poignets, ainsi que les chevilles de ses pieds, étincelaient de diamants et de rubis. Quand sa houssine légère toucha la porte de nacre de la Jérusalem nouvelle, nous fûmes tous les trois inondés de lumière. C'est alors que je suis descendu parmi les hommes pour leur annoncer l'heureuse nouvelle.

Je sors d'un rêve bien doux : j'ai revu celle que j'avais aimée transfigurée et radieuse. Le ciel s'est ouvert dans toute sa gloire, et j'y ai lu le mot *pardon* signé du sang de Jésus-Christ.

Une étoile a brillé tout à coup et m'a révélé le secret du monde et des mondes. Hosannah! paix à la terre et gloire aux cieux!

Du sein des ténèbres muettes deux notes ont résonné, l'une grave, l'autre aiguë, — et l'orbe éternel s'est mis à tourner aussitôt. Sois bénie, ô première octave qui commenças l'hymne divin! Du dimanche au dimanche enlace tous les jours dans ton réseau magique. Les monts le chantent aux vallées, les sources aux rivières, les rivières aux fleuves, et les fleuves à l'Océan; l'air vibre, et la lumière brise harmonieusement les fleurs naissantes. Un soupir, un frisson d'amour sort du sein gonflé de la terre, et le chœur des astres se déroule dans l'infini; il s'écarte et revient sur lui-même, se resserre et s'épanouit, et sème au loin les germes des créations nouvelles.

Sur la cime d'un mont bleuâtre une petite fleur est née. — Ne m'oubliez pas! — Le regard chatoyant d'une étoile s'est fixé un instant sur elle, et une réponse s'est fait entendre dans un doux langage étranger. — *Myosotis!*

Malheur à toi, dieu du Nord, — qui brisas d'un coup de marteau la sainte table composée des sept métaux les plus précieux! car tu n'as pu briser la *Perle rose* qui reposait au centre. Elle a rebondi sous le fer, — et voici que nous nous sommes armés pour elle... Hosannah!

Le *macrocosme*, ou grand monde, a été construit par art cabalistique; le *microcosme*, ou petit monde, est son image réfléchie dans tous les cœurs. La Perle rose a été teinte du sang royal des Walkyries. Malheur à toi, dieu-forgeron, qui as voulu briser un monde!

Cependant, le pardon du Christ a été aussi prononcé pour toi!

Sois donc béni toi-même, ô Thor, le géant, — le plus puissant des fils d'Odin! Sois béni dans Héla, ta mère, car souvent le trépas est doux, — et dans ton frère Loki, et dans ton chien Garnur[1]!

Le serpent qui entoure le Monde est béni lui-même, car il relâche ses anneaux, et sa gueule béante aspire la fleur d'anxoka, la fleur soufrée, — la fleur éclatante du soleil!

Que Dieu préserve le divin Balder, le fils d'Odin, et Freya la belle!

. . . .

Je me trouvais *en esprit* à Saardam, que j'ai visitée l'année dernière. La neige couvrait la terre. Une toute petite fille marchait en glissant sur la terre durcie et se dirigeait, je crois, vers la maison de Pierre le Grand. Son profil majestueux avait quelque chose de bourbonien. Son cou, d'une éclatante blancheur, sortait à demi d'une palatine de plumes de cygne. De sa petite main rose, elle préservait du vent une lampe allumée et allait frapper à la porte verte de la maison, lorsqu'une chatte maigre qui en sortait s'embarrassa dans ses jambes et la fit tomber. « Tiens! ce n'est qu'un chat! » dit la petite fille en se relevant. « Un chat, c'est quelque chose! » répondit une voix douce. J'étais présent à cette scène, et je portais sur mon bras un petit chat gris qui se mit à miauler. « C'est l'enfant de cette vieille fée! » dit la petite fille.

Et elle entra dans la maison.

Cette nuit mon rêve s'est transporté d'abord à Vienne. — On sait que sur chacune des places de cette ville sont élevées de grandes colonnes qu'on appelle *pardons*. Des nuages de marbre s'accumulent en figurant l'ordre salomonique et supportent des globes où président assises des divinités. Tout à coup, ô merveille! je me mis à songer à cette auguste sœur de l'empereur de Russie, dont j'ai vu le palais impérial à Weimar. Une mélancolie pleine de douceur me fit voir les brumes colorées d'un paysage de Norwège éclairé d'un jour gris et doux. Les nuages devinrent transparents, et je vis se creuser devant moi un abîme profond où s'engouffraient tumultueusement les flots de la Baltique glacée. Il semblait que le fleuve entier de la Néwa, aux eaux bleues, dût s'engloutir dans cette fissure du globe. Les vaisseaux de Cronstadt et de Saint-Pétersbourg s'agitaient sur leurs ancres, prêts à se détacher et à disparaître dans le gouffre, quand une lumière divine éclaira d'en haut cette scène de désolation.

Sous le vif rayon qui perçait la brume, je vis apparaître aussitôt le rocher qui supporte la statue de Pierre le Grand. Au-dessus de ce solide piédestal vinrent se grouper des nuages qui s'élevaient jusqu'au zénith. Ils étaient chargés de figures radieuses et divines, parmi lesquelles on distinguait les deux Catherine et l'impératrice sainte Hélène, accompagnées des plus belles princesses de Moscovie et de Pologne. Leurs doux regards, dirigés vers la France, rapprochaient l'espace au moyen de longs télescopes de cristal. Je vis par là que notre patrie devenait l'arbitre de la querelle orientale, et qu'elles en attendaient la solution. Mon rêve se termina par le doux espoir que la paix nous serait enfin donnée.

C'est ainsi que je m'encourageais à une audacieuse tentative. Je résolus de fixer le rêve et d'en connaître le secret. « Pourquoi, me dis-je, ne point enfin forcer ces portes mystiques, armé de toute ma volonté, et dominer mes sensations au lieu de les subir? N'est-il pas possible de dompter cette chimère attrayante et redoutable, d'imposer une règle à ces esprits des nuits qui se jouent de notre raison? Le sommeil occupe le tiers de notre vie. Il est la consolation des peines de nos journées ou la peine de leurs plaisirs; mais je n'ai jamais éprouvé que le sommeil fût un repos. Après un engourdissement de quelques minutes une vie nouvelle commence, affranchie des conditions du temps et de l'espace, et pareille sans doute à celle qui nous attend après la mort. Qui sait s'il n'existe pas un lien entre ces deux existences et s'il n'est pas possible à l'âme de le nouer dès à présent? »

De ce moment, je m'appliquai à chercher le sens de mes rêves [1], et cette inquiétude influa sur mes réflexions de l'état de veille. Je crus comprendre qu'il existait entre le monde externe et le monde interne un lien; que l'inattention ou le désordre d'esprit en faussaient seuls les rapports apparents, — et qu'ainsi s'expliquait la bizarrerie de certains tableaux, semblables à ces reflets grimaçants d'objets réels qui s'agitent sur l'eau troublée.

Telles étaient les inspirations de mes nuits; mes journées se passaient doucement dans la compagnie des pauvres malades, dont je m'étais fait des amis. La conscience que désormais j'étais purifié des fautes de ma vie passée me donnait des jouissances morales infinies;

la certitude de l'immortalité et de la coexistence de toutes les personnes que j'avais aimées m'était arrivée matériellement, pour ainsi dire, et je bénissais l'âme fraternelle qui, du sein du désespoir, m'avait fait rentrer dans les voies lumineuses de la religion.

Le pauvre garçon de qui la vie intelligente s'était si singulièrement retirée recevait des soins qui triomphaient peu à peu de sa torpeur. Ayant appris qu'il était né à la campagne, je passais des heures entières à lui chanter d'anciennes chansons de village, auxquelles je cherchais à donner l'expression la plus touchante. J'eus le bonheur de voir qu'il les entendait et qu'il répétait certaines parties de ces chants. Un jour, enfin, il ouvrit les yeux un seul instant, et je vis qu'ils étaient bleus comme ceux de l'esprit qui m'était apparu en rêve. Un matin, à quelques jours de là, il tint ses yeux grands ouverts et ne les ferma plus. Il se mit aussitôt à parler, mais seulement par intervalle, et me reconnut, me tutoyant et m'appelant frère [1]. Cependant il ne voulait pas davantage se résoudre à manger. Un jour, revenant du jardin, il me dit : « J'ai soif. » J'allai lui chercher à boire; le verre toucha ses lèvres sans qu'il pût avaler. « Pourquoi, lui dis-je, ne veux-tu pas manger et boire comme les autres? — C'est que je suis mort, dit-il; j'ai été enterré dans tel cimetière, à telle place... — Et maintenant, où crois-tu être? — En purgatoire, j'accomplis mon expiation. »

Telles sont les idées bizarres que donnent ces sortes de maladies; je reconnus en moi-même que je n'avais pas été loin d'une si étrange persuasion. Les soins que j'avais reçus m'avaient déjà rendu à l'affection de ma famille et de mes amis, et je pouvais juger plus sainement le monde d'illusions où j'avais quelque temps vécu. Toutefois, je me sens heureux des convictions que j'ai acquises, et je compare cette série d'épreuves que j'ai traversées à ce qui, pour les anciens, représentait l'idée d'une descente aux enfers [2].

FRAGMENTS MANUSCRITS
D'AURÉLIA [1]

I

Ce fut en 1840 que commença pour moi cette *vita nuova*. Je me trouvais à Bruxelles, où je demeurais rue Brûlée, près le grand marché. J'allais ordinairement dîner, Montagne de la Cour, chez une belle dame de mes amies, puis je me rendais au Théâtre de la Monnaie, où j'avais mes entrées comme auteur. Là je m'enivrais du plaisir de revoir une charmante cantatrice que j'avais connue à Paris et qui tenait à Bruxelles les premiers rôles d'opéra : Parfois une autre belle dame me faisait signe de sa loge aux places d'orchestre où j'étais et je montais près d'elle. Nous causions de la cantatrice, dont elle aimait le talent. Elle était bonne et indulgente pour cette ancienne passion parisienne et presque toujours j'étais admis à la reconduire jusques chez elle à la porte de Schaarbeck.

Un soir on m'invita à une séance de magnétisme. Pour la première fois je voyais une somnambule. C'était le jour même où avait lieu à Paris le convoi de Napoléon. La somnambule décrivit tous les détails de la cérémonie, tels que nous les lûmes le lendemain dans les journaux de Paris. Seulement elle ajouta qu'au moment où le corps de Napoléon était entré triomphalement aux Invalides, son âme s'était échappée du cercueil et, prenant son vol vers le Nord, était venue se reposer sur la plaine de Waterloo.

Cette grande idée me frappa, ainsi que les personnes qui étaient présentes à la séance et parmi lesquelles on distinguait Mgr l'évêque de Malines. A deux jours de là il y avait un brillant concert à la Salle de la Grande Harmonie. Deux reines y assistaient. La reine du chant était celle que je nommerai désormais Aurélie. La seconde était la reine de Belgique, non moins belle et plus jeune. Elles étaient coiffées de même et portaient à la nuque, derrière leurs cheveux tressés, la résille d'or de Médicis.

Cette soirée me laissa une vive impression. Dès lors je ne songeai plus qu'à retourner à Paris espérant me faire charger d'une mission qui me mettrait plus en lumière à mon retour dans les Flandres.

Pendant six semaines, à mon retour, je me livrai à des travaux constans sur certaines questions commerciales que j'étudiais guidé par les conseils du ministre de l'Instruction publique, qui était alors M. Villemain. J'allais arriver au but de mes démarches, lorsque la préoccupation assidue que j'apportais à mes travaux me communiqua une certaine exaltation dont je fus le dernier à m'apercevoir. Dans les cafés, chez mes amis, dans les rues, je tenais de longs discours sur toute matière — *de omni re scibili et quibusdam aliis*, à l'instar de Pic de la Mirandole. Pendant trois jours, j'accumulai tous les matériaux d'un système sur les affinités de race, sur le pouvoir des nombres, sur les harmonies des couleurs, que je développais avec quelque éloquence et dont beaucoup de mes amis furent frappés.

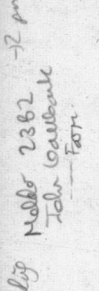

J'avais l'usage d'aller le soir boire de la bière au café Lepelletier, puis je remontais le faubourg jusqu'à la rue de Navarrin, où je demeurais alors. Un soir, vers minuit, j'eus une hallucination. L'heure sonnait, lorsque passant devant le n° 37 de la rue Notre-Dame-de-Lorette, je vis sur le seuil de la maison une femme encor jeune dont l'aspect me frappa de surprise. Elle avait la figure blême et les yeux caves; je me dis : « C'est la Mort. » Je rentrai me coucher avec l'idée que le monde allait finir.

II

Cependant à mon réveil il faisait jour; je me rassurai un peu et je passai la journée à voir mes amis.

Le soir je me rendis à mon café habituel où je causai longtemps de peinture et de musique avec mes amis Paul *** et Auguste ***. Minuit sonna. C'était pour moi l'heure fatale; cependant je songeai que l'horloge du ciel pouvait bien ne pas correspondre avec celles de la terre. Je dis à Paul que j'allais partir et me diriger vers l'Orient, ma patrie. Il m'accompagna jusqu'au carrefour Cadet. Là, me trouvant au confluent de plusieurs rues, je m'arrêtai incertain et m'assis sur une borne au coin de la rue Coquenard. Paul * déployait en vain une force surhumaine pour me faire changer de place. Je me sentais cloué. Il finit par m'abandonner vers une heure du matin et me voyant seul j'appelai à mon secours mes deux amis Théophile et Alphonse, que je vis de profil, et comme des ombres. Un grand nombre de voitures chargées de masques passaient et repassaient, car c'était une nuit de carnaval. J'en examinais curieusement les numéros, me livrant à un calcul mystérieux de nombres. Enfin, au-dessus de la rue Hauteville, je vis se lever une étoile rouge entourée d'un cercle bleuâtre. Je crus reconnaître l'étoile lointaine de Saturne et, me levant avec effort, je me dirigeai de ce côté.

J'entonnai dès lors je ne sais quel hymne mystérieux qui me remplissait d'une joie ineffable. En même temps je quittais mes habits terrestres et je les dispersais autour de moi. Arrivé au milieu de la rue, je me vis

---

* *Paul Chenavard, peintre.*

entouré d'une patrouille de soldats. Je me sentais doué d'une force surhumaine et il semblait que je n'eusse qu'à étendre les mains pour renverser à terre les pauvres soldats comme on couche les crins d'une toison. Je ne voulus pas déployer cette force magnétique et je me laissai conduire sans résistance.

On me coucha sur un lit de camp pendant que mes vêtements séchaient sur le poêle. J'eus alors une vision. Le ciel s'ouvrit devant mes yeux comme une gloire, et les divinités antiques m'apparurent. Au-delà de leur ciel éblouissant je vis resplendir les sept cieux de Brahma. Le matin mit fin à ce rêve.

De nouveaux soldats remplacèrent ceux qui m'avaient recueilli. Ils me mirent *au violon* avec un singulier individu arrêté dans la même nuit et qui paraissait ignorer même son nom.

III

Pendant trois jours je dormis d'un sommeil profond, rarement interrompu par les rêves. Une femme vêtue de noir apparaissait devant mon lit et il me semblait qu'elle avait les yeux caves. Seulement, au fond de ces orbites vides, il me sembla voir sourdre des larmes, brillantes comme des diamants. Cette femme était pour moi le spectre de ma mère, morte en Silésie. Un jour on me transporta au bain. L'écume blanche qui surnageait me paraissait former des figures de blazon et j'y distinguais toujours trois enfants percés d'un pal, lesquels bientôt se transformèrent en trois merlettes. C'étaient probablement les armes de Lorraine.

Je crus comprendre que j'étais l'un des trois enfants de mon nom, traités ainsi par les Tartares, lors de la prise de nos châteaux. C'était au bord de la Dwina glacée. Mon esprit se transporta bientôt sur un autre point de l'Europe, au bord de la Dordogne, où trois châteaux pareils avaient été rebâtis. Leur ange tutélaire était toujours la dame noire, qui dès lors avait repris sa carnation blanche *, ses yeux étincelants et était vêtue d'une robe d'hermine tandis qu'une palatine de cygne couvrait ses blanches épaules.

En ouvrant les yeux, je me trouvai dans une chambre assez gaie. Une horloge était suspendue au mur et au-dessus de cette horloge était une corneille, qui me sembla douée des secrets de l'avenir.

VI

En fermant les yeux je me vis transporté sur les bords du Rhin au château de Johannisberg. Je me dis : Voici mon oncle Frédéric qui m'invite à sa table. Le soleil couchant inondait de ses rayons la splendide salle où il me reçut. Il me sembla, pendant la nuit, que je me trouvais précipité dans un abyme qui traversait la terre. En sortant de l'autre côté du monde j'abordai dans une île riante où un vieillard travaillait au pied d'une vigne.

Il me dit : Tes frères t'attendent pour souper. Je sentis alors que je descendais vers le centre de la terre. Mon corps était emporté sans souffrance par un courant vif argent qui me transporta jusqu'au cœur de la planète. Je vis alors distinctement les veines et les artères de métal fondu qui en animaient toutes les parties. Notre réunion occupait une vaste salle, où était servi un festin splendide. Les patriarches de la Bible et les reines de l'Orient occupaient les principales places. Salomon et la Reine de Saba présidaient l'assemblée, couverts des plus belles parures de l'Asie.

* La Brownia.

Je me sentis plein d'une douce sympathie et d'un juste orgueil en reconnaissant les traits divins de ma famille. On m'apprit que j'étais destiné à retournai [*sic*] sur la terre, et je les embrassai tous en pleurant.

A mon réveil je fus enchanté d'entendre répéter de vieux airs du village où j'avais été élevé. Le jeune garçon qui me veillait les chantait d'une voix touchante et l'aspect seul des grilles put me convaincre que je n'étais pas au village dans la maison de mon vieil oncle, qui avait été si bon pour moi ! — O souvenirs cruels et doux, vous étiez pour moi le retour à une vie paisible et régénérée. L'amour renaissait dans mon âme et venait tout embellir autour de moi.

Plusieurs amis vinrent me voir dans la matinée ; je me promenai avec eux dans le jardin, en leur racontant mes épreuves. L'un d'eux me dit en pleurant : « N'est-ce pas que c'est vrai qu'il y a un Dieu ? » Je lui en donnai l'assurance et nous nous embrassâmes dans une douce effusion.

De cette époque date une série de jours plus calme. Après une légère rechute, j'avais été transporté dans la maison de santé de Montmartre.

[VII]

...En me remerciant d'avoir concouru à son triomphe. Je me mis aussitôt à la recherche d'un cadeau que je pusse lui offrir, et, pour notre malheur à tous deux, je songeai à une vieille bague de famille dont le chaton était formé d'une opale taillée en cœur et entourée de brillants. Cette bague avait été portée par-dessus un gant, de sorte qu'elle était beaucoup trop large pour les doigts mignons de l'actrice. J'eus l'idée fatale de la faire rétrécir. Pendant que l'orfèvre sciait la bague, il me semblait en voir couler du sang. Je l'envoyai le lendemain, après l'avoir glissée autour des tiges d'un bouquet de roses, et je fus remercié par un billet gracieux.

Mais pourquoi dérouler ces souvenirs de billets jaunis et de fleurs fanées? Mon cœur repose sous ces débris; mais cette passion est l'histoire de toutes : je ne veux qu'indiquer l'influence qu'elle a pu avoir sur les rêves de mon esprit.

Plus calme au milieu de mes sœurs d'infortune qui traça[ient] sur le sable ou sur le papier des hiéroglyphes que je croyais voir se rapporter à mes idées, j'ai essayé de retracer l'image de la divinité de mes rêves. Sur une feuille imprégnée du suc des plantes, j'avais représenté la Reine du Midi, telle que je l'ai vue dans mes rêves, telle qu'elle a été dépeinte dans l'Apocalypse de l'apôtre saint Jean. Elle est couronnée d'étoiles et coiffée d'un turban, où éclatent les couleurs de l'arc-en-ciel. Sa figure aux traits placides est de teinte olivâtre, son nez a la courbure du bec de l'épervier. Un collier de perles roses entoure son col, et derrière ses épaules s'arrondit un col de dentelles gaufrées. Sa robe est couleur d'hyacinthe et l'un de ses pieds est posé sur un pont; l'autre s'appuie sur une roue. L'une de ses mains est posée sur le roc le plus élevé des montagnes de l'Yemen, l'autre dirigée vers le ciel balance la fleur d'anxoka, que les profanes appellent fleur du feu. Le serpent céleste ouvre sa gueule pour la saisir mais une seule graine ornée d'une aigrette lumineuse s'engloutit dans le gouffre ouvert. Le signe du Bélier apparaît deux fois sur l'orbe céleste, où, comme en un miroir se réfléchit la figure de la Reine, qui prend les traits de sainte Rosalie. Couronnée d'étoiles, elle apparaît, prête à sauver le monde. Les constellations célestes l'environnent de leurs clartés.

Sur le pic le plus élevé des montagnes d'Yemen on distingue une cage dont le treillis se découpe sur le ciel. Un oiseau merveilleux y chante; — c'est le talisman des âges nouveaux. Léviathan, aux ailes noires, vole lourdement à l'entour. Au delà de la mer s'élève un autre pic, sur lequel est inscrit ce nom : *Mérovée*. De ces deux points qui sont les antiques villes de Saba formant l'extrémité du détroit de Babel-Mandel [*sic*], on voit sourdre et se répartir sur toute la terre les deux races, blanche en Asie, noire en Afrique, d'où sont issus les Francs et les Gallas. Pour les premiers, la reine s'appelle *Balkiss*, et pour les autres *Makéda*, c'est-à-dire la grande.

Les fils d'Abraham et de Cethura qui remonte à Enoch par Héber et Joctan forment la race sainte des princes de Saba. Leur capitale est Axum en Abyssinie. Les fils de Mérovia se dirigent vers l'Asie, apparaissent à la guerre de Troie, puis vaincus par les dieux du Péloponèse s'enfoncent dans les brumes des monts Cimmériens. C'est ainsi qu'en traversant la Scythie et la Germanie, ils viennent au-delà du Rhin jeter les bases d'un puissant empire. Sous les noms de Scandinaves et de Normans, ils étendent leurs conquêtes jusqu'à la lointaine Thulé, où gît le trésor des Niebelungen gardé par les fils du Dragon. Deux chevaliers guidés par les sœurs Walkyries découvrent le trésor et le transportent en Bourgogne. Du sein de la paix naît le germe d'une lutte de plusieurs siècles, car Brunhild et Chrienehield ces deux sœurs fatales sacrifieront à leur orgueil les peuples puissants sur lesquels elles règnent. Siegfried est frappé traîtreusement à la chasse et reçoit le fer en la seule place de son corps que n'a point teinté le sang du Dragon. Brunhild devient par vengeance l'épouse d'Attila, le farouche roi des Huns. Cachez-moi cette scène sanglante où les Bourguignons et les Huns s'attaquent à coup[s] d'épée à la suite d'un festin de réconciliation. Tout périt autour de la reine. Mais un page l'a vengée en se glissant derrière le meurtrier de son époux.

Ici la scène change et la framée de Charles Martel disperse à Poitiers les escadrons des Sarrazins. L'Empire de Charlemagne se lève à l'Occident et ses aigles victorieuses couvrent bientôt l'Allemagne et l'Italie. Malheur à toi, Didier roi des Lombards, qui du haut de ta tour signales l'approche du conquérant, en criant : « Que de fer! grand Dieu que de fer! » La table ronde s'est peuplée de nouveaux chevaliers et le cycle romanesque d'Artus vient se fondre harmonieusement dans le cycle de Charlemagne. Ô toi, la belle des belles, Reine Ginèvra, que te servait [*sic*] les charmes et les paroles dorées de ton chevalier Lancelot. Tu dois abaisser ton orgueil aux pieds de Griseldis, la fille d'un humble charbonnier! L'Occident armé fait un pacte avec l'Orient. Charlemagne et Haroun-al-Reschid se sont tendu la main au-dessus des têtes de leurs peuples interdits : De nouveaux dieux surgissent des brumes colorées de l'Orient... Mélusine s'adresse à Merlin l'enchanteur et le retient dans un palais splendide que les Ondines ont bâti sur les bords du Rhin. Cependant les douze pairs qui ont marché à la conquête du Saint Graal l'appellent à leur secours du fond des déserts de Syrie. Ce n'est qu'au son plaintif du cor d'ivoire de Roland que Merlin s'arrache aux enchantements de la Fée. Pendant ce temps Viviane tient Charlemagne captif aux bords du lac d'Aix-la-Chapelle. Le vieil empereur ne se réveillera plus. Captif comme Barberousse et Richard il laissera se démembrer son vaste empire dont Lothaire dispute à ses frères le plus précieux lambeau.

[VIII]

Ce fut alors que j'eus un rêve singulier. Je vis d'abord se dérouler comme un immense tableau mouvant la généalogie des rois et des empereurs français — puis le trône féodal s'écroula baigné de sang. Je suivis dans tous les pays de la terre les traces de la prédication de l'évangile. Partout en Afrique, en Asie, en Europe, il semblait qu'une vigne immense étendît ses surgeons autour de la terre. Les dernières pousses s'arrêtèrent au pays d'Élisabeth de Hongrie. Çà et là d'immenses ossuaires étaient construits avec les ossements des Martyrs. Gengiskan, Tamerlan et les empereurs de Rome en avaient couvert le Monde. Je criai longtemps, invoquant ma mère sous tous les noms donnés aux divinités antiques.

Dossier

VIE DE GÉRARD DE NERVAL

1808. 22 mai. Naissance de Gérard Labrunie, fils du Dr Étienne Labrunie et de Marie-Antoinette Laurent. Le docteur est nommé médecin de la Grande Armée. Gérard est mis en nourrice à Loisy. Puis il est élevé par son grand-oncle maternel, Antoine Boucher, à Mortefontaine. C'est ce grand-oncle qui possédait une étrange bibliothèque d'ésotérisme et disait : « Dieu, c'est le soleil. »

1810. Mort de la mère de Nerval; elle était allée rejoindre son mari. Elle est enterrée au cimetière catholique de Gross-Glogau (Silésie).

1814. Retour du Dr Labrunie. Quand il serra contre lui son enfant pour l'embrasser, celui-ci aurait dit : « Mon père, tu me fais mal » : beau point de départ pour les réflexions des psychanalystes. Le docteur prend son fils avec lui.

1820. Gérard entre au collège Charlemagne.

1826. Publication des *Élégies nationales*, de *L'Académie ou les membres introuvables*.

1826-1827. Traduction de *Faust*.

1830. *Choix des poésies de Ronsard*, et traduction des *Poésies allemandes*. Gérard participe à la bataille d'*Hernani*.

1831. Premiers essais dramatiques : *Le Prince des sots* et *Lara*.

1832. Gérard fait partie du « petit cénacle ».

1834. Voyage dans le midi de la France et en Italie, jusqu'à Naples. Il voit probablement Jenny Colon, pour la première fois, au théâtre des Variétés.

1835. La « Bohème galante », impasse du Doyenné.
Fondation du *Monde dramatique*, qui fait rapidement faillite et contribue à la ruine de Gérard.

1836. Voyage en Belgique.

1837-1838. Collaboration avec Alexandre Dumas *(Piquillo, Caligula).* Lettres à Jenny Colon.

1838. Voyage en Allemagne. Il y retrouve A. Dumas. Il écrit *Léo Burckart,* en collaboration avec A. Dumas. Mariage de Jenny Colon avec un flûtiste.

1839. De fin octobre à mars 1840, voyage en Suisse, Allemagne, Autriche. Rencontre de Marie Pleyel.
Émilie paraît dans *Le Messager,* sous le titre *Le Fort de Bitche.*

1840. Publication de la traduction du second *Faust.* Voyage en Belgique. Création de *Piquillo* à Bruxelles, le 15 décembre.

1841. Première crise de folie. Il est transporté chez Mme de Saint-Marcel, rue de Picpus. En mars nouvelle crise; Nerval va chez le Dr Blanche, à Montmartre.

1842. Mort de Jenny Colon. Parution d'*Octavie,* dans *Le Mousquetaire* et des *Vieilles ballades françaises* dans la *Sylphide.* En décembre, Nerval part pour l'Orient.

1843. Voyage en Grèce et au Moyen-Orient.

1845. Le Temple d'Isis, souvenir de Pompéi, paraît dans *La Phalange.*

1846. Voyages dans les environs de Paris, si importants pour la création des *Filles du feu.*

1848. Publication de *Scènes de la vie orientale,* I *(Voyage en Orient)* et, dans *La Revue des Deux Mondes,* de traductions de poèmes de Henri Heine.

1849. Création des *Monténégrins.* Crise en avril; séjour chez le Dr Aussandon. Voyage à Londres.

1850. Création du *Chariot d'enfant.* Publication des *Scènes de la vie orientale,* II. Voyage en Allemagne.

1851. Publication du *Voyage en Orient.* Création de *L'Imagier de Harlem.* Nerval fait une chute. Il est malade et soigné par le Dr Blanche.

1852. Nerval est hospitalisé dans la maison Dubois (maison de santé municipale). *Les Illuminés* paraissent en novembre. Promenades dans le Valois.

1853. Les *Petits Châteaux de Bohême.*
Février-mars, nouvelle hospitalisation à la maison Dubois. Publication de *Sylvie* dans *La Revue des Deux Mondes*, le 15 août. Crise du 27 août. Nerval s'installe chez le Dr Blanche. 10 décembre, dans *Le Mousquetaire* paraît l'article de Dumas présentant *El Desdichado*. Nerval réunit en recueil plusieurs écrits antérieurs, outre les *Châteaux, Contes et facéties.* Nerval termine *Les Filles du feu* et *Les Chimères.* Il travaille aux *Nuits d'octobre. La Pandora* paraît dans *Le Mousquetaire* (31 oct.).

1854. Publication des *Filles du feu* (janvier). Le 27 mai, Nerval quitte la maison du Dr Blanche et part pour l'Allemagne. Peut-être va-t-il jusqu'à Gross-Glogau. En août, il doit retourner chez le Dr Blanche. Il travaille intensément à *Aurélia.*

1855. 1er janvier. Première partie d'*Aurélia* dans la *Revue de Paris.* Nuit du 25 au 26 janvier : Nerval se pend rue de la Vieille-Lanterne. 15 février : Seconde partie d'*Aurélia,* dans la *Revue de Paris.*

NOTICE

Les Filles du feu et *Aurélia* appartiennent bien au même univers. Et c'est doublement méconnaître Nerval que d'imaginer en lui une contradiction quelconque entre un écrivain tout de litote et de classicisme, un conteur de la transparence, du pastel qui se serait exprimé dans *Sylvie*, et, d'autre part, le fou romantique, le délirant d'*Aurélia*. Alors la dimension des *Filles du feu* échapperait tout autant que celle d'*Aurélia*. Par surcroît ce serait faire fi des dates. *Les Filles du feu* comme *Aurélia* ont été le fruit d'une longue gestation, et tous ces textes ont pris forme définitive, au même moment, dans l'ultime phase de la création, qui est aussi le point ultime de l'existence de Nerval.

Le recueil de 1854.

C'est pendant l'automne 1853 que l'écrivain compose *Les Filles du feu*, en reprenant des textes bien antérieurs. Peut-être sent-il que le moment est venu — ou jamais — de donner à des ébauches une forme définitive. Il sent aussi le besoin d'affirmer son originalité et sa force créatrice auprès d'un public qui le connaît surtout comme journaliste. Il est alors de nouveau dans la clinique du Dr Blanche. Il se met en relation avec l'éditeur Giraud qui fera sortir le volume en janvier 1854. Il semble que *Sylvie* ait joué un rôle de catalyseur, et entraîné avec elle la publication des autres textes. En effet, dans sa correspondance, et en particulier dans la lettre à George Sand du 23 novembre 1853, Nerval parle d'abord de la seule publication de *Sylvie* :

« J'ai écrit il y a quelques jours à votre fils Maurice pour lui demander quelques dessins qui serviraient à l'illustration d'une petite nouvelle intitulée *Sylvie* que je voudrais voir imprimer pour le jour de l'an. » Quand il songe à un recueil de nouvelles, Nerval ne renonce pas pour autant à la publication séparée de *Sylvie*, comme on le voit dans la lettre à Daniel Giraud de décembre 1853 : « Pour augmenter l'intérêt du volume, je consens à ce que vous y imprimiez *Sylvie* dont j'ai donné la copie à M. Abel et que M. Buloz m'a permis par faveur spéciale de reproduire avant le temps. Cependant je ne veux pas en aliéner la propriété et me réserve de la reproduire ensuite sous un autre format. » En revanche, dans le choix des autres nouvelles, Nerval a hésité. Il a même songé à ajouter *La Pandora*. Toujours à Daniel Giraud (30 novembre 1853) : « On vous enverra, du journal *Paris*, *La Pandora* qui prendra place dans notre volume. » On peut penser avec J. Richer que le recueil contenait d'abord *Octavie*, *Isis*, *Corilla*, nouvelles centrées autour du Vésuve (*La Pandora* ne put être terminée à temps). *Angélique*, tirée des *Faux Saulniers*, vint s'y joindre, à quoi s'ajoutèrent encore *Émilie* et *Jemmy*. Ce serait d'*Émilie* qu'il s'agirait dans la lettre à Daniel Giraud de janvier 1854 : « Avez-vous trouvé la nouvelle, j'y tiens beaucoup, car elle est très intéressante et finira bien le volume. »

Nerval a hésité sur le titre également. Et jusqu'au dernier moment. « *Les Filles du feu* » convenait certes bien au noyau primitif où l'éruption du Vésuve jouait un grand rôle. Dans la mesure où le cycle vésuvien : *Octavie*, *Isis* et *Corilla*, se trouvait étoffé par le cycle du Valois, tout pouvait être remis en question. D'autres arguments jouaient aussi contre ces filles quelque peu sorcières :

« J'ai réfléchi sur le titre nouveau, écrit encore Nerval à Daniel Giraud, les premiers jours de janvier 1854, je le trouve bien frou frou; cela a un air de féerie et je ne vois pas trop que cela réponde au contenu, j'ai peur aussi que cela n'ait l'air d'un livre dangereux. Enfin voyez si le titre suivant ne conviendrait pas mieux.

*Les
Amours perdues*
Nouvelles

ou *Les Amours passées*. Cela me semble rendre bien mieux le sentiment doux du livre et c'est plus littéraire, rappelant un peu *Peines d'amour perdues* de Shakespeare. » On sait que Nerval avait déjà songé à donner pour titre à *Sylvie* : *L'amour qui passe, Scènes de la vie*. Le titre *Les Amours passées*, sous lequel l'imprimeur Gratiot déclara le volume, correspondait donc à la prédominance définitive de *Sylvie*, et du Valois. Pourtant Nerval préféra finalement revenir aux *Filles du feu*. *Sylvie*, en définitive, dans les brumes du Valois, était tout aussi fille du feu qu'*Octavie*. C'est ce dont, à la suite de l'écrivain, les critiques n'ont pas manqué de s'aviser. A commencer par Proust.

La thématique du feu est si importante chez Nerval, et se lie si bien à celle de la femme que ce titre magique devait naître tout naturellement. J. Richer a évoqué aussi plusieurs titres que Nerval a connus et qui ont pu l'amener à cette miraculeuse trouvaille. Calderon et Raupach ont écrit une œuvre intitulée *La Fille de l'air*. Nerval avait projeté d'écrire un scénario à partir de la pièce de von Söden : *Aurore ou la fille de l'Enfer*.

Le lien qui existe entre toutes ces filles de flamme, Nerval a voulu le souligner par la dédicace à Alexandre Dumas : « L'*introduction* donnera la clé et la liaison de ces souvenirs », écrit-il le 30 novembre 1853. Cette préface est importante. Elle éclaire divers aspects de l'œuvre. En s'adressant à Alexandre Dumas qui, dans un article du *Mousquetaire* (10 décembre 1853), avait prononcé une sorte d'oraison funèbre à la raison de Nerval, celui-ci entend prouver — et de façon éclatante — que l'écrivain n'est pas mort, qu'il va, au contraire, donner ses créations les plus incontestablement géniales, celles où sa maîtrise, sa conscience souveraine se manifestent de façon péremptoire. *Les Chimères* sont adjointes aux *Filles du feu*, car les chimères aussi sont nées de la flamme, mandragores étincelantes. Nerval entreprend donc d'expliquer ce qu'est sa prétendue folie : un mode particulier du rapport de l'homme à l'œuvre — très exactement inversé de celui qu'a enseigné une certaine histoire de la littérature. La folie de Nerval, c'est d'avoir voulu, dans sa vie, vivre son œuvre et s'identifier à ses personnages. A propos de Cazotte, dans *Les Illuminés*, Nerval analysait le même phénomène, s'auto-analysait donc, à partir de Cazotte. La création devient une forme de métempsycose : « Du moment que j'avais cru saisir la série de toutes mes existences antérieures, il ne m'en coûtait pas plus d'avoir été prince, roi, mage, génie et même Dieu, la chaîne était brisée et marquait les heures pour des minutes. » Nerval reprend alors *Le Roman tragique* qu'il avait donné dans *L'Artiste* (10 mars 1844); ainsi apparaît une série de connotations capitales. D'abord le thème fort moderne du roman infaisable, de la déconstruction de l'œuvre — auquel se rattache toute une partie des textes nervaliens et certaines *Filles du feu* dont le caractère inachevé est incontestable. Une série de correspondances s'établit entre Brisacier et Nerval, entre « l'étoile » et son Étoile, Jenny Colon, et plus encore l'Étoile morte d'*El Desdichado*. Cette préface serait une preuve, s'il en était besoin, de l'absolue cohérence de l'univers nervalien, puisqu'elle se clôt — ou plutôt s'ouvre, sur une double référence à *Aurélia* et aux *Chimères*. Avant d'annoncer ses sonnets de « rêverie *super-naturaliste* », Nerval déclare : « Quelque jour j'écrirai l'histoire de cette "descente aux enfers", et vous verrez qu'elle n'a pas été entièrement dépourvue de raisonnement si elle a toujours manqué de raison. »

L'unité des *Filles du feu*, il faut la chercher à ce niveau-là. Sinon, on trouve le volume composite; et, de fait, Nerval semble avoir assemblé assez hâtivement des textes publiés un peu à droite et à gauche. Il vient d'écrire *Sylvie*; il va utiliser *Les Faux Saulniers* qui ont paru en feuilleton dans *Le National* (1850). Il avait publié une première version d'*Octavie* en 1842; il en a donné une autre dans *Le Mousquetaire*. *Corilla* a déjà figuré plusieurs fois, en particulier dans les *Petits Châteaux*. Il reprend encore *Le Temple d'Isis, souvenir de Pompéi* qu'il avait livré à *La Phalange* en 1845 et qui était une adaptation du texte d'un archéologue allemand : il la « nervalise ». Viennent enfin *Jemmy*, traduction d'une nouvelle allemande parue dans *La Sylphide*, et *Émilie* écrite en collaboration avec Auguste Maquet et qui a été publiée dans *Le Messager* (1839) sous le titre *Le Fort de Bitche*. Sous prétexte que la part de création nervalienne est incertaine, la plupart des éditeurs prennent la liberté d'opérer un choix, et en particulier suppriment *Jemmy* et *Émilie*[1]. Nous avons tenu à reproduire le volume de 1854, tel qu'il fut voulu par Nerval; on ne voit pas de quel droit on opérerait une sélection Nous avons à la suite reproduit *La Pandora*, puisque, comme le preuve la correspondance, elle aurait fait partie des *Filles du feu* si Nerval avait pu l'achever à temps. Quant aux *Chansons et légendes du Valois*,

---

[1]. Cl. Pichois a réintégré *Jemmy* dans l'édition . Club du Meilleur Livre, 1957, et à juste titre.

Nerval les avait placées en appendice à *Sylvie*, dans l'édition de 1854, après les avoir publiées plusieurs fois depuis 1847. Là encore nous nous conformons au dessein de Nerval.

L'élaboration des Filles du feu.

Tout un versant des *Filles du feu* se rattache à la remémoration du Valois, dans ces excursions que Nerval entreprend en 1849. Le souvenir se « creuse »-t-il parce qu'il va dans le Valois, ou bien fait-il ses promenades parce que déjà la remontée du souvenir s'opère en lui, à cet âge où le passé revient comme un « palimpseste », pour employer l'image même de Nerval? Pour *Les Filles du feu*, il a épuré *Angélique* par rapport à la version des *Faux Saulniers* : ainsi apparaissent davantage les motifs essentiels, tout ce qui justement appartient aussi au registre de *Sylvie* : Senlis, Ermenonville, Châalis, le souvenir de Jean-Jacques Rousseau, et, en remontant plus loin encore du passé personnel à cet hier que fut la génération précédente, jusqu'à ces origines lointaines des légendes, des chansons populaires françaises.

La naissance de *Sylvie* est bien contemporaine, puisque dans le chapitre x du *Marquis de Fayolle*, donc dès 1849, apparaît l'esquisse du mariage enfantin. « Cette bonne femme nous avait conduits dans sa chambre et elle nous avait fait voir ses vêtements de noce et ceux de son mari... Vous le rappelez-vous? Ce n'étaient que velours et taffetas. Si bien que nous eûmes l'idée de nous en revêtir; nous nous trouvions assez grands déjà pour avoir l'air de deux petits mariés. » Certes, ce n'est pas la magie de : « Nous étions l'époux et l'épouse pour tout un beau matin d'été. » La vertu mythifiante de l'imagination nervalienne n'a pas encore eu le temps d'opérer. Mais il fallait noter le caractère premier, primordial, matriciel de ce texte, si miraculeusement beau; l'œuvre est peut-être née tout entière de cette évocation de noces naïves et éternelles. Nerval donne une nouvelle version de cette scène dans les *Promenades et souvenirs* (chap. v). Il compose l'essentiel de *Sylvie* de l'été 1852 à l'été 1853. Or le titre auquel Nerval avait d'abord songé pour ce récit dont le caractère d'éternité se situe sur le plan du mythe et de l'art, souligne, au contraire, le caractère fugitif et mélancolique du souvenir : *L'Amour qui passe ou Scènes de la vie.*

Nerval poursuit ses pèlerinages dans le Valois. A peine a-t-il quitté la Hollande, qu'il écrit à son père, le Dr Labrunie : « J'irai (...) à la grande fête des tireurs d'arc de Creil, qui a lieu dans trois, ou quatre jours. » Il va prendre des paysages, comme le feraient des peintres. « Quand vous m'avez écrit, répond-il à Buloz, j'étais dans le Valois faisant le paysage de mon action. » Nerval traverse une époque de suractivité créatrice. Il travaille à la fois à *La Bohème galante*, aux *Nuits d'octobre* et à *Sylvie*. Au fur et à mesure de ses voyages et de ses réflexions, il écrit au crayon sur une foule de morceaux de papier. Il ne reste plus qu'à « récrire », et ce n'est l'affaire que de « quelques jours ». Mais à cette phase d'ivresse et d'élan, succède une période plus difficile. A de Mars, l'écrivain confie : « Je n'arrive pas. C'est déplorable. Cela tient peut-être à vouloir trop bien faire. Car j'efface presque tout à mesure que j'écris » (11 février 1853). Sa santé n'est pas bonne. Avec le retour de l'été et des promenades dans le Valois, l'œuvre a de nouveau progressé; mais, selon ses propres termes, il « perle trop ». Il songe aussi à écourter. Enfin, *Sylvie* paraît dans *La Revue des Deux Mondes* du 15 août 1853. Une crise extrêmement violente le terrasse : il restera dans la clinique du Dr Blanche près de neuf mois.

En décembre 1853, paraît *Octavie*, dans *Le Mousquetaire*. Elle fait appel aussi aux souvenirs, mais à un autre univers, puisque reviennent deux voyages à Naples de 1834 et 1843. L'hallucination, les doutes sur la personnalité affleurent sans cesse dans ce texte où le plein soleil n'est pas plus synonyme de sérénité que ne le sont les brumes de Vienne dans *La Pandora* ou du Valois dans *Sylvie*.

Aurélia.

C'est durant les deux derniers séjours chez le Dr Blanche que fut composée *Aurélia* : 27 août-27 novembre 53 et 6 août-19 octobre 1854. Certes, Nerval utilise des brouillons bien antérieurs. Les fragments manuscrits de la collection Lucien-Graux, quand ils parurent, par les soins de Mlle Cottin dans les *Nouvelles littéraires* (18 janvier 1962) semblèrent même apporter un argument en faveur de ce que Jean Richer n'hésita pas à appeler une « première version » d'*Aurélia*, qui remonterait à 1841-42. En fait, l'examen de ces feuillets montre leur caractère très morcelé, disparate : ils n'ont peut-être pas été du tout écrits à la même période. Je crois qu'il faut les considérer comme un échantillon de ces notes que Nerval dut prendre pendant plusieurs années où il se sentit tantôt menacé, tantôt foudroyé par la folie. Mais je suis persuadée que l'organisation systématique de l'œuvre date de la fin de la vie de Nerval; et la correspondance confirme cette hypothèse. Alors qu'il n'est jamais question d'une quelconque relation écrite de la descente aux enfers dans les années 1841-42, les allusions, extrêmement précises, se multiplient, à partir de décembre 1853. Le 2 de ce mois, Nerval déclare au Dr Blanche : « Je vous envoie des pages qui doivent être ajoutées à celles que je vous ai remises hier. Je continuerai cette série de rêves, si vous voulez. » Le même jour, au Dr Labrunie : « J'entreprends d'écrire et de constater toutes les impressions que m'a laissées ma maladie. Ce ne sera pas une étude inutile pour l'observation et la science. Jamais je ne me suis reconnu plus de facilité d'analyse et de description. » Le lendemain, encore au Dr Blanche, pour obtenir la « permission » de s'éloigner : « La vue de mon père (...) me donnerait l'énergie de continuer mon travail qui, je crois, ne peut être qu'utile et honorable pour votre maison. » L'œuvre progresse, et la foi de l'auteur en sa valeur. Il est même rare de voir Nerval si sûr de lui. Il affirme à son père : « J'écris un ouvrage pour *La Revue de Paris* qui sera, je crois, remarquable » (31 mai 1854). Aussi nécessaire que le voyage dans le Valois pour la création de *Sylvie*, se révèle le pèlerinage vers l'Allemagne : lieu du romantisme halluciné, certes, mais surtout de la Mère, puisque Mme Labrunie est enterrée dans le cimetière catholique de Gross-Glogau. Nerval avait rêvé aussi de poursuivre son itinéraire vers l'Orient, jusqu'à Constantinople. Une rechute, à la suite peut-être du périple en Pologne, l'oblige à écourter son voyage et, dès le mois d'août, il doit regagner la clinique du Dr Blanche. Nerval a beaucoup travaillé à *Aurélia* en Allemagne; il envoie au Dr Blanche des bulletins de route; ainsi le 25 juin : « J'ai dû beaucoup refaire de ce qui avait été écrit à Passy, sous les observations que vous savez; c'est pourquoi j'en avais fait faire une copie afin de ne pas perdre les rognures que je saurai utiliser. Cela est devenu clair, c'est le principal et c'est ce qui vous fera honneur, que je le date ou non de votre maison. » L'œuvre est presque achevée. De Passy, Nerval écrit à Godefroy (23 septembre 1854) pour assurer ses droits sur les traductions éventuelles. Mais les derniers instants d'une gestation ne vont pas sans souffrance, et il faut arracher à la maladie le temps d'écrire : « Voilà encore de la copie, annonce Nerval à Maxime du Camp, fin septembre ou début octobre. J'en ai encore beaucoup à donner quand j'aurai recopié et corrigé. Le Docteur m'a remis aux arrêts. Tâchez donc de venir et d'arranger cela. » A Franz Liszt, enfin, il lance ce cri de victoire : « J'avance dans la conclusion de mon livre qui va paraître le mois prochain dans *La Revue de Paris*. »

Entre la première livraison (1er janvier 1855) et la seconde (15 février) Nerval se pendit rue de la Vieille-Lanterne. Désir de retrouver Aurélia par-delà la mort, ou, plus tristement, peur de ne pouvoir plus créer, découragement après le travail épuisant dans des conditions de santé si précaires? On s'est beaucoup interrogé sur ce suicide et sur le réseau de signes qui avait pu y présider. A Mme Labrunie, sa tante, Nerval avait simplement écrit, la veille : « Quand j'aurai triomphé de tout, tu auras ta place dans mon Olympe, comme j'ai ma place dans ta maison. Ne m'attends pas ce soir, car la nuit sera noire et blanche. »

Sylvie, *Aurélia*, *Octavie*, *La Pandora* ont été composées vraisemblablement à partir de notes plus anciennes — très exactement au même moment. Les dates de composition devraient donc suffire à orienter la critique vers une analyse totalisante, totalitaire de l'univers nervalien qui, s'il est traversé par beaucoup d'images de contradictions, de déchirement, par l'interrogation sur l'identité, par le Double menaçant, demeure cependant un univers très *un* et unique à la fois.

NOTES

LES FILLES DU FEU

A ALEXANDRE DUMAS

Page 27.

1. Alexandre Dumas avait publié *El Desdichado* dans *Le Mousquetaire* du 10 décembre 1853. Cet article où Dumas enterrait un peu trop allégrement la raison de son ami, a blessé Nerval. Ici, il reproduit l'article de Dumas, en supprimant justement les passages qui l'ont touché à vif : « Alors notre pauvre Gérard, pour les hommes de science, est malade et a besoin de traitement, tandis que pour nous il est tout simplement plus conteur, plus rêveur, plus spirituel, plus gai ou plus triste que jamais. » Ou encore : « Tantôt il est le sultan Ghera-Gheraï, comte d'Abyssinie, duc d'Égypte, baron de Smyrne, et il m'écrit à moi, qu'il croit son suzerain, pour me demander la permission de déclarer la guerre à l'Empereur Nicolas. »

2. Jules Janin avait en effet écrit un article quasi nécrologique après la première crise et le premier internement de Nerval (*Journal des Débats*, 1ᵉʳ mars 1841).

Page 28.

1. On retrouve cette même idée exposée par Nerval à propos de Cazotte dans *Les Illuminés*.

Page 29

1. Nerval avait lu la vie de Brisacier dans les *Mémoires* de l'abbé de Choisy (éd. 1836). Cette hésitation — plus ou

moins feinte — permet de rattacher le fragment que Nerval
va introduire ici, sur le même plan que l'histoire de l'abbé
de Bucquoy, et par conséquent sur le registre d'*Angélique*.
Ce fragment apparaît alors comme une « fille du feu » inachevée. L'histoire de l'*Illustre Brisacier*, Nerval a entrepris
plusieurs fois de la raconter — avec à peine plus de succès
que celle de l'abbé de Bucquoy : de ces tentatives, il demeure,
outre ce texte, un scénario de la *Forêt noire*, des notes publiées
dans *Le National* (déc. 1850), un fragment intitulé « Aurélia ».

Page 30.

1. Il s'agit évidemment du *Roman comique*. Mais l'on songe
immédiatement à l'importance de l'Étoile dans l'univers
nervalien : étoile de théâtre, astre, étoile mystique. « Ma
seule *Étoile* est morte. » On retrouve plus loin dans le texte
ces points de concordance avec *El Desdichado* : « le déshérité,
le banni de liesse, le beau ténébreux ». Cette poésie de la
troupe de comédiens en voyage est fondamentale chez les
romantiques, et en particulier chez Baudelaire et chez Gautier, l'ami de Nerval (cf. *Le Capitaine Fracasse*).

Page 33.

1. Aurélie désigne ici Jenny Colon et annonce à la fois
Sylvie et Aurélia.

Page 34.

1. Il ne faut pas négliger cette image dramatique et
quelque peu ironique, en tout cas onirique et où s'exprime
le désir, elle relève de cette thématique du feu si importante
qu'elle a présidé au titre même du recueil.

Page 35.

1. Ce texte, placé en « ouverture » aux *Filles du feu*,
les annonce, les évoque, sans cesse. Par exemple, ici : *Octavie*
et le registre antique.

Page 36.

1. On voit se mêler des rêves de mégalomanie (Nerval
s'imagine en Néron) mais adoucis, christianisés (par un désir
de sauver Britannicus, image du double).

Page 37.

1. Là se terminait le texte de *L'Artiste* que Nerval a
introduit dans sa préface.

2. Bel exemple que donne Nerval de l'influence de l'œuvre
sur la vie d'un auteur — influence tout aussi déterminante

que l'inverse, et qui a moins retenu jusqu'ici l'attention des biographes.

Page 38.

1. Le fragment publié par Aristide Marie et qui se trouvait dans la collection Henri Houssaye, prouve le lien qui existait entre l'histoire de Brisacier et Aurélia :

Vers le milieu du siècle dernier, le roi Louis XV créa dix charges de ducs à brevet. Il s'en trouvait neuf de distribuées et la dixième, vacante, était l'objet de beaucoup de sollicitations. Le duc de Richelieu espérait l'obtenir, lorsqu'un compétiteur ignoré parut tout à coup, s'appuyant de la protection de Marie Leczinska. C'était un nommé Brisacier, simple secrétaire de la reine, qui, à l'étonnement général, produisit des titres de filiation qui auraient fait remonter sa race à la branche royale des Valois : « Si bien, disait Louis XV, que si je n'en fais pas un duc en brevet, il est capable de réclamer la couronne de France. »

On ne supporta pas une telle prétention. Brisacier fut sommé de remettre ses parchemins au Sceau des titres, et, sous quelque prétexte, se vit ensuite enfermer à la Bastille, d'où il ne sortit que quelques années plus tard, pour être conduit à la frontière. Il se réfugia près de Sobieski, auprès duquel il fut quelque temps en grande faveur et, ayant pris du service contre les Turcs, on n'entendit plus parler de lui. J'avais fait de ce personnage mystérieux le héros d'un roman par lettres que je n'ai pas continué, et qui devait être, en quelque sorte, une suite du Roman comique. J'en détache ici la lettre suivante, où je développais la situation de l'aventurier Brisacier, qui s'est engagé, par amour, dans une troupe de comédiens de province, et qui, à la suite d'une scène de jalousie, se voit abandonné de ses camarades, au milieu des circonstances que l'on va lire. Quelques passages retraçaient dans ma pensée le portrait idéal d'Aurélia, la comédienne, esquissé dans « Sylvie ». Ce rapport peut seul donner quelque valeur à un fragment si incomplet.

[Puis un blanc et : *la lettre.*]

ANGÉLIQUE

Angélique a paru dans *Le National*, du 24 octobre au 7 décembre 1850, sous le titre *Faux Saulniers. Histoire de l'abbé de Bucquoy*. Elle était suivie dans *Le National* de l'histoire de l'abbé de Bucquoy, proprement dite, que Nerval publia dans *Les Illuminés*. Quelques fragments furent intégrés à *La Bohème galante* et à *Lorely*. Cette division donne au texte d'*Angélique* son caractère très particulier, d'une quête qui n'aboutit pas, puisque l'histoire de l'abbé de Bucquoy est sans cesse remise, comme celle des amours de Jacques dans *Jacques le Fataliste* — Nerval évoque justement Diderot et Sterne à la fin de la nouvelle. D'autre part, Nerval a retouché très soigneusement le texte du *National* avant de l'intégrer aux *Filles du feu*.

La Vie d'Angélique de Longueval est relatée dans la *Généalogie des Goussencourt*. Des extraits de ce manuscrit avaient été donnés par J. Taschereau dans la *Revue rétrospective*, 1834, t. V, pp. 321-357. Jean Richer fait remarquer que Nerval n'avait pas dû passer plus d'une demi-heure aux Archives et que c'est Stadler qui a terminé la recherche.

Page 39.

1. A M[onsieur] L[e] D[irecteur] [du *National*].

2. Nerval est allé à Francfort vers le 14 septembre 1838 où il avait rejoint Dumas et réuni de la documentation pour *Léo Burckart*. Il retourna à Francfort en automne 1850. D'où la notation : « cette ville, que je connaissais déjà ».

Page 41.

1. Ces *Lettres historiques et galantes de deux dames de condition* par Mme de C. [Mme A. M. Du Noyer] ont été fort lues, à la fin du xviiie siècle et au début du xixe. Sade y a puisé l'inspiration de certaines de ses nouvelles des *Crimes de l'amour*, comme le prouve le manuscrit de la Bibliothèque nationale (Nouv. acq. fr. 4 010).

Page 42.

1. Jean Richer a réuni ces articles donnés à la *Gazette théâtrale* de Vienne, dans *La Vie des lettres* (in *Œuvres complémentaires* de Nerval, éd. Minard, 1959).

Page 46.

1. Cette expression proustienne ne manque pas de ravir un lecteur moderne de Nerval. *Angélique*, c'est aussi une recherche du temps perdu — doublement perdu : de l'enfance et du passé historique.

Page 48.

1. M. Popa a retrouvé ce recueil à la Bibliothèque nationale : *Pièces diverses de police, 3, 1709-1721*.

Page 49.

1. C'est, sous une forme érudite et humoristique, l'éternelle question nervalienne sur le double et l'autre.

Page 51.

1. Cette formule rappelle un peu celle de Diderot : *Ceci n'est pas un conte*.

Page 55.

1. On voit ici, transparente, une allusion à Jenny Colon qui joua le rôle de Silvia dans *Piquillo*, à sa création, en 1837. Nerval ne perd pas une occasion d'évoquer son Étoile, et plus généralement le théâtre, dans *Les Filles du feu* qui sont nées aussi du feu de la rampe.

Page 56.

1. Nerval a ajouté ce sous-titre en 1854, isolant ainsi le passage pour en faire une sorte de petit conte fantastique.

2. Le conservateur de l'Arsenal de 1844 à 1851 était Charles Caix. Son prédécesseur était Nodier qui avait lui-même succédé à M. de Saint-Martin (1824-1830). Il se peut que ce soit Nodier qui ait raconté cette histoire fantastique à Nerval.

Page 57.

1. Soulié a été bibliothécaire de 1828 à 1845.

Page 59.

1. Dans *Le National*, il y avait ici toute une série de digressions que Nerval a supprimées.

Page 61.

1. N. Popa a montré qu'il s'agirait de Louis-N. de Cayrol (1775-1859).

2. L'expression nous semble symbolique : revenir par Ermenonville, c'est risquer de ramener tout le monde des souvenirs d'enfance.

3. Jean Richer fait justement remarquer que c'est là une pure invention de Nerval.

Page 67.

1. Angélique, elle-même, était plus précise : « De vous dire les caresses que nous nous faisions, il m'est impossible, puisque, outre de m'ôter la virginité, il ne se pouvait davantage, laquelle je gardai toujours dans ces assauts. » Angélique pratique donc l' « amour provençal ». Ce que confirme encore le début du chapitre suivant, avec la référence à Pétrarque.

Page 70.

1. Nerval est peut-être allé en Angleterre en 1836; en tout cas, en août 1845 et en mai-juin 1849.

Page 72.

1. Dans *Les Filles du feu*, la thématique de la terre est tout aussi importante que celle du feu. La terre, c'est le souvenir; le feu, c'est l'énergie : l'œuvre naît de cette alchimie de la terre et du feu, de la mémoire et de la création.

Page 73.

1. C'est tout à fait le registre de *Sylvie*.

Page 75.

1. Voici une première esquisse de la scène de *Sylvie* : Aurélie s'y appelle Delphine. Les thèmes sont marqués, sans être encore développés; et la perfection formelle est beaucoup moins poussée.

Dans le texte de *L'Artiste*, le dernier paragraphe de cet épisode ne figure pas.

Page 77.

1. Nerval a la coquetterie d'invoquer les contraintes de la censure pour justifier une technique de la digression qui l'apparente à Diderot.

2. Cette référence à l'Allemagne est importante : elle est encore un de ces liens d'*Angélique* à *Aurélia* et au drame même de Nerval, hanté par une Allemagne mystique, poétique et maternelle.

Page 78.

1. Nerval parle de cette chanson dans *Chansons et légendes du Valois*. Cf. p. 170 et notre n. 1.

Page 79.

1. Cette phrase a été ajoutée par Nerval en 1854. On peut y voir un souci d'équité à l'égard de la figure du père. En effet,

dans les derniers temps de sa vie, Nerval semble avoir été particulièrement soucieux de se réconcilier avec ce père que, dans son inconscient, il tenait toujours pour responsable de la mort de la mère.

Page 80.

1. Nerval a opéré ici des modifications assez profondes par rapport à son premier texte. Dans *L'Artiste* (1er et 15 oct. 1852) il y avait maintenant ce texte des *Vieilles Ballades françaises* qui figure, dans le recueil, en appendice à *Sylvie*.

Nerval a probablement voulu ramasser l'intérêt et l'action, en excluant du récit cette nouvelle digression.

Page 82.

1. Les *Chroniques italiennes* de Stendhal sont riches aussi en ce genre de notation où apparaît une certaine naïveté du narrateur — soigneusement conservée par l'écrivain.

Page 90.

1. Nerval a supprimé tout un passage qui existait dans la première version :

Senlis.

Malgré les digressions qui sont naturelles à ma façon d'écrire, — je n'abandonne jamais une idée, — et quoi qu'on puisse penser, l'abbé de Bucquoy finira par se retrouver...

Revenu à Senlis, je me demande seulement pourquoi la poste a mis vingt-et-une-heures, il y a huit jours, pour transmettre à Paris une lettre jetée par moi-même à la boîte le jour de la Toussaint, à dix heures du soir. — Il y a d'abord un départ à minuit ; — puis les lettres partent encore à sept heures du matin... Je m'y perds !

Serais-je encore suspect à Senlis ?... Mais le gendarme est devenu mon ami ! Je me suis fait encore recommander à un substitut de la ville, qui s'occupe accessoirement de science et d'histoire. Je connais des substituts que j'estime fort, comme je fais de tous les hommes qui veulent bien oublier un instant leurs opinions, leur position, ou leurs intérêts, pour devenir ce qu'ils peuvent être au fond, des hommes aimables.

2. Ainsi Sylvie — et accessoirement Sylvain — se trouvent rattachés à un passé quasi immémorial de la race.

Page 95.

1. La mère, elle aussi, appartient à une race antique, de traditions guerrières, puisqu'elle a suivi son mari à la guerre.

Page 96.

1. Comme l'a fait remarquer Jean Richer, c'est le texte de la *Revue rétrospective* qui s'arrête là. Le manuscrit comporte encore deux phrases.

Page 100.

On sait l'intérêt porté par Nerval à nos poètes du XVIIe siècle.

Le National et *L'Artiste* (1er nov. 1852) contiennent cette variante assez importante :

C'est un garçon, — je veux dire un homme, car il ne faut pas trop nous rajeunir ! — qui a toujours mené une vie assez sauvage, comme son nom. Il vit de je ne sais quoi dans des maisons qu'il se bâtit lui-même, à la manière des cyclopes, avec ces grès de la contrée qui apparaissent à fleur de sol entre les pins et les bruyères. L'été, sa maison de grès lui semble trop chaude et il se construit des huttes en feuillage au milieu des bois. Un petit revenu qu'il a de quelques morceaux de terre lui procure une certaine considération près des gardes, auxquels il paye quelquefois à boire. On l'a souvent suspecté de braconnage ; mais le fait n'a jamais pu être démontré. C'est donc un homme que l'on peut voir. Du reste, s'il n'a pas de profession bien définie, il a des idées sur tout...

Page 106.

1. Variante du *National* :

— *Mais, mon enfant, on a vendu le château, l'abbaye, les ruines, tout ! Seulement, ce n'est pas à des personnes qui voudraient les détruire... Ce sont des gens de Paris qui ont acheté le domaine, — et qui veulent faire des réparations. La dame a déclaré qu'elle dépenserait quatre cent mille francs¡*

— *Ma foi, dit Sylvain, ceux qui dépensent ainsi ont le droit de conserver leur fortune.*

— *C'est un grand bien pour le pays, dit l'hôtesse.*

— *A Senlis, dit Sylvain, la révolution a causé d'abord de grandes craintes. Beaucoup ont vendu à vil prix leurs voitures et leurs chevaux. Il y a une personne qui, ne voulant pas conser-*

ver sa voiture, de peur de se compromettre, l'a donnée pour
rien!... On a vendu des couples de chevaux de cinq mille francs
pour six cents francs!
— J'aurais bien voulu les avoir!
— Les chevaux?
— Non...
— Seulement, il faut le dire, — ajouta Sylvain, — à l'honneur de notre pays, d'autres n'eurent que l'idée de se résoudre
à faire plus de dépense. Des gens que leurs habitudes ou leur
âge invitaient à la tranquillité et au repos donnèrent des fêtes,
firent travailler les ouvriers, commandèrent des équipages, et
achetèrent des chevaux, — autres que ceux que les peureux
faisaient vendre, — et qui tombèrent dans les mains des maqui-
gnons.
— Sylvain, dis-je, je t'estime: tu as nuancé parfaitement ton
récit.

Nerval a préféré finalement à ce dialogue, une rêverie sur
le nom de Châalis, à demi enfoui dans les brumes de la
mémoire.

Page 109.

1. Variante du *National* et de *L'Artiste* :
*Pendant que j'en faisais l'observation à Sylvain, nous nous
dirigions vers les ruines. Un passant vint dire au fils du garde
qu'un cygne venait de se laisser tomber dans un fossé. — « Va
le chercher. — Merci!... pour qu'il me donne un mauvais
coup! »*
*Sylvain fit cette observation qu'un cygne n'était pas bien
redoutable.*
*— Messieurs, dit le fils du garde, j'ai vu un cygne casser la
jambe à un homme d'un coup d'aile.*
Sylvain réfléchit et ne répondit pas.

Page 112.

1. Nerval a consacré à Cazotte une étude de son recueil
Les Illuminés. On voit aussi dans *Aurélia* et dans *Sylvie*
quelle fascination a exercée sur Nerval tout un courant du
XVIIIe siècle mystique.

Page 115.

1. On sait que la Convention avait rapporté les cendres
de Rousseau au Panthéon — en grande pompe. Cette tombe
de Rousseau a donc toute la poésie d'un double abandon,
et d'un passé deux fois aboli.

Page 117.

1. Ici, toute une variante du *National :*

— *Les premiers que nous rencontrerons dans le bois, dit Sylvain (avec plus de raison que de français), nous les consulterons encore...*
Les premiers furent trois hommes qui se suivaient et remontaient, d'une sente, sur le chemin.
C'était le régisseur de M. Ernest de Girardin, — suivi d'un architecte, qu'on reconnaissait au mètre qui lui tenait lieu de canne, et d'un paysan en blouse bleue, qui venait ensuite. Nous étions disposés à leur demander de nouveaux renseignements.
— *Faut-il saluer le régisseur? dis-je à Sylvain. Il a un habit noir.*
Sylvain répondit :
— *Non : les gens qui sont dans leur pays doivent saluer les premiers.*
Le régisseur passa, étonné de ne pas recevoir le coup de casquette... qui sans doute lui avait été déjà adressé dans plusieurs occasions.
L'architecte passa derrière le régisseur, comme s'il ne voyait personne. Le paysan seul ôta son bonnet. Nous saluâmes le paysan.
— *Vois-tu, me dit Sylvain, nous n'avons pas fait de bassesses, ... et nous rencontrerons plus loin quelque bûcheron qui nous renseignera.*

Page 118.

1. Dans son ouvrage récent (*Nerval et la chanson folklorique*, Corti, 1970, p. 306), M. Bénichou analyse cette chanson : il la rapproche de « C'était un grenadier qui revenait de Flandres », et ajoute : « Elle appartient plutôt au répertoire estudiantin qu'au folklore général. Ce peut être, comme il arrive, le remaniement d'une chanson populaire plus innocente. » D'où la remarque de Nerval : « Le reste est difficile à raconter. »

Page 120.

1. Le *National* contient la variante suivante :

— *Je vais, dit Sylvain, te dire le sujet d'une pièce que je voudrais faire sur la mort de Rousseau.*
— *Malheureux! lui dis-je, tu médites des drames.*

— *Que veux-tu ? La nature a indiqué à chacun sa voie.*
Je le regardai d'un œil sévère. Il lut.

Nerval donnait ici le scénario de sa pièce *La Mort de Rousseau*.

Voilà le travail, incroyablement formulé, qui résume les idées de Sylvain, — et dont il croit pouvoir faire un drame. Il a eu le malheur de trouver un exemplaire dépareillé des derniers volumes des Confessions, *et son imagination a fait le reste...*
Plaignons-le de n'avoir pas reçu l'éducation classique...

Nerval a peut-être trouvé ce passage un peu entaché d'invraisemblance. Mais cette variante était bien révélatrice : Nerval y plaçait son œuvre théâtrale sous le signe de la dérision. Sylvain s'est perverti à écrire du théâtre, comme Sylvie à chanter des airs d'opéra.

Page 127.

1. Ce passage montre très clairement le lien qu'établit Nerval entre la thématique du voyage et celle du livre, comme nous l'avons analysé dans notre préface. Voir aussi R. Jean, *Nerval par lui-même*, Le Seuil, 1964, p. 85 et sq.

2. Variante du *National* :

— *Il en est ainsi peut-être des faux saulniers. On n'y croit plus ! — Les faux saulniers ne pouvaient pas être de vrais Saulniers. Les mémoires du temps orthographiaient ainsi leur nom :* fauxçonniers. *C'étaient simplement les gens qui faisaient la contrebande du sel non seulement en Franche-Comté, en Lorraine, en Bourgogne, mais en Champagne, en Picardie, en Bretagne, partout. Saint-Simon raconte à plusieurs reprises leurs exploits, et cite même de certains régiments qui faisaient le faux saunage lorsque la paye devenait trop irrégulière, soit sous Louis XIV, soit sous la Régence. Mandrin fut, plus tard encore, un capitaine de faux saulniers. Un simple brigand eût-il pu prendre des villes, et livrer des batailles rangées ... Mais, par l'histoire qui se faisait alors, on devait avoir intérêt à embrouiller cette question immense de la résistance aux gabelles, qui fut une des principales causes du mécontentement populaire. Les paysans ont toujours considéré l'impôt du sel comme une question de subsistances, et une des plus lourdes charges du cultivateur.*

Page 128.

1. Nerval, dans *Le National*, citait ici la onzième strophe de l'ode du *Jeu de Paume* de Chénier. Puis venait l'histoire de l'abbé de Bucquoy, que Nerval a séparée d'*Angélique*, pour en faire une partie des *Illuminés*.

SYLVIE

Nous avons dans notre notice, rappelé les conditions de la composition de *Sylvie*.

La Bibliothèque Lovenjoul, à Chantilly, possède des fragments qui faisaient partie de ces brouillons de *Sylvie*, notés, à la hâte, par Nerval sur de petits bouts de papier (Lovenjoul, D 741 f⁰ˢ 102 et 120).

I. *Je viens de revoir Sylvie — Ces habits honnêtes servent à nous déguiser. Elle est entretenue par... Les fêtes se prolongent. Je vais chercher l'actrice. Elle est reçue par le pr[opriétaire] — et la maîtresse de... Je retrouve des blasons — Je fais rebâtir un pavillon. J'étourdis le village. J'excite l'admiration de l'actrice. Départ de Sylvie. Maison fatale... m'a choisi. Je revois Sylvie près du bal. Elle est en deuil. Nous nous embrassons en pleurant. La maison est détruite... mes...*

II. *Pays[an] per[verti] — Oncle, tableaux. Temps des aff[ections] Je reviens — Je suis un Mr — Lettres de notaire — oncle de Paris. Dem[oiselle] au couvent. Je reviens. Je suis — études — Rappeler le Roman tragique. Je revois la même : ce sont deux sœurs —. un baiser — le vieux... Serai-je pour Sylvie? l'actrice Sylvie. Je viens refaire un... Retardé. Le donjon. L'oncle maire — Paysans — Chansons du pays. Sylvain. Je couche — Jour où je revois la belle.*

Sylvie me fait...

On possède aussi trois fragments qui se rattachent à l'élaboration de *Sylvie* :

1. *Émerance.* Le manuscrit est à Chantilly (D 741, f⁰ˢ 49 et 51), publié par Pierre Audiat, puis N. Popa, repris par J. Richer, dans l'édition de la Pléiade que nous suivons ici — ainsi que pour les deux fragments suivants.

2. *Sylvain et Sylvie.* Ce passage se trouve dans *Les Faux Saulniers* et dans *La Bohème galante*.

3. *Un souvenir :* a été publié successivement par A. Houssaye, J. Marsan, A. Marie et finalement J. Richer qui suit la

lecture que A. Marie avait faite sur le manuscrit de la collection Houssaye.

I
[ÉMERANCE]

. . . .

Quand on quitte Paris transfiguré par ses constructions nouvelles, on trouve sans doute un certain charme à revoir une ville où rien n'a changé. Je n'abuserai pas de cette impression toute personnelle.

La cathédrale, l'église Saint-Pierre, les tours romaines, Saint-Vincent ont des aspects qui me sont chers, mais ce que j'aime surtout, c'est la physionomie calme des rues, l'aspect des petits intérieurs empreints déjà d'une grâce flamande, la beauté des jeunes filles dont la voix est pure et vibrante, dont les gestes ont de l'harmonie et de la dignité. Il y a là une sorte d'esprit citadin qui tient au rang qu'occupait autrefois la ville et peut-être à ce que les familles ne s'unissent guère qu'entre elles. Beaucoup portent avec fierté des noms bourgeois célèbres dans les sièges et dans les combats de Senlis.

Au bas de la rue de la Préfecture est une maison devant laquelle je n'ai pu passer sans émotion. Des touffes de houblon et de vigne vierge s'élancent au-dessus du mur; une porte à claire-voix permet de jeter un coup d'œil sur une cour cultivée en jardin dans sa plus grande partie qui conduit à un vestibule et à un salon placés au rez-de-chaussée. Là demeurait une belle fille blonde qui s'appelait Émerance. Elle était couturière et vivait avec sa mère, bonne femme qui l'avait beaucoup gâtée et une sœur aînée qu'elle aimait peu, je n'ai jamais su pourquoi. J'étais reçu dans la maison par suite de relations d'affaires qu'avait la mère avec une de mes tantes et, tous les soirs pendant longtemps, j'allais chercher la jeune fille pour la conduire soit aux promenades situées [autour des murs, soit à l'église, soit... J'aurais...]

. . . .

... Un rayon de soleil est venu découper nettement la merveilleuse architecture de la cathédrale. Mais ce n'est plus le temps des descriptions gothiques, j'aime mieux ne jeter qu'un coup d'œil aux frêles sculptures de la porte latérale qui correspond au prieuré. Que j'ai vu là de jolies filles autrefois! L'organiste avait établi tout auprès une classe de chant et quand les demoiselles en sortaient le soir, les plus jeunes s'arrêtaient pour jouer et chanter sur la place. J'en connaissais une grande, nommée Émerance, qui restait aussi pour surveiller sa petite

sœur. J'étais plus jeune qu'elle et elle ne voyait pas d'in-
convénient à ce que je l'accompagnasse dans la ville et dans les
promenades, d'autant que je n'étais alors qu'un collégien en
vacances chez une de mes tantes. Je n'oublierai jamais le
charme de ces soirées. Il y a sur la place un puits surmonté
d'une haute armature de fer. Émerance s'asseyait d'ordinaire
sur une pierre basse et se mettait à chanter, ou bien elle orga-
nisait les chœurs des petites filles et se mêlait à leurs danses.
Il y avait des moments où sa voix était si tendre, où elle-même
s'inspirait tellement de quelque ballade langoureuse du pays,
que nous nous serrions les mains avec une émotion indicible.
J'osais quelquefois l'embrasser sur le col qu'elle avait si blanc,
que c'était là une tentation bien naturelle; quelquefois elle s'en
défendait et se levait d'un air fâché.

J'avais à cette époque la tête tellement pleine de romans
à teinte germanique, que je conçus pour elle la passion la plus
insensée; ce qui me piquait surtout, c'est qu'elle avait l'air
de me regarder comme un enfant peu compromettant sans doute.
L'année suivante, je fis tout pour me donner un air d'homme
et je parus avec des moustaches, ce qui était encore assez nouveau dans la province pour un jeune homme de l'ordre civil.

Je fis part en outre à Émerance du projet que j'avais...
. . . .

II

[SYLVAIN ET SYLVIE]

*En regardant les grands arbres qui ne conservaient au
sommet qu'un bouquet de feuilles jaunies, mon ami Sylvain
me dit :*

« *Te souviens-tu du temps où nous parcourions ces bois,
quand tes parents te laissaient venir chez nous, où tu avais
d'autres parents ... Quand nous allions tirer les écrevisses des
pierres, sous les ponts de la Nonette et de l'Oise..., tu avais
soin d'ôter tes bas et tes souliers, et on t'appelait : petit Parisien ?*

— *Je me souviens, lui dis-je, que tu m'as abandonné
une fois dans le danger. C'était à un remous de l'Oise, vers
Neufmoulin, — je voulais absolument passer l'eau pour revenir
par un chemin plus court chez ma nourrice. Tu me dis : « On
peut passer. » Les longues herbes et cette écume verte qui sur-
nage dans les coudes de nos rivières me donnèrent l'idée que
l'endroit n'était pas profond. Je descendis le premier. Puis
je fis un plongeon dans sept pieds d'eau. Alors tu t'enfuis,
craignant d'être accusé d'avoir laissé se noyer le petit Parisien,*

et résolu à dire, si l'on t'en demandait des nouvelles, qu'il était allé où il avait voulu. — Voilà les amis. »

Sylvain rougit et ne répondit pas.

« *Mais ta sœur, ta sœur qui nous suivait, — pauvre petite fille, — pendant que je m'abîmais les mains en me retenant, après mon plongeon, aux feuilles coupantes des iris, se mit à plat ventre sur la rive et me tira par les cheveux de toute sa force.*

— Pauvre Sylvie ! dit en pleurant mon ami.

— Tu comprends, répondis-je, que je ne te dois rien...

— Si ; je t'ai appris à monter aux arbres. Vois ces nids de pies qui se balancent encore sur les peupliers et sur les châtaigniers, — je t'ai appris à les aller chercher, — ainsi que ceux des piverts, — situés plus haut au printemps. — Comme Parisien, tu étais obligé d'attacher à tes souliers des griffes en fer, tandis que moi je montais avec mes pieds nus !

— Sylvain, dis-je, ne nous livrons pas à des récriminations. Nous allons voir la tombe où manquent les cendres de Rousseau. Soyons calmes. Les souvenirs qu'il a laissés ici valent bien ses restes. »

III
[UN SOUVENIR]

Un souvenir, mon ami. Nous ne vivons qu'en avant ou en arrière. Vous êtes à Saint-Germain, j'y crois être encore.

Dans les intervalles de mes études, j'allais parfois m'asseoir à la porte hospitalière d'une famille du pays. Les beaux yeux de la douce Sidonie m'y retenaient parfois jusque fort avant dans la nuit. Souvent, je me levais dès l'aube et je l'accompagnais, soit à Mareil [sic]*, me chargeant avec joie des légers fardeaux qu'on lui remettait. Un jour, c'était en carnaval, nous étions chez sa vieille tante, à Carrière ; elle eut la fantaisie de me faire vêtir les habits de noce de son oncle et s'habilla avec la robe à falbalas de sa tante. Nous regagnâmes Saint-Germain ainsi accoutrés. La terrasse était couverte de neige, mais nous ne songions guère au froid et nous chantions des airs du pays. A tout instant, nous voulions nous embrasser ; seulement, au pied du pavillon Henri IV, nous rencontrâmes trois visages sévères. C'était ma tante et deux de ses amies. Je voulus m'esquiver, mais il était trop tard et je ne pus échapper à une verte réprimande ; le chien lui-même ne me reconnaissait plus et s'unissait en aboyant à cette mercuriale trop méritée. Le soir, nous parûmes au bal du théâtre avec grand éclat. O tendres souvenirs des aïeux ! brillants costumes, profanés dans* *une nuit de folie, que vous m'avez coûté de larmes ! L'ingrate Sophie elle-même trahit son jeune cavalier pour un garde-du-corps de la compagnie de Grammont.*

Comme nous l'avons indiqué dans notre notice, *Sylvie* parut dans *La Revue des Deux Mondes*, 15 août 1853, pp. 745-771.

Page 129.

1. Il s'agit du théâtre de l'Opéra-comique; Jenny Colon appartenait à cette troupe depuis 1836; auparavant, elle jouait aux Variétés.

Page 130.

1. Les correspondances thématiques établies par ce passage sont particulièrement riches : il y a d'abord une parenté avec le texte où Adrienne chante dans la représentation à laquelle Nerval assiste (cf. *Sylvie*, chap. II), mais aussi avec *Aurélia* et le sonnet *Artémis* des *Chimères*. Enfin l'évocation d'Herculanum renvoie à tout un versant des *Filles du feu*, celui d'*Octavie*, et surtout d'*Isis*.

Page 132.

1. On voit apparaître ici la présence d'une sorte de double, et une certaine résignation de Nerval; ce passage est une préfiguration du mariage d'Aurélia avec le double, dans *Aurélia* (mais sur un ton beaucoup plus angoissé).

2. Cette chevalerie de l'arc existait dans le nord de la France depuis le règne de Charles V. Interrompues par la Révolution, ces cérémonies reprirent ensuite, et brillamment. Cependant, il n'y avait pas de compagnie d'archers à Loisy, et il s'agirait plutôt ici de Mortefontaine ou de Creil dont Nerval parle dans une lettre à son père du 23 mai 1852.

Page 133.

1. On notera la construction extrêmement hardie de cette phrase, puisque « plongé » se rapporte à un « je » qui n'est pas directement exprimé. Cette syntaxe rend admirablement le caractère d'irruption incontrôlée de la mémoire.

2. J. Richer fait remarquer que Nerval avait déjà appelé Silvia l'héroïne de *Piquillo*, dont le premier rôle était tenu par Jenny Colon. D'autre part, le souvenir de Théophile de Viau est partout présent dans *Sylvie*, comme dans *Angélique*.

Page 134.

1. Adrienne est déjà une figure d'Aurélia. Pourquoi ce nom d'Adrienne? Peut-être à cause de Sophie Feuchères, baronne Adrien de Feuchères, qui fut la maîtresse du dernier Condé et avait un château à Mortefontaine. Son nom, son profil exercèrent sur Nerval une fascination qui fait penser à celle qu'exerce sur le jeune narrateur de la *Recherche*, Mme de Guermantes, encore presque inconnue.

2. Cette référence à Dante est particulièrement importante puisque Adrienne, c'est aussi Aurélia qui va accompagner le poète dans sa descente aux Enfers de la folie.

Page 136.

1. Ici la « ressemblance » est une explication à peu près acceptable, mais on côtoie le registre d'*Aurélia* et le sombre gouffre de l'hallucination du double et des métamorphoses.

2. Cette notation a une évidente valeur symbolique : le temps des horloges est brusquement aboli par le souvenir.

Page 137.

1. J. Richer a eu raison de noter que Nerval ne songe pas ici seulement à Watteau, mais aussi au *Songe de Poliphile* qu'il commente dans son *Voyage en Orient*.

Page 138.

1. Il s'agit plutôt de la Thève qui arrose le domaine de Mortefontaine; si l'on veut pousser encore cette identification géographique, on pensera que le lac est donc le lac de l'Épine. Les « édifices légers » sont l'œuvre de J. Le Pelletier, magistrat qui les fit construire à la fin du xviiie siècle. Ce domaine de Mortefontaine a appartenu au prince de Condé à partir de 1827, puis à Sophie Dawes.

Page 140.

1. Mortefontaine plutôt. C'est cet oncle, épris d'illuminisme et qui eut un rôle si déterminant dans l'éducation intellectuelle et spirituelle de Nerval. Il lui disait : « Dieu, c'est le soleil. »

2. Ce couvent de Saint-Sulpice-du-Désert était alors sécularisé; mais, pour la poésie de la narration, Nerval ne le dit pas.

Page 141.

1. La référence aux *Confessions* et au célèbre récit que fait Rousseau d'une nuit passée à la belle étoile, est bien évidente ici ; comme est sensible d'ailleurs l'influence de Rousseau sur *Sylvie*. La Bibliothèque Lovenjoul de Chantilly possède une variante de ce passage (D 740, f° 51 *ter*) :

L'air était *doux* et *parfumé ;* je résolus de ne pas aller plus loin et d'attendre le matin. *O nuit ! j'en ai peu connu de plus belles : je ne sais pourquoi, dans les rêveries vagues qui m'étaient venues par moments, deux figures aimées se combattaient dans mon esprit : l'une semblait descendre des étoiles et l'autre monter de la terre. La dernière disait : Je suis simple et fraîche comme les fleurs des champs ; l'autre : Je suis noble et pure comme les beautés immortelles conçues dans le sein de Dieu...*

Page 142.

1. La pervenche a justement permis à Rousseau une de ces expériences mémorielles, semblables à celle de la célèbre madeleine de Proust. Là encore, Nerval se réfère aux *Confessions*.

2. Auguste Lafontaine (1759-1831) est un romancier né en Allemagne de parents émigrés : ses récits, traduits en français, sont un peu moralisants : *Charles et Emma, L'Homme singulier, Les Tableaux de famille*.

Page 143.

1. Tout ce passage a une connotation féerique, préparée, dès le début, par cette promenade à travers le bois qui évoque maints contes de fées. Mais cette visite à la tante correspond au rêve des ancêtres dans *Aurélia*, c'est le même désir de revenir aux sources de la race, pour retrouver une certaine stabilité du moi menacé. Dans *Aurélia*, les femmes qui sont plusieurs de ses ancêtres confondues et réunies, lui font revêtir justement un petit costume ancien : le costume, le masque répondent à un besoin de retrouver une véritable identité, plus qu'au désir d'y échapper.

Page 144.

1. C'est un théâtre de l'ancien boulevard du Temple, où le mime Deburau donnait ses spectacles ; ce théâtre a disparu en 1862.

Page 146.

1. Cette référence à l'*Ecclésiaste* donne bien la mesure de ce texte : c'est le registre des *Mémorables*. Toute cette

scène semble avoir hanté Nerval qui en a donné plusieurs versions : dans une lettre à Stadler, dans *Le Marquis de Fayolle*, dans les *Promenades et souvenirs*. C'est la version charmante, souriante, — pacifiante et mystique aussi — du mariage fictif. Le versant sombre, ce serait le mariage du double avec Aurélia. Du mariage avec un moi déguisé, devenu autre, on passe au mariage avec l'Autre hostile.

2. La plupart des nervaliens ont noté qu'ici Nerval introduit beaucoup de fantaisie dans son itinéraire. « En quittant la route des Flandres, il fallait tourner à droite », note H. Clouard.

Page 148.

1. Cette « chinoiserie » accroît l'impression d'irréalité; il y aura aussi un kiosque oriental dans les visions d'*Aurélia*.

2. Plus d'une fois dans *Sylvie* apparaissent ces notations où se manifeste la joie du narrateur d'échapper au péril de la folie, frôlée de bien près.

Page 150.

1. Mortefontaine, donc.

Page 151.

1. On voit dans *Aurélia* le thème des ancêtres et celui de l'oiseau intimement liés.

Page 152.

1. Le marquis René de Girardin avait élevé ses enfants selon les principes de Rousseau, et fait dessiner ses jardins, conformément à l'esthétique préconisée par Julie dans *La Nouvelle Héloïse*; on sait qu'il avait prêté à Rousseau une maison dans son domaine.

Page 153.

1. Le marquis avait fait élever cette tour, en souvenir d'une visite faite par Henri IV et Gabrielle d'Estrées aux anciens possesseurs du domaine. Cette tour avait été détruite sous la Révolution.

Page 154.

1. Il est tout à fait exact que l'artisanat féminin s'était beaucoup développé dans cette région (Plailly, Mortefontaine, Ermenonville, Ver, etc.). Aux origines, et toutes premières, de l'industrialisation, l'exploitation — dans

tous les sens du terme — du travail féminin à domicile fut
particulièrement poussée dans le secteur de la peausserie.

Page 155.

1. De cette scène qui a, également, une valeur symbolique (Sylvain, incarnation, comme Sylvie, de la terre du Valois, pourrait sauver Nerval de la noyade dans la folie), Nerval a donné plusieurs versions : outre *Sylvie*, dans *Les Faux Saulniers*, et dans les *Promenades et souvenirs*.

Page 157.

1. H. Clouard songeait au rôle que Jenny Colon avait joué en 1836 dans *Sarah ou l'orpheline de Glinçoè* de Mélesville et Grisar. Mais il se peut que Nerval ne pense pas à un rôle précis ou superpose plusieurs circonstances différentes.

2. Il est assez difficile d'identifier cette chanson. Il peut s'agir d'une variante de *Au château de la Garde* (du Bourbonnais), ou encore d'une version de *La Belle qui fait la morte* que Nerval cite dans les *Chansons et légendes* (cf. P. Bénichou, *op. cit.*, pp. 276-77).

Page 160.

1. Il s'agirait, pense H. Clouard, d'une adaptation de Schiller par Pierre Lebrun : *Marie Stuart*. Cette tragédie a été jouée au Théâtre-Français, mais non par Jenny Colon : par Rachel. On voit que le syncrétisme nervalien a forgé Aurélie — et Aurélia — avec des images de comédiennes, et de femmes, très diverses.

2. C'est le voyage de 1838.

Page 161.

1. Nerval a, en effet, rêvé d'écrire un drame sur *Francesco Colonna*, mais il ne l'a jamais réalisé : on peut retrouver une trace de ce projet dans le scénario *Aurore ou la fille de l'enfer* que Jean Richer donne dans le tome I du *Théâtre* (*Œuvres complémentaires* de G. de Nerval, Minard).

Page 162.

1. Évidemment, Mme de Feuchères.

Page 163

1. Voici une variation, belle et profonde, sur ce thème essentiel à l'expérience romantique : les illusions perdues, pour reprendre l'expression de Senancour et de Balzac.

2. Le marquis de Girardin s'était inspiré des *Idylles* de Gessner pour décorer ses jardins. L'influence de Gessner

fut énorme, dans la fin du xviiie siècle : il contribua à développer une certaine sensibilité à la nature.

Page 165.

1. Sylvie, comme Sylvain, rient chaque fois qu'il faut rappeler fortement le narrateur à la réalité. Ce rire est salvateur dans *Sylvie*, quoiqu'il intervienne généralement à un moment où il gêne visiblement le héros.

2. N. Popa voit ici une réminiscence du *Domino noir*.

La religieuse, comme la comédienne Jenny Colon, et comme la mère, est donc morte — et du coup le récit, même s'il semble se résoudre loin de la folie des identifications hallucinantes, bascule sur un autre registre de l'angoisse nervalienne : la mort.

CHANSONS ET LÉGENDES DU VALOIS

Nerval n'est pas le premier à s'intéresser à notre folklore; il se rattache, par cet intérêt même, à tout un courant du romantisme. Rousseau, là encore, avait été un grand novateur. Mais au xviiie siècle, le goût pour la chanson folklorique n'a guère produit que le développement de la romance troubadour, genre dont Moncrif avait été le père. Cazotte, tant prisé par Nerval, avait écrit des romances. C'est cependant la génération de 1800 qui s'enchanta de ces airs populaires entendus dans l'enfance : *Combien j'ai douce souvenance*, pour Chateaubriand, par exemple. Pour Senancour, *le ranz des vaches* est un symbole de la pureté primitive. Charles Nodier, pour la chanson, comme pour d'autres sources d'inspiration, fut le « tuteur spirituel » de Nerval. George Sand, à son tour, mit à la mode les chansons du Berri.

La question de la chanson chez Nerval déborde, évidemment, ces *Chansons et légendes*; la chanson irradie toute l'œuvre, le *Voyage en Orient*, *La Bohême galante*, *Sylvie*, *Angélique*, *Promenades et souvenirs* et enfin *Aurélia*. Nerval a élaboré une théorie, en affirmant la supériorité de la poésie primitive; il se plaint de la négligence des Français à recueillir ces romances. Il se distingue de ses prédécesseurs par un sentiment plus immédiat, plus authentique de la poésie populaire; il a une grande fidélité au texte; et fait un plaidoyer en faveur du langage populaire, qui entraîne un désaveu de la rime. Mais plus les années passent, plus Nerval annexe ces chansons au Valois — et l'évolution du titre de ce recueil est très révélatrice (de *Vieilles Ballades françaises* à *Chansons et légendes du Valois*); le goût des chansons traduit la hantise du pays natal.

Nerval a donné plusieurs fois ce texte :

1. Sous le titre *Vieilles Ballades françaises* dans *La Sylphide*, 9 juillet 1842, dans *Le Journal du Dimanche*, 25 avril 1847, dans *La Russie musicale*, 7 et 14 août 1847.

2. Avec le titre *Légende française*, *Le National*, 9 novembre 1850 (fragment intégré aux *Faux Saulniers*).

3. *Les Vieilles Ballades françaises*, *La Chronique de Paris*, 3 août 1851.

4. *Vieilles Légendes*, *L'Artiste*, 1er et 15 octobre 1852 *(La Bohème galante)*.

5. *Chansons et Légendes du Valois*, dans *Les Filles du feu*, 1854, à la suite de *Sylvie*.

L'étude essentielle est désormais, sur ce sujet, celle de Paul Bénichou, *Nerval et la chanson folklorique*, Corti, 1970.

Page 167.

1. Cette chanson a été imprimée au XVIIIe siècle par Valleyre *(Chansons, vaudevilles et ariettes choisies)*. Il n'y a guère qu'une strophe qui ait une certaine valeur poétique : celle que Nerval transcrit.

2. Il s'agit d'une chanson de noce, longtemps répandue dans nos provinces françaises, sous diverses versions.

Page 168.

1. Cette chanson est fort connue et encore chantée de nos jours. « Avant Nerval, nous en trouvons une version dans *l'Ancien Bourbonnais* d'Achille Allier. Le résumé de Nerval ne concorde pas avec le déroulement habituel de la chanson; en général le roi, quand il connaît les richesses du jeune homme, change d'attitude et veut lui donner sa fille, mais c'est lui qui ne la veut plus; chez Nerval le père persiste, semble-t-il, dans son refus, et le tambour en prend seulement son parti. » (P. Bénichou, *op. cit.*, p. 236.)

Page 169.

1. Nerval est le premier à avoir donné une version complète de cette chanson du roi Renaud, fort répandue dans la tradition orale française. Il existe des versions différentes de cette chanson dans toute l'Europe, avec, en Bretagne et dans les pays du Nord, des développements mythiques.

Page 170.

1. Le point de départ de la diffusion de cette chanson — si connue maintenant — est le texte même de Nerval; or le style est plutôt une imitation de tournures populaires, faussement naïves. Nerval a-t-il lui-même opéré cette transcription ou bien s'est-il servi d'une version déjà retouchée? Dans les *Promenades et souvenirs*, il suggère une localisation fantaisiste : « Saint Nicolas ressuscitant les trois petits enfants hachés comme chair à pâté par un boucher de Clermont-sur-Oise » (chap. VIII).

Page 171.

1. Cette chanson de *La Fille du roi Louis* a beaucoup ébranlé l'imagination de Nerval; peut-être est-ce à elle qu'il songe dans le fameux épisode d'Adrienne. Voir aussi *Angélique*, p. 77. Au chap. VIII des *Promenades et souvenirs*, il évoque « la fille du sire de Pontarmé, éprise du beau Lautrec, et enfermée sept ans par son père, après quoi elle meurt; et le chevalier, revenant de la croisade, fait découdre avec un couteau d'or fin son linceul de fine toile; elle ressuscite, mais ce n'est plus qu'une goule affamée de sang ». Il semble que cette fin soit due à la contamination de cette chanson avec d'autres. C'est Nerval qui a eu l'initiative d'appeler le héros Lautrec — à cause du *Dernier des Abencérages?*

Page 172.

1. Cette chanson s'intitule aussi : *La Belle qui fait la morte*. Une version de cette chanson, *La Jolie Fille de la Garde, chant populaire bourbonnais*, avait déjà été éditée (à Moulins, Desrosiers, 1836). « C'est une eau-forte, grand in-folio, de Célestin Nanteuil, exécutée sur un dessin d'Achille Allier; les couplets de la chanson y figurent sur une banderole, qui fait le tour du dessin, chaque couplet étant accompagné d'une scène qui en représente l'argument. » (P. Bénichou, *op. cit.*, p. 273).

Page 173.

1. L'origine de cette chanson semble être plutôt une légende qu'une cause célèbre, puisque l'on retrouve des éléments analogues dans une ballade allemande.

2. Il y a peut-être deux chansons différentes que Nerval a confondues et amalgamées.

3. Voici ce refrain : « *Spiritus sanctus, quoniam bonus!* ».

Page 174.

1. Nerval ajoute cette chanson dans la dernière rédaction (1854); elle était fort connue (cf. Lesage, *Le Mari préféré*, 1736).

2. Nerval parle de cette chanson dans *La Bohème galante* (1852), il en cite le premier vers dans *Sylvie* (chap. III); elle n'a pu être identifiée; en revanche, P. Bénichou a bien montré l'origine de l'étrange commentaire de Nerval : le drame allemand, *Griseldis* de Münch-Bellinghausen (1835).

Page 178.

1. La première forme de ce récit, comme l'a vu J. Richer, a été donnée par Nerval dans un article sur les livres d'enfants (*Le National*, 29 déc. 1850), à propos de *Gribouille* de G. Sand, des *Fées de la mer* d'Alphonse Karr, et du *Royaume des Roses* d'A. Houssaye.

Le commentaire qui précède et suit le texte est intéressant :

Est-ce à dire que nous manquions de légendes nationales ou fabuleuses ? Nous possédons à peu près toutes celles dont se vantent les peuples du nord; seulement il faut les recueillir dans les récits de la campagne, aux veillées, ou dans ces vieilles chansons de nos grand'mères, qui se perdent de plus en plus.

Nous venons de visiter un pays de légendes situé à quelques lieues seulement au-dessus de Paris, mais appartenant aux contrées traversées par l'ancien courant des invasions germaniques qui y a laissé quelque chose des traditions primitives qu'apportaient ces races chez les Gallo-Romains.

Voici un de ces récits qui nous a frappé vivement par sa couleur allemande et que nous ne citons que parce qu'il a quelque affinité avec la légende de Gribouille, admirablement rendue par George Sand.

C'était un pâtre qui racontait cela aux assistants assis autour d'un feu de bruyère, tandis qu'on travaillait autour de lui à des filets et à des paniers d'osier.

Il parlait d'un petit garçon et d'une petite fille qui se rencontraient parfois sur les bords des petites rivières du pays...

Et à la fin :

Nous ne pensons pas qu'il faille voir dans cette légende une allusion à quelqu'une de ces usurpations si fréquentes au moyen-âge, où un oncle dépouille un neveu de sa couronne et s'appuye sur les forces matérielles pour opprimer le pays. Le sens se rapporte plutôt à cette antique résistance issue des souvenirs

*du paganisme contre la destruction des arbres et des animaux.
Là, comme dans les légendes des bords du Rhin, l'arbre est
habité par un esprit, l'animal garde une âme prisonnière. Les
bois sacrés de la Gaule font les derniers efforts contre cette
destruction qui tarit les forces vives et fécondes de la terre, et
qui, comme au Midi, crée des déserts de sable là où existaient
les ressources de l'avenir.*

*Le type de toutes ces légendes, soit en Allemagne, soit en
France, ne varie que par des détails, incroyablement fantasques.
La poésie, le style et la description y ajoutent des grâces charmantes. La poésie de la forme a peut-être manqué à Perrault,
le maître du genre en France; mais la naïveté et la bonhomie
font le grand mérite de ses récits...*

JEMMY

Nous avons tenu à réintégrer ce texte à notre édition
des *Filles du feu*. Puisque Nerval l'avait placé dans le recueil
de 1854, on ne voit pas de quel droit on l'exclurait.

Nicolas Popa a prouvé que *Jemmy* est une adaptation
par Nerval d'une nouvelle allemande de Charles Sealsfield :
Christophorus Bärenhauten im Amerikanerlande (in t. II
des *Transatlantische Reiseskizzen*, Zürich, 1834). Cl. Pichois
qui a replacé *Jemmy* dans l'édition des *Filles du feu* au Club
du Meilleur Livre (1957), fait remarquer que, par sa place
dans le recueil, *Jemmy* sépare les nouvelles de l'enfance et
du Valois des nouvelles de l'âge mûr et de la Campanie.
Cela dit, la nouvelle a un caractère un peu infantile et figure-
rait dans quelque bibliothèque verte pour adolescents.
Nerval, après avoir donné un exemple de littérature féerique
avec la merveilleuse *Reine des poissons*, a-t-il jugé bon de
produire un texte qui pourrait s'adresser à des lecteurs à
peine sortis de l'enfance?

Jemmy, phonétiquement, est très proche de Jenny
(Colon). Le héros qui se trouve deux fois marié, pourrait
représenter Nerval écartelé entre une volonté de fidélité à
Jenny (et à son souvenir), et l'attrait qu'exercent sur lui
les « fées » — bonnes comme Sylvie ou perfides comme *La
Pandora*. Mais dans *Jemmy*, pas de sentiment dramatique
de culpabilité. Tout s'arrange dans une atmosphère de Far-
West.

OCTAVIE

Pour cette fille du feu, comme pour la plupart d'entre elles, nous possédons plusieurs versions :
1º Dans *Le Roman à faire*, *La Sylphide*, décembre 1842 (troisième lettre).
2º Sous le titre *L'Illusion*, *L'Artiste*, 6 juillet 1845.
3º Sous le titre d'*Octavie*, *Le Mousquetaire*, 17 décembre 1853.
4º Dans *Les Filles du feu*, 1854.

On possède aussi le manuscrit de la lettre, c'est une des *Lettres à Jenny Colon;* elle a été déchiffrée par N. Popa, puis J. Richer.

Me voilà encore à vous écrire, puisque je ne puis faire autre chose que de penser à vous, et de m'occuper de vous, de vous si occupée de tant d'autres, si distraite, si affairée, non pas tout à fait indifférente peut-être, j'ai lieu de le croire aujourd'hui, mais bien cruellement raisonnable, et raisonnant si bien! Oh! femme, femme! l'artiste sera toujours en vous plus forte que l'amante! Mais je vous aime aussi comme artiste; il y a dans votre talent même une partie de la magie qui m'a charmé: marchez donc d'un pas ferme vers cette gloire que j'oublie; et s'il faut une voix pour vous crier: courage! s'il faut un bras pour vous soutenir; s'il faut un corps où votre pied s'appuie pour monter plus haut, vous savez que tout mon bonheur est de vivre, et serait de mourir pour vous!

Mourir, grand Dieu! Pourquoi cette idée me revient-elle à tout propos, comme s'il n'y avait que ma mort, qui fût l'équivalent du bonheur que vous promettez: La Mort! ce mot pourtant ne répand cependant rien de sombre dans ma pensée: elle m'apparaît, couronnée de roses pâles, comme à la fin d'un festin; j'ai rêvé quelquefois qu'elle m'attendait en souriant au chevet d'une femme adorée, non pas le soir, mais le matin, après le bonheur, après l'ivresse, et qu'elle me disait: Allons, jeune homme! tu as eu ta nuit comme d'autres ont leur jour! à présent, viens dormir, viens te reposer dans mes bras; je ne suis pas belle moi, mais je suis bonne et secourable, et je ne donne pas le plaisir, mais le calme éternel!

Mais où donc cette image s'est-elle déjà offerte à moi? Ah! je vous l'ai dit: c'était à Naples, il y a trois ans. J'avais fait rencontre à la Villa Reale d'une Vénitienne qui vous ressemblait; une très bonne femme, dont l'état était de faire des broderies d'or pour les ornements d'église. Le soir, nous étions allés voir Buondelmonte à San-Carlo; et puis nous avions soupé très gaiement au café d'Europe ; tous ces détails me reviennent parce que tout m'a frappé beaucoup, à cause du rapport de figure qu'avait cette femme avec vous. J'eus toutes les peines du monde à la décider à me laisser l'accompagner, parce qu'elle avait un amant dans les officiers suisses du Roi. Ils sont rentrés depuis neuf heures, me disait-elle, mais demain, ils peuvent sortir de la caserne au point du jour, et le mien viendra chez moi tout à son lever assurément ; il faudra donc vous éveiller bien avant le soleil, le pourrez-vous ? D'abord, lui dis-je, il y a un moyen fort naturel, c'est de ne pas dormir du tout. Cette pensée la décida à me garder, mais voilà qu'à une certaine heure, nous nous endormîmes malgré nous. Vous allez croire que l'aventure se complique après cela. Pas du tout ; elle est de la dernière simplicité. Les aventures sont ce qu'on les fait et celle-là m'était trop indifférente après tout pour que je cherchasse à la pousser au drame, surtout avec un suisse personnage probablement peu poétique. Avant le jour cette femme m'éveilla en sursaut au bruit des premières cloches. En un clin d'œil, je me trouvai habillé, conduit dehors et me voilà sur le pavé de la rue de Tolède, encore assez endormi pour ne pas trop comprendre ce qui venait de m'arriver. Je pris par les petites rues derrière Chiaia et je me mis à gravir le Pausilippe au-dessus de la grotte.

Arrivé tout en haut, je me promenais en regardant la mer déjà bleuâtre, la ville où l'on n'entendait encore que le bruit du matin et les deux îles d'Eschia et de Nisita où le soleil commençait à dorer le haut des villas. Je n'étais pas fatigué le moins du monde...................... je marchais à grands pas, je courais, je descendais les pentes, je me roulais dans l'herbe humide, mais dans mon cœur il y avait l'idée de la mort.

Ô Dieu ! je ne sais quelle profonde tristesse habitait mon âme, mais ce n'était autre chose que la pensée cruelle que je n'étais pas aimé ! J'avais vu comme le fantôme du bonheur, j'avais usé de tous les dons de Dieu, j'étais sous le plus beau ciel du monde, en présence de la nature la plus parfaite, du spectacle le plus immense qu'il soit donné aux hommes de voir, mais à cinq cents lieues de la seule femme qui existât pour moi et qui ignorait alors jusqu'à mon existence.

N'être pas aimé et n'avoir pas l'espoir de l'être jamais. Cette femme étrangère qui m'avait présenté votre vaine image et qui servait pour moi au caprice d'un soir, mais qui avait ses amours à elle, ses intérêts, ses habitudes, cette femme m'avait offert tout le plaisir qui peut exister en dehors des émotions de l'amour. Mais l'amour manquant tout cela n'était rien.

C'est alors que je fus tenté d'aller demander compte à Dieu de mon incomplète existence. Il n'y avait qu'un pas à faire : à l'endroit où j'étais, la montagne était coupée comme une falaise, la mer grondait en bas, bleue et pure ; ce n'était plus qu'un moment à souffrir. Oh ! l'étourdissement de cette pensée fut terrible. Deux fois je me suis élancé et je ne sais quel pouvoir me rejeta vivant sur la terre que j'embrassai. Non, mon Dieu ! vous ne m'avez pas créé pour mon éternelle souffrance. Je ne veux pas vous outrager par ma mort, mais donnez-moi la force, donnez-moi le pouvoir, donnez-moi surtout la résolution qui fait que les uns arrivent au trône, les autres à la gloire, les autres à l'amour !

Page 208.

1. Nerval effectua ce voyage en octobre 1834 et s'arrêta à Marseille au retour (novembre 1834). La lettre de Nerval à Renduel, du 6 novembre 1834, relate l'événement qui fut le point de départ du récit :

A table, il y avait une jolie dame avec un vieux militaire, qui avait un grain de folie et qu'elle conduisait à Nice pour passer l'hiver. Un homme très bien, son mari ! Au milieu du dîner il lui prend fantaisie de demander du champagne : c'est une folie très douce. La dame se récrie que les médecins l'ont défendu : il en demande deux bouteilles. On n'ose pas refuser, car, disait la dame, il aurait tout brisé ; mais, pour qu'il en bût le moins possible, elle a fait demander des verres pour tout le monde et elle nous en versait tant qu'elle pouvait pour qu'il en restât moins à son mari. C'était adroit. Le lendemain nous venons à parler du Lacryma Crysti (sic) *mousseux et du vin d'Orvieto qui pique : voilà le monsieur qui redemande du champagne. Si cela pouvait devenir son idée fixe ! Mais nous étions très peu de monde, parce que tout le monde du bateau à vapeur était parti. Il y avait des dames qui n'en voulaient qu'une goutte, des gens âgés craignant de s'échauffer ; de sorte que la dame, qui, je crois, m'a soupçonné d'avoir trop appuyé sur les vins mousseux d'Italie (mais elle a tort), la dame m'en versait tant qu'elle pouvait. C'est très féminin, cette manière de reproche. C'est bien. Voici le mal : le monsieur se vexait, il est sorti de table. C'est naturel. Le fou n'aurait pas voulu qu'on partageât sa sensation ; l'homme, que l'on bût son vin ; le mari, que sa femme prît tant de soin d'un jeune homme. Oui, d'un jeune homme. Je n'ai pas l'air d'un Antony, je le sais, mais aux yeux d'un mari et d'un fou je puis paraître encore redoutable.*

J. Richer fait remarquer que l'écrivain a repris cet épisode avec prédilection : dans le *Voyage en Orient* (chap. 1), dans *La Presse* (numéro du 5 mars 1840), dans une lettre à son père, le docteur Labrunie, 8 janvier 1843. Sans oublier *Delfica* :

> *Et les citrons amers où s'imprimaient tes dents.*

Les Chimères que Nerval avait publiées à la suite des *Filles du feu*, interfèrent sans cesse de leurs rayons sombres avec les flammes des nouvelles.

2. L'alliage d'Octavie est donc d'eau et de feu, à la différence de Sylvie qui alliait la terre au feu. Toute la tonalité de la nouvelle diffère, par conséquent.

Page 210.

1. Voir la lettre de Nerval à son père, 3 décembre 1843 :

> *On m'avait recommandé au marquis Gargallo, directeur de la Bibliothèque royale, qui a obtenu de me faire voir le musée réservé, chose très difficile. Il y a de beaux morceaux de sculpture. Pompëia est aussi très intéressant. Ce voyage était coûteux à mon premier passage à Naples; mais, à présent, un chemin de fer conduit à Torre Annonciata, d'où l'on y va en une demi-heure. C'est une ville très complète et bien plus intéressante qu'Herculanum. Il ne manque à peu près que les toits aux maisons et aux temples pour être comme ils furent avant l'ensevelissement. Il y avait un Anglais qu'on portait sur un brancard; il avait voulu voir Pompëia avant de mourir.* [...]
>
> *Mon séjour à Naples m'a fait grand plaisir, après avoir vécu si longtemps éloigné de toute civilisation. J'en comprenais les bons côtés par les restaurants et les théâtres surtout. La famille Gargallo m'a reçu d'une manière très aimable; j'ai trouvé là des savants, et même des savantes, car les trois sœurs savent le latin. C'est un intérieur qui rappelle ceux du temps de Louis XIII, et où l'on se tient loin du moins des frivolités de conversation de nos jours. Je regrette de ne pouvoir connaître davantage cette société d'Italie, où ma qualité de littérateur est plus une recommandation que partout ailleurs.*

2. C'est un acte de foi dans les bienfaits de la libre errance nocturne que Rétif de la Bretonne avait déjà formulé dans ses *Nuits de Paris*.

3. C'est ici que commence le texte du *Roman à faire* et de *L'Illusion*.

Page 211.

1. Tout ce passage trouve aussi son écho dans *Aurélia*.

2. Cette « ressemblance » ne pourrait être qu'une excuse, un argument de Nerval pour prouver à sa correspondante que c'est elle seule qu'il aime. Mais ici nous sommes déjà dans l'hallucination des métamorphoses, et la bohémienne est un double d'Aurélia.

Page 213.

1. On voit fonctionner de façon caractéristique le « fantastique » nervalien : quoique les thèmes soient fantastiques, Nerval ne veut pas se laisser prendre et prendre son lecteur du même coup dans les rets du genre. Des expressions comme « m'apparaissait » établissent une distance — dans l'écriture même. Cette distance que le narrateur obtient en sortant brusquement de la demeure envoûtante.

2. On songe immédiatement aux *Chimères*, à *El Desdichado* :

> *Rends-moi le Pausilippe et la mer d'Italie*

et à toute la tonalité de *Delfica* :

> *La connais-tu, DAPHNÉ, cette ancienne romance,*
> *Au pied du sycomore, ou sous les lauriers blancs,*
> *Sous l'olivier, le myrte, ou les saules tremblants,*
> *Cette chanson d'amour... qui toujours recommence?...*

Page 214.

1. Cette éruption prend un caractère magique et mystique.

2. La jeune Anglaise apparaîtrait comme un salut, selon une thématique binaire que l'on retrouve un peu partout chez Nerval, et en particulier dans *Sylvie*. Mais, fille des eaux, elle ne peut pas avoir les vertus de Sylvie qui incarne le Valois et la terre.

Page 215.

1. On voit comment la thématique des *Filles du feu* est très cohérente et comment *Octavie* rejoint *Isis*.

2. L'ondine est toujours sous la surveillance d'un paralytique, d'abord le père, puis le mari. Ils figurent ces monstres

qui gardent l'entrée des grottes habitées de sirènes dans les mythologies.

Par cette notation « dix ans » la dimension temporelle s'inscrit dans cette nouvelle — et toute la distance mélancolique d'un passé vers un autre passé beaucoup plus ancien.

Page 216.

1. Le narrateur a le même sentiment à l'égard de Sylvie.

ISIS

Nerval a donné trois textes d'*Isis*.

1º Dans *La Phalange*, journal fouriériste, 1845, second semestre, avec le titre : *Le Temple d'Isis, souvenir de Pompéi*.

2º Dans *L'Artiste*, le 27 juin et 4 juillet 1847.

3º Dans *Les Filles du feu*, 1854.

On voit, par les modifications du titre, que Nerval a systématiquement choisi pour chaque nouvelle un nom de femme, chacune étant fille du feu.

Le tiers de cette nouvelle, comme l'a montré N. Popa, est une adaptation de l'allemand : il s'agit d'un article de Carl-A. Böttiger, *Die Isis-Vesper*, paru dans *Minerva, Taschenbuch für das Jahr 1809*. C'est la matière de la moitié du premier chapitre et de tout le second. Le début du chapitre IV est, bien évidemment, emprunté à Apulée et à la célèbre apparition d'Isis dans *L'Ane d'or*. Jean Richer a prouvé l'importance des sources plastiques de Nerval, ici, en particulier : l'écrivain semble s'être souvenu d'une gravure de l'*Œdipus Aegyptiacus* de Kircher. D'autre part, il y a, à la fin du XVIIIe siècle, toute une tradition d'égyptologie mystique qui débouchera sur les recherches des Champollion et sur le style Empire auquel tout un versant de Nerval n'est pas étranger. Le *Séthos* de l'abbé Terrasson a fourni des renseignements précis et précieux.

Plus que l'Égypte d'ailleurs, c'est Naples et le Vésuve que cette nouvelle — comme *Octavie* — évoque : on sait que les fouilles de Pompéi commencèrent en 1734 et que tout le XVIIIe siècle avait été fasciné par cette découverte.

Isis occupe une place capitale dans la religion syncrétique
de Nerval; elle est à la fois la Vierge et la Mère; que l'on se
réfère à *Aurélia*, ou encore à ce passage de *Quintus Aucler*,
dans *Les Illuminés* : « *S'il était vrai, selon l'expression d'un
philosophe moderne, que la religion chrétienne n'eût guère
plus d'un siècle à vivre encore, — ne faudrait-il pas s'attacher
avec larmes et avec prières aux pieds sanglants de ce Christ
détaché de l'arbre mystique, à la robe immaculée de cette
Vierge mère — expression suprême de l'alliance antique du
ciel et de la terre — dernier baiser de l'esprit divin qui pleure
et qui s'envole.* » L'image de la Mère ranimant son fils mourant est particulièrement obsédante chez Nerval qui quête
— par-delà la mort — cette résurrection au sein de la mère.

Page 218.

1. Ce petit paragraphe remplace une longue introduction,
largement empruntée à Böttiger et qui figurait dans la version de *L'Artiste* :

*Il ne fut pas difficile de retrouver les costumes nécessaires
au culte de la bonne et mystérieuse déesse, grâce aux deux
tableaux antiques du musée de Naples, qui représentent le
service sacré du matin et le service du soir ; mais la recherche
et l'explication des scènes principales qu'il fallut rendre, donna
lieu à un travail fort curieux dont un savant allemand fut
chargé. — Le marquis Gargallo, directeur de la bibliothèque,
a bien voulu me permettre d'extraire les détails suivants du
volumineux manuscrit qui racontait l'établissement et les cérémonies du culte d'Isis à Pompéi.*

*Après la mort d'Alexandre-le-Grand, les deux principales
religions d'où sont sorties les autres, le culte des astres et celui
du feu, dont la plus haute expression fut la doctrine de Zoroastre,
et la plus grossière, l'idolâtrie, formèrent ensemble une étrange
fusion. Les systèmes religieux de l'Orient et de l'Occident se
rencontrèrent à Éphèse, à Antioche, à Alexandrie et à Rome.
La nouvelle superstition égyptienne se répandit partout avec
une rapidité extraordinaire. Depuis longtemps les idées et les
mythes de la vieille théogonie n'étaient plus à la taille du monde
grec et romain.*

*Jupiter et Junon, Apollon et Diane, et tous les autres habi-
tants de l'Olympe pouvaient encore être invoqués, et n'avaient
pas encore perdu leur crédit dans l'opinion publique. Leurs
autels fumaient encore à certains jours solennels de l'année ;
leurs images étaient encore portées en grande pompe par les*

*chemins, et le temple et le théâtre se remplissaient, les jours
de fête, de spectateurs nombreux. Mais ces spectateurs étaient
devenus étrangers à toute espèce d'adoration. L'art même, qui se
jouait en d'idéales représentations des dieux, n'était plus qu'un
appât raffiné pour les sens. Aussi, le petit nombre de fidèles
qui existaient encore avaient-ils la conviction que la divinité
habitait seulement dans les vieilles images de forme raide et
sèche, appartenant à la théogonie primitive. Cette superstition
populaire s'opposa vainement à l'effort des philosophes et des
sceptiques moqueurs. Les lois divines et humaines et ce que les
pieux et simples aïeux avaient considéré comme le type de la
sainteté, furent conspués et foulés aux pieds. Mais dans cet
état de décomposition générale, l'âme humaine ne sentit que
mieux le vide immense qu'elle s'était fait et un désir secret de
rétablir quelque chose de divin, d'inexprimable. Le même besoin
fut ressenti par des milliers d'esprits blasés à la fois, et ce vieil
adage reçut une nouvelle confirmation, que là où l'incrédulité
règne, la superstition s'est déjà ouvert la porte. Le judaïsme
parut à beaucoup de personnes de nature à combler ce vide
douloureux. On sait avec quelle rapidité le culte mosaïque
conquit alors des sectateurs non seulement dans tout l'empire,
mais au delà de ses frontières.*

   *Pourtant le dogme de Jéhovah n'admettait pas d'images, et
il fallait à l'adoration matérialiste de cette époque des formes
palpables et parlantes. Alors l'Égypte, la mère et la conserva-
trice de toutes les imaginations et même de toutes les extrava-
gances religieuses, offrit une satisfaction aux besoins de l'âme
et des sens. Sérapis et Isis vinrent en aide, l'un aux corps
souffrants, l'autre aux âmes languissantes. Jupiter Sérapis,
avec la corbeille de fruits sur sa tête majestueuse et rayonnante,
déposséda bientôt à Rome et dans la Grèce le Jupiter olympien
et capitolin armé de sa foudre. Le vieux Jupiter n'était bon
qu'à tonner, et ses carreaux atteignirent souvent ses temples
et l'arbre qui lui était consacré. — Le dieu égyptien, héritier
des mystères et des traditions primitives de l'ancien culte
d'Apis et d'Osiris, et de toute la magnificence de l'Olympe grec,
ne tenait pas vainement dans sa main la clef du Nil et du
royaume des ombres. Il pouvait guérir les mortels de tous les
maux dont ils sont affligés. Dans une plus large mesure, ce
nouveau sauveur alexandrin opérait ces cures merveilleuses
qu'autrefois Esculape, le dompteur de la douleur, avait faites
à Épidaure. Presque tous les grands ports de mer d'Italie eurent
des sérapéons, — ainsi nommait-on les temples et les hôpitaux
du Dieu guérisseur, — avec des vestibules et des colonnades,*

où un grand nombre de chambres et de salles de bains étaient préparées pour les malades. Ces sérapéons étaient les lazarets et les maisons de santé de l'ancien monde. Sans doute, il y avait là des remèdes naturels, et, avant tout, ceux des bains et du massage, combinés de magnétisme, de somnambulisme, et autres pratiques dont les prêtres possédaient et se transmettaient le secret ; mais cela était fondé sur une profonde connaissance des hommes d'alors, et de cet empirisme sortit bientôt une remarquable et puissante médecine physique. La merveilleuse puissance du dieu nous est attestée par les ruines de son temple à Pouzzole. C'est à trois lieues de Naples, sur la côte de Campanie ; maintenant encore trois gigantesques colonnes, toutes rongées qu'elles sont par les plantes grimpantes, du sein d'un monceau de ruines, proclament l'antique renommée du dieu, qui, dans ce populeux port de mer, sous le nom de Sérapis Dusar, donnait refuge et guérison. Une magnifique colonnade qui, dans les temps modernes, a été appropriée au palais de Caserte, entourait les salles et les galeries. On y trouvait un grand nombre de chambres de malades et d'étuves entre les logements des prêtres et des gardiens. Le long du rivage, depuis le voluptueux golfe de Nettuno jusqu'aux souterrains de Trirergola, il y avait une série de lieux d'asile et de guérison sous la protection du père universel Sérapis.

Page 221.

1. Le mot est important : pour Nerval le culte d'Isis avec ses « épreuves » est une figure de l'expérience mystique de la folie et de la descente aux enfers. Cf. la dernière phrase d'*Aurélia*.

Page 222.

1. *La Phalange* et *L'Artiste* comportent ici une longue variante. Les phrases entre crochets figurent dans *La Phalange*, mais non dans *L'Artiste*. Nerval s'inspire directement de Böttiger :

A droite du prophète qui portait l'hydria (hydrophoros), se tenait une femme représentant, par les attributs et par le costume, la déesse Isis elle-même. Isis devait toujours en effet partager les hommages rendus à Osiris. Elle ne portait pas les cheveux ras comme le reste du clergé, mais les avait au contraire longs et bouclés. [Les boucles de cheveux de la déesse jouaient un rôle important dans la tradition des prêtres égyptiens. A Memphis, on en montrait une comme la plus sainte relique, et plusieurs vieilles statues la représentent les cheveux bouclés.]

Une chose également très caractéristique pour la représentation d'Isis, c'est ce que la prêtresse tenait dans les mains. De la droite elle soulevait ce fameux instrument que les Grecs nommaient sistron et les Égyptiens kemkem. — La tristesse, à l'occasion de la mort d'Osiris, et la joie lorsqu'il était retrouvé, tels étaient les deux principaux points de la religion égyptienne dans la période qui suivit la conquête des Perses. Pour toutes les litanies de tristesse et de joie qui étaient chantées lors de ces grandes fêtes, c'était le sistre d'Isis qui marquait la mesure. Un sistre bien fait devait, en mémoire des quatre éléments, avoir quatre petits bâtons. On peut croire que jamais le sistre ne s'agitait sans rappeler le souvenir de la mort et de la résurrection d'Osiris. De la main gauche la prêtresse tenait un arrosoir, par lequel on voulait signifier la fécondité que le Nil procurait à la terre. Isis y puisait de l'eau pour les besoins du culte et aussi pour la fécondation du sol. Car si Osiris est la force des eaux, Isis est la force de la terre, et passe pour le principe de la fertilité.

[Vis-à-vis d'Isis, à la gauche du prophète, se tenait un ministre ordinaire (pastophoros), qu'il était facile de reconnaître à son tablier, signe distinctif des prêtres de la classe inférieure. Son office était d'indiquer à la foule, au moyen du sistre, les moments qui, comme l'élévation de l'hydria, réclamaient un redoublement de pieuse attention, et de lui donner le signal du bruit général. Les personnes qui ont étudié les restes des temples égyptiens et les dessins qui s'y rapportent, n'ont pas besoin qu'on leur apprenne que, lorsqu'il s'agissait d'une représentation plus solennelle, à la place du ministre qui tient le sistre, il y avait le chien sacré, c'est-à-dire Anubis, l'inséparable compagnon et serviteur des deux grands dieux, dont un membre éminent du clergé symbolisait le rôle, au moyen d'un masque de chien.]

Le prêtre qui chantait les hymnes et les prières, ou préchantre, jouissait d'une estime particulière. Il se tenait sur le degré inférieur du temple, au milieu de la double rangée du peuple, et dirigeait l'ensemble au moyen d'un bâton en forme de sceptre. Les Grecs nommaient ce liturge ou maître de chapelle du culte d'Isis, le chanteur ou le chanteur d'hymnes (odos, hymnodos). Il rappelle les rhabdodes et les rhapsodes, qui chantaient, un bâton de laurier à la main.

Apulée parle en plusieurs endroits des flûtes et cornets qui, dans les cérémonies d'Isis et d'Osiris, par des modulations lamentables ou joyeuses, mettaient les assistants dans des dispositions d'esprit convenables ; cette musique provenait d'une sorte de flûte dont on attribuait l'invention à Osiris. Un autre personnage qui terminait la rangée des fidèles de l'autre côté, et dont le costume s'accordait parfaitement avec celui des prêtres d'Isis d'un ordre inférieur, avait la tête tondue, et portait le tablier autour des reins. Mais il tenait dans la main un des plus énigmatiques symboles égyptiens, la croix ansée (crux ansata), dont le savant Daunou a trouvé tout un soubassement couvert dans un temple de Philé. [Il l'a regardée comme une clef qui servait à ouvrir les canaux de la digue du Nil, au moment de l'inondation, et s'est ainsi, sans le savoir, rencontré avec le savant Zoega de Rome, qui y découvrait également une clef du Nil et le signe de la puissance supérieure. Mais un savant archéologue de notre temps, Ennio Visconti, a avancé depuis l'opinion que l'on devait y trouver symbolisée la force génératrice et créatrice, le Lingam et la Yonni des systèmes religieux de l'Inde.]

Il va sans dire qu'ici aucune victime sanglante n'était immolée, et que jamais la flamme de l'autel ne consumait des chairs palpitantes. Isis, le principe de vie et la mère de tous les êtres vivants, dédaignait les sacrifices sanglants. De l'eau du fleuve sacré ou du lait étaient seulement répandus pour elle, pour elle brûlaient aussi de l'encens et d'autres parfums.

Dans le temple, tout était significatif et caractéristique : le nombre impair des degrés sur lesquels la chapelle était élevée avait aussi un sens mystique. En général, le prêtre égyptien cherchait à s'entourer des souvenirs de la terre sacrée du Nil, et, au moyen des végétaux et des animaux de l'Égypte, à transporter les sectateurs de cette nouvelle religion dans le pays où elle avait pris naissance. Ce n'était point par hasard qu'on avait planté deux palmiers à droite et à gauche du bosquet odoriférant qui entourait la chapelle ; car le palmier, qui tous les mois pousse de nouveaux rameaux, était un symbole de la puissance des grands dieux. De là les porteurs de palmiers qui figuraient aux processions, et dont il est fait mention dans la célèbre inscription de Rosette.

[Une chose qui mérite aussi notre attention, c'est la présence des quatre ibis, serviteurs sacrés de la grande déesse, que l'on voyait posés çà et là sur la fontaine sacrée ou sur un sphynx du temple. — C'est un préjugé des vieilles et fabuleuses histoires naturelles que cet oiseau sacré ne puisse vivre hors de l'Égypte. De même qu'autrefois, avec le culte de Junon, les paons vinrent de l'Asie, les fidèles ibis suivirent au delà de la mer la déesse égyptienne par qui la vieille matrone Junon fut *chassée de la plupart de ses temples et de ses autels. Où le culte d'Isis s'établit, l'ibis-curli vint se loger. Rarement il paraît dans les anciens monuments aussi clairement et avec des signes aussi caractéristiques que sur les deux peintures du culte d'Isis conservées à Naples.]*

A la fin de la cérémonie, selon un passage d'Apulée, un des prêtres prononçait la formule ordinaire : Congé au peuple! qui est devenue la formule chrétienne : Ite, missa est, *et à laquelle le peuple répondait par son adieu accoutumé à la déesse :* Portez-vous bien, *ou :* Maintenez-vous en santé!

Page 225.

1. L'idéologue Volney eut une très grande influence sur Nerval, et, en général, sur la première génération romantique — et même sur celle de 1830. Voir J. Gaulmier, *L'idéologue Volney,* Beyrouth.

Page 228.

1. Le syncrétisme nervalien, en tant qu'il prouve une continuité des religions, est un gage de durée, d'éternité pour l'âme angoissée, hantée par la mort.

Page 230.

1. La nouvelle se termine sur l'évocation de la Mère, ce qui est bien révélateur.

Gilbert Rouger a montré que Nerval était probablement l'auteur d'une série d'articles signés C. de Chatouville et donnés dans le *Musée des familles,* de 1844 à 1854. En 1849 parut tout un article sur Pompéi. Cf. Nerval, *Œuvres,* Pléiade, t. I, p. 1283 et sq.

CORILLA

Nous avons montré l'importance du thème du théâtre dans *Les Filles du feu.* Il n'était pas si étrange que Nerval introduise, parmi ses nouvelles, un texte proprement théâtral. D'autre part, *Corilla* contient de nombreuses allusions à Jenny Colon.

Diverses publications de *Corilla* :

1º *La Presse,* 15 et 16-17 août 1839.
2º *La Revue pittoresque,* 1844.
3º *Petits châteaux de Bohême,* 1853.
4º *Les Filles du feu,* 1854.

Comme pour *Isis*, la transformation du titre permet la mise en vedette d'un nom féminin. Dans *La Presse* et dans *La Revue pittoresque*, le texte s'intitule : *Les Deux rendez-vous. Intermède*.

Page 233.

1. Le lien s'établit tout naturellement avec *La Pandora*.

Page 234.

1. On voit quelle fascination peut exercer la comédienne, pour un esprit hanté par les métamorphoses et rêvant de réunir toutes les images féminines en une seule.

Page 238.

1. Il s'agirait, en fait, d'une *Judith* d'Artémisia Gentileschi : il en existe, à vrai dire, deux du même peintre et sur le même sujet — et fort différentes : une à Florence et l'autre à Naples (Cf. M.-L. Bellêli *L'Italie de Nerval, Revue de Littérature comparée*, juillet-septembre 1960).

Page 242.

1. La phrase prend une signification tragique; dans cette comédie qui pourrait être assez superficielle, affleure, sans cesse, des leitmotive fondamentaux. Fabio devient un Christ de l'amour trompé :

[*C'était bien lui, ce fou, cet insensé sublime.*

(Le Christ aux oliviers).
Ainsi les expressions les plus apparemment anodines prennent une résonance très nervalienne.

Page 243.

1. Ici resurgissent les fantômes d'*Octavie*.

Page 248.

1. Les coïncidences qui auraient pu devenir angoissantes s'expliquent alors le mieux du monde.

Page 251.

1. Ainsi s'accomplit, sur le ton léger de la comédie, la réconciliation avec le Double.

ÉMILIE

Gustave Simon *(Histoire d'une collaboration : Alexandre Dumas et Auguste Maquet)* avait retrouvé une note de Maquet d'après laquelle celui-ci aurait eu un rôle très important dans la rédaction d'*Émilie*. Il aurait écrit le texte sur un schéma fourni par Nerval.

En l'absence de documents plus précis, il est bien difficile de trancher sur la paternité littéraire de cette nouvelle. Mais, puisque Nerval a jugé bon de l'intégrer aux *Filles du feu*, on n'a pas le droit de l'en exclure. L'auteur écrivait à Giraud en janvier 1854 : « Avez-vous trouvé la nouvelle, j'y tiens beaucoup, car elle est très intéressante et finira bien le volume. »

Les sources de Nerval sont assez incertaines. E. Peyrouzet (*G. de Nerval inconnu*, Corti, 1965, pp. 132-133) a supposé que c'est le Dr Vassal qui aurait raconté à Nerval l'histoire de la prise du fort de Bitche. Or la fille du Dr Vassal s'appelait Émilie...

Page 253.

1. Cette nouvelle contient bien des thèmes nervaliens; on peut y voir l'expression de cette tentation du suicide, si forte chez Nerval, et exprimée à plusieurs reprises dans *Les Filles du feu*, en particulier dans *Octavie*.

Page 254.

1. Faut-il rappeler que cette menace de la folie traverse presque toutes ces nouvelles ?

Page 256.

1. On se rappellera que dans *Octavie* aussi la mystérieuse bohémienne était brodeuse; Sylvie était dentellière, du moins avant d'avoir été corrompue par l'industrialisation. Mais, plus précisément, la bohémienne et Émilienne brodent des ornements d'église — ce qui leur confère un rôle quelque peu mystique de quasi-prêtresses.

Page 257.

1. Cette « longue absence qu'il avait faite de lui-même » est encore une image de la folie.

Page 272.

1. On peut apercevoir ici une transposition d'un conflit œdipéen, si important chez Nerval.

LA PANDORA

Le texte semble avoir été composé primitivement pour compléter *Les Amours de Vienne*. Nerval écrit, en effet, au début de la deuxième partie : « Je suis obligé d'expliquer que *Pandora* fait suite aux aventures que j'ai publiées autrefois dans la *Revue de Paris*, et réimprimées dans l'introduction de mon *Voyage en Orient*, sous ce titre : *Les Amours de Vienne*. » Il s'agit peut-être, dans l'esprit de Nerval, d'excuser un apparent désordre dans la composition; mais il est bien évident que Vienne est un lieu privilégié, porte de l'Orient et donc accès à l'initiation mystique de la folie, dont le baroque viennois devient la traduction plastique.

La Pandora a failli être une des *Filles du feu* : il eût suffi qu'elle soit terminée à temps. Nerval écrit à l'éditeur Daniel Giraud, en novembre 1853 : « On vous enverra, du journal *Paris*, *La Pandora* qui prendra place dans notre volume. Elle doit être composée, prenez l'épreuve dans ce cas. Dites à M. Venet que j'ai un petit changement à faire pour éclairer le dénouement. Que du reste il l'illustre avec les vignettes de *La Poupée de Nuremberg* et ce qu'il voudra des autres! » Nerval est alors à Passy, dans la clinique du Dr Blanche. C'est le moment où il compose *Aurélia* avec qui *La Pandora* a tant de thèmes communs. Jean Richer, d'autre part, a montré l'importance de ces vignettes dans la création nervalienne : elles furent publiées en avril 1852 dans *L'Éclair*, journal dirigé par Cornélius Holf (comme *Paris*). Cette planche a été dessinée par Majos et gravée par Hildibrand et Lavieille. On trouve dans la sixième image la « boîte à malices »; la deuxième représente « l'ajustement de bayadère » et les « pieds serpentins » : ainsi s'expliquent certains détails étranges de ce texte (ou de ses variantes).

Pour tenter d'expliquer le début énigmatique : « ÆLIA LÆLIA... », Jean Richer recourt à une énigme alchimique de Nicolas Barnaud que Nerval avait copiée pour son *Comte de Saint-Germain*, auquel il travaille précisément en 1853. La première conception de *La Pandora*, comme celle d'*Au-*

rélia, peut remonter beaucoup plus haut dans la vie de Nerval, et peut-être à la crise de 1841.

La Pandora ne parut pas avec *Les Filles du feu;* la première partie fut publiée dans *Le Mousquetaire* du 31 octobre 1854; la seconde partie resta inédite. A partir des manuscrits que possède la Bibliothèque Lovenjoul à Chantilly, A. Marie a donné une édition de ce texte dans la *Revue hebdomadaire* du 24 septembre 1921, puis en volume. Nous connaissons encore deux autres manuscrits de *La Pandora* : celui de la collection G. Dubois et celui de la collection Champion-Loubet.

Page 277.

1. Un des manuscrits contient un début différent :

I — *Maria Hilf*

Voilà ce que j'écrivais, il y a treize ans. Remontons cette voie de douleurs et de félicités trompeuses. J'ai vu, dans mon enfance, un spectacle singulier. Un homme se présenta sur un théâtre et dit au public : — *Voici douze fusils : je prie douze dames de la société de vouloir bien les charger à poudre et d'ajouter à la charge leurs alliances d'or, que je recueillerai toutes les douze sur la pointe de mon épée.* — *Cela se fit ainsi : douze dames tirèrent au cœur de cet homme et les bagues s'enfilèrent toutes sur la pointe de son épée noire.*

A ce spectacle succédèrent des apparitions fantastiques, images des dieux souterrains. La salle était tendue de rouge et des rosaces de diamants noirs éclataient aux lueurs des ombres.

Cette variante est importante, par ce retour vers l'enfance qu'elle suggère, dès l'ouverture de *La Pandora*.

Page 278.

1. Une variante exprime ce délire de la parenté, très apparent dans la folie de Nerval :

J'ai pleuré devant les statues, sur les rampes gazonnées de Schœnbrunn, celui que j'appelais mon frère, et ma mère et sa grande agente Maria Teresa. Maria Hilf! Maria Hilf! Ce sont tes...

2. Ce paragraphe montre bien les liens qui unissent *La Pandora* et *Les Filles du feu*, en particulier autour du thème des peines d'amour perdues — titre auquel Nerval avait songé, comme nous l'apprend sa correspondance, pour son recueil de nouvelles.

Dans le manuscrit, tout ce paragraphe est remplacé par :

Un nouvel amour se dessine déjà sur la trame variée des deux autres. — Adieu, forêt de Saint-Germain, bois de Marly, chères solitudes — Adieu aussi, ville enfumée qui t'appelais Lutèce et que le doux nom d'Aurélia remplit encore de ses clartés. — Amor y Roma ! palladium sacré, reste à jamais inscrit sur sa tombe... Je suis du sang...

Page 279.

1. Là encore les variantes du manuscrit sont précieuses :

« *Tiens, c'est un petit prêtre* », *dit-elle en m'embrassant tout à coup, et elle me mit à la porte en me disant* : « *A demain.* »
Cette parole me remplit de terreur et je me dirigeai tout pensif vers le palais du prince Dietrichstein où j'avais un ami. J'allais le voir dans sa chambre, pendant que Bériot s'exerçait sur l'instrument magique où vibrait encore l'accent suprême de la Malibran. Mon ami Alexandre Weill reposait couché sur un lit de douleur. Il avait voulu descendre en traîneau, la veille, la côte rapide qui conduit au parc et il s'était brisé le poignet au tronc d'un hêtre qui se trouva sur son chemin. Tu veux avoir de l'argent, dit-il, d'une voix affaiblie. Tiens, voilà deux écus d'Autriche ; ménage-les bien et ne les jette pas aux vierges folles. Tu diras à la belle Rosa que tu m'as vu souffrir pour elle et si tu la rencontres au Volks...

La première notation de « terreur » que Nerval a atténuée par la suite, trahit bien cette angoisse que les identifications et les ressemblances lui communiquent.

Page 280.

1. *La Pandora* conserve la trace d'une des causes de l'état dépressif de Nerval : les difficultés d'argent —, tandis que dans *Aurélia* cet aspect a été estompé.

Page 281.

1. Variante d'une feuillet manuscrit :

Il prit son chapeau, fit ses adieux à Rosa et me conduisit sans rien dire à une maison de la Dorothee Gasse. Là il me présenta à un homme d'un certain âge qui nous invita à dîner. C'était un directeur de gazette. Nous causâmes beaucoup de Paris et de Vienne et, au dessert, mon ami expliqua ma position. « *Êtes-vous capable, me dit le directeur, d'écrire d'ici à demain un article de mœurs à votre choix ?* » *Je m'y engageai :* « *Mais vous n'aurez que la moitié du prix car il faudra payer le traducteur. — Cela me convient.* » C'est ainsi que je me vis promu aux fonctions de rédacteur de la Gazette théâtrale de Vienne. Je me hâtai d'entrer dans un café et à minuit j'avais terminé une première série d'études sur les littérateurs français. Le lendemain, au bureau du journal, on me comptait dix florins.

2. Variante du manuscrit :

Pour tuer le temps on avait imaginé de jouer une charade à l'impromptu. Le mot [de la première était maréchal. Mon premier est marée. Vatel, sous les traits d'un jeune attaché d'ambassade, prononçait un soliloque avant de se plonger dans le cœur la pointe de son épée de gala. Ensuite un aimable diplomate rendait visite à la dame de ses pensers : il avait un quatrain à la main et laissait perler la frange d'un schall dans la poche de son habit. — Assez, suspends! (sur ce pan) disait la maligne Pandora en tirant à elle le cachemire, vrai Biétry, qui se prétendait tissu de Golconde. Elle dansa ensuite le pas du schall avec une négligence adorable. Puis la troisième scène commença et l'on vit apparaître un illustre Maréchal coiffé du chapeau historique. L'histoire de ce chapeau nous mènerait trop loin. Qu'on se contente de savoir qu'il n'avait de pareil que celui de mon ami Honoré de Balzac. C'étaient les deux chapeaux les plus gras de l'Europe et peut-être du monde entier. Aristote en eût fait le sujet d'une addition à son fameux chapitre, s'il avait pu les prévoir. Mais taisons-nous, « la tombe est le sceau du mystère », comme a dit le troisième chapeau gras.]

On continua par une autre charade dont le mot était Mandarin. Cela commençait par un mandat qu'on me fit signer et où j'inscrivis le nom glorieux de Macaire [Robert], baron des Adrets, époux en secondes noces de la trop sensible Éloa. Je fus très applaudi dans cette bouffonnerie. Le second terme de la charade était Rhin. On chanta les vers d'Alfred de Musset. Le tout amena naturellement l'apparition d'un véritable mandarin drapé d'un cachemire, qui, les jambes croisées, fumait paresseusement son housca. Ce rôle était majestueusement rempli par Briffaut.

Il fallut encore que la séduisante Pandora nous jouât un tour de sa façon. Elle apparut en costume des plus légers, avec un caraco blanc brodé de grenats et une robe volante d'étoffe écossaise. Ses cheveux nattés en forme de lyre se dressaient sur sa tête brune ainsi que deux cornes majestueuses. Elle chanta comme un ange la romance de Déjazet : Je suis tchinka!...

*On frappa enfin les trois coups pour le proverbe intitulé
« Madame Sorbet ». Je parus en comédien de province comme
le Destin dans le* Roman comique. *Ma froide Étoile s'aperçut
que je ne savais pas un mot de mon rôle et prit plaisir à m'embrouiller. Le sourire glacé des spectateurs accueillit mes débuts
et me remplit d'épouvante. En vain le vicomte s'exténuait à
me souffler les belles phrases perlées de M. Théodore Leclercq,
je fis manquer la représentation.*

On peut penser, avec J. Senelier (*Archives des lettres
modernes*, n⁰ 49, 1963) que ce « pas du schall » est une référence à *Valérie* de Mᵐᵉ de Krüdener.

L'épisode des charades est important; il se rattache à la
thématique du théâtre, mais avec ici sa tonalité d'échec :
c'est la représentation manquée ou impossible, le rôle qui
n'est pas su, qui n'est pas joué. D'autre part, la charade,
c'est essentiellement, un jeu sur les mots, le jeu sacré du
langage où trouvent leur aliment aussi bien la folie que la
poésie.

Page 282.

1. C'est toujours l'opposition nervalienne de la sainte
et de la fée, de la femme qui sauve et de celle qui entraîne
vers la perdition. Ici le manichéisme est absolu. Dans des
œuvres plus élaborées, comme *Sylvie*, le thème est plus
complexe, puisque Sylvie est « fée », mais fée du terroir et
donc bénéfique.

Variante manuscrite :

*On me fit remarquer au palais de France que j'étais fort
en retard. La Pandora dépitée s'amusait à faire faire l'exercice
à un vieux baron et à un jeune prince grotesquement vêtu en
étudiant de carnaval. Ce jeune renard avait dérobé à l'office un
chandelier de prix dont il s'était fait un poignard. Il en menaçait
les tyrans en déclamant des vers de tragédie et en invoquant
l'ombre de Schiller.*

Les variantes accentuent encore le caractère de parodie,
de dérision qui est le propre de *La Pandora*.

Page 286.

1. On notera que la culpabilité est inversée par rapport
à *Aurélia*. C'est la femme, dans *La Pandora*, qui est coupable
de la fin du monde.

2. Les nécromanciens apparaissent aussi dans *Aurélia*.

Page 287.

1. On retrouve ici le versant ensoleillé de l'imagination nervalienne, celui d'*Octavie* ou de *Delfica*.

2. Dans *Aurélia* aussi, il y a un déluge; mais ici le thème est encore entaché de dérision : ce déluge est un opéra.

Page 288.

1. Jean Richer a identifié cette comédie musicale : *Deux mots ou une nuit dans la forêt*, de Marsollier, musique de Dalayrac (création à l'Opéra-Comique, le 9 juin 1806).

2. Il s'agit, bien évidemment, de Bruxelles, où Nerval retrouva Marie Pleyel et Jenny Colon. Il est fait aussi allusion à cette rencontre au début d'*Aurélia*.

AURÉLIA

Il n'est pas facile de préciser les dates de composition d'*Aurélia*. Pendant longtemps on a pensé que l'œuvre avait été écrite durant les deux derniers séjours chez le Dr Blanche (27 août 1853-27 novembre 1853, et 6 août-19 novembre 1854). Jean Richer croit qu'il y a eu une première version en 1841-42, dans laquelle Nerval a retracé l'expérience de sa première crise et de son premier internement. A l'appui de cette thèse, Jean Richer fait valoir la ressemblance d'une série de textes de cette période : généalogie fantastique tracée par Nerval lui-même et qui pourrait être de 1841 (Bibl. Lovenjoul, Chantilly), lettres de Gérard à Cavé et à son père, carnet du voyage en Orient, manuscrits. Une découverte importante a donné à cette thèse une certaine force : le 18 janvier 1962, Mlle Cottin a publié dans *Les Nouvelles littéraires* des fragments d'*Aurélia*, différents de la version définitive et qui venaient de la collection Lucien-Graux (ils sont actuellement au département des manuscrits, à la Bibliothèque nationale). Personnellement, je ne suis pas convaincue qu'il y ait eu véritablement une « première version », car ces fragments de la collection Lucien-Graux sont assez limités (cf. p. 355); leur date est incertaine; il semble même bien que ces fragments soient des notes prises à des dates différentes.

En définitive, on peut concevoir ainsi la rédaction d'*Au-*

rélia : Nerval, lors de ses premières crises en 1841-1842, ou juste après, prend quelques notes, sans avoir encore une idée de l'architecture générale de son œuvre : il utilisera ces fragments, mais en leur donnant un caractère plus général, moins purement autobiographique. Les fragments manuscrits acquis par la Bibliothèque nationale et que nous reproduisons dans ce livre, feraient partie de ces notes. Peut-être, au hasard des ventes, d'autres réapparaîtront-ils un jour. D'ailleurs, rien n'interdit de penser que Nerval ait continué à noter quelques éléments de l'œuvre future dans la période qui va de 1842 à 1853. Mais c'est lors de ses dernières crises et de ses ultimes séjours chez le Dr Blanche qu'il reprend et organise des notes jusque-là assez disparates. Nous avons cité dans notre notice les divers éléments de la correspondance qui permettent de retracer cette époque d'intense travail. (Cf., p. 376.)

Aurélia parut dans deux livraisons de la *Revue de Paris* : le 1er janvier 1855 et le 15 février. On sait que Nerval ne put pas revoir les épreuves de la seconde partie, puisque le drame de la rue de la Vieille-Lanterne se produisit dans la nuit du 26 janvier. Il ne put donc pas non plus donner *Aurélia* en volume séparé. Mais cela n'autorise nullement à considérer l'œuvre comme inachevée, et encore moins à y intégrer des éléments étrangers, comme le firent Gautier et Arsène Houssaye, en y introduisant les *Lettres à Jenny Colon*. On se doit de respecter scrupuleusement le texte de la *Revue de Paris*. La division en deux parties répond-elle à une volonté de l'auteur ou à une nécessité de la revue? Il est difficile de trancher; s'il y a un certain changement de ton entre la première et la seconde partie, il n'y a pas une rupture. L'ensemble du mouvement d'*Aurélia* est plutôt ternaire, avec un abîme de désespérance en son centre, et une rédemption finale. Mais toute division nouvelle introduite par des éditeurs modernes serait absolument arbitraire. Là encore, il faut se conformer à la *Revue de Paris*.

Les manuscrits. Le manuscrit intégral est perdu. Le témoignage de l'éditeur est bien excitant : « Je me souviens du manuscrit bizarre qui fut remis par Gérard de Nerval pour la *Revue de Paris :* des bouts de papier de toutes dimensions, de toute provenance, entremêlés de figures cabalistiques, dont l'une visait à démontrer par la géométrie le mystère de l'Immaculée Conception, des fragments sans lien que l'auteur reliait entre eux dans le travail pénible de la correction des épreuves... » Mais il faut faire la part de la légende qui s'est saisi de Nerval, dès le lendemain de son suicide — et même avant sa mort.

Nous ne possédons actuellement que :

1º Un jeu d'épreuves conservé à la Bibliothèque Lovenjoul, à Chantilly (D 741, fº 131³ à 131³⁰);

2º Les fragments de la collection Lucien-Graux qui sont à la Bibliothèque nationale (département N. acq. des manuscrits fr. 14 481). Nous les reproduisons ici p. 355, en suivant la lecture de J. Richer;

3º Quelques feuillets des collections Georges Dubois et Alfred Dupont; un feuillet ayant appartenu à Charles Guérin; une « lettre » de Nerval qui est un fragment d'*Aurélia* et que A. Houssaye a publiée d'après le manuscrit dans *Le Livre*, 1883; une autre parue dans la *Nouvelle Revue internationale*, 1894, t. I, p. 474;

4º Jean Richer, dans son édition de la Pléiade (t. I, p. 426-427), donne à nouveau un fragment publié par A. Marie (*G. de Nerval*, Hachette, p. 374), mais dont il a vérifié la lecture sur le manuscrit, à la Bibliothèque Lovenjoul, et un autre fragment appartenant également à cette bibliothèque, mais jusque-là demeuré inédit.

PREMIÈRE PARTIE

Page 291.

1. On se reportera à la lettre à Mme Alexandre Dumas, du 9 novembre 1841 :

J'ai rencontré hier Dumas, qui vous écrit aujourd'hui. Il vous dira que j'ai recouvré ce que l'on est convenu d'appeler raison, mais n'en croyez rien. Je suis toujours et j'ai toujours été le même et je m'étonne seulement que l'on m'ait trouvé changé pendant quelques jours du printemps dernier. L'illusion, le paradoxe, la présomption sont toutes choses ennemies du bon sens, dont je n'ai jamais manqué. Au fond, j'ai fait un rêve très amusant, et je le regrette; j'en suis même à me demander s'il n'était pas plus vrai que ce qui me semble seul explicable et naturel aujourd'hui; mais comme il y a ici des médecins et des commissaires qui veillent à ce qu'on n'étende pas le champ de la poésie aux dépens de la voie publique, on ne m'a laissé sortir et vaguer définitivement parmi les gens raisonnables que lorsque je suis convenu bien formellement d'avoir été malade, ce qui coûtait beaucoup à mon amour-propre et même à ma véracité. Avoue! avoue! me criait-on, comme on faisait jadis aux sorciers et aux hérétiques, et pour en finir, je suis convenu de me laisser classer dans une affection définie par les docteurs et appelée indifféremment Théomanie ou Démonomanie dans le Dictionnaire médical. A l'aide des définitions incluses dans ces deux articles, la science a le droit d'escamoter ou réduire au silence tous les prophètes et voyants prédits par l'Apocalypse, dont je me flattais d'être l'un ! Mais je me résigne à mon sort, et si je manque à ma prédestination, j'accuserai le docteur Blanche d'avoir subtilisé l'esprit Divin.

Lettre bien passionnante : elle a certain accent surréaliste, avant l'heure. On voit aussi la prise de conscience, par Nerval, des relations étroites qui existent entre la notion de folie et la répression sociale.

Page 292.

1. Ces deux phases correspondent à deux époques de la vie de Nerval : les crises de 1841 et celles de 1853-54.

2. *Aurélia*, c'est Jenny Colon, l'actrice qu'aima Nerval, mais c'est aussi toutes les femmes qu'il a connues ou rêvées, toutes les grandes figures de femmes et de déesses que la mythologie et les religions lui ont transmises.

3. Nerval, comme le fait remarquer J. Richer, antidate le *Voyage en Orient*. Le voyage enseigne à Nerval, en cela bien dans la tradition des Philosophes du xviiie siècle, à déplacer les notions de Bien et de Mal. On n'a peut-être pas été assez sensible à cette remise en cause des valeurs de la morale traditionnelle dans *Aurélia*.

4. Il s'agit de Marie Pleyel, cette grande pianiste qu'aima, entre autres, Hector Berlioz. Nerval l'a rencontrée à Vienne, à l'ambassade de France. Dans un manuscrit intitulé *Madame Pleyel, silhouette d'artiste*, que cite Henri Clouard (éd. du Rocher, Monaco, 1946, p. 130), il la décrit ainsi : « Deux yeux qui sont comme un crépuscule de soir de printemps dans l'Alhambra, un visage éclatant comme le pâle reflet de la lune, une voix qui semble l'action passionnée d'un andante, et un sourire qu'on dirait le rêve d'une poésie d'amour. »

Page 293.

1. Nerval revit Marie Pleyel, à Bruxelles, en décembre 1840. Il y retrouva aussi Jenny Colon qui jouait dans *Piquillo*. Cf. *La Pandora*, p. 288.

Page 294.

1. Le narrateur prétend avoir commis une faute envers Aurélia. Cette culpabilité obsédante est très caractéristique de certaines schizophrénies.

2. Très caractéristique également ce surdéterminisme. Il n'y a pas d'événement qui n'ait un sens pour le schizophrène, un sens directement en rapport avec sa propre histoire. Le même surdéterminisme se retrouve dans la mentalité du jeune enfant, et, au niveau du récit, dans la structure du conte fantastique.

Page 295.

1. Henri Clouard pensait qu'il s'agissait de Paul Bocage qui avait collaboré à diverses pièces avec Nerval et Méry. Mais les exégètes plus récents, et en particulier Jean Richer, croient, avec raison, qu'il est fait allusion ici à Paul Chenavard, le peintre.

Page 296.

1. Nerval relate dans ce chapitre et dans les suivants — de façon symbolique et recomposée — la crise de 1841.

Page 297.

1. Plusieurs textes d'*Aurélia* contiennent des références transparentes à la Bible, et en particulier à l'Évangile. Ici, Nerval, nouveau Christ, entouré par la ronde des soldats, ne veut pas leur faire de mal, ni user de son pouvoir surhumain.

Page 298.

1. Nerval fut transporté à la maison Dubois, 9 rue Picpus, et soigné par le Dr Creuze. Les amis dont il est question, ce sont Th. Gautier et Alphonse Karr. Les fragments manuscrits que nous possédons (cf. p. 355) contiennent beaucoup plus de détails autobiographiques : Nerval, dans l'élaboration finale, a voulu supprimer ces références trop précises, pour accentuer le caractère symbolique et universel de son expérience.

Page 299.

1. Cette fée est la Lorely, « la fille du Rhin, — dont les pieds roses s'appuient sans glisser sur les rochers humides de Bassarach, près de Coblentz... Je devrais me méfier de sa grâce trompeuse, car son nom même signifie en même

temps charme et mensonge ; et une fois déjà je me suis
trouvé jeté sur la rive, brisé dans mes espoirs et mes amours,
et bien tristement réveillé d'un songe heureux qui promettait
d'être éternel » *(Lorely)*.

Tout ce chapitre traduit une nostalgie de l'enfance et une
sorte de régression psychique, un besoin de redevenir enfant.

Page 300.

1. On peut voir ici une allusion au Valois de *Sylvie*.
Cf. *Promenades et souvenirs* : « Aujourd'hui, mon grand-père
repose, avec sa femme et sa plus jeune fille, au milieu de ce
champ qu'il cultivait jadis. »

Page 303.

1. Nerval, avide d'une unité impossible, opère une synthèse
entre le pythagorisme, la Cabale, et certains textes bibliques.

Page 304.

1. Dans ce chapitre Nerval fusionne des images de la
maison Dubois avec des perspectives montmartroises. Cf.
Promenades et souvenirs : « J'ai longtemps habité Montmartre, on y jouit d'un air très pur, de perspectives variées,
et l'on y découvre des horizons magnifiques. »

Page 306.

1. On voit les ressemblances thématiques entre ce chapitre
d'*Aurélia* et l'évocation de la maison aux vieux meubles
polis dans *Sylvie*. Il s'agit dans le texte d'*Aurélia* d'une
transposition d'une maison réelle : la maison d'Antoine
Boucher, frère de Marguerite-Victoire Boucher, femme de
P.-Ch. Laurent, aïeul maternel de Gérard.

Page 307.

1. On peut établir une correspondance entre ce texte et
celui de *Sylvie* où le narrateur revêt un costume de marié
d'autrefois.

Page 309.

1. Jenny Colon mourut le 5 juin 1842.

Page 311.

1. Nerval s'est nourri de la science orientaliste du
XVIIIe siècle. Il a pu consulter, à la Bibliothèque de la Société
égyptienne du Caire, mais surtout à Paris, les auteurs qui
sont ses sources essentielles : la *Bibliothèque orientale* d'Her-

belot, la *Symbolique* de Kreutzer, Sylvestre de Sacy, les *Lettres cabalistiques* du marquis d'Argens. Comme l'a fait remarquer H. Clouard, ces *Lettres cabalistiques* se trouvaient dans la bibliothèque de l'oncle de Mortefontaine.

Page 314.

1. L'image de la Mère souffrante a obsédé Nerval, parce qu'il est toujours hanté par la mort de sa propre mère. Cette Mère éternelle, c'est encore Isis ou la Vierge Marie.

2. De 1842 à 1851, la santé de Nerval fut bien meilleure. L'écrivain, néanmoins, pour la pureté du récit, simplifie quelque peu les événements et ne mentionne pas les internements de 1849, dans les cliniques des Drs Ley et Aussandon. La « rechute » dont parle ici Nerval est celle de septembre 1851.

3. Il s'agirait, pense H. Clouard, de *Quintus Aucler* qui parut dans la *Revue de Paris*, puis fut intégré aux *Illuminés*. On peut penser aussi que Nerval fait allusion à des rêves plus vastes et plus vagues.

Page 316.

1. C'est peut-être la Ville de l'*Apocalypse*.

Page 317.

1. Cette obsession est si fondamentale chez Nerval, qu'il est assez vain d'évoquer des influences littéraires. Pourtant l'auteur semble se souvenir ici des *Élixirs du Diable* d'Hoffmann. Le nom même d'*Aurélia* viendrait également du conteur fantastique allemand dont la plupart de nos écrivains romantiques s'inspirèrent.

Page 319.

1. Ce lama peut être un symbole érotique.

Page 320.

1. Certains, en particulier H. Sebillotte, ont vu dans *Aurélia* une transposition de l'angoisse que causerait à Nerval une impuissance momentanée.

SECONDE PARTIE

Page 323.

1. On retrouve ici, sur un ton plus angoissé, l'évocation de cette incroyance dont souffrit cette génération héritière

du scepticisme de ses aînés : sur un ton plus léger, Nerval
avait fait le même tableau au début de *Sylvie*.

Page 324.

1. La thématique du feu est essentielle dans *Aurélia* qui,
à bien des égards, est la plus fulgurante des *Filles du feu*.

Page 325.

1. On a voulu identifier cet ami : il se peut qu'il s'agisse
de Heine, mais, en fait, comme l'a bien senti J. Richer,
c'est une visite à son double que le narrateur effectue ici.

Page 326.

1. Le cimetière Montmartre.

Page 327.

1. On se référera à la lettre que Nerval écrivait de Passy,
à Mme Alexandre Labrunie, le 14 octobre 1853 :

*Mon père m'a dit que vous voudriez vous entendre avec
moi pour la portion du terrain de Loisy restée indivise entre
nous. Si vous voulez la faire estimer, je pourrai vous l'acheter
par annuités, car il est naturel que je ne laisse pas aller à
d'autres la terre où mes parents maternels sont ensevelis. Vous
le comprenez, vous qui avez si pieusement accompagné leurs
restes, alors que j'étais à Bruxelles, ignorant même que mon
oncle en avait donné l'ordre...*

2. Bref retour au registre de *Sylvie* et des amours enfantines.

Page 328.

1. Nerval semble ne pas oser, à ce point du récit, écrire le
nom d'Aurélia intégralement.

Page 329.

1. Nerval se souvient du *Second Faust* qu'il avait traduit,
et du rôle salvateur d'Hélène.

Page 330.

1. La progression du récit aboutit à une aggravation
du sentiment de la culpabilité, en particulier à ce moment qui
est un des plus sombres d'*Aurélia*.

2. Nerval songe probablement davantage au *Don Juan*
de Mozart qu'à celui de Molière.

Page 331.

1. Ainsi Nerval, d'une façon plus ou moins consciente, rend le père coupable de la mort de la mère.

Page 333.

1. Georges Bell fut d'un grand secours pour Nerval. Celui-ci lui écrivait en décembre 1853 : « Vous avez été un de mes médecins, et je me souviens avec reconnaissance de ces tournées lointaines que nous faisions l'été dernier et où vous me gouverniez avec tant de patience et d'amitié solide. » Georges Bell a écrit une biographie de Nerval : *Études contemporaines, Gérard de Nerval,* 1855.

Page 334.

1. Henri Clouard pense qu'il est fait allusion ici aux suites de la Révolution de 1848. *Le Corsaire,* en 1850, avait accusé Nerval d'avoir « arboré la cocarde de la démocratie » dans son feuilleton de *La Presse.*

2. Nerval a beaucoup souffert de l'incompréhension de son père.

3. Henri Heine.

Page 335.

1. C'est une réponse désespérée à l'interrogation d'*Artémis* :

As-tu trouvé ta Croix dans le désert des Cieux ?

Page 336.

1. C'est déjà la signification de l'ensemble de sonnets qui forment *Le Christ aux Oliviers.*

Page 337.

1. *Sylvie* (cf. notre notice pour l'histoire de la composition de *Sylvie*).

2. Voir la lettre de Nerval à George Bell, du 31 mai 1854 :

A propos, tâchez donc de savoir à qui j'ai donné ce rude soufflet, vous savez bien, une nuit, à la halle... Faites mes excuses à ce malheureux quidam. Je lui offrirais bien une réparation, mais j'ai pour principe qu'il ne faut pas se battre quand on a tort, surtout avec un inconnu nocturne.

Autrement, vous croirez que je fais le Gascon sur la lisière de l'Allemagne; — mais franchement j'étais plus malade que je ne croyais, le jour, ou plutôt la nuit de cet exploit ridicule.

Page 338.

1. Nerval se souvient d'Apulée et de l'apparition d'Isis dans *L'Ane d'or*.

Page 339.

1. Ce genre d'identification est assez répandu chez les schizophrènes. Pour Nerval — et d'ailleurs pour beaucoup d'écrivains romantiques — Napoléon est une figure du père.

2. Bertin aîné et son frère étaient morts en 1841 et 1842.

3. Le 26 août 1853.

4. Les méthodes pratiquées à l'époque de Nerval dans la plupart des maisons de fous étaient violemment répressives, et absolument pas curatives. Le Dr Blanche était une exception. (Cf. M. Foucault, *Histoire de la folie à l'âge classique*.)

Page 340.

1. Chez le Dr Blanche, à Passy, qui eut l'heureuse idée de favoriser le « défoulement » de son malade par la peinture (Nerval avait dessiné une grande fresque représentant Isis-la Mère-la Vierge, dans sa cellule) et surtout par l'écriture : le Dr Blanche encouragea la rédaction d'*Aurélia*.

Page 343.

1. C'est aussi la leçon — très pythagoricienne — des *Vers dorés*.

Page 344.

1. Voici probablement la traduction mystique d'un phénomène physiologique de brusque chute thermique — assez fréquent chez les schizophrènes.

Page 345.

1. Nerval avait pu apporter chez le Dr Blanche son mobilier et sa bibliothèque.

2. Il s'agit de l'impasse du Doyenné, sur l'emplacement du Carrousel où Nerval a habité en 1835 et où se réunissaient peintres et écrivains, en particulier Houssaye, Gautier, Ourliac. Cf. *La Bohème galante*.

Page 346.

1. On peut lire sur le manuscrit, entre ces deux alinéas, le chiffre XVII. Cela prouve que primitivement, il n'y avait

pas de division en deux parties, et que la numérotation des
chapitres d'*Aurélia* était continue. Ce serait un argument
contre la division bi-partite, peut-être imposée par la *Revue
de Paris* qui ne pouvait publier tout le texte en une seule
livraison.

Page 347.

1. Nous suivons Jean Richer qui donne ici, comme texte,
une correction manuscrite de Nerval sur épreuve (Lovenjoul).

2. On voit l'excellence de la thérapeutique du Dr Blanche
qui parvint ainsi à faire sortir Nerval de lui-même et de son
emmurement. Nerval était fort reconnaissant envers le
Dr Blanche. Cf. sa lettre à Antony Deschamps, 24 octobre
1854 :

*J'ai trop souffert de quelques remèdes auxquels je n'ai pu
me soustraire pour ne pas approuver le système de notre ami
Émile, qui n'a employé que les bains et deux ou trois purgations
contre le mal dont j'ai été frappé, mais qui m'a traité moralement et guéri, je le reconnais, de bien des défauts que je me
reconnaissais sans oser les avouer.*

Page 348.

1. Il y a peut-être ici encore un souvenir de *L'Ane d'or*.

MÉMORABLES

Page 350.

1. Le ton même des *Mémorables* est parent de celui de
l'*Apocalypse* et du *Cantique des cantiques*.

2. Le manuscrit donne *Sophie*, qui se réfère peut-être à
la baronne de Feuchères, mais surtout à la *Sophia* des gnos-
tiques. Cette Sophia, c'est aussi, encore et toujours, Aurélia-
Isis-la Mère.

Page 351.

1. Nerval fait état ici de toute cette mythologie du Nord,
si en vogue à l'époque romantique, en particulier grâce à
la popularité d'*Ossian*. Mais Nerval est au-delà des modes :
ce qu'il veut, c'est, dans son désir d'unité, réconcilier les
religions les plus lointaines, géographiquement, histori-
quement.

Page 353.

1. On voit qu'il y a eu une évolution chez Nerval, ou du moins chez le narrateur d'*Aurélia* : il a d'abord subi le rêve et la folie, avant de s'en servir comme un moyen de connaissance.

Page 354.

1. La dynamique du récit est très étroitement liée à la nature du rapport que le narrateur entretient avec son double. Le moment le plus dramatique d'*Aurélia* correspond à une rupture avec le double hostile. La réconciliation marque l'apaisement, puis la fin, la « résolution » musicale du texte.

2. Cette conclusion met l'accent sur le caractère fondamentalement initiatique de ce récit qu'est *Aurélia*. Voir à ce sujet l'excellente étude de Léon Cellier (p. 42 et sq. de sa préface à Nerval, *Promenades et souvenirs... Aurélia*, éd. Garnier-Flammarion, 1972). Cette image de la descente aux enfers donne bien le sens fondamentalement orphique de la démarche nervalienne.

FRAGMENTS MANUSCRITS D'AURÉLIA

Page 355.

1. Sur ces manuscrits, cf. *supra*, p. *338*.

Table

Préface : Le voyage, le livre, l'écriture. 9

LES FILLES DU FEU

A Alexandre Dumas. 27

ANGÉLIQUE

première lettre : Voyage à la recherche d'un livre unique. — Francfort et Paris. — L'abbé de Bucquoy. — Pilat à Vienne. — La Bibliothèque Richelieu. — Personnalités. — La Bibliothèque d'Alexandrie. 39

deuxième lettre : Un Paléographe. — Rapport de Police en 1709. — Affaire Le Pileur. — Un Drame domestique. 46

troisième lettre : Un Conservateur de la Bibliothèque Mazarine. — La Souris d'Athènes. — « La Sonnette enchantée ». 54

quatrième lettre : Un Manuscrit des Archives. — Angélique de Longueval. — Voyage à Compiègne. — Histoire de la Grand'Tante de l'Abbé de Bucquoy. 59

cinquième lettre : Suite de l'Histoire de la Grand'-Tante de l'Abbé de Bucquoy. 67

SIXIÈME LETTRE : Le Jour des Morts. — Senlis. — Les Tours des Romains. — Les Jeunes filles. — Delphine. 72

SEPTIÈME LETTRE : Observations. — *Le Roi Loys.* — *Dessous les Rosiers blancs.* 77

HUITIÈME LETTRE : Réflexions. — Souvenirs de la Ligue. — Les Sylvanectes et les Francs. — La Ligue. 90

NEUVIÈME LETTRE : Nouveaux Détails inédits. — Manuscrit du célestin Goussencourt. — Dernières Aventures d'Angélique. — Mort de La Corbinière. — Lettres. 96

DIXIÈME LETTRE : Mon Ami Sylvain. — Le Château de Longueval en Soissonnais. — Correspondance. — Post-Scriptum. 100

ONZIÈME LETTRE : Le Château d'Ermenonville. — Les Illuminés. — Le Roi de Prusse. — Gabrielle et Rousseau. — Les Tombes. — Les Abbés de Châalis. 111

DOUZIÈME LETTRE : M. Toulouse. — Les deux Bibliophiles. — Saint-Médard de Soissons. — Le Château des Longueval de Bucquoy. — Réflexions. 120

SYLVIE, SOUVENIRS DU VALOIS

I. Nuit perdue. 129
II. Adrienne. 133
III. Résolution. 135
IV. Un Voyage à Cythère. 137
V. Le Village. 140
VI. Othys. 142
VII. Châalis. 146
VIII. Le Bal de Loisy. 148
IX. Ermenonville. 150
X. Le Grand Frisé. 153
XI. Retour. 155
XII. Le Père Dodu. 158
XIII. Aurélie. 160
XIV. Dernier feuillet. 163

CHANSONS ET LÉGENDES DU VALOIS

La Reine des Poissons. ... 174

JEMMY ... 179

OCTAVIE ... 208

ISIS ... 217

CORILLA ... 231

ÉMILIE ... 252

LA PANDORA

LA PANDORA ... 275

AURÉLIA OU LE RÊVE ET LA VIE

PREMIÈRE PARTIE ... 291
SECONDE PARTIE. ... 322
MÉMORABLES ... 349
FRAGMENTS MANUSCRITS D'*Aurélia*. ... 355

DOSSIER ... 365

VIE DE GÉRARD DE NERVAL ... 367
NOTICE ... 370
NOTES ... 378

DU MÊME AUTEUR

Dans la même collection

LES ILLUMINÉS. *Édition présentée et établie par Max Milner.*

*Impression Brodard et Taupin à La Flèche (Sarthe),
le 14 mars 1985.
Dépôt légal : mars 1985.
1er dépôt légal dans la collection : septembre 1972.
Numéro d'imprimeur : 1953-5.*

ISBN 2-07-036179-9 / Imprimé en France

35409